FUGITIVA

Inés Plana

Fugitiva

ESPASA

Espasa, sello editorial de Editorial Planeta, S.A.
Avda. Diagonal, 662-664
08034 Barcelona

Primera edición: marzo de 2024

Preimpresión: MT Color & Diseño, S. L.

Depósito legal: B. 3.078-2024
ISBN: 978-84-670-7167-2

Espasa, en su deseo de mejorar sus publicaciones, agradecerá cualquier sugerencia que los lectores hagan al departamento editorial por correo electrónico: sugerencias@espasa.es

www.espasa.com
www.planetadelibros.com

Impresión: Block Print
Impreso en España / *Printed in Spain*

PEFC Certificado
Este libro procede de bosques gestionados de forma sostenible
PEFC
PEFC/14-38-00305
www.pefc.es

A Narcís, mi compañero de vida.
A Santi, el mejor hermano que yo podría tener.

La tormenta te ha cambiado:
no olvidarás, nunca,
la oscuridad que borra la esperanza,
la tempestad que profetiza tu perdición.

W. H. AUDEN, «No habrá paz».

Capítulo I

Dejarse arrollar por el amor. Qué regalo de dioses. No lo había buscado. Apareció y las estrellas enviaron destellos. Fue una orden del cosmos, extraordinaria confabulación. Pero de pronto se apagó el universo. No le dio tiempo siquiera a entender que le acababan de matar. «¿De verdad me está pasando a mí?». Y se acabó. Vio el cuchillo a punto de penetrar en su corazón, no sintió cómo lo atravesaba, fue como un granítico puñetazo en el pecho; luego, todo se tornó oscuro y no se enteró de que cayó desplomado al suelo. Minutos antes caminaba por el parque, no era un paseo, era un encuentro secreto. Había tomado una decisión, era el primer día de una nueva vida, no sabía cómo lo encajaría su madre, pero tenía la esperanza de que lo entendiera, ella siempre estaba dispuesta a entender. Pensaba en matemáticas, calculaba las probabilidades de que todo saliera como había planeado, pero siempre aparecía esa equis, la incógnita de la ecuación. Un año ocultándose los dos cada vez que se encontraban, preguntándoles a las sombras si alguien se había escondido en ellas, comunicándose como espías, eligiendo barrios lejanos para no ser descubiertos. Iba a salvar una vida, pero perdió la suya. Nunca se le ocurrió que habría un sacrificio, que los dioses le darían la espalda tras acompañarlo al altar donde el cuchillo le estaba aguardando.

Capítulo II

La fatalidad quiso fijarse en Rosaura Castán desde bien joven. Era una tarde de julio de 1991, ella tenía quince años.

Entregada al ensimismamiento de la adolescencia, la chica no atendió la advertencia de su madre: «Acuérdate de sujetar a Numo cuando yo vuelva de la compra. Que no se me lance encima cuando llegue». Se le olvidó hacerlo. Cuando el perro de la familia, un pastor caucásico, oyó que llegaba su ama, salió disparado a saludarla y se abalanzó sobre ella mientras subía los peldaños de la casa cargada con bolsas. La madre perdió pie, cayó hacia atrás y se desnucó al estrellarse contra el primer peldaño. Más de una vez la efusividad de Numo les había dado algún susto en aquellos escalones de piedra que antecedían al caserón familiar, de ahí la advertencia de la madre. Esta vez le costó la vida. Fue una tragedia que los sacó fuera de la existencia. Rosaura se encerró en sí misma, solo abandonaba su cárcel emocional para pedir perdón, pero su padre y su hermana le respondían con un mutismo que la mortificaba aún más. No vengaron aquella muerte sacrificando al animal. Lo alejaron de sus vidas y se lo ofrecieron a un amigo de la familia, un ganadero de Laspaúles, un pequeño pueblo de la Ribagorza oscense. El hombre se hizo cargo del animal, se aseguraron de que fuera bien tratado. Nunca más quisieron saber de Numo.

Todo había sucedido en Barbastro, ciudad altoaragonesa, el centro de diecisiete mil mundos, los diecisiete mil habitantes de una tierra de vinos, huertas, almendros, carrasca y olivares. Para sus moradores, el mejor lugar de todos los posibles. Así lo pensaban también los Castán. La familia residía en un viejo caserón con jardín y una huerta. Pepe, el padre, periodista y también poeta en sus ratos libres, era el director de *Nuestra Tierra*, un periódico semanal que informaba sobre todo lo que acontecía en Barbastro y su comarca, la del Somontano. Hijo único, había heredado la casa de sus padres y estos, a su vez, de los abuelos. Construida en medio de huertas conectadas unas con otras por estrechos caminos entre lechugas y tomateras, antaño podría decirse que estaba a las afueras de Barbastro, pero la ciudad había crecido y había alcanzado a aquel antiguo caserón de fachadas blancas y tejado de pizarra. Se lo conocía como «Casa Castán», y en el jardín, aprovechando un terraplén natural, se había construido un mirador rodeado de lavandas, oréganos y tomillos y desde donde se avistaba la sierra de Guara e incluso, en los días de cielo limpio, algunas cumbres del Pirineo aragonés.

La madre de Rosaura, Gema de la Maza, era madrileña. El destino la unió a Pepe Castán durante una boda de amigos comunes en Zaragoza. De belleza delicada, era tan reservada que el cortejo fue un proceso lento: al periodista y poeta le costó varios viajes a Madrid conquistarla, convencido de que el sentimiento amoroso era recíproco, aunque ella no lo exteriorizara con tanta pasión como él, enamorado de un modo profundo, casi místico. Se casaron en Madrid y comenzaron una vida juntos en Barbastro. Gema, que había estudiado paisajismo y nunca estuvo en su mente ser ama de casa, abrió una floristería en la plaza del Mercado, el corazón de la ciudad, una plaza porticada con bellos edificios modernistas que reflejaban un pasado próspero debido al comercio, porque Barbastro era y seguía siendo una ciudad de comerciantes. A Gema se le alababa la exquisitez de sus ramos de novia y aún más sus proyectos para los jardines de los chalés que empezaban a emerger en los aledaños de la ciudad. Mezclaba en ellos el verde de cipreses y álamos, el color de los lilium, las rosas, las adelfas y las magnolias, la belleza de los cerezos y almendros cuando llegaba la primavera. Convertía los solares yermos en vistosos cuadros ejecutados por los pinceles libres de la naturaleza.

Era una mujer con buen gusto, que los barbastrenses traducían como elegancia. Las dos hijas del matrimonio, Rosaura —la mayor— y Beatriz, no heredaron ni las aptitudes poéticas y periodísticas del padre ni la sensibilidad estética de la madre. Estudiaban lo justo, no suspendían, pero rara vez llegaban al notable. Y eran muy diferentes: Beatriz era alta, con cabellos rubios y ojos tan claros que sus iris parecían transparentes, como los de la madre. Su físico contrastaba con el de Rosaura, de tez oscura, grandes ojos negros y ligeramente rasgados y pelo azabache de diminutos rizos. Era una copia de su padre y también del abuelo Castán, al que llamaban el Moro, aunque todos los ascendentes familiares, hasta donde se sabía, eran oriundos del Somontano. La familia bromeaba con que quizá fueran descendientes de los árabes que fundaron Barbastro en el siglo IX sobre la antigua Barbitania, un asentamiento romano. Rosaura siempre tuvo un físico que la hacía invisible al lado de su hermana. «Qué guapa estás, Beatriz». Casi nunca se referían a ambas en plural por su belleza cuando se encontraban por la calle con gente conocida. A veces se le dedicaba una cortesía: «¿Cómo estás, Rosaura?». Ella era la fea, la rara.

La muerte de Gema expulsó a la familia de cualquier paraíso, incluso de los que solo se soñaban. La madre había sido el corazón a través del cual latían los de su marido y sus hijas, la diosa que gobernaba sus mundos. Pepe Castán recordaría una y otra vez la última conversación mantenida con su mujer tras el desayuno en familia, horas antes de la desgracia. Habían decidido reformar el tejado ese verano y hablaron sobre ello. Fue una charla tan banal que luego al periodista le generaría frustración y desasosiego; cómo iba a saber él que a su mujer le quedaban pocas horas de vida mientras hablaban de tejas y tela asfáltica. Aquel día no comieron juntos, porque Pepe lo haría con un grupo de comerciantes de Barbastro en el mejor restaurante de la ciudad. El periodista presumía de ser buen gastrónomo, se consideraba un sibarita de la buena mesa. Precisamente a la hora de comer fue cuando Gema le advirtió a su hija Rosaura que encerrara a Numo cuando ella llegara. Beatriz había abandonado la mesa antes del postre y se había tumbado en el sofá para echarse una siesta. No oyó a su madre, o eso afirmó tras la tragedia. Solo Rosaura atendió su advertencia, pero la olvidó a los pocos minutos, cuando una amiga la llamó por teléfono y estuvieron charlando alrededor de una hora.

Tras el accidente fatal, Pepe, un hombre simpático y conversador, se convirtió en una persona solitaria y hasta desagradable en el trato. La hija pequeña, Beatriz, trece años cuando perdió a su madre, empezó a beber a escondidas y a dejarse magrear por los chicos. La desgraciada Rosaura, al contrario que su hermana, con la que se llevaba dos años, únicamente salía de casa para acudir al instituto. Le avergonzaba encontrarse con gente por la calle. Se sentía señalada por la muerte de la madre, pero era una sensación que ella misma había fabricado, porque donde los demás veían una desgracia fortuita, la joven se retrataba a sí misma como una asesina. Cada sonrisa amable y comprensiva de sus vecinos, la traducía como una condescendencia maliciosa. Su realidad deformada la condenaba a un sufrimiento perpetuo.

Las dos hermanas se alejaron de Barbastro cuando finalizaron el instituto y pasaron la prueba de selectividad. Primero lo hizo Rosaura, cuando cumplió los dieciocho, y más tarde Beatriz, que se fue a Barcelona, hizo un curso de Náutica y empezó a ganarse la vida en una empresa de reparación y mantenimiento de veleros. Siempre le había fascinado el mar, desde que se encontró con él por vez primera cuando era pequeña, en Comarruga, localidad del litoral tarraconense donde veraneaba la familia cada agosto hasta que murió la madre. Nunca volvieron. Rosaura estudió Enfermería en Madrid para luego especializarse en cuidados paliativos y acompañar a los pacientes terminales en sus últimos días. Quería estar cerca de la muerte, participando en la ceremonia de despedida, buscando el perdón en los últimos alientos de los demás. El inicio de su nueva vida en la metrópoli fue para ella una liberación, incluso se avino a integrarse en una pandilla de amigas, también estudiantes de Enfermería, con las que salía los fines de semana. Su padre, al igual que había hecho con Beatriz, le abrió una cuenta bancaria donde le ingresaba cada mes el dinero necesario para sus estudios. Pepe Castán se quedó solo en Barbastro, pero no lo lamentaba: tener a sus hijas estudiando fuera le libraba de la carga de atenderlas y estar pendiente de ellas, centrado como estaba en su propio dolor.

Rosaura se atrevió a enamorarse poco después de llegar a la metrópoli, y con diecinueve años se quedó embarazada. El padre del bebé, un estudiante de Económicas, se desentendió de ella. Rosaura se alegró: no lo quería en su vida. Cuando le comunicó la noticia, el joven ya había comenzado una relación con otra chica. Ella siempre sospechó que le era infiel y se sentía capaz de afrontar sola la gestación. Estaba ilusionada; su juventud y el optimismo que genera la animaron al triple salto mortal: proseguir con sus estudios de Enfermería, criar a su bebé cuando naciera y hacerlo sin la ayuda de su familia, aunque su grupo de amigas no la dejó sola ni antes ni después del parto.

Nació Adrián, y la llegada del bebé suavizó la culpa que arrastraba desde que perdió a su madre. No les dijo ni a su padre ni a su hermana que estaba embarazada ni tampoco les comunicó tras el alumbramiento que tenían un nieto y un sobrino. La relación estaba prácticamente rota. Ni siquiera compartían juntos las Navidades, sobre todo porque Pepe Castán dejó de celebrarlas. Las quería pasar en soledad y así se lo manifestó a sus hijas; para ellas, las fiestas navideñas también eran fechas tristes y tampoco hacían mucho por festejarlas. Rosaura hablaba por teléfono con su padre y con su hermana muy de vez en cuando, pero eran conversaciones frías, no les contaba mucho de su vida, tan solo que estaba bien y que sacaba buenas notas curso tras curso. Se habían acostumbrado a ese estado de cosas. En cualquier encuentro sería inevitable revivir la desgracia, y ni Rosaura se veía capaz de afrontar ante los suyos aquel suceso ni, pensaba ella, ellos mostraban interés en recuperar vínculos. Había una amargura que les impedía retomar los afectos, y el hecho de que cada uno viviera en ciudades distintas facilitó el alejamiento. Sin embargo, al año de nacer su hijo, Rosaura decidió anunciárselo a su familia, incluida la noticia de que era una madre soltera. «¿Y lo estás criando sola?», le preguntó su hermana. Cuando Rosaura iba a contestarle, Beatriz le dijo que tenía una llamada en espera y cortó la conversación. «Enhorabuena», la felicitó su padre en un tono que Rosaura definió como indiferencia, sin plantearse que quizá solo fuera la tristeza insuperable por la pérdida de su gran amor.

Pepe Castán ya no escribía poemas y se había convertido en un hombre obeso. El gusto que siempre tuvo por la buena mesa se transformó en un caos dietético. Su hija Beatriz creía que aquello era un suicidio lento, puesto que no parecían preocuparle los problemas de salud que le causaba su glotonería. El padre parecía no temer a la muerte, mientras que su hija Rosaura se llenó de vida cuando llegó Adrián. «Es un niño tan bueno», le decía a Petra, su vecina, que la ayudó desde el momento en que se conocieron; ella y su hijo Ignacio se convirtieron en su familia, en una madre y en un hermano.

«Es un niño tan bueno», seguía afirmando Rosaura cuando Adrián cumplió los dieciocho. Brillante en los estudios y enamorado de los números desde bien pequeño, no le sorprendió a su madre que decidiera estudiar la carrera de Matemáticas. «Los números tienen vida propia. Me enseñan a entender el mundo, hablan conmigo y yo escucho sus misterios», afirmaba el chico, que ya había ganado dos años consecutivos la Olimpiada de Matemáticas de España. En el primer curso de la carrera comenzó a dar clases particulares a estudiantes casi desahuciados por sus profesores; chicos y chicas que no entendían el lenguaje y la lógica de los números. Adrián les enseñó a comprenderlos, y lo hacía tan bien que ninguno volvió a suspender la asignatura, incluso algunos lograron notas altas. Comenzó con tres o cuatro alumnos y al final llegó a tener veinte. Impartía las clases en grupos, en el salón de la casa. Salía de vez en cuando con amigos, aunque no agotaba las madrugadas: pocas veces llegaba a casa más allá de las doce. No bebía alcohol ni fumaba; tuvo una novia, pero, según le confesó a Rosaura, la relación se malogró porque a él le iban más los números que las discotecas.

—Soy un muermo, pero no pasa nada, tampoco estaba enamorado de ella —le aseguró a su madre, restando importancia al hecho.

—Bah, no estaba a tu altura, olvídala —quiso consolarle ella.

—No seas injusta. A la chica le gusta divertirse, es lo normal. Soy yo el que no encaja —replicó con esa sonrisa suya que a Rosaura le iluminaba el alma.

Le sorprendía que su hijo fuera tan perfecto, cuando ella se sentía un ser fallido. Pero de nuevo irrumpió la fatalidad en su vida: un día Adrián fue asaltado en un parque por un desconocido, que lo mató de una puñalada en el corazón. Tenía veinte años. Rosaura murió también con él, aunque para el mundo siguiera viva. Al día siguiente de la muerte de su hijo, fue detenida y el juez la envió a prisión.

CAPÍTULO III

Del cielo no caen piedras, pero aquella parecía lanzada por una mano invisible que apuntó desde lo alto directamente a su cabeza. Sintió el sonido del golpe dentro de su cerebro como el de un martillo contra la madera. Un hilo de sangre se deslizó sobre su rostro y cayeron al pavimento tres gotas rojas. Rosaura Castán caminó con pasos vacilantes hacia el aparcamiento que antecedía al recinto penitenciario, se escondió entre dos coches y se sentó en el suelo, mareada y confusa. Sacó de su bolso un clínex y presionó la herida en la frente, justo donde nacía uno de los muchos rizos de su cabello tan negro. Entre sus dedos, el mechón de pelo lo notó pastoso y sanguinolento. Elevó la mirada hacia el cielo. «Me merezco tu pedrada», le dijo al Dios omnipotente y vengativo que recordaba de la Biblia.

Rosaura iba a disfrutar de su primer permiso carcelario y el mundo exterior acababa de recibirla agrediéndola. Lo consideró una mala señal. El cantazo no había sido grande, más le dolía la humillación de haber sido apedreada. La herida sangraba como si le hubieran rasgado la frente con un escarpelo, pero, como enfermera que era, sabía que en el cuero cabelludo confluyen numerosos vasos sanguíneos casi a ras de piel y no le extrañó que manara tanta sangre. Continuó presionando con el clínex, segura de que pronto se detendría la hemorragia. Agazapada entre los coches, y aún temerosa de recibir una nueva pedrada, asumió que no podía permanecer allí más tiempo. Su vecina y amiga Petra debía de estar a punto de llegar para recogerla. Se incorporó, asomó la cabeza entre los vehículos y miró a su alrededor. Vio saliendo del recinto penitenciario a otras presas con sus bolsas de equipaje. No le pareció que alguna de ellas fuera la autora de la agresión, concentradas como estaban en dar esos primeros pasos que las alejaban de las rejas. Caminó deprisa cubriendo su cabeza con el bolso, por si le caía otra piedra del cielo. ¿Quién la habría lanzado? Podría tratarse de un hecho fortuito, pero no lograba explicarse cómo ni por qué había volado por los aires para hacer puntería precisamente en su cabeza.

Era aquel un día de mediados de marzo de 2018, hacía una semana que Rosaura había cumplido cuarenta y dos años, y los dos últimos los había pasado encarcelada. Ahora estaba libre por unos días. Con su bolso y su pequeña maleta de viaje, se acercó a la marquesina del autobús, en la estrecha carretera comarcal que conducía al centro penitenciario. Dejó que un viento fresco y suave besara su rostro y también su herida. Conocía ese viento que siempre merodeaba la prisión. Cuando se ponía bravo y soplaba en el patio de la cárcel, sus embestidas latigaban la piel de las reclusas, malograban las caladas de los cigarrillos y se daba violentos revolcones en los cabellos de las presas. En invierno congelaba hasta las almas; en verano era tan caliente que las asfixiaba. Siempre fue un misterio para Rosaura por qué lograba circular con tal ira en un patio sin entrada ni salida para generar una corriente de aire: le bastaba solo con colarse por el cielo abierto y centrifugar. Ahora le llegaba como una bendición, la traspasaba sin azuzarla y mecía las flores de los campos cercanos como si les cantara una canción de cuna. Vio acercarse por la pequeña carretera un Ford Fiesta azul oscuro que se detuvo ante ella. Era Petra. «¡Sube, Rosaura!», oyó que le decía tras bajar la ventanilla. Su vecina de rellano y su única amiga era una mujer de setenta y tres años, viuda, inspectora de Trabajo ya jubilada; una mujer resolutiva, con carácter, con su media melena teñida de violeta. Aún vivía Adrián cuando un día, de repente, Petra se fue a la peluquería y cambió sus cabellos canosos por el color malva. Nunca contó la razón. «Me ha dado por ahí, no todo tiene por qué tener una explicación», dijo sin más.

—¡Sube, Rosaura, vamos! —la apremió de nuevo mientras le abría la puerta del copiloto con un rápido movimiento del brazo.

Habían hablado por teléfono aquella semana, lo hacían con frecuencia, la visitaba en prisión y se había ofrecido a recogerla. Le extrañó que no saliera del vehículo para darle un abrazo, en lugar de urgirla desde el coche para que entrara. Presionando la herida con una mano y con su bolsa de viaje en la otra, entró en el Ford, cerró la puerta de un golpe seco y su amiga arrancó el motor. La acompañaba su hijo Ignacio. Se sorprendió al verlo en el asiento de atrás con un brazo escayolado y en cabestrillo.

—Hay problemas, Rosaura —le dijo Petra.

—¿Qué quieres decir? —La miró con temor.

—No puedes ir a tu casa, no te conviene.

Aún no había puesto la segunda marcha cuando aparecieron dos jóvenes corriendo junto al coche. Uno de ellos enarbolaba en su mano algo que parecía una fotografía, la colocó a la carrera sobre el cristal de la ventanilla de Rosaura y ella reconoció enseguida al joven que le estaban mostrando en la imagen: Miguel Ordaz. «¡Puta asesina!», la insultó el chico. El sonido le llegaba sordo tras el cristal, pero leyó en sus labios aquellas palabras humillantes. «¡Vamos a por ti!», gritó el otro, que corría junto a su compañero.

—Deben de ser los Ordaz. ¡Acelera, mamá! —gritó Ignacio.

Petra lo hizo, cambió las marchas rápidamente hasta la tercera, pero no se atrevió a más, temiendo atropellarlos, lo que permitió que aquellos dos jóvenes vestidos con pantalones y camisetas negras siguieran golpeando la ventanilla con la foto.

—¡Pon la cuarta, vamos! —insistía su hijo.

—Les voy a aplastar los pies si lo hago.

—Pues que les den.

—Que sea lo que tenga que ser.

La mujer aumentó la velocidad, miró al frente, no quería verlos bajo las ruedas. Logró dejarlos atrás sin rozar sus cuerpos con el coche, los vio a través del espejo retrovisor vociferando y agitando sus brazos.

—¿Son los que te han atacado? —le preguntó Petra a Rosaura, observando su pañuelo manchado de sangre—. Lo sabía, sabía que los Ordaz te esperarían a la salida, por eso te he recogido casi al vuelo.

—Me ha caído una pedrada del cielo al salir de la cárcel, supongo que habrán sido ellos. Quieren venganza. Me la merezco.

—No hables así. Quién sabe por qué hiciste lo que hiciste. Pero no eras tú —la consoló Ignacio.

—Da igual, el caso es que lo hice —zanjó Rosaura—. ¿Qué te ha ocurrido en el brazo?

Ignacio trabajaba como guardia de seguridad en un centro comercial a las afueras de Madrid. Su amiga tenía curiosidad por saber cómo se había producido la fractura. Temió que se hubiera roto el brazo persiguiendo a algún carterista.

—Resbalé en el suelo recién fregado de uno de los pasillos del centro y me rompí el cúbito. Puede que me echen tras la baja, estaré fuera de juego dos meses como mínimo.

—¡Y encima podrían despedirte! —exclamó Petra, indignada—. Deberías haberlos denunciado. No señalizaron que el suelo estaba mojado.

—Déjalo, mamá, paso de líos y paso de juzgados, ya te lo he dicho y te lo vuelvo a repetir. No insistas.

—Han incumplido las normas de riesgos laborales —afirmó Petra con convicción—. Voy a meterme por la R-2. Así evitamos el tráfico del Corredor del Henares. Son casi las seis de la tarde, hora punta.

—No te habría reconocido con la barba —le comentó Rosaura a Ignacio.

—Me quita la cara de niñato que tengo —replicó él con una sonrisa en la mirada.

Ignacio iba embutido en el asiento de atrás, pues era un hombre alto, casi uno ochenta de estatura. «Podrías haber triunfado en el baloncesto», le decía con frecuencia su madre, a pesar de que el hijo detestaba el deporte. A él lo que le apasionaba era el cine. Llevaba años enviando sus guiones a las productoras y jamás le contestó ninguna, aunque lo seguía intentando. Tenía ya cuarenta y cuatro años, pero siempre le habían acompañado esas facciones de niño, con la piel tersa de sus mofletes y unos labios carnosos y bien dibujados. «Como cuando eras mi bebé», le decía Petra. Rosaura tenía dos años menos que él, pero ante el espejo se veía envejecida. Su mirada ya no tenía la luz de la vida. Sus arrugas eran senderos de muerte. A su hijo lo habían asesinado. Ella expiaba en la cárcel un crimen. No había nada más allá que eso y odiaba la esperanza cada vez que llamaba a su puerta y la tentaba con sus promesas.

—La madre de los Ordaz te está esperando en el portal de nuestro edificio con otros de sus hijos —le advirtió Ignacio a Rosaura—. Los hemos visto al salir de casa. Son ciento y la madre en esa familia. Esta mañana han pintado en la puerta de tu piso la palabra «Asesina».

—No te puedes quedar allí —añadió Petra—, al menos por el momento. No es seguro. Dos de ellos te han lanzado una piedra hace unos minutos y nos han perseguido con esa foto. ¿Qué será lo siguiente? Son gente inquietante y todos visten de negro. Dan miedo.

«Vamos a por ti», la habían amenazado. Un año atrás, cuando Rosaura ya llevaba otro en prisión y fue conducida al juzgado para someterse al juicio, los Ordaz la increparon, le escupieron a la cara; ella se había cubierto el rostro con una bufanda y tres guardias civiles la protegieron, pero aun así sintió que en cualquier momento se abalanzarían sobre ella y la lincharían. Eran muchos, los oía, no veía sus rostros, pero sí percibía su furia, que le pareció que pesaba toneladas y la estaba aplastando.

—Quiero ir a mi casa, no voy a huir —decidió—. El asesino de mi hijo sigue libre y a nadie parece importarle nada.

—A nosotros sí nos importa, Rosaura. —Petra posó su mano sobre el brazo de su amiga.

—No es suficiente, aunque os lo agradezco.

—Te hemos cuidado tu Opel Corsa, por si lo quieres usar —le comentó—. Mi hijo le quitó la batería para que no se oxidara, pero ya te la ha vuelto a colocar y ha llenado el depósito.

—Reparamos la luna del parabrisas y el bollo del capó —añadió Ignacio.

—No hables de eso ahora —le ordenó su madre.

—Da igual, no lo conduciré jamás —les aseguró Rosaura—. Lo venderé en cuanto pueda.

—Ya me ocupo yo, si quieres —se ofreció Ignacio.

—Dadme un respiro, por favor —les pidió; pensar en el coche le provocaba angustia, la llevaba a lugares que no quería recordar.

Cuando el Ford Fiesta se adentró en la autopista R-2, la recibió un enorme edificio gris de forma cúbica, clavado sobre el paisaje como si hubiera caído del cielo, al igual que la pedrada. ¿Qué hacía allí aquel mamotreto, violentando la naturaleza que había logrado sobrevivir a pie de autopista?, se preguntó. Le recordó a la sensación que tuvo cuando entró en prisión. Sintió una mole cayendo sobre ella y aplastándola contra el suelo. La libertad se convirtió en un sueño y su vida como persona desapareció. Era un número en un expediente. «Poco más que eso», pensó mientras paseaba la melancolía de su mirada por los campos que ya comenzaban a verdear entre las flores, salpicados aquí y allá por pequeñas granjas, depósitos de pienso, cerros y lomas coronados por grupos solitarios de robles y cipreses. Cuando ya se divisaban a lo lejos las siluetas de los cuatro rascacielos que rasgaban las nubes de Madrid, un avión de pasajeros voló por encima del coche a muy poca altura. Estaba aterrizando en el cercano aeropuerto de Barajas. Las estelas de otros aviones habían dejado su huella en el cielo, caóticas, algunas en paralelo, otras cruzándose en equis. Eran como los rayajos de un niño en un cuaderno infantil.

«Adrián...», nombró a su hijo en su mente y suspiró.

Dos años sin la contemplación distraída de la naturaleza, setecientos treinta días —los había contado uno a uno— sin ver otra cosa que a sus compañeras de presidio, los pasillos infinitos, ninguno terminaba en puertas que se abrieran a la calle, siempre paredes y más paredes, el ruido estruendoso de los cerrojos y las vueltas de llave de las puertas de las celdas, el patio, los funcionarios de prisiones, los psicólogos, las rutinas que nunca variaban, la disciplina, los horarios. Nunca imaginó que pudiera ser tan perturbadora la pérdida forzosa de la libertad, aunque en realidad la verdadera cárcel era ella misma. Dos intentos de suicidio. La muerte la esquivaba. La maldijo las dos veces que la recuperaron para la vida.

Dejó de presionar su herida, ya notaba el chichón en la frente.

—Los tenemos detrás —advirtió Ignacio, con la mirada vuelta hacia el cristal posterior del coche—. Son los Ordaz. Van pegados. Nos van a dar.

—¿Y qué hago? —preguntó Petra, observando por el retrovisor un Peugeot negro que se les estaba echando encima.

—Todo es por mi culpa, lo siento —se excusó Rosaura.

Un cuchillo imaginario encerrado en el puño. La mano derecha que lo dirigió directamente al corazón y le asestó varios golpes. Rosaura se apuñalaba a sí misma involuntariamente desde que su madre murió, tres cuchilladas falsas, pero que ella sentía como reales, hasta tal punto que se le entrecortaba la respiración. Tras la muerte de Miguel Ordaz, se apuñalaba aún más.

—No hagas eso, cariño, ya te lo he dicho muchas veces —le pidió Petra—. ¿Se lo has comentado a la psicóloga de la cárcel?

—Mamá, te estás saliendo del carril, cuidado.

—¡Basta, Ignacio! —le gritó su madre, agobiada—. Me estás poniendo más nerviosa que los malditos Ordaz. Los tenemos pegados, al final acabarán por sacarme de la carretera.

—A tres kilómetros hay un peaje —le informó su hijo, consultando su teléfono móvil—. Nos detenemos y a ver qué pasa. Allí hay testigos y hay cámaras.

—Deberías estar tú al volante. Yo ya no tengo reflejos para estas cosas.

—Pero resulta que tengo el brazo escayolado. Tranquila, solo nos quieren intimidar.

—¿Cómo estás tan seguro de eso? Llama al 062 y que vengan los de Tráfico. Voy a pararme en el arcén. Cerrad los seguros de las puertas —decidió Petra.

—¿Es lo que quieres, mamá? Guardia Civil, documentación, papeleos. Y Rosaura con su primer permiso, un lío que no necesita.

El Peugeot negro se situó en paralelo al Ford Fiesta y el copiloto les mostró de nuevo la foto del joven Miguel Ordaz a través de la ventanilla.

—Pero ¿qué queréis? ¡Miguel Ordaz, sí, ya nos ha quedado claro! —les gritó Petra al volante, desviando un instante la mirada hacia el automóvil.

El joven se llevó el dedo pulgar al cuello y lo recorrió de lado a lado como si fuera una navaja, desafiando con su mirada a Rosaura. Después, el coche aceleró y se alejó a gran velocidad.

—Mirad lo que acaba de hacer uno de esos. Te amenazan, Rosaura. No puedes volver a casa. Llama a tu poli y díselo —le aconsejó Petra.

—No es mi poli —afirmó ella, molesta—. Martina no es nada mío, es la que aún no ha detenido al asesino de mi hijo.

No quería saber nada de aquella inspectora del Cuerpo Nacional de Policía, la investigadora del crimen de Adrián. A pesar de que la agente y sus compañeros habían trabajado intensamente, el caso había entrado en un punto muerto.

—Al menos, que sepa que te acaban de amenazar con degollarte —comentó Ignacio.

—No hace falta que seas tan explícito —le recriminó su madre.

Rosaura tenía tres llamadas perdidas de la inspectora. Había reparado en ellas cuando le entregaron su móvil al salir de la prisión, pero no quiso devolvérselas. «Seguimos en ello», le decía siempre. No deseaba oírlo de nuevo. Sin embargo, decidió llamarla ahora para proteger a sus dos amigos. Permanecer con ella los ponía en peligro.

—Martina, me has llamado. ¿Qué quieres? —saludó a la agente con aspereza cuando contestó al teléfono.

—Solo saber cómo estás. ¿Ya has salido de permiso?

—Sí, y los Ordaz me estaban esperando. Me han lanzado una pedrada y me han hecho saber que me iban a cortar el cuello, te lo digo porque voy hacia Madrid con dos amigos y no quiero que les ocurra nada por mi culpa. Y ahora, si no hay novedades en la investigación, voy a colgar —le dijo Rosaura, con brusquedad.

—Seguimos investigando, no nos rendimos. Si quieres mando un zeta a tu casa.

—Sí, mándalo.

—Puedes denunciarlos por amenazas, ¿lo sabes?

—Lo sé, pero no lo voy a hacer.

—¿Nos tomamos un café y hablamos del asunto?

—No hay asunto, porque quien mató a Adrián sigue libre.

—Lo encontraremos, te lo prometo. ¿Necesitas algo?

—Al asesino de mi hijo. Tráemelo de una vez.

Rosaura cortó la llamada y comprobó en uno de los bolsillos de sus vaqueros que continuara ahí ese papel con un número de teléfono. Sí, allí estaba, en él habitaba una esperanza, aunque no creyera en ella: una reclusa, Margarita —era con la que mejor se llevaba en prisión—, le había facilitado un contacto que quizá podría decirle algo sobre el asesinato de Adrián. Margarita insistió mucho, ante el escepticismo de Rosaura. «Los que estamos en este lado sabemos mucho más sobre estos asuntos que la propia policía», le había argumentado para convencerla.

—Ya estamos cerca de casa —avisó Petra, a punto de entrar en la M-30—. ¿Seguro que quieres ir a tu piso? Recuerda que Ignacio sigue teniendo su pequeño estudio en el barrio de Arganzuela y hay un sofá cama. Te puedo llevar ahora mismo. ¿A que no te importa, hijo?

—En absoluto. Lo limpié hace un par de días. Está decente.

—No voy a huir de mi propia casa —insistió Rosaura.

Los tres vivían en el sureste de Madrid, en el distrito de Moratalaz, un barrio de clase media, un núcleo urbano de más de cien mil personas con avenidas, arboledas y parques que embellecían los paseos. Hasta mediados del siglo XX, eran tan solo unas hectáreas de campos en barbecho, ovejas, abrevaderos, pequeñas huertas y humildes casas de labranza en torno al arroyo Abroñigal. Veinte años después, ya se había convertido en una pequeña ciudad dentro de la otra, la metrópoli, Madrid. Y seguía creciendo. Con su nómina de enfermera y cuando Adrián tenía cinco años, Rosaura pidió una hipoteca y adquirió allí un piso de sesenta metros cuadrados a buen precio, incluida la plaza de garaje. La pesada carga de su biografía halló en su vecina Petra y en su hijo Ignacio el apoyo que necesitaba; eran quienes engrasaban la maquinaria que hacía avanzar su vida.

—Míralos, dos de los Ordaz encarándose con los del coche patrulla que acaba de enviar tu poli —los señaló Petra con la mirada cuando se acercaba al garaje del edificio donde vivían—. ¿No te van a dejar en paz?

—Nunca —replicó Rosaura, bajando la cabeza y encogiéndose en el asiento.

Sí, ahí estaban los dos hermanos vestidos de negro, los que la habían apedreado y luego amenazado con cortarle el cuello. Increpaban a los agentes con tal ímpetu que no se percataron de que se acercaba el Ford Fiesta con su enemiga dentro y desaparecía por la rampa del garaje. Pero los Ordaz eran insistentes. Cuando Rosaura y sus dos amigos subieron en el ascensor y salieron en el segundo piso, otro de los hermanos, acompañado de la matriarca de la familia, les esperaba en el rellano con un cubo en la mano. Le lanzó a Rosaura su contenido: sangre. Le empapó el cabello, el rostro y parte del cuerpo. Su aspecto impresionaba, parecía un personaje de una película de terror.

—Sangre de cerdo para una cerda como tú, la asesina de mi hijo Miguel —le gritó la madre con desprecio.

Era una mujer obesa, iba vestida de negro, como todos sus hijos, pero esa sobriedad tenía su contrapunto en la profusión de oro que exhibía: los pendientes, las pulseras, el reloj, los anillos, incluso la pequeña peineta que recogía sus largos cabellos oscuros en un voluminoso moño. Su hijo, un veinteañero con un ojo bizco y cabellos pelirrojos, avanzó un paso y se colocó frente a Rosaura tras arrojarle la sangre. Ignacio le dio entonces un empujón para alejarlo de su amiga.

—¿Pero de qué vas? —increpó al muchacho, que le dedicó una sonrisa desafiante—. Lárgate de aquí o les digo a los policías que suban. Están abajo, ¿lo sabías?

—¿Y tú qué pintas aquí, grandullón?

—Yo vivo aquí. El que no pintas nada eres tú —le desafió también Ignacio.

Petra protegía a Rosaura rodeándola con un brazo, intentaba abrirse paso entre la madre y el hijo para entrar en su piso. Le costaba tirar de su amiga, que estaba rígida, con los músculos en tensión; sus pies parecían clavados en el suelo, no querían avanzar. Estaba en shock.

—¡Asesina de inocentes! —le gritó la matriarca.

Ignacio cogió su móvil y llamó al 112 sin perder de vista al muchacho, quien a la vez miraba a Rosaura con un ojo y con el otro a su madre, sin que pudiera saberse cuál de ellos era el que estaba operativo.

—Nos están amenazando, calle Ana Orantes, 51, segundo piso. Hay un coche patrulla abajo, dígales que suban enseguida —les pidió.

Mientras él hablaba con la central de emergencias, Rosaura, sin moverse del sitio —continuaba como una estatua—, dirigió su mirada hacia la matriarca.

—Señora Ordaz, ya le escribí una carta desde la cárcel pidiéndole perdón.

—Y yo la tiré a la basura sin leerla. Por mucho que me escribas, seguirás siendo una asesina —replicó ella con desdén—. No sé por qué te han soltado. Para que suframos aún más.

—Madre, la han soltado porque la justicia a los asesinos les hace la ola —replicó el hijo.

Aparecieron por las escaleras cuatro agentes de la Policía nacional, dos hombres y dos mujeres. Ya eran nueve en aquel rellano de apenas cinco metros cuadrados. Ignacio pensó en la hilarante secuencia del camarote de los hermanos Marx en la película *Una noche en la ópera*. Los nervios le amenazaban con provocarle la risa. La reprimió antes de que se dibujara en su boca. Señaló a Rosaura ante los policías:

—Le han lanzado encima un cubo de sangre —les dijo—. A ver de dónde la han sacado, tendrán ustedes que analizarla, digo yo.

—Es sangre de cerdo. Poco para lo que se merece —sentenció la matriarca.

Los agentes pidieron a la madre y al hijo Ordaz que se identificaran. Ninguno llevaba el DNI encima. Ella se quejó: «¿Ahora resulta que somos nosotros los delincuentes?». Les aseguró no poder soportar que Rosaura estuviera en la calle mientras su hijo Miguel yacía bajo tierra.

—¿Quiere efectuar denuncia por amenazas y agresión? —le preguntó a Rosaura una de las policías, ignorando los lamentos de la mujer.

Ella negó con la cabeza.

—Eres cobarde hasta para eso —le reprochó el chico bizco—. Denúnciame, anda, que no te he tocado ni un pelo, solo se nos ha caído un poco de sangre de tus amigos los cerdos —la desafió.

—Basta ya, joven —le reconvino una de las dos agentes—. No quiero oírles una palabra más. Van a salir de aquí su madre y usted ahora mismo, ¿de acuerdo?

Volvieron a quejarse, a increpar a su enemiga. La matriarca incluso lloró y se dio golpes en el pecho por su hijo Miguel, pero finalmente los policías se los llevaron de allí.

—No me puedo mover, las piernas no me responden —musitó Rosaura, con voz trémula.

Entre la madre y el hijo lograron que diera los dos pasos que la separaban del piso de Petra. Antes de entrar en la vivienda, giró la cabeza hacia la puerta de su casa, donde los Ordaz habían escrito «Asesina». Cerró los ojos un instante, huyendo de aquella palabra. Le costó abrirlos de nuevo, debido a la sangre pastosa que impregnaba sus pestañas. Petra condujo a su amiga al baño, la ayudó a desnudarse, la puso bajo la ducha y abrió el grifo. Rosaura se mantuvo en silencio mientras el agua caliente deslizaba la sangre por su cuerpo hasta hacerla desaparecer por el sumidero. No podía pensar, no podía sentir. Se le habían apagado las emociones, pero aun así acudieron a su mente dos ideas potentes: la convicción profunda de que estaría mejor muerta y otra contraria a ese deseo, que era la de no morirse hasta encontrar al asesino de su hijo.

Capítulo IV

Adrián se levantaba una hora antes de lo acostumbrado para desayunar con su madre, que comenzaba su turno a las ocho de la mañana. Madre e hijo disfrutaban de aquel primer momento del día entre tostadas, zumo de naranja y café. Aquella mañana no fue diferente. Rosaura trabajaba como enfermera en la unidad de paliativos de un hospital y colaboraba como voluntaria en una fundación que ofrecía acompañamiento a domicilio por las noches a quienes, en la fase terminal de la vida, querían morir en sus casas, cerca de los suyos. El trabajo de Rosaura consistía en arroparlos, reconfortarlos, administrarles los medicamentos pautados por los médicos y explicarles a sus familias del mejor modo posible cómo iba a ser ese proceso final.

—¿Despediste ayer a alguien? —le preguntó su hijo.

A Adrián le impresionaba el trabajo de su madre, le preocupaba que un día la afectara tanto que quebrara aún más su alma. Sabía cómo había muerto su abuela y también que su abuelo y su tía no habían mostrado nunca interés en conocerle. Se había acostumbrado, pero siempre confiaba en que se arreglaran las cosas y un día pudiera formar parte de sus vidas.

—No me preguntes esas cosas, te lo digo siempre, no te conviene oírlas, cariño.

—Y yo siempre te digo que debes compartirlas conmigo. Si te las quedas, te envenenarán.

—No te preocupes por eso. Marco distancias y pongo barreras, de lo contrario no podría hacer mi trabajo ni podría ayudar a los pacientes.

—¿Te afectó la de ayer?

—Fue un bonito adiós, no de los peores.

Rosaura le contó que una mujer se había ido de la vida con una sonrisa. Su marido fallecido le había dicho en sueños que la esperaba en el cielo con la mesa puesta y callos malagueños, uno de sus platos favoritos. La paciente era una mujer creyente, creía en un paraíso celestial que daba sentido a su existencia. Rosaura sentía que traicionaba la intimidad de los enfermos comentando estos temas con su hijo, pero él insistía y ella acababa por ceder, aunque solo le contaba los casos más amables. Se guardaba para sí la desesperación de quienes no querían morir, los que se aferraban a la vida y no asumían el final; o las despedidas de quienes no soportaban más el dolor y afrontaban con alivio abandonar este mundo. Ella escuchaba a unos y a otros, les cogía de la mano, buscaba las palabras adecuadas que los reconfortaran, pero sin mencionar en ningún caso la esperanza. Era un equilibrio difícil, pero ella lo tenía muy interiorizado y desarrollaba su trabajo con ternura y compasión. En realidad, era a su madre a la que despedía en cada una de aquellas muertes. Falleció en el acto. Siempre perseguía el adiós que no pudo darle.

—Me gusta escucharte, mamá, me alivia saber que hay finales que no son tan duros, aunque todos lo son. Yo no podría hacerlo.

—Claro que sí, tienes buen corazón, eres la mejor versión de mí misma, pero deja de preguntarme por quienes se van de la vida. Lo tuyo son los números, el futuro.

—El futuro... —suspiró Adrián con melancolía mientras miraba el fondo de su taza de café ya vacía.

—¿Qué ocurre? ¿Los números ya no te muestran lo que está por venir? —bromeó su madre.

—No son algo esotérico, mamá. Al contrario, nos sitúan ante la realidad con una verdad absoluta e incuestionable, pero juegan con nosotros, nos retan con sus misterios. De hecho, todavía hay teoremas matemáticos que siguen sin resolverse. Se sabe qué expresan, pero no la teoría que los define. ¿Te cuento algo? Ayer, una de mis alumnas, Estrella, me dijo que había un mago invisible detrás de los números y que eso la divertía. Me gustó oírlo. Odiaba las mates, como todos los demás, hasta que se las expresé de otro modo. Acababa de explicarle a ella y a los demás lo que ocurre con un número, el 142.857. Es mágico, lo descubrí siendo adolescente, una curiosidad matemática que a mis alumnos siempre les sorprende. Alucinarías con los números cíclicos como este si me dejaras explicártelos, pero nunca me atiendes cuando te hablo de estas cosas.

—Eso no es verdad. Disfruto escuchándote. Hablaremos esta noche a la hora de la cena, hoy no tengo turno en la fundación. Te prometo estar atenta a ese número mágico. Ahora tengo que irme, se me está haciendo tarde. ¿Sabes que yo también tengo mi verdad, como la tuya con los números? Es la más sencilla de todas: te quiero. —Le tomó una mano, la presionó suavemente y le besó en la frente.

Era un chico guapo, pensaba de él su madre. Había heredado del padre ausente sus ojos, tan verdes con sus cejas tan tupidas y oscuras, un contraste que embellecía sus facciones. Rosaura se sumergió en aquella mirada turquesa y sintió un cosquilleo. Apuró el café y se levantó, dispuesta ya a salir de casa.

—Yo también te quiero, mamá —le dijo él con la misma rara melancolía con la que minutos antes se había ensimismado en su taza de café.

—¿De verdad que no te pasa nada? —insistió ella, para quien el alma de Adrián era transparente, como piensan todas las madres, que se creen brujas buenas, capaces de captar lo invisible que late en sus hijos y que ni ellos mismos conocen.

—No me pasa nada, ¿por qué lo dices? —Adrián esquivó la respuesta y pasó a otro tema—: Hoy llegaré un poco tarde, nos vamos a tomar algo los compañeros más friquis de la facultad, yo incluido.

Ya no volvería a verlo con vida.

Las doce de la noche, la hora a la que acostumbraba a llegar Adrián cuando salía con amigos, y no sabía nada de él. Las dos de la mañana. Sin noticias de su hijo. Rosaura lo había llamado repetidamente al móvil. El teléfono estaba desconectado. Intentó contactar con Toni, compañero de la facultad y también el mejor amigo de su hijo, pero la línea estaba ocupada y en las siguientes llamadas no le cogió el teléfono. Era ya muy tarde. Quizá estuviera dormido. Rosaura estaba desesperada. Algo iba mal, ese presentimiento crecía intensamente en ella. Al filo de las tres de la madrugada, dos agentes de la Policía nacional llamaron a su puerta. Le comunicaron la noticia: Adrián había sido hallado muerto.

No pudo procesarlo.

—Estoy tendiendo la colada —les dijo—. ¿Pueden esperar un minuto y les atiendo?

—Señora, ¿ha entendido lo que acabamos de decirle? —le preguntaron, desconcertados.

—Sí, pero tengo que tender la colada, si no, se me arruga la ropa en la lavadora.

Caminó unos pasos hacia la cocina y se desmayó. Se despertó en el suelo del salón de su casa, con un sanitario del Sámur tomándole la tensión, otro inyectándole un tranquilizante y una tercera, una psicóloga, cogiéndola de la mano.

—Adrián... —suspiró—. Dígame que está bien, por favor.

—Lo siento mucho, Rosaura —le contestó la psicóloga.

Un grito, dos, muchos más. El desgarro le cortó la respiración. Le colocaron una mascarilla de oxígeno. Minutos después, uno de los agentes le explicó que Adrián había sido hallado sin vida en el parque de Roma, junto a la autovía M-30 de Madrid. Murió de una puñalada en el corazón.

La inspectora Martina Lezano, del Grupo VI de Homicidios del Cuerpo Nacional de Policía, sería quien se ocuparía de investigar el crimen. Ella y Rosaura se conocieron más tarde en el Instituto Anatómico Forense de Madrid. El encuentro en la morgue con los familiares de quien había muerto de modo violento era una situación que a Martina la desasosegaba, por muy acostumbrada que estuviera tras más de veinte años de servicio. Rosaura Castán no fue una excepción: la vio deshecha, su cuerpo encogido como si la acabaran de apalear, ausente, perdida.

—¿Qué solía llevar encima Adrián? —le preguntó en la sala de autopsias, intentando mantenerse distante, pero, a la vez, procurando transmitirle calidez.

—Supongo que llevaba la cartera y el móvil. Pero ahora no puedo recordar nada —contestó la madre con la mirada extraviada.

—Solo se han encontrado el abono transporte y un juego de llaves, supongo que serán las de casa.

—No sé, no puedo pensar en esas cosas, no me pregunte.

Hacía pocos minutos que Rosaura acababa de identificar el cadáver de Adrián. A pesar de ser enfermera de pacientes terminales y asistir a sus muertes, la piel gélida de su hijo la sobrecogió como si fuera la primera vez que tocaba un cadáver. Notó al tacto un frío desconocido, como si procediera de un planeta helado y ella fuera el primer ser humano que palpaba aquel hielo extraño. Quiso transmitirle calor a su hijo abrazándose a su cuerpo, lo besó en la frente, en las mejillas, acarició con sus labios todo su rostro. Permaneció varios minutos así, adherida a Adrián. El dolor de aquella madre ya había rebosado su alma y Martina decidió no prolongarlo.

—Rosaura, por favor, ya está —le susurró, tomándola suavemente del brazo y separándola del cuerpo.

—Huele a colonia. Siempre usaba la de Heno de Pravia. Qué guapo está. No quiero irme de aquí, déjeme un poco más, por favor —suplicó.

—Podrá estar con él en el tanatorio, eso también la reconfortará.

La agente tuvo que insistir para llevársela de allí: cada vez que la separaba del hijo muerto, ella intentaba regresar a su lado.

—Pero ¿quién lo ha matado?

—Eso es lo que intentamos averiguar.

Alrededor de las doce de la noche, un hombre que paseaba a su perrita por el parque de Roma, en el barrio madrileño de Estrella, había encontrado su cadáver flotando en el estanque y llamó a la policía. A Adrián se le pudo identificar porque en el bolsillo del vaquero llevaba su tarjeta de abono transporte con su nombre y apellidos. No aparecieron ni su cartera ni su reloj, un Lilienthal Berlin de fabricación alemana que Rosaura le había regalado cuando cumplió dieciocho años. No era de los más caros, pero tampoco una baratija: costó cerca de trescientos euros. El teléfono del chico también había desaparecido, estaba inactivo.

Adrián fue asesinado entre las ocho de la tarde y las once de la noche. Así lo estableció la autopsia preliminar, que también reveló que había fallecido de una profunda cuchillada que partió en dos su corazón. Ya estaba muerto cuando fue lanzado o cayó al estanque, pues no se halló agua en sus pulmones. Tampoco se encontró el cuchillo que acabó con su vida. Los buzos examinaron el estanque en busca del arma homicida, pero no hubo suerte: ni estaba allí ni tampoco en las cercanías de la escena del crimen. La hipótesis era la del robo. En el cuerpo del joven no aparecieron signos de pelea ni tampoco heridas defensivas en las manos. Quizá la víctima conociera a su agresor, era una de las hipótesis, aunque también pudo tratarse de un asalto a traición que le impidió reaccionar. Al no hallarse señales de arrastre en el suelo, la conjetura era que el crimen se produjo muy cerca del estanque y que, una vez muerto, el muchacho fue lanzado al agua o se cayó él mismo, pues el estanque carecía de barandilla, tan solo lo bordeaba una coronación de piedra y algunas plantas ornamentales.

—Pero si lo que querían era robarle, ¿para qué matarlo? —le preguntó Rosaura a la inspectora Martina cuando, más tarde, declaró en la comisaría—. No tiene sentido. Iban contra él y han hecho que parezca un robo.

—Eso hay que probarlo, y por el momento seguimos sin pistas. No sería el primer robo callejero que acaba en homicidio. Ya se lo he preguntado antes y usted asegura que no, pero insisto: ¿tenía enemigos Adrián?

—Y yo le vuelvo a repetir que solo se veía con compañeros de la facultad, que no bebía, ni fumaba, ni iba a discotecas. O estaba en casa estudiando o en la facultad. No tenía una doble vida que a mí me ocultara, era un niño muy bueno, lo fue desde que nació. Y ahora, busquen al monstruo que me lo ha quitado. Quiero comprender, quiero saber, ¿lo entiende? —suplicó con desesperación.

—Lo entiendo. Usted asegura que Adrián había quedado esa tarde con sus compañeros de la facultad, pero hemos hablado con ellos y en realidad no fue así. Afirman que les dijo que se quedaría en casa, pues era el día que no daba clases particulares y lo aprovecharía para estudiar.

—¿Quiere decir que me mintió?

—Por alguna razón, sí. A usted le dijo una cosa y luego hizo otra distinta.

—Quizá cambió de planes en el último momento —lo defendió Rosaura.

—Sí, puede ser. ¿Te parece que nos tuteemos? Vamos a estar muy en contacto hasta que se resuelva el caso —le propuso Martina, para establecer una línea de confianza entre ambas.

—Me da igual que nos tratemos de usted o de tú. No hay ningún sospechoso a quien investigar. Sé que todavía es pronto, pero para mí ya es tarde. —La desesperanza e impaciencia eran cada vez más profundas en Rosaura.

—Entiendo que para ti todo vaya muy lento, es comprensible —replicó ella.

Rosaura nunca hubiera pensado que aquella mujer fuera policía, más bien le habría adjudicado una profesión liberal, quizá arquitecta o abogada. Era atractiva, con algunos kilos de más que le sentaban bien y a los que ella sacaba partido con prendas bien elegidas para estilizar la figura, ligeramente holgadas, pero a la vez ceñidas al cuerpo. Sus cabellos negros y muy cortos potenciaban sus orejas ligeramente separadas de la cabeza —aunque sin llegar a ser de soplillo— y sus ojos eran grandes, con el iris de color castaño con minúsculas motas negras que parecían navegar en una solución gelatinosa. Sabía Rosaura que Martina tenía cincuenta y dos años, ella misma se lo había dicho cuando salieron de la morgue, pero podría haberle dicho que tenía diez menos y la habría creído.

—¿Cuántos crímenes quedan sin resolver en España? No quiero que el de Adrián se una a esa lista.

—Según las estadísticas, más o menos uno de cada diez, pero no tiene por qué ser este.

—O puede que sí, que el de mi hijo sea uno de esos asesinatos impunes.

—Estamos investigando para que eso no suceda. Confía en mí, Rosaura.

Era verdad. Investigaban. Ya habían citado a declarar a los propietarios de los pocos teléfonos móviles cuya señal apareció en las cercanías del estanque durante las horas cercanas al homicidio. No hubo indicios que señalaran como sospechoso a alguno de ellos. Se interrogó también al hombre que encontró el cadáver, por si recordaba algún detalle que pudiera ayudarles, pero a esas horas tardías no había casi nadie en el parque. El testigo mencionó a cuatro chavales bebiendo cerveza en un banco cercano a la entrada del parque, pero las cámaras de vigilancia de la calle más próxima los situaron allí en todo momento. Ninguno se movió de su sitio mientras se cometió el crimen. Tampoco había cámaras en el interior del parque. El dispositivo de Adrián continuaba apagado. De momento, no tenían nada. Las indagaciones acababan de comenzar.

«Dame alguna pista, dime quién te hizo eso», le suplicaba Rosaura en voz baja a su hijo mientras, ausente, recibía en el tanatorio de la M-30 de Madrid las condolencias de sus compañeros de enfermería, las de los amigos y alumnos de su hijo —todos conmocionados— y las de algunas personas más que no reconocía en aquellos momentos. Pasaban por delante de ella como fantasmas, le estrechaban la mano o la abrazaban, pero ella no los veía. Concentrada en su dolor, no era consciente de que no estaba agradeciendo los pésames. Se sentía tan vacía de vida como una piedra.

Había desistido de comunicar a su padre y a Beatriz la pérdida de su hijo. Un pensamiento oscuro la había animado a no hacerlo: podrían alegrarse de su desgracia. No la consideraban digna de ser feliz, y la muerte de Adrián era un castigo merecido por haber matado a su madre, porque Rosaura no culpaba al perro Numo de la tragedia, sino a sí misma. Nunca lo había abordado de otro modo. Tantas veces Petra e Ignacio intentaron persuadirla de esa idea tóxica que la emponzoñaba como tantas otras ella fue incapaz de interiorizar que fue un accidente desgraciado. Ahora no podía siquiera llorar por su hijo. Estaba atrapada en un limbo, una masa de aire en la que no veía su propio cuerpo, como si ella misma no existiera. Ignacio y Petra permanecían sentados a su lado en el tanatorio, acompañándola y dándole calor. Pero no atendía a sus palabras de aliento ni se había percatado de que su amigo y vecino la tomó de la mano en varias ocasiones.

—No te vamos a dejar a sola con esto, Rosaura —intentaba reconfortarla.

Ignacio la miraba con una ternura tan intensa y desconocida hasta entonces que, cuando se percató, se sintió turbada. Se esforzaba en sentir el suelo bajo sus pies, pero todo la impelía a encerrarse en aquel limbo que la convertía en aire. Petra también se mostraba ausente, no era habitual en ella. Le costaba asumir la tragedia. A Adrián lo sentía como a un nieto propio desde que nació.

—Voy a ver cómo está mi niño. —Rosaura se incorporó del sofá de la sala y se dirigió al ataúd expuesto tras un cristal, con el joven fallecido en el féretro, vestido con un niqui azul marino, unos pantalones también azules y sus deportivas blancas de Nike.

—Acompáñala —le pidió Petra a Ignacio—. Yo no puedo verlo muerto.

Rosaura apoyó sus manos abiertas sobre el cristal y bajó la cabeza. Ignacio se situó a su lado.

—¿Por qué no me dejan entrar allí dentro? Diles que me permitan pasar —le pidió a su amigo—. Quiero darle un beso. Por favor...

—Es una zona refrigerada para que no se deteriore el cuerpo, solo la abrirán cuando cierren el féretro para llevárselo. ¿Por qué no salimos un momento a que te dé el aire?

—¿Y dejarlo solo?

—Hay mucha gente aquí acompañándolo, va a estar muy arropado. Vamos, ven conmigo.

Rosaura aceptó, se cogió de su brazo —le flaqueaban las piernas, caminaba con los pasos cortos y torpes de una anciana— y salieron ambos al exterior del tanatorio, al rellano al aire libre que precedía a la entrada. Compartían allí espacio con otras personas que habían perdido a alguien querido. Unos se fumaban un cigarrillo, otros lloraban elevando al cielo su mirada perdida y otros tantos más formaban pequeños corrillos y se ponían al día del transcurrir de sus vidas, aprovechando que la muerte de un familiar los había reunido tras varios años sin verse. Rosaura distinguió entre todos ellos a los compañeros de su hijo en la facultad y también a algunos de los alumnos a los que impartía clases de matemáticas. Hablaban entre murmullos, a la vez que dirigían a Rosaura miradas furtivas. Ninguno parecía atreverse a acercarse a ella. ¿Le estaban ocultando algo sobre Adrián? Se acercó a Toni, el mejor amigo de su hijo, lo tomó del brazo, lo apartó del grupo y le preguntó directamente:

—¿Sabes algo sobre mi hijo que yo no sepa? Me dijo que había quedado con vosotros el día que lo asesinaron y sé que no me dijo la verdad. ¿A dónde fue? ¿Por qué nos mintió?

—No lo sé, Rosaura. Nosotros tampoco lo entendemos —afirmó en un tono de voz que a ella le pareció sincero—. Sé que me llamaste varias veces la noche en la que Adrián desapareció. Estaba dormido y tenía el teléfono en modo avión, lo siento de verdad.

—Ahora eso ya no importa. Tú eras su mejor amigo, haz el esfuerzo y piensa si tenía algún conflicto con alguien. Si fuera así, puede que quedara con esa persona en el parque para hacer las paces. Mi hijo no tenía enemigos y, si tuviera alguno, te aseguro que haría todo lo posible para solucionarlo. Dime algo que me ayude a entender, Toni.

—No puedo decirte nada, no sé qué ha podido pasar —le dijo con impotencia; después, se derrumbó y lloró.

—Rosaura, déjalo —intervino Ignacio—. Ya te ha dicho que no sabe nada. Quizá más adelante pueda recordar algo.

—Pero yo lo necesito ahora —insistió—. Toni, os he visto hablar, me mirabais y cuchicheabais. Vuelvo a preguntártelo. ¿Hay algo que yo no sepa?

—Una chica que está aquí, Estrella, es alumna de Adrián y tiene un novio celoso que, según nos ha contado ella, se encaró con tu hijo. Nosotros nos acabamos de enterar.

—¿Estrella dices que se llama? —El nombre le resultaba familiar, aunque su cerebro funcionaba con lentitud—. ¿Dónde está? Dile que venga.

De repente, desde la calle se acercó un joven pelirrojo, delgado y de baja estatura, con brazos tan musculados que tensaban las mangas cortas de su camiseta negra con el nombre del rapero Arkano. Irrumpió como un vendaval en la quietud doliente del grupo, se abrió paso entre los compañeros y alumnos de Adrián, agarró del brazo a una de las chicas y tiró de ella con violencia.

—¡Eh! ¿Qué coño haces? —le increpó Ignacio.

—Llevarme a mi novia, ¿pasa algo? —replicó el chico, desafiante.

—¡Deja a Estrella en paz, puto tarado! —le gritó una de las chicas del grupo.

—Miguel, por favor... —le suplicó la muchacha, intentando zafarse de él.

Ignacio y los demás intentaron separarlo de ella, pero el joven insistía en arrastrarla con él. Aun así, detuvo sus pasos cuando vio a Rosaura. Se acercó a ella sin soltar a su novia y le susurró al oído:

—¿Tú eres la madre la Adrián? Eres la más vieja de todos estos, así que supongo que serás tú.

—¿Quién eres? ¿El que amenazaste a mi hijo? —preguntó Rosaura dando un paso atrás; el joven le había rozado el rostro al hablarle al oído y eso la asustó.

—Soy Miguel Ordaz. Tu hijo no mencionó tu nombre antes de morir. Ya le dije que iría a por él y lo hice —presumió con una sonrisa, enfrentando su cara pecosa a la de Rosaura, con una mirada maligna en la que ella creyó ver al diablo.

A partir de ese momento, ella solo recordaría imágenes fugaces de lo sucedido y aquella fuerza oscura que brotó en algún lugar de su mente. Se veía a sí misma al volante de su Opel Corsa, persiguiendo a aquel joven, acelerando cuando lo tuvo delante, pero no recordaba el violento impacto contra el cuerpo, que se estrelló contra el capó y el parabrisas para luego rebotar y caer finalmente delante del coche. Ella frenó bruscamente, pero ya era tarde: a Miguel Ordaz el vehículo ya le había pasado por encima. Una vez detenido el Opel, a Rosaura le sobrevino un fuerte pitido en los oídos y se quedó absorta observando el boquete en el vidrio del parabrisas y los minúsculos cristales esparcidos por los asientos. Vio a Ignacio que abría la puerta del coche, se acercaba a ella y la miraba atónito.

—¿Qué has hecho, Rosaura?

—No lo sé.

—Lo has atropellado, quizá lo hayas matado.

—¿Eso he hecho?

—Rosaura... —musitó.

—Miguel Ordaz me ha dicho que mató a mi hijo. No me acuerdo de nada más.

Capítulo V

«Muerto estas mas wapo, Adrian de los kojones». Lo había escrito Miguel Ordaz en el perfil de Twitter de Adrián la misma mañana del velatorio. Sin tildes, solo la escritura al dictado del odio. El joven era el novio de Estrella, una de las alumnas de Adrián, confirmaron sus compañeros a la policía cuando los interrogó uno a uno. La chica, detallaron, quería estudiar Magisterio y le frustraba suspender constantemente las matemáticas en el instituto, según les había comentado. Las clases de Adrián la ayudaron a perder el miedo a los números y romper así el maleficio de los suspensos continuados. Pero Miguel no soportaba que Estrella admirara a su profesor, al que estaba agradecida por devolverle la confianza en sí misma. Una tarde, el novio fue a buscarla tras las clases, acusó a Adrián de querer ligar con su chica y lo amenazó con darle una paliza si no dejaba de acosarla.

—Pero eso era totalmente falso —aseguró una alumna a los agentes, la misma que llamó a Miguel «puto tarado» durante la trifulca en el tanatorio—. El tipo era celoso y controlador. Los celos pueden ser muy chungos.

Miguel Ordaz, sin embargo, no asesinó a Adrián. La policía comprobó que en las horas en las que se cometió el crimen, él estaba trabajando como portero en una discoteca del centro de Madrid. La empresa lo había confirmado y también sus compañeros. Fue un farol de un novio celoso, la maldad de quien, sabiendo que tenía una coartada, se autoinculpó ante Rosaura para causarle aún más dolor a la madre y vengarse a la vez del hijo, aunque ya estuviera muerto. Podría no haberle creído, casi nadie presume en voz alta de ser el autor de un crimen y menos aún se atreve a sugerirlo en las redes.

Encerrada en el calabozo tras su detención, encogida sobre el camastro, Rosaura seguía sin recordar muchos momentos del atropello mortal, pero sentía un alivio liberador por haber liquidado la existencia del que creía el asesino de su hijo; la pulsión de la venganza había asaltado a la razón con la fuerza de una bala. Pero ahora iba a ser ella quien recibiría el disparo, el de la verdad: Martina, la inspectora de policía que investigaba el crimen de Adrián, entró en el calabozo y se la expresó sin rodeos:

—Te pedí paciencia y no me hiciste caso. ¿Eres consciente de lo que has hecho? Has matado a un inocente. Aunque hubiera sido culpable, no es el modo. El juez te enviará a prisión.

—¿Inocente? No entiendo... —balbuceó ella.

Tras escuchar el relato de Martina —la coartada de Miguel Ordaz, el farol, los celos hacia Adrián—, Rosaura se derrumbó, aunque antes de que empezara a aguijonearla la culpa aún se resistió un instante y se defendió:

—Pero él me ha dicho en el tanatorio que mi hijo no mencionó mi nombre antes de morir, y además lo había amenazado.

—¿Y eso lo convierte en un asesino? —la increpó Martina—. ¿Qué sabías tú de él? ¿Solo que había amenazado a tu hijo? Era un chico celoso que fanfarroneó ante ti para hacerte daño. No logro entender qué se te pasó por la cabeza, pero insisto: has matado a un inocente.

Rosaura se incorporó del camastro, se colocó de cuclillas en un rincón del calabozo y se dio varias puñaladas imaginarias en el corazón. Acababa de convertirse en una asesina. Eso la igualaba con quien fuera que mató a su hijo, que no era Miguel Ordaz. Quitar una vida cuando no se tiene una mente criminal es una situación insólita, implica un cúmulo de sensaciones extrañas nunca vividas. Una vez cruzada esa línea, la existencia transcurrirá entre trincheras, en una guerra interminable en la que nadie firmará la paz y nada se podrá construir sobre las ruinas.

—Ahora vendrá tu abogada de oficio y luego se te tomará declaración —le dijo la inspectora, hundiendo en ella la mirada de la decepción.

Durante el posterior interrogatorio policial, Rosaura confesó su crimen, aunque no recordara nada de lo que había sucedido después de que Miguel Ordaz le dijera las nueve palabras maléficas: «Tu hijo no mencionó tu nombre antes de morir». Los policías le preguntaron por Estrella, la alumna de Adrián, la novia de la víctima.

—Ahora la recuerdo, la chica de la magia de los números... —susurró, acordándose entonces de la conversación que había mantenido con su hijo la última vez que lo vio con vida.

—¿La conocía usted? —le preguntó uno de los dos agentes.

—No...

—¿Y a Miguel Ordaz?

—No...

—Sin embargo, lo atropelló intencionadamente con su coche. Hubo varios testigos, Rosaura.

Ignacio era uno de ellos. No le quedó más remedio que decir la verdad, pero insistió ante los policías en que Rosaura tuvo un arrebato de locura, que no era ella la que atropelló al joven, sino una extraña. «Fue como si algo la hubiera poseído. Incluso su voz no era la misma cuando le pregunté qué es lo que había hecho. Yo también estaba en shock y no recuerdo muchos detalles», aseguró. No quería perjudicar aún más a su amiga, y manifestó que Miguel Ordaz la provocó en el peor momento, cuando estaba velando a Adrián. «¿Quién podría mantener la serenidad cuando uno se jacta de haber matado a tu hijo? Fue más de lo que ella pudo soportar», la defendió.

Sabía que la víctima había amenazado al hijo de Rosaura unas semanas antes del crimen. Se lo había contado el propio Adrián:

—Pero no contesté a su provocación —le comentó el muchacho mientras ambos se tomaban un café en un bar del barrio—. Más bien intenté calmarle, estaba fuera de sí. Le insistí en que Estrella era una alumna más y que él estaba transformando la realidad para alimentar sus celos infundados, pero eso era un espejismo, le advertí. La realidad es la que es. Dos y dos son cuatro, nunca dará como resultado un cinco.

—¿Eso le dijiste? —Ignacio estaba perplejo; le pareció que una reflexión como esa no era la más adecuada para tranquilizar a alguien enfurecido.

—¿Qué iba a decirle si no? Estaba desatado y yo le invité a recapacitar. Los celos crean monstruos que no existen, siempre son una pérdida de tiempo, y yo sugerí que lo estaba perdiendo conmigo —comentó impasible, sereno, como si aquel hecho no tuviera importancia.

—Joder, Adrián, cuando uno está fuera de sí no es el mejor momento para hablarle de monstruos y de pérdidas de tiempo. Te podría haber dado un par de hostias mientras tú le hablabas de filosofía.

—Pero no lo hizo. Luego se fue, seguido de Estrella. Me dio pena la chica, que no despegó la boca en ningún momento de nuestra conversación. Estaba atemorizada. Sé lo que es eso.

—¿Que tú sabes qué es eso? ¿Cuántas chicas atemorizadas conoces tú?

—Bueno, no sé... —balbuceó—. Sé lo que he visto en las noticias, las maltratadas que no denuncian por miedo y acaban asesinadas. Más tarde hablé con Estrella. Estaba preocupado por ella. Disculpó a su novio, me dijo que a veces se le cruzaban los cables porque estaba muy enamorado de ella. «¿Tú crees que eso es amor?», le pregunté, pero no contestó y cambió de tema. Es una chica desgraciada.

—Ten cuidado, Adrián. A partir de ahora, limítate a hablarle de números para no alentar de nuevo las paranoias de ese imbécil —le aconsejó Ignacio.

—No le digas nada de esto a mi madre, no quiero preocuparla por algo que no tiene importancia. Prométeme que no lo harás.

Ignacio lamentaría no habérselo mencionado a Rosaura. Quizá si ella hubiera sabido de qué tipo de individuo se trataba, no se habría tomado en serio aquella frase cruel, la que abrió la puerta a la locura cuando Miguel Ordaz se alejó con la sonrisa del invicto y los ojos encendidos por el fuego de la ira. Agarró a su novia por un brazo y ambos descendieron por la rampa de acceso al recinto. «No le hagas ni caso, es un capullo», le aseguró él, pensando que aquello era un incidente sin trascendencia alguna. Pero ella parecía obsesionada con Miguel, lo siguió con la mirada cuando abandonó el tanatorio y, de repente, bajó por la rampa y fue tras él. Pasos rápidos y cortos, cuerpo rígido. Ignacio la vio cruzar la calle y supuso que quería tomar el aire y estar sola. A unos metros, en dirección opuesta, observó a Miguel y a Estrella con dos cascos en la mano, junto a una moto. Discutían los dos. La chica parecía increpar a su novio, hasta que dejó el casco sobre el asiento de la motocicleta y se alejó de él con pasos airados. El muchacho fue tras ella, cruzó la calle y fue en ese momento cuando apareció el Opel Corsa de Rosaura, directo como un bólido contra él. Se oyó el sonido de un golpe y luego un frenazo. Ignacio no podía creer lo que acababa de suceder. Corrió hacia el lugar. El coche de Rosaura detenido en la calle, rodeado de los testigos que asistieron a la escena. La increpaban. Llegó hasta el vehículo, abrió la puerta y asomó la cabeza. Ella estaba inmóvil, con la mirada perdida, no hablaba, las manos aferradas al volante como las garras de un animal. No sabía Ignacio el tiempo que transcurrió —ella en shock, él también— hasta que llegaron una ambulancia y dos coches patrulla de la Policía municipal. Tres agentes lo obligaron a apartarse, se dirigieron al Opel con las manos cerca de sus armas, cautelosos por si la conductora volvía a pisar el acelerador. A pocos metros de allí su hijo Adrián yacía en un féretro y a su madre la esperaba la cárcel. Miguel Ordaz murió en el acto. Ignacio vio el cadáver antes de que los agentes lo cubrieran. La imagen era pavorosa, como la de los soldados que, tras el bombazo, caen a tierra con los huesos descoyuntados. Había visto aquella escena en numerosas películas de género bélico, distinta en unas y otras, pero todas similares al expresar la crudeza del frente en una guerra.

«¿Por qué no la seguí cuando se alejó del tanatorio?», continuaba reprochándose Ignacio ante una taza de café, en la cocina de su casa. Rosaura acababa de entrar, recién duchada, ya limpia de aquella sangre de cerdo que olía a muerto, a putrefacción. Estaba seguro de que podría haber evitado el atropello homicida y se culpaba por ello. Se reprochaba su pasividad, su falta de reflejos, su torpeza. Tampoco había reaccionado correctamente una hora antes, cuando uno de los hermanos Ordaz le arrojó la sangre a su amiga. Se limitó a apartarlo de ella. Quiso golpearlo con su brazo escayolado, pero temió abrirle el cráneo y complicar más la situación.

Ignacio se lo había fracturado un mes antes, pero no del modo que le había dicho a su madre, resbalando en un suelo recién fregado, sino cuando, como guardia de seguridad que era, intentaba reducir a un *descuidero* que acababa de robarle el bolso a una señora en una cafetería del centro comercial donde trabajaba. No había sido capaz de neutralizar al carterista sin salir lesionado y le daba vergüenza confesarlo. El ladrón intentó noquearlo con un par de puñetazos para poder huir, él los esquivó, pero le dio un tercero, perdió el equilibrio, cayó al suelo sobre su brazo izquierdo y se fracturó un hueso del antebrazo, el cúbito. A pesar del dolor, intenso y punzante, se incorporó, agarró con el otro brazo al carterista, lo derribó de un empujón y, con la ayuda de otro guardia de seguridad que llegó para auxiliarle, consiguieron reducirlo. «¿Qué hago yo aquí? ¿Qué tiene que ver todo esto conmigo?», se preguntó mientras el carterista se revolvía y le insultaba en un idioma que no entendía. El eje de su vida era el cine, la escritura de guiones, el sueño de que una productora le comprara alguno. Su trabajo le importaba poco o nada.

Miró de soslayo a Rosaura; abstraída, removía con la cucharilla en su taza de café vacía. Estaban los tres sentados a la pequeña mesa de la cocina de la casa de Petra. Su amiga tenía los cabellos mojados y, tras la ducha, se había vestido con prendas prestadas por la madre: una camiseta negra con el rostro impreso del poeta Miguel Hernández —el favorito de Petra— y unas mallas grises. La ropa manchada de sangre se paseaba por el tambor de la lavadora sumergida en agua encarnada. Ignacio se avergonzaba ahora de un pensamiento que había rondado por su cabeza soñadora cuando vio a Rosaura cubierta de sangre de cerdo. «*Carrie*, Sissy Spacek, dirigida por Brian de Palma, 1976, adaptación de la primera novela de Stephen King», se filtró la ficha en su cerebro; lo tenía adiestrado para que funcionara como una enciclopedia del cine. La imagen de aquella adolescente con poderes telequinésicos, empapada de sangre, vengándose de los compañeros de instituto que le hacían *bullying*, moviendo objetos con su sola mirada y lanzándolos de modo violento contra ellos, era tan terrorífica como la de la propia Rosaura ensangrentada.

—Hijo, ¿puedes abandonar tu planeta, aunque solo sea un minuto?

No respondió a la pregunta. Su madre le dedicó una mirada de reproche, le molestaba que se encerrara en su mundo y no atendiera a lo que acontecía a su alrededor.

—¿Me has oído?

—Sí, mamá, te he oído.

—¿Qué te he dicho?

—Vale, no me he enterado —aceptó.

—Te decía que Rosaura quiere entrar en su casa y la vamos a acompañar tú y yo, por si acaso vuelven a aparecer los Ordaz.

—Eso es absurdo. ¿Para qué van a querer entrar si ya han estado aquí y se los ha llevado la policía?

—Tampoco pensábamos que uno de ellos nos estuviera esperando en el rellano con el cubo de sangre. Pueden regresar. No estoy acostumbrada a estas situaciones. Acompáñala, Ignacio, por favor.

—Me gustaría entrar sola en mi casa. —Rosaura abandonó el mutismo que había mantenido hasta entonces—. He estado dos años en la cárcel y quiero reencontrarme con Adrián. En casa está todo lo que me queda de él.

Tras la muerte de su hijo, no se le permitió recoger personalmente sus cenizas. Se ocuparon de ello sus dos vecinos y amigos. El juez solo la autorizó a asistir a la incineración —custodiada por dos guardias civiles—, tras asumir ante el magistrado la autoría del homicidio de Miguel Ordaz. Cuando Rosaura observó el ataúd penetrar en las llamas, sintió ese mismo fuego en sus entrañas, le ardía la piel. Se imaginó abrazada a su hijo en el interior del féretro, acompañándole, diciéndole las últimas palabras de amor mientras los dos se abrasaban juntos.

—Te dejé la urna de las cenizas en... —Ignacio, que acababa de entrar en la vivienda de Rosaura ante la insistencia de Petra, frenó en seco sus palabras y bajó la cabeza.

—¿Qué pasa? ¿Dónde las dejaste?

—En el horno.

—¿Las cenizas de Adrián en el horno, Ignacio? —le reprochó.

—Temía que los Ordaz asaltaran la casa cuando esta mañana han pintarrajeado tu puerta. Estaban muy a la vista, sobre la mesa del salón. No las iban a dejar dentro de la urna si entraban, te lo aseguro.

—Y tú las habías dejado sobre la mesa, como si fueran un jarrón, y ahora dentro del horno. ¿De verdad no encontraste una ubicación mejor durante mi ausencia? En vuestra casa, por ejemplo. Las habéis dejado solas, habéis dejado solo a mi hijo.

—En casa ya tenemos las de mi padre —le dijo, mientras Rosaura se dirigía a la cocina, abría el horno y abrazaba en su regazo la urna funeraria—. Mi madre lleva años sin decidirse a desprenderse de ellas, ya lo sabes. Tantas cenizas juntas en un pequeño piso, no sé, es raro, pero no te lo tomes a mal, para mí Adrián era como un hijo y para mi madre, el nieto que nunca tendrá. Nos dolía tenerlo allí con nosotros, como a ti te va a doler tenerlo aquí.

Deja que descanse en otro lugar. ¿Qué te parece en el campus de la Facultad de Matemáticas? Ahí estaba su vida, los números.

—También estaba su vida en esta casa, conmigo. —Se hallaban ahora en el salón, Ignacio había seguido los pasos de su amiga desde la cocina, ella colocó la urna sobre una mesita junto al sofá—. Es cosa mía lo que haga yo con las cenizas de mi hijo. Ya has comprobado que no están aquí los Ordaz. Ahora me gustaría estar sola.

Rosaura estaba molesta con su amigo; los años de ausencia la habían desacostumbrado a sus ocurrencias, como esa de lanzar las cenizas de su hijo en la facultad, convirtiendo en una tumba el lugar donde los números le habían mostrado a Adrián el futuro, el que ya nunca viviría.

—Vale, me voy, pero si sospechas que se acercan esos pesados, llámame enseguida. Lo que te han hecho esta tarde...

—No quiero hablar de eso —le cortó Rosaura; intentaba alejar de su mente aquel acto humillante, aún retenía en su olfato el potente olor a carne podrida que exhalaba aquella sangre de animal—. ¿Sabes algo sobre mi hijo que me pueda ayudar a entender?

Estaba dilatando el momento de quedarse a solas en la casa, a pesar de lo mucho que lo deseaba. No le importó mostrarse contradictoria consigo misma.

—Adrián estaba todo el día en clase, o en casa estudiando o con sus alumnos. No vas a descubrir nada que ya no supieras. Era un chico perfecto. ¿De verdad que no quieres que me quede contigo un rato más?

—Quiero estar con él, con sus cosas.

—Claro, lo entiendo.

Sin embargo, no hizo gesto alguno para irse. Permanecía de pie frente a ella, mirándola de nuevo de un modo que Rosaura tradujo como compasión, al igual que había hecho tiempo atrás, en el tanatorio. No quería suscitarle lástima, incluso le irritó.

—Ignacio...

—Sí, ya me marcho.

Petra le había cuidado la casa con tal esmero que la encontró tal como ella la dejó cuando desde el tanatorio se fue directa al calabozo y luego a la cárcel. Incluso le había dejado en la nevera leche y fruta, y en un armario encontró café y magdalenas para el desayuno. Las dos se entendían bien: eran dos damas con alma pequeñoburguesa en un barrio de clase media, poca cosa para los ricos, demasiado caro para los obreros. Rosaura vio reflejados sus pies en el suelo de gres, limpio y reluciente. No había ni una mota de polvo en los muebles, tan bonitos; ahora los valoraba todavía más tras su estancia en prisión. No había heredado el estilo refinado de su madre, pero siempre intentó imprimir a la decoración de su casa su buen gusto, la elegancia austera, sin ostentación. Los discretos estampados florales del sofá, los de los sillones y las cortinas conservaban sus colores tan vívidos de siempre; la cómoda isabelina albergaba muchas fotos de su madre y también de su padre y de su hermana; aunque no fuera consciente, se resistía a su orfandad forzosa. Y las fotos de su hijo, por supuesto: cuando era un bebé, cuando tuvo su primera bicicleta, cuando ganó su primera Olimpiada de Matemáticas, el viaje que hicieron los dos a Lisboa, después a Londres y a Cambridge.

Ambos habían sido un solo átomo, los átomos no se pueden destruir, nunca desaparecen del todo, se ordenan de otro modo y permanecen, pero el que configuraban madre e hijo desafió la teoría y se extinguió con la muerte de Adrián. Al menos permanecía algo de él en la librería del salón. A Rosaura le reconfortó verla: pertenecía toda ella a su hijo. No cabía un volumen más, y Petra se había aplicado en que los libros se mantuvieran impolutos; los de teorías, análisis y teoremas matemáticos, los de aritmética, cálculo, álgebra, estadística y tantos otros que Adrián había atesorado desde que tenía ocho años. Conservaba muchos más, pero ya digitales; un solo lápiz de memoria contenía cientos de ellos, pero aquellos primeros libros eran para él joyas bibliográficas, posiblemente ya inencontrables en las librerías.

Petra seguía sorprendiéndola con su esmero. Las plantas continuaban vivas y hermosas. Sus geranios en la ventana, el ficus del salón, que estaba enorme; su vecina se había tomado la molestia de subir las persianas cada día para proporcionarle luz. ¿Cómo podían quererla tanto? No merecía aquella amistad incondicional. Tampoco la habían juzgado jamás por la muerte de Miguel Ordaz. «No eras tú», le había asegurado Ignacio esa misma mañana a la salida de la prisión, tras recibir la pedrada. Sí, claro que lo era. La violencia había habitado en ella, agazapada en algún escondrijo de su mente hasta que Miguel Ordaz la sacó de su guarida. Tuvo que acelerar mucho para que el impacto lo estrellara contra el capó y el parabrisas y luego lo aplastara bajo las ruedas; sabía que su intención fue la de matarlo, aunque el suceso aún permaneciera en las zonas brumosas de su memoria. «Lo hice», se confesó a sí misma, y dirigió tres veces el puñal imaginario hacia su corazón.

Tomó la urna funeraria entre sus manos, sin atreverse a destaparla para mirar en su interior. Solo la besó. La guardó en su dormitorio, en el suelo junto a su cama, para que Adrián pudiera visitarla en sus sueños. Quiso entrar en el de su hijo, lo había deseado intensamente durante sus años de prisión, mas no traspasó esa puerta. Se recriminó su cobardía, se sentó en el pasillo junto a la habitación y lloró. «¿Cómo puedo vivir sin ti?», se preguntó, como otras tantas veces. No encontraba la manera. Pensó entonces en el asesino, todavía sin nombre. Se incorporó y regresó al salón, cogió el teléfono móvil, se sentó en el sofá, sacó de su bolso un papel arrugado, lo desplegó y marcó un número. En el quinto tono de la llamada contestó una voz masculina, profunda, con un tono grave y ronco.

—¿Sí?

—¿Eres Chito? Soy Rosaura, amiga de tu novia, Margarita. Me dio tu número en la cárcel. Me dijo que te llamara. ¿Te ha hablado de mí?

—Sí, algo me ha contado, pero ahora no puedo hablar.

—He salido con un permiso, no dispongo de mucho tiempo, con esto quiero decirte que para mí es urgente que nos veamos.

—Te llamaré más tarde. Tendrás que estar pendiente. Si no contestas, no volveré a cogerte el teléfono. Y trae dinero.

—¿Dinero?

—Nada es gratis. Mil para empezar.

—¿Mil euros?

—Estoy a punto de pedirte dos mil.

Su interlocutor finalizó la llamada sin más explicaciones. «Mil euros», pensó, asombrada. Era una cantidad importante pagada de un solo golpe. Se dirigió entonces hacia el gran ficus del salón, lo sujetó por sus tallos, lo sacó del tiesto y lo apoyó con cuidado junto a la ventana. En el fondo del macetero había algo que no pertenecía a la planta: una bolsa de plástico herméticamente cerrada para que no penetrara el agua de riego. En su interior había veinte mil euros, los contó, era lo que quedaba del dinero que Adrián había atesorado de sus clases particulares. Petra, inspectora de Trabajo, le había advertido al chico: «Hacienda te va a crujir como te descubra. Deberías darte de alta en autónomos, cotizar y facturar». Pero Adrián se resistía a oficializar que, en realidad, había convertido el salón de su casa en una academia. A los diecisiete años que tenía entonces, aquello que le planteaba le resultaba lejano. «Quizá lo que haga sea ofrecerme a algún centro de estudios y llevarme allí a mis alumnos», prometía sin llegar a hacerlo.

—Es un delito fiscal, Adrián —le insistía también Rosaura—. Te puede traer problemas.

—Lo solucionaré, mamá, dame tiempo. ¿Qué te crees, que todos los estudiantes que damos clases particulares estamos dados de alta en autónomos? Un poco de dinero negro no es el peor delito que alguien de mi edad puede cometer.

Adrián había acumulado varios miles de euros en tres años de clases particulares. Rosaura se había gastado parte del dinero durante su estancia en prisión: en el economato —el supermercado de la cárcel—, en las llamadas telefónicas, en prendas cómodas para el verano y el invierno, en pagar la hipoteca de la vivienda y las facturas de luz y de agua para mantener los contratos durante su ausencia. El dinero en metálico estaba prohibido en la cárcel. Pagaba a través de una tarjeta monedero, la «catumba» en el argot carcelario, y solo podía gastar un máximo de cien euros a la semana. El dinero procedía del secreto que albergaba el ficus. Estar en la cárcel le salía caro.

Tras cumplir un año de prisión provisional, un jurado la declaró culpable de homicidio doloso y el juez la sentenció a once años y medio de reclusión, que se quedaron en tres años y ocho meses por los atenuantes de arrebato, confesión de culpabilidad y arrepentimiento. Su abogada de oficio realizó un buen trabajo en las alegaciones finales, aunque, una vez dictada la sentencia, no estuvo muy pendiente. A Rosaura le costaba comunicarse con ella; aun así, consiguió que le concedieran el primer permiso, justo el que estaba disfrutando ahora. En la prisión pudo acceder a un trabajo retribuido en las cocinas de la cárcel. Puesto que era enfermera, se encargaba de elaborar los menús especiales para presas con intolerancias o alergias alimentarias. Pero era muy poco lo que cobraba. Echó mano también de sus ahorros, pero se fueron agotando al no disponer de ingresos.

De un día para otro, su vida había sido dinamitada por todas partes. Intentaba no gastar mucho en la prisión, pero calmaba el estrés emocional tomando grandes cantidades de Coca-Cola, cafés y bolsas de patatas fritas. Y se había comprado también un televisor en el economato para sobrellevar las largas horas que pasaba en su celda. La prisión era más terrible de lo que ella habría imaginado. A las nueve de la noche se cerraba la puerta y no volvía a abrirse hasta las ocho de la mañana del día siguiente. Casi doce horas encerrada en el cubículo, que compartía con Margarita, su única aliada durante el encierro. La televisión no la entretenía mucho. La pérdida de libertad le generaba abulia y nada de lo que aparecía en la pantalla le interesaba, pero mantenía el aparato encendido porque las voces le hacían compañía.

Lo que la obsesionaba era la amenaza de la pobreza en la cárcel, y no tuvo más remedio que confiarle a Petra el secreto oculto en el ficus. A ella y a su hijo les sorprendieron esos miles de euros guardados bajo tierra. A partir de entonces, le fue ingresando dinero para que nunca le faltara en la cuenta de peculio.

—¿Cómo se puede gastar tanto en una cárcel? —le preguntaba su amiga, asombrada, cuando la iba a visitar.

—Es lo único que me hace sentir humana, consumir. Es una pulsión más que una necesidad —le confesó—. Y si contraigo deudas con las presas del economato, créeme que me lo harán pagar, y no con dinero precisamente.

—¿A qué te refieres? ¿A una paliza?

—No necesariamente, aunque también. Las reclusas no son tan agresivas como los hombres, pero puedes estar segura de que me harán la vida imposible.

—¿No tienes alguna amiga que pueda protegerte?

—Sí, Margarita, mi compañera de celda. La detuvieron por tráfico de drogas, es la única en la que confío, me salvó la vida cuando intenté suicidarme y aún no se lo he agradecido, porque yo lo que quería era morirme y ella me lo impidió. Me cae bien, pero no tiene mucho poder. Me hice amiga de otra. La Gata, la llamaban. Esa sí que era una líder. Podía ser una persona amable si le caías en gracia, pero también la más violenta si hacías algo que no le gustaba o si recelaba de ti por alguna razón. Pero ya no está. No regresó a prisión tras un permiso. Seguro que ya no está ni en España.

—Rosaura, me da miedo oírte hablar de estas cosas...

—A mí también cuando me escucho.

Capítulo VI

Veinte fiestas de cumpleaños con sus tartas y sus velas. Rosaura las había grabado en vídeo desde que Adrián celebró su primer año en el mundo. No pudo cumplir los veintiuno, en mayo. Lo asesinaron un mes antes.

Sentada frente a la pantalla del televisor, soportó el desgarro del último cumpleaños, las imágenes de Petra, Ignacio y el mejor amigo de su hijo, Toni, aplaudiendo cuando el chico soplaba las velas. Estaba concentrada en su dolor y le molestó que Petra le enviara un mensaje al móvil: «¿Cómo estás?». Ese tipo de pregunta la molestaba desde siempre, la respuesta podría dar para una novela entera, según las circunstancias. Era una pregunta vaga, escrita sin querer hacer un esfuerzo de concreción. «¡Pues cómo voy a estar!», pensó escribirle, pero rebajó el tono y le respondió: «Estoy con cosas de Adrián. Hablamos más tarde». Supuso que Petra quería estar con ella, acompañarla, pero en aquellos momentos todo lo que sobrepasara su propio espacio la irritaba.

Rosaura ya se había atrevido a asomarse a la habitación de Adrián, dejando un mínimo resquicio al abrir la puerta. Detuvo su mirada en la colcha marrón y los cojines de la cama, en el póster que reproducía un retrato del matemático y filósofo francés René Descartes con el lema en latín que hizo célebre: «*Cogito ergo sum*». «Pienso, luego existo». No había ya vida entre esas paredes. No lo soportó y cerró la puerta con suavidad, como hacía cuando su hijo era pequeño y le daba las buenas noches tras apagarle la luz. ¿Cuánto podría resistir sin Adrián? Nada ya era mucho. Vio el último de los vídeos, pegó su rostro a la pantalla, acariciando la cabeza de Adrián con sus manos, recorriendo con su dedo índice la sonrisa de su hijo; después, soplando las velas con él desde el otro lado del televisor. Fin del vídeo. El color negro invadió la pantalla.

Ya no habría más cumpleaños. Se levantó del sofá y dio vueltas por el salón. No sabía qué hacer con su dolor.

Casi las ocho de tarde y el novio de Margarita, Chito, aún no la había telefoneado. Al mirar la hora en su reloj observó que las cutículas de sus uñas estaban encarnadas. La sangre que le habían lanzado los Ordaz aquella tarde se resistía a desaparecer. Fue al baño y, bajo el grifo de agua caliente, se frotó las manos con violencia hasta que no dejó rastro de la humillación. Evitó mirarse en el espejo, por si le devolvía la imagen de una Rosaura desfigurada; no encontraba su alma, esos veintiún gramos que aseguró un médico que pesaba el espíritu. Se llamaba Duncan MacDougall, era de Massachussets. Conoció su teoría cuando estudiaba Enfermería, no durante las clases, sino comentándolo con sus compañeras. Era una ocurrencia estrambótica: el doctor MacDougall mantenía, y así lo expuso en el año 1907 en una revista médica, que, entre los instantes finales de la vida y la llegada de la muerte, el cuerpo humano perdía peso de modo instantáneo. Descontadas las pérdidas de gases y fluidos, desaparecían también esos veintiún gramos que el médico atribuía al peso del alma tras abandonar el cuerpo. Rosaura pensaba que aquel investigador podría haber invertido su tiempo en experimentos más provechosos para la ciencia, pero ahora necesitaba creer, así que concluyó que, si ella no encontraba su alma, era porque se había unido a la de Adrián. No le importaba vivir sin esos etéreos veintiún gramos. Agnóstica como había sido siempre, ahora se recreaba en los pensamientos mágicos que alentaba la fe religiosa.

Con el móvil siempre en la mano, pendiente de aquella llamada que no llegaba, Rosaura distrajo su mente revisando el correo acumulado que Petra había ido recogiendo del buzón y guardado en una caja. Su amiga solía mirar el remite, por si había alguna notificación importante que debiera comunicarle, como los descubiertos en su cuenta bancaria. Ya se había acostumbrado a los números rojos; al principio la avergonzaban, más tarde dejó de pensar en ellos. También encontró varias cartas de la aseguradora del coche, obligada por el juez a pagar a los Ordaz una indemnización de ciento cincuenta mil euros y que ahora le reclamaban a ella. Aunque insistieran, no tenían nada que hacer: carecía de ingresos y estaba en la cárcel. Había muchas cartas del banco en aquella caja. Esas no le dolían ya, pero sí las del despido, el del hospital y el de la fundación para la que había colaborado como voluntaria. No quiso leerlas de nuevo. Ya lo había hecho cuando Petra se las llevó a la cárcel. Encontró otras con su nombre y dirección escrita a mano y sin remitente. «Los Ordaz, otra vez», se lamentó. Dudó unos instantes, pero abrió una de ellas. A punto de sacar la cuartilla del sobre, el sonido del móvil detuvo el movimiento. Llamada oculta. Contestó enseguida.

—Rosaura, soy Chito. Bar Laski, paseo de Extremadura. Quedamos allí esta noche a las diez —la citó aquel hombre de voz antipática—. Trae los mil pavos. Si no, ni te molestes.

¿En un bar? Le sorprendió el lugar escogido para la cita, cuando ella suponía que el encuentro se produciría lejos de las miradas ajenas, en un callejón o en alguna otra oscuridad donde suelen moverse los delincuentes.

—¿Cómo te reconoceré?

—Te reconoceré yo a ti. Te cargaste a un tío y te he buscado en internet.

De nuevo, Chito colgó sin despedirse. En los años que le restaran de vida, siempre sería una asesina, aunque cumpliera la pena y un día abandonara la prisión definitivamente. En realidad, se había sentido así desde que su madre se dejó la vida en aquellas escaleras. ¿Qué habría sido de Numo? Pensó en él. Calculó los años transcurridos desde la tragedia. Demasiados para un perro. Ya no existía. Solo quedaban vivos su padre y su hermana. Todos los demás estaban muertos.

Arrastró sus pasos hasta el dormitorio, buscó en el armario algunas prendas que la hicieran parecer decente. Eligió un traje pantalón marrón, una blusa blanca y unas manoletinas negras. Ahora sí se atrevió a mirarse en el espejo. Vio a una mujer vulgar; ni siquiera su única singularidad, la tez cetrina y los cabellos de rizos mulatos, llamarían la atención de nadie. No sabía bien cómo vestirse para la cita con Chito, pero consideró que elegir un conjunto insulso y atemporal era la mejor opción: no decía nada sobre ella. Sí, lo aceptaba: era un riesgo acudir a ese encuentro que ella misma había promovido. Estaba de permiso carcelario, no le convenía tratar con ese tipo de gente, la que se movía entre las sombras y a la que pertenecía Margarita, condenada a seis años de prisión por tráfico de drogas, tan joven que aún no había cumplido los treinta.

Margarita era una mujer exuberante, con un cuerpo voluptuoso que subrayaba con prendas ceñidas a sus curvas, una melena lisa de color caoba que le llegaba hasta la cintura, ojos muy negros —costaba diferenciar a simple vista la pupila del iris— y labios pulposos. Su novio la utilizaba para distribuir droga, y la pillaron en un taxi con tres kilos de hachís en el bolso. Chito y su banda habían robado cincuenta a otro grupo de narcotraficantes, lo que en el argot se llama un «vuelco». Tuvo suerte Margarita de que fuera la Guardia Civil —y no los narcos— quien se interpusiera en su camino; de lo contrario, ya estaría muerta.

—¿Y por qué no fue Chito en vez de enviarte a ti? —le preguntó Rosaura cuando ella le contó la historia de su detención.

—Fui su correo muchas veces y nunca pasó nada. Lo que yo no sabía es que el hachís le había salido gratis, que había dado un vuelco. Estoy viva de milagro.

—¿Y no se han vengado de ti aquí dentro? En la cárcel se paga por todo, hasta para matar.

—Tengo protección, no te preocupes.

—¿Quién te protege?

—Cuanto menos sepas, mejor —le contestó, esquiva y misteriosa.

Margarita había sido su reclusa de apoyo, su «sombra» desde que Rosaura se intentó suicidar antes de cumplir un mes en prisión. Con su hijo muerto y el asesinato de un inocente en su conciencia, no encontraba motivos para seguir. Imaginarse muerta la reconfortaba. La primera vez había usado como cadalso la silla de su celda. Retorció una funda de almohada hasta convertirla en soga. La ató a la barandilla más alta de la litera y se colgó. Minutos antes se había escabullido de las duchas aprovechando que Margarita se estaba enjabonando el pelo, pero cuando su compañera se dio cuenta de que no estaba, temió lo que realmente estaba sucediendo, corrió desnuda hacia la celda, alertando a funcionarios y reclusas, y llegaron a tiempo para salvarla. La segunda vez se cortó las venas con una cuchilla que había robado a otra presidiaria. Lo hizo mientras su «presa sombra» dormía, pero ocurrió que Rosaura sollozó al rasgar sus venas y percibir el fluir de la sangre caliente por la piel de sus brazos. Se iba a morir y recordó entonces cuando, siendo una niña, su madre le peinaba los rizos del pelo; se recreó también en la imagen de su hijo Adrián cuando se lo colocaron sobre el regazo en el paritorio, la sensación de plenitud que sintió cuando acarició la espalda de su recién nacido. Tuvo la certeza de que, tras desangrarse, se encontraría con su hijo en algún lugar del cosmos. Pero cuando su mente reprodujo el sonido del impacto de Miguel Ordaz contra el coche, Rosaura exhaló un suspiro tan profundo que se oyó en toda la celda y despertó a Margarita. Dos veces salvada. No lo volvería a intentar. Aquellos planes de muerte fallidos quizá fueran una señal, un mensaje: no debía irse de esta vida sin encontrar al asesino de Adrián.

—Mi novio conoce a la mayoría de las bandas de Madrid, incluidas algunas de carteristas —le aseguró Margarita—, si es que fue uno de ellos quien lo mató.

—¿No te parece extraño? Si solo vas a quitarle a un chico la cartera y el reloj, ¿para qué matarle? —insistía Rosaura en la idea de que no se trataba de un robo.

—Tú perteneces al mundo de la gente normal, pero el nuestro es otra cosa bien distinta.

—Mi hijo no se defendió, lo dijo el forense en la autopsia. El que lo hizo fue con el cuchillo directo al corazón, y créeme que no todos saben el punto exacto donde se encuentra. Hay quien salva la vida porque se ha errado por milímetros. Iba a matarle y sabía cómo hacerlo para que a Adrián no le diera tiempo a reaccionar.

—Puede que se conocieran —sentenció Margarita.

—¡No! —gritó Rosaura, negando con firmeza esa posibilidad—. Mi hijo no se relacionaba con nadie que pudiera matarle. ¿Lo entiendes? No confundas vuestros mundos con el suyo o con el mío.

—¿Con el tuyo? Digo yo que estás aquí en la cárcel por algo —le recordó Margarita, molesta.

—No quería decir lo que he dicho —se disculpó—. Soy peor que tú, es verdad. Al menos tú no has matado a nadie.

—Se te fue la pinza, no te castigues tanto. Hablaré con mi novio Chito, quizá conozca a alguien que sepa algo, uno comentó no sé qué, otro oyó que a fulanito se le fue la mano tras robar una cartera, cosas de esas que nos vamos diciendo unos a otros, quién sabe.

—¿De verdad crees que tu chico me echará una mano? —preguntó Rosaura con un brillo en su mirada, el de la esperanza que siempre había repudiado.

—Si se lo pido yo, sí. Me lo debe y me lo voy a cobrar. Yo estoy en el talego y él en la puta calle.

No sabía Rosaura cómo funcionaban los narcos, no hablaba el mismo lenguaje que ellos ni se había citado jamás con alguno. «Hola, soy Rosaura, la amiga de Margarita. Encantada de conocerte, Chito». Se preguntó si funcionarían con ellos los mismos saludos de cortesía que entre la gente normal. Seguramente, no. Pensó que bastaría con un «hola», y aun eso le pareció demasiado. Se le estaba haciendo tarde. Decidió dejar para cuando volviera las cartas manuscritas de los Ordaz, porque estaba convencida de que lo eran, y guardó el correo recibido en la caja. Volvió a coger la bolsa de dinero del tiesto del ficus, sacó los mil euros que le pedía el narcotraficante y otros cien más para gastos de bolsillo. Antes de acudir al paseo de Extremadura, quería ir al estanque del parque de Roma, el lugar donde Adrián dejó de vivir. Abrió la puerta del piso y, casi al instante, Petra e Ignacio salieron al rellano.

—Rosaura, a donde quiera que vayas no puedes hacerlo sola —le aconsejó su vecina—. Deja que mi hijo vaya contigo.

Con su brazo en cabestrillo y una pequeña mochila de nailon colgada al hombro, Ignacio estaba listo para acompañar a Rosaura. Se había afeitado la barba y no llevaba el niqui descolorido con el que la había recibido a la salida de prisión. Sus vaqueros desvaídos habían sido sustituidos por unos pantalones de tela que parecían recién estrenados. Su aspecto era más pulcro, más propio del cuarentón que era. Rosaura se alegró de que, al menos por esa vez, hubiera abandonado aquella dejadez tan propia de él. Madre e hijo la cuidaban, la protegían, la querían sin que ella lo mereciera y nunca juzgaron sus actos, pero la agobiaban, invadían su territorio de soledad y, paradójicamente, desde que había salido de la cárcel la hacían sentirse más presa que dentro de ella. Aun así, no pudo negarse al ofrecimiento.

—Solo salgo a dar un paseo, pero gracias por acompañarme, Ignacio.

—¿Has visto tu puerta? —Su vecino se la señaló con su mirada—. Le he pasado un barniz y he borrado el mensaje de los Ordaz.

Cierto: ya no estaba la palabra «asesina» con la que la habían señalado en su propia casa. Se arrepintió de que le molestara la excesiva protección de sus dos amigos. Se había vuelto una egoísta.

Su carácter había cambiado en la cárcel. Tenía defectos que nunca le habían pertenecido hasta entonces.

—Estás mucho mejor así, Ignacio —le dijo mientras ambos bajaban en el ascensor—. Te sienta bien la pulcritud, no puedes ir por la vida vestido con la desidia de un adolescente.

—No me vale el símil. Ahora los adolescentes se preocupan mucho por su aspecto, les encanta vestir de marca. Si me he arreglado un poco, es porque mi madre se ha puesto pesada con el tema.

—Y yo ¿cómo voy? ¿Tengo aspecto de mujer normal y corriente?

—¿Qué es lo que quieres oír?

—Nada, olvídalo. —No quiso oír la respuesta; temía que fuera sincera.

Al llegar al portal del edificio, Ignacio se adelantó unos pasos para asegurarse de que ninguno de los Ordaz anduviera cerca. No estaban. Los coches transitaban por el asfalto, un grupo de chicos caminaba por la acera comentando algo entre risas, cada uno con su móvil en la mano. Tres o cuatro gorriones volaron bajo tras abandonar las ramas de una acacia, asustados por el claxon de un automóvil. Era la cotidianidad de un barrio en una tarde primaveral cualquiera.

—¿A dónde quieres ir? ¿Qué quieres hacer? —preguntó Ignacio.

—Primero iré la floristería que hay a tres manzanas de aquí, si es que todavía existe. Quiero comprar unas flores para Adrián y dejarlas en el estanque del parque de Roma. Allí lo mataron y no tiene tumba donde pueda llorarle.

—No sé si eso te aliviará o te dejará peor.

—Qué más da, quiero hacerlo y ya está —replicó ella, incómoda por tener que dar explicaciones.

Caminaron los dos en silencio mientras dejaban atrás la calle Ana Orantes y entraban en otra más grande, una avenida con tres carriles en cada dirección, con aceras amplias y demasiada gente deambulando. Rosaura detuvo sus pasos bruscamente.

—¿Qué ocurre?

—Tanto ruido me aturde. —Se tapó los oídos.

El sonido de los neumáticos al rodar sobre el asfalto, el del motor de los autobuses, los patinetes eléctricos que les acababan de sobrepasar a gran velocidad por la acera en un par de ocasiones

—eran una novedad para ella, se asustó al ser esquivada por el primero—, los edificios altos y bajos que encajonaban las calles, el paisaje urbano, en fin, antes tan familiar para ella, ahora la abrumaba.

—Se te pasará. Es normal tras dos años encerrada. Mi consejo es que continúes caminando para ir adaptándote al mundo exterior.

—¿Adaptarme para regresar en dos días a los barrotes?

—Anímate, te quedan pocos meses para el tercer grado. Entonces solo irás a la cárcel a dormir.

—Pero de momento sigo durmiendo en mi celda. ¿Tú crees que a Adrián lo mató un simple ladrón? —volvió a incidir ella.

—Le he dado muchas vueltas y, si quieres que te diga la verdad, pienso que se conocían.

—Lo mismo me dice mi compañera de celda Margarita —replicó Rosaura, sorprendida de que ambos coincidieran en la misma versión—, pero eso es imposible. Adrián no se relacionaba con delincuentes, tú lo conocías muy bien.

—Puede que involuntariamente cabreara a alguien, como ocurrió con Miguel Ordaz —conjeturó Ignacio—. Pero claro, también pudo ser un ladrón o un drogata que no controlaba.

—¿Un toxicómano que no controlaba, pero que se ocupó de no dejar rastros del crimen?

—En situaciones al límite, el estrés fuerza la inteligencia para sobrevivir, puro instinto natural. La realidad es que seguimos sin saber qué pudo suceder, y si no cambian las cosas y tu poli da con algo, habrá que empezarlo a asumir, Rosaura.

—No me voy a resignar. —Su amigo le dedicó aquella mirada que a ella tanto la disgustaba—. Me miras con lástima —se atrevió a decirlo—, y me siento una mierda. Me ayudaría que dejaras de hacerlo.

—Nunca te he mirado de ese modo —replicó Ignacio—. Estoy pendiente de ti, nada más. ¿Eso te molesta?

—Perdóname. He sido injusta. —Estaba nerviosa e irritable ante la cita inminente con Chito; no quería involucrar a Ignacio y no sabía cómo evitarlo.

—¿Es esta la floristería? —le preguntó él cuando ambos llegaron a una tienda con decenas de pequeñas macetas con flores junto a la puerta.

—Sí, aquí es. Mejor rosas blancas para Adrián, ¿no te parece? ¿O quizá azucenas? —Rosaura no esperó la respuesta; entró enseguida en la tienda.

Ignacio la esperó fuera, dándole vueltas a la cuestión de aquella mirada que Rosaura le había reprochado. No había en ella compasión, como ella creía. Se alegró de que la hubiera confundido con ese sentimiento, no así su madre, que ya le había advertido en más de una ocasión:

—Ella es como una hermana para ti, Ignacio. No vayas por otro lado si no quieres sufrir innecesariamente.

Cuando Petra le hizo aquella advertencia, a Ignacio le vino a la cabeza una película: *Lejos del mundanal ruido*, 1967, dirigida por John Schlesinger y basada en una novela de Thomas Hardy. En la Inglaterra rural del siglo XIX, Bathsheba —interpretada por Julie Christie, a la que Ignacio consideraba una de las actrices más bellas— es la dueña de una granja heredada de su tío, la mayor de toda la comarca. Gabriel —Alan Bates—, pastor y ahora capataz, la ayuda a sacarla adelante. Está enamorado de ella, pero Bathsheba entrega su amor a un canalla narcisista y violento, el sargento del ejército Frank Troy, interpretado por el actor de rostro inquietante Terence Stamp. Ignacio ya se había resignado a ser el capataz en la vida de Rosaura, aunque sabía el final de la historia, y eso le provocó una sonrisa.

—No te rías, Ignacio, que lo de Rosaura te lo estoy diciendo muy en serio —aseveró su madre—. No pienses en ella de otro modo que no sea como un hermano.

—Estaba pensando en otra cosa, mamá.

—Ya, como tu padre hacía siempre. Mira que lo quise, un hombre tan sobresaliente, siempre con sus inventos y sus patentes, pero murió sin que me dejara entrar nunca en su mundo. A ver qué día me dejas entrar tú en el tuyo.

Capítulo VII

Rosaura contempló las aguas del estanque del parque de Roma. Imaginó a su hijo flotando en ellas, inerme, tan solo con la única compañía de la muerte. Lanzó el ramo de seis rosas blancas, lanzó un beso, lanzó pesadumbre. Ignacio se había apartado de ella para dejarle intimidad y la esperaba sentado en un banco. No estaba muy concurrido el parque a esas horas, casi las nueve de la noche. Contó solo tres personas, que pasearon en torno al estanque sin detenerse en él. A pocos metros, en un espacio bajo los árboles, dos hombres de mediana edad ejercitaban los músculos en varios aparatos de gimnasia para los mayores. Nadie pareció reparar en Rosaura cuando lanzó las flores del agua, observó Ignacio. Ella también se dio cuenta, aunque prefirió que fuera así; incluso había temido que alguien se lo recriminara.

Aquel parque del barrio de Estrella estaba a más de media hora caminando desde la casa familiar, era una zona que Adrián no frecuentaba, o eso creía Rosaura. ¿Qué hacía allí de noche, en un estanque entre los árboles y por donde apenas pasaba nadie? Le costaba encajar aquel paisaje en las rutinas de su hijo, le había dicho que pasaría aquella tarde con sus amigos de la facultad, y no era verdad. Mintió. ¿Qué es lo que había allí para que se lo ocultara?, pensó a la vez que contemplaba cómo las rosas lanzadas al agua eran golpeadas una y otra vez por uno de los surtidores del estanque. Le afligía verlas machacadas en solo unos instantes, aunque los dos únicos paseantes que deambulaban en torno al estanque ni se habían fijado en ellas, absortos mirando sus móviles. Tampoco en la noche final de Adrián nadie reparó en que se estaba cometiendo un crimen y el cuerpo de un chico apuñalado flotaba en el agua. Ningún testigo. Tuvo que suceder todo muy deprisa para que ninguno alertara de lo que estaba ocurriendo. ¿Es que ya nadie se fijaba en nadie? ¿O es que alguien lo vio, pero no quiso involucrarse como testigo? Aquella realidad la abatió.

Recordó entonces Rosaura un crimen de hacía casi veinte años, salió en todas las televisiones debido a sus muchos enigmas. Ocurrió en Santander una noche de verano de 2002. Natividad, profesora, casada y con tres hijos, salía de madrugada de una boda familiar en la Real Sociedad de Tenis, en la avenida de la Reina Victoria de la capital cántabra. Diez minutos después, un muchacho la encontró muerta de varias puñaladas. Treinta y cinco, directas al corazón y al tórax. La mujer se había defendido, había cortes en sus manos. No hubo testigos, a pesar de que era verano y la zona estaba concurrida. «¿Ya nadie se fija en nadie?», volvió a repetirse Rosaura al rememorar aquel crimen. La víctima llevaba encima joyas por valor de varios miles de euros, y no se llevaron ni una. Se investigó el crimen contrarreloj, pero no se encontraron ni rastros ni pistas y el misterio seguía sin resolverse. Como en el caso de Adrián, el asesino seguía libre.

Ya eran más de las nueve de la noche, las luces de las farolas rielaban en las aguas del estanque. Rosaura volvió a darle vueltas al asunto: imaginó a su hijo bordeándolo, alguien salió a su paso, lo apuñaló sin mediar palabra alguna y la inercia del golpe lo desequilibró y cayó al agua. Entonces, ¿cuándo le robaron la cartera y el reloj? Si hubiera sido antes de matarlo, Adrián se habría defendido y no lo hizo; tampoco pudo ser después, a no ser que el asesino se adentrara en el estanque para robárselos, lo cual le parecía improbable porque se arriesgaba a ser descubierto. Era posible que se los hubiera quitado en otra zona del parque, pero tampoco tendría sentido que más tarde lo apuñalara en una distinta, a no ser que Adrián lo persiguiera hasta allí, pero no lo imaginaba corriendo tras el ladrón, arriesgando su vida para recuperar su cartera. No lograba explicarse de un modo lógico qué ocurrió en realidad.

«Si muero, incineradme y unid mis cenizas a las de Adrián», le había pedido a Petra cuando la visitó por vez primera en la cárcel. Le pidió también que lanzara lo que quedaba de ellos desde lo alto del monasterio del Pueyo, en Barbastro, erigido sobre un cerro de seiscientos metros de altura. «Tiene los atardeceres más hermosos que yo he visto jamás», le comentó a Petra. «No me hables de tu muerte. No quiero pensar en esas cosas», respondió ella, estremecida. «Pues de la vida poco tengo que decirte», le replicó Rosaura.

Antes de alejarse del estanque, Rosaura bajó la cabeza y se llevó una mano al corazón, brindando el gesto a su hijo.

—¿Nos vamos ya, Ignacio? —Se acercó al banco donde su amigo la aguardaba.

—¿Estás bien?

—¿Tú lo estarías en mi situación?

—Lo siento, era una pregunta retórica. La verdad es que no sé qué decirte.

—Yo sí sé qué decirte. Acabo de salir de la cárcel, tengo solo dos días para hallar alguna pista de lo que sucedió aquí hace dos años, no tendré otra oportunidad hasta que me concedan el siguiente permiso, y mientras tanto el mundo seguirá girando y el asesinato de mi hijo se disolverá como polvo en el viento. ¿Necesitas más explicaciones?

—Rosaura, dos días son...

Ella no lo dejó terminar.

—Lo sé, son pocos, pero no quiero oírlo.

—Si quieres, podemos tomar algo en alguna terraza antes de volver a casa. No has comido nada en todo el día. Te prometo quedarme en silencio si quieres, pero déjame acompañarte.

—¿Sabes lo que me apetece? —Rosaura le sonrió, a Ignacio le sorprendió aquella sonrisa tras sus ásperas palabras—. Me apetece un cucurucho con tres grandes bolas de vainilla, en la cárcel no hay de eso, como tantas otras cosas. Busquemos alguna heladería por aquí cerca.

La encontraron a dos manzanas del parque, una que anunciaba que los helados eran auténticamente artesanales. «Somos italianos», se indicaba en el rótulo de publicidad, como reivindicación de que en Italia se elaboran los mejores del mundo. Ella se sentó en la terraza. Ignacio entró a por los cucuruchos.

Cuando salió con los dos helados en las manos, ella ya no estaba.

En aquel momento, Rosaura caminaba deprisa hacia la boca de metro, en la que ya se había fijado mientras se dirigían a la heladería. No se acordaba de cómo comprar un billete. No había nadie en la taquilla y las máquinas expendedoras no eran las mismas que cuando ella las utilizaba. Tuvo que pedir ayuda a una mujer que encontró a su paso para que le explicara el funcionamiento. Lo había olvidado: ya no había billetes, sino una tarjeta que debía comprarse en la máquina y cargarla con dinero. El billete le pareció carísimo. Optó por comprar diez y no uno, le salía más a cuenta. Caminaba por los pasillos subterráneos aturdida, se confundió varias veces buscando la línea que debía coger. Se sentía una inútil. Dos años de ausencia del mundo no eran tantos para manejarse tan mal como una turista recién aterrizada en España. Ya en el andén, alejada de todos en uno de los extremos, con su cuerpo pegado a la pared —jamás había sentido como ahora el miedo a que un loco la empujara a las vías—, entretuvo su mirada en los anuncios de publicidad de las paredes. Las mismas marcas de cerveza y de refrescos, la misma primavera de El Corte Inglés, los viajes al Caribe, pero en los escenarios y en el diseño de las imágenes notaba que habían pasado dos años y ella se había quedado atrás. Sus pantalones marrones con manoletinas estaban desfasados, quizá se había excedido eligiendo las prendas más vulgares del armario. Tenía blusas de florecitas, varias deportivas, vaqueros y jerséis de marca, pero la realidad era que se había vestido como una monja seglar. Llegó el metro con un estruendo que la sobresaltó. Entró en un vagón, iba repleto y tuvo que viajar de pie. Se sintió agobiada en medio de la gente. Era la primera vez en mucho tiempo que estaba rodeada de personas libres, las observó y las envidió, aunque también pensó que casi ninguna estaba a salvo de la perdición si la realidad la situaba a las puertas del infierno.

Tras salir del metro, el transitado paseo de Extremadura —siglos atrás, una vía extramuros entre huertas— la recibió como lo que había sido siempre: una avenida con mucho tráfico, mucho comercio, mucho viandante, aunque, cerca ya de las diez de la noche, no eran tantos como ella suponía. La populosa vía comenzaba justo donde terminaba la calle de Segovia, en el centro histórico de Madrid, ambas calles separadas por un hermoso puente renacentista sobre el río Manzanares. Rosaura caminó deprisa por la acera, la seguían aturdiendo los sonidos de la ciudad, pero aun así se detuvo ante un escaparate de vestidos de novia; siempre le había gustado contemplarlos, elegir el que ella habría lucido de haberse casado; no echaba de menos la ausencia de una pareja en su vida, pero sí la solemnidad de una boda, el banquete, los regalos, sentirse querida y admirada, aunque fuera solo por un día. Se fijó en el traje más sobrio del escaparate, de raso blanco, ajustado a la silueta, con escote de barco y una cola de organdí. La imaginación la vistió con él. Le lanzaban pétalos de rosa y ella se cogía del brazo del marido, un extraño, una figura difusa entre la luz que emanaba de los invitados, que la abrazaban y la felicitaban. Disipó aquellos espejismos estériles y prosiguió su camino. Aún faltaban diez minutos para la hora de la cita con el novio de Margarita. Tenía cinco llamadas perdidas de Ignacio que no quiso devolver, al menos no todavía. La abochornaba haberlo abandonado en la heladería sin ninguna explicación. Además de egoísta, se había convertido en una maleducada.

Estuvo a punto de pasar de largo por el bar Laski, donde la había citado Chito. Era uno de tantos, no tenía nada de singular. Asomó la cabeza. Un local pequeño, estrecho y oscuro, apenas distinguía su interior desde la calle. Le recordó a aquellos bares antiguos con serrín esparcido por el suelo y con dos o tres viejos en la barra tomando un chato de vino o leyendo el periódico. Sin embargo, el Laski tenía una pequeña terraza en la acera. Rosaura observó si entre quienes estaban allí sentados alguno respondía al perfil físico que había imaginado de Chito. El cliché carcelario la conducía a un hombre alto, con camiseta imperio y brazos fuertes y tatuados. Ninguno respondía a ese tipo. Tampoco nadie estaba pendiente de su llegada, por lo que si Chito fuera diferente a como lo había perfilado su mente, no estaba allí. Dudó entre si entrar en el bar o bien sentarse en el velador. Eligió la segunda opción, menos claustrofóbica. Aun siendo mediados de marzo, la temperatura exterior era agradable. Ocupó una de las pocas mesas libres. Un camarero enjuto servía un par de cervezas a dos chicas jóvenes y luego dos cafés con leche a un matrimonio de mediana edad con un perrito peludo y marrón sentado a sus pies. Luego se dirigió a ella. Rosaura le pidió una Coca-Cola con hielo, la primera vez en dos años —los que había permanecido en prisión— que la tomaba con unos cubitos; para ella eran un lujo. «Y con media rodaja de limón», añadió.

Transcurrieron diez minutos y Chito no aparecía. Le molestaba el ruido del tráfico, que rodaba cerca de ella. Estaba cada vez más nerviosa. Pensó en devolverle las llamadas a Ignacio y pedirle disculpas, pero desistió porque no tenía claro cómo argumentar aquel plantón. Se distrajo entonces observando a quienes deambulaban por la acera, los miraba sin verlos, solo eran personas en movimiento, de las que se olvidaba cuando desaparecían de su cuadro visual. Muy cerca del bar, su mirada se fijó en una joven con un carrito de bebé que también se había detenido delante del escaparate de vestidos de novia. Hablaba por el móvil, irritada, parecía estar discutiendo con su interlocutor, hasta que finalizó la llamada, lanzó malhumorada el teléfono al interior de su bolso y reanudó la marcha. Cuando llegó al bar Laski, volvió a detenerse y, ante su sorpresa, se dirigió directamente a ella.

—¿Tú eres Rosaura? —le preguntó con gesto crispado; el bebé estaba llorando y ella parecía agobiada.

—Sí. ¿Y tú quién eres? —Recelaba; no sabía por qué aquella mujer sabía su nombre.

—Chito no ha podido venir, vengo yo en su lugar. Soy su novia. No debería estar aquí, se lo acabo de decir a él y te lo digo a ti también. Tengo prisa, debo llevar a mi bebé a urgencias. ¿Tienes la pasta?

—¿Cómo me has reconocido? —preguntó Rosaura con desconfianza.

—Los asesinos salís en internet. Ahí tienes la respuesta —le contestó la chica, malhumorada.

Era una mujer de edad similar a la de Margarita, no había cumplido los treinta. Melena de leona, ondulada, rubia y larga, sin brillo tras el abuso de tintes. Sus cejas y sus ojos eran negros, observó dos moratones en su mandíbula —antiguos, ya habían amarilleado—, y también sus pechos grandes y turgentes, realzados por un top blanco escotado bajo una cazadora tejana corta y mínima. Sus vaqueros estaban moteados de pequeñas perlas. Rosaura se fijó en todo ello y también en sus manos, con voluminosos anillos de alpaca en casi todos los dedos de uñas mordidas pero pintadas de rojo. Reconocía en aquella mujer sin nombre a otras reclusas de la prisión. Allí hubiera pertenecido al pequeño grupo de las estrafalarias, las que se vestían como si estuvieran a punto de entrar en una discoteca de cualquier polígono; en contraposición a ellas estaban las chandaleras, que se ponían encima lo primero que pillaban en su armario, casi siempre unas mallas, una camiseta y unas deportivas gastadas. Ella estaba en medio de unas y de otras, elegía sus prendas para no parecerse a ninguna. La mayoría estaba allí por delitos de droga, pero también había asesinas, entre ellas las que habían matado a sus propios hijos. El resto de las reclusas las aislaban, las amedrentaban y las amenazaban; muchas cumplían su pena en la enfermería de la prisión o bien acompañadas la mayor parte del tiempo por una «presa sombra», para evitar que se quitaran la vida y mantenerlas a salvo de agresiones. Asesinar a niños se consideraba entre la población reclusa el peor crimen que se podía cometer.

—Que si tienes la pasta, te he dicho —la apremió la mujer en un tono agresivo.

—¿No te quieres sentar? —Le ofreció Rosaura una silla en su mesa de la terraza.

—¿No has oído que tengo prisa?

El bebé continuaba llorando. Rosaura le echó un vistazo furtivo al pequeño. Calculó que no tendría más de dos meses.

—¿Tiene fiebre? —le preguntó, dirigiendo su mirada al carricoche.

—Sí, joder. O me das los mil pavos o no te diremos nada sobre el que mató a tu hijo.

—Entonces, ¿sabéis algo?

—No empezaremos hasta que nos des la pasta. Pero mira, se me ha agotado la paciencia, ya no quiero los mil pavos. Me largo.

—No, espera... —Rosaura sacó de su bolso un sobre y se lo mostró—. ¿Te lo voy a dar aquí, delante de todos?

—¿Y dónde me lo vas a dar? ¿Dejo a mi niña aquí sola y nos vamos al baño o a donde te apetezca?

—Pero si te doy el dinero será a cambio de algo, imagino —se atrevió a decirlo.

—Sin pasta, no empezamos, ya te lo he dicho. O lo tomas o lo dejas.

—Si quieres te acompaño a urgencias y por el camino te doy el dinero. De paso, le puedo echar un vistazo a tu niña. Soy enfermera. ¿Me permites que la vea?

La mujer se lo pensó unos segundos, pero aceptó. Se apartó del cochecito y dejó que Rosaura se acercara al bebé, que lloraba de modo inconsolable. Le palpó la frente.

—La fiebre no es muy alta. Posiblemente tenga una otitis, es muy habitual en los bebés. ¿El centro de salud está cerca de aquí?

—Sí, a una manzana. Vivo en el barrio, mejor dicho, mis padres, que me están echando una mano con mi bebé. —La mujer parecía haber relajado su mal humor, así lo entendió Rosaura cuando la oyó hablar de su familia. Y aprovechó la oportunidad.

—Te acompaño. Coge a la niña y masajéale la espalda por el camino, puede que no la calme del todo, pero ayuda. Yo llevaré el carrito. ¿Cómo se llama?

—Dafne.

—¿Y tú?

—Eso no te importa.

La mujer sin nombre se acercó al carricoche para coger en brazos a su niña cuando Rosaura la vio desplomarse tras oír el sonido de un potente petardo. Era un disparo. La joven yacía en el suelo de la terraza con un ojo reventado, la bala lo había atravesado para llegar directa al cerebro. Los clientes y los transeúntes se tiraron al suelo, gritaron, reptaron hasta encontrar refugio bajo las mesas. De modo instintivo, Rosaura cubrió con su cuerpo el carrito con el bebé dentro, se atrevió a mirar de reojo y pudo ver a un hombre con la cabeza cubierta por un casco de moto. Impasible el asesino, se acercó al cuerpo inerme de la mujer y aún le descerrajó dos tiros más, uno en el abdomen y otro en el corazón. Se abrazó aún más al carrito, la bebé continuaba llorando y tenía el rostro congestionado, pero no podía cogerla, temía otro tiro, temía que el criminal que había disparado contra la madre lo hiciera también contra la hija. Esa gente no tenía piedad, había oído historias en la cárcel que la estremecían. También podía suceder que la siguiente bala fuera para ella, por entrometerse en aquel tiroteo. Pero aquello no duró mucho más. La muerte se había paseado por allí con prisas. Ya no hubo más tiros. Levantó la cabeza, miró a su alrededor, el asesino se estaba subiendo a una moto donde le esperaba el piloto, que aceleró a fondo y ambos desaparecieron a gran velocidad por el paseo de Extremadura. Cogió a la bebé y la abrazó. Su llanto era aún más intenso, a veces se quedaba sin aliento para retomar de nuevo el lloro. Dafne, recordaba el nombre de la niña, se había quedado sin madre; Rosaura no tuvo dudas de que estaba muerta. Una mujer tomaba de la mano a la víctima, el camarero intentaba taponarle la herida abdominal con una toalla —a Rosaura le pareció ver un trozo de intestino fuera del vientre—, pero ya la primera bala había sido mortal. Se oían cercanas las sirenas de las ambulancias y de los coches policiales. La gente seguía gritando, algunos vagaban por la acera desorientados, otros asomaban sus cabezas por los portales de las viviendas donde se habían refugiado. Rosaura mantenía una extraña serenidad ante la contemplación de aquel escenario, porque lo único que le había preocupado durante el tiroteo había sido mantener a la bebé a salvo. La acunó entre sus brazos, intentando transmitirle que no estaba sola, aunque su madre ya no estuviera. Le daba mucha pena, la ternura estuvo a punto de llevarla a las lágrimas.

Los policías nacionales, los municipales y también los sanitarios ya estaban allí. No podía quedarse. Tendría que declarar y la identificarían como la presidiaria que era y, peor aún, como la mujer que se encontraba con la víctima en el momento del crimen. Se escabulló entre la confusión, pero antes se aseguró de que la bebé fuera atendida. La introdujo en el carrito, se mezcló entre el tumulto, se acercó a una ambulancia, dejó junto a ella el carricoche y esperó desde una posición discreta. Una sanitaria oyó los lloros de la niña y la tomó entre sus brazos. Rosaura estuvo a punto de decirle la causa del llanto, una otitis o un cólico que le producían dolor, aunque también, supuso, la criatura lloraba por no tener a su madre cerca. De algún modo, el instinto de supervivencia le estaba advirtiendo a Dafne de su desamparo.

La zona se había acordonado y los agentes empezaban a tomar declaración a los testigos. Rosaura se alejó discretamente de la escena del crimen. Caminó sin poder evitar las lágrimas, por Dafne, por su madre asesinada. Chito había utilizado en su día a Margarita como correo de la droga robada, dejó que fuera ella y no él quien se expusiera al peligro, y dedujo que había hecho lo mismo con la mujer sin nombre. A una le costó la cárcel; a la otra, la vida. Un escalofrío sacudió su cuerpo, le provocó un ligero temblor mientras caminaba en dirección al metro. De repente, se echó a llorar. Para no llamar la atención, se acercó al portal de una vivienda y se refugió sobre el descansillo de la puerta. Sonó su teléfono móvil. Pensó que era Ignacio, pero se trataba de un número oculto. Estaba segura de que era Chito.

—¿Sí? —contestó, sin que el llanto le diera una tregua.

—Soy Chito. Me vas a contar ahora mismo qué ha ocurrido.

—¿Estabas cerca y no lo has evitado? —le gritó Rosaura fuera de sí—. ¿Por qué no has venido tú en vez de ella, maldito cobarde? Eres un cabrón. —Estalló en Rosaura la rabia acumulada, tan antigua como el día en que asesinaron a su hijo, y tan nueva como el crimen que acababa de presenciar. Liberó la ira, retiró la anilla de la granada y se la lanzó a Chito—: Eres un monstruo. Ojalá te hubieran matado a ti y fueran tus tripas las desparramadas por la acera —le deseó Rosaura entre sollozos, usando un lenguaje que no era propio de ella, palabras arrabaleras que no quiso frenar.

—¿Has visto al que ha disparado a mi novia? —preguntó él, impasible ante los gruesos reproches de Rosaura.

—¿Tu novia, dices? Pensaba que era Margarita, pero claro, ya no te sirve porque está en la cárcel. ¿Por qué la has enviado con la bebé? ¿Dafne es tu hija? Eres tan asqueroso que me dan ganas de vomitar. He visto sus moratones. ¿Se los hiciste tú? ¿Le dabas palizas? No quiero saber más de ti, ¿me has oído, pedazo de mierda?

—¿Pudiste reconocer la marca de la moto? —insistía Chito con sus preguntas, ajeno a los insultos de Rosaura.

—No tengo ni idea de motos, solo sé que mandas a mujeres con tus drogas robadas en vez de ir tú y que ellas acaban en la cárcel o muertas.

—¿Robadas? ¿De dónde has sacado tú que son robadas? —le preguntó el narcotraficante; Rosaura percibió el recelo en su voz.

—¡Y a ti qué te importa cómo lo sé! —le gritó entre lágrimas—. Las robas a otros como tú, y punto. Además de ser un cobarde, eres un ladrón. Algún día la bala será para ti, es lo que te mereces. Ojalá te reviente la cabeza.

Chito cortó la llamada. A Rosaura le temblaba el cuerpo, los brazos, las piernas. No sabía cómo podría reaccionar aquel hombre tras sus palabras broncas, pero lo despreciaba tanto que no le importaba. La niña, qué sería de ella... El ojo reventado de la mujer sin nombre regresaba a su mente y se entremezclaba con la imagen de su hijo muerto en el estanque; nunca llegó a ver aquella escena, pero su cerebro la había fabricado con tal precisión que hasta escuchaba el chapoteo del agua contra el cuerpo de Adrián, acariciándolo, meciéndolo para aliviarle el tránsito hacia la única certeza de la vida, la muerte.

Capítulo VIII

La imagen circulaba por las redes a la velocidad de la luz y también había sido portada de los diarios digitales y los informativos de televisión: «Una mujer salva a un bebé de un tiroteo en el paseo de Extremadura», titulaban todos con mínimas variaciones. «Una joven ha muerto esta tarde víctima de los disparos de un individuo que huyó con otro a la carrera en una moto. Según fuentes policiales, la fallecida, de veintisiete años, tenía antecedentes por tráfico de drogas y todo parece indicar que se trata de un ajuste de cuentas. El bebé, una niña, al parecer hija de la víctima, se encuentra a salvo. Los servicios sociales de la Comunidad de Madrid se han hecho cargo de la pequeña mientras se localiza a la familia». Un espontáneo había grabado con el móvil parte de la secuencia: Rosaura volcada sobre el carricoche, rodeando con sus brazos la capota, los dos motoristas huyendo y, finalmente, el cadáver de la mujer sin nombre cubierto por una manta térmica.

—¿No es Rosaura la del cochecito? —le preguntó Petra a su hijo, viendo los dos el Canal 24 Horas mientras cenaban un plato de brócoli y unas piezas de fruta—. ¿Es ella? —murmuró, atónita.

—Lleva la misma ropa que esta tarde y su pelo es inconfundible. Es ella, sí —replicó Ignacio, también estupefacto.

—¿Qué hace en medio de un tiroteo en el paseo de Extremadura? ¿Qué se le ha perdido allí? ¿Estará bien? ¿Por qué no nos ha llamado? —Petra manifestaba su inquietud a través de aquella batería de preguntas.

Eran las doce de la noche y no sabían nada de ella desde las nueve y media, cuando Ignacio la vio por última vez. ¿En qué lío se habría metido? Petra estaba muy inquieta. Desde que murió su hijo, Rosaura era una mujer desquiciada, empeñada ella sola en encontrar a quien lo mató, obsesionada, convencida de que podría hallar alguna pista durante sus pocos días de permiso, cuando la policía no había logrado resolver el enigma en dos años. Qué torpe había sido Ignacio no acompañándola, pensó Petra. Tan brillante como había sido el padre, ingeniero industrial en una empresa de sistemas para túneles de lavados de coches y también inventor, aunque nunca consiguió financiación para el desarrollo de sus ideas. A finales de los ochenta, veinte años antes de que empezara a comercializarse, inventó el cristal electrocrómico, un vidrio inteligente para ventanas que perdía transparencia hasta oscurecerse según fuera la intensidad de la radiación solar. Con su invento se podía ahorrar hasta un cuarenta por cien en calefacción y aire acondicionado, y además sustituía a las cortinas o a los toldos. Frustrado por no poder costearse los estudios de viabilidad que requería registrar la patente, y frustrado también por no hallar empresas inversoras que apostaran por su proyecto, un día se rindió: una grave depresión lo confinó en la cama durante años, lo que le provocó una ateroesclerosis que acabó con su vida a causa de un accidente cerebrovascular. Ignacio tenía entonces once años y Petra lamentaba que el niño creciera con un padre ausente, un padre que casi siempre estaba en la cama, dormitando o absorto en no se sabía qué. Por las noches gemía en sueños. Petra ya dormía en otra habitación. No podía soportar su rendición extrema ni tampoco pudo hacer nada para rescatarle de la cueva imaginaria en la que se había encerrado. Su marido era un muro infranqueable contra el que ella se hubiera dado de cabezazos con tal de derribarlo; incluso le planteó mudarse toda la familia a Estados Unidos. «Allí valoran a los innovadores sobresalientes como tú», le animó. «No digas tonterías. No lo he conseguido aquí y menos lo voy a conseguir allí, donde mis competidores son cientos de miles», le contestó. La mujer aún conservaba y utilizaba el prototipo de una pequeña máquina que sellaba y desprecintaba cuantas veces fuera necesario las bolsas de patatas fritas o las de biscotes una vez abiertas.

Cuando perdió a su marido, para Petra fue como si se le hubiera caído un edificio de hormigón encima y nadie acudiera a rescatarla. Entendía a Rosaura en su desesperación, pero no a Ignacio, que la había dejado sola y eso la había situado, no se sabía por qué, en medio de un tiroteo.

—¿Y de verdad no te dijo a dónde iba? —le preguntó a su hijo, levantándose de la mesa y acercándose a la ventana del salón, esperando a que su amiga apareciera por la calle en cualquier momento—. No lo entiendo, no te entiendo, Ignacio.

—Me pidió que la dejara sola, y yo lo hice —le mintió—. Ya te lo he dicho. No contesta a mis llamadas ni a mis mensajes. ¿Quién podía imaginar que le iba a pasar algo así? Espero que, simplemente, tuviera la mala suerte de pasar por allí, oyera los disparos, viera el cochecito y protegiera al bebé. Si, por el contrario, conocía a la mujer tiroteada, va a tener problemas. No sabemos con quién se relaciona en la cárcel.

—Por eso no podemos llamar a la policía sin meterla en un lío. Recuerda que dio nuestra dirección como único arraigo familiar cuando solicitó el permiso. Todo esto me desborda. Los Ordaz, el tiroteo... —Petra interrumpió sus palabras y miró a su hijo con severidad—. No tendrías que haberla dejado sola por ahí. Tu padre habría sabido qué hacer.

—Mi padre fue un cobarde que se dejó morir en la cama, no me lo pongas como ejemplo —la recriminó, sin ocultar su resentimiento, larvado desde hacía tantos años.

—Al menos luchó hasta que no pudo más, fue un visionario que perdió la confianza en sí mismo cuando se le cerraron las puertas. La creación genera inseguridad y fragilidad. A ti ni siquiera te dan acuse de recibo de los guiones que envías, y te quedas tan ancho, parece no afectarte.

—Mamá, qué sabrás tú sobre cómo sobrellevo el rechazo.

—Yo lo sé todo sobre ti, soy tu madre, yo te parí. Te falta sangre en las venas. Si al menos me dejaras leer alguno de tus guiones, quizá descubra que has heredado el talento creativo de tu padre, quién sabe. Deja que te apoye en esto.

—Apóyame también en todo lo demás, mamá.

—No me lo pones fácil. Has dejado sola a Rosaura.

—¡Y dale otra vez! —exclamó, airado—. Ya me ha quedado claro que ha sido un error. —Estaba harto de sus quejas; deseaba decirle la verdad, que Rosaura lo había dejado plantado en una heladería, pero eso lo colocaba en una situación peor—. ¿No estamos siendo demasiado protectores? Puede que la estemos agobiando.

—Lleva solo un día fuera de la cárcel y le han tirado una piedra a la cabeza, la han amenazado con cortarle el cuello, le han lanzado sangre de un animal y ha terminado en medio de un tiroteo y saliendo en la tele salvando a un bebé. ¿Te parece a ti poco para que no estemos pendientes de ella?

—Pues tendremos que hacerlo sin atosigarla.

—Ya son más de las doce de la noche y seguimos sin saber nada. Quizá deberíamos llamar a hospitales.

—No te dirán nada. La Ley de Protección de Datos es muy cruel en estos casos.

Ignacio le daba vueltas en su cabeza a aquel abultado sobre que llevaba consigo Rosaura. Reparó en él cuando ella salió de la floristería y metió el billetero en el bolso. Había visto la escena en decenas de películas de delincuentes y mafiosos: el sobre con dinero que entregaban por debajo de la mesa en cafeterías o en tugurios, o el que se pasaban unos a otros en callejones, en aparcamientos solitarios o en naves abandonadas.

—¿Tú llevas las cuentas del dinero que hay en el macetero del ficus? —le preguntó a su madre.

—Sí, ¿por qué lo preguntas? Se lo voy ingresando en la cuenta de peculio de la cárcel, cada vez le queda menos.

—Deberíamos mirar si ha cogido alguna cantidad esta tarde, no me refiero a cien o doscientos euros, sino bastante más. Mil o dos mil —calculó el volumen del sobre.

—¿Piensas que se había citado con alguien para encontrar alguna pista sobre Adrián cuando han tiroteado a la mujer? —le preguntó Petra con perspicacia; no había pensado hasta entonces en esa posibilidad—. La cárcel es un mundo oscuro con gente oscura, no quiero ni pensar que Rosaura esté con alguno de esos.

—¿Por qué no vas a mirar el ficus y cuentas la pasta?

—Sí, voy a hacerlo —afirmó Petra con decisión.

Ignacio aprovechó la salida de su madre para descargar la ira contenida. «¡Joder!», gritó dándole una patada a una silla, para luego volver a colocarla cuidadosamente en su sitio. Le dolía la escaramuza que había utilizado Rosaura para librarse de él. Se había sentido tan idiota con los dos cucuruchos en la mano, con las bolas de vainilla comenzando ya a derretirse, que los tiró de mala gana a una papelera. Después, telefoneó a Rosaura varias veces, sin obtener contestación. Muy enojado con ella, cogió el metro y decidió irse a su refugio, un antiguo palomar rehabilitado como vivienda, veinte metros cuadrados en la azotea de un edificio del distrito de Arganzuela, cerca del centro de la ciudad. Lo había alquilado desde hacía unos años por seiscientos euros al mes, la mitad de su sueldo. El propietario no se había molestado mucho en la reforma, solo lo imprescindible: suelo de tarima sintética, un sofá cama, una mesa y cuatro sillas plegables que no ocupaban apenas espacio si no se utilizaban, un inodoro y un sumidero para la ducha, ambos en el mismo metro cuadrado, con un pequeño termo eléctrico que solo permitía un minuto de agua caliente. La cocina únicamente consistía en una pequeña nevera, un fregadero y un hornillo de gas. Ignacio había aportado un televisor de pantalla de plasma de cuarenta y ocho pulgadas, atornillada a una pared ante la falta de espacio. Lo único que añadía valor al palomar era una estrecha terraza desde donde se veía el cielo de Madrid. A veces se abstraía viendo pasar las nubes sobre los tejados, no así las estrellas: las luces de la metrópoli las engullían.

No era aquel cuchitril un lugar para vivir, por eso él seguía residiendo con su madre. Tampoco ganaba lo suficiente para emanciparse de una vez a sus cuarenta y cuatro años, pero al menos tenía un lugar para escribir o para intimar con alguna chica si tenía suerte de que alguna se fijara en él, porque su timidez le impedía tomar la iniciativa y perdía muchas oportunidades. Ignacio era un hombre de errores, no de aciertos. Le inquietaba cargar con sus defectos en su equipaje vital y que un día le pesaran tanto que no pudiera avanzar y se rindiera, como había hecho su padre. Le perturbaba también que la depresión pudiera heredarse. Se consideraba un buen candidato: ni le gustaba el trabajo con el que se ganaba la vida ni buscaba una salida mejor ni tampoco lograba interesar a una productora con sus guiones. Era también un solitario, no tenía amigos y mucho menos en el cine, lo que quizá le habría ayudado, pero le costaba establecer relaciones, convencido de que su mundo era tan propio que no admitía conexiones con otros ajenos.

Se tumbó en su sofá cama del palomar y decidió ver una película, esa y no otra: *Tres anuncios en las afueras*, dirigida en 2017 por el británico Martin McDonagh. Mildred, la protagonista, interpretada por Frances McDormand, es una madre amargada, desesperada, vengativa. Alguien viola, quema y mata a su hija adolescente sin que la policía tenga hasta el momento sospechoso alguno. La impotencia le lleva a contratar tres vallas publicitarias en las afueras del pueblo, una pequeña ciudad del estado de Missouri, para denunciar que el autor del crimen sigue impune ante la pasividad de los policías locales. Esa desesperación sin fin, que la descontrola y provoca graves consecuencias, le recordaba a Rosaura. ¿Qué sería capaz de hacer para encontrar al asesino de Adrián? Lo había dejado plantado en una heladería; pensaba Ignacio que ya tenía planificado quitárselo de encima. Tendría que haber sido más perspicaz y leer en el fondo de las palabras. Le extrañó que hablara de la muerte de su hijo tras visitar el estanque y que, inmediatamente después, quisiera un cucurucho con tres bolas de vainilla, como si fuera una niña caprichosa. Se sentía dolido, pero no podía exigirle más de lo que ella pudiera darle. Cuando llegó a casa, no quiso contarle a su madre la verdad y aparecer ante ella como un estúpido.

—Faltan mil cien euros, exactamente —le comunicó Petra cuando llegó.

—Mucha pasta para comprar el ramo de rosas a su hijo.

—Voy a llamar a la policía. No me perdonaría que estuviera metida en algo grave y no podamos ayudarla, porque... —Petra detuvo sus palabras—. ¿Has oído? El ascensor se ha puesto en marcha, quizá sea ella.

Capítulo IX

Tantas veces había deseado morir para alcanzar la unión cósmica con Adrián que se sorprendió a sí misma suplicando por su vida. Tras la tensa conversación con Chito, viajó en metro y, al llegar a la estación, salió y caminó un par de manzanas hacia su casa sin dejar de pensar en el tiroteo, en Dafne, la bebé ya sin madre, la mujer sin nombre que ya no existía, ejecutada en plena calle y rematada en el suelo. Meditaba también sobre el reloj que marca la existencia: basta solo un tic de la manecilla hacia el tac de la siguiente para que la muerte detenga el tiempo con la facilidad con la que el viento mece las hojas. Divisó a lo lejos el edificio de su vivienda, qué feo era, se quejaba siempre; negra la mitad superior y blanca la inferior, como si le hubieran lanzado desde lo alto un bote de pintura que agotó su contenido a mitad de la fachada. Le llamaban en el barrio «el dominó». Su piso estaba en la zona blanca, afortunadamente, porque los vecinos de las viviendas más altas se quejaban de sus pequeñas terrazas de paredes negras, como si acabaran de sufrir un incendio. Más de una vez habían intentado pedir presupuesto para repintar la fachada, pero «los blancos» argüían que era un gasto innecesario y que «los negros» ya sabían que lo eran cuando adquirieron sus pisos. Nunca había quórum, y Rosaura se alegraba de ello porque la derrama habría sido cuantiosa.

Tic: qué feo es el edificio.

Tac: dos hombres la agarraron en una fracción de segundo y la empujaron al interior de un coche.

Era de noche, apenas había gente en la calle, nadie se fijó. Uno conducía, otro se sentaba a su lado y dos la custodiaban en los asientos posteriores. Eran los Ordaz. Reconoció a su izquierda a quien ese mismo día, a la salida de prisión, le había hecho el gesto de rebanarle el cuello; a su derecha estaba el chico bizco que la había cubierto de sangre de cerdo.

—Si abres la boca para gritar, te matamos —le advirtió el conductor.

Durante todo el día habían buscado el modo de meterla en la ratonera y al final lo habían conseguido.

—No me hagáis daño... —susurró, aterrorizada, temiendo que un tono de voz más alto mereciera un navajazo—. Os he pedido perdón, cada día me arrepiento de lo que hice.

—¡Cállate! —le gritaron los cuatro al unísono.

—¡Hemos dicho a la vez la misma palabra! —exclamó, asombrado, el conductor.

Se rieron, después se santiguaron y dijo cada uno un color a la vez. Tres coincidieron en el azul y el otro rompió la armonía con el rojo.

—Otra vez será —se resignó el bizco.

A Rosaura le desconcertó aquel ritual tan tonto. No parecían nerviosos por haberla secuestrado, más bien lo contrario: se pusieron a tararear tranquilamente la canción *Tómbola* de Marisol tocando las palmas al ritmo de tom-tom-tómbola-la-vida-es-una-tómbola. Los Ordaz le parecieron capaces de matarla a navajazos mientras cantaban «en la tómbola del mundo yo he tenido mucha suerte».

Aquel fue un viaje largo e incierto para ella, en el que Madrid aparecía súbitamente deformado cuando lo observaba por la ventanilla del coche; eran sus lágrimas las que lo desenfocaban, las que le impedían distinguir las avenidas de las bocacalles, los árboles de los contenedores, las luces de las ventanas de los reflejos de las farolas. El ocaso ya hacía horas que se había rendido para que la noche afilara sus cuchillos. El automóvil abandonó la ciudad hasta adentrarse en un polígono del extrarradio. Atravesaron sus calles vacías, más tarde cruzaron un puente sobre las vías del tren y, al final, llegaron a un descampado. La luz de los faros recorría la maleza y también botellas rotas, latas de cerveza estrujadas y basura. A lo lejos se distinguía el aura anaranjada de la ciudad y las cuatro torres gigantescas de hormigón y cristal del paseo de la Castellana.

Detuvieron el coche y a Rosaura la sacaron a empujones. La colocaron junto al capó y la obligaron a arrodillarse. De repente, se encendieron los faros de otro vehículo. Oyó el sonido de una puerta, luego el de otra. Apareció entre las sombras la matriarca de los Ordaz, acompañada de un joven, supuso que otro de sus hijos. La mujer se acercó a ella con los pasos oscilantes de la mujer obesa que era. Le brillaban los ojos. Había tanto odio en ellos que pensó que la asesinaría en el instante siguiente. Ya no tuvo ninguna duda cuando le mostró unas tijeras de filo largo, como las que se utilizan en las pescaderías.

—Sujetad a la mulata asesina, hijos —les ordenó.

—No soy mulata —osó decir sin poder evitarlo.

—Pero eres una asesina —la acusó el joven que acompañaba a la madre.

—Por favor, quiero vivir... —suplicó mientras dos de los Ordaz la sujetaban por los hombros y por el cuello, con tal fuerza que pensó que le iban a reventar las arterias.

—Miguel también quería vivir —dijo la matriarca—. Desde donde está quiere mandarte al infierno y que Lucifer te arranque los ojos antes de entrar, para que no puedas huir de las llamas, pero el Señor no le deja, ya se lo he dicho a mi hijo en los sueños. «No matarás», ordena el quinto mandamiento. Pero voy a hacer justicia por él.

—Le escribí a usted pidiéndole perdón —le suplicó entre sollozos.

—Ya te he dicho esta tarde lo que hice con tus cartas. Matas a mi hijo y ya estás libre en la calle. Qué pronto te has quitado la sangre de encima. Ahora vas a tener mucha más —le anunció la matriarca con voz helada.

La mujer enarboló las grandes tijeras y las acercó a su rostro. «Que Lucifer te arranque los ojos», acababa de decirle. No quería morir así, con el dolor inimaginable de que le vaciaran las cuencas. Prefería que la apuñalara en el corazón, como a su hijo, y que el trance fuera rápido. Pero la madre de los Ordaz desvió las tijeras de los ojos, la agarró del pelo como si arrancara de la tierra un matojo de malas hierbas, le cortó el cabello de un solo tajo y luego siguió cortando mechones con violencia, arañándole con el filo el cuero cabelludo. Rosaura se revolvía de dolor y de humillación, pero la matriarca siguió cortando su cabello hasta que la dejó casi calva.

—Dame la navaja —le pidió a uno de sus hijos.

—Mamá, déjame hacerlo a mí —le pidió otro.

—No, Lorenzo, antes que tu hermano, Miguel era mi hijo. Se hará a mi modo.

Rosaura pensó que había llegado el fin. Adrián corría tras una pelota de niño en el parque del Retiro, se recordó a sí misma de adolescente estrenando sus primeros vaqueros Levi's como regalo de cumpleaños, también se vio a ella misma y a su hermana Beatriz disfrazadas de flamencas y, entre risas, disparándose la una a la otra con sus revólveres de juguete, su mente le mostró a su padre en la huerta de casa recolectando tomates rosa de Barbastro, considerados entre los mejores del mundo, observaba a su madre maquillándose para salir una noche de Reyes, qué guapa era, tic, tac... Aquellas imágenes con las que los recuerdos querían despedirla de la vida transcurrieron en un instante que sabía a almendras amargas; al siguiente, la matriarca le arrancó la blusa de un tirón y saltaron los botones. Rosaura se sintió desnuda y cubrió el sujetador con sus manos. La mujer deslizó el filo de la navaja repetidas veces por la piel de uno de sus brazos. Y luego siguió con el otro.

—Uno por cada año que tenía Miguel cuando lo mataste —le decía mientras la rajaba.

Fueron veintisiete los cortes. Rosaura no los contó, sabía la edad de Miguel, la oyó varias veces durante el juicio que terminó con su condena a prisión. Le escocían las heridas, la sangre fluía y creaba sus cauces por la piel. La navaja se acercaba peligrosamente a las venas, pero la matriarca las esquivó.

—Si vuelves a salir de la cárcel, entonces sí te mataremos —la amenazó la mujer.

—¿Y por qué no ahora? —replicó Lorenzo, sacando una navaja.

—El Señor me ha dicho que no lo haga y vamos a obedecer, pero nada ha dicho de todo lo demás.

Rosaura recibió dos puñetazos en el estómago por parte de Lorenzo y de su hermano bizco. Los impactos contra las vísceras la dejaron sin respiración y la derrumbaron al suelo. Su rostro cayó sobre unas compresas sucias, no tuvo fuerzas para apartarlas. Los agresores se subieron a los coches y la abandonaron en aquel solar inmundo que bien podría convertirse en su tumba. No tenía fuerzas para incorporarse, la pérdida de sangre la estaba adormeciendo.

Moriría como una pobre perra abandonada. Se preparó para encontrarse con Adrián; en el fondo, era lo que deseaba.

La sirena de un coche de policía interrumpió súbitamente su despedida de la vida. Vio entre las sombras de la noche los reflejos de sus luces centelleantes. Dos agentes corrieron hacia ella. La encontraron semiinconsciente y ensangrentada, con el cuerpo encogido sobre la tierra, entre las basuras. Pidieron por radio una ambulancia. Eran un hombre y una mujer, ambos de la Policía municipal. Estaban patrullando por el polígono, fue providencial para Rosaura que, en su ronda nocturna, se adentraran en aquel descampado.

—Los sanitarios están de camino —la tranquilizó la agente—. ¿Cómo se llama?

—Rosaura. Vivo en la cárcel —contestó. Y perdió la consciencia.

La estabilizaron en la ambulancia, la llevaron a un hospital, la atendieron en urgencias. Le curaron los cortes en el cuero cabelludo y en los brazos —algunos requirieron sutura—, la vendaron y le inyectaron un antibiótico y la vacuna del tétanos. Le salvaron la vida. Dos agentes de la Policía nacional sustituyeron a los de la municipal y la interrogaron sobre el suceso en el box de urgencias. Fue inevitable que la identificaran y ella misma les contó que estaba de permiso penitenciario, cumpliendo en la cárcel la pena por matar al hijo y hermano de los Ordaz. «Han sido ellos, quieren vengarse, no descansarán hasta que me maten», les aseguró. Le habían dejado intacta la cartera de su bolso y también el móvil, pero no así el sobre con los mil euros que no llegó a entregar a la mujer sin nombre. Los policías recelaban de ella, o eso le pareció, porque la miraban con desconfianza cuando les relató que los Ordaz la habían secuestrado en plena calle. A veces la verdad es difícil de creer. Era una reclusa y se suponía que no debía meterse en jaleos durante su permiso penitenciario. Lo vio peligrar y decidió llamar a Martina, ya que parecía estar tan pendiente de ella. Le contó lo que había sucedido y la inspectora habló con los agentes. De algún modo debió de avalarla porque, a partir de entonces, los policías relajaron sus suspicacias. La animaron a denunciar, pero Rosaura no quiso hacerlo. ¿De qué serviría? Cuando los policías municipales llegaron al descampado, los Ordaz ya no estaban. No hubo testigos. Era su palabra contra la de ellos.

—Vamos a denunciar nosotros de oficio —le dijeron los agentes—. Podrían haberla matado si los compañeros no hubieran aparecido por el polígono.

—Ni siquiera tienen las matrículas. Quiero alejarme de ellos, no que un juez me los ponga al lado. No los denuncien, por favor —les pidió.

Pero estaban decididos a llevar la denuncia adelante. Empezarían, le dijeron, visionando las cámaras de seguridad del polígono.

—Alguno de los Ordaz tiene antecedentes, ¿lo sabía? —le informó uno de ellos.

—La madre es la peor de todos, pero hagan lo que quieran —se rindió Rosaura; no quería discutir. Deseó que la denuncia no prosperara. Aquella familia le provocaba terror.

Un coche patrulla la llevó a su casa. Solo quería descansar para que el sueño reorganizara el caos, por eso salió del ascensor con sigilo. Lo que menos necesitaba en aquel momento era dar explicaciones a Petra y a Ignacio, pero cuando se disponía a entrar en su vivienda, ellos abrieron la puerta de la suya.

—¿Qué te ha pasado? —le preguntó Petra, impresionada al verla en aquel estado, con los brazos y la cabeza vendados como una momia, la blusa manchada de tierra y abrochada con solo dos botones, los que sobrevivieron al tirón de la matriarca.

—Los Ordaz. Pero ahora no puedo explicar nada. Vengo del hospital.

—¿Que no puedes explicar nada, dices? —le inquirió Ignacio, enfadado—. Llevamos toda la noche sin saber nada de ti. Te hemos visto en la tele, sales en las noticias salvando a un bebé en un tiroteo en el paseo de Extremadura. ¿Eres la heroína de la historia o es que conocías a la muerta?

—¿Salgo en la tele? —Eso sí que no se lo esperaba; no le había servido de nada escabullirse de la escena del crimen.

—Te hemos reconocido. ¿Tuviste que declarar sobre el asesinato de esa pobre mujer? —le preguntó Petra con inquietud.

—No, me fui de allí en cuanto pude, no sabía qué hacer.

—¿Y no se te ocurrió llamarnos, Rosaura? ¿No nos merecíamos ni una llamada? —la recriminó Ignacio. Había sacado el brazo escayolado del cabestrillo, lo agitaba junto al otro al ritmo de sus palabras airadas—. ¿Tan mal lo hemos hecho haciendo de niñeras?

¿Tan mal lo ha hecho mi madre, visitándote en la cárcel durante dos años y preocupándose por ti?

—Hijo, ahora no es el momento —intentó tranquilizarlo Petra—. Y baja la voz, que los vecinos se van a quejar, no son horas.

—¡Qué me importan los vecinos! —gritó él fuera de sí—. Eres una egoísta, Rosaura. Todo tiene que girar a tu alrededor, siempre has hecho lo mismo desde que te conocemos, llevas el mal rollo en el cuerpo. ¿Me merecía yo que me engañaras diciéndome que te apetecía un cucurucho, para largarte mientras yo lo compraba?

—¿De qué hablas? ¿Cuándo ha sido eso? —preguntó Petra, desconcertada.

—Lo siento —se disculpó Rosaura, avergonzada por aquellas palabras que, asumió, definían el comportamiento de una impresentable como ella.

—Me voy a dormir —decidió Ignacio—. Son las dos de la madrugada, ya basta por hoy, es demasiado para mí.

—Mañana hablamos y os lo cuento todo, os lo prometo. —Rosaura intentaba evitar una despedida amarga.

—No nos prometas nada, no nos cuentes nada, no nos debes nada, no somos tu familia —sentenció su amigo con dureza.

Introdujo de nuevo su brazo en el cabestrillo y entró en la vivienda.

—¿Necesitas algo, Rosaura? —se ofreció Petra, a pesar de todo lo que había oído.

—Necesito que me perdonéis —le rogó ella, abochornada.

—No te preocupes por el perdón, bastante tienes con lo que te ha ocurrido. A Ignacio se le pasará el enfado, lo conozco muy bien, acabará por entender que ahora lo que toca es la generosidad.

—No, Petra, lo que toca ahora es el castigo.

—No hables así. Mañana lo veremos todo de otra manera, tú y nosotros.

Ambas mujeres se despidieron con la mirada; Petra hizo un gesto para abrazarla, pero no lo culminó.

Rosaura entró en su piso llorando, con el llanto que había contenido mientras escuchaba los reproches de Ignacio. Se dio cinco de esas puñaladas imaginarias en el corazón, dos más de lo habitual. Estaba tan arrepentida que decidió castigarse también mirándose en el espejo del baño. Se abrió la blusa y aparecieron los dos enormes moratones que le habían dejado los puñetazos de los Ordaz. Le dolía el abdomen al respirar. Se quitó con cuidado la venda y contempló su cabeza rapada a tijeretazos. Le recordó a las de las presas de Auschwitz. Se avergonzó enseguida de aquel pensamiento injusto que la situaba en el mismo nivel de dolor, desesperanza, tortura y muerte que padecieron aquellas mujeres en el campo de concentración nazi, reducidas a la nada, sin saber si aquel minuto, cualquiera que fuera, sería el último de sus vidas.

No sabía qué hacer, si tumbarse en la cama, beber un vaso de agua en la cocina o quizá llorar en un rincón y victimizarse hasta quedar extenuada. Había subestimado a los Ordaz, habían estado todo el día al acecho, nunca pensó que llegarían a agredirla de tal modo. Tendría que haber estado pendiente de los avisos: la pedrada, la amenaza de degollarla, la sangre. Cogió del botiquín del baño una venda limpia y con ella volvió a cubrirse la cabeza, de una manera más correcta que como lo había hecho la enfermera del hospital, que se notaba que tenía prisa —posiblemente estaba a punto de finalizar el turno— y no dirigió del todo bien el sentido de la venda. Se fue al salón pensando si había llegado el momento de atreverse a entrar en el dormitorio de Adrián; una vez más, decidió retrasarlo. Sobre la mesa estaba la caja con el correo que había ido acumulando Petra. Ahí estaban las cartas de los Ordaz, que no había abierto porque quería llegar puntual a la cita con Chito. Tendría que haberlas leído. Quizá allí hubiera encontrado las advertencias que la habrían puesto en alerta. Cogió una de ellas, eran cuatro. La letra de la dirección era demasiado primorosa. No se imaginó a ninguno de aquellos hermanos escribiendo con tal esmero. Abrió uno de los sobres y leyó en una cuartilla:

Calle Lucía Sánchez Saornil, 147, Madrid. Investigue.
Usted y yo queremos la misma justicia para Adrián.
Cruz142857.

Capítulo X

La esperanza y la desconfianza oscilaban en el péndulo. Rosaura no sabía con cuál de las dos quedarse: o aquellas cartas, todas con idéntico mensaje, contenían una pista auténtica o bien eran una broma malvada. El enigmático Cruz142857 —un nombre neutro, no sabía si de un hombre o de una mujer— podría haberse comunicado con ella de un modo directo, sin necesidad de escribir ese mensaje que decía tan poco. Eran cuatro las cartas, enviadas desde Barcelona por correo ordinario, dos cada año, con idéntico texto, una en el mes de abril, cuando asesinaron a Adrián, y otra en mayo, en la fecha de su cumpleaños. Las primeras habían llegado en 2016, pero Rosaura ya estaba en prisión. Las dos últimas se recibieron en 2017. Supuso Rosaura que las de 2018 llegarían también, pero ella ya habría regresado a la cárcel. No tenían remite. Si lo que se pretendía era asegurarse de que llegaran a su destino, la opción más segura habría sido utilizar el correo certificado. Era evidente que quien las había escrito quería mantener oculta su identidad, pues se la habrían requerido.

«Investigue», le pedía ese tal Cruz, que conocía cuándo mataron a su hijo y cuándo cumplía años. «Usted y yo queremos justicia para Adrián». ¿Aquello iba en serio? No podía usar su portátil para indagar en las redes sobre ese Cruz142857, se lo llevó la policía para examinar el disco duro y sus correos electrónicos. Dos años más tarde aún no se lo habían devuelto. Tendría que reclamarlo. Solo podía utilizar su propio teléfono móvil, pero se había quedado antiguo y operaba con lentitud. Ni siquiera lograba entrar en las redes para ver ese vídeo que había salido en todas las televisiones. Le costaba creer que, tras un tiroteo en el que había muerto una persona, alguien se hubiera entretenido en grabar la escena y pasearla por las redes. ¿En qué se había convertido el mundo?

Sintió de nuevo la pulsión de entrar en la habitación de Adrián. Cuatro pasos la separaban de la puerta del dormitorio. Los dio, con los ojos cerrados para no encontrarse con el alma de su hijo en cada objeto. Palpó la cama y se echó sobre ella. Apoyó la cabeza sobre la almohada, aspiró la fragancia de la colonia Heno de Pravia; aún persistía el olor y lo entendió como un mensaje: «Sigo contigo, mamá». Intuyó su presencia, apretó los párpados para no perderla. Oyó cómo se abría la puerta de la casa, escuchó sus pasos por el pasillo, lo vio entrando en el dormitorio.

—¿Qué haces aquí, mamá? —le preguntó Adrián, sorprendido. Le sonreía.

—¿Eres tú de verdad?

—¿Y quién va a ser si no?

—Te habían matado...

—¿Matado? Pero si acabamos de volver los dos del hospital. Ha sido un navajazo superficial. Todo ha quedado en un susto —la tranquilizó, restándole importancia.

Aquello parecía tan real que Rosaura abrió los ojos. Su hijo ya no estaba allí. Oyó sus pasos dirigiéndose hacia la cocina. Se levantó rápidamente de la cama convencida de que aquella puñalada mortal nunca había existido, ni la muerte de Adrián ni la de Miguel Ordaz, tampoco la cárcel ni el resto de las desgracias. La realidad era la que estaba viviendo en ese momento. Quería decirle a Adrián que le iba a preparar un vaso de leche con Nesquik, pero llegó a la cocina y no lo encontró. ¿Habría salido a la calle? No lo quería perder, ya nunca más. Sonó el timbre. Abrió la puerta y la decepción fue grande. Era Ignacio. Estaba recién afeitado, habían regresado a su rostro sus rasgos infantiles de siempre.

—¿Dónde está Adrián? —le preguntó Rosaura con ansiedad.

—¿Adrián? ¿Qué te ocurre? Tu hijo se fue hace dos años.

—¿Cómo que se fue? ¿A dónde?

—Quiero decir que murió. ¿De qué va esto? No te entiendo.

—Me he tumbado en su cama y lo he visto, he hablado con él. Está vivo, volvíamos del hospital y...

—Rosaura, para, por favor. —Ignacio no la dejó terminar la frase—. Los muertos nos visitan en los sueños, aunque mi padre nunca lo haya hecho. Estás tan obsesionada que tu subconsciente te ha traído a tu hijo unos minutos, pero ya está, se acabó, no te hagas más daño.

—Te aseguro que no me he dormido.

—Sí lo has hecho, aunque no te hayas dado cuenta. Son las nueve de la mañana, posiblemente hayas dormido hasta ahora, aunque lo has hecho vestida, por lo que veo.

Su amiga llevaba la misma ropa que el día anterior; ni siquiera se había quitado la blusa manchada y con solo dos botones; sintió pudor y cerró con las manos los que faltaban. Ignacio se fijó en su cabeza y en sus brazos vendados y le entristeció imaginar sus heridas.

—Entonces, no ha sido real —asumió, decepcionada.

Había tenido a Adrián tan cerca que se arrepintió profundamente de no haberle abrazado. «¿Cómo no se me ocurrió?», se reprendió a sí misma. Rosaura retornaba a la casilla de salida. Su hijo muerto, ella con un permiso penitenciario, los puntos de las heridas tirándole de la piel. ¿Eran ya las nueve de la mañana? Hacía tan solo un minuto, al menos esa era su percepción, se había tumbado en la cama de Adrián y era de noche. Aún sentía en su nariz el rastro de su colonia. Condenó a su mente por ser tan tramposa.

—Te debo una disculpa, Rosaura. Ayer estaba cabreado y no medí mis palabras —se excusó Ignacio con aflicción sincera—. Siento muchísimo lo que te hicieron los Ordaz, son unos salvajes.

—Para ellos siempre seré una asesina. —La atormentaba esa realidad indeleble—. Le quité la vida a un chico que lo tenía todo por vivir, como alguien hizo con mi hijo.

—Pero Adrián no presumió de haber matado, como hizo Miguel Ordaz. No los compares, no tienen nada que ver —argumentó Ignacio; no encajó bien que su amiga equiparara ambas vidas.

—No sabes lo que es vivir sabiendo que has asesinado a alguien, sea quien sea —reflexionó Rosaura. Lo invitó con un gesto a entrar en el piso y cerró la puerta.

—Si Miguel Ordaz no se hubiera entrometido en tu duelo —comentó él mientras pasaba al interior de la vivienda—, podrías haber vivido la pérdida de Adrián de otro modo, en tu casa y no en la cárcel, con nosotros apoyándote.

Ambos entraron en el salón. Ignacio se sentó en un sillón y Rosaura en el sofá, aún confusa por aquel sueño que la había engañado y en el que perdió a su hijo por segunda vez. «Te he tenido tan cerca...», volvió a reprocharse, pero ahora en voz alta y sin darse cuenta. Su amigo supo a qué se refería, y no hizo ningún comentario. Esperó a que ella retomara la conversación. Lo hizo para pedir disculpas:

—Ayer me porté muy mal con vosotros, estoy avergonzada, no os lo merecéis.

—Tampoco es para tanto. ¿Qué te hicieron ayer los Ordaz? Podrían haberte matado. ¿Los has denunciado?

Rosaura se lo debía, no quería mentirle y alentar de nuevo su desconfianza. Le narró con detalle el secuestro, la tortura a la que la sometió la madre en aquel descampado y la amenaza de que la próxima vez que saliera de prisión, acabarían con ella. Ignacio la escuchó con asombro, sintiendo el horror al pensar que podría estar muerta.

—No sé por qué no acabaron conmigo —concluyó tras el relato.

—Lo intentaron. Querían que te murieras sola, herida y abandonada en un solar, así no se manchaban del todo las manos. ¿Pero qué gentuza es esa? Ya estás cumpliendo tu pena en prisión, qué más quieren, ¿que te inmoles delante de ellos?

—Quieren su justicia, no les vale la de un juez —le aseguró Rosaura, resignada—. No los voy a denunciar. Los policías que me salvaron sí lo han hecho, pero no quiero volver a saber de los Ordaz. No quiero saber nada de nadie. Ayer por poco me matan, y antes de eso vi cómo una mujer era asesinada delante de mí y de su bebé.

Le contó entonces los detalles del tiroteo del paseo de Extremadura. No quería dejarse nada, aunque, a medida que iba explicando los hechos, se sintió una delincuente a la que le ocurrían esas cosas precisamente por eso, por ser la delincuente que se relaciona con otros delincuentes en los mundos oscuros en los que se desenvuelven.

—Chito debía de estar cerca cuando mataron a su novia, porque me telefoneó enseguida para pedirme explicaciones, a mí, que no tenía nada que ver con eso. Perdí los nervios y le insulté, le insulté mucho, nunca había dicho tantos tacos.

—No sé qué decirte, Rosaura. —Su amigo estaba impactado—. No puedo creer que en un solo día te hayas visto envuelta en todo esto.

Ignacio no hallaba las palabras precisas que definieran lo que le había sucedido a su amiga. Observaba su cabeza vendada y adivinaba bajo ella las mismas heridas en el cuero cabelludo que sufrió Rosy en *La hija de Ryan*, otro de sus clásicos del cine que revisitaba al menos dos veces al año. Dirigida en 1970 por David Lean y con la Irlanda de 1916 bajo dominio británico como escenario, a Rosy Ryan las mujeres del pueblo le rapan la cabeza como castigo por ser una soplona, que no lo es, pero sospechan de ella por haberse enamorado del enemigo, un oficial inglés. Le arrancan la ropa, la dejan semidesnuda y le rapan el pelo con violentos tijeretazos, al igual que la madre de los Ordaz había hecho con Rosaura. Ignacio conectaba realidad y ficción cinematográfica con una facilidad natural. Disfrutaba con las coincidencias, jugueteaba con ellas, era el soñador de imágenes que lo apartaban del mundo real para vivir en uno propio; pero todo lo que le había ocurrido a Rosaura lo había clavado en la tierra como si fuera un misil vomitado por el cielo.

—Voy a hacer un café. ¿Te apetece? —le ofreció ella.

—El mío con leche caliente.

Rosaura dirigió sus pasos hacia la cocina, pero, de pronto, se detuvo y se volvió hacia él:

—Tengo una pista —le dijo súbitamente.

—¿Una pista?

—Sí, o quizá no.

Rosaura abrió la caja donde Petra le había guardado el correo y le entregó a Ignacio las cartas del misterioso Cruz.

—Léelas, todas tienen el mismo mensaje.

Mientras ella hacía el café en la cocina, él las leyó, atónito.

—Pero ¿esto va en serio? —le gritó desde el salón para hacerse oír—. Todas tienen el matasellos en las mismas fechas, pero de distintos años.

—Lo sé, coinciden con el aniversario del asesinato de Adrián y con la fecha de su cumpleaños —contestó Rosaura desde la cocina, también elevando la voz—. Eso significa algo.

Su amigo buscó enseguida la dirección indicada por Cruz en el navegador de su móvil.

—El número de la calle corresponde a un edificio de viviendas del distrito de Chamartín. Tiene en los bajos una farmacia —le dijo él mientras ella, ya en el salón, vertía café y leche en dos tazas—. Pero ¿esto va en serio? —volvió a preguntar Ignacio con recelo.

—No lo sé, pero es lo único que tengo y mañana por la tarde debo regresar a la cárcel. No hay tiempo. ¿Puedes investigar en las redes si existe ese tal Cruz con no sé cuántos números como apellido? —le pidió mientras se sentaba en el sillón y bebía un sorbo de su café.

La búsqueda de Cruz142857 les condujo a un perfil de Facebook sin imagen del usuario, sin amigos agregados, sin comentario alguno en el muro y tan solo con tres o cuatro fotos de amaneceres en algún lugar del mundo. Ignacio entró también en el perfil de Adrián en Twitter, por si el tal Cruz fuera seguidor de la cuenta. Pero no aparecía allí, únicamente sus ciento veinte amigos matemáticos. Aún permanecía activo dos años después de su muerte, porque cada 11 de abril sus compañeros habían escrito pequeños homenajes a su memoria. El brutal tuit de Miguel Ordaz ya no existía, acaso alguno de los amigos de Adrián había hackeado la cuenta para eliminarlo.

—Rosaura, no tienes perfil en las redes, ¿verdad?

—No, nunca me han interesado.

—Pues voy a crearte uno. Es la única forma de comunicarte con el tal Cruz, aunque su cuenta está inactiva y la última foto que ha subido es de hace un año. ¿Qué nombre quieres que te ponga?

—Deja que piense. No será el mío real, por si acaso.

Eligió «Julia Blue». Julia. El nombre que hubiera preferido tener, más limpio y más sencillo que el de Rosaura, que le parecía de princesa de cuento infantil y, en el peor de los casos, un nombre que sonaba a caribeño: estaba convencida de que no solo era su aspecto el que suscitaba confusión. Junto a «Julia» optó por añadir su color preferido, el azul, el del mar y el del cielo, no el verde con sus eternas promesas o el rojo que llamaba a la sangre. Lo escribió en inglés, con un sonido más suave que la rotundidad de la zeta en español. De pequeña jugaba con su hermana Beatriz a poner boca de pez pronunciando «blu».

—Dime una contraseña para entrar en tu perfil —le pidió su amigo tras unos minutos en los que se había concentrado en crearlo.

—No sé, a ver qué se me ocurre... —Rosaura elevó los ojos en busca de inspiración—. Ya la tengo: casacastan76.

—¿Casacastán? Eso parece un país ruso.

—Es la casa de mis padres en Barbastro, mi padre se apellida Castán. Y el número es el año de mi nacimiento.

Ignacio tecleó en el móvil la nueva contraseña mientras Rosaura lamentaba su nula relación con su padre y su hermana. Le susurró la tristeza: «La familia era tu único lugar seguro y lo despreciaste».

—Contraseña lista —le dijo Ignacio—. Ahora vamos a enviarle a Cruz un mensaje privado por Messenger.

—¿Messenger? Solo conozco el WhatsApp.

—Da igual, ahora piensa solo en el mensaje. ¿Qué quieres decirle?

—Que no me ha dicho casi nada.

«Hola, Cruz142857. Soy Julia Blue. He recibido sus cartas. No sé por dónde empezar. En la dirección que me indica hay muchas viviendas. Espero algún dato más», decidieron escribir finalmente. Esperaron unos minutos, nadie contestó.

—Si no está conectado todo el día, es posible que tarde en dar señales de vida —le comentó Ignacio—. Tengo que ir al hospital para que me hagan una radiografía del brazo, a ver si me libran de la maldita escayola. Volveré en un par de horas, quizá para entonces haya habido suerte.

—Voy a ir a esa dirección de Chamartín —decidió Rosaura.

—¿Sola?

—No puedo esperarte, Ignacio. Se me acaba el tiempo.

—Ayer no te acompañé y por poco te matan.

—¿Y crees que los Ordaz no te habrían quitado de en medio si hubieras estado conmigo? Eran cinco contra ti, más la madre, y encima tú con un brazo fracturado. No habrías podido hacer nada.

Ignacio sentía a Rosaura tan vulnerable, tan herida, que no quería dejarla sola, pero si cambiaba la cita médica tardarían semanas en asignarle una nueva. La fragilidad emocional de su amiga lo había acostumbrado a tratarla con cariño y delicadeza. Cuando se conocieron, ella arrastraba la culpa por el fatal accidente de su madre; ahora, sobrellevaba algo tan inabordable como es la muerte de un hijo. Acababa de asegurarle que había hablado con Adrián, lo había dicho tan convencida que Ignacio se asustó, aunque luego ella pareció descender a la realidad para desentrañar el mensaje del enigmático Cruz. Rosaura había reaccionado con entereza durante el tiroteo del paseo de Extremadura, protegiendo a la bebé, y había sobrevivido también con serenidad a la brutal agresión por parte de los Ordaz. En el fondo, era una mujer fuerte, mucho más de lo que él habría imaginado nunca. Ignacio la tomó de las manos. «Cuídate, por favor», le pidió con una mirada de ternura que, una vez más, ella volvió a confundir con la compasión.

Tras despedir a su amigo, Rosaura le dio vueltas a esa cifra, 142.857, que acompañaba al nombre de Cruz. ¿La había elegido al azar o tenía algún significado? Su hijo le había hablado muchas veces del sentido de los números, de su modo de comunicarse con ellos porque entendía su lenguaje lógico y coherente. Lo tecleó en el buscador de su móvil. Iba tan lento que le exasperó, pero al final apareció la respuesta. Ante su sorpresa, el 142.857 era bastante conocido: la primera entrada era de Wikipedia, pero había muchas más. En la última conversación con Adrián, le mencionó una cifra que calificó de «mágica». También en internet se la denominaba así. ¿Sería la misma? Página a página, fue descubriendo que pertenecía al grupo de los denominados números cíclicos y tenía unas singularidades que a Rosaura le sorprendieron: multiplicada la cifra por la secuencia del dos al seis, el resultado era siempre el mismo: 142.857, aunque con los números en distinto orden. Si se multiplicaba por siete, se alteraba el patrón: surgía una cifra plagada de nueves. Y más asombroso todavía: si se sumaban las tres primeras cifras y las tres últimas, aparecían otra vez los nueves, al igual que si se sumaban de dos en dos. Descubrió también que el 142.857 multiplicado por sí mismo generaba una cifra larga de once números en la que, si se sumaban los cinco primeros y los seis últimos, el resultado era...

—¡142.857! —exclamó Rosaura, impresionada.

Aquel número parecía no querer desaparecer, resistía a pesar de las transformaciones a que lo sometían las operaciones matemáticas, se escondía y emergía de nuevo. De algún modo que desconocía, esa cifra unía a Cruz y a Adrián. Se le ocurrió telefonear entonces a Toni, el mejor amigo de su hijo. El joven, que le expresó lo mucho que lo echaba de menos, aseguró no conocer a nadie que se llamara Cruz y afirmó que Adrián, tampoco.

—Pues resulta que me ha enviado varias cartas pidiéndome que investigue una dirección de Chamartín que podría tener relación con lo que le sucedió a mi hijo. Calle Lucía Sánchez Saornil, 147. ¿Te suena?

—No la he oído en mi vida. Tampoco Adrián la mencionó nunca, que yo sepa.

—¿Seguro? —insistió Rosaura—. ¿Y no tienes ningún compañero de clase que se llame Cruz?

—No, nos conocemos todos, lo recordaría. Además, es un nombre neutro, podría ser de un chico o de una chica. ¿Qué hay en esa calle?

—Nada en especial. Un edificio de viviendas y una farmacia. Te lo pregunté en su momento y vuelvo a hacerlo ahora, Toni. ¿Notaste algún cambio en Adrián en las últimas semanas? Quizá tras su muerte estabas hundido y no podías pensar con claridad.

—Le he dado muchas vueltas. Yo también, como tú, pienso que no fue un simple robo. Acaso en las últimas semanas lo viera un poco melancólico e incluso ausente por momentos, como preocupado por algo. Pero no le di importancia, el ánimo fluctúa de un día para otro, me pasa a mí también.

—¿Por qué me mintió y os mintió? A mí me dijo que ese día se había citado con vosotros, y a vosotros os dijo que se iba a quedar en casa estudiando. ¿Podría ser que estuviera con alguna chica y no quisiera comentarlo?

—Si fuera así, no tiene mucho sentido. Quedar con una chica es algo normal.

—Cruz acompaña su nombre de una cifra, 142.857.

—¿142.857? —preguntó Toni, sorprendido—. Es uno de los cíclicos más conocidos. Son números enteros que, al multiplicarlos por otros determinados, dan como resultado una permutación del número original. Además, todas sus secuencias aparecen en distintas fracciones del siete. Todavía se desconoce si son infinitos o no —apostilló.

—Me pierdo, Toni. —La definición le pareció ininteligible, como la primera vez que la leyó—. Lo que me interesa es el número 142.857. ¿Lo conoce todo el mundo o solo quienes estáis familiarizados con las matemáticas?

—Más bien lo segundo. Si no te interesas específicamente, lo normal es que no sepas ni que existe.

—Entonces, ese tal Cruz sabe de matemáticas.

—Al menos, se interesa por ellas, y parece que quiere que lo sepas.

—Dice en sus cartas que quiere justicia para Adrián. ¿Tú crees que va en serio?

—¿Por qué iba a tomarse la molestia si no?

—¿Crees que realmente lo conocía?

—Es posible que sí. ¿Le has escrito?

—Sí, le he pedido más datos, porque solo indica la dirección. Pero no ha contestado. ¿Y si es una broma? No sé si hago bien siguiendo esta pista —le comentó con inseguridad.

—Conoce tu dirección, puesto que te han llegado las cartas, y además remitidas a tu nombre. ¿Por qué la sabe? Confía en esa pista, a ver a dónde te lleva.

Se despidió de Toni y volvió a entrar en el dormitorio de su hijo para buscar algún indicio que lo relacionara con Cruz. Su nombre escrito en algún papel o alguna foto en la que se le mencionara, por ejemplo. Abrió la puerta del dormitorio y sonó en ese mismo momento el móvil. Era su hermana, Beatriz.

—¿Qué ocurre? —preguntó Rosaura con inquietud; no habían hablado desde meses antes de entrar en presidio, aquella llamada era un mal augurio.

—Al fin contestas al teléfono, llevamos más de dos años sin saber de ti. Te he llamado varias veces durante todo este tiempo y tu móvil siempre estaba apagado o fuera de cobertura. ¿Qué narices pasa contigo? —la recriminó su hermana.

Claro que no podían localizarla: estaba en la cárcel y allí no se permitían los móviles. Algunas reclusas vendían llamadas bajo mano, clandestinas, pero ella nunca las utilizó; tenía miedo de que la pillaran las funcionarias y perdiera el permiso que había solicitado. Sí, lo aceptó: debería haber hablado alguna vez con su hermana durante su estancia en la cárcel, estuvo a punto de hacerlo varias veces, pero le daba vergüenza llamarla desde la prisión.

—Lo siento, cambié de móvil y de número durante un tiempo y no os lo dije, culpa mía, no sé en qué estaría pensando. ¿Qué ha pasado?

—Es papá. Se está muriendo. Le quedan horas.

—¿Cómo que se está muriendo?

—Cáncer de páncreas. ¿Vas a venir a despedirte?

«¿Despedirme?». Rosaura estaba impactada. No se sentía preparada para la muerte inminente de su padre y tampoco podía presentarse en Barbastro con su lamentable aspecto. Además, no había comentado a su familia que Adrián había sido asesinado y ella había sido juzgada y encarcelada por homicidio. En los medios solo la habían citado por sus iniciales, pero lo lógico era que su padre y su hermana se hubieran enterado. Chito la había buscado y encontrado en internet, posiblemente Beatriz también lo hubiera hecho al no tener noticias de ella. En cualquier caso, no iba a ser ella misma la que se incriminara, así que improvisó:

—Estoy en el hospital, Beatriz. Me atropelló un coche hace un par de días.

Pronunció aquellas palabras avergonzada de sí misma por mentir, pero había mar de fondo en su mente. Les reprochaba que la hubieran apartado de sus vidas. Deberían haberla apoyado y, sobre todo, perdonado. Quizá su padre no querría despedirse de ella, incluso podría suceder que su salud empeorara si la veía junto a su cama. Tendría que estar allí, pero el impulso era el de la huida.

—Entonces, ¿no vas a venir?

—Voy a comentárselo al médico.

—Pero ¿tan grave ha sido?

—Un poco, sí.

—¿Cómo que un poco? O se está grave o no se está grave. Dime la verdad, dime que pasas del tema y acabamos antes.

—No es cierto que pase del tema. Habéis estado años sin preocuparos por mí. Los que habéis pasado sois vosotros.

—¿Nosotros? Has estado más de dos años sin darnos noticias de ti, ¿quién pasa de quién? —la recriminó Beatriz—. ¿Sabes que papá está luchando contra el cáncer desde hace cuatro meses? Pesaba ciento veinte kilos cuando se lo diagnosticaron y ahora no pesa más de cincuenta. ¿Sabías que padece una diabetes grave? En pocas horas nos quedaremos huérfanas. Llámame para saber qué has decidido. Tengo que colgar.

Rosaura sintió una presión en la boca del estómago. Irradió hacia el pecho con tal fuerza que pensó que le estaba dando un infarto, porque incluso se mareó. Pero sabía distinguir los síntomas y aquel malestar lo identificó como un ataque de ansiedad, ese monstruo que permanece oculto, siempre al acecho, alimentándose con callada voracidad de la angustia y de la debilidad del huésped al que parasita.

Capítulo XI

Su padre iba a morir sin perdonarla, estaba convencida. Podría pensarse que, cuando se dice adiós a la vida, afloran los sentimientos más nobles y se olvidan las afrentas; sin embargo, Rosaura había visto tantas veces a enfermos terminales que se reservaban el último aliento para el odio que no confiaba en que hubiera reconciliación. Poco antes de fallecer, una mujer exigió que sus hijos no asistieran a su funeral. Los maldijo y no expiró hasta que no se le aseguró que se cumpliría su voluntad. Se fue de esta vida con una sonrisa de triunfo, los labios apretados, la mirada en calma. Y como ella, tantos otros. Le resultaba difícil entender que algunos despidieran su existencia preocupados por cosas tan irrelevantes como las viejas rencillas. Muertes sin paz, el rencor profundo. Cuando era adolescente, en la homilía de una misa de domingo, el sacerdote se refirió a una cita que quedó para siempre grabada en su memoria: «El odio hacia los otros es como quemar la casa propia para matar un ratón». Tan absurdo como eso. Ella no odiaba al asesino de su hijo, pero únicamente porque desconocía su identidad. No entraba la venganza en sus planes, aunque se temía a sí misma si un día diera con él. El veneno del odio, meditó, se ingiere con la misma avidez que el agua tras una sed inmensa.

Reflexionaba sobre todo ello durante su viaje en metro, y lo seguía haciendo ahora frente al número 147 de la calle Lucía Sánchez Saornil. Para ocultar sus heridas y la humillación que le suponía mostrarlas, Rosaura había cubierto sus brazos vendados con una blusa de manga larga, y su cabeza con un pañuelo y una gorra con visera de su hijo. Llevarla la reconfortaba.

No era aquella una calle, sino una pequeña avenida que, al parecer, no se había merecido un rango mayor; a Rosaura casi todas las grandes avenidas de Madrid le parecían iguales —salvo la de la Castellana, imponente con sus seis carriles centrales— y la de Lucía Sánchez Saornil no era una excepción, salvo que, en un largo tramo de acera, los árboles habían sido sustituidos por grandes jardineras, repletas de flores recién estrenada la primavera. Se habían colocado en el bordillo, supuso que para impedir que los coches aparcaran. El 147 correspondía a un edificio antiguo, al menos mucho más que sus compañeros de calle, más modernos, algunos con barandillas de cristal en los balcones, otros con grandes ventanales de vidrios especulares que reflejaban el cielo. Tenía ocho plantas y mostraba la monotonía de la tradición: fachada blanca, balcones con barandillas de forja, marcos de las ventanas aún de madera en algunos, cuando desde hacía años lo habitual era el PVC y el aluminio. Sí, era antiguo, aunque cuidado y digno. Cada planta tenía cuatro balcones que correspondían a dos pisos; lo entendió así por las petunias fucsias que exhibían en sus jardineras dos de ellos, contiguos, y la ausencia de maceteros en los otros dos. No podía adivinar qué vidas habitaban tras los cristales, como tampoco la razón por la que Cruz la había llevado hasta allí.

En los bajos del edificio estaba la farmacia que ya le había avanzado Ignacio cuando buscó la calle en Google. «Ldos. Hermanos Garcilosa», mostraba el rótulo sobre la puerta. No aparecía ese apellido en internet. La búsqueda solo mostraba cientos de páginas sobre el poeta Garcilaso de la Vega, pero nada de esos hermanos farmacéuticos. Aprovecharía para comprar allí una caja de gasas y un bote de Betadine, que necesitaría para hacerse las curas de sus heridas. Se estiró las mangas de la blusa para ocultar los vendajes y entró en la farmacia, más grande de lo que imaginaba. Las paredes estaban pintadas de blanco, con una gruesa franja azul pastel que las recorría en todo su perímetro. Esa mezcla de colores producía bienestar; en el hospital en el que había trabajado durante tantos años, los pasillos eran de tonos similares, precisamente para generar en los pacientes una sensación relajante.

Varios clientes aguardaban en la cola, un hombre y una mujer los atendían tras un largo mostrador en forma de «L». ¿Serían ellos los hermanos Garcilosa? Sus edades, calculó, no sobrepasaban los treinta años, no los imaginaba como propietarios de una farmacia tan grande como aquella. Mientras esperaba a ser atendida, recorrió el local con su mirada. Estaba repleto de expositores con productos de todo tipo, desde gafas de sol y de lectura hasta cosméticos, papillas para bebés, plantillas para calzado y ortopedia; se fijó en dos sillas de ruedas, andadores y bastones. A la farmacia no le faltaba de nada, estaba más que bien surtida. Le llegó el turno y la atendió el chico, alto, desgarbado, con los dos dientes incisivos más grandes de lo normal. «Cara de ratón», lo etiquetó Rosaura. Leyó con disimulo el nombre que aparecía en la tarjeta identificativa prendida en el bolsillo de su bata blanca: Luis Javier Mieres. ¿Podría ser Cruz? Estaba sugestionada por el mensaje críptico de las cartas que había recibido. Observó al joven, lo miró a los ojos mientras él colocaba sobre el mostrador las gasas y el Betadine.

—¿Necesita algo más?

—No, eso es todo. Me recuerda usted a un primo mío, Cruz. Me llama la atención el parecido.

Rosaura se arrepintió de sus palabras antes de terminar de pronunciarlas. ¿Por qué se había puesto en evidencia de ese modo? Si hubiera sido una agente policial infiltrada, la habrían retirado del caso por incompetente.

—Dicen que todos tenemos un doble en algún lugar —le dijo el chico con naturalidad.

—Lo siento, no debería habérselo comentado.

—No se preocupe, no tiene importancia. Son once con cuarenta euros.

Mientras el joven colocaba los productos en una bolsa, a Rosaura le llamó la atención una mujer de mediana edad y cabellos rubios recogidos en un moño. Estaba tecleando ante la pantalla del ordenador en un mostrador más pequeño, semioculto entre los expositores. No llevaba bata blanca como los dos dependientes. Podría ser la propietaria, supuso. «¿Y qué?», se dijo. En esa farmacia no había nada. Tuvo la sensación de que había perdido el tiempo. Si el tal Cruz pretendía que se hiciera justicia con Adrián, debería haberle proporcionado más datos y no solo un edificio con no se sabía cuántos vecinos. Salió del establecimiento decepcionada y decidió entrar en el bar de enfrente, al otro lado de la calle. Tenía que pensar en su padre moribundo y en aquella pista inútil que había reavivado sus esperanzas. La cafetería era pequeña y luminosa, todo allí era blanco: techos, paredes, mesas y sillas; el suelo, con grandes losas blancas y negras, era tal cual un damero. De las paredes colgaban aquí y allá ramilletes secos de tomillo y lavanda. El local estaba decorado con gusto, juzgó Rosaura, como otros muchos en los barrios de Madrid de clase alta, que era el caso del distrito de Chamartín al que pertenecía la farmacia. Ante un café con leche y un cruasán —recién hecho, crujiente; los del economato de la cárcel parecían de goma—, buscó en Facebook un nuevo mensaje de su misterioso interlocutor. Se resistía a que la visita a aquella calle no hubiera servido para nada. Ninguna notificación. Su Messenger estaba vacío. Marcó el número de su hermana y le temblaron los dedos al hacerlo.

—Dime —la saludó ella, expeditiva.

—¿Cómo está papá?

—Mal, en las últimas. ¿Vas a venir?

—El médico no pasará visita hasta la una de la tarde —improvisó.

—Hay poco silencio en tu habitación, parece que estés en un bar, se oyen ruidos de una cafetera —comentó Beatriz con suspicacia.

—Es que estoy junto a la cafetería del hospital, cogiendo un botellín de agua de la máquina.

—Entonces puedes andar.

—Las heridas fueron en los brazos y en la cabeza.

Un *flash* se encendió en su mente: la imagen violenta de Miguel Ordaz estrellándose contra el parabrisas cuando lo embistió con el coche. Ese recuerdo no había existido en su memoria hasta ese momento; ni siquiera recordaba el cadáver bajo las ruedas. La asustó el hecho de que el subconsciente hubiera comenzado a liberar los detalles del crimen que la había llevado a prisión.

—Curioso atropello el tuyo. El parachoques suele impactar contra las piernas —persistía Beatriz en sus recelos.

—¿Y qué me quieres decir con eso? El coche iba a baja velocidad.

—Papá no pasará de esta noche, haz lo que debas.

Una vez más, su hermana finalizó la llamada sin despedirse. Rosaura, abstraída en el dilema de viajar o no a Barbastro, no se dio cuenta de que estaba mojando el cruasán en el vaso de agua que había pedido junto con el café con leche. La atemorizaba enfrentarse a su padre en sus últimas horas de vida. Echó de menos a su madre de un modo intenso, casi físico. Se sentía tan perdida que le preguntó: «¿Qué me aconsejarías tú, mamá?».

Una hora después, Rosaura compraba en la estación de Atocha un billete para el AVE de Madrid a Lleida. Desde allí, viajaría en autobús hasta Barbastro.

Hubo un tiempo, ya muy lejano, en el que la ciudad tenía estación ferroviaria y por allí circulaba «la Burreta», un tren tan lento que mereció tal nombre y que aún se recordaba con nostalgia. Conectaba Barbastro con la cercana localidad de Selgua, donde los viajeros podían engancharse a una línea más rápida entre Zaragoza y Barcelona. La cerraron en 1969 y la estación acabó siendo derruida años después, como otras muchas que, si no habían desaparecido, languidecían en estado de abandono. En la era de la alta velocidad, había viajes en trenes regionales con transbordos en los que se invertían tantas horas que uno podía pensar que los avances y la modernidad que prometía la España del siglo XXI se habían quedado en nada.

No era el caso de la estación madrileña de Atocha, una de las más grandes y veteranas de España. Allí los viajeros formaban parte de un escenario que, para Rosaura, no variaba apenas: gente con sus maletas de ruedas de aquí para allá, gente matando el tiempo tomando café, gente despistada que no sabía manejarse en un recinto tan enorme, gente que llegaba, gente que partía, gente sin maletas que, simplemente, deambulaba sin que se supiera por qué y para qué. Rosaura decidió aguardar la salida del tren en una de las cafeterías del Jardín Tropical. Le gustaba aquel gigantesco invernadero de cuatro mil metros cuadrados —bajo los antiguos andenes de la estación, inaugurada en 1869— que albergaba miles de plantas en torno a un estanque con tortugas y peces. Pensaba Rosaura que, si no hubiera allí tantas cafeterías, tan modernas como desabridas, uno tendría la sensación de hallarse bajo el invernadero decimonónico de un balneario o de un palacio, con sus mesitas para degustar el té de media tarde. Ella se había sentado en un velador de uno de esos locales insípidos; parecía que todos se habían puesto de acuerdo para transmitir la misma falta de calidez, cuando ella necesitaba todo lo contrario: sentir las cosas agradables del mundo tras dos años encerrada.

Pidió a la camarera una Coca-Cola con hielo y una bolsa de patatas fritas, su pequeño placer carcelario y que ahora iba a disfrutar tan libre como el viento. La telefonearon Petra y luego

Ignacio, y a ambos les comunicó la muerte inminente de su padre. «¿Vas a ir a Barbastro?», le preguntó la madre. «Te llevamos nosotros», se ofreció el hijo. «Si no os importa, iré sola», replicó ella antes de despedirse. No deseaba compañía en aquel viaje, eso la obligaría a conversar y ella solo quería hablar consigo misma. Sus sentimientos en aquellos momentos se entrecruzaban tan rápido que no lograba definirlos. Quería ir a Barbastro, pero también quería quedarse, deseaba ver a su padre, pero a la vez rechazaba encontrarse con él. Se dio cuenta de que apretaba las mandíbulas una contra otra y sus muelas chirriaban. Le costó relajar la boca y que entrara el aire. Inspiró profundamente y cazó al vuelo un instante de serenidad tras comer una patata frita mientras contemplaba la exuberancia tropical que la rodeaba. Le duró poco esa paz: la llamó al móvil Martina, la inspectora de policía. «No, ahora no», se dijo, dejando que se agotaran los cinco tonos de la llamada. No había transcurrido ni un minuto cuando apareció ante ella.

—Estaba dudando de si eras tú o no. —La agente se sentó a la mesa sin ser invitada a hacerlo. A Rosaura le disgustó aquel encuentro inesperado.

—¿Qué haces aquí, Martina? —Le lanzó esa pregunta subrayando su enojo.

—Estoy trabajando en un caso cerca de la estación y he entrado a tomar un café. ¿Y tú? Veo que la agresión de los Ordaz fue importante —le dijo la inspectora tras observar sus heridas vendadas—. ¿Te encuentras bien?

—Más o menos —replicó Rosaura, esquiva—. No sé si te di ayer las gracias cuando hablamos por teléfono en urgencias. Me estaba resultando embarazoso tratar con los policías. No creían mi versión o eso me pareció.

—Mis compañeros ya están investigando para demostrar que fueron los Ordaz quienes te agredieron. No caben los justicieros en un Estado de derecho —afirmó, dotando sus últimas palabras de un tono solemne.

—No tengo mucha esperanza de que lo logréis.

—Ya veremos, Rosaura. Te rindes enseguida. Ten un poco de paciencia.

—¿De verdad me estás pidiendo paciencia? ¿A mí, precisamente?

—No te enfades y confía un poco más en nosotros. —La inspectora había percibido un reproche en su mirada y cambió de tema—: ¿Te vas de viaje?

—Mi padre se está muriendo. Voy a Barbastro a despedirme de él.

—Lo siento mucho. —El rostro de Martina se contrajo, sus ojos se ensombrecieron.

—Tengo que irme.

Rosaura no deseaba tenerla delante, le ponía nerviosa la presencia de quien no había resuelto el crimen de su hijo, aunque lo peor estaba por llegar:

—No tengo buenas noticias para ti. El juez ha sobreseído provisionalmente el caso de Adrián hasta que aparezcan nuevas pistas. ¿No te lo ha comunicado tu abogada de oficio?

—Mi abogada pasa a veces de mí. Siempre me cuesta mucho localizarla, ya me he acostumbrado. En cuanto al sobreseimiento, perdóname que sea tan franca, pero no voy a notar la diferencia. Dos años después y el asesino sigue libre, como te digo siempre.

—Te aseguro que hemos seguido investigando. Me lo he tomado como algo personal, pero es verdad, seguimos sin resultados. No había cámaras, no hubo testigos, quien fuera no dejó rastros. Es complejo, pero si hallamos alguna pista, pediremos al juez que reactive el caso, no lo dudes.

Rosaura no quiso comentarle que podría haber una pista, la de Cruz; la policía podría indagar mucho mejor que ella, pero no confiaba en Martina y ahora mucho menos: por su culpa, el juez había desterrado el caso a un cajón.

—Me tengo que ir, mi tren sale en media hora.

—Estaremos en contacto. ¿Cuándo regresas a prisión?

—Mañana por la tarde.

—Ya sabes que podrías pedir una prórroga si tu padre finalmente falleciera y quisieras acudir al funeral.

—No será necesario.

—¿Acudir al funeral?

—No lo sé, Martina. Estoy confusa. Tengo que irme.

—¿Estás bien?

—Evidentemente, no lo estoy. Ya nos veremos.

Rosaura maldijo aquel encuentro mientras se levantaba de la silla y cogía su bolso; era un viaje improvisado, no llevaba maleta.

De hecho, su idea era despedirse de su padre y regresar inmediatamente después a Madrid. Imaginaba el funeral en la gran catedral de Barbastro con los bancos repletos de gente, pues su padre era una persona conocida y querida. No se veía capaz de soportar el escrutinio y la curiosidad tras tantos años sin aparecer por allí. La idea era llegar de puntillas, como un ladrón en la noche, y salir del mismo modo, sin que nadie se diera cuenta, salvo su hermana. Pero también era consciente de que era un viaje hacia lo desconocido. Quizá su padre ya hubiera muerto. No se atrevía a telefonear de nuevo a Beatriz. Le resultaba violento y desagradable hablar con ella. Percibía en la frialdad de sus palabras un rencor que, lejos de atemperarse con los años, seguía igual o más intenso que el primer día. «¡Has matado a mamá!», recordó que le gritó su hermana con ira cuando Rosaura le confesó que debía haber sujetado al perro y se le olvidó. Ya habían llamado a una ambulancia. Numo lloraba y lamía la cabeza de su ama en medio de un charco de sangre. «¡La has matado!», repetía su hermana. Rosaura no se defendió de aquella acusación. Quizá debiera haberlo hecho, reivindicar que fue un accidente y luchar, pero eligió la indefensión y la resignación. «La cobardía», se recriminó mientras depositaba su bolso en el escáner de la estación. «Miedo», se contestó al preguntarse a sí misma cómo afrontaría la llegada a Barbastro, al tiempo que visionaba las pantallas de la estación para saber de qué vía partía su tren. «Culpa», aceptó, ya subiendo a su vagón, pensando en el inminente encuentro con su padre.

Capítulo XII

Desde que convivía con su nuera Sofía, Martina tenía la sensación de que su casa no era la misma. Demasiado orden, demasiada simetría entre los objetos, todo parecía dispuesto por otras manos que no eran las suyas y eso la perturbaba y llenaba de ruidos innecesarios su cabeza. No quería ser descortés y no manifestó queja alguna; al fin y al cabo, era una convivencia provisional, pero la inspectora marcaba su territorio cada vez que tenía ocasión. Cuando Sofía, al limpiar la casa —se repartían las tareas—, colocaba dos portarretratos en uno y otro extremo del mueble modular del salón, Martina los volvía a situar donde siempre habían estado: los dos juntos, a la derecha. Lo mismo hacía en la cocina con el aceite y el salero o en el baño con el papel higiénico, que Martina dejaba siempre sobre el radiador junto al inodoro y Sofía en el portarrollos.

Ninguna de las dos había buscado esa situación, pero fue la insistencia de Daniel, el hijo de Martina, guardia civil destinado en el Grupo de Apoyo Operativo, el GAO, quien le había pedido a su madre que acogiera a Sofía en su casa durante los dos meses que iba a estar de servicio en un lugar incógnito de España. Su unidad, especializada en operativos especiales ante cualquier amenaza que pudiera desestabilizar el Estado, era uno de los baluartes de la lucha antiterrorista. Martina se preguntaba qué había hecho mal para que su hijo hubiera optado por la Guardia Civil y no por el Cuerpo Nacional de Policía, la profesión de su madre y también la del padre del chico, del que Martina se había separado hacía años, pero con el que mantenía una buena relación. A Daniel le gustaba lo militar e incluso se planteó ingresar en el Ejército, pero al final optó por la Benemérita, y allí conoció a Sofía, también guardia civil, recién salida de la academia y ahora en prácticas en la sección de homicidios de la Unidad Técnica de Policía Judicial tras realizar un máster en criminología. Se habían casado hacía un año y, aunque no tenían previsto ser padres todavía —ambos no habían cumplido los veinticinco—, Sofía se había quedado embarazada. Estaba de trece semanas y había tenido que guardar reposo durante quince días a causa de un pequeño sangrado. A Daniel le preocupaba que viviera sola durante su ausencia. Los primeros meses de embarazo eran los más complicados, argumentaba. Le costó convencer a las dos, a su madre y a su pareja, para que vivieran juntas hasta que él regresara. Ambas amaban su espacio y su independencia, se resistieron, pero al final ganó Daniel.

—¿Puedo comentarte algo sin que te enfades? —le preguntó Sofía, mientras cenaban en la cocina una ensalada y una tortilla francesa.

—No será tan grave para que me enfade. Dime, qué pasa —replicó su suegra.

—Ayer por la noche te dejaste sobre la mesa del salón una carpeta con fotocopias de varios casos, uno de ellos el de Adrián Castán, y no pude resistirme a echarle un vistazo. Deformación profesional, lo siento. Me quedo más tranquila si te lo confieso.

—¿Qué hace una guardia civil en prácticas fisgoneando en el material de trabajo de una inspectora de policía? —preguntó Martina con suspicacia.

—¿Ves? Te has enfadado, no debería haberlo hecho, me siento mal.

Martina consideró que el mohín triste de su nuera era sincero. A veces la oía llorar por las noches en su habitación, suponía que echaba de menos a Daniel, aunque bien sabía que la revolución hormonal de la gestación disparaba las emociones como cohetes sin control.

—No pasa nada —le dijo a su nuera—. Vivimos juntas, es inevitable que una encuentre algo de la otra, pero habría preferido que no me lo dijeras y así evitar que me preocupara. ¿Lo habías hecho antes? —Martina necesitaba saberlo.

—¡No! —exclamó Sofía—. Esta ha sido la primera y última vez.

Era una chica dulce, discreta, ocasionalmente tímida, pero resuelta y muy comprometida con su oficio de guardia civil. Aquella cena era una de las pocas que habían compartido desde que vivían juntas, hacía solo semana y media. La mayoría de los días llegaba a casa más tarde que Martina, y eso que ambas invertían muchas horas en el trabajo.

—Quizá le estemos dando demasiada importancia —le comentó su suegra, en un intento de rebajar la tensión—. ¿Has revisado el caso de Adrián o solo lo has hojeado, como me has asegurado?

—Lo he mirado solo por encima, te estoy diciendo la verdad.

—¿Y qué has visto? —De repente, Martina decidió que quería saber cuáles habían sido sus impresiones.

—¿De verdad te interesa saberlo? —le preguntó Sofía, repentinamente animada, al tiempo que separaba en su plato la cebolla de la lechuga; no le gustaba la cebolla, y Martina lo olvidaba cada vez que la preparaba.

—Sí, me interesa. Ya que le has echado un vistazo, por qué no conocer tu opinión.

—Me ha llamado la atención que reúnas en una misma carpeta los informes de cuatro casos similares de apuñalamiento directo al corazón con un cuchillo de hoja de quince centímetros —le comentó, a la vez que abría un pequeño bote de pepinillos y vertía un par sobre su ensalada—. Todas las víctimas eran mujeres latinoamericanas y el caso de Adrián, varón y español, rompería ese patrón. Por otra parte, una cuchillada mortal de ese tipo, sin desviarse ni un centímetro del corazón, no es tan fácil. Me refiero a que hay que acertar a la primera. El autor sabe apuñalar exactamente allí, si fuera el mismo en los cinco casos.

—No me estás diciendo nada que yo no sepa.

Martina hizo un rápido resumen mental de esos crímenes mientras Sofía cortaba en pequeños trozos la tortilla, distraída, pensando también en aquellos homicidios. En efecto, había cuatro mujeres latinoamericanas apuñaladas del mismo modo que Adrián, la primera de ellas en 2016; tres en el pasado año, 2017, con un intervalo de tres meses entre los crímenes; todos se habían producido en distintos barrios del distrito madrileño de Chamartín y las víctimas eran mujeres jóvenes, con edades comprendidas entre los veinticinco y los treinta y cinco años. La primera de ellas, Luz Marina, colombiana, era una empleada de hogar que regresaba a su casa al final de su jornada, sobre las diez de la noche. Fue hallada muerta junto a un contenedor en un pasaje cercano al metro del barrio de Hispanoamérica. La segunda, Elizabeth, venezolana, trabajaba en un taller de costura. Fue atacada sobre las once de la noche en una pequeña calle poco transitada de plaza de Castilla, mientras esperaba a que su novio la recogiera con su coche. La tercera, Joana, era una joven brasileña que cantaba *bossa nova* en un pub de la zona del estadio Santiago Bernabéu. Fue apuñalada tras sacar dinero de un cajero automático y caminar un par de manzanas. La número cuatro, Lysa, era ecuatoriana y trabajaba como encargada en un restaurante de la zona de Cuzco, junto al paseo de la Castellana. Fue apuñalada sobre la una de la madrugada en una bocacalle cortada por obras y lanzada a un socavón. Todas las víctimas aparecieron con sus bolsos, pero sin la cartera, el móvil y el reloj, al igual que había sucedido con Adrián. No se conocían entre ellas, solo tenían en común que eran jóvenes y eran latinoamericanas. ¿Cómo sabía el asesino que lo eran? ¿Conversaba con ellas antes de matarlas? ¿Las conocía y las siguió?

Preguntas que continuaban sin respuestas. Ninguno de los crímenes se había resuelto. Quien las mató lo hizo en ángulos ciegos de las cámaras de videovigilancia. Elegía a las víctimas, estudiaba sus movimientos y, si se veía libre de cámaras, las atacaba en el momento en que sabía que la acción no iba a quedar registrada. Posiblemente lo intentó con otras, habían conjeturado Martina y sus compañeros de su grupo de homicidios, pero desistió porque no logró abordarlas lejos de las cámaras. Ninguna de ellas sufrió agresión sexual ni tampoco forcejearon con el asesino antes de morir. Las apuñaló a traición. Las armas homicidas nunca aparecieron.

—Claro que no te voy a decir nada que no sepas —recalcó Sofía—. Los informes son tuyos y, si en el caso de Adrián has incluido los de esas mujeres, supongo que es porque se ha utilizado el mismo *modus operandi*. El autor parece tener animadversión hacia las latinoamericanas, eso lo tenemos claro. Pero con el chico se rompe el patrón, insisto, y eso podría indicar que lo conocía o que, por alguna razón, se interponía en sus planes y lo mató de ese modo porque es el que utiliza y conoce. Quizá fue testigo involuntario de algunos de esos crímenes.

—Yo también lo he pensado, pero, si fuera así, pienso que Adrián lo habría denunciado —apuntó Martina—. Era un estudiante de matemáticas, un chico normal que no se habría quedado impasible ante un homicidio que había presenciado, a no ser que el autor se diera cuenta en el mismo momento del asesinato y fuera a por él. Pero en el parque de Roma no hubo ningún incidente la noche en que fue apuñalado, salvo el crimen del chico, claro.

—¿Hay muestras de ADN? —insistió Sofía en seguir comentando el caso.

—Unos cabellos de un mismo varón que coincide en dos de las víctimas mujeres, pero no está fichado, no sale en el sistema. ¿No vas a comerte la tortilla?

—No te lo tomes a mal, pero lleva demasiada sal y no me conviene. El embarazo puede provocar hipertensión y yo intento esquivarla.

—Pues los pepinillos en vinagre tienen mucho sodio y has echado un par en la ensalada.

—Tienes razón, pero es que no puedo resistirme, parece que mi organismo los necesita, y lo más extraño es que nunca me habían gustado hasta ahora. No voy a comprarlos más, son peligrosos, tendré que reprimirme.

—En el embarazo hay pulsiones como estas, esos antojos caprichosos. A mí me dio por los pimientos asados de lata, aunque tienen bastante menos sal que los pepinillos. Si te vas a enganchar a algo de todos modos, lee antes la etiqueta del envase. Te lo digo porque no tiene mucho sentido que vigiles tanto la dieta y luego abuses de la sal.

—Lo tengo controlado, no te preocupes.

Sofía permaneció en silencio tras sus palabras, entretenida en apartar los pepinillos de la ensalada, como había hecho antes con la cebolla.

—No te tomes tan al pie de la letra lo que te he dicho —le comentó su suegra, observando los movimientos en el plato.

—Es que ahora han dejado de apetecerme, quizá me coma alguno más tarde. ¿Sabes?, pienso que ese posible asesino en serie no solo toma precauciones para evitar ser cazado —regresó Sofía al caso; le interesaba y no lo disimulaba—, sino que teme el daño reputacional que sufriría si fuera detenido y acusado. No he podido evitar empezar a perfilarlo. Es incapaz de reprimir su odio racista hacia las latinoamericanas, y además podemos incluir una cuestión de género, porque solo elige mujeres, pero, en cualquier caso, quizá no podría soportar aparecer ante los suyos como un criminal, no se mueve en ese mundo, sino en el de las personas sin tacha.

—¿Y por qué piensas eso? —A Martina le sorprendió que llevara tan lejos sus hipótesis.

—No está fichado, y los crímenes, salvo el de Adrián, se han cometido en Chamartín, un distrito de clase alta donde la vivienda es cara. Podría haberse trasladado a otros barrios de la ciudad, pero si siempre lo ha hecho en el mismo, es porque vive allí y es el que más conoce.

—O solo trabaja allí.

—También puede ser, pero él asesina de noche, fuera del horario laboral habitual.

—Seguimos con las conjeturas, Sofía, y la tuya es una más.

Martina estaba cansada y le molestaba la implicación de su nuera, que ahora sí consideraba excesiva, aunque reconocía que ella misma la había alentado.

—Solo intento aportar, no significa que yo tenga razón.

—Vamos a dejarlo. No logramos resolver el caso, y eso es lo que hay. La madre de Adrián me lo ha reprochado decenas de veces, y la entiendo.

—Quizá a nosotros nos hubiera pasado lo mismo, aunque tenemos muchos éxitos, todo hay que decirlo —presumió la nuera.

—Menos lobos, Sofía, que si empezamos con los fracasos de unos y otros, nos va a doler a las dos.

—Lo que ocurre es que yo me vengo muy arriba con los míos.

—Claro, y yo con los míos.

—Hacemos operaciones conjuntas, colaboramos bien y, sin embargo, hay pique entre los dos cuerpos. ¿No te lo ha comentado nunca Daniel?

—Sí, claro, es un clásico entre Guardia Civil y Policía nacional. No le doy demasiada importancia. Tengo amigos guardias civiles y a veces bromeamos con eso, también con mi hijo.

—Por cierto, tengo una videollamada con él en diez minutos —le anunció Sofía, mirando su reloj—, no sé si habrá suerte y le pillaré en algún descanso.

—¿Te importa que le salude un minuto si conectas?

—En absoluto, incluso te lo iba a proponer yo —comentó su nuera frente al frigorífico abierto—. ¿No hay manzanas Gala? Yo juraría que las compré hace dos días porque son las que más me gustan, no esas rojas brillantes que parecen de mentira.

—No sé, Sofía... —musitó Martina sin haberla escuchado en realidad, absorta en la pantalla de su móvil.

Un miembro de su grupo de homicidios acababa de enviarle un vídeo, acompañado de una pregunta: «¿No es Rosaura Castán, la madre de Adrián, la que está sobre el carrito del bebé?». Eran las imágenes del tiroteo del paseo de Extremadura la tarde anterior, grabadas por un espontáneo. Martina y sus compañeros ya las habían visionado varias veces, pero eran de mala calidad y no se distinguía bien a la ya célebre «heroína» mediática que protegió al bebé. Solo se veía su espalda encorvada sobre el carrito y sus cabellos negros, pero no se la relacionó en ningún momento con Rosaura; tampoco la ubicaban en ese escenario. Ahora habían ampliado el plano y lo habían trabajado digitalmente para mejorar su calidad. Era verdad, pensó Martina, podría ser Rosaura, se le parecía, al menos por sus cabellos rizados y abundantes. Si fuera ella, ¿estaba allí por casualidad o aquello no había sido una coincidencia?, se preguntó con suspicacia la inspectora.

Ya habían identificado a la mujer tiroteada y muerta: Tania Espada, vinculada a Vicente Cramelas, alias Chito, el escurridizo jefe de una banda de narcos. No era una de las organizaciones criminales más importantes de Madrid, pero formaba parte de la lista. Otra mujer, Margarita Pedrosa, relacionada también con Chito, había sido detenida cuatro años atrás cuando trasladaba a algún lugar tres kilos de hachís. Ahora cumplía una pena de seis años de cárcel por ello. La droga formaba parte de un alijo robado por Chito a una banda rival, la de los Santora. El vuelco provocó una guerra entre ambas organizaciones. Chito ganó la batalla: el clan quedó descabezado cuando dos de sus sicarios liquidaron al jefe a tiros.

El crimen de Tania, pensaban la inspectora y sus compañeros, podría indicar que Chito había dado otro vuelco, envalentonado por el triunfo del anterior. El ajuste de cuentas era inevitable y los policías sospechaban que la joven, pareja de Chito y madre de la pequeña, pudo ser tiroteada y rematada en el suelo en venganza por el robo del alijo. Martina no lograba explicarse qué hacía Rosaura en la escena, en el caso de que fuera ella. Chito era un tipo peligroso.

Apenas existían fotos de él y las que había eran de hace años. Actuaba como un fantasma, no se había logrado localizarlo. La inspectora decidió que llamaría a Rosaura para tantearla, aunque, si tuviera alguna relación con la mujer tiroteada, estaba segura de que no se lo contaría. ¿En qué zonas oscuras se estaría adentrando? Y, sobre todo, ¿por qué?

—Tengo a Daniel en línea. ¿Quieres hablar con él? —la avisó Sofía.

La inspectora no se había dado cuenta de que su nuera había salido de la cocina y le sobresaltó oír su voz a su espalda, centrada como estaba en sus asuntos. Tuvo la tentación de pedirle que la dejara a solas con su hijo un par de minutos, pero a la joven guardia civil parecía hacerla feliz que compartieran los tres esos instantes de charla.

—Voy a aprovechar para hacerme una infusión de rooibos mientras habláis Daniel y tú —le dijo su nuera.

De algún modo, ella había captado su deseo de mantener una conversación con la intimidad entre una madre y su hijo. «Chica lista, Sofía», admitió.

Capítulo XIII

Sobre la cama del hospital yacía un extraño. Rosaura lo percibió como un frágil pajarillo agonizando. Un cuerpo menguado, unos brazos que eran solo huesos envueltos por una fina capa de piel seca y arrugada, un rostro con los ojos que se escondían en sus cavernas, una nariz tan afilada como la hoja de un cuchillo y unos labios que se habían replegado hacia el interior de la boca. Le dio la impresión de que su padre iba a pudrirse en el minuto siguiente. La muerte a las puertas se estaba ensañando con él. Lo había desfigurado. No lo reconocía. Era un anciano centenario sin haber cumplido los setenta y cinco. El rictus que antecedía a la defunción lo había visto muchas veces en otras agonías, pero aquel era diferente porque era su padre y las emociones le conferían una dimensión distinta. Rosaura lo tomó de la mano, pero Pepe Castán la apartó y emitió un sonido parecido al de un gruñido, mirándola de un modo tan poco amable que Rosaura lo tradujo en desprecio. Su padre se iba a llevar el odio a la tumba. A la hija se le encogió el alma, sintió cómo una oleada eléctrica le recorría el estómago hasta irradiar a su mirada y humedecerla.

—Papá...

—Beatriz... —murmuró.

—No, soy Rosaura.

El padre comenzó a respirar de forma agitada y a negar con la cabeza. No le quedaban fuerzas y, aun así, lamentó Rosaura, las invirtió en transmitirle que no la quería a su lado. Huyó de allí con su dolor y sus lágrimas. Salió de la habitación, pasó por delante de Beatriz, que se encontraba en la puerta y a la que no dirigió palabra alguna, y abandonó el hospital, a las afueras de Barbastro. Caminó de noche desde allí hacia el centro de la ciudad, la de su infancia y adolescencia, un trayecto que la adentró en la avenida del Ejército Español que conectaba con la carretera hacia Huesca. Reconoció a su paso las escaleras que conducían hacia La Floresta, la gran terraza de verano con pista de baile por donde habían pasado algunas de las mejores orquestas del país; reconoció también las casas donde vivieron dos de sus compañeras de juegos tantas décadas atrás. Ya no las supuso allí, sino en otro lugar, casadas y con hijos, felices con sus vidas o, al menos, convencidas de que lo eran. Escuchó repicar las campanas de la catedral, imponente, hermosa. Nueve campanadas en la noche. El viaje desde Madrid había sido largo. La iluminación nocturna desdibujaba su sombra sobre la acera y Rosaura vio en ella reflejado su propio estado de ánimo, una mancha oscura que la impulsaba a no regresar de nuevo al hospital. Su padre no la necesitaba junto a él para morir.

Hacía fresco recién llegada la primavera, ese marzo que aún no había logrado despegarse del invierno. Se cruzó únicamente con dos o tres personas por la avenida, con algunas más cuando entró en el paseo del Coso, la rambla de la ciudad bajo una arboleda de inmensos plátanos centenarios. A un lado y al otro ya no existían muchas de las tiendas y bares que ella había vivido y respirado. El Victoria, el de los aperitivos de su infancia con sus padres, el de las gambas a la plancha que para ella seguían siendo insuperables, aún pervivía, pero convertido en un gastrobar. Se alegró de que permaneciera, aunque de otro modo diferente. Pasó por delante del bar San Ramón, ahí seguía la terraza en la que las tardes de los sábados se reunía con su pandilla antes de que la muerte de su madre la apartara de todo, allí se enamoró por primera vez, un amor no correspondido; qué desengaño, estuvo noches llorando en su cama cuando todos dormían y no podían oírla.

Avanzaba por calles estrechas, las que anunciaban la cercanía de la plaza del Mercado, el centro medular de la ciudad. No existía ya el pequeño bar Manolo, en el que su padre solía comer cordero a la pastora —«el mejor del mundo», decía—, ni la pastelería La Flor de Aragón, que ahora se había convertido en una agencia de viajes; tampoco había sobrevivido la de los Albás, inaugurada a finales del XIX y de la que Rosaura recordaba sus lionesas y sus *biarritz*, unos pasteles artesanales elaborados con almendras del Somontano, huevos y azúcar con una receta secreta jamás revelada, aunque vio que continuaban ofreciéndose en otra pastelería cercana, llamada precisamente Pastel Biarritz Albás. Cuánto le habría gustado comprarse uno y calmar su ansiedad con el dulce, pero el local ya estaba cerrado a esas horas, pasadas las nueve de la noche. Le frustró irse de Barbastro sin degustarlo.

A pocos metros de la plaza del Mercado, también le desilusionó que ya no estuviera Sederías Goya, una tienda de dos plantas donde se vestía toda la familia y también la comarca entera. Rosaura recordaba al propietario, Santiago, gran conversador, culto y simpático, tan querido y conocido en Barbastro como su propio padre. Con su hermana Beatriz solían acudir a la tienda los sábados por la mañana para hacerse con uno de los globos que Santiago regalaba a la chiquillería y que, a lo largo de la mañana, acababan escapándose de las pequeñas manos de sus dueños para sobrevolar los tejados y las azoteas. Nada de aquello existía ya, y ella misma tampoco, que deambulaba por el pueblo de su niñez como los fantasmas, sin que ninguno de los vecinos con los que se cruzaba la reconociera ni ella tampoco a ellos. El olor a verdura fresca recién arrancada de la tierra por los hortelanos, la niebla densa y tozuda de todos los inviernos, el sol candente y cruel de los veranos, los días ventosos del otoño... Rosaura recordaba atmósferas y sensaciones de forma vívida, como si hubieran sucedido el día anterior, pero no, habían transcurrido veinticinco años antes y solo había sido su memoria la que había levantado la tapa de los ataúdes..En la plaza del Mercado se encontró con una de las librerías más veteranas de la ciudad, la de Castillón, y cerca de ella dos más de las de toda la vida, la de Moisés y la de Ibor. En Barbastro siempre se había leído mucho e incluso se concedía cada año un premio de novela muy reconocido que habían ganado autores tan importantes como Fernando Marías. Rosaura recordó cuánto presumía de padre cuando fue miembro del jurado en varias ediciones. Pero ella apenas leía libros, y no quiso tener ninguno entre sus manos cuando ingresó en la cárcel; no lograba concentrarse en la lectura y le desasosegaba entrever en sus páginas mundos que le alentaran la esperanza o que la asomaran a los abismos.

Qué ilusa pensar que todo seguiría igual después de tantos años, reflexionó, cuando en realidad nada permanece porque el ser humano tiende hacia el cambio y termina aburrido de lo que persiste. Disipó la nostalgia y atendió los avisos del estómago: el deseo de degustar un *biarritz* le había abierto el apetito y eso la impulsó a entrar en algún bar de la plaza. Miró a su alrededor. La vieja casa —que ya lo era entonces— donde ella había aprendido a bailar la jota de pequeña ahora se había convertido en un moderno hotel. Junto a él, le sorprendió descubrir que la lampistería París permanecía prácticamente igual a como ella la conoció, con ese curioso escaparate donde se exponían, ahora como antaño, componentes de electricidad que nunca supo para qué servían. Y ahí seguían, ya distintos, pero con las mismas incógnitas.

Entró en la cafetería del hotel, agradable, con mesas de mármol y forja, al igual que los antiguos cafetines. Tuvo el impulso involuntario de quitarse su gorra con visera, traicionada por la antigua cortesía de descubrirse el sombrero al entrar en un espacio interior, pero lo que hizo fue encasquetarla más sobre la cabeza, para ocultar el pañuelo que cubría las heridas. Había bastante gente, todos hablaban en voz alta, como solía ocurrir en los bares barbastrenses, rememoró con melancolía. Era sábado por la noche, la barra rebosaba de tapas y pinchos y casi todas las mesas estaban ocupadas. Se sentía incómoda entre tanta concurrencia —parejas, familias, grupos de amigos—, y también le disgustaba mostrarse ante los demás con medio cuerpo vendado. «¡Rosaura!», oyó a alguien gritar su nombre. Se volvió y se sorprendió. Petra la estaba llamando desde una de las mesas, sentada junto a Ignacio.

—¿Qué hacéis aquí? —les preguntó, desconcertada.

—No te íbamos a dejar sola. Acabamos de llegar de Madrid y antes de ir al hospital queríamos comer algo —le dijo Petra—. Estamos aquí para acompañarte, Rosaura. Tu padre...

—Mi padre sigue muriéndose —la interrumpió; no acababa de reaccionar ante aquella visita inesperada, no sabía si le alegraba o más bien todo lo contrario—. Es cuestión de horas, como ya os he dicho antes de coger el tren.

—Hemos reservado dos habitaciones en el hotel —le dijo Ignacio—, y están a tu disposición por si quieres ducharte o para lo que necesites. ¿Cómo lo llevas?

—Está agonizando. Le he cogido de la mano y la ha retirado, no ha querido saber nada de mí.

—Posiblemente no quiera saber nada de nadie —la consoló su amigo—, lo sabes tú mejor que nadie por tu trabajo en paliativos. Saber que te estás muriendo no te pone precisamente de buen humor.

—Anda, siéntate —la invitó Petra—. ¿Qué quieres tomar? Seguro que no has comido nada desde hace horas.

—En cualquier momento me puede llamar Beatriz para decirme que ya no tengo padre. Debo estar pendiente, pero me iría bien una Coca-Cola con hielo y una bolsa de patatas fritas.

—¿Solo eso? La noche puede ser larga —le advirtió su amiga mientras le hacía un gesto a la camarera para que les tomara nota.

—No me apetece otra cosa —aseguró, a la vez que revisaba los mensajes en el móvil, por si había alguno de Beatriz. Ninguno.

Pero sí apareció otro que no esperaba:

—¡Ha contestado Cruz! —exclamó mirando a Ignacio—. Hace una hora. No me he dado cuenta, estaba en el hospital.

—¿Qué te dice? —le preguntó él, intrigado.

—«No puedo darle más datos, no puedo darle nombres, me compromete hacerlo. Tiene que investigar en la dirección que le envié. Recuerde el Lilienthal Berlin» —les leyó el mensaje—. El Lilienthal Berlin es el reloj que le regalé a Adrián cuando cumplió los dieciocho —murmuró Rosaura, asombrada.

—Eso quiere decir que Cruz conocía a tu hijo —comentó Petra, tan desconcertada como su amiga—. Ignacio me ha puesto al corriente durante el viaje —le aclaró.

—Tendrías que intentar contactar con él personalmente, parece que no quiere dejar nada por escrito —apuntó Ignacio—. Puedes llamarle a través del Messenger, ¿lo sabías? Arriba, en la pantalla, a la derecha, tienes un dibujo de un teléfono. Púlsalo.

Rosaura lo hizo mientras una camarera tomaba nota de las consumiciones. Cruz no solo no contestó su llamada, sino que la cortó al segundo tono.

—Me ha colgado, y ahora no tengo cabeza para escribirle. Estoy... —Detuvo sus palabras, se cubrió el rostro con las manos y comenzó a llorar.

Apareció en aquel momento una mujer y le tocó en el hombro.

—¿Rosaura? ¿Eres Rosaura Castán? Soy Marga. Éramos amigas, la pandilla del San Ramón, ¿te acuerdas?

—¡Marga! —exclamó mientras se limpiaba las lágrimas y recordaba que fueron muy amigas durante la adolescencia—. Claro que me acuerdo. No has cambiado apenas.

Era verdad, el paso del tiempo se había portado bien con su amiga. Tampoco había cambiado su sonrisa, tan luminosa. Lo que le sorprendió es que la hubiera reconocido a ella.

—Siento mucho lo de tu padre, ya sé que está en el hospital. Aquí se le quiere mucho, ya lo sabes. ¿Qué te ha pasado? —le preguntó, preocupada, cuando se percató de las vendas bajo la blusa y bajo la gorra.

—Me atropelló un coche en un paso de cebra —mintió de nuevo Rosaura; prefería esa versión a la auténtica, y ya se estaba acomodando a ella.

—Pues poco tienes para lo que te podría haber pasado —le comentó con ese acento maño de Barbastro que ella ya había olvidado.

Presentó a Marga a sus amigos y charlaron entre ellas unos minutos. Se despidieron ambas con un abrazo. Quizá no volviera a verla más, así que se apretujó contra su cuerpo, cerrando los ojos y reteniendo ese instante. Después de Marga se acercaron otras dos amigas de la infancia, primero Orosia y más tarde Encarna. También la abrazaron, Rosaura se sentía en aquellos momentos tan querida que se emocionó y no lo ocultó. Sus amigas pensaron que era por la muerte inminente de su padre, cuando lo que ocurría era que se sentía bien recibida a pesar de tantos años de ausencia. Fueron discretas, no le preguntaron por qué había tardado tanto tiempo en regresar a Barbastro, a sus raíces; de algún modo entendieron que no era el momento.

Pepe Castán murió a las ocho de la mañana del día siguiente tras una larga noche de agonía y estertores. Rosaura decidió finalmente que tenía que estar allí, despidiéndose de su padre, aunque él la hubiera rechazado. Pensó que no podría soportar dormir en el hotel mientras él se extinguía. Las dos hermanas le acompañaron durante sus últimas horas de vida, junto a su cama y sin apenas dirigirse la palabra entre ellas. Petra e Ignacio insistieron en permanecer toda la noche en la sala de espera, pero Rosaura los convenció para que regresaran al hotel y durmieran. Ahora estaban de camino hacia el hospital. Hasta que llegaran los operarios de la funeraria para llevarse el cadáver, las hermanas Castán aguardaron en la sala de espera de la planta, aprovechando que no había nadie allí en ese momento. Beatriz lloraba y tomó a Rosaura de la mano, pero ella la retiró, como antes había hecho su padre con ella.

—A buenas horas —le recriminó—. Lo que acabas de hacer es una incoherencia.

—Solo intentaba consolarte —replicó su hermana, dolida.

—No hay consuelo. Papá se ha muerto sin perdonarme. ¿Cómo se le puede hacer algo así a una hija?

—Has estado años sin preocuparte por él. ¿Qué esperabas? —Beatriz le lanzó aquella frase con arrogancia.

—No, es al revés. Papá ha estado años pasando de mí, aunque acepto que en los dos últimos no he estado localizable. Me han ocurrido muchas cosas durante este tiempo. Fui madre y él nunca se interesó por su nieto. Ni tú tampoco. Yo no maté a mamá, ¿os queréis enterar de una vez de que fue un accidente? —le gritó.

—Baja la voz, Rosaura. No hace falta que se entere de tu vida todo el mundo.

—¿Importa eso ahora?

—A mí sí me importa.

—Pues te jodes.

Entró en la sala de espera uno de los grandes amigos de su padre, Ángel, al que apodaban en Barbastro el Vikingo, porque era alto y rubio, con aspecto de alemán. Se le consideraba el erudito del pueblo, también un provocador y un polemista, a veces divertido. Era singular, en cualquier caso.

—Siento que Pepe nos haya dejado —les dijo a las hermanas, apesadumbrado—. No iré al funeral, a los vivos se les recuerda vivos.

—¿Quieres pasar a la habitación y despedirte de él? —le ofreció Beatriz.

—¿Qué os acabo de decir? Lo voy a recordar como era, no hecho una mierda. Anda, dadme un abrazo, que tengo que irme.

Las hermanas se levantaron y se dejaron acoger entre los brazos de Ángel; durante unos instantes, ambas se refugiaron en la calidez de su corpulencia. Se alejó encogido por la pena; no lo disimuló.

—Pobre Ángel, va a echar mucho de menos a papá —musitó Beatriz con un tono de voz triste; de pronto, señaló la cabeza vendada de Rosaura bajo la gorra—. Entonces, ¿era verdad lo del atropello?

—¿Y me lo preguntas ahora, cuando llevo horas en el hospital? Has tenido tiempo suficiente para ver el estado en el que estoy. Pero ¿qué os pasa a papá y a ti conmigo? —Rosaura continuaba refiriéndose a su padre en presente, incapaz todavía de procesar su muerte—. ¿Sois humanos o sois extraterrestres? No ha sido un atropello, ¿sabes?, me han dado una paliza. Asesinaron a mi hijo, no se sabe quién lo hizo, y yo llevo dos años en la cárcel por haber matado a un inocente, pensando que era quien apuñaló a Adrián. ¿Te parece demasiado el culebrón o sigo un poco más?

Beatriz la había escuchado abriendo la boca cada vez más, hasta que al final la abrió del todo y mostró tal cara de pasmo que Rosaura tuvo ganas de abofetearla.

—Sabíamos lo de la cárcel y que alguien mató a tu hijo, me parece terrible, pero oírlo de tu propia voz me ha impresionado aún más. Lo siento mucho, Rosaura —le dijo, afligida.

—¿Cómo lo supisteis? —No se lo esperaba; aún conservaba una esperanza mínima de que no se hubieran enterado.

—Saliste en la tele y en los periódicos. Te intenté localizar, pero no hubo forma de contactar contigo. ¿De verdad mataste a alguien? ¿Tú?

—No sabía lo que hacía, lo atropellé, me lancé en coche contra él, el féretro de mi hijo aún estaba en el tanatorio cuando sucedió, pero no quiero hablar de eso ahora. Seguro que lo sabe todo Barbastro, qué vergüenza —detuvo a tiempo el gesto involuntario de apuñalarse en el corazón.

—A mí nadie me lo ha comentado, posiblemente lo sepan, pero la gente aquí es discreta, ya lo sabes.

—¿Y papá qué dijo cuando se enteró?

—Ya empezaba a estar mal con la diabetes y vivía encerrado en sí mismo. Si lo sabía, no me dijo nada ni tampoco yo se lo comenté, para no preocuparlo. Entonces, ¿ya no estás en prisión?

—Sigo cumpliendo la pena, me han dado un permiso. Regreso hoy mismo a Madrid. Ya no hago nada aquí. Ayer tomé de la mano a papá y me la retiró.

—Rosaura, estaba sedado y no se enteraba de nada.

—¿Cómo te ha tratado a ti durante su agonía? ¿Te ha sonreído?

—No lo sé.

—¿Ha dejado que lo tomaras de la mano?

—Que no lo sé.

—¿Sí o no?

—Sí.

—Pues ahí lo tienes.

—Quédate, Rosaura, al menos en el tanatorio. Va a venir mucha gente, a papá lo querían todos, nunca tuvo enemigos y era una buena persona.

—Déjalo, cuanto más hablemos, más dolor.

—Nos hemos quedado huérfanas y es precisamente el momento de hablar. Ahora solo nos tendremos la una a la otra.

—¿Y ha tenido que morir papá para que lo descubras? Debería haber sido así siempre, ahora ya es tarde para todo. Tendrías que haberlo pensado antes.

—Hay que estar en el tanatorio, preparar el funeral, pensar qué vamos a hacer con la casa, hacernos cargo de la herencia, los papeleos y todo eso. La burocracia nos complica mucho la vida cuando alguien se nos muere. ¿Me vas a dejar sola en estos momentos?

—¿Cuántos años me habéis dejado sola a mí? ¿Y te extrañas de que yo no os telefoneara cuando estuve en la cárcel? Me sentí expulsada de vuestras vidas. ¿Te haces idea de lo que es perder a un hijo?

—No tengo hijos.

—Tenías un sobrino que creció sin su tía y sin su abuelo y que murió sin conoceros.

—Quédate y me hablas de él. ¿Cómo se llamaba?

—Te lo dije en su momento. No te acuerdas siquiera de su nombre, joder —le recriminó Rosaura.

Llegaron Ignacio y Petra, se asomaron a la sala de espera, pero no entraron; esperaron discretamente en el pasillo. Rosaura aprovechó para levantarse de la silla y despedirse de su hermana.

—Tienes mi teléfono, Beatriz. Llámame si hay que tomar decisiones, pero no me voy a quedar.

—¿Y qué digo cuando no te vean en el funeral de tu propio padre?

—¿Qué has dicho todos estos años cuando te han preguntado por mí?

—¿Qué podía decir si no llamabas casi nunca ni sabíamos de ti?

—Estamos entrando en bucle, Beatriz.

—La que te alejaste de nosotros fuiste tú —insistió.

Rosaura no contestó, le dio la espalda y se dirigió hacia sus amigos.

—Vámonos a Madrid, por favor —les pidió.

—¿No te quedas al funeral? —le preguntó Petra, sorprendida.

—¿Para qué? Solo tiene una hija, y no soy yo.

Capítulo XIV

Incapaz de desembarazarse de las emociones contradictorias que le generaba la muerte de su padre, y extenuada tras aquella dolorosa noche en vela, Rosaura subió al coche de Petra e Ignacio, se echó sobre los asientos posteriores y se quedó dormida a los pocos minutos. Soñó con una trapecista de circo que realizaba el triple salto mortal sin red. Si fallaba, abajo la esperaba la muerte. Y falló. Mientras se precipitaba al vacío, constató con horror que era ella misma la que caía. Abajo estaban sus padres. No llegaron a tiempo para colocar la red y salvarla. Rosaura abrió los ojos antes de estrellarse contra el suelo, con el alma poseída por un sentimiento infinito de orfandad. Le tranquilizó oír el sonido del motor del coche, le reconfortó que esa fuera la realidad y no la del sueño, pero se despertó agitada y asustada. Contempló las nubes a través de la ventanilla, alejadas unas de otras, sin siquiera un trazo vaporoso que las conectara entre sí. Pensó en Barbastro. La posibilidad de no regresar jamás le produjo desazón. Ya no tenía familia allí, pero sus raíces tiraban de ella. Antes de abandonar el hospital con Petra e Ignacio, desde la gran cristalera del vestíbulo había observado en la lejanía el paisaje del hogar familiar, Casa Castán, semioculta entre carrascas y cipreses. Sintió un pesar casi físico, notó dolor en las cervicales y en los hombros y se despidió con amargura de su tierra. Se entregó al sueño para no pensar, penetró en él con tal intensidad que comenzó a roncar a los pocos instantes de cerrar los ojos.

—Aquí se podría rodar un wéstern —oyó decir a Ignacio.

Rosaura, en duermevela, escuchó esas palabras cuando se estaba despertando tras dos horas de viaje. Se incorporó del asiento, se colocó la gorra sobre el pañuelo que cubría su cabeza y miró a través de la ventanilla del coche. Petra acababa de aparcar el Ford

Fiesta en una explanada a pie de la autovía A-2, junto a una gasolinera y una cafetería. El paisaje de encinas y olivos del Somontano se había transformado en un escenario de grandes farallones rocosos, tan escarpados y rojizos que, en efecto, recordaban a los del Gran Cañón del Colorado; en cualquier momento podría haber aparecido una galopada del Séptimo de Caballería persiguiendo a un grupo de indios sioux.

—¿Dónde estamos? —preguntó Rosaura, fascinada por aquel paisaje.

—En la zona de la autovía que atraviesa Soria —le informó Petra—. Vamos a tomar un café. Necesito estirar las piernas, las tengo anquilosadas. Hasta que mi hijo no pueda conducir, estoy vendida.

—Ya podría hacerlo, mamá, no tengo la escayola, sino una férula, pero te empeñas en no dejarme —se quejó a su vez Ignacio—. No me duele, puedo mover los dedos y además es el brazo izquierdo, ¿cuántas veces tengo que repetirte lo mismo?

—¿Y si te pilla la Guardia Civil? No puedes conducir con un brazo rígido, qué pesado eres con el tema.

—No tendríais que haber venido a Barbastro, ha sido una paliza para vosotros. —Rosaura se sentía culpable.

—Somos la única familia que tienes y vamos a estar a la altura, ¿verdad, Ignacio?

—Sí, pero déjame conducir.

Su madre no atendió a su petición, dirigió sus palabras a Rosaura:

—¿Necesitas ir al baño o tomar algo? Ya no pararemos hasta llegar a Madrid. Esta tarde he quedado con unas amigas.

—Aprovecharé para ir al lavabo —contestó ella—. Has quedado con unas amigas, dices. ¿Te das cuenta? No dejo de entorpecer vuestros planes.

—No digas eso. Llegaré con tiempo de sobra a la cita.

—Lo dudo, mamá, no te pasas ni un milímetro de los ciento veinte por hora, es como ir en un carruaje —protestó su hijo.

—Mientras conduzca yo, la velocidad la marco yo —replicó ella.

—Por favor, no os peleéis por mi culpa —rogó Rosaura, incómoda.

—Te castigas demasiado, amiga —le advirtió Ignacio—. De hecho, te castigas constantemente.

—¿Tú crees que hago eso?

Era verdad, lo hacía, no dejaba de culpabilizarse, pero le sorprendió que su amigo se lo evidenciara.

—Deberías soltar un poco de lastre.

—Ignacio, cállate —le ordenó Petra—. Acaba de morir su padre. ¿Es el momento de decirle lo que tiene que hacer?

—Lo siento, solo quiero ayudarla —se defendió él.

—No necesito ser salvada, Ignacio —se le ocurrió decirle ella, irritada por aquella conversación.

Se produjo un silencio tenso entre los tres. Rosaura lo aprovechó para echarle un vistazo al móvil. No había estado pendiente de él durante todo el viaje, entregada al sueño.

—¡Hay otro mensaje de Cruz! —La noticia detuvo la salida del coche de sus dos amigos—. Es de hace tres horas. ¡Y no me he enterado hasta ahora! —se reprobó a sí misma.

Lo leyó en voz alta:

—«No me llame más. Solo mensajes. Investigue, tenga paciencia y compre un analgésico si eso le provoca jaqueca».

—¿Pero de qué va? —Rosaura empezaba a cansarse de esas supuestas pistas que no decían nada.

Tecleó enfadada:

No estoy para bromas.

Sorprendentemente, Cruz le contestó enseguida.

Yo tampoco. *Cogito ergo sum*. René Descartes.
Un lema sobre una cama.

Rosaura visualizó en su mente el póster de Descartes en la habitación de su hijo.

¿Se refiere a la cama de Adrián?

Instantes después Cruz escribió:

> Nada de nombres.

Y abandonó la conexión.

El póster. «Pienso, luego existo». O Cruz había estado en la casa o Adrián se lo había comentado; por tanto, se conocían. No había otra posibilidad. Les leyó a sus amigos la conversación, al tiempo que intentaba descifrar lo que subyacía tras esas líneas. La paciencia, la jaqueca, el analgésico. ¿Qué tenía que ver todo aquello con la muerte de Adrián? ¿Le estaba pidiendo calma o la palabra «analgésico» le señalaba de nuevo la calle Lucía Sánchez Saornil?

—Tengo que volver a esa farmacia —decidió—, y me quedan pocas horas para regresar a prisión. Ya son cerca de las doce de la mañana.

—No me fío de este tal Cruz —le advirtió Petra—. Ese mensaje solo dice tonterías sin sentido. No te arriesgues a no poder llegar a tiempo a la cárcel. Te quedan pocos meses para el tercer grado, no lo fastidies todo ahora.

—Pero tiene sentido, mamá. En la dirección que ha indicado Cruz hay una farmacia y ahora le recomienda un analgésico para aliviar la jaqueca que provoca la paciencia. ¿La paciencia provoca dolor cabeza?

—Casi todo lo que pasa en el mundo provoca dolor de cabeza —apuntó Petra.

—Paciencia: capacidad de padecer o soportar algo sin alterarse, *sin alterarse* —subrayó Ignacio tras consultar en el móvil el diccionario de la Real Academia—. Para sobrellevarla no hacen falta analgésicos. ¿Vamos a seguir con este diálogo de besugos? En esa farmacia hay algo más que medicamentos, punto y pelota —sentenció.

Soplaba el viento y las banderolas de la gasolinera se agitaban con violencia y provocaban el sonido del aleteo de una bandada de pájaros. Los imponentes farallones que evocaban paisajes de wéstern convertían aquel lugar de la autovía en un escenario anacrónico que a Rosaura le parecía surreal; quiso ver en su mente a un indio sioux sobre su caballo, en lo alto de uno de los riscos, observándola. Ni rastro del Séptimo de Caballería.

—Tengo un guion que podría rodarse aquí perfectamente —le comentó Ignacio a Rosaura caminando hacia la cafetería—. Dos niños perdidos en el desierto de Tabernas. Iban con sus padres de excursión y se despistaron. Aprenden a matar escorpiones para alimentarse de sus proteínas y sobrevivir. Se convierten en unos salvajes y día tras día van olvidando que una vez pertenecieron a la civilización. Y entonces...

Su amigo continuó contándole la historia, pero Rosaura ya no le escuchaba. Se había fijado en un autobús de línea que acababa de llegar y del que comenzaban a descender los viajeros. Entre ellos le llamó la atención una mujer que bajó con prisas y sorteó a los demás como si quisiera llegar la primera a la cafetería. Rosaura se detuvo y dejó que Ignacio y Petra la adelantaran. Observó a la pasajera. La conocía. No sabía de qué, pero su rostro le resultaba familiar. La mujer también interrumpió sus pasos, clavó su mirada en ella unos segundos y prosiguió su camino, al igual que Rosaura, que aceleró el paso porque tenía ganas de hacer pis y temió una larga cola de mujeres en los lavabos. Tuvo suerte, porque se adelantó a todas. Orinó largamente; durante la noche en vela había tomado muchas latas de Coca-Cola, demasiadas, lo acababa de comprobar. Salía ya del inodoro cuando una mujer le dio un violento empujón que la lanzó adentro otra vez, la sentó en el váter y le estampó la espalda contra la cisterna. La gorra cayó al suelo y su cabeza vendada quedó al descubierto. Cuando pudo reaccionar, reconoció en su agresora a la misma mujer que había descendido con prisas del autobús. Dispuesta a defenderse —ya estaba aprendiendo a hacerlo tras la paliza de los Ordaz—, le dio una patada en la espinilla y, a cambio, recibió un tortazo en la cabeza, sobre las heridas. No pudo soportar el dolor.

—¡Basta ya, Gata! —gritó Rosaura.

La mujer la miró desconcertada:

—¿Cómo acabas de llamarme?

—Eres la Gata, ¿verdad?

Las viajeras comenzaban a entrar en los lavabos, se oyeron pasos, grifos abiertos, puertas. Ambas se mantuvieron en silencio unos instantes dentro de aquel mínimo espacio. La Gata aseguró el pestillo y acercó su rostro al de Rosaura.

—Me has mirado cuando bajaba del autobús y no me gusta que me miren desconocidos. ¿Quién coño eres tú?

—Rosaura Castán. Estuvimos juntas en el mismo módulo —susurró Rosaura, con miedo—. Hablábamos de vez en cuando, fuimos amigas Margarita, tú y yo.

—¿De qué color eran los azulejos de las duchas?

—Verdes.

—¿Y los sillones de la sala de la tele?

—Grises.

—¿Cómo se llamaba la funcionaria gaditana?

—Eran dos, María y Consuelo.

La Gata no se fiaba y la interrogaba como si fuera una agente de policía. Rosaura temía equivocarse y aumentar sus recelos. Ambas hablaban bisbiseando, cada frase parecía un rezo, un misterio del rosario. A Rosaura le sorprendió haber reconocido a aquella mujer, jefa de una banda de aluniceros, una de las pocas mujeres en España que lideraban una organización criminal. Recordaba su exuberancia, sus chándales de marca que exhibía con arrogancia en el módulo carcelario. Ahora, su aspecto era muy distinto. Vestía unos vulgares tejanos, una vulgar cazadora vaquera y una vulgar camiseta negra. La mujer carismática se había convertido en una del montón. Eso sí, sus ojos verdes seguían siendo tan fulgurantes como cuando la conoció, nunca había visto unos iguales. Grandes, cegadores, enigmáticos. En prisión, la Gata era cordial, pero a la vez violenta si alguien la molestaba. Se la consideraba la diosa de la cárcel de mujeres. Durante las pocas semanas que compartieron, Rosaura quedó deslumbrada por su presencia escénica, por el aura de poder que emanaba de ella. A veces jugaban las tres a las cartas, otras charlaban sobre la vida en prisión, sobre las reclusas gitanas, que eran graciosas y les hacían reír con sus ocurrencias. La Gata era una líder, y Rosaura y Margarita se sentían protegidas a su lado. No se le podía mencionar nada relacionado con su banda y los robos que había perpetrado, se lo advirtió su amiga reclusa cuando se la presentó: «No le hables nunca de su oficio ni le preguntes por qué está aquí. Caerás en desgracia», le aseguró Margarita. La Gata llevaba tatuada en un hombro una felina de ojos verdes con largas pestañas; en el otro, un tigre mostrando sus fauces. Tras un permiso penitenciario, no volvió. Estaba en busca y captura desde entonces.

—Vas a olvidar que me has visto —le ordenó.

—Ya lo he olvidado —le aseguró Rosaura con temor.

Alguien llamó a la puerta. Llevaban encerradas allí unos minutos y las viajeras, impacientes, disponían de poco tiempo antes de regresar al autobús.

—¡Está ocupado! —les gritó la Gata—. ¿Por qué vas vendada? —le preguntó, regresando a los susurros.

—Me atropelló un coche y atravesé el parabrisas con la cabeza y los brazos. ¿No te acuerdas de mí? Jugábamos a la canasta con Margarita. Yo siempre iba con vosotras dos.

—Ahora lo recuerdo. Tú eres la mulata, ¿no?

—No soy mulata, soy española.

—¿Y qué me quieres decir con eso? ¿Te crees superior a los negros? —le preguntó ella, desafiante.

—No me siento superior a nadie, soy lo que soy.

—Tampoco me dices nada con eso —le respondió con desdén—. ¿Qué tal le va a Margarita? La protegía yo. Un día de estos la matarán. No sabe que ya está muerta.

—¿Por qué dices eso? —Aquella afirmación le pareció inquietante.

—Su novio ha dado un par de vuelcos a los narcos y se la tienen jurada. Ya no la puedo proteger. A la novia de ahora le reventaron ayer los sesos de un tiro. El novio piensa que le tendieron una trampa.

—Yo estaba con ella cuando la mataron —le confesó Rosaura.

—¿Qué hacías tú allí? —le preguntó con sorpresa y también con recelo.

—Buscar información. ¿Pensará que fui yo quien le tendió la trampa?

—Puede ser. —La Gata la escrutaba con sus ojos de tigre, una mirada que a Rosaura la intimidaba—. ¿Lo hiciste?

—¡Claro que no! —exclamó—. Cuando hablas del novio, ¿te refieres a Chito?

—¿Por qué sabes su nombre? —Entornó los ojos y la miró con desconfianza.

—En realidad, me había citado con él, pero apareció en su lugar la mujer a la que mataron.

No entendía Rosaura aquellos mundos al otro lado de la ley. Le inquietó que ese hombre, Chito, la considerara capaz de relacionarse con narcos y que pudiera estar buscándola. Se levantó del váter, nerviosa, pero la Gata la volvió a dejar sentada de un empujón.

—¿Por qué estabas en el talego?

—Maté a alguien, pensaba que era el asesino de mi hijo y resulta que era inocente. El que lo hizo sigue libre. Me han dado un permiso de fin de semana y contacté con Chito a través de Margarita por si podía darme alguna pista, solo quiero saber quién mató a mi hijo.

—¿Cómo murió?

—De una puñalada en el corazón.

—¿Solo una y lo dejaron seco?

—Sí. Murió en el acto.

La Gata la miró de un modo extraño. Sus pupilas habían intensificado el verde, que pareció que se transformaba en turquesa, el color de los mares del Caribe.

—A mi cuñada la mataron del mismo modo hace dos años y medio. ¿Dónde se cargaron a tu hijo?

—En un parque de Madrid. ¿Y a tu cuñada?

—Soy yo quien hace las preguntas.

—Perdona.

—Fue a una farmacia de guardia y no se supo más de ella hasta que la encontraron muerta, con esa puñalada en el corazón. No sabemos quién fue el asesino, pero solo está vivo por eso, porque no damos con él. No dejó rastros.

—¿Has dicho una farmacia?

—Sí, ¿por qué?

—Tengo que contarte algo que quizá te interese, si quieres escucharme.

Ignacio se había tomado un bocadillo de panceta y una cerveza; Petra, una napolitana de chocolate con un café con leche. La Coca-Cola en su vaso con hielo y la bolsa de patatas fritas esperaban a Rosaura sobre la barra.

—No entiendo por qué tarda tanto en el baño. Voy a ver —dijo Petra, preocupada.

—Déjale su espacio. No es una niña pequeña. Además, allí dentro debe de haber medio autobús. Han llenado esto en pocos minutos.

—Hola, perdonad el retraso —llegó Rosaura y se disculpó—. Había bastante cola.

Notaba un escozor en la cabeza, quizá el tortazo de la Gata le había abierto alguna de las heridas y estaba sangrando. Lo que menos necesitaba ahora era una infección. Necesitaba hacerse una cura cuando llegara a casa, eso le llevaría un tiempo del que no disponía; cada vez le quedaba menos para volver a prisión. Se bebió la Coca-Cola en cuatro largos tragos y cogió la bolsa de patatas fritas.

—Tendríamos que irnos ya —apremió a Ignacio y a Petra—. Debo ir a esa farmacia cuando llegue a Madrid, hoy domingo está de guardia hasta las diez de la noche, lo he buscado en el móvil. Pero antes recogeré mis cosas en casa, me cambiaré las vendas y desde la farmacia me iré directamente a prisión si no encuentro ninguna pista.

—¿Y si la encuentras? —le preguntó Ignacio.

—Eso da igual. Volverá de todos modos, es lo que tiene que hacer —replicó Petra.

—Me estáis agobiando y necesito un poco de serenidad para pensar, por favor —les rogó. Se sentía tutelada, tenía ganas de gritarles que la dejaran en paz y, en esta ocasión, no le importó parecer una ingrata.

—Mamá, vamos a cortarnos un poco, ¿vale?

—Solo quiero sentir que tengo espacio para respirar —insistió Rosaura.

—Vámonos —dijo Petra, tras dejar en el platillo de la barra el dinero de las consumiciones—. Rosaura sabe perfectamente que tiene que regresar a prisión y olvidarse de ese asunto absurdo de la farmacia. Se acabó la discusión.

Se instaló entre los tres una atmósfera densa, una niebla que los envolvía, un aviso de tempestad que obligó a Rosaura a ponerse a cubierto, por lo que decidió no mencionarles su encuentro con la Gata. La idea oscura de que Ignacio y Petra suponían un lastre para ella le rondó por la cabeza y su mente la castigó con un violento pinchazo en las sienes cuando entró en el coche. Alejó a sus amigos de sus pensamientos y se centró en lo que ya se había convertido en su obsesión: la farmacia. Podría ser una coincidencia que la Gata y ella hubieran perdido a seres queridos asesinados del mismo modo, pero no lo era que Cruz le hubiera señalado aquella farmacia y que a la cuñada de la Gata se le perdiera la pista tras acudir allí. Coincidía la dirección, lo habían hablado las dos antes de despedirse. Ya no podía considerarse casualidad.

—¿Y vas a volver al talego sin saber qué hay allí? —le había preguntado la Gata en el pasillo de los lavabos—. Quizá en el siguiente permiso ya sea tarde. Yo siempre vivo en el cuanto antes.

—¿Y por qué no lo investigas tú?

—¿Te he dicho en algún momento que no lo haya hecho ya? No pudimos presionar a la policía para que lo hiciera. Varios de nosotros estamos en busca y captura. No podemos hacer vidas normales. No viajo en mi Audi, sino en autobús. Detesto los autobuses y el tipo de gente que viaja en ellos, pero no tengo otra.

—Por eso ya no te arreglas tanto, para no llamar la atención.

—¿Y a ti qué te importa si me arreglo o no? En todo caso, nunca seré tan vulgar como tú —afirmó con arrogancia—. La puñalada que mató a mi cuñada no ha tenido justicia, no me refiero a la de los juzgados, sino a la nuestra.

—¿Y si fue alguno de los vuestros?

—Esa pregunta se merece una hostia —la amenazó; el verde esmeralda de sus ojos se oscureció hasta alcanzar el tono de las aceitunas—. No te enteras de nada. Mi cuñada no se dedicaba a lo mismo que yo. Era monitora de zumba en un gimnasio. Quien la mató no es de los nuestros. ¿Te queda claro?

—Me queda claro que todo lo que digo te molesta. Soy una persona normal, no estoy acostumbrada a estas conversaciones, así que te pediría que me trataras con respeto. —Rosaura empezaba a hartarse de la actitud chulesca y agresiva de aquella mujer.

—¿Respeto? Eso será cuando te lo ganes, y de momento no ha ocurrido. Soy experta en vigilancias. Yo señalo el lugar y los otros entran a por el botín. Cuando asesinaron a mi cuñada, vigilé esa farmacia durante un tiempo y no vi nada que me llamara la atención. Los dueños son una pareja de mediana edad, gente normal. Los dependientes, hombre y mujer, también parece que lo son. Al final, lo dejé correr, me frustraba la falta de resultados. Pero ese tal Cruz que te envía los mensajes... —Permaneció pensativa un instante—. Hay una razón para todo, nadie hace nada por nada.

—Si descubro algo en esa farmacia, ¿cómo contacto contigo?

—¿Estás en las redes sociales? —Rosaura le indicó su perfil en Facebook, «Julia Blue», y ella lo memorizó. Después, le advirtió—:

Si comentas a alguien que me has visto, me enteraré. Hay palizas que no matan, pero te pueden dejar en silla de ruedas y babeando para el resto de tu vida. No creas que eres más decente que nosotros. Mataste a un inocente y yo no he matado a nadie. Tienes dentro mucha más suciedad que yo. Ya verás cómo te sale a borbotones si alguna vez te encuentras con el asesino de tu hijo.

Capítulo XV

A veces lo más irrelevante es lo que más emociona. A Rosaura le ocurrió mientras tomaba la primera ducha en su casa, tras dos años compartiéndola con otras reclusas, desnuda ante las demás, sin intimidad. Ahora, ese momento de pequeña dicha la condujo a un instante hermoso que había olvidado: cuando descubrió —hacía años de eso— un cuadro, la *Bailarina basculando*, del pintor impresionista Edgar Degas. No lo vio en un museo, sino que se había usado para el cartel de una obra de teatro en la marquesina de una parada de autobús. Unas bailarinas danzaban, otras miraban. Aquel plano en picado sobre cuerpos envueltos en vaporosos tutús que parecían danzar solo para ella, los sentía tan cercanos que hasta escuchaba el frufrú de los roces entre los tules. Embelesada, revoloteó entonces la belleza a su alrededor, pero se le escapó deprisa, cuando arribó el autobús con estruendo y rompió el hechizo. No sabía por qué regresaban ahora aquellas bailarinas, por qué la retrotraían a la calidez de las almas limpias, cuando la suya estaba tan sucia, manchada por el atropello mortal de Miguel Ordaz y la muerte de su madre. Cerró el grifo y se palpó con suavidad la cabeza. Las heridas habían agradecido el agua y el jabón, también las de sus brazos, en los que permanecerían para siempre las cicatrices de los cortes, catorce en uno y trece en el otro. La memoria de un crimen en la piel, la marca indeleble de un error que ya no admitía ser corregido.

Se hizo las curas con Betadine. Algunas heridas habían necesitado suturas, pero eran puntos que se reabsorbían solos y, de momento, tenían buen aspecto. El espejo reflejaba su cabeza casi rapada, con minúsculos mechones que se habían quedado de punta entre las lagunas vacías del cuero cabelludo. A todo ello se unía el chichón que había emergido tras la pedrada y los hematomas en el estómago, la huella de los puñetazos de los Ordaz. No se explicaba cómo podía seguir de pie tras esos violentos zarpazos y la humillación implícita de cada uno de ellos, pero se impuso sobrevivir. ¿Qué otra cosa si no era la vida? Seguir su inercia.

Pasaban de las tres de la tarde. El viaje a Madrid desde Barbastro había sido largo, a ciento veinte kilómetros por hora como máximo y a bastantes menos cuando el coche atravesó los puertos de montaña de la autovía A-2. Si Petra hubiera apretado algo más el acelerador, habrían ganado al menos media hora de tiempo, la que le faltaba ahora por haberse duchado y realizado las curas. Rosaura cubrió su cabeza con un pañuelo de geometrías negras y grises que alguien le había regalado una Nochebuena y que nunca había estrenado, porque lo consideraba soso. Ahora le resultaría útil precisamente por eso, porque no llamaba la atención. Se colocó la gorra; se vistió con una blusa de seda azul de manga larga, una chaqueta negra de mohair, unos vaqueros y unas deportivas que le permitieran correr si era necesario huir. Le inquietaba que Chito la pudiera estar buscando y, lo peor, que acabara encontrándola. No podía controlar la desgracia. El destino se divertía de un modo malicioso con ella y no sabía cómo luchar contra algo tan etéreo como lo son las sensaciones y los presentimientos.

Preparó su bolsa para entrar en la prisión, desazonada. «Adiós, libertad», la despidió su ánimo. Antes de salir, se echó sobre la cama de su hijo, encerró el rostro entre los cojines, sintió a Adrián con ella y quiso pensar que le sonreía. Besó la urna con las cenizas, la abrazó y la colocó en la estantería con mimo, como si fuera de frágil porcelana. Abandonó el piso, cerró la puerta con aflicción. Ignacio se había ofrecido a llevarla en coche a la farmacia y luego a la prisión, a cincuenta kilómetros de la capital. «Quiero acompañarte», le había dicho cuando llegaron a Madrid.

—Pero yo no puedo conducir, le tengo terror al coche desde que maté a Miguel Ordaz. —Nombrar el suceso sin eufemismos formaba parte de su castigo—. Y tú tampoco —le recordó Rosaura.

—Claro que puedo, por mucho que se empeñe mi madre en lo contrario. Con los dedos de mi brazo roto, ahora mismo podría enroscar un tornillo minúsculo y lo haría bien a la primera —presumió—. Lo que debo evitar es que me pare la Guardia Civil. Me caería una multa por conducir con una férula en el antebrazo, pero eso no tiene por qué pasar. Seamos positivos.

Cuando Rosaura bajó al garaje del edificio, Ignacio ya la estaba esperando en el Ford Fiesta. Se había afeitado de nuevo —parecía haber desterrado la barba definitivamente— y olía a colonia, una fragancia tan intensa como vulgar, quizá comprada en un bazar chino, pensó ella. A veces tenía ganas de influir en su amigo para que adquiriera cierto refinamiento, pero no sabía cómo hacerlo sin herirle.

—¿Conoces la colonia clásica de Loewe para hombre?

—¿No te gusta la que llevo? No sé ni cómo se llama, me tocó en el amigo invisible del trabajo las pasadas Navidades. ¿Es importante este asunto? —replicó, irónico.

—Un día te regalaré la de Loewe.

—Me estás dando a entender que mi colonia no te gusta y eso me genera una inseguridad innecesaria —se quejó él—. ¿Es lo que te preocupa ahora? ¿Mi colonia? Te entiendo. Vives sin preocupaciones y te aburres. Hay que joderse... —volvió a quejarse a la vez que maniobraba para salir del garaje, sin apenas rozar el volante con la mano izquierda del brazo fracturado.

—Comprendo que te enfades, quién soy yo para decirte qué colonia debes usar, pero cuando salga de la cárcel para siempre, te regalaré la de Loewe y, si no te gusta, se la das a alguien y se acabó el problema.

Ignacio no estaba tan enfadado como creía su amiga; le había gustado que quisiera regalarle una colonia cara. Un duendecillo simpático revoloteó por su estómago y le hizo cosquillas.

—Hubiera querido despedirme de tu madre, pero he llamado al timbre y no ha abierto la puerta —cambió de tema Rosaura; el distanciamiento de Petra le preocupaba mucho más que la colonia barata de su amigo.

—Cuando me he ido se estaba duchando, ha quedado con sus amigas esta tarde. No te habrá oído llamar. Pero ya te has despedido cuando hemos llegado a casa, con una vez es suficiente.

—¿He hecho algo que la haya molestado?

—Siempre quiere salirse con la suya y le cuesta ceder. Le preocupa que no llegues a tiempo a prisión por el asunto de la farmacia. ¿A qué hora tienes que entrar en la cárcel?

—Vamos bien, no te preocupes por eso. —No quiso verbalizar que le quedaban menos de tres horas—. No entres conmigo en la farmacia, espérame en la cafetería de enfrente —le pidió.

De repente, sin nada que lo anunciara, a Rosaura se le cayó el cuerpo hacia delante, hacia el salpicadero del coche, como si fuera una muñeca de trapo.

—¿Qué te pasa? —Ignacio detuvo el vehículo en la rampa del garaje.

—Nada importante, un vahído —lo tranquilizó recuperando la postura y apoyándose en el respaldo del asiento—. Debería haber comido algo antes de salir. Tú conduce, hay prisa.

—Vamos antes a la cafetería de aquí al lado y te tomas un pincho de tortilla o lo que sea.

—No hay tiempo, Ignacio.

Le dolía a Rosaura no haberse despedido bien de Petra. Su amiga apenas había pronunciado palabra durante el trayecto hacia Madrid tras la parada en la gasolinera, sin participar en ningún momento en la conversación nostálgica que había iniciado Ignacio. «El cine está muerto, lo han convertido en un producto, o mejor, en un subproducto», afirmó. A ella no le interesaba demasiado el asunto y cambió a otro: le preguntó por los independentistas catalanes, a algunos de los cuales juzgarían por sedición en el Tribunal Supremo; había estado atenta a las noticias, le preocupaba que Cataluña quisiera separarse de España, pero a su amigo parecía no importarle. «No estoy en esa realidad, vivo en la mía», zanjó él la cuestión con indiferencia. Rosaura envidiaba el mundo propio que Ignacio había fabricado para sí mismo. El cine abarcaba los cuatro puntos cardinales de su vida, y parecía estar satisfecho viviendo ajeno a todo lo demás. Volvió de nuevo a pensar en Petra mientras él conducía por la M-30. ¿Qué es lo que había sucedido para que su amiga estuviera tan distante? No podía estar enfadada por algo que no había sucedido: no regresar a prisión.

—Voy a llamar a tu madre, no quiero entrar en la cárcel sin despedirme otra vez de ella —le comentó, ya atravesando plaza de Castilla y a poca distancia del barrio donde se ubicaba la farmacia—. Quiero saber si he hecho algo mal. ¿Lo sabes tú y no me lo quieres decir?

—Tiene cambios de humor, es la vejez —esquivó él la respuesta; en aquellos momentos no le apetecía profundizar en el tema—. Céntrate en lo tuyo y olvídate de lo demás.

Costó encontrar aparcamiento, aunque fuera domingo. Ignacio condujo por calles y callejuelas hasta que descubrió un hueco a tres manzanas de la farmacia, de guardia hasta las diez de la noche. Caminaron desde allí hacia la «cafetería blanca», como la llamaba Rosaura. Ya no le molestaba tanto el ruido del tráfico; lo echaría de menos cuando estuviera en prisión. Ante la insistencia de Ignacio, Rosaura se tomó un pincho de tortilla y una Coca-Cola con hielo. Comió con tanta prisa que a punto estuvo de atragantarse con una patata bañada en huevo. La tortilla estaba poco cuajada y le faltaba sal, la peor que había probado en su vida.

—Te va a sentar mal tragar tan rápido —le advirtió Ignacio.

—Tenía hambre y tengo prisa. Me voy ya. ¿Me esperas aquí, pues?

—Ten cuidado. ¿Seguro que no quieres que...?

—No, voy a entrar sola —le interrumpió Rosaura—. No conviene que nos vean juntos. Puede que te pida que te des alguna vuelta por aquí cuando yo entre en prisión. Si Cruz insiste, será por algo. Es solo para quedarme tranquila. ¿Lo harás?

—Lo haré, pero puede que allí no haya nada, rebaja tus expectativas.

—Lo tengo que comprobar. —Se levantó de la silla con decisión y salió de la cafetería.

Ahí estaba el mismo dependiente —alto, desgarbado, con cara de ratón—, la misma chica atendiendo junto a su compañero tras el mostrador. Ahora se fijó más en ella: rostro redondo como una torta, baja estatura, media melena lisa de cabellos castaños muy finos, sonrisa eterna, como si se le hubiera congelado. Vio también a la misma mujer ante el ordenador, rubia, unos cincuenta y tantos, el pelo recogido con gracia, gafas estrafalarias, con forma de dos corazones fucsias. Tuvo la sensación de que se reproducía la misma escena que el día anterior. Tres o cuatro clientes aguardaban en la cola. Se colocó en la fila. Rosaura estaba nerviosa. Empezó a notar un pinchazo agudo en la boca del estómago. Primero, soportable; después, punzante y agresivo. Le sobrevino un sudor frío. Se estaba mareando. Tenía ganas de vomitar. Vio cerca una silla y se sentó. Echó la cabeza hacia atrás y se abanicó con la mano. «¿Se encuentra bien?», «¿Le ocurre algo?», oía voces difusas de los clientes a su alrededor. La mujer rubia del ordenador se acercó a ella.

—Cielo, ¿qué te pasa? —le preguntó posando una mano sobre su frente para valorar su temperatura.

—No sé, tengo ganas de vomitar.

—No tienes fiebre. ¿Puedes caminar unos pasos hasta el baño? Yo te ayudo.

La cogió de un brazo y la condujo tras el mostrador. La tramoya de la parte posterior de la farmacia era un espacio en el que un robot recorría las estanterías repletas de medicamentos, seleccionaba varios y, raudo, los dispensaba al mostrador a través de una abertura. Rosaura lo observó de refilón deslizándose histérico de un extremo a otro, pero ella estaba centrada en otra cosa: contener las arcadas. No quería soltar la papilla allí en medio. Llegó al filo. Vomitó en el váter de un pequeño baño al que la condujo la mujer, expulsó además un trozo de patata entre el líquido oscuro de la Coca-Cola. No tuvo duda alguna de que se trataba de un corte de digestión, debido a los nervios —tensos, en alerta—, al pincho que había engullido en segundos y al refresco con hielo que se bebió en tres tragos. Arrodillada Rosaura sobre el inodoro, la farmacéutica le sujetaba la frente con unas manos gélidas que, lejos de ser desagradables al contacto con su piel, la aliviaban. Expulsó finalmente un líquido amarillento, antecedido de una potente arcada que le golpeó violentamente el estómago.

—Ya está, ya lo has echado todo, a partir de ahora comenzarás a sentirte mejor. ¿Quieres que llame al Sámur y que te echen un vistazo? —le ofreció la mujer, mientras le acercaba una toalla y abría el grifo para que se refrescara.

—No hace falta, gracias. Ya estoy bien.

La asistencia médica daría al traste con su plan, no tenía ese tiempo. Su corte de digestión lo había alterado todo. O no. Había penetrado en la trastienda de la farmacia del modo más imprevisible. Se incorporó y las paredes del baño se le movieron de un lado a otro.

—Me mareo... —musitó.

—¿Quieres echarte un rato? Tengo un saloncito aquí al lado. Mi marido y yo lo usamos durante las guardias nocturnas. Mientras tanto te voy a preparar una manzanilla, te asentará el estómago.

¿Qué podía tener de malo aquella mujer que estaba siendo tan amable? La trataba con dulzura, le iba a preparar una infusión, tenía un marido, quizá también tuviera hijos. No había nada de interés en aquella farmacia. Cruz había jugado con ella y no entendía el porqué. Junto al baño había una puerta a la que antecedía una escalera de tres peldaños. Acompañada de la farmacéutica, que continuaba sujetándola por un brazo, subió los escalones y entró en una sala de unos veinte metros cuadrados, con una ventana cubierta por un visillo blanco que tamizaba la luz y dejaba la estancia en penumbra. La luminosidad de la farmacia contrastaba con la semioscuridad de aquella habitación, en la que el color blanco de las paredes quedaba convertido en un gris deslucido. Rosaura se sintió en un mundo distinto a tan pocos metros del anterior. Había un escritorio sobre el que reposaba un ordenador apagado; vio frente a él un sofá negro de tres plazas con cuatro cojines rojos y una puerta abierta que llevaba a algún lugar a través de unas estrechas escaleras que conducían a una zona alta. Supuso que la farmacia estaba comunicada con el primer piso del edificio, que debía de ser la vivienda de la farmacéutica. La acompañó hacia el sofá, la invitó a echarse sobre él y le colocó un cojín bajo su cabeza.

—¿Quieres que llame a algún familiar? —La mujer se reclinó sobre Rosaura. Se había quitado sus gafas fucsias. Un mechón de flequillo rubio describía una ese sobre uno de sus ojos, pequeños, vivaces y negros.

—No tengo familia. Soy soltera sin hijos y mis padres ya no están. ¿Usted tiene hijos? —se avino a preguntar.

—Una hija. Estudia Derecho en Estados Unidos, ya está finalizando la carrera. Tutéame, por favor. Soy Cecilia. ¿Cómo te llamas tú?

—Te acabo de preguntar por tu familia y ni siquiera te había dicho mi nombre. Me llamo Julia. —Para ocultar su identidad, Rosaura eligió su nombre favorito.

—¿Eres paciente oncológica? Lo digo por el pañuelo que te cubre la cabeza bajo la gorra.

—Sufrí un atropello, pero no quiero hablar de eso, si no te importa.

A Rosaura le costaba repetir tantas veces una mentira y, además, cada vez que hablaba sentía malestar en el estómago.

—Discúlpame, no pretendo meterme en tu vida. Voy a prepararte la manzanilla.

La mujer se dirigió hacia las escaleras, pero corrigió sus pasos por el camino: fue hacia el escritorio, abrió uno de los cajones y guardó en él algo que Rosaura no pudo ver, puesto que Cecilia —había retenido el nombre— se interponía en su campo de visión. Después, escuchó sus pasos ascendiendo por los peldaños, que eran bastantes: uno, dos, tres... Los contó. Veintitrés. Aún se sentía mareada, pero no tanto como para no curiosear. Disponía de poco tiempo. Se levantó del sofá. Su primer impulso fue asomarse a esas escaleras, que culminaban al final en otra puerta que Cecilia había dejado entreabierta. Desde abajo Rosaura oyó un cuchicheo, seguido de una risa masculina que duró un instante y que fue contestada por un suspiro femenino. Percibió aquellos sonidos como un jugueteo de amantes, aunque podría haber sido cualquier otra cosa. Uno puede imaginar de todo cuando escucha pero no ve. Entonces oyó cómo la puerta se cerraba de golpe y eso la sobresaltó. Impulsada por la voluntad de indagar, posó el pie sobre el primer peldaño de las escaleras. Había oscuridad, no alcanzaba a ver el final, pero de pronto se encendió la luz sin que hubiera pulsado un interruptor. Un sensor de presencia, dedujo. Aquella iluminación repentina le mostró detalles de las escaleras; eran de mármol, con barandilla a ambos lados, pegada a la pared, con cuadros colgados cuyas imágenes no le dio tiempo a identificar.

Regresó al sofá y se sentó el tiempo suficiente para respirar el silencio y tranquilizarse. Confiada en que oiría a Cecilia cuando regresara con la manzanilla, y que eso le daría tiempo a reaccionar, se incorporó de nuevo y siguió curioseando. Se dirigió hacia el escritorio, un mueble de estilo clásico, de caoba barnizada y brillante. Había sobre él tres portarretratos. Uno mostraba una foto que podría ser de Cecilia, mucho más joven, igualmente rubia, con un recién nacido en brazos junto a un árbol de Navidad; otra era antigua, en blanco y negro, extraña. Aparecía en ella una anciana sentada en una silla en lo que parecía el patio de una casa de pueblo. Vestida de negro hasta los pies, con el pelo prieto sobre su cabeza y recogido en un moño, exhibía una gallina muerta sobre la falda, desplumada; las plumas yacían a los pies de la vieja, que sonreía a la cámara con una boca oscura, posiblemente sin dientes.

¿Quién expondría una foto así? ¿Sería la madre o la abuela de la farmacéutica? ¿No tenía otro recuerdo mejor de aquella mujer desdentada? Su vista se posó en el tercer portarretrato: una joven rubia vestida con la toga y el birrete de la graduación. Posiblemente fuera Cecilia tras licenciarse en Farmacia. Le extrañó que no hubiera ninguna foto de la hija que estudiaba en Estados Unidos. Ese pensamiento fue sustituido rápidamente por otro, tenía prisa. Recordó que la había visto ocultar algo en un cajón del escritorio antes de irse a prepararle la manzanilla. De los cuatro que había, todos estaban cerrados, salvo uno de ellos, el único con la llave en la cerradura. La giró, lo abrió con sigilo para no hacer ruido. En su interior, sobre diversos objetos —sobres y cuartillas nuevos, clips, unas tijeras, un abrecartas—, Rosaura encontró un portarretratos colocado boca abajo. Imaginó que estaba sobre el escritorio junto a los demás cuando llegó con Cecilia y, por alguna razón, lo escondió. Lo tomó entre sus manos, le dio la vuelta. La imagen le provocó estupor, era una visión que le golpeó en el corazón. Volvió a colocar el portarretratos en el cajón, con brusquedad, como si aquel objeto le quemara en las manos. Oyó pasos en la escalera. Sobrecogida, regresó al sofá y cerró los ojos. ¿Qué gente extraña y enfermiza era aquella?

Cecilia entró en la estancia, se acercó a ella y le palpó la frente. Rosaura sintió asco al notar el roce de su piel. Ya no era la amable farmacéutica, sino otra cosa que no alcanzaba a definir. El corazón le latía enloquecido, al igual que la desconfianza. La mujer no se movía de su lado, percibía su respiración, se sentía observada por ella. No podría simular estar dormida por más tiempo y abrió los ojos.

—Te traigo la manzanilla —le dijo con voz tenue—. ¿Cómo te encuentras?

Se le había corrido el carmín de los labios y también el rímel de los ojos. Llevaba mal abrochada la blusa que cubría su bata blanca. El suspiro, el jugueteo de amantes, recordó Rosaura.

—Estoy bien, creo que ya me puedo ir.

—Antes bébete la infusión, hazme caso.

—Te lo agradezco, siento que te hayas tomado la molestia, pero es que tengo el estómago cerrado.

Rosaura no estaba dispuesta a ingerir nada de lo que aquella mujer le ofreciera.

—Tengo que atender la farmacia. Yo te la dejo aquí. —Colocó la taza sobre un platito en la mesilla junto al sofá—. Si te apetece, te la bebes. Si no, te vas y no pasa nada. ¿De acuerdo? Descansa todo lo que quieras. Posiblemente has sufrido un corte de digestión. Habrás tomado algo que te haya sentado mal.

—He almorzado un pincho de tortilla poco cuajada, quizá sea eso.

—Puede ser.

Cecilia le dedicó una sonrisa y salió de la habitación. Rosaura cogió su bolso y le siguió los pasos.

—Entonces, ¿no te tomas la manzanilla? —le preguntó la farmacéutica, al ver que caminaba tras ella.

—No, sigue sin entrarme.

En aquellos pocos metros, a Cecilia le dio tiempo por el camino a abrocharse la blusa correctamente y a borrar con los dedos las manchas de rímel bajo los ojos y el carmín que había sobrepasado el dibujo de los labios. Cuando llegó al mostrador, su aspecto era impecable.

—Muchas gracias por las molestias. —Rosaura forzó una sonrisa de cortesía.

—No ha sido ninguna molestia, pero deberías haberte tomado la infusión.

—Es verdad. Lo haré más tarde en algún bar. Gracias de nuevo.

Rosaura traspasó la puerta de la farmacia con pasos tranquilos, cuando lo que quería era salir corriendo. Encontró a Ignacio a pocos metros de allí, en medio la acera, mirando el reloj. Cuando la vio, se acercó a ella, nervioso.

—Estaba a punto de entrar. Has tardado mucho en salir.

—Me he mareado, un corte de digestión, por eso he tardado más de la cuenta, pero estoy bien. Alejémonos de aquí, no quiero que nos vean juntos.

Ignacio la sujetó de un brazo.

—Estás temblando —le dijo.

—He visto algo muy extraño, no sé qué pensar. Vamos a la cafetería blanca.

Necesitaba calmarse; sentía la opresión de la angustia en el pecho. Minutos después, ante una infusión de tila, le relató a su amigo:

—He descubierto la foto de un bebé de no más de dos meses, con los ojos perfilados de negro, los párpados sombreados de azul y los labios pintados de rojo. La criatura sonríe a la cámara, vestida con un sobrepijama blanco. La imagen no se me va de la cabeza. La farmacéutica la ha escondido antes de prepararme una manzanilla.

—¿Un bebé maquillado? ¿Pero qué gente es esa? —Ignacio estaba desconcertado.

—Quizá para otros solo sea chocante, sin embargo, para mí, como enfermera, es un abuso de un ser inocente e indefenso. Por otra parte, la piel de un recién nacido es tan delicada... —Elevó la mirada, se sentía tan conmocionada que se le humedecieron los ojos—. Su sistema inmunológico aún no está maduro, ni siquiera produce todos los anticuerpos que necesita. Esas pinturas le podrían haber causado una reacción alérgica grave. Pero es que además Cecilia, que así se llama la farmacéutica, tiene una foto sobre el escritorio de una vieja con una gallina muerta y desplumada. A mí todo eso me parece muy siniestro y me transmite inquietud, pero...

—Rosaura... —Ignacio la interrumpió y pronunció su nombre con un tono grave tras mirar su reloj.

—¿Qué ocurre?

—Has estado allí dentro cerca de una hora. Habíamos acordado que no podía entrar ni llamarte por teléfono y no he podido avisarte. El caso es que ahora son casi las cinco de la tarde.

—¿Casi una hora he estado allí? No puede ser. Ni siquiera me he tomado la manzanilla que me ha ofrecido. Como mucho, habrá sido media hora.

—El tiempo siempre dice la verdad, aunque a nosotros nos dé la sensación de que avanza lento o rápido. ¿Cuándo tienes que regresar a prisión?

—Tendría que haber estado allí ahora mismo, a las cinco —afirmó, frustrada—. Salí a esa hora y a esa hora debería volver.

—¿Y qué sucederá si entras más tarde? Si saliéramos ahora, no llegaríamos allí al menos hasta las seis, incluso las siete, depende del tráfico.

—Es un quebrantamiento de condena. Como poco, me impondrán una sanción y posiblemente me retirarán los permisos.

—Voy a por el coche. Llegarás más tarde, pero al menos lo harás en el día que te tocaba.

—Ignacio, en esa farmacia ocurre algo, Cruz tenía razón al señalarla. Si hubieras visto a ese bebé... Y luego está la vieja con la gallina muerta, expuesta en un portarretratos con marco de plata.

Rosaura tomó las manos de su amigo y lo miró a los ojos. Le sorprendió a Ignacio ese gesto. Sintió al tacto la piel de Rosaura, le evocó a las flores. Se ruborizó. Ella lo notó:

—¿Qué te ocurre? De repente pareces traspuesto.

—Me ha afectado lo del bebé.

—Hay más —prosiguió ella—. Por razones que no vienen al caso, sé que una mujer fue asesinada del mismo modo que Adrián y que la última vez que se supo de ella fue tras acudir a esta farmacia, que estaba de guardia toda la noche. —No quería mencionarle su conversación con la Gata, solo empeoraría las cosas ante lo que estaba a punto de anunciarle—: He decidido que no voy a volver a prisión. Llegaré tarde si regreso, me quitarán los permisos. Mientras tanto, continuaré sin saber quién asesinó a mi hijo y por qué.

—No lo hagas. —Ignacio retiró sus manos de las de Rosaura con un gesto rápido que a ella le transmitió reproche—. Te van a poner en busca y captura, vas a convertirte en una fugitiva. ¿Te das cuenta de lo que significa eso?

—Mi vida o lo que sea de ella me importa bien poco o nada —afirmó mientras le enviaba un mensaje a Cruz:

> He estado allí dentro, he comprado analgésicos para la paciencia, como me aconsejó. He visto cosas extrañas. Es urgente hablar con usted, por favor.

Capítulo XVI

Nadie ha visto mis dos alas, una rota y la otra torcida. Soy el pajarillo que ya nunca podrá volar, permaneceré quieto, asustado, condenado a servir de alimento a algún animal, incluso mis propios compañeros me atacarán. Temo a las urracas. Estoy en el escenario del momento final. Cada instante de mi vida lo he pagado con el dolor. No quiero seguir. La esperanza acaba de pasar por mi lado, se ha detenido un instante por si la necesitaba, pero una vez más ni la he mirado. Mi muerte me va a doler, he elegido la peor, la que me triturará después de partir mi cuerpo en dos, tres o cuatro pedazos, nunca se sabe. Sé que tras el primer golpe ya habré muerto, será rápido. Dos minutos para el próximo metro, me sitúo cerca del borde del andén, distraídamente, para que nadie sospeche. Pienso en las humillaciones, en las amenazas, me construyeron para no quejarme, nunca me atreví a contarlo, me daba vergüenza. Veo las letras luminosas del panel. Falta un minuto. Un paso adelante. Seré un cadáver asqueroso, lo siento. Hay niños en el andén. ¿Y si no lo consigo? Puede que solo me deje sin piernas. Tendré que hacerlo bien para no sobrevivir. Ya viene, veo sus faros al fondo del túnel, oigo el ruido. No me dejaré caer, me lanzaré con fuerza delante de la máquina. Uno, dos, tres. Es el momento, ahora. Alguien me agarra del brazo y me tira hacia atrás. El metro entra en la estación. No he muerto. Estoy sudando. Tiemblo. «Me ha parecido que te estabas acercando demasiado a las vías», me dice tras salvarme la vida. Sabe perfectamente cuáles eran mis intenciones, lo veo en sus ojos, que me miran con asombro, compasión, curiosidad y estupor. Quiere que nos tomemos un café, dice que quizá yo necesite hablar, que me escuchará, que no me juzgará. Acepto, aunque pienso que lo volveré a intentar, que sigo queriendo morir. Pero no, al final no fue así. Quise vivir tras tomar ese café. He entrado en la vida de Rosaura para que se haga justicia, pero ella me pide demasiado. No entiende cuánto necesito protegerme. Si me descubren, será la muerte.

Capítulo XVII

Tenían sobre la mesa una gran hogaza de pan recién hecho, que se unía a la tabla de quesos y a la botella de un tinto Somontano que una camarera había comenzado a servirles en dos copas borgoña. Cuando Petra iba a beber un sorbo, a punto estuvo de tirar la suya sobre el mantel. El cuello de la copa era de un cristal tan fino que le falló el movimiento al cogerla, pero tuvo reflejos para evitar el desastre: el vino habría caído sobre los quesos.

—Me ha faltado poco —comentó, recuperada del susto por lo que podría haber sido y, afortunadamente, no fue.

—Estás nerviosa. Te lo he notado desde el principio y tú casi nunca lo estás —le comentó Samuel.

—Pues estoy como siempre —afirmó Petra, bebiendo el vino que tanto le apetecía.

Era consciente de que estaba mintiendo. Hacía esfuerzos para que él no se lo notara. A aquellas horas, las ocho de la tarde, confiaba en que su amiga ya hubiera regresado a la cárcel, pero había telefoneado a Ignacio y su hijo le aseguró que, en el último momento, Rosaura había decidido coger un autobús: no se fiaba de que condujera correctamente sin haberse recuperado todavía de la fractura del brazo y ella no podía hacerlo, le daba terror conducir tras atropellar a Miguel Ordaz. *Excusatio non petita, accusatio manifesta,* pensó Petra. Demasiadas explicaciones para una pregunta bien sencilla: ¿estaba o no Rosaura de vuelta a prisión? Conocía bien a su hijo y sabía que habría insistido hasta persuadirla para que dejara que la acompañara en coche. En el fondo, había estado convencida durante todo el día de que Rosaura no tenía intención de regresar a la cárcel, obsesionada como estaba por encontrar pistas sobre el asesino de Adrián, ofuscada también con esos mensajes que recibía en el móvil y que no tenían sentido. Contra la paciencia, analgésicos, le escribía aquel individuo que se hacía llamar Cruz. ¿Cómo podía hacerle caso a un desconocido? Peor aún: ¿por qué estaba tan convencida de que descubriría las claves de un crimen en una farmacia como tantas otras? Si finalmente su amiga no había cumplido con su permiso penitenciario y su hijo había colaborado en ese disparate, estaría encubriendo a una fugitiva. Tanto como ella quería a Rosaura y ahora lo único que deseaba era desentenderse de ella.

—¿Qué tal con tu amiga reclusa este fin de semana? —le preguntó Samuel, inoportunamente para Petra—. ¿Es eso lo que te ha puesto nerviosa?

—Más que nerviosa, estoy cansada. Su padre murió ayer y nos fuimos Ignacio y yo a Barbastro, de donde es ella y su familia, para arroparla un poco. Hemos regresado hoy a mediodía y he tenido que conducir durante todo el viaje, la ida y la vuelta.

—¿Y por qué no lo ha hecho Ignacio?

—Todavía no se ha recuperado de la fractura y a Rosaura le da miedo conducir. —Petra evitó mencionar el atropello homicida del que Samuel estaba al tanto; le desasosegaba hablar del tema—. Pero ahora estoy aquí a punto de compartir contigo unos quesos y ese viaje ya ha quedado atrás.

—¿Y ella cómo está? La gente normal que ha estado en la cárcel, me refiero a quienes no son delincuentes, suelen desestabilizarse porque la experiencia es dura. Y encima se le muere el padre en medio del permiso. No le falta de nada a la pobre mujer —se compadeció su acompañante.

—Ya solo le quedan unos meses para el tercer grado, nada que ella no pueda soportar. ¿Empezamos con los quesos?

Petra quería alejar a su amiga de la conversación, porque había un problema añadido: Samuel era guardia civil. Si hubiera tenido la certeza en aquel momento de que Rosaura se había convertido en una fugitiva, no podría confesárselo. De ningún modo quería implicarlo, tendría que mentirle, y eso lo consideraba una deslealtad hacia él. Lo había conocido tres años atrás y podría decirse que mantenían una relación formal, aunque en secreto. No se lo había comentado nunca a su hijo ni tampoco a Rosaura. Ese espacio que compartía con Samuel les pertenecía solo a los dos. Él había enviudado hacía diez años y se jubiló siendo coronel, con dos hijos también miembros del cuerpo. A Samuel nunca se le había pasado por la cabeza iniciar una relación sentimental —se lo confesó a Petra en su momento—, pero los presentaron unos amigos comunes y se sintieron atraídos el uno por el otro desde el mismo momento en que se conocieron.

El guardia civil era muy distinto a su marido. A Petra le daba la sensación de que su cronómetro de la vida se había puesto en cero desde que estaban juntos. Era simpático, tenía sentido del humor, estaba siempre pendiente de ella, era la locomotora, y Petra, por una vez, se sentía el vagón. Había sido el caballo que tiraba del carruaje de su marido, un hombre inseguro, soñador, depresivo, tan inteligente, pero sin tolerancia ante la frustración por no lograr sacar adelante sus proyectos. Con Samuel era todo fácil y agradable, y además era un hombre detallista. Habían quedado esa misma tarde para dar una vuelta por el centro de Madrid y picar algo en un lugar cualquiera, pero él la había sorprendido reservando mesa en ese restaurante especializado en quesos de prácticamente todos los países del mundo.

—Ya sabes que con pan y queso caerá una botella de vino y posiblemente dos. ¿Estás preparada para el reto? —bromeó él.

—Por supuesto, ninguno de los dos hemos venido en coche, la noche es nuestra.

—Saldremos de aquí con un par de kilos más. ¿Te importa? A mí en absoluto.

—Pero si lo que más engorda es la felicidad, Samuel.

—Y los quesos también.

Se rieron los dos mientras brindaban con sus copas.

La primera vez que hicieron el amor, a Petra le costó mostrarse desnuda ante él. Se avergonzaba de su cuerpo de setenta años —tenía dos más que Samuel—, se avergonzaba de su flacidez, de la lorza abdominal que se descolgaba sobre su pubis, de sus pechos caídos, pero él besó y acarició sus michelines y la hizo sentir la mujer más bella del mundo. A partir de entonces, Petra dejó de vestirse con las prendas holgadas y oscuras que disimulaban su sobrepeso y se tiñó el pelo de color violeta.

Con Samuel, además, nunca se aburría. El hombre se había aficionado a leer libros de historia por el mero placer del conocimiento, incluso acudía con frecuencia a la Biblioteca Nacional para encontrar pequeños tesoros bibliográficos y tomar notas. Con los años se había convertido en un experto en las dos guerras mundiales y casi siempre incorporaba a las conversaciones anécdotas curiosas que a Petra le gustaba escuchar. En esta ocasión le habló de los «locutores de clave», americanos nativos del Cuerpo de Marines del Ejército estadounidense que transmitían mensajes militares secretos en lenguaje indígena que el enemigo era incapaz de descifrar. Al interceptarlos, a los alemanes les parecía que hablaban bajo el agua, tan extraña les resultaba esa lengua —principalmente la de la cultura de los navajo— que nunca lograron descodificarla. Hubieran necesitado años para comprenderla, porque eran poquísimas personas en el mundo las que la hablaban. Además, carecía de alfabeto.

—A veces lo más sencillo es lo que resulta más eficaz —concluyó Samuel su relato—. Pero al mismo tiempo que los amerindios hacían un servicio heroico que contribuyó decisivamente a ganar batallas, en Estados Unidos los nativos eran tratados como parias.

—Qué injusto y qué falta de gratitud. —Pronunció Petra estas palabras con indignación.

—Pasaron décadas hasta que aquellos soldados indios fueron condecorados —comentó Samuel mientras apuraba la botella escanciando el vino en las copas.

—Poca grandeza hay en las guerras, más bien yo diría que ninguna —apostilló ella—. Tristes armas si no son las palabras, escribió Miguel Hernández.

—No es tan sencillo. Sí hay cierta grandeza. Pensemos en quienes escondieron a los judíos en sus casas poniendo en riesgo sus vidas, o en los grupos de resistencia contra Hitler, que sabían que iban a ser torturados y asesinados si los detenían. El sueño de la libertad exige sacrificios, como es el de la propia vida —reflexionó Samuel—. Pero esta conversación lo oscurece todo, vamos hacia la luz. Ha caído la primera botella y nos queda mucho queso todavía. —Le señaló la tabla, en la que les aguardaba casi la mitad; indicó a la camarera que les trajera más vino—. Si nos bebemos la segunda, me atreveré a pedirte que te cases conmigo.

—¿Estás de broma? —contestó Petra, desconcertada—. No lo dices en serio.

Samuel le sonrió bajo su barba blanca cuidadosamente perfilada a ras de piel. A Petra le tranquilizó aquella sonrisa, aunque vislumbró en su mirada un rastro de melancolía.

—Al menos en algún momento tendremos que decírselo a nuestros hijos, el tuyo y los dos míos —le comentó sin abandonar la sonrisa.

—Nuestra relación nos pertenece a nosotros, somos felices a nuestro modo sin dar explicaciones a nadie. Ya tenemos una edad para echarnos la libertad a la espalda y caminar los dos solos. No me seas tan guardia civil, deja que la vida fluya, ya iremos viendo.

—Uno es guardia civil hasta que se muere, pero no creas que echo mucho de menos mi vida activa, ya te he contado muchas veces que me sentí infravalorado y me pasaron por delante compañeros que ni mucho menos eran mejores que yo. Con esto quiero decirte que cuando te presiono para oficializar nuestra relación no es porque sea guardia civil, sino porque me gustaría compartir con nuestros hijos y nuestras amistades que estamos juntos y nos queremos. Salir de la clandestinidad, por decirlo pronto y rápido.

—¿Eso es lo que quieres y necesitas?

A Petra los hijos le sobraban en la ecuación, pero no era la primera vez que Samuel mencionaba el tema y tampoco quería enrocarse en una negativa; en realidad, ella estaba bien como estaba.

—Digamos que sí, que me gustaría que lo supieran. Estoy reformando la casa de mis padres en El Altet, en Alicante. Ya sabes que nací allí y estoy a punto de dejarla decente para que puedas verla. Estaría bien reunirnos todos en una comida. Pero tranquila, nos tomaremos nuestro tiempo.

—De acuerdo. Iremos a El Altet.

—¿De verdad? ¿No hará falta pues una tercera botella para convencerte?

A Petra le pareció gracioso su comentario y soltó una carcajada que no pudo reprimir. Nunca se había reído tanto desde que conocía a Samuel.

—Vamos a por los quesos. ¿Seremos capaces de dejar limpia la tabla? —dijo ella.

—Solo dejaremos el de la vergüenza —replicó él.

Petra se rio otra vez, al tiempo que caía en la cuenta de que no había pensado en Rosaura desde que había comenzado la cena. El desorden que le causaba que no hubiera entrado en prisión la perturbaba. Calmó su inquietud con un sorbo de vino de la segunda botella.

Capítulo XVIII

—Tendrás que desactivar tu móvil sacándole la tarjeta SIM, te conseguiré uno de prepago, pero eso será mañana. A partir de ahora solo podrás viajar en transporte público, nada de coches, nada de llamar la atención. Cualquier percance en el que intervenga la policía o la Guardia Civil te llevará directamente a la cárcel. Estarás en busca y captura y eso saldrá en el sistema si te piden identificarte.

Ignacio había visto suficientes *thrillers* como para conocer las precauciones necesarias de todo fugitivo de la ley. Todavía no había querido tomarse un tiempo para reflexionar sobre lo que estaba haciendo. Ayudar a su amiga lo comprometía, pero no hacerlo significaba dejarla en caída libre. Sus sentimientos hacia ella, lejos de disminuir ante el problema de permanecer a su lado, se habían intensificado y lo empujaban hacia el mismo abismo. Rosaura insistía: en aquella farmacia ocurría algo. Había alguna razón por la cual el tal Cruz señalaba aquel lugar. No podía quitarse de la cabeza a esa extraña anciana fotografiada con una gallina muerta y, sobre todo, aquel bebé indefenso al que habían pintarrajeado la cara, poniendo en peligro su salud. Lo consideraba un acto repulsivo que le hacía sospechar del matrimonio de farmacéuticos, pero no había encontrado nada allí que pudiera relacionarlos con el asesinato de Adrián.

Eran las ocho de la tarde, estaban tomando los dos una ración de ensaladilla rusa en la cafetería blanca, el centro de operaciones frente a la farmacia, pero ahora tendrían que alternarlo con otro cercano para no significarse.

—No deberías hacer esto. No quiero comprometerte a ti ni tampoco a tu madre, insisto.

—Cogiste un bus y te perdí la pista, es lo que le he dicho a ella y es lo que voy a mantener. Tú te vas a ir a mi refugio, al palomar, y yo iré allí de vez en cuando para que mi madre no sospeche. La policía nos preguntará por ti, pero posiblemente sea lo único que hagan. No tienen efectivos suficientes para perseguir y detener a todos los fugitivos, me he informado y son varios miles. Tú no tienes prioridad, no representas ningún peligro, así que, por ese lado, vamos a tranquilizarnos. Abre el móvil y dame la tarjeta SIM. No te van a pinchar el teléfono para localizarte, estoy casi seguro, pero por si acaso.

—¿Y si Cruz me envía un mensaje?

—Te dejaré listo el nuevo de prepago para que entres en Facebook y Messenger, puedes acceder desde cualquier dispositivo si sabes la contraseña. Recuérdamela, por favor.

—Casacastan76.

—Es verdad, el país ruso, ahora lo recuerdo. —Ignacio sonrió de medio lado; el otro expresaba inquietud.

—No, de Rusia nada —reivindicó de nuevo Rosaura—. Es la casa de mis padres en Barbastro, ya te lo dije. —Al día siguiente se celebraría el funeral al que ella no asistiría, y eso la afligió.

—Comprueba si hay algún mensaje de Cruz antes de desactivar el móvil —le pidió Ignacio mientras ella entraba en su perfil de la red social.

No había ninguno. Cruz no le había contestado. Tenía también tres llamadas perdidas de un número oculto. A la Gata no le había dado su teléfono. Solo podía ser Chito, dedujo. Decidió no devolvérselas, no quería saber nada de él.

—Sin noticias de Cruz.

—Te escribirá, Rosaura. No ha dejado de hacerlo. Hay mucha gente, como yo mismo, que no está pendiente del móvil todo el día. Somos la resistencia, como la que hubo frente a la ocupación de Hitler, que aquí equivale a la esclavitud de la hiperconexión.

—Vaya comparación odiosa —le recriminó; el símil se le antojó tan exagerado como fuera de lugar—. Antes de desactivar el móvil me gustaría hacer una llamada. Quiero hablar con Martina, la inspectora. Necesito que sepa las razones por las que no voy a regresar a prisión.

—¿En serio? ¿Vas a hablar con la que ahora es tu enemiga, una agente de policía?

—Solo será un momento, luego me apunto los números de teléfono que necesito, sobre todo el tuyo, después te doy el móvil y te cuento mis planes.

Martina recibió la llamada de Rosaura a punto de entrar con Sofía en el ascensor de su casa. La había acompañado esa tarde de domingo a urgencias. Su nuera había sufrido un pequeño mareo. El médico que la examinó le midió el azúcar y le tomó la presión arterial. Los parámetros estaban bien y consideró que podría deberse al estrés. Le realizó también una ecografía para comprobar el estado del feto. Suegra y nuera escucharon los latidos potentes y acelerados del bebé que ya se estaba formando. Sofía se emocionó. Martina también. No le importó tomar la mano de su nuera para compartir ambas aquel momento hermoso. Lamentó que Daniel se lo hubiera perdido. No regresaría antes de dos meses. Su madre consideraba que tener familia era incompatible con su trabajo en el Grupo de Apoyo Operativo (GAO) de la Guardia Civil, pues le obligaba a demasiadas ausencias. Ya se lo había advertido a su hijo cuando Sofía se quedó embarazada. Daniel le dijo que era consciente del problema, no tenían planeado ser padres tan pronto y, de hecho, los efectivos del GAO, todos jóvenes, no solían formar una familia hasta abandonar esa unidad de élite. «Lo hablaré con Sofía y lo solucionaremos, mamá», le había prometido su hijo.

—Adelántate —le dijo la inspectora a su nuera antes de entrar en el ascensor, cuando vio en el móvil la llamada de Rosaura—. Tengo que atender el teléfono.

Minutos después, Martina entró en el piso y cerró la puerta de un golpe. Se le escapó un «¡Joder!» mientras lanzaba el manojo de llaves sobre la bandeja de cristal del recibidor. Nunca imaginó que Rosaura se convirtiera en una fugitiva. «He encontrado una pista y la voy a seguir —le había comunicado por teléfono—, así que no voy a regresar a prisión. No te llamo para discutirlo, solo para que sepas que no descansaré hasta que encuentre al asesino de mi hijo. No he tenido otro remedio que saltarme las normas. Voy a dejar el móvil inutilizado. En cuanto consiga pruebas, me pondré en contacto contigo». No la dejó intervenir y colgó tras finalizar sus palabras.

—¿Qué ocurre? Te he oído gritar al entrar. —Sofía se había puesto ropa cómoda y se situó frente a su suegra en el salón, expectante, aguardando una respuesta.

—Nada, cosas del trabajo que no puedo comentar. —A Martina le disgustaba no poder jurar en su propia casa sin tener que justificarse—. ¿Te encuentras bien?

—Sí, no te preocupes, tendré que controlar más el estrés. No le digas nada a Daniel, por favor. Ha sido un mareo sin consecuencias.

—No le diré nada, pero supongo que ya os habréis planteado que, cuando nazca, el bebé os necesitará a los dos, al padre y a la madre. —A Martina no le importó tratar el tema, necesitaba saber la opinión de Sofía.

—Sí, lo hemos hablado y lo más seguro es que solicite el cambio de destino, pero no quiero sugestionarme con el tema. A él le gusta trabajar en el GAO, ya veremos —comentó, esquiva; Martina captó que Sofía no quería profundizar en la cuestión.

—¿Qué quieres cenar? —le preguntó su suegra.

—Hoy me toca a mí. Tú relájate y yo me ocupo. ¿Qué te parecen unas judías verdes al vapor con un par de patatas?

Martina se sentía una paciente hospitalaria con los menús nocturnos que proponía su nuera, como las verduras de ese día o el pescado a la plancha y el caldo de pollo de otras noches. El bebé que llevaba en las entrañas le reprocharía algún día a su madre haber pasado tanta hambre dentro del útero, al menos por lo poco que lo nutría en las cenas, pero confiaba al menos en que los desayunos y las comidas fueran más contundentes. No coincidían a esas horas, Sofía se iba a trabajar a las seis de la mañana.

—Paso de las verduras —le dijo del modo más cortés que pudo—. Me voy a tomar una copa de vino con un montado de jamón. Tengo que trabajar en el ordenador y no lo voy a hacer con un plato de verdura al lado.

—Estás de mal humor —afirmó Sofía mientras seguía a su suegra hacia la cocina.

—Sí, lo estoy.

—Las dos pertenecemos a cuerpos policiales. Nos manejamos bien en la confidencialidad, te lo digo por si necesitas desahogarte —se ofreció su nuera—. Yo tampoco he tenido un buen día, aunque eso no es del todo cierto, porque mi bebé está bien y su corazón late con fuerza y con salud. La cosa es que en mi unidad tenemos a un sospechoso y estamos convencidos de que fue el autor del homicidio de un menor, pero no logramos situarlo en la escena del crimen y fundamentar el relato para que el juez nos autorice a detenerlo. Por el momento, claro. Estoy segura de que lo conseguiremos.

—Ambas lidiamos con eso casi cada día —afirmó con indiferencia la inspectora mientras se servía la copa de vino—. A mí me acaba de llamar una reclusa para comunicarme que no ha regresado a prisión tras su permiso. No sé si será verdad, pero ya he contactado con los compañeros que se ocupan de los fugitivos.

—Qué extraño que te haya llamado para contarte que ha cometido un delito. ¿Eso es lo que te ha puesto de mal humor?

—Pues sí, no me lo esperaba de ella. Es una enfermera, una mujer normal que cometió un error, no tiene la perspicacia de los delincuentes. Supongo que habrá querido ser educada conmigo, pero no me ha hecho ninguna gracia.

—¿Educada, dices? Pienso que habrá otra razón distinta a la de la simple cortesía.

—Parece que ha decidido investigar por su cuenta. Dice que tiene una pista, a saber qué es lo que ella considera una pista.

—¿Es la madre del chico asesinado que comentamos ayer?

La descolocó que Sofía todavía se acordara. Estaba claro que no se le escapaba nada de lo que se hablara en aquella casa. Era tan metódica y puntillosa como su hijo. Ambos eran tal para cual, dos guardias civiles tan perfectamente compenetrados como una unidad policial entera.

—¿Y qué más da quién sea la fugitiva? —le dijo, simulando desdén mientras colocaba dos lonchas de jamón en medio de un panecillo—. Pon a cocer las judías, si no, te van a dar las tantas.

—Me gustaría hablarte de algo. Hoy he visto una requisitoria mientras buceaba en la base de datos por otras cuestiones —le comentó la guardia civil, al tiempo que cortaba las judías y las iba colocando en la cazuela—. Mercedes Casablanca, alias la Gata, una de las pocas mujeres que lideran una banda de aluniceros en España. Está en busca y captura desde hace un año, aunque la búsqueda de esta fugitiva es competencia vuestra, ya lo sé.

—La Gata es una prófuga y, en efecto, mis compañeros de fugitivos están en ello. ¿Qué tiene que ver con mi presa fugada? Quizá te estés preocupando demasiado por mis casos, cuando supongo que tendrás muchos de los que ocuparte en tu trabajo.

Martina agotó su copa, dio un mordisco al bocadillo y se sirvió más vino. ¿Qué pretendía Sofía? ¿Demostrarle que era lista y sagaz, marcar territorio como guardia civil ante una inspectora del Cuerpo Nacional de Policía? Cualquiera de las dos opciones la molestaba, se estaba entrometiendo en su trabajo, aunque lo hacía con su hablar pausado y sereno, como si estuviera tratando un tema banal.

—Te has vuelto a enfadar, lo siento. Soy una novata, me gusta la investigación y en mi unidad de homicidios no me suelen pedir mi opinión, estoy en prácticas y piensan con razón que me falta experiencia, aunque me aprietan y me presionan, y eso me gusta. Iba a comentarte algo, pero mejor me centro en mis judías verdes y te dejo tranquila.

—¿Qué es? Ya que has cargado el arma, dispara.

—Sabrás que la mujer del hermano de la Gata fue asesinada de una puñalada en el corazón hace dos años y medio, en Chamartín. No participaba en la organización criminal, aunque sería difícil que no estuviera al tanto de sus actividades.

—Conocemos la relación de Graciela, la víctima, con la Gata. Como en todos estos crímenes de mujeres apuñaladas, no hubo rastros y el caso sigue sin resolverse, pero puede que fuera un ajuste de cuentas entre clanes y utilizaron el homicidio de una familiar como aviso. No es la primera vez que se matan entre ellos y por eso no hemos incluido a Graciela en la investigación de las demás víctimas.

—Podría ser un ajuste de cuentas, pero también puede que no —insistió Sofía—. En nuestro oficio no conviene dar nada por hecho. La víctima era brasileña y murió del mismo modo que las otras latinoamericanas y que el hijo de esa mujer que ahora está fugada.

—¿Y qué me quieres decir con eso?

—Nada, solo quería comentártelo. Salvo el chico, todas las demás fueron asesinadas en Chamartín, incluida Graciela. Yo soy la novata y tú, la policía veterana que tiene que lidiar con una principiante entusiasta como yo. Quiero aprender, quiero ser una esponja, insisto en que todo lo relacionado con una investigación me interesa, pero no me gustaría que pensaras que me entrometo en tu trabajo. No volveré a inmiscuirme en tus cosas, te pido disculpas.

—Disculpas aceptadas, pero tampoco es para tanto, no hagas de esto un drama. Ahora tengo que trabajar en el ordenador. Se acabó la charla por hoy, ¿de acuerdo? —Martina estaba cansada, le urgía una cura de silencio.

—Yo también debo acabar unos informes en el portátil.

—Pero antes tienes que cenar y alimentar a mi nieto o nieta. Quizá el mareo de hoy se deba a que ingresas pocas calorías.

—Tranquila, a mi bebé no le falta de nada —le aseguró Sofía con una sonrisa, colocando la olla exprés sobre el fuego.

—Controla lo de los pepinillos.

—No puedo, aunque los he reducido a dos al día. Son de los pequeños, mi presión arterial ni se va a enterar, de algún modo tengo que rebajar la ansiedad.

—¿Echas mucho de menos a Daniel?

—Sí, bastante —aceptó. La emoción le humedeció sus ojos.

—Mira, vamos a hacer una cosa. Mañana por la noche nos vamos a ir a cenar tú yo a un vegetariano de esos. Estás demasiado encerrada, siempre en casa o en el trabajo. Tienes que fluir un poco, Sofía. ¿Qué te parece el plan?

—Me parece bien, siempre que el trabajo nos permita salir antes de que cierren los restaurantes —objetó la nuera—. No logramos cenar en casa antes de las once.

—Si nos organizamos bien, podremos estar en el restaurante a las diez. Vamos a intentarlo, ¿te parece?

Sonrió Sofía. Le brillaron los ojos. Su suegra tenía razón, necesitaba «fluir», le hizo gracia el verbo utilizado. Cuando quiso darle las gracias, ya no estaba en la cocina. Martina se había ido al salón con su vino y lo que le quedaba del bocadillo. Sentada en el sofá, la inspectora cogió su móvil y marcó un número. Su interlocutor contestó la llamada.

—Antonio, soy Martina. ¿Estás en tu oficina? —dijo.

Sí, su compañero del Grupo de Localización de Fugitivos (GLF) estaba todavía allí, a pesar de que eran más de las once de la noche.

—Necesito que me hagas un favor personal. ¿Podemos vernos? Estaría allí en una media hora. ¿Te va bien que nos veamos en el mesón? No puedo comentártelo por teléfono, pero es importante.

Capítulo XIX

Ocho pisos sin ascensor y unas estrechas e interminables escaleras hacia el palomar de Ignacio, en la azotea del edificio. Su corpulencia obligaba a sus hombros —y también a la pequeña maleta de viaje de su amiga que llevaba consigo— a rozar con las paredes. A Rosaura le costaba ascender intentando que la bolsa que agarraba con firmeza no se abriera por el camino. La idea se le había ocurrido a Ignacio: esperar a que la farmacéutica, ya de noche, sacara la basura al contenedor y recuperarla para escrutar su contenido.

—No tiene sentido. ¿Qué vamos a encontrar allí, además de sobras de comida? —le había dicho cuando él se lo planteó.

—La basura dice más de lo que creemos sobre nosotros —aseguró—. Nos habla de lo que comemos, de nuestras rutinas, de qué tipo de objetos hemos desperdiciado. La policía y los espías lo hacen, lo he visto en películas.

La farmacia estaba abierta ese domingo y aguardaron en la nueva cafetería que habían elegido y desde la que podían vigilar el edificio a pocos metros de ellos, no con tanta visibilidad como la anterior, la blanca, pero sí la suficiente como para no perderse ningún movimiento en torno al local. Esperaron hasta el anochecer. No ocurría nada.

—Si sale el marido a dejar la basura, no lo podré reconocer. Solo lo he oído reír en el piso de arriba, pero no he podido verlo.

—Pues lo intentaremos de nuevo mañana. ¿Tenemos otra cosa que hacer? De momento, vamos a esperar.

Cerca de las once de la noche, cuando ya iban a desistir, la suerte les favoreció: a través de la ventana de la cafetería vislumbraron al fondo de la avenida los destellos del camión de la basura. A los pocos minutos, Cecilia salió con su bolsa.

—Es ella —afirmó Rosaura con seguridad.

Distinguió sus cabellos rubios recogidos en un moño y su modo de moverse, pausado, arrogante, cabeza alta, espalda erguida.

Ignacio salió rápidamente de la cafetería. Había poco tráfico y cruzó la avenida con el semáforo en rojo para los peatones. A medida que se acercaba al contenedor, se fijó en el color y el volumen de la bolsa, para no confundirla con otras tantas cuando la mujer la tirara al contenedor. Era azul y no estaba rebosante, podría haber esperado perfectamente a llenarla del todo al día siguiente, pensó. Rosaura observaba la escena desde la cafetería: vio a Ignacio simulando hablar por el móvil frente a un escaparate mientras Cecilia lanzaba la bolsa al interior. Cuando ya parecía que iba a entrar en el portal, con Ignacio preparado para hacerse con el botín, entonces salió un hombre del edificio, que se cruzó con dos jóvenes que aguardaban fuera —uno de ellos llevaba una bolsa de plástico, Rosaura imaginó en su interior varios botes de cerveza— y que aprovecharon la puerta abierta para entrar sin llamar al telefonillo. La farmacéutica caminó hasta aquel hombre; supuso que era el marido, porque lo tomó del brazo y ambos se alejaron paseando por la acera. Cuando doblaron por una esquina, Ignacio abrió el contenedor; debía de estar repleto, porque no necesitó hundir los brazos para coger la bolsa. Rápidamente, se alejó acera abajo. Rosaura pagó las consumiciones y esperó a que llegara a recogerla con el coche, lo cual le permitió no solo centrarse en el hombre que acompañaba a Cecilia, sino que le dio tiempo a ver cómo la pareja regresaba de su corto paseo. Ahora iban cogidos de la mano, riéndose entre ellos como dos enamorados. Él era alto, cabellos oscuros peinados hacia atrás, complexión normal, ni delgado ni con sobrepeso, mediana edad, al igual que Cecilia. Vestía vaqueros, camisa blanca, americana y zapatos negros. No podía verle bien el rostro ni saber cómo era su mirada, que para Rosaura eran datos importantes. Podría ser el asesino de su hijo, Cruz la había llevado hasta aquella farmacia por alguna razón, pero el individuo no tenía aspecto de criminal. «Qué tontería, como si eso se llevara escrito en la frente», se dijo al pensarlo.

El hombre y la mujer accedieron al edificio, primero él. No es que el marido se adelantara, sino que fue Cecilia quien le cedió el paso, y lo hizo de un modo ceremonioso, sujetando la puerta y esperando a que él entrara. Rosaura no lo entendió como un signo de sumisión —aunque podría serlo también—, sino como una señal de respeto reverencial hacia alguien que consideraba un ser superior.

Desde luego, no eran los «Hermanos Garcilosa», su complicidad no era precisamente fraternal. No aparecía ese apellido en internet, ya lo habían buscado. Podría ser que hubieran adquirido la farmacia a sus anteriores propietarios, pero entonces, ¿por qué conservaban el nombre? ¿Indicaba eso que podría existir una relación familiar entre todos ellos? A ella también la habían buscado en las redes y, como en el caso del poeta, solo aparecían Cecilias con ese apellido, Garcilaso. Aquella pareja era una incógnita, aunque posiblemente la menor de todas las que la rodeaban.

Ignacio y Rosaura culminaron el ascenso por las escaleras, él abrió la puerta —liviana, de contrachapado, sin robustez— y le franqueó la entrada a su amiga.

—¿Este es tu palomar? Me siento dentro de una caja de zapatos.

No esperaba que aquel habitáculo fuera tan pequeño, posiblemente solo el doble de su celda en prisión. Entendía por qué Ignacio no vivía allí, era imposible la vida entre aquellas cuatro paredes que constreñían el espacio hasta generar claustrofobia.

—Es un refugio, míralo de ese modo —se justificó él mientras dejaba sobre el sofá cama la bolsa de viaje de Rosaura—. Al paso que van los alquileres, acabaremos todos viviendo en nichos, como los japoneses. Salvo los ricos, claro. A esos nunca les afecta nada, y cuanto peor nos va a nosotros, mejor les va a ellos.

—¿Dónde abrimos la bolsa? —Era lo único que le interesaba a Rosaura en ese momento—. Aquí dentro el mal olor de la basura duraría días.

Lo vamos a hacer en la terraza, porque tengo terraza, ¿sabes? El medio metro que me corresponde de la totalidad de la azotea comunitaria, ni un centímetro más. Me hacen sentir como un apestado, pero es lo que hay.

A Rosaura le asombró aquel ínfimo reducto al aire libre: un mínimo corredor de medio metro de anchura y tres de longitud desde donde podían divisarse los tejados cercanos y el aura rosácea que la iluminación de la ciudad reflejaba sobre el cielo. Allí apenas cabían dos sillas colocadas una frente a otra, entre la pared del palomar y la valla metálica que separaba el habitáculo del resto de la terraza, vedada al inquilino. No había luz exterior, pero Ignacio tenía un truco: con dos palos de una fregona que había unido con cinta adhesiva y que siempre tenía preparados, logró alcanzar el interruptor de la azotea y encendió las dos luces que iluminaban la terraza vecinal que él no podía disfrutar. Aun así, se trataba de examinar el interior de una bolsa de basura y no eran suficientes, por lo que Ignacio había traído una linterna. Se sentaron en las dos sillas. La estrechez les dificultaba los movimientos, pero con paciencia y un par de guantes de fregar, con el que cada uno se enfundó una mano, comenzó el examen.

Cecilia y el que se suponía que era su marido habían desayunado ese domingo cereales —ahí estaban los restos— y en la comida degustaron salmón ahumado y caviar de beluga. «¡El auténtico!», exclamó Rosaura, fascinada, sosteniendo el envase vacío. Encontraron también un trozo de solomillo de ternera asado y los restos de una ensalada de langostinos con mayonesa. De postre, completando el menú, apareció una tarrina de helado de chocolate Häagen-Dazs. Quizá hubieran celebrado algo o tenían gustos culinarios refinados y caros. Aflojaron en la cena, posiblemente cenando tortilla, porque había varias cáscaras de huevo. Tenían una cafetera Nespresso —encontraron varias cápsulas— y ahí estaba también el sobre de la manzanilla que le había ofrecido Cecilia a Rosaura y que ella nunca llegó a tomar.

—Mira, una caja de bombones de Ascaso —comentó ella, mostrándosela a Ignacio—. Qué casualidad, esta pastelería es una de las mejores de Huesca y hace unos años abrieron otra en Madrid. ¿No es curiosa la coincidencia? Alguna vez he comprado allí su famoso pastel ruso, que es una delicia. Todo lo que hay aquí es muy *gourmet*. No había visto nunca de cerca un caviar de beluga hasta hoy. Si esto es lo que comen cada día, está claro que les gusta el despilfarro. Han tirado a la basura medio solomillo de ternera, me ha dolido verlo.

—Si festejaban algo, falta el champán, que no ha aparecido.

—Quizá lo hayan guardado para tirarlo al contenedor de vidrio con el resto de las botellas vacías.

—Mucha conciencia medioambiental no tienen, la verdad. Hay una caja de leche semidesnatada Pascual, una marca que no es de las más baratas, y cuatro latas de Coca-Cola, todo en la misma bolsa de restos orgánicos. En fin, que no estamos encontrando nada. Solo sabemos que son unos pijos sibaritas.

Rosaura cogió la bolsa donde habían hurgado y la vació sobre el suelo de la terraza.

—Lo siento, luego la recojo, pero el único modo de buscar es esparciéndolo todo. Enfoca con la linterna, por favor —le pidió ella, impaciente.

Emergieron entonces otros objetos que habían permanecido ocultos entre los demás.

Una caja vacía de Viagra.

—Vaya, el farmacéutico quiere ovación y vuelta al ruedo —se rio Ignacio.

Una maraña de cabellos negros, como la que queda cuando se limpia un cepillo de pelo.

—Esta la guardamos en una bolsa —decidió Rosaura—. Es ADN, quién sabe si en algún momento nos puede resultar útil.

Varios salvaslips usados.

—Qué asco —dijeron los dos a la vez.

Aparecieron otros residuos que no les interesaron, pero sí una pequeña bola de papel que parecía haberse estrujado con la intención de reducirla al mínimo. Con mucho cuidado, la desplegaron.

—Es la foto del pobre bebé maquillado —Rosaura lo reconoció.

—Hostia, es peor de lo que había imaginado. —Ignacio apartó la vista nada más mirarla—. ¿Por qué la han tirado? Podrían haberla quemado. Si yo tuviera una foto que me señalara como un depravado, no la tiraría a la basura, alguien podría encontrarla.

—En el reverso hay una fecha escrita y una palabra —descubrió Rosaura—. Mil novecientos noventa y algo, no sé si el último número es un uno o un siete, la foto está manchada y pringosa. Acerca más la linterna —le pidió a su amigo—. La palabra empieza por be, luego parece que hay una ele o una hache o quizá una i, no hay manera de descifrarla.

—Dando por bueno 1991 o 1997, el bebé podría tener hoy veintiún años o bien veintisiete —apuntó Ignacio, acercando más la luz al reverso de la foto—. Si siendo un recién nacido lo humillaban de ese modo, me preguntó cómo debió de ser su vida cuando creció.

—Seguro que abusaron de él de algún modo, o de ella, no sabemos si es un niño o una niña, pero recuerda que Cecilia me ha dicho esta tarde que tienen una hija que estudia en Estados Unidos.

—Ya no me creo nada de lo que digan. ¿Y si la tienen encerrada en algún lugar? Ahora tenemos la foto. Podemos denunciarlos.

—¿Y por dónde empezamos, Ignacio? ¿Nos vamos a una comisaría y les decimos que la hemos encontrado en una bolsa de basura? Necesitamos relacionarlos con la foto. La han tirado porque me han descubierto mirándola. —Se llevó una mano al pecho, asustada—. Igual tienen cámaras y han seguido todos mis movimientos en aquella habitación mientras hurgaba en sus cosas.

—Pero Cecilia la ha ocultado y la ha metido en un cajón, tú la has visto hacerlo. No es una imagen que nadie quiera tener a la vista, es vergonzosa, como la de la vieja con la gallina desplumada. Aun así, seguimos sin que nada los relacione con lo que nos interesa. Tendrías que haber vuelto a prisión, Rosaura. —Ignacio pronunció las palabras en voz baja, como si solo las pensara y las hubiera dicho sin querer.

—Mi sitio está aquí, investigando —afirmó ella con decisión.

—No somos policías, no sabemos ver más allá, esto nos va grande. ¿Es que no lo ves? No tenemos nada.

Su amigo estaba a punto de rendirse. Rosaura comprendía su sensación de derrota, se culpaba a sí misma por haberlo implicado. Si la detenían con él, podrían acusarle de encubrirla. Petra no se lo perdonaría.

—No vuelvas más por aquí, Ignacio. Te compromete. Si hubiera algún hostal donde no me pidieran el carné de identidad, me iría ahora mismo, pero no puedo arriesgarme. Me quedo más tranquila si te vas, por favor... —le suplicó, posando su mano enfundada en el guante de fregar sobre la de él, también enguantada.

Entre el sentido común y la insensatez, Ignacio había elegido la segunda, porque se resistía a dar el paso hacia el primero. Entre uno y otro se sentía suspendido en el vacío, sin saber hacia qué lado escorarse para agarrarse y evitar precipitarse al fondo.

—Debería escribir a Cruz, estoy harta de sus mensajes en clave que no me dicen nada —resolvió Rosaura, retirando la mano de la de su amigo—. ¿Puedes entrar en su perfil desde tu móvil? Tienes mi contraseña, casacastan76.

Ambos se sorprendieron: había mensaje de Cruz escrito hacía una hora:

> Si está usted dentro, comprobará que el tiempo hace tictac tras una puerta. Todos queremos que nos regalen un reloj en nuestro cumpleaños.

—¿Ves? Vuelve a insistir en el reloj de Adrián. ¿Significa eso que el Lilienthal Berlin está en la farmacia? —comentó Rosaura, asombrada a la vez que esperanzada—. Eso la relacionaría con mi hijo. ¿Qué puerta es esa del tictac? ¿Cómo entro allí? Dame el móvil, voy a contestarle.

—El Messenger indica que ahora mismo su perfil está activo —le dijo Ignacio, tras mirar la pantalla—. Otra cosa distinta es que te conteste.

Rosaura escribió:

> Sigue usted sin darme datos. Te voy a tutear. Me resulta más cómodo y cercano. Tutéame tú también. En una casa hay varias puertas. Concreta más. Te diré también que en una casa puede haber bebés, pero no en todas se les pinta los labios. ¿Eres tú ese niño? Dime qué es lo que te relaciona con mi hijo. ¿Por qué quieres que se haga justicia con Adrián, pero a la vez me lo pones tan difícil? He sacrificado mucho siguiendo tus pistas.

Aparecieron en la pantalla tres puntos que parpadeaban, lo que indicaba, según le había comentado Ignacio, que Cruz estaba escribiendo. Tras unos instantes de espera, llegó el mensaje:

> Pasillo desde el salón, primera puerta a la izquierda. Sí, yo fui ese bebé. No lo nombres más. Yo también estoy sacrificando mucho dándote pistas.

Mientras Rosaura se comunicaba con Cruz, a Ignacio le sobresalto que acudiera a su mente una de las imágenes más inquietantes de *Rosemary's baby, La semilla del diablo* en España, película dirigida en 1968 por Roman Polanski, adaptación de una novela de Ira Levin. Una cuna de bebé negra, al igual que el mosquitero y las sábanas. La escena le seguía provocando espanto cada vez que la revisitaba. Cuánta morbidez había en aquella historia, que comienza cuando una joven pareja, Rosemary (Mia Farrow) y Guy (John Casavettes) se mudan a un piso en el centro de Nueva York. Antes de entrar con sus maletas, se enteran de sucesos tan inquietantes como el hecho de que allí residieron dos damas victorianas que se comían a los niños. El bebé de aquella foto que los farmacéuticos habían tirado a la basura le provocaba el mismo terror extraño y enfermizo que emanaba del edificio, que albergaba secretos diabólicos.

Capítulo XX

Cruz lo había confirmado: era el bebé al que vejaron en aquella foto, ya guardada en una bolsa junto a los cabellos encontrados en la basura. «No lo nombres más», había escrito. Si creció en aquella casa, ante la visión constante de la imagen denigrante de sí mismo, no le extrañaba que quisiera olvidarlo. Rosaura seguía pensando que Cruz era un chico, a pesar de aquella hija que estudiaba en Estados Unidos. Tenía razón Ignacio: no tenía por qué creer a la farmacéutica, a cuya madre —o su suegra, o quien fuera—recordaba en una foto desplumando una gallina muerta.

Rosaura durmió mal aquella noche en el palomar. El sofá cama de Ignacio era cómodo, cualquier camastro sería confortable comparado con el colchón de su celda, pero aun así no lograba relajarse lo suficiente para permitir que entrara el sueño; permanecía con los ojos cerrados, si los abría, todavía se desvelaría más. De pronto, tuvo un impulso: se incorporó de la cama, hizo su equipaje y, como llevada en volandas por manos invisibles, salió del palomar y tomó el primer autobús de línea desde Madrid hasta Zaragoza y de allí hacia Barbastro, arrepentida por no asistir al entierro de su padre. Quizá aún estuviera a tiempo de llegar. El viaje transcurrió entre la niebla y no pudo abstraerse en la contemplación del paisaje. Al autobús lo había apresado una nube y no lo soltaba.

Llegó al funeral justo cuando los operarios entraban en el templo con el féretro cubierto de rosas negras. Pero no era en la solemne catedral de Barbastro, sino en una basílica desconocida, con tres naves revestidas de mármol oscuro, recorrido por vetas blancas que lo serpenteaban como culebras. Ella caminaba por el pasillo de la nave central, detrás de su hermana. Delante de ellas, el ataúd de su padre. Había mucha gente en los bancos, figuras desdibujadas, desenfocadas ante sus ojos, aunque sentía que la miraban con estupor. No sabía si era porque estaba calva o porque le recordaban que su madre había muerto por su culpa. Se sentía señalada. Deseaba huir de allí. Un sacerdote hablaba desde el púlpito, una pequeña tribuna en lo alto a la que se accedía por una reducida escalera. De repente, detuvo sus palabras y apuntó hacia ella con su dedo índice. «Has cometido sacrilegio. No eres digna de este templo, Rosaura Castán», sentenció. «Papá no te lo hubiera perdonado», le recriminó su hermana con la mirada encendida. ¿Qué es lo que no le perdonaría? Ella había asistido al funeral, qué más querían, el esfuerzo por estar allí lo consideraba enorme y doloroso. Bajó la cabeza, abochornada por la situación. Entonces se dio cuenta: estaba desnuda. Se cubrió con un brazo sus pechos y, con el otro, el pubis. Lo primero que se le ocurrió fue esconderse en un confesionario, pero debía atravesar una fila de bancos para llegar hasta él, y eso todavía la expondría más: los asistentes tendrían que apartarse para dejarla pasar. No había salida posible.

Rosaura se despertó atemorizada, no encontraba el interruptor de la luz en la oscuridad y se escondió bajo las sábanas. Le costaba esfuerzo llenar de aire sus pulmones, pensaba que se estaba muriendo. No tenía teléfono móvil para llamar a Ignacio. Lo había desactivado y se lo había quedado su amigo. «Respira hondo, respira, respira...», se impuso para calmar la crisis de pánico.

Ignacio tampoco podía dormir. Era la una de la madrugada y su madre no había regresado. La había llamado varias veces. Sobre las diez de la noche, Petra le dijo que el encuentro con sus amigas se iba a alargar porque habían decidido irse a cenar. Llegaría tarde. En las siguientes llamadas, ya no le contestó: saltaba el buzón de voz. No era la primera vez que su madre llegaba a casa más allá de las doce tras quedar con sus amigas, pero nunca lo había hecho tan tarde. No tenía sus teléfonos, nunca se le había ocurrido pedírselos. Anduvo por la casa nervioso, sin saber cómo rellenar el tiempo de espera. Le aburría el mobiliario, tan simple, sin nada en él que le permitiera distraer la mirada. Su madre lo había cambiado tras la muerte de su padre. El antiguo, tan recargado y burgués como el del piso de Rosaura, lo sustituyó por muebles de líneas rectas y maderas claras, lo que Ignacio denominaba «la plaga del estilo nórdico». Su madre le aseguraba que era la mejor opción posible: «Así, cuando me muera, no tendrás que soportar una decoración de vieja. Estos diseños sencillos nunca pasan de moda». Alquiló un guardamuebles y allí amontonó todos los libros y proyectos de su marido. Para ella supuso una liberación apartar lo que tanto dolor había causado a aquel hombre.

Petra llegó a las dos de la madrugada.

—Joder, mamá, ya era hora. Estaba preocupado.

—Las veces que tú te has ido a tu palomar sin saber yo a qué hora ibas a volver —replicó ella de camino al baño.

—Pero existe el teléfono, ¿sabes? Es fácil. Te llamo y tú me contestas —le reprochó él desde el otro lado de la puerta.

—Pues no estaba pendiente, la verdad.

—¿Y si te hubiera llamado por una urgencia? —Su hijo se resistía a zanjar el tema.

—Las malas noticias vuelan rápido. No te pongas tan intenso, por favor.

Ignacio oyó cómo tiraba de la cadena del inodoro y fluía el agua del grifo del lavabo. La esperó. Su madre salió del baño. Le brillaban los ojos, tenía la sonrisa tonta de quienes habían bebido más de la cuenta.

—¿Estás borracha?

—No exageres, solo estoy un poco achispada. Nos hemos bebido entre todas casi dos botellas de vino —contestó sin darle importancia al hecho, dirigiéndose al salón. Se sentó en el sofá y miró a Ignacio, ya sin la sonrisa estúpida de los beodos—. Dime que has acompañado a Rosaura a la cárcel —le exigió, inquisitiva.

—No ha querido. La he dejado en el intercambiador de avenida de América y allí ha cogido el autobús, ya te lo he dicho esta tarde.

—Sé cuándo mientes, Ignacio. —No existía la duda en sus palabras—. Espero que esté allí, de lo contrario me voy a cabrear mucho contigo y, sobre todo, con ella. No quiero que te arrastre. Rosaura está obsesionada con lo de Adrián, no es ella, ¿lo entiendes?, como tampoco lo era cuando mató a Miguel Ordaz. Se intentó quitar la vida dos veces cuando entró en la cárcel. ¿Ya lo has olvidado? Aléjate de ella. Es inestable y, ahora mismo, también tóxica, tanto para ti como para mí.

—¿Cómo puedes hablar así de ella? No merece todo lo que le ha pasado, has sido su gran amiga —replicó él, dolido.

—Quiero a Rosaura como a una hija, pero ahora tengo sentimientos encontrados, se ha convertido en ruido en mi cabeza, son sensaciones, no puedo explicártelo —insistió Petra—. Si no ha cumplido con el permiso, me decepcionará totalmente.

—¡Tú ya lo das por hecho, joder! —Ignacio pasó del dolor al enfado.

—¿Cuándo te dan el alta de la fractura?

—No lo sé, me han dicho que no antes de un mes. Cuando me quiten la férula tengo que comenzar la rehabilitación.

—Pues a ver si te dan el alta pronto, no te conviene estar tan ocioso.

—El vino te ha vuelto oscura, mamá. Me voy a la cama, mañana será otro día, el tuyo con resaca, por cierto.

—¡Shhhh! Cállate —le ordenó su madre, llevándose el dedo índice a los labios—. Hay alguien en nuestro rellano. ¿No has oído el ascensor?

—No...

—Ve a la mirilla.

Ignacio se dirigió hacia la puerta y, en efecto, en el rellano había dos hombres con pasamontañas y guantes de cuero intentando forzar la puerta de Rosaura con una ganzúa. La escena era inquietante.

—Unos ladrones están entrando en su piso —le dijo a su madre en voz baja, volviendo la cabeza hacia ella.

—Voy a llamar a la policía —replicó Petra con determinación.

Ignacio se alejó de la puerta y caminó con sigilo hacia el salón. Se acercó a su madre y le dijo entre susurros: «Espera».

—¿Esperar a qué?

—En este rellano solo hay dos puertas, la suya y la nuestra. Si llamas a la policía, los ladrones sabrán que hemos sido nosotros. Desconocemos quiénes son y qué quieren de Rosaura. ¿No es mejor esperar a que se vayan y así no nos implicamos? Piénsalo bien.

—Tengo miedo.

—Yo también, por eso pienso que lo mejor es no hacer nada.

Escucharon a través de las paredes ruido de muebles. Ignacio supuso que estaban registrando la vivienda, sin explicarse la razón. ¿Qué era lo que no le había contado Rosaura? ¿Con qué gente se relacionaba? Se estaba arriesgando por ella y ahora había llevado a los malos hasta la misma puerta de su casa. Pensó en llamarla, pero la había dejado sin móvil hasta que al día siguiente pudiera comprarle uno de prepago. Se sentó en el sofá junto a su madre, la tomó de las manos y ambos aguardaron en un silencio tenso hasta que oyeron de nuevo ruido en el rellano. Estaban saliendo del piso. Ignacio se acercó de nuevo a la mirilla. Fuera lo que fuera lo que buscaban, salieron con las manos vacías. Los dos individuos llamaron al ascensor. Eran corpulentos, llevaban camisetas negras de manga corta y los brazos tatuados. Súbitamente, uno de ellos volvió la cabeza hacia su puerta, Ignacio se retiró rápidamente de la mirilla y pegó su cuerpo a la pared.

—Sé que nos estáis viendo. Decidle a Rosaura que Chito la busca. Sabe que no ha vuelto al talego —oyó que le decía uno de ellos.

Petra se acercó entonces hasta Ignacio con decisión, abrió la puerta, a pesar de que su hijo intentó impedírselo, y se encaró con los intrusos.

—Oídme bien lo que os voy a decir. No sé quiénes sois, no sabemos nada de la vecina, no estamos pendientes de ella. ¿Os queda claro? Arreglad entre vosotros vuestros asuntos y a nosotros dejadnos en paz. Tengo edad para ser vuestra madre y os lo digo como si lo fuera. Dejad de incordiar. Si no he llamado a la policía, es porque ellos también nos incordiarían y en esta casa solo queremos vivir tranquilos. ¡Venga, fuera de aquí! —les gritó, agitando los brazos, con una determinación que a Ignacio le asombró.

—Ya la habéis oído, largo de aquí —añadió él, interponiéndose entre ellos y su madre.

—Escucha, vieja de los cojones... —dijo uno de ellos.

—Oye, a mi madre no la llames así —le interrumpió el hijo.

Uno de ellos se acercó a Ignacio y enfrentó su rostro al de él con arrogancia, olía el aliento acre que emanaba a través del pasamontañas.

—Que no la llame vieja ¿o qué? ¿Qué me vas a hacer? —le desafió.

—Vaya pregunta para nota —replicó Ignacio, envalentonado—. Evidentemente, no te voy a hacer nada, sois dos contra mí.

—Déjalos. No saben nada —intervino el otro encapuchado.

Los cuatro se sostuvieron la mirada unos a otros, quietos, tensos. Finalmente, los intrusos entraron en el ascensor y volvió el silencio al rellano.

—¿Cómo se te ha ocurrido hacer una cosa así? ¿Estás loca? —le riñó su hijo mientras la empujaba hacia el interior del piso y cerraba la puerta con una doble vuelta de llave.

—Me tiemblan las piernas. Creo que voy a vomitar. —Petra se fue corriendo hacia el baño.

Ignacio abrió la ventana del salón y se asomó a la calle. Vio a los dos encapuchados subirse a un Mercedes Coupé de cuatro puertas, negro, deportivo, con el chasis tan bajo, tan pegado al asfalto, que desde arriba parecía una cucaracha gigante aplastada contra el suelo. Un tercer individuo, el conductor, les estaba esperando con el motor en marcha. El Mercedes arrancó con rapidez y se alejó a gran velocidad. Ignacio siguió su trayecto con la mirada, incluso asomó aún más el cuerpo para asegurarse de que los perdía de vista. Pero ocurrió algo que le desconcertó: al final de la calle, el deportivo se detuvo en seco cuando iniciaba el giro hacia la avenida que conectaba con la M-30. No pudo ver con claridad la maniobra, pero le pareció que un coche interceptaba en el cruce al de los encapuchados. Las acacias de la acera le restaban visión, pero percibió el peligro y se apartó del cristal. Sin embargo, no pudo resistir el impulso de la curiosidad. Se asomó de nuevo. El Mercedes seguía detenido al final de la calle. ¿Por qué continuaba allí? Se acercó al baño y oyó a su madre vomitando.

—¿Estás bien? —preguntó desde el otro lado de la puerta.

—Lo estaré —le contestó ella entre una arcada y la siguiente.

—Voy a bajar la basura, ahora vuelvo. —Entró en la cocina y sacó la bolsa del cubo.

Nunca había visto a su madre en aquel estado. Era una mujer que bebía poco o nada, una septuagenaria que se cuidaba. No le gustaba verla así, vomitando como una veinteañera tras una noche de juerga. Salió a la calle con la bolsa de basura y la lanzó al contenedor. Eran cerca de las tres de la madrugada, el mundo dormía y el silencio era el único personaje en aquel escenario nocturno; en realidad, había uno más: un gato que maullaba con insistencia, encaramado en lo alto de una de las acacias de la acera. Le costó distinguirlo entre las ramas, ovillado sobre una de ellas como una sombra difusa entre el follaje. Era un cachorro, pero un cachorro intrépido. Se había atrevido a subir y ahora no sabía cómo bajar. «Luego me ocupo de ti», le dijo Ignacio entre susurros. Caminó unos pocos metros más hacia su objetivo: el Mercedes negro. El vehículo seguía en medio de la calle, ahora con todas las puertas abiertas. Se acercó. Nadie en su interior. Motor en marcha. Faros encendidos. Ni rastro de los encapuchados, tampoco del vehículo que se les cruzó en el camino. Los líos de Rosaura habían llegado demasiado lejos. Dos sicarios de Chito habían entrado en su piso y acababan de desaparecer de su propio coche. Si fuera un guion, él habría escrito así la escena: los del segundo vehículo los interceptaron, los apuntaron con pistolas, los obligaron a bajar a golpes del Mercedes y los metieron en el suyo. Destino incierto, quizá el peor. En las películas de narcos, a los rivales los torturaban y luego les reventaban los sesos de un tiro. Los enterraban o bien los sumergían en ácido sulfúrico o se los daban de comer a los perros. Para esa gente, la vida valía menos que un paquete de tabaco. Una náusea le contrajo el estómago.

Quizá era el momento de replantearse si hacía lo correcto ayudando a su amiga. Algo intangible lo impulsaba a continuar a su lado. Chito la buscaba. Lo habían dicho los encapuchados, y Rosaura le había hablado de él. Tuvieron ambos una cita, el tipo no acudió, pero la mujer que lo hizo en su lugar fue asesinada en plena calle. «Aquel que te pida una cita con Barzini, ese es el traidor», le advertía Vito Corleone a su hijo Michael en *El padrino*. Recordó aquella secuencia con Marlon Brando y Al Pacino en uno de los diálogos más decisivos en la trama, pues desencadena una matanza. ¿Podría ser que Chito considerara a Rosaura una traidora? Los delincuentes son desconfiados, incluso paranoicos, como el propio Michael Corleone, reflexionó como si los conociera a todos. Entraba dentro de lo posible que Chito pensara que Rosaura le había tendido una trampa con esa cita. Ahora, aquellos dos tipos desaparecidos tras registrar su casa alentarían aún más la idea de la traición de Rosaura, aunque fuera falsa. «Piensan con las dos únicas neuronas que tienen activas», musitó frente al Mercedes atravesado en medio de la calle.

Debería alejarse de aquel escenario cuanto antes, pero una extraña fascinación lo mantenía anclado allí, tan absorto que dejó de escuchar a lo lejos al gatito, que seguía emitiendo maullidos lastimeros. Irrumpió el sonido de la sirena de un coche patrulla. El Mercedes impedía el paso. Alguien les habría avisado, supuso

Ignacio, aunque a esas horas de la madrugada no había tráfico. Pensó en darse la vuelta rápidamente para volver a casa y, de camino, intentar el rescate del minino. Un vehículo de la Policía municipal acababa de entrar en el escenario. Y él seguía allí, a escasos metros del Mercedes sin sus ocupantes. Si huía, sospecharían. Si se quedaba, se convertiría en un testigo y lo obligarían a identificarse. Dos agentes salieron del coche patrulla y se acercaron al Mercedes, lo rodearon, escrutaron con linternas el interior, solicitaron refuerzos. En un par de minutos, llegaron tres coches más, estos de la Policía nacional. Ignacio retrocedió unos pasos, pero uno de los agentes se acercó a él.

—¿Ha sido usted quien nos ha llamado? —le inquirió. Empleó un tono de voz rutinario.

—No, precisamente iba a hacerlo cuando he visto el coche policial. El Mercedes ya estaba aquí cuando he llegado. Vivo en esta calle. Hay un gato que no paraba de maullar y he bajado a ver. Está en ese árbol —lo señaló— y no puede bajar.

—Documentación, por favor —le exigió el policía, volviendo la cabeza un segundo hacia la acacia donde el felino estaba agazapado.

Mientras, los otros agentes tomaban nota de la matrícula del vehículo, la comunicaban por radio a la central y acordonaban la zona en torno al deportivo para establecer un perímetro de seguridad.

—Parece que los ocupantes lo han dejado en medio de la calle y se han ido. Es extraño, no sé qué ha podido ocurrir. Soy guardia de seguridad en un centro comercial, pero ahora estoy de baja. —Le señaló su brazo con la férula.

—Entonces, ¿no ha visto ni oído nada?

—Ya le he dicho que el coche estaba así cuando he llegado. ¿Qué hago con el gatito? Lo he oído maullar toda la noche desde mi habitación. Vivo tres portales más allá, en el 51, segundo piso.

—¿Duerme usted con la ventana abierta, caballero? No estamos en verano.

No esperaba esa pregunta, para la que no tenía una respuesta inmediata. Calculó que disponía de tres segundos para contestar, de lo contrario, la dilación alentaría el recelo.

—Con la ventana abierta del todo, no, pero sí entreabierta. Siempre tengo calor, sudo a la mínima y la calefacción está alta, todavía estamos en marzo.

Consideró Ignacio que había mentido bien, incluso se felicitó, a pesar de que tuvo la sensación de que le había temblado la voz al explicarse. Él tenía más información que los policías, pero no la iba a compartir con ellos. Quería irse cuanto antes. No lo logró: le tomaron declaración y permaneció allí varios minutos, sin salirse ni un milímetro de su versión. Mientras tanto, iba aumentando el despliegue policial. Llegaron los Tedax para descartar que el Mercedes fuera un coche bomba; también aparecieron los agentes de Policía judicial y los de la científica, que realizaron una inspección ocular del vehículo. Ignacio estuvo atento a los comentarios de los policías y escuchó palabras como «secuestro», «manchas de sangre», «ajuste de cuentas» y «matrícula falsa».

«He estado dentro de una película», se dijo, excitado, caminando hacia su casa, relajado porque no habían sospechado de él, pero a la vez alarmado por la situación de la que había sido testigo. Del gatito se ocuparían los bomberos, le habían asegurado. «¿Puedo quedarme hasta que lo rescaten?». Respuesta negativa. Le obligaron a alejarse del lugar. Cuando llegó a casa, encontró a su madre en la cocina preparándose una manzanilla. La mujer dio un respingo cuando lo vio aparecer.

—¿Qué haces aquí? Me has asustado. Pensaba que te habías ido a dormir.

—¿No me has oído abrir la puerta? Te he dicho que bajaba a tirar la basura, pero estabas vomitando y no me has oído.

—¿Has bajado la basura a las tres de la madrugada? —Petra lo miró con recelo tras ver la hora en el reloj de la cocina.

—Necesitaba dar una vuelta. Estaba nervioso.

Ignacio ya había decidido que no iba a contarle lo que acababa de suceder en la calle. No quería preocuparla. Estaba claro que no había oído las sirenas de los coches policiales, se alegró de que no se hubiera enterado de nada.

—Aún no me puedo creer que me haya enfrentado a esos individuos tatuados que daban miedo solo con verlos —comentó su madre tras beber dos largos sorbos de la infusión—. ¿Por qué he hecho algo así? ¿Qué cable se me ha cruzado? Si Samuel lo supiera...

—¿Samuel? ¿Quién es Samuel?

—Es una larga historia, otro día te la cuento.

—¿Os habéis emborrachado los dos juntos? ¿Me has mentido con la cita con tus amigas? ¿Es tu novio, es eso? —Disparó esta última pregunta sin rodeos.

No pudo evitar rebajar su tensión emocional atacando a su madre. Seguía enfadándole que hubiera bebido tanto y, sin ser consciente de ello, se había asignado el papel de inquisidor. Nunca la había juzgado, ni siquiera cuando encerró en un trastero alquilado todas las pertenencias de su padre a los pocos meses de su muerte; ahora acababa de cuestionarla, y no se gustó a sí mismo.

—Estás entrometiéndote en mi vida y no me siento obligada a darte explicaciones de lo que hago y con quién. Y otra cosa: han dicho los encapuchados que Rosaura no ha entrado en el... ¿Cómo lo han llamado?, ¿talego? Eso es la cárcel.

—Yo no he oído nada de eso —mintió Ignacio.

—Yo sí lo he oído, se me ha subido el vino, pero no se me ha apagado el cerebro. No quiero tener a delincuentes cerca, como ha ocurrido esta noche. Me dan miedo cuando los veo en las noticias, imagínate cómo me sienta tenerlos en el rellano de casa. Ten cuidado, Ignacio. Si te ocurriera algo, me moriría —le dijo con la mirada ensombrecida—. A veces, las buenas intenciones generan malas decisiones y peores consecuencias. No me digas nada sobre dónde está Rosaura, no quiero saberlo, pero reflexiona sobre lo que te he dicho y, ante todo, protégete de ella.

Petra cogió la taza de manzanilla, le dio un beso en la mejilla a su hijo y se fue a su dormitorio. «Protégete», se repitió Ignacio el consejo de su madre. Ya había pasado ese momento. Rosaura estaba viviendo en el palomar, era una fugitiva y él la estaba ayudando. Demasiado tarde para volver a la casilla de salida.

Capítulo XXI

Bastaban solo un par de pasos para cruzar el palomar de pared a pared. Al amanecer, la luz nimia que penetraba a través de la única ventana le mostró a Rosaura la extrema pequeñez del habitáculo. Oía taconear la lluvia sobre el tejado, vio en el techo una gotera, antigua, una mancha ocre e irregular que le recordó a la cabeza de un perro. Recién levantada, sentada en el sofá cama, reparó en el póster que cubría la puerta de acceso a la terraza. Era una fotografía a gran tamaño de una joven sesentera subida a una moto, con melena y flequillo, con cazadora y pantalones de cuero. La reconoció. Le sorprendió que a Ignacio le gustara tanto como para despertarse y acostarse frente a aquella bella mujer: la cantante Françoise Hardy. ¿Por qué esa y no otra?, se preguntó. Hubiera encajado mejor en su mundo el cartel de una película, y no aquella chica que envidiaba a los chicos y chicas que paseaban enamorados de la mano, cuando ella iba siempre sola y nadie la amaba, como cantaba en *Tous les garçons et les filles de mon âge*, una de sus melodías más triunfadoras. A su madre le gustaba esa canción, la tarareaba con frecuencia. «¿Cómo una mujer tan guapa puede estar sola?», le preguntó un día Rosaura. No acababa de entender por qué nadie amaba a aquella francesa cuya belleza lánguida y sofisticada no se parecía a ninguna otra. «Es solo la letra de una canción, a ella la amaban todos, yo también», le contestó su madre, a la que consideraba tan hermosa como la propia Françoise. «Tú me has perdonado, ¿verdad, mamá?», lanzó desde el palomar esa pregunta al aire, reprochándole a la vez al padre no haberlo hecho. Esa mañana iba a celebrarse el funeral. Si hubiera tenido el teléfono móvil, habría llamado a su hermana, aunque no supiera qué decirle.

Se hizo un café en el hornillo de gas, hurgó en el significado de la pesadilla que había soñado mientras pensaba que estaba despierta, ella desnuda ante el féretro de su padre, en una misteriosa iglesia que nunca había existido. Concluyó que los impulsores de aquella escena onírica eran el remordimiento y la culpa, y se defendió de ellos distrayendo su mirada otra vez por aquel palomar rehabilitado, con la televisión en lo alto de la pared, las estanterías repletas de películas y bandas sonoras de cine, además de libros sobre biografías de directores, actores y actrices —paseó su mano por los lomos— y otros volúmenes, bastantes, sobre cómo escribir un guion cinematográfico. Se fijó en una pequeña librería, junto al sofá cama, con varios guiones encuadernados. *El narcisista, Los trigos bisiestos, La incertidumbre, El alma ciega,* leyó los títulos de algunos manuscritos. No había respetado hasta entonces la pasión cinéfila de su amigo, la consideraba un signo de inmadurez. Ella de pequeña coleccionaba tebeos, flores que arrancaba de los tallos y que luego secaba entre las páginas de la enciclopedia Larousse; también piedras de río sobre las que su madre pintaba margaritas de colores —dibujaba muy bien— e incluso pinzas de ropa con las que elaboraba figuras extrañas; pero esas aficiones terminaron cuando perdió a su madre. Se sintió adulta antes de tiempo. Su adolescencia fue lanzada al espacio interestelar y la succionó un agujero negro.

Al mudarse con el pequeño Adrián al piso de Moratalaz y conocer a su vecino, las conversaciones con Ignacio le aburrían. Solo le hablaba de cine. Le recordaba a Peter Pan, el niño que no quería crecer. Si al menos hubiera vendido algunos de los guiones que tenía escritos, o colaborara en alguna revista especializada, tendría algún sentido aquella pulsión cinéfila, pero era un simple guardia de seguridad, ni siquiera estudió una carrera relacionada con el cine o con otro tipo de arte que pudiera inspirarle. Ahora, al observar esos cientos de películas y libros, cuidadosamente ordenados y dispuestos con mimo, sin una mota de polvo, se arrepentía de haber menospreciado a Ignacio. Qué más daba que no lo hubiera logrado todavía. Tenía cuarenta y cuatro años y seguía intentándolo. Al menos tenía una inquietud, cuando ella —aceptó— no había cultivado ninguna. Solo Adrián había llenado su vida, solo la investigación sobre su muerte la mantenía viva. Se vistió y se fue en busca de la única pista, la farmacia.

Aquel lunes lluvioso en una ciudad de más de tres de millones de habitantes, con cerca de nueve mil calles, la figura de Rosaura bajo su paraguas se difuminaba en la metrópoli y eso tranquilizaba a la fugitiva, aunque la gorra con visera, el pañuelo de seda que cubría su cabeza, anudado en la nuca, y la caja de bombones que sujetaba con delicadeza, temió que la singularizaran. Se había tomado la molestia de acercarse a la pastelería Ascaso para comprar esos bombones que parecían gustarle a Cecilia, como habían constatado Ignacio y ella tras revolver en su bolsa de basura. Durante el trayecto en metro hacia la farmacia se sintió observada por algunos viajeros, los pocos que no estaban pendientes de su móvil. Peor habría sido llevar su cabeza al descubierto, exponiendo las heridas y su cuero cabelludo casi rapado. Seguía pareciéndose a una presa de un campo de concentración; además, en tres días había adelgazado, lo notaba en sus vaqueros, que no se ceñían a su cintura y tuvo que ajustarlos con un cinturón. Con lo mucho que había anhelado celebrar su primer permiso con una buena comida; una paella, un postre de chocolate y nata. Pero los acontecimientos vividos desde que había salido de prisión le quitaban el apetito, la sobrepasaban; nada podía hacer, salvo dejarse llevar por la inercia y abandonarse al relato que el destino ya hubiera escrito para ella.

Un sobresalto repentino, inesperado, sorprendente: Martina, la inspectora de policía, estaba a punto de entrar en la farmacia «Hermanos Garcilosa» cuando ella llegó. ¿Qué hacía allí? Rosaura estaba estupefacta. ¿Quizá las dos seguían la misma pista? La tenía a escasos metros de ella. Se quedó inmóvil en la acera, con su caja de bombones en la mano, bajo su paraguas tan poco discreto, negro con lunares blancos; parecía haber sido confeccionado con el retal de un vestido de flamenca. Lo había encontrado en un rincón de la terraza de Ignacio. Se preguntó de quién sería, porque no le adjudicaba a su amigo la elección. Al ver a Martina tan cerca, su primer impulso fue darse la vuelta, pero no se atrevió por si la agente la descubría girando sobre sí misma para irse en dirección contraria. Brujuleaba en su mente la paranoia, el temor constante a ser descubierta y detenida, pero no reaccionaba. Permanecía estática, asustada, bloqueada. Vio a la inspectora adentrarse en la farmacia, pero la agente corrigió sus pasos, volvió a salir y observó a Rosaura con gesto de sorpresa. Las miradas de las dos mujeres se cruzaron. Martina la había reconocido. Al verse descubierta,

Rosaura desactivó su indecisión y huyó en dirección contraria a la farmacia, camuflada bajo su paraguas y mimetizada entre los de los demás, sin soltar su caja de bombones. Martina le dio el alto y comenzó la persecución.

La prófuga dobló por la avenida perpendicular a la de la farmacia, concurrida porque había comercios y cafeterías. Avanzó con pasos rápidos, pero no veloces, para que los viandantes no sospecharan que estaba huyendo. Tampoco podía correr mucho: los paraguas de los transeúntes eran difíciles de sortear y el suelo mojado por la lluvia le advertía de un resbalón. Volvió la cabeza. Martina corría tras ella, acortando distancias. La agente no disimulaba que lo era y gritaba: «¡Alto, policía! ¡Paraguas de lunares!». Al escuchar aquellas palabras, un viandante intentó agarrar a Rosaura por un brazo, pero ella le estampó la caja de bombones en la cara y logró zafarse. «¿Hacia dónde voy?», se preguntaba. No lo sabía. Debía seguir de frente, pero a la vez tenía que hallar un lugar para dar esquinazo a su perseguidora. En un instante fugaz pensó en entregarse, pero la rendición supondría el castigo, la rescisión de los permisos y la impunidad de quien mató a Adrián. Su cerebro puso en marcha los mecanismos de supervivencia y le mostró una salida antes de que ella misma pudiera procesarla, porque se vio entrando en una cafetería que encontró a su paso. Era grande y apenas quedaban mesas libres, como suele suceder en los días lluviosos. Se coló en el interior y, con una rapidez de reflejos que no había tenido hasta entonces, dejó su paraguas en el paragüero de la entrada y cogió otro, el que tenía más a mano, uno de color rojo. Nadie se dio cuenta, nadie suele estar pendiente de su paraguas mientras se toma un café. Abrió el nuevo incluso antes de salir por la puerta, se cobijó bajo él. Era grande, con forma de hongo, le ocultaba el rostro y ella lo escondió aún más bajando la cabeza.

La lluvia se había intensificado. No quiso mirar a su alrededor para saber dónde estaba la inspectora. Ese movimiento la delataría. Apretó el paso y siguió caminando por la acera, mezclándose con los demás viandantes y sus paraguas, mirando únicamente al suelo, esperando oír de nuevo «¡Alto, policía!» en cualquier momento. Le había dicho Ignacio: «En el cine, los fugitivos siempre tienen suerte en su huida, de lo contrario no habría película». Su amigo se ganó la sonrisa —aunque amarga— de Rosaura cuando le hizo ese comentario la noche anterior en el palomar, al despedirse de ella tras investigar en la bolsa de basura. Pero la buena fortuna se acomoda mejor a la ficción que a la vida real, lo pensó mientras avanzaba veloz, agarrada al mango del paraguas como si fuera el mástil de un velero en medio de un mar bravo. Sin embargo, al igual que toda buena fugitiva en las películas, encontró el modo de escapar, arriesgado, pero cuál no lo era en su situación. Una marquesina cerca, un autobús que acababa de llegar, una fila de personas bajo sus paraguas. Su oportunidad. Se ocultó entre los viajeros que aguardaban en la cola. Subió al bus y desde allí, considerándose ya a salvo, buscó con la mirada a Martina a través de las ventanillas, pero el vaho del cristal y también la lluvia le mostraban imágenes veladas de lo que ocurría en el exterior. El autobús arrancó. Ni siquiera se había fijado qué línea era ni a dónde la llevaría.

Martina estaba empapada por la lluvia, había perseguido a Rosaura sin paraguas. Se desprendió de él cuando la reconoció y fue a por ella. Primero fue su mente quien la identificó y retuvo la imagen de la prófuga sin que la agente fuera consciente de ello. Un momento más tarde, ya dentro de la farmacia, interiorizó aquella alerta y se preguntó si sería Rosaura la mujer que acababa de ver a pocos metros. Dos días antes se había encontrado con ella en la estación de Atocha. Llevaba una gorra, bajo ella un pañuelo. El mismo pañuelo, la misma gorra. Era ella, la madre de Adrián. Corrió tras la fugitiva, persiguió su paraguas de lunares, advertía a los viandantes que encontraba a su paso que aquello era una persecución policial, los esquivaba como podía, a ellos y a sus paraguas, algunos se apartaban a un lado al oír «¡Alto, policía!», pero otros ni se inmutaban y se interponían involuntariamente en su camino. Ella no trabajaba uniformada, era una investigadora, se confundía entre los demás y eso no le daba ventaja. La lluvia arreciaba y dos veces estuvo a punto de resbalar y caer al suelo al pisar un grupo de hojas caídas de los árboles. Fue en uno de esos resbalones cuando Martina, al evitar la caída, desvió su mirada unos instantes del paraguas de la perseguida. Ya no lo volvió a ver. Desapareció como por arte de magia. Cuando constató que la había perdido, entró en los bares y comercios más cercanos a donde le había perdido la pista. No estaba en ninguno de ellos, pero sí encontró un paraguas idéntico al de Rosaura en la entrada de una de las cafeterías. Sobresalía entre los demás, era fácilmente reconocible. Entró en los lavabos, pero tampoco estaba allí. Había logrado escabullirse de modo sencillo y hasta creativo, pensó. ¿Tanto había aprendido desde que cruzó la línea roja? A Martina la descolocaba esa mujer que incluso la había avisado de sus intenciones de no regresar a prisión. Nunca le había ocurrido algo así.

Frustrada, comunicó a la central el encuentro casual con la fugitiva —«La he perseguido y la he perdido»—, y regresó a la farmacia. Hacía bastante tiempo que no corría tras un delincuente, no era una policía patrullera con las piernas preparadas para convertirse en las de una gacela si la ocasión lo requería. Se sentía exhausta y notó un leve crujido en su espalda cuando se agachó a recoger su paraguas, tirado sobre la acera a unos metros de la farmacia. Vio a los transeúntes esquivándolo o apartándolo con el pie. Nadie se había tomado la molestia siquiera de dejarlo apoyado contra la pared. La inspectora había llegado hasta allí para seguir una pista, una pista a la que Rosaura no habría podido acceder porque formaba parte de un atestado policial: una de las mujeres apuñaladas del mismo modo que Adrián, la cuñada de la Gata que había mencionado Sofía la noche anterior, había acudido a esa farmacia horas antes de que la encontraran asesinada. Lo comprobó la inspectora, no sin sorpresa, revisando el caso.

En su momento, Martina y su grupo de homicidios no relacionaron ese crimen con los de las otras mujeres latinoamericanas, puesto que lo habían considerado un ajuste de cuentas, pero el comentario de su nuera la había impulsado a examinar de nuevo el atestado. En él constaba que el 22 de septiembre de 2015, Graciela Briceño, pareja de Nicolás Casablanca, alias Rolo, hermano de la Gata, tenía un fuerte dolor de muelas y fue a la farmacia de guardia más cercana, la de los Hermanos Garcilosa, pues terminó de impartir las clases de zumba *fitness* más allá de las diez de la noche. Una compañera del gimnasio se lo había comentado a la policía, pero el dato fue pasado por alto y Martina no encontraba ahora la razón; quizá porque comprar Nolotil en una farmacia era un hecho irrelevante. Ese tipo de errores estúpidos la exacerbaban. Tampoco tuvieron demasiada colaboración. Hubo un pacto de silencio entre los familiares de la asesinada, tanto por parte de su pareja como de los propios padres de la víctima, con los que Graciela no tenía relación desde que convivía con el hermano de la Gata. Bien sabía Martina que era muy habitual que, tras un crimen por ajuste de cuentas, nadie del entorno de la víctima colaborara con los investigadores policiales. Eran delincuentes, se regían por sus propias normas: la venganza al margen de la ley, el silencio y también el miedo a que los clanes les consideraran unos soplones.

Martina no lograba explicarse el encuentro con Rosaura a pocos metros de esa farmacia. Podría deberse a una simple casualidad, posiblemente porque la fugitiva hubiera hallado refugio seguro en algún lugar cercano y hubiera acudido a la farmacia más próxima. Los Ordaz le habían causado diversas heridas y era lógico que necesitara material de curas. Entendía menos que llevara en una mano una caja de bombones. Cuando ya regresaba a la farmacia, la inspectora la encontró tirada en la acera, coincidía en formato y tamaño con la que portaba Rosaura. Como había sucedido con su paraguas, nadie la había recogido del suelo a pesar de su contenido, atractivo para cualquiera, aunque quién se atrevería a comerse unos bombones sucios y abandonados en la calle. Entró en la farmacia y, aguardando la cola, observó a los dependientes, dos, un hombre y una mujer, jóvenes. Había otro más, un individuo de mediana edad que atendía a una anciana en el mostrador con una cortesía que le pareció exagerada.

Había investigado esa farmacia, en la que Graciela compró un Nolotil y luego apareció apuñalada. Aunque la aguardaban seis casos de homicidio sobre la mesa, había solicitado a su inspector jefe que le permitiera emplear las primeras horas de esa mañana en unas pesquisas sobre el asesinato de Adrián, ya que podría haber surgido una pista que quería comprobar; además, estaba a la espera de otra: la noche anterior, en un mesón cercano a la Comisaría General de Policía, en el barrio madrileño de Canillas, Martina le había pedido a un compañero del Grupo de Localización de Fugitivos la ubicación de la llamada de Rosaura la tarde anterior, cuando le comunicó que no regresaría a prisión. Ya se había convertido en una prófuga y en las próximas horas aparecería en el sistema la requisitoria para buscarla y detenerla. Todavía no tenía noticias de esa geolocalización, el proceso era complejo, pero a lo largo del día sabría algo. No creía en las casualidades, había encontrado a Rosaura cerca de la farmacia por alguna razón.

—¿En qué puedo atenderla, señora?

El hombre de la cortesía excesiva esperaba la respuesta de Martina, sonriéndole de un modo que a la agente le pareció impostado. Era un individuo de unos cincuenta y tantos, aspecto de señorito burgués, con una americana ocre, entallada y con uno de los ojales de la solapa bordado en rojo. Camisa de listas azules finas, cabellos ondulados peinados hacia atrás, castaños, con algunas canas. Ojos saltones como los de un sapo.

—Una Couldina, por favor. —A Martina se le había terminado la que tenía en casa y aprovechó la ocasión. Era el único analgésico que le elevaba el tono cuando se sentía cansada.

—¿Tiene síntomas de resfriado? —le pregunto él, solícito.

—No, pero podría tenerlos cualquier día.

La respuesta pareció desconcertar al hombre, que abandonó el mostrador sin réplica alguna. Tuvo la impresión Martina de que estaba acostumbrado a explicaciones más prolijas por parte de sus clientes. El propietario de aquella farmacia había sido Esteban Garcilosa García, fallecido más de dos décadas atrás de muerte natural a los treinta y nueve años, una parada cardiorrespiratoria súbita, según constaba en el certificado de defunción que había consultado Martina. Su viuda era Cecilia García de Cuernavaca, que figuraba actualmente como copropietaria de la farmacia junto al que ahora era su marido, el hermano del fallecido, Mario Garcilosa García. Tras enviudar, pues, se había casado con su cuñado. No supo dilucidar en ese momento si aquella circunstancia le parecía normal o, por el contrario, llamativa; aunque tampoco sería la primera vez que el cuñado sin hermano consuela a la mujer sin marido y ambos acaban juntos. La vivienda sobre la farmacia figuraba a nombre de la pareja, confirmó con una llamada al registro. Necesitaba más información y decidió probar suerte, arriesgándose ya al primer intento, cuando el farmacéutico regresó con la Couldina.

—¿No será usted hermano de Esteban? —le preguntó directamente—. Se lo digo porque me recuerda mucho a él, espero que no le moleste la pregunta. Una tía mía vivió en este barrio hasta que murió, hace mucho de eso, y yo solía acompañarla a esta farmacia.

No vivo por aquí, pero me quedaba de paso y lo he recordado al entrar.

—Sí, Esteban era mi hermano —confirmó el hombre con naturalidad—. Qué curioso que se acuerde de él, hace tiempo que falleció, pero se lo agradezco.

—¿Falleció, dice? —Martina simuló asombro.

—Un infarto mientras dormía. Mi cuñada lo encontró muerto por la mañana. Tenía solo treinta y nueve años.

—Lo siento mucho. —La agente aparentó estar impresionada por la noticia—. Era un hombre muy amable —se arriesgó a afirmarlo.

—Un buen hombre. Dejó una hija recién nacida, que ahora estudia en Estados Unidos en una buena universidad y con muy buenas notas. Mi hermano se habría sentido orgulloso de ella. Cecilia y yo hemos intentado darle el mejor futuro. Es muy inteligente, ¿sabe? —le comentó, con orgullo.

—Las chicas de ahora son todas muy inteligentes, todas quieren estudiar para ser independientes económicamente.

—La echamos mucho de menos, pero ella se ha adaptado muy bien a Estados Unidos, y eso es lo importante, que esté bien y sea feliz.

—A la que no recuerdo es a su cuñada. No sabía ni que Esteban estuviera casado, pero claro, le hablo de hace mucho tiempo.

—¿No recuerda a Cecilia? Pues si me permite un minuto, se la voy a presentar. Le hará ilusión que una clienta se acuerde de Esteban. ¡Cecilia! —gritó, acercándose en dos pasos a la trastienda de la farmacia y asomándose por la puerta—. Ven un momento, por favor, quiero que conozcas a alguien.

Ante Martina apareció una mujer rubia de unos cincuenta y cinco años; le llamaron la atención sus gafas fucsias en forma de corazón, por lo poco discretas que eran, y también sus pómulos, muy marcados, abultados y turgentes, como si se hubiera hinchado un pequeño globo bajo la piel de cada mejilla; la inspectora dedujo que le habían inyectado alguno de esos productos contra la flacidez y las arrugas. «Insegura», la etiquetó en su mente.

—Cecilia, esta señora conoció a Esteban. Perdone, no me ha dicho su nombre. El mío es Mario.

—El mío, Sofía. —El primero que se le ocurrió fue el de su nuera.

El farmacéutico le contó a su cuñada —no mencionó que ahora era su esposa— todo lo que le había referido Martina sobre Esteban y estuvieron charlando medio minuto más. Cecilia, tan amable como Mario, le agradeció el recuerdo de su marido fallecido. Percibió complicidad entre ellos, incluso furtivas miradas arrobadas de ella hacia el que ahora era su marido. Había comprobado también en el registro que Cecilia y el fallecido Esteban tuvieron, efectivamente, una hija, María, de veintiún años. Aquella pareja le parecía normal, aunque no le dijeran que estaban casados; incluso le habían contado detalles de su vida personal con naturalidad. Aun así, revisaría el resto de atestados de las mujeres apuñaladas y el de Adrián, por si en alguno de ellos apareciera también esa farmacia. En tal caso, la casualidad dejaría de serlo y se convertiría en indicio. Entonces hurgaría aún más profundamente en Cecilia García de Cuernavaca y Mario Garcilosa, aunque solo fuera para descartar definitivamente su relación con esos crímenes. Pensaba en todo ello cuando salía de la farmacia, y justo en ese momento la telefoneó su compañero de fugitivos: la llamada de Rosaura la tarde anterior había sido localizada en algún lugar sin determinar de la calle Lucía Sánchez Saornil, precisamente la de la farmacia. «Voy a seguir una pista», le había dicho Rosaura para justificar que no regresaría a prisión. ¿Qué podía haber descubierto sobre los farmacéuticos que ella no había detectado?

Capítulo XXII

Ignacio había aguardado a Rosaura en la cafetería blanca, frente a la farmacia. Allí se habían citado por la mañana. El plan era que él le daría allí el móvil de prepago, que ya había comprado, y luego ella agradecería a la farmacéutica que la hubiera atendido de su corte de digestión el día anterior. Lo haría regalándole una caja de bombones. Era una manera de acercarse a Cecilia y conocer también a su marido. Sin embargo, Rosaura ni llegó a la cafetería ni entró en la farmacia. Ignacio la reconoció a lo lejos por el paraguas de lunares. Una chica con la que había compartido una noche de sexo se lo había dejado olvidado en el palomar. Nunca la llamó para que lo recogiera ni ella hizo nada por recuperarlo. Sus psicologías no habían conectado.

Siguiendo con la vista el paraguas, a Ignacio le desconcertó que Rosaura, en lugar de dirigirse hacia la cafetería blanca tras salir del metro, se diera la vuelta y saliera huyendo de allí, perseguida por una mujer que le dio la impresión de que era policía, porque le dio el alto. Luego, las perdió de vista a las dos. Salió rápidamente y se dirigió a la avenida, siguiendo los lunares, pero parecieron diluirse bajo la lluvia entre otros paraguas. Tampoco vio a la mujer policía. Temió que hubiera dado caza a la fugitiva, aunque no había presencia de coches policiales. Frustrado e inquieto por no saber de su amiga ni poder contactar con ella, se fue al palomar, con la esperanza de que acudiera allí si no le habían puesto las esposas. Tampoco Rosaura tenía otro lugar donde ocultarse.

Ya en su pequeño refugio, Ignacio entretuvo su incertidumbre por el paradero de Rosaura viendo una película clásica, *North by Northwest*, titulada en España *Con la muerte en los talones*, dirigida en 1959 por Alfred Hitchcock. Para él, la mejor del director británico. Ahora se identificaba más que nunca con Roger Thornhill, el personaje interpretado por Cary Grant, constantemente sumido en el desconcierto tras ser secuestrado por unos desconocidos. Ignacio consideraba un alarde el guion de Ernest Lehman, que no concedía respiro, aunque cada vez que veía la película le seguía molestando que Thornhill, encerrado por sus captores en el salón de una mansión, no utilizara el teléfono que tenía muy cerca, sobre un escritorio, para llamar a la policía y pedir auxilio. «Pero entonces se acabaría película o sería otra muy distinta», se decía, siempre dispuesto a entrar en el juego que le proponía la trama. Al finalizar el filme, y como buen cinéfilo, se entretuvo mirando los títulos de crédito cuando oyó el sonido de las llaves en la cerradura. La mujer que entró por la puerta le confundió. Era Rosaura, sí, pero una Rosaura distinta: llevaba una melena lisa de color castaño claro, con un flequillo que le ocultaba la frente.

—Ignacio...

Rosaura dejó en el suelo la bolsa que llevaba y se abrazó a él, su amigo no sabía si rodearla también con sus brazos, tuvo miedo de no controlar el impulso de besarla. Tantas veces durante aquellas largas horas de espera pensó que la había perdido que ahora la sentía como si hubiera regresado de entre los muertos.

—No he tenido más remedio que comprarme una peluca —le dijo a su amigo, apartándose suavemente de él y dejando unas bolsas en el suelo—. La inspectora, Martina, estaba en la farmacia cuando llegué. Tuve que huir.

—¿Entonces, era tu poli? Vi desde la cafetería que te daba el alto. ¿Qué hacía allí?

—No lo sé. Es raro, ¿verdad? Quizá esté siguiendo la misma pista que nosotros. En la huida sacrifiqué tu paraguas de lunares, lo cambié por otro que cogí del paragüero de una cafetería. Me ha ido bien tenerlo, porque no ha dejado de llover y tenía que resguardar mi peluca. Me temo que el tuyo no lo vas a ver más. ¿Era importante?

—No. Además, era horroroso.

—Y demasiado vistoso, el menos adecuado para una fugitiva. Ahora te lo cuento todo, pero antes necesito un poco de agua.

Bebió dos vasos con avidez y se dejó caer sobre el sofá cama, como si regresara exhausta tras escalar una montaña. Entonces le relató a Ignacio su odisea. Tras lograr escaparse subiéndose a un autobús urbano, se bajó una hora después en el centro de Madrid, en la glorieta de Bilbao, cerca de la plaza de Colón. Ya no se sentía segura con el pañuelo y la gorra. Aun siendo una prófuga que acababa de ser perseguida, se atrevió a entrar en una peluquería que encontró por el camino y allí preguntó si conocían algún establecimiento donde pudiera comprarse una peluca. La miraron con compasión cuando vieron su cabeza cubierta con el pañuelo. «Pensaron que padecía cáncer y no lo desmentí, era urgente conseguir una», le contó. A cuatro manzanas de allí había una tienda especializada en pelucas y postizos, le dijeron. La encontró y, tras probarse varias y descartar todas las de cabello moreno y rizado, eligió la que consideraba perfecta para ella.

—Me llaman mulata y voy a dejar de serlo, por fin. Tengo una redecilla debajo que me protege las heridas, me duelen un poco por la presión, pero me iré acostumbrando.

—Estás tan distinta... —comentó Ignacio, que no acababa de habituarse a la nueva imagen de su amiga.

—De eso se trata, de que nadie me reconozca. Nunca seré Françoise Hardy, pero me conformo con no ser la misma que hace unas horas. He visto esta mañana el póster que tienes en la puerta. —Lo señaló—. Mi madre adoraba a esa cantante, lo que no imaginaba es que tú también. Te estás volviendo exquisito.

—Me gusta mucho desde siempre, ella y sus canciones. Incluso te pareces un poco con esa melena y el flequillo.

—No seas condescendiente, Ignacio. Ella era muy guapa y además muy francesa, con ese toque especial que tienen. Yo soy del montón, y ahora espero serlo mucho más. Voy a volver a la farmacia ahora. Antes me tomaré alguna ración en la cafetería blanca, no he comido y no quiero sufrir otro mareo como me ocurrió ayer. He comprado otra caja de bombones en Ascaso, la que tenía la lancé contra alguien que intentó retenerme durante mi huida.

—Te estás convirtiendo en una experta fugitiva, le has dado esquinazo a tu poli.

—Ni yo misma me lo creo. Cóctel de adrenalina e instinto de supervivencia. Me lo he tomado de un solo trago —le sonrió, encogiéndose de hombros.

—¿Por qué no esperas unos días a volver a la farmacia? Tu poli te ha descubierto casi en la puerta.

—No me voy a rendir hasta asegurarme de que esos farmacéuticos nada tienen que ver con el crimen de mi hijo. Y he tomado otra decisión: le voy a escribir a Cruz para decirle que, o hablamos por teléfono y me explica por qué me ha dirigido hacia allí, o corto la comunicación. Estoy harta de ese juego, tengo prisa, Martina ha estado a punto de detenerme y sigo sin explicarme qué hacía allí. Pudo ser una casualidad, pero no creo demasiado en ellas.

Ignacio percibía a su amiga tan resuelta, tan relajada a pesar de haber huido de la agente de policía, que no solo la peluca parecía haberla transformado; también ella misma se comportaba de otra manera, como si se hubiera acostumbrado a ser una prófuga y ya no le concediera demasiada importancia a su situación.

—Yo también tengo algo que contarte, Rosaura.

Ignacio le relató lo que había ocurrido la noche anterior, los dos encapuchados que entraron en su piso y que luego desaparecieron misteriosamente del coche que conducían.

—¿Los enviaba Chito a por mí, dices?

—Eso es lo que dijeron.

—¿Y cómo sabían mi dirección?

—No solo sabían eso, sino también que no has regresado a la cárcel.

—¿Te han podido seguir hasta aquí?

—He tomado precauciones, he estado muy pendiente, aunque no me extrañaría que los que fueron a tu casa estuvieran muertos. Los narcos son bastante bestias entre ellos.

—¿De verdad que tu madre se encaró con los encapuchados? —le preguntó a Ignacio, admirada y atónita a la vez.

—Había quedado con unas amigas y bebieron bastante vino. Eso no lo hubiera hecho con un café con leche en el cuerpo, desde luego, pero a mí me sorprendió tanto como a ti. En realidad, creo que mi madre había quedado con un novio. Resulta que se ha echado un novio, sí. Se le escapó su nombre, Samuel, pero no sé más.

—¿Y eso te molesta?

—No debería molestarme, ella es libre de hacer lo que quiera, aunque me resulta extraño que esté enamorada. ¿Tú sabías algo?

—¿Yo? En absoluto. Pero me parece bien. Si ella es feliz, como suele decirse, los demás no podemos ni debemos opinar —afirmó, al tiempo que apartaba su melena de los hombros con una mano y la colocaba a su espalda con gesto complaciente—. ¿Tienes mi nuevo teléfono móvil?

—Sí, ya está operativo.

—Dámelo, voy a llamar a Chito —le pidió mientras rebuscaba en su bolso el papel donde había apuntado los números que le interesaba conservar.

—No lo hagas, Rosaura —le advirtió Ignacio—. Son delincuentes, nunca se sabe por dónde van a salir. Debemos mantenernos apartados de ellos.

—Por eso mismo quiero llamarle y decirle que se aleje de nuestras vidas. No me perdonaría que os hicieran daño. ¿Para qué querrían entrar en mi casa?

—No lo sé. Le he echado un vistazo esta mañana antes de ir a la farmacia. Abrieron cajones, deshicieron las camas y levantaron los colchones. Pero el ficus, ni lo tocaron. Ahí sigue el dinero. Creo que te buscaban a ti y, al no encontrarte, desordenaron todo lo que hallaron a su paso para fastidiar.

—¿Y la urna de mi hijo?

—Afortunadamente, no la tocaron.

Tuvo que mentirle a su amiga. Los intrusos vaciaron el receptáculo y las cenizas quedaron esparcidas por el suelo. Con paciencia y cuidado, y también con aprensión —los restos de Adrián despedían un olor extraño que le recordó al fósforo de las cerillas—, Ignacio las recogió y las devolvió a la urna. No solo eso: ordenó la casa y la dejó tan pulcra como antes de la intrusión. Incluso regó las plantas.

—Me buscan, está claro. Tengo que llamar a ese impresentable que nunca da la cara.

—No lo hagas, Rosaura —insistió.

—Chito piensa que le tendí una trampa cuando me cité con la mujer a la que tirotearon. Debo aclararle las cosas.

—¿Y de qué te va a servir? Esa gente no tiene demasiadas bombillas encendidas en el cerebro, solo las justas para comprar y vender droga.

—Estar conmigo te pone en peligro. A mí no me importa que me maten, yo ya morí cuando asesinaron a Adrián. Se fue mi vida con él y también mi cordura. De hecho, maté a un inocente y me he convertido en una fugitiva.

—Si te pasara algo, no me lo perdonaría.

—La que no me lo perdonaría sería yo si te ocurriera algo a ti.

Rosaura marcó el número de Chito en su nuevo móvil. «Soy Rosaura, te llamo para que me dejes en paz. No tengo nada que ver con tu mundo», le dijo a modo a saludo cuando él contestó. El teléfono estaba en manos libres e Ignacio escuchó atentamente la conversación, que empezó tensa, enrocados ambos en sus argumentos. Chito desconfiaba de ella. La mujer del paseo de Extremadura estaba muerta, los «amigos» —así los calificó él— que envió a su casa para llevarla ante él habían desaparecido. «Vas dejando miguitas, Rosaura», le dijo sin alzar la voz.

—No, las dejas tú. Nunca das la cara y entonces siguen a los tuyos, es tan evidente que parece un telefilme de los sábados. ¿Para qué fuiste a buscarme a mi casa?

—Para hablar contigo. Tú querías una pista, y yo tengo una.

—Ya me da igual. Costó una vida cuando fui a por ella.

—Tengo una pista, repito —insistió Chito.

—¿Cuál es esa pista?

—Nos vemos, te la digo y te perdono los mil euros.

¿Cómo podía ser tan burdo aquel hombre?, se preguntó ella, indignada. La estaba tentando para tenderle una encerrona. No le extrañó que a los narcos a los que había robado droga les costara tan poco encontrar a los suyos y matarlos para vengarse del ladrón. Eran seres tenebrosos, pero no imaginaba que pudieran ser tan simples en la vida real, cuando el cine siempre los mostraba adelantándose a los movimientos de las filas enemigas.

—No nos vamos a ver, Chito. Eso no va a pasar. Puede que acabe muerta yo también si me acerco a ti. Además, tu palabra no vale nada para mí. ¿Tanto te cuesta entender que yo estoy fuera de la ecuación?

—¿Qué ecuación? ¿Qué quieres decir con eso? —preguntó el narco con desconfianza.

Ignacio hizo el movimiento de unas tijeras con sus dedos; quería que cortara ya la conversación, que solo aumentaba los recelos del narcotraficante.

—Estás paranoico. —Rosaura ignoró el consejo de su amigo—. Deberías preocuparte de esa niña que ha quedado huérfana de madre por tu culpa. Yo me cité contigo, no con la pobre mujer que murió. Esas balas iban para ti.

—¿Cómo sabes que esas balas eran para mí?

Ignacio le arrebató el teléfono y colgó la llamada.

—¿Qué has hecho? —le reprochó Rosaura.

—¿Cómo se te ocurre decirle algo así? Has empeorado las cosas —le recriminó.

—Él sabe perfectamente que esas balas llevaban su nombre. Me dijo Margarita que es un narco que roba a otros narcos. Se la tienen jurada.

De repente, Rosaura se apuñaló en el pecho con esas cuchilladas imaginarias. Tres veces.

—No hagas eso, Rosaura.

—¿Que no haga el qué?

—Esas puñaladas que te das.

—¿De verdad he empeorado las cosas?

—Un poco, pero ya lo solucionaremos de algún modo.

—No hables en plural. Lo solucionaré yo. No vuelvas más por el palomar, por favor, desentiéndete de mí, solo así estarás seguro. No controlo, ya te he dicho que perdí la sensatez cuando mataron a Adrián, y ahora lo he vuelto a demostrar. Si Chito va a por mí, al menos que no te pille en medio.

—Ni a ti tampoco, a ninguno de los dos. ¿No te das cuenta de cómo son esas gentes? Son escoria, pero una escoria peligrosa.

—Por eso mismo te pido tus llaves del palomar. ¿Me las das?

Rosaura extendió su mano, esperando el gesto por parte de su amigo, el que lo mantendría a salvo del incendio. Ya habían prendido las primeras llamas sin ella saberlo. A Ignacio no lo había seguido nadie del clan de Chito hasta el palomar, en eso tenía razón, pero sí lo hizo uno de los Ordaz, Lorenzo. Lo había esperado en su coche en la misma calle de la vivienda, aguardando con paciencia y con música de Camarón a que el vecino de Rosaura saliera a la calle. Quería que lo llevara hasta ella, persistía en la venganza por matar a su hermano. Arrancó el motor cuando lo vio en su Ford Fiesta saliendo del garaje, lo siguió por la ciudad, pero lo perdió cuando Ignacio comenzó a dar varias vueltas en cada rotonda que encontraba en su camino. Era evidente que intentaba evitar que lo siguieran, pero Lorenzo logró dar las mismas vueltas tras él sin que el vecino de Rosaura se percatara. Sin embargo, en la tercera de ellas, la de la plaza de Cibeles, siempre con mucho tráfico, se interpusieron varios coches y desapareció de su vista. Lo perdió. Le frustró, pero no estaba dispuesto a rendirse.

Capítulo XXIII

A Ignacio le dolió que Rosaura le pidiera las llaves. Le aseguró ella que se mantendrían en contacto a través del móvil, pero estaba obcecada en dejarlo al margen. Finalmente, no se las dio, la idea de dejarla sola le daba vértigo. Aunque Petra tenía una copia, sabía que no podía pedírsela sin darle explicaciones. «Deja que me lo piense. Es una decisión que me corresponde a mí, no a ti». Pero ella seguía insistiendo. Al final, acordaron que él comería rápido en casa con su madre —lo había telefoneado para decirle que lo esperaba con un potaje de garbanzos— y más tarde se encontrarían en la cafetería blanca, tras regresar ella de la farmacia. «Después, ya veremos», le dijo él, sin querer cerrar en ese momento el asunto de las llaves.

—Martina, la poli de Rosaura, ha estado aquí esta mañana —le dijo Petra a su hijo cuando llegó a casa. Ignacio la notó enfadada. Estaba en la cocina removiendo el potaje y ni siquiera lo miró a la cara.

—¿Qué quería?

—¿Qué iba a querer? Saber el paradero de Rosaura. Como ya sospechaba yo, no regresó el domingo a prisión. Ahora es una fugitiva de la ley. Le he dicho que se le va la pinza, que está obsesionada con encontrar al asesino de Adrián, ella sola, una enfermera que lo más cerca que ha estado de una investigación ha sido viendo una serie policíaca.

—¿Le has dicho algo sobre la farmacia? —Pensó Ignacio que esa sería la razón por la que Rosaura y Martina se habían encontrado allí.

—¿De la farmacia? No, me da vergüenza mencionarlo. Los farmacéuticos asesinos, qué locura, parece el título de una película de serie B.

Sacó la cazuela del fuego, se volvió hacia su hijo y le hizo las dos preguntas que él ya esperaba: «¿Sabes tú dónde está? ¿Te has convertido en cómplice de Rosaura? Dime la verdad». La verdad, la que todo lo arrasa a su paso, a la que siempre se teme. Tenía que escaparse de ella.

—Estoy harto del asunto de Rosaura, qué me importa a mí si ha entrado o no en prisión. ¡Dejadme en paz todos de una vez! —gritó.

Como si fuera un adolescente, Ignacio salió de la cocina y se encerró en su cuarto. Todo se estaba complicando demasiado, asumió mientras abría la ventana de la habitación y respiraba el aire que le faltaba debido a la ansiedad que le provocaba la situación. En aquella calle bajo su ventana, la noche anterior dos matones de Chito habían desaparecido del Mercedes que conducían. ¿Qué habría sido del gatito? ¿Qué habría sido de ellos? Se los imaginó ahorcados en un puente, como hacían los narcos en la guerra entre cárteles mexicanos.

No ocurrió exactamente así.

Los cadáveres de los tres sicarios —el conductor y sus dos colegas— aparecieron a la mañana siguiente en la cuneta de la carretera entre Moralzarzal y Manzanares del Real, dos pueblos de la sierra madrileña. Torturados, ejecutados de un tiro en la nuca. Los lanzaron desde un coche o varios, porque los cuerpos no aparecieron juntos, sino que entre unos y otros distaban unos pocos kilómetros. La Guardia Civil se hizo cargo del caso y las huellas dactilares les pusieron nombre. Estaban fichados, tenían antecedentes policiales por tráfico de drogas, dos de ellos habían pasado por prisión y todos estaban relacionados con el clan liderado por Vicente Cramelas, alias Chito. Posiblemente fuera un crimen por un ajuste de cuentas, una venganza, un mensaje: los asesinos dejaron los cuerpos sin mutilar, no les cortaron las manos para dificultar su identificación, no les importaba que se supiera quiénes eran. El triple homicidio fue comunicado a la Unidad Técnica de Policía Judicial de la Guardia Civil y la sección de homicidios, en la que trabajaba Sofía, recibió la información sobre el caso.

Ajena a la muerte violenta de los sicarios, Rosaura estaba a punto de entrar con su caja de bombones en la farmacia Hermanos Garcilosa. Había dejado de llover y se sentía una mujer tan distinta con su nueva melena lisa que se recreaba mirándose en los cristales de los escaparates que encontraba a su paso. «Adiós, mulata», se decía a sí misma. Se había vestido con unos pantalones estampados, una camisa blanca con ribetes de vainica y sus deportivas, por si tenía que huir de nuevo.

—¿En qué la puedo ayudar? —le preguntó el dependiente con cara de ratón.

—¿Podría ver a Cecilia? Dígale que soy Julia —le pidió cuando le tocó el turno tras aguardar la cola.

No veía a la farmacéutica ni en el mostrador ni ante el ordenador donde solía trabajar. Siempre había clientes en aquella farmacia, la mayoría eran personas mayores, ávidas de contar a los dependientes sus achaques.

—Quería verme, me han dicho.

Cecilia estaba ahora al otro lado del mostrador. Miraba a Rosaura con curiosidad. No la había reconocido.

—Soy Julia, me atendiste ayer cuando me mareé en la farmacia. Llevaba un pañuelo y ahora llevo una peluca —dijo con naturalidad.

—¡Ah! ¡Julia! Sí, ahora lo recuerdo. ¿Qué tal estás? —le preguntó con su cordialidad habitual.

—Estoy bien, gracias. He entrado para agradecerte que fueras tan amable conmigo. Te he traído unos bombones. —Le mostró la caja.

—¿Por qué has hecho eso? No era necesario, mujer. Pasa, por favor. Ven conmigo.

Rosaura siguió a la farmacéutica al otro lado del mostrador. Pasaron por delante del robot que buscaba y servía medicamentos sin darse un respiro; también por el aseo donde ella vomitó. Cecilia la estaba conduciendo a aquella pequeña estancia donde ocultó en un cajón la pavorosa foto del bebé maquillado que luego tiró a la basura. Aún seguía sobre el escritorio la siniestra imagen de la anciana desplumando una gallina. Se sentaron ambas en el sofá negro de cojines rojos. Rosaura dejó los bombones sobre la mesa de centro.

—Son de la pastelería Ascaso, los elaboran ellos sin conservantes ni colorantes, son artesanos.

—Me encantan, son mis preferidos, has acertado, qué curioso, ¿no? Pero insisto en que no tenías que haberte molestado.

Cecilia desgarró con movimientos suaves el papel del envoltorio hasta que la caja de listas azules y fucsias quedó al descubierto. La abrió. Eligió un bombón de vainilla, lo paseó por el paladar antes de masticarlo.

—Coge tú uno, anda —invitó a Rosaura—. Te sienta muy bien esa peluca, el color es bonito.

—Es de cabello humano. No ha sido barata, pero tampoco quería tener el pelo que llevan las muñecas —comentó al tiempo que cogía un bombón de frambuesa y se lo llevaba a la boca.

—Entonces, ¿sufriste un atropello? Recuerdo que me lo comentaste.

—Sí, cruzando un paso de cebra. Podría estar muerta. Tuve suerte. ¿Te importa que te haga una pregunta? Espero que no te moleste.

—Adelante.

—¿Quién es la mujer de esa foto? —Rosaura señaló con su mirada el retrato de la anciana con la gallina muerta en el regazo—. Me fijé cuando estuve aquí ayer.

—Era mi madre. ¿Por qué lo preguntas?

—Me emocioné un poco al verla, porque me recuerda mucho a mi abuela. Siempre vistió de luto desde que murió mi abuelo. Vivía en un pueblecito de La Alcarria. Era una mujer de carácter muy dulce, pero mataba y desplumaba gallinas con destreza. Les rompía el cuello rápido, para que no sufrieran.

Rosaura se escuchaba a sí misma y estaba asombrada: acababa de descubrir su inventiva para improvisar un relato falso.

—Mi madre también lo hacía con una rapidez extraordinaria —contó Cecilia—. Es muy engorroso desplumar un ave, pero ella parecía haber nacido con ese don. Le tengo mucho cariño a esa fotografía. Se la hice yo misma, ¿sabes?

—Qué coincidencia compartir ese pasado, me refiero a que tu madre y mi abuela tuvieran ese don, como tú lo has llamado.

—Y con las plumas se rellenaban almohadas.

—Sí, es verdad, mi abuela también lo hacía.

Continuaron hablando unos minutos de plumas, de gallinas, de pollos, de cómo los guisaba la madre de Cecilia; Rosaura dijo la verdad sobre cómo los cocinaba su abuela paterna, pero nunca desplumó un ave, no tenía paciencia; eso se lo dejaba al abuelo, quien las escaldaba antes para que se desprendieran mejor. Jamás se le habría ocurrido hacerle una foto a su abuelo afanado en esa tarea, le parecía mórbido recordar a una madre de ese modo, con una imagen violenta, con un animal muerto sobre la falda.

—Se nos van los abuelos, se nos van los padres, nos quedamos sin nuestros referentes en la vida, ¿verdad? —comentó la farmacéutica, taciturna—. Pero no nos vamos a poner tristes. Coge otro bombón, Julia. —Se llevó otro a la boca, uno recubierto de pan de oro—. Quiero agradecerte el detalle que has tenido conmigo. ¿Por qué no te quedas a comer con nosotros, con mi marido y conmigo? Se me acaba de ocurrir.

A Rosaura le sorprendió ese ofrecimiento repentino. Buena jugada. Ni ensayada diez veces le habría salido mejor.

—No sé, quizá sea mucho por una simple caja de bombones, no te sientas obligada.

—No me siento en un compromiso contigo. Me apetece. Claro, que quizá tenías otros planes.

—No tengo nada que hacer, ya te dije que vivo sola, no tengo familia. Si me muriera, casi nadie me echaría de menos —afirmó con una sonrisa que fingió triste, porque tenía la certeza de que Ignacio y Petra sí llorarían su ausencia.

—No digas eso, suena muy duro. ¿Trabajas? ¿Te dedicas a algo?

—Trabajaba de cajera en un supermercado de Alcalá de Henares, pero después del atropello y la indemnización que recibí me estoy replanteando las cosas. Quizá estudie algo, no sé, una oposición, por ejemplo. Ya veré.

—Yo estudié Farmacia, como mi marido, que en paz descanse. Nos conocimos en la facultad. Murió de un infarto mientras dormía. Su hermano Mario me ayudó tanto a sobrellevarlo que acabé enamorándome de él al cabo de unos años y nos casamos. La muerte te descoloca mucho, yo me sentía muy sola, tenía un bebé de meses y en fin... —suspiró—. ¿Te parece bien pasarte por aquí en media hora, a las tres?

A Rosaura le hubiera gustado quedarse más tiempo, proseguir con aquella conversación, tirar más del hilo, a ver si la llevaba hasta Cruz. ¿Sería la hija que estudiaba en Estados Unidos? No quería provocarle desconfianza con demasiadas preguntas en aquel momento. Las dejaría para la comida. A todos los padres les gusta hablar de sus hijos, un lugar común que ella intentaría exprimir.

Ignacio la esperaba en la cafetería, la de paredes blancas y suelo de damero. Se había ido de casa enfadado, sin probar el potaje de su madre. No toleraba bien que le presionara tanto con Rosaura. Cuando entró ella, él acababa de llegar y se había pedido una ración de patatas bravas con una cerveza. Al comentarle que la farmacéutica la había invitado a comer, no supo si alegrarse o preocuparse.

—Nunca pensé que me costaría tan poco entrar en su vida, aunque la caja de bombones no es barata —le comentó Rosaura, excitada.

—No me fío de ellos.

—Es mi oportunidad para buscar esa habitación del tictac, como dice Cruz. Por cierto, le voy a escribir, ya te dije que estoy harta de sus misterios. ¿Me vas a dar tus llaves del palomar, Ignacio?

Oyeron un trueno, miraron al cielo a través del cristal de la cafetería: el gris oscuro anunciaba de nuevo tormenta. Ignacio lo consideró un mal presagio. Cuando en las películas iba a ocurrir una desgracia, muchas veces se avisaba con nubes amenazantes y relámpagos.

—Va a caer una gorda.

—No cambies de tema. Ya te he dicho que no quiero arrastrarte en esto conmigo.

—Si estoy contigo, es porque quiero. Chito te busca, quizá los Ordaz vuelvan a por ti cuando sepan que no estás en la cárcel, y esos farmacéuticos, aunque no tuvieran relación con el crimen de Adrián, me mosquean mucho. No puedes hacer esto sola.

—Quiero hacerlo. Dame las llaves, por favor.

Ignacio quiso retrasar la entrega, le propuso entonces contactar con Cruz, que no había enviado un nuevo mensaje desde el día anterior. Rosaura le escribió:

No voy a seguir con el juego de tus pistas, que soy incapaz de descifrar. Necesito hablar contigo, saber que hay una voz detrás de tus misterios. Si no va a ser así, prefiero desconectarme.

—Y ahora, dame las llaves —le insistió su amiga.

Se oyeron un par de truenos más mientras su amigo, dubitativo, se las entregaba.

—Te espero aquí hasta que salgas de la farmacia, no pienses que me voy a ir —le advirtió—. Si vas a buscar ahí dentro la puerta a la que se refiere Cruz, la del tictac del reloj, no corras riesgos. En el cine preguntan por el baño para husmear, esa es la excusa habitual, y están al filo de que los pillen, pero salvan la situación. Aunque son películas, Rosaura. En la vida real seguramente no tendrían tanta suerte.

Capítulo XXIV

Rosaura cruzó la avenida bajo la lluvia, con su paraguas grande y rojo. Iba a entrar en la casa de unos desconocidos, señalados con la mancha de la sospecha. Eso era penetrar en la oscuridad de un modo voluntario, sin resistencias, fiándolo todo a la buena suerte. Cecilia ya la estaba esperando tras el mostrador, la saludó con la cordialidad de siempre y la condujo a la vivienda del primer piso. Rosaura ascendió por las escaleras, que eran estrechas pero aparentes, de mármol brillante y pasamanos dorado. De las paredes de color gazpacho colgaban varios aguafuertes de Francisco de Goya, enmarcados con listones negros lacados. Se fijó de pasada en uno de ellos mientras subía los peldaños. Representaba una escena extraña: un mono tocaba la guitarra al revés, por la parte de la caja sin cuerdas, y un asno sentado en el suelo como un humano lo escuchaba mientras dos hombres con rostros deformados sonreían tocando las palmas. Cecilia, detrás de ella, advirtió que su invitada se detenía unos instantes ante la obra, titulada *Brabísimo!*

—No son los originales de Goya, obviamente, pero sí copias del siglo XIX. Tienen su valor. Son desconcertantes pero bellos, ¿verdad? —le comentó la anfitriona.

—No sé, no entiendo de pintura...

El gusto por lo morboso de aquella pareja la seguía inquietando. Quizá se había precipitado aceptando la invitación a comer. Había decidido entrar en sus vidas impulsada más por su tozudez aragonesa que por la reflexión. Ya no había vuelta atrás. Las escaleras finalizaban en un salón luminoso, con dos balcones a la calle, paredes blancas con más aguafuertes de Goya; había muchos, colgados en filas simétricas uno encima del otro. Y en medio de un grupo de ellos, vio la cabeza disecada de un ciervo de mirada negra y triste que le sobrecogió. Una voz a su espalda le sobresaltó.

—Hola, Julia, soy Mario.

El hombre irrumpió de repente, cuando ella estaba absorta mirando al cérvido que parecía asomar su cabeza desde detrás de la pared. Cecilia había desaparecido, posiblemente se hubiera ido a la cocina. Mario la besó en las mejillas cuando Rosaura iba a estrecharle la mano. Maniática como era con las colonias y perfumes, identificó su fragancia, la Loewe clásica que tanto le gustaba y que había recomendado a Ignacio. Era un individuo alto, ya lo había constatado cuando los vigilaron para llevarse su bolsa de basura. Su aspecto era el de un pijo, un señorito urbano, no huyó Rosaura del cliché porque era exactamente eso. Los había visto repetidos decenas de veces, bastaba traspasar las fronteras imaginarias de Madrid y adentrarse en el paseo de la Castellana o en el barrio de Salamanca para cruzarse con muchos de ellos. Lo miró a los ojos, azules, saltones, sus córneas parecían querer huir de las cuencas. Intentaba ver en ellos al asesino, lo imaginó empuñando un cuchillo y matando a su hijo. Pero ¿por qué podría haberlo hecho? No supo responder a la pregunta. O sí. Cuántos homicidas habían llevado una vida normal hasta convertirse en monstruos, cuántos vecinos dijeron de ellos que eran buenas personas, amables en el trato como lo estaba siendo Mario.

—Hoy comeremos una mariscada —le anunció—. ¿Te gusta el marisco? Si no es así, te prepararemos otra cosa, no te preocupes.

—Sí, me gusta, no hay problema. ¿Dónde está Cecilia?

—En la cocina, preparando una crema de erizos. ¿La has probado alguna vez?

—No, nunca.

—Te gustará. ¿Te apetece tomar algo con el aperitivo? ¿Un refresco? ¿Un Martini?

El hombre hacía esfuerzos para generarle confianza, Rosaura percibía que quería que ella se sintiera bien.

—Una Coca-Cola con hielo, si no te importa.

—Pasa al comedor, por favor. Está todo preparado.

Mario le hizo un gesto para que la siguiera y ambos penetraron en una estancia aparte del salón, separada por un arco de medio punto, con ventanas cubiertas por visillos blancos opacos. Entraba la luz, pero no la ciudad que había tras ellos. Le impresionó la mesa, tan bien dispuesta, con un mantel de hilo bordado con guirnaldas de flores, con varias bandejas de canapés y una gran fuente repleta de marisco, con centollo, ostras, percebes, almejas y langostinos.

—Esto es demasiado. Os agradezco que hayáis hecho el esfuerzo, no teníais por qué. Es un poco abrumador, es una comida de lujo. —Rosaura no había visto una mariscada como esa en su vida, había tanto en ella que rebosaba de la fuente.

—Aparte de la farmacia, tenemos un negocio de *catering*, no te asustes por el dispendio, nos sale a precio de coste y nos gusta comer bien —comentó mientras le servía en un vaso una Coca-Cola y cogía un par de cubitos de hielo de una cubitera de cristal con asas de plata. Él se escanció un vino blanco en una copa.

—¿Así que además de la farmacia tenéis un restaurante?

—No exactamente. Elaboramos menús para eventos. En realidad, el *catering* es mío y de dos socios más. Ya lo teníamos cuando me casé con Cecilia. ¿Qué tal estás tú? Me ha dicho que te atropellaron en un paso de cebra, lo has debido de pasar mal.

—Sí, no ha sido fácil —contestó tras beber un poco del refresco.

—También me ha comentado mi mujer que el accidente te produjo heridas en la cabeza, por eso llevas peluca. Te sienta bien, la melena y el flequillo me recuerdan a una cantante francesa de hace muchos años, François Hardy.

—¿François Hardy? —Rosaura se sintió halagada.

—Tenía mucho estilo esa mujer. A todos los chicos nos gustaba mucho.

—A mi madre también.

Entró Cecilia, llegó transformada. Se había retocado el maquillaje y llevaba un vestido ajustado de color azulón, de manga francesa y escote de barco. Medias negras y zapatos salón del mismo color, lágrimas de perla como pendientes. Se había arreglado de un modo que Rosaura consideró excesivo, como la propia comida que habían preparado.

—No le hables del atropello, Mario, que Julia está superando el trauma.

—Pues ya lo he hecho, lo siento.

—No importa —lo disculpó Rosaura—. Es normal que me pregunten, gracias por interesarte. ¿Puedo ir al baño un momento? Así no os molesto durante la comida.

—Está en el pasillo, al fondo. Te acompaño —se ofreció Cecilia.

—No, por favor, no es necesario. Lo encontraré.

Estaban los dos en el comedor. Rosaura decidió que ese era el momento, la oportunidad para investigar. El pasillo: largo y con cinco puertas, tres a un lado y dos al otro. Primero quiso comprobar dónde estaba el baño: exactamente donde le había indicado Cecilia. Una vez identificado, volvió rápidamente sobre sus pasos. Primera puerta a la izquierda, ahí estaba el «tictac» al que se había referido Cruz. Tenía menos de dos minutos. Se había concedido seis como tiempo límite. Si notaban que tardaba, la deberían encontrar en el baño, no en otro lugar de la casa. Contó las puertas, se situó frente a la que buscaba. Giró el pomo. Le temblaban las piernas y los brazos. Entró con sigilo. Se sorprendió: una habitación casi desnuda, con una gran cama pegada a la pared, calculó que era de dos por dos metros. Sábanas negras y almohada roja, la misma combinación del sofá de la estancia que precedía a las escaleras. Una ventana con la persiana bajada, aunque no tanto como para que no pudieran colarse unas rayas de luz. No había reloj alguno en aquella habitación, no sonaba ningún tictac. ¿Por qué Cruz le había asegurado que lo había? ¿Se habría confundido de puerta? Tampoco había armarios ni mesillas junto a la cama. Nada. Se iba a ir con las manos vacías. Le quedaba un minuto. Si allí solo había una cama, tendría que prestarle atención. Bajo el colchón había un canapé. Lo levantó. En su interior había dos cajas grandes de color azul pastel con tapa granate, similares a las que se venden en los bazares chinos para guardar la ropa. Destapó una. Dentro de ella, otras cajas más pequeñas de diferentes colores. Abrió una al azar. Habría sido mucha suerte encontrar el Lilienthal Berlin de Adrián, la prueba indiscutible de que los farmacéuticos estaban relacionados con su muerte, pero ahí dentro solo encontró objetos diversos y ninguno era un reloj. No los distinguía bien debido a la penumbra. Sacó el teléfono móvil del bolso y los alumbró. Varios pintalabios, rímel, colorete, lápices de ojos. ¿Por qué estaban allí y no dentro de un neceser en el baño? Le quedaban treinta segundos. Destapó otras cajas. En una solo había collares de perlas, en otra pulseras, en otra pendientes de diferentes tipos: aros dorados y plateados, otros de brillantes, algunos más de bisutería de colores; de un par de ellos colgaban dos pequeñas plumas de ave azules. Todo aquello parecía ser el joyero de Cecilia. Quedaban aún bastantes cajas por abrir debajo de aquel colchón. Diez segundos. Tiempo agotado. Salió de la habitación, frustrada. Cerró la puerta con tiento, caminó rápido hacia el baño. Cuando iba a entrar, oyó pasos por el otro extremo del pasillo. Se dio la vuelta, era Cecilia.

—Quizá he tardado demasiado. Lo siento —se disculpó Rosaura.

—Estaba preocupada —contestó ella cuando ambas se encontraron en medio del corredor—. Hace un par de días te mareaste, me preguntaba si estarías bien.

—He tenido problemas con la cremallera del pantalón —improvisó.

—A mí también me pasa a veces, lo fabrican todo cada vez peor.

Mario estaba descorchando una botella de champán cuando ambas llegaron al comedor.

—¿Te apetece, Julia? Es francés —la invitó con una copa aflautada en la mano.

—Gracias. Aunque apenas bebo alcohol, lo voy a probar.

A Rosaura no le apetecía, solo tomaba cava cuando Adrián cumplía años y eso ya no volvería a suceder. Le generó pesar, pero aceptó por cortesía. Bebió un poco, estaba bueno, burbujas finas, sabor intenso. Cecilia salió del comedor y volvió unos instantes después con una bandeja con tres tazas de consomé, que colocó sobre la mesa.

—Es una crema de erizos, ahora están en temporada —dijo la farmacéutica mientras servía las tazas a cada comensal—. Una delicia, ya lo verás.

Mario alzó su copa.

—Propongo un brindis por Julia, nuestra invitada.

—Gracias, nadie había brindado nunca por mí.

—Pues eso lo vamos a solucionar ahora mismo —comentó Cecilia.

Entrechocaron sus copas los tres. A Rosaura no le disgustó la crema, tenía sabor a mar y un leve regusto amargo de fondo que compensaba la potencia del aroma marinero. Después, comenzaron con la mariscada. Escogió tímidamente un par de langostinos y una pata de centollo. Declinó probar los percebes. Nunca los había comido. Le parecían bichos extraños, como pequeñas pezuñas de animal. Le provocaban rechazo. El centollo, en cambio, sí le gustaba, al igual que el buey de mar. El mejor que había probado fue en Portugal, durante un viaje de tres días a Lisboa que hicieron ella y Adrián cuando su hijo tenía diecisiete años. Por el camino se detuvieron en Elvas, a doscientos kilómetros de la capital lusa. Les habían hablado de un restaurante con buen marisco a buen precio, El Cristo, un local en medio de un parque, en un gran kiosco con grandes cristaleras. Aquella fue una de las comidas más hermosas que compartieron madre e hijo, ambos excitados por el viaje, tres días solos los dos. Disfrutaron de una enorme *sapateira* —el buey de mar portugués—, y Adrián le contó a su madre su sueño de futuro: dedicarse al análisis matemático en el Centro Superior de Investigaciones Científicas.

—Incluso la difusión del calor está regida por números, mamá. Lo demostró hace más de dos siglos el matemático y físico francés Joseph Fourier mediante una ecuación que explica la evolución de la temperatura.

Ella, una vez más, escuchaba a Adrián, aunque no entendiera nada de lo que decía. Él, enamorado de los números, se esforzaba en traducirle lo complejo, pero Rosaura solo pensaba en lo extraordinariamente inteligente que era su hijo.

Adrián... Se había quedado absorta pensando en aquel viaje a Lisboa, le costó regresar a la mariscada y a la pareja de farmacéuticos, que en ese momento le estaban contando precisamente un viaje que hicieron con su hija María a la ciudad noruega de Borgen para ver las auroras boreales.

—Y no las vimos, qué pena —lamentó Cecilia, hundiendo una cucharita dentro del caparazón del centollo, en el que habían preparado una salsa con el coral, vino blanco y cebolleta picada.

Rosaura miró su plato: estaba lleno de cáscaras de marisco. Se había abstraído tanto que había comido sin ser consciente de ello. Algo le había sentado mal, porque se sentía mareada. Mario cogió la botella de champán francés, iba servirle en la copa a Rosaura, pero detuvo el gesto:

—No sé si servirte otra, Julia. Ya te has tomado cuatro, pero te puedo servir la quinta si te apetece.

—¿Cuatro? Ahora entiendo por qué estoy mareada. No suelo beber alcohol, ya os lo he dicho. Creo que me voy a ir —decidió, aturdida.

—Has perdido color en la cara, la tienes muy pálida —comentó Cecilia, preocupada.

—¿Ah, sí? —Rosaura se palpó con las manos el rostro. La piel estaba fría, como si acabara de salir de una nevera—. Está claro que se me ha subido el champán, qué vergüenza. ¿He dicho muchas tonterías? —El corazón le latía a martillazos, temió haberse descubierto, contar algo que no debía, llamarse ante ellos con su propio nombre.

—No, en absoluto. De hecho, apenas has hablado, hemos sido nosotros los que no hemos parado, ¿verdad, amor? —Cecilia miró a su marido y le acarició la mano.

—Siento no quedarme al postre.

—¿Seguro? Tenemos helado de vainilla, regaliz y jengibre con salsa de chocolate y nueces —la tentó la anfitriona.

—Me duele la cabeza y tengo el estómago revuelto.

Rosaura se sintió violenta por la descortesía que suponía irse antes de que acabara la comida, pero le pesaban las piernas, tenía la boca pastosa y también somnolencia, los síntomas característicos de la resaca. Pensar en Adrián la había sacado del mundo. ¿Cómo no se había dado cuenta de que había bebido tanto? Se fijó en el plato con las cáscaras de marisco y vio entre ellas varios percebes vacíos de carne. Le extrañó. «¡Si no sé ni cómo se comen!», se dijo, confusa. Creció en ella la sospecha. Algo había ocurrido, no podía ser solo el champán. Quería salir de allí cuanto antes. Se incorporó de la silla, el cuerpo le pesaba como si llevara una mochila de piedras a la espalda. Cecilia y Mario también se levantaron.

—No es necesario que me acompañéis, conozco la salida, no os quiero interrumpir la comida.

—No me cuesta nada acompañarte abajo, Julia —dijo Mario.

—No hace falta, insisto. Necesito que me dé el aire —Le habría venido bien un vaso de agua, pero no quiso pedirlo.

—Nos estás asustando —le transmitió Cecilia con gesto de preocupación—. ¿Tan mal estás? ¿Quieres que te tome la tensión?

—Me cuesta hablar, disculpadme. Seguid con el postre, por favor.

Salió del salón y descendió por las escaleras, desorientada; tuvo la sensación de que dejaba atrás una gruta oscura donde algo desconocido la acechaba, lo intuía a su espalda, era una presencia que había generado su mente, pero aun así no se atrevió a volver al cabeza. Bajó los peldaños agarrada al pasamanos como si fuera una anciana, su cerebro recibía con retardo la orden de colocar cada pie en los escalones. Llegó a la estancia que antecedía a la farmacia, se sentó en el sofá y se dio aire con una mano. Se recostó en el respaldo, eso la hizo sentirse mejor. No se recordaba bebiendo champán ni comiendo percebes, pero durante un segundo se vio a sí misma observando los cortes en sus brazos. Los tenía desnudos, no los cubrían las mangas. Fue una imagen tan rápida que desapareció sin que lograra retenerla. No tenía sentido verse a sí misma sin la blusa. Se incorporó, no quería que los farmacéuticos la descubrieran traspuesta en el sofá. Ya de pie, dio dos pasos y a punto estuvo de perder el equilibrio. Se apoyó en el escritorio y su mirada se topó con la foto de la madre de Cecilia, la que desplumaba gallinas. Tuvo náuseas. En aquel momento le pareció una mujer monstruosa. Volvió a preguntarse con estupor cómo alguien podía homenajear a una madre de un modo tan escabroso. Tomó el portarretratos entre sus manos, lo acercó a sus ojos, miró a la mujer, escrutó su rostro. La imagen se tornaba más difusa a medida que acercaba la vista. Tuvo una sospecha. Miró hacia a las escaleras, oía reír y conversar a Mario y a Cecilia. Dio la vuelta al portarretrato, lo abrió. No era una foto, sino un recorte de periódico. «Aspirina. ¡Qué feliz idea!», leyó en el reverso, con la imagen en blanco y negro de la caja del medicamento junto a una mujer de los años sesenta que sonreía con unos dientes perfectos. Dio un paso atrás con el portarretratos en sus manos, lo colocó de nuevo sobre el escritorio. Sentía repulsión hacia Cecilia. Salió de la salita intentando mantener el equilibrio, atravesó la farmacia centrada en que no se le notara el aturdimiento y saludó con una sonrisa a los dos dependientes; la puerta automática le ahorró el gesto de tener que empujarla, porque no se sentía con fuerzas. La lluvia había arreciado, pero Rosaura no se protegió de ella, sino, al contrario, elevó el rostro y dejó que el agua lo mojara, al tiempo que aspiraba el aire con avidez, como si el oxígeno estuviera a punto de agotarse en la Tierra.

Ignacio la esperaba a pocos metros con un paraguas. Cuando la vio, se acercó hasta ella.

—Llevas dos horas ahí dentro, Rosaura. Mala decisión no llevarte el móvil. No podía comunicar contigo. Iba a entrar ya. Dos horas me parecen demasiadas para comer con dos desconocidos.

—Ha pasado algo y no sé el qué... —musitó.

—¿Qué quieres decir?

—Vamos a la cafetería. Necesito un café bien cargado. Creo que me han drogado.

Capítulo XXV

—¿No es esa Rosaura? Compartí módulo con ella. ¿Qué coño hace en casa de los farmacéuticos? Me dijo que estaba de permiso y debería estar ahora en el talego.

En el salón de un ático en el barrio de Argüelles, la Gata y su hermano Rolo estaban visionando un vídeo en un ordenador. En las imágenes, en tiempo real, aparecía Rosaura inconsciente en el comedor de la casa de los farmacéuticos, sentada ante una mesa con una gran fuente de marisco en el centro. La pareja la estaba desnudando.

—Serán hijos de puta... —dijo la Gata, estupefacta.

Él le estaba desabrochando la blusa y luego el sujetador, hasta dejar sus pechos al descubierto. Después, la incorporó de la silla para que su mujer le quitara los pantalones, las deportivas y las bragas. La llevaron a un sillón y la sentaron con las piernas abiertas de tal modo que el sexo quedara totalmente expuesto. Finalmente, le quitaron las vendas de los brazos, la peluca y la redecilla que protegía el cuero cabelludo. Acercaron el sillón a la mesa, se sentaron los dos y prosiguieron comiendo marisco frente a Rosaura inerme. Ante la indiferencia de la pareja, abrió los ojos, intentó levantar un brazo, lo miró unos instantes, lo dejó caer, no tenía fuerzas para moverlo.

—Está calva —comentó Cecilia entre risas.

—Pero el coño parece un bosque —replicó Mario, riéndose también mientras se vertía limón sobre una almeja y sorbía su carne.

—Está babeando —advirtió ella.

Mario cogió la servilleta de Rosaura, se levantó de la mesa y le limpió los labios. Le pellizcó los pezones, luego los besó. Rosaura vio cómo lo hacía, pero no reaccionó, se le cayó la cabeza hacia un lado del sillón. Carecía de voluntad. El individuo regresó a su silla con parsimonia, como si nada de aquello le afectara.

—¡Será cabrón! —exclamó Rolo tras ver aquella imagen humillante—. Le voy a reventar. ¿Y si antes de apuñalarla le hicieron lo mismo a Graciela?

—No sabemos si fueron ellos. De momento, solo son unos degenerados. Qué hijos de la gran puta.

Cecilia y Mario observaban a Rosaura como si estuvieran viendo una película mientras comían palomitas. Ella bebió vino, se limpió las manos con la servilleta y colocó su mano en la entrepierna de Mario, sentado a su lado.

—¿Te excita verla?

—Todavía no.

—Ya lo noto. Has perdido fuelle.

—Echo de menos a María, ya lo sabes.

—Pues yo pensaba que te gustaría mi regalo.

—No te esfuerces. Sigo cabreado.

—¿Cabreado? ¿Por qué?

—Ya lo sabes. Tiraste mi foto favorita a la basura.

—Y tú también sabes que nunca me gustó que la tuvieras a la vista. Quizá Julia la viera, no me sentí segura, forma parte de nuestros secretos.

—No me gusta tu regalo. Tiene la piel demasiado oscura y apenas tiene tetas. Y esos cortes en la cabeza y en los brazos no son muy agradables, la verdad.

—¿Le hacemos algunos más?

—¿Estás loca? Cuando despierte debe estar igual que cuando la dormimos, no puede sospechar nada. Voy al dormitorio a por la máquina de fotos.

Mario se levantó de la mesa y salió del salón. Cecilia se acercó a Rosaura, le cogió una mano y le metió el dedo índice en la boca. La miró y sonrió con malicia. Después, registró su bolso. Estaba prácticamente vacío. Ni siquiera llevaba el móvil. Solo un pequeño billetero con cincuenta euros, un envase de Betadine y un paquete de clínex.

—¿Por qué vas indocumentada? —le preguntó, sabiendo que no obtendría respuesta. Volvió a reírse cuando la observó tan calva y con el dedo en la boca, como una bebé gigante y monstruosa.

Entró Mario con una cámara digital. Se había colocado en la cabeza un pasamontañas negro con dos pequeños agujeros para los ojos y una abertura para la boca, y también había enfundado sus manos en dos guantes de cuero negros con tachuelas plateadas que coincidían con los nudillos de las manos.

—¿Por qué se chupa el dedo? —le preguntó a Cecilia.

—Para que te recuerde a una recién nacida. Me divierte. Me gustaría maquillarla, pero no hay tiempo y hay que disfrutarla ahora. En menos de dos horas abrirá los ojos. De todos modos, no sé si podría arreglarla mucho con el maquillaje. No es guapa, por no decir que es fea.

—Pero el cuerpo es bonito, delgado, ni un gramo de grasa, aunque eso lo paguen sus tetas, que son una mierda.

Mario cogió de la mesa unas tenazas para partir marisco y un cuchillo. Se acercó a Rosaura, quien lo miró con terror, porque nada podía hacer para defenderse.

—A ver si se va a mear encima —dijo Cecilia—. Ponle la servilleta debajo para que no me manche el sillón.

—Cállate. Me estás jodiendo el momento.

Con el verdugo en la cabeza, Mario se inclinó y colocó las tenazas sobre uno de los pezones de Rosaura presionando sobre él, como si fuera a arrancarlo.

—Hazme una foto —le ordenó a su mujer.

Ella enfocó la cámara y sonó el clic. Mario dejó las tenazas sobre el reposabrazos del sillón y cogió el cuchillo. Lo agarró por el mango y lo dirigió directamente al corazón de Rosaura.

—Hazme otra.

La Gata y su hermano contuvieron la respiración.

—Hay que hacer algo por esa pobre mujer, Merche —le dijo Rolo a su hermana, nervioso.

—¿Hacer algo como qué? ¿Llamar a la policía? Estamos en busca y captura, no podemos hacer nada —replicó la Gata con frialdad—. Pero no la va a matar, solo está jugando. Es un depravado. Los dos lo son.

Mario se inclinó sobre Rosaura y posó ante la cámara con el cuchillo sobre su cuerpo indefenso. Rozó con la punta la zona del corazón, presionó lo suficiente para ver cómo se hendía superficialmente sobre la piel. ¡Clic! Lo alejó cuando estaba a punto de provocarle una herida. ¡Clic! Alzó el brazo con el cuchillo en la mano, como si estuviera a punto de apuñalarla. ¡Clic! Luego descendió hacia el pubis y lo acarició con el filo. ¡Clic!

—Ponte detrás de ella.

Mientras Cecilia lo hacía, Mario se quitó el cinturón y se lo dio a su mujer.

—Ciérralo sobre su cuello, como si fuera el collar de una perra. Ya sabes cómo va esto, aprieta fuerte, pero sin dejar marcas.

Mario se bajó la bragueta, se masturbó delante de Rosaura y eyaculó sobre sus pechos mientras Cecilia grababa en vídeo la escena.

La Gata y Rolo contemplaban atónitos la escena.

—Es un tarado asqueroso, pero de momento no es un asesino, insisto —comentó ella—. Podría haberla matado y no lo ha hecho.

—¿Y quién dice que no pueda ser las dos cosas? Quizá la mate ahora, en el minuto siguiente —replicó su hermano.

—No lo hará. No sería tan estúpido para asesinarla en su propia casa, con la farmacia abajo.

—Son farmacéuticos, saben de potingues. Podrían echarle ácido y hacerla desaparecer.

Observaron cómo Mario se alejaba de Rosaura, cogía una servilleta y se limpiaba el pene, al tiempo que Cecilia retiraba el semen del cuerpo de Rosaura con otra. Se sentaron los dos a la mesa, Mario se quitó los guantes y el pasamontañas, bebió un trago de vino y comenzó a comer percebes.

—Enséñame las fotos y el vídeo.

Cecilia cogió la cámara y se las mostró. Las vieron los dos y a ambos se les humedecieron los ojos de placer.

—Lo que realmente me excita es que yo decido si vive y muere, como los emperadores con los gladiadores —comentó Mario con naturalidad—. Me has dicho hoy en la cocina que no tiene familia.

—Ni familia ni amigos. Está sola en el mundo. Me ha comentado que nadie lloraría su ausencia si se muriera.

—Es perfecta. Invítala otro día a comer.

—Lo haré si echamos un polvo ahora —le propuso ella mientras daba un lametón a una ostra—. ¿Te queda un poco de energía para mí? Uno rápido antes de que despierte.

Cecilia se levantó de la silla, se quitó el vestido con rapidez y luego las bragas, se sentó sobre Mario, desnuda salvo el sujetador. Le desabrochó la bragueta del pantalón.

La Gata y su hermano apartaron la vista del ordenador, pero eso no impidió que escucharan los gemidos de placer, sobre todo los de Cecilia.

—Rolo, ni se te ocurra hacer nada por tu cuenta con estos dos. Me ocuparé yo.

—¿Como te has ocupado en estos dos últimos meses, que no hemos dado ni un solo palo? Dos meses sin ningún alunizaje y somos aluniceros. ¿Cómo se explica eso?

Continuaban escuchándose los suspiros orgásmicos de la pareja, era el sonido de fondo durante la conversación entre los dos hermanos.

—Estoy estudiando un objetivo, es un encargo. Viajé a la Costa Brava hace unos días en un maldito autobús, en una parada en la carretera me encontré con Rosaura.

—¿A la Costa Brava? ¿Y me lo dices ahora? Pensaba que te habías ido a Torrevieja a descansar, al menos eso me dijiste.

—Soy discreta con estas cosas, ya lo sabes. No me han dado el okey hasta hoy por la mañana. Nos ofrecen ciento cincuenta mil euros, pero el golpe debe ser cuando ellos lo digan, ni un día antes ni un día después. Y a una hora exacta.

—¡Ciento cincuenta mil pavos! Hostia, es un pastón. ¿Dónde?

—Una joyería del barrio de Salamanca. Abriremos una caja fuerte y nos llevaremos todo lo que haya dentro. Nos facilitarán la combinación.

—¿En serio? Demasiado fácil. No me fío —le comentó Rolo con incredulidad.

—No nos volvamos paranoicos. De todos modos, si la caja no se abre, pillamos todo lo que haya a la vista y punto y pelota. Nosotros no actuaremos, lo harán los demás. Somos dos fugitivos.

—¿Cómo que no actuaremos? Yo sí participaré, soy el conductor, el piloto de Fórmula 1, soy el mejor, ni se te ocurra apartarme.

—Vale, ya hablaremos, aún tenemos que organizarlo. —La Gata no quería seguir con ese tema, ya había tomado la decisión de no poner en riesgo a su hermano.

—¿Y ese par de tarados?

—Déjamelos a mí. Si te necesito, ya te lo diré. Por el momento, desde que hemos instalado las cámaras no han mencionado nada de un crimen. Hoy la farmacia estará de guardia toda la noche.

—¿Y qué vas a hacer?

—Lo mismo que hizo Graciela, comprar Nolotil.

—¿Por qué no va Jaral? Ella está limpia, tú no.

—No cuestiones mis decisiones. Sé lo que hago.

Cesaron los gemidos de placer. Los dos hermanos volvieron a la pantalla del ordenador. Los vieron vistiendo a Rosaura y sentándola a la mesa. Cogieron restos de percebes de sus platos y los colocaron en el de ella. Se sentaron, comenzaron a hablar de un viaje a Noruega. Ella despertó, confusa. Mientras lo hacía, la Gata cogió su móvil, abrió Facebook, buscó a «Julia Blue», se acordaba del nick de Rosaura, siempre presumía de tener muy buena memoria. Le escribió:

> Hola, Julia. Nos conocimos en el autobús Barcelona-Madrid. Yo llevaba una gata conmigo. ¿Te acuerdas? Te escribo porque te dejaste tu neceser en el asiento. Podemos quedar si quieres recuperarlo. Yo estaré en una hora en el templo de Debod, suelo correr por allí.

Rosaura oyó el silbido de una notificación en el móvil mientras se reponía de la somnolencia con un segundo café bien cargado en la cafetería blanca. Pensó que era un mensaje de Cruz. Todavía no le había contestado al último, en el que le advertía que necesitaba contactar por teléfono, de lo contrario cortaría para siempre la comunicación.

—No es Cruz, es la Gata. Es ella, estoy segura. Me ha citado en una hora —le comentó a Ignacio. El mensaje correspondía al perfil falso de un tal Ramsés Cardoso.

Ambos acababan de tener una leve discusión: Ignacio quería que acudiera a urgencias para que una analítica determinara si la habían drogado o no los farmacéuticos. Ella no quería ni oír hablar del tema, ir a un hospital sería como presentarse en una comisaría para que le colocaran las esposas y la llevaran a prisión.

—¿Quién es la Gata?

—Una compañera de prisión. Su cuñada murió del mismo modo que Adrián y horas antes acudió a la farmacia, la nuestra. Quizá tenga alguna pista.

—¿No te rindes nunca, Rosaura? Si te han drogado, eso no se hace por nada. Es posible que hayan abusado de ti. Deberías denunciarlos. Es un delito. Ahora se llama sumisión química.

—No me voy a arriesgar a volver a la cárcel.

—¿No tienes dignidad? Has estado dos horas con unos desconocidos y no recuerdas nada. Te pusieron algo en esa crema de erizos o en el champán y has salido de allí totalmente aturdida.

—¿Que si tengo dignidad, me preguntas? No, no la tengo. Se la llevó Adrián. Si no me importa que me maten, cómo me va a importar que me droguen. ¿No te das cuenta? Soy una muerta en vida.

Rosaura estalló. Y lloró. Veía a Ignacio desdibujado a través de las lágrimas, distorsionado como la propia realidad en la que vivía. No le había comentado que notaba la piel del pecho pegajosa y no sabía por qué, aunque lo sospechaba. No quería pensar en ello ni mucho menos enunciarlo. Le provocaba pánico la sola idea de intentar dilucidar qué habían hecho con ella durante esas dos horas. Asaltaban su mente imágenes difusas, la de una figura negra y gigantesca frente a ella, que se unía a una anterior, la de sus brazos desnudos, pero los *flashes* desaparecían enseguida, no lograba retenerlos. Había entrado en aquella casa en busca de un asesino y la suspendieron en el vacío. Su plan se había derrumbado. Y no tenía otro.

Capítulo XXVI

La cama roja y negra, siempre impregnada de mi olor a colonia de Victorio y Lucchino, cuando nunca dormí allí.

Mi foto sobre el escritorio, el bebé que fui, profanada mi piel con pinturas, preparada ya para lo que iba a venir después. La palabra «Bichito» en el reverso, escrita junto al año de mi nacimiento.

El vaso de leche caliente con Cola-Cao que me borraba la memoria.

Pasaron años hasta que me di cuenta. Durante mi infancia no era capaz de relacionar aquel vaso de leche que mi madre me preparaba antes de acostarme con lo que sucedía después. Tras beberlo, me dormía enseguida, no me daba tiempo a leer mi cuento preferido. Me fascinaban los dibujos, el guisante bajo numerosos colchones que, sin embargo, a la princesa delicada le parecía una piedra enorme que no le permitía dormir. Cumplí los trece años y me olvidé de mi princesa. En el colegio me obligaban a leer otros libros, que no siempre me interesaban. Mi madre me reñía si no los leía, a veces me daba un bofetón sin motivo, luego mi padrastro Mario me consolaba, me abrazaba, me besaba en el cuello, a veces me acariciaba las tetas, me daba asco que me tocara, pero cuando me quejaba a mi madre, recibía otro tortazo. «Eres rebelde. A veces no sé qué hacer contigo», me recriminaba. «Es que Mario me toca», le contestaba yo. «Y además tienes pensamientos sucios. ¿Qué demonios te pasa?». ¿Qué les pasaba a ellos?, me preguntaba yo, que me borraban la memoria casi cada noche.

«Ya no soy una niña, no hace falta que te quedes mirando mientras me tomo el vaso de leche», me atreví una noche a decirle a mi madre. «Maldita adolescencia», me contestó ella. Y salió de la habitación dando un portazo. Había robado de la cocina una bolsa de congelado con cierre hermético. Allí vertí la leche con Cola-

Cao. La escondí en el puf de los zapatos. Me tumbé en la cama y simulé estar dormida. Temblaba. Tenía miedo por lo que pudieran hacerme. Pero aquella noche no ocurrió nada. Me la pasé en vela. No entró nadie. Fue al tercer día cuando sucedió. De madrugada, entró Mario en mi habitación, me cogió en brazos, me susurró al oído «princesa mía» y me llevó a la habitación de la cama roja y negra, donde aguardaba mi madre con una caja entre las manos. Los veía con los ojos casi cerrados, a través de las pestañas, que se interponían y lo confundían todo todavía más. Mario me sentó en la cama, mi madre me quitó el pijama y me quedé desnuda. Sentí terror, pero debía plegarme, no podía salir de allí. Temía el castigo si se daban cuenta de que había vertido la leche en la bolsa y estaba consciente.

Mi madre me pintó los ojos y los labios mientras Mario me chupaba el dedo gordo del pie. Sentí náuseas y, al reprimir la arcada, solté un eructo. «¿Pero está sedada o no?», preguntó él. «Claro que lo está, le he puesto dos de midazolam», contestó mi madre. ¿Cómo podía hacerle eso a una hija? La odié, nunca dejé de odiarla a partir de entonces. A mi padrastro le deseé la muerte, lo habría matado yo misma si hubiera tenido fuerzas para traspasar esa línea. Pero descubrí más tarde que quienes podían matarme eran ellos.

Mario me levantó de la cama y me puso de pie, abrazó mi cuerpo desnudo, me acarició los glúteos. Mi madre levantó el canapé bajo el colchón, la oí abrir y cerrar cajas, revolver entre lo que me parecieron cuentas de collar. «¿Te gusta este para tu princesa?», preguntó. «Sí, es perfecto». Noté las perlas en mi piel, sobre mis pechos. Era un collar. Largo. Me llegaba hasta el pubis. De pronto, él me lanzó sobre la cama. No tuve dudas de que me iba a violar. ¿Cuántas veces lo habría hecho ya? Sin embargo, nunca sentí dolor vaginal a lo largo de los años que me estuvieron drogando. Mario se bajó la bragueta del pantalón. El pánico me traicionó. No fui capaz de controlarlo y grité. Mi madre y mi padrastro me miraron, primero desconcertados, después enfadados conmigo. Me levanté de la cama, salí corriendo de la habitación y me encerré en la mía.

Esa noche hubo un silencio absoluto en la casa, un silencio que me atemorizaba, la falta de respuesta me estremecía. Desnuda, llorando, todavía con las perlas sobre mi cuerpo, con los ojos escociéndome porque el rímel se había mezclado con mis lágrimas, me acurruqué en un rincón de la habitación. No sé en qué momento me dormí, pero me desperté a la mañana siguiente, al amanecer. Mi madre llamó a mi puerta. «Hablemos. Seguro que tienes muchas preguntas», me dijo. Me puse una bata encima. No quería hablar con ella, solo deseaba ducharme y que el agua borrara las huellas de Mario sobre mi cuerpo. Salí al pasillo. No había nadie. Me asomé al salón. Ella estaba en el balcón, fumándose un cigarrillo. Nunca la había visto hacerlo. Me acerqué. Sí, ahora exigía yo una explicación, aunque lo que hacían conmigo no la tuviera. Me sentía avergonzada, sucia, humillada. «Dime, mamá», le dije, colocándome a su espalda. Se volvió hacia a mí, desafiante, con el cigarrillo consumiéndose entre sus dedos. «Hablan mucho de la adolescencia, de que los padres tenemos que entenderos y soportaros con paciencia. A veces no somos capaces, y entonces algunos adolescentes se quitan la vida, se tiran por el balcón, por ejemplo. He oído muchos casos de esos. ¿Es lo que vas a hacer tú después de lo que ocurrió anoche? Si no te atreves, lo podemos hacer nosotros, te ayudaremos si es lo que quieres. Si cuentas algo de lo que sucedió ayer, te empujaré yo misma. Eres mi hija, tu vida me pertenece. ¿Lo has entendido o te lo vuelvo a repetir?».

A partir de entonces, me tomé cada noche el vaso de leche con Cola-Cao.

Capítulo XXVII

La lluvia se había escondido y las nubes jugaban a tapar el sol del atardecer, que reivindicaba su dominio en el firmamento exhibiendo sus rayos de luz. El templo egipcio de Debod, en el centro de Madrid, era el lugar perfecto para el encuentro. Había siempre turistas y paseantes y las dos fugitivas podrían pasar desapercibidas. La Gata ya había confirmado que Rosaura no había regresado a prisión. Los radares de los delincuentes son mucho más potentes que los artilugios de detección ideados por los ingenieros. Con una discreta pamela, gafas de sol, mochila y prendas de colores chillones, la alunicera se paseaba por los alrededores del templo y se mimetizaba con el resto de los visitantes leyendo un folleto informativo sobre aquella joya arqueológica, de la cual no sabía nada porque no le había interesado nunca. Sin embargo, le asombró conocer no solo que el templo tenía una antigüedad de más de dos mil años, sino que, en 1968, había sido transportado desde Egipto a Madrid, piedra a piedra, para librarlo de ser inundado por la presa de Asuán. Desmontarlo en un lugar para reconstruirlo como un puzle en otro, a miles de kilómetros. ¿Qué marcianada era aquella? Miraba con perplejidad aquel templo consagrado a dioses, un cubo pétreo con columnas de adorno, precedido por dos portones de piedra, inútiles, porque estaban huecos y no conducían a ningún lado. Nada había allí que llamara su atención, el conjunto únicamente le transmitía la idea de un esfuerzo absurdo, el del dinero malgastado. Nada conocía la Gata sobre la civilización egipcia, nunca le habían encargado robar obras de arte y, aunque así fuera, ella solo tenía que centrarse en birlar el producto. Lo que sí le sorprendía es que el templo hubiera permanecido durante décadas sumergido bajo las aguas de la primera presa de Asuán y tan solo emergiera los veranos, cuando disminuía el caudal. «Y sigue en pie», se dijo, ahora sí, fascinada.

Había una larga cola para visitarlo, a ella ni se le pasó por la cabeza entrar: era una ratonera si por alguna razón debía huir. El sol rojizo del ocaso, las nubes rosáceas y el firmamento de un celeste intenso enmarcaban el templo y se reflejaban en las aguas del estanque que lo rodeaba. Era una imagen de postal que estaba experimentando en directo, y eso a la Gata le gustó. Alguien la tocó en el hombro. Volvió la cabeza, desconfiada.

—Hola, soy yo —la saludó Rosaura.

No la reconoció en el primer momento. La melena lisa y larga la confundió, pero su rostro de rasgos mulatos la ubicaron en el instante siguiente.

—¿Por qué llevas peluca?

—Yo te preguntaría a ti por qué vas vestida de guiri, pero ya sé la respuesta. Nos buscan y no podemos dejarnos encontrar.

—Mira qué resabiada te has vuelto —le dijo la Gata con desprecio—. A lo mejor lo que tengo que contarte ahora te quita la tontería. Vamos a sentarnos en un banco. Abriré el folleto que explica estos pedruscos y las dos hablaremos mirándolo, como si estuviéramos muy interesadas en lo que cuenta. Eso nos mantendrá con las cabezas agachadas sin llamar la atención, ¿de acuerdo?

—De acuerdo —obedeció Rosaura.

—Si aparece alguna pareja de maderos patrullando, no varíes ni un solo gesto, sigue a lo tuyo, aunque pasen por delante de nosotras. Si te noto cualquier sobresalto, me largaré.

Sin tacto alguno, sin anestesia, sin ahorrarle detalles, la Gata comenzó a relatarle lo que hicieron con ella los farmacéuticos mientras estaba prácticamente inconsciente. A medida que la escuchaba, Rosaura se fue encogiendo sobre sí misma, a la vez que se cubría el rostro con las manos. Luego no lo pudo evitar: se dio una de sus puñaladas en el pecho.

—¿Qué coño haces?

—No lo sé —susurró Rosaura; acababa de romperse como si su cuerpo fuera de cristal.

Se imaginaba desnuda mientras ellos la observaban comiendo marisco y bebiendo vino. Se cubrió instintivamente el pecho con los brazos. Cuántos pervertidos podrían estar escondiendo sus parafilias bajo sus batas blancas, como habían hecho esos farmacéuticos, reflexionó sin salir aún de su desconcierto. Con la complicidad de Cecilia, Mario Garcilosa podría haberla matado si hubiera querido. De hecho, simuló que iba a hacerlo con un cuchillo. «Y me desnudaron y eyaculó sobre mí», pensó, horrorizada. El impacto emocional, la vergüenza y la culpa la aprisionaban. Se había arriesgado demasiado aceptando aquella comida. Se lo tenía merecido. Intentó darse otra puñalada, pero la Gata detuvo su gesto.

—No montes un número y céntrate en lo que te importa, el asesinato de tu hijo. ¿Has averiguado algo sobre esos cerdos hijos de puta?

—¿Por qué me lo has contado? Me lo podrías haber ahorrado —la censuró Rosaura, aún sin reaccionar.

—Te lo cuento para que sepas a quién te enfrentas. Tú lo has empezado todo.

—¿Cómo has podido verlo? ¿Estabas allí, escondida?

—He colocado un par de cámaras en la casa. Yo también perdí a mi cuñada.

—Si descubriéramos que han sido ellos, no los mates. Te lo pido por favor.

—Haré lo que tenga que hacer.

—A mí no me valen muertos, los quiero en la cárcel durante muchos años, que vivan la experiencia que yo he vivido, que un juez los condene y se haga justicia.

—Que se haga justicia, dices. ¿En qué mundo vives tú? Ellos tienen pasta, tendrán un buen abogado y a los pocos años estarán fuera. Yo tuve uno muy bueno y mírame, estoy en la calle porque me consiguió un permiso a pesar de que la junta insistió en que había riesgo de fuga. Y no regresé al talego, claro. Deja de lloriquear y ponte las pilas.

La Gata era un muro que Rosaura jamás lograría derribar. Ni siquiera le oyó un «lo siento» tras contarle lo ocurrido durante esa comida. Ahora entendía por qué notó la piel de su pecho pringosa al despertar. Era esperma seco. Sí, eran unos degenerados, pero volvía a la pista de despegue: nada probaba que también fueran unos asesinos, aunque ese cuchillo... Rosaura levantó la vista y vio a Ignacio al otro lado del estanque, sentado en un banco. Sus miradas se cruzaron y él levantó la mano discretamente, saludándola. Le había mencionado la cita, pero no le dijo dónde tendría lugar. ¿Cómo habría conseguido encontrarla? «Mi contraseña de Facebook y Messenger. Las sabe», cayó en la cuenta. A pesar de que quería alejarlo de ella, Ignacio no se rendía. Quiso acercarse y abrazarse a él, revelarle lo que realmente ocurrió en casa de los Garcilosa, dejarse consolar, pero la Gata seguía apremiándola.

—¿Estuviste en otras habitaciones de la casa? Solo tengo cámaras en el salón.

—Pues coloca más. —Rosaura estaba harta de sus órdenes y de sus objeciones; decidió que ya era el momento de hacerse respetar.

—¿Por qué no las pones tú, que eres tan lista? Dime qué hacías comiendo con ellos.

Rosaura le contó el mareo en la farmacia, la caja de bombones como detalle de gratitud, la sorprendente invitación a la mariscada. Obvió otras informaciones, como la foto del pobre bebé, los últimos mensajes de Cruz y esa imagen falsa de la anciana con la gallina desplumada, en realidad un recorte de periódico. Le parecía todo tan rocambolesco que creyó que la Gata no la tomaría en serio. Se limitó a narrarle su corta expedición, cuando entró en esa estancia extraña solo habitada por una cama. Le habló sobre las cajas ocultas en el canapé, bajo el colchón, con objetos de maquillaje, collares, pulseras.

—No me dio tiempo a abrirlas todas —se justificó—. Oí pasos por el pasillo y a duras penas llegué hasta la puerta del baño para simular que salía de él. Los farmacéuticos no sospecharon nada, de eso estoy segura.

—Qué torpe eres. A mí me habría dado tiempo a abrir todas las cajas en cero coma.

—Pero yo no soy una ladrona —se le escapó a Rosaura.

—Es verdad, solo eres una pobre idiota que busca justicia para su hijo. Vuelve a esa casa y abre todas las cajas. Ya te conocen, será más fácil.

—¿Volver allí? ¿Después de todo lo que me han hecho?

—Otra vez lloriqueando, joder. No tomes ninguna bebida ni comida que te ofrezcan, pero vuelve y abre todas las cajas. No te dejes ni una. ¿Qué habitación es?

—La primera a la izquierda entrando en el pasillo. ¿Vas a entrar tú también?

—Sí, claro, y montamos allí una fiesta si te parece.

La Gata se levantó del banco, tiró el folleto a una papelera cercana y se fue. Ni una palabra de despedida. Rosaura no podía moverse, rígido su cuerpo, pero a la vez encogida sobre sí misma, derrotada, ansiosa también por darse una ducha que purificara su vergüenza. Revoloteaban por su mente imágenes de lo que suponía que sucedió; eran tan reales que incluso movió ligeramente su cuerpo para esquivar el cuchillo de Mario junto al corazón. Ignacio se acercó a ella y se sentó a su lado.

—¿Por qué me has seguido? ¿Te lo he pedido acaso? —lo reprendió ella.

—¿Esa tía con pinta de guiri con la que hablabas era la Gata? —le respondió su amigo con otra pregunta.

—¿Y qué si lo es? —contestó ella, desafiante.

—Vas con gente chunga, Rosaura. La Gata es una alunicera, una ladrona en busca y captura, su hermano también. Lo he visto en internet. ¿En qué coño te estás metiendo?

—Busco al asesino de mi hijo y ella puede ayudarme. ¿Necesito tu aprobación?

El mal acechaba a Rosaura desde que había salido de prisión.

Lorenzo Ordaz la observaba desde el otro lado del estanque del templo de Debod.

El mayor de los cinco hijos de la matriarca no soportaba ver a la asesina de su hermano fuera de la cárcel y dejaba que el odio escupiera sal sobre la herida. Si no fuera por el mandato de su madre, no la habría dejado viva y la habría cosido a puñaladas en aquel solar. Se fue de allí furioso, tan fácil como habría sido aplicarle la ley del Talión que mencionaba la Biblia. No se dio por vencido Lorenzo, abrasado por el fuego de la venganza. Había vigilado el domicilio de Rosaura, sin localizarla. Había seguido a Ignacio y se le había escapado: no entendía bien la circulación en coche por las rotondas y en una de ellas perdió de vista al vecino, porque estaba más pendiente de saber entrar y salir que del vehículo al que perseguía. Ahora, por fin, lo había guiado hasta ella. Aunque llevara peluca, la reconocía en sus facciones, en su tez cetrina, en sus ojos y en su nariz caribeños, en sus brazos vendados bajo las mangas de la blusa, debido a los cortes que le infligió su madre. Era ella. Lorenzo se había ocultado tras la fila de visitantes que aguardaba entrar en el templo egipcio. Rosaura y su amigo se levantaron del banco. Le pareció que estaban discutiendo. Los vio caminando entre el gentío y se fue acercando a ellos, tras cubrirse la cabeza con la capucha de su sudadera. Su plan ya estaba en marcha.

El sol se había ocultado, pero el firmamento aún recordaba su fulgor y lo proyectaba azulado y tenue antes de que lo engullera la noche. Se encendieron las luces del templo y se oyeron voces de asombro: iluminado, parecía flotar sobre las aguas del estanque. Daba la sensación de que era irreal, que en cualquier momento aparecerían los antiguos sacerdotes en procesión para hacer sus ofrendas a los dioses Amón e Isis. Ni siquiera Ignacio y Rosaura, inmersos en una tensa conversación con cruce de reproches, pudieron sustraerse a aquella visión deslumbrante. Permanecieron en silencio contemplando el espectáculo. Entonces Lorenzo Ordaz se acercó a ellos por detrás, se pegó a sus cogotes, empuñó en su bolsillo la navaja automática, la abrió. Ignacio oyó el restallido a su espalda, se giró y vio a aquel individuo con capucha, sintió la amenaza, cogió del brazo a su amiga y la empujó a un lado. Pero ya era tarde para evitar la tragedia. El tipo ya blandía el arma. La clavó en un cuerpo, pero no en el de Rosaura, sino en el de la mujer que ella tenía delante, que gritó de dolor y cayó al suelo.

—¡La han apuñalado! —exclamó Rosaura sin lograr entender lo ocurrido. Se había salvado por escasos centímetros.

Ignacio se arrodilló ante la mujer. El navajazo le había entrado por un costado, manaba sangre de la herida. Se formó alrededor un corrillo de gente, oyó cómo alguien llamaba por el móvil a una ambulancia y notó una mano que lo apartaba de la víctima. «Soy médico, déjeme a mí», le dijo un joven con aspecto de mochilero. Oyó entonces la voz de Rosaura. «Soy enfermera, doctor. ¿Puedo ayudar?». Ambos le realizaron los primeros auxilios a la víctima. Ignacio lamentó no recordar al agresor, no pudo verle con claridad el rostro. Todo había ocurrido a la velocidad de la luz. Ya estaba llegando una ambulancia, ya escuchaba las sirenas policiales. Rosaura no podía quedarse allí, pero la enfermera que era la impulsó a hacerlo y a socorrer a la mujer. Le presionaba con sus manos la herida mientras el médico le practicaba la reanimación cardiopulmonar. Comentaron entre ellos que la cuchillada le había penetrado en el hígado y posiblemente tuviera una hemorragia interna que le provocó una parada cardiorrespiratoria.

—Que no se le vaya, doctor, por favor —le suplicó Rosaura.

—Eso es lo que intento.

Ignacio miró a su alrededor por si veía al encapuchado. Supuso que habría llegado ya a la plaza de España y quizá ya estuviera por la Gran Vía, mezclado entre los turistas. Se había escabullido en la noche, con la capucha de la sudadera bien encasquetada en la cabeza para no ser reconocido por las videocámaras. Observaba perplejo a Rosaura, centrada en salvar una vida, ajena a su situación de fugitiva. ¿Cómo alejarla de allí? No se le ocurría nada eficaz sin llamar la atención. Llegaron los sanitarios del Sámur. El médico y la enfermera ocasionales se apartaron. Ignacio se acercó entonces a su amiga y la cogió del brazo.

—Tenemos que salir de aquí —le susurró al oído.

—Le ha partido el hígado... —musitó ella, ajena al riesgo que corría si se quedaba un minuto más.

—Vámonos, te he dicho. Ya está aquí la poli.

—Tengo las manos manchadas de sangre —murmuró, angustiada.

—Métetelas en los bolsillos del pantalón y camina —le ordenó Ignacio.

—¿Y si nos sigue el asesino?

—Ese ya no está aquí, no es idiota, al menos no tanto como tú, que te has quedado para socorrer a la mujer, cuando ya había un médico.

—Es mi deber, sigo siendo enfermera. He hecho lo que tenía que hacer.

—Ya no eres enfermera, Rosaura, eres una prófuga de la ley. ¡Qué parte no entiendes, joder! —exclamó, enojado.

—Vale, lo que tú digas —claudicó ella.

Estaba harta de los reproches de Ignacio, pero él le había salvado la vida. Entendió el empujón que le dio, la trayectoria de la navaja iba directa hacia ella. Aquel individuo la había intentado asesinar. ¿Uno de los Ordaz? ¿Chito? ¿Alguien que la odiara sin ella saberlo? Era un asunto tan grave como para sufrir una crisis de pánico, pero se mantenía extrañamente serena. Lo único que le estremecía era aquella mujer que recibió el navajazo en su lugar. Se intentó dar una de sus puñaladas, Ignacio le detuvo el brazo cuando iba a hacerlo, la tomó de la mano y la apremió para que apretara el paso. Huir de allí entre en la muchedumbre no resultó tan difícil, ayudados por la noche que ya se había cernido sobre la ciudad. Tensos, sin dirigirse palabra alguna entre ellos, llegaron a la plaza de España, cercana al templo de Debod. Rosaura se lavó las manos en la monumental fuente de la Concha, gobernada por dos estatuas de ninfas, homenaje mitológico al nacimiento del agua.

—La cuchillada iba a por ti, Rosaura. No lo olvides —le advirtió Ignacio.

Le habló entonces de aquel hombre con sudadera y capucha que se pegó a su espalda, le contó cómo oyó aquel chasquido y sintió la amenaza.

—No he podido verle la cara, ha sido todo muy rápido.

—¿Habrá sido uno de los Ordaz? No van a descansar hasta que me maten —comentó sin que el corazón acelerara sus latidos.

—O puede que también haya sido ese narco, Chito, que ya envió a dos de los suyos a tu casa. No sé cómo lo has conseguido, pero estás rodeada de delincuentes que quieren tu cabeza. Cualquier persona normal estaría más que acojonada, pero a ti parece no importarte, sigues adelante con tu plan absurdo.

—Chito no puede pasearse tranquilamente por Madrid, es un narco que ha robado a otros narcos, esos sí que van a por él, igual ya está muerto. No lloraré por él si eso ocurriera.

Madame X, 1966, película titulada *La mujer X* en España. Lana Turner interpreta a la desgraciada Holly Parker, una bella mujer de origen humilde a la que la fatalidad parasita, un melodrama intenso que Ignacio revisitaba de vez en cuando; disfrutaba viendo a la diva de Hollywood en el mejor papel de su carrera. Holly se casa con un magnate, tiene un hijo al que ama, aunque la desventura la aleja de él. Huye de su pasado y cambia de identidad, pero el destino la encuentra, como acabaría haciendo con su amiga si él no lograba impedirlo. De algún modo Ignacio conectaba a Rosaura con la mujer X, ambas unidas por la desdicha, dos madres vencidas por el sentimiento de pérdida.

Una ración de luna llena se asomó entre las nubes. Rieló sobre las aguas de la fuente y se tiñeron de encarnado cuando Rosaura sumergió las manos. Era sangre ajena, pero ella la sintió como propia; no dejaba de pensar en la pobre desconocida.

—He sido testigo de un intento de asesinato. Tengo que llamar a Martina y decírselo. No quiero que quede impune, esta vez no —decidió, rememorando su huida forzosa cuando tirotearon a la mujer sin nombre.

—¿Estás en busca y captura y vas a llamar de nuevo a tu poli? Últimamente no te conozco. Me siento un imbécil a tu lado, no sé qué hago aquí aguantando tus locuras, cada una peor que la anterior. Tiene razón mi madre, te has convertido en una persona tóxica.

—¿Eso piensa Petra de mí? —le preguntó desde una mirada inmersa en la decepción. No esperaba esas palabras, le dolieron.

Sentada sobre el borde de la fuente, bajo la ninfa arrodillada que vertía el agua de un cántaro y parecía mirarla con severidad, sintió cómo se le nublaba la vista y un vahído convertía su cuerpo en gelatina. Si Ignacio no la hubiera sujetado por los hombros, habría caído al agua.

—Mírame, Rosaura. —Enfrentó su rostro al de ella—. Adrián está muerto, no va a volver, no va a saber nunca si se hace justicia o no con él, y no creo que le gustara saber lo que estás haciendo. Detén esta locura, por favor. —Se lo pidió en tono de súplica—. Entrégate y piensa en una nueva vida cuando salgas de prisión. Hoy te han drogado los farmacéuticos mientras comías con ellos, tú misma me lo has dicho. ¿Ha abusado él de ti? La sumisión química se hace para eso, para que los hombres violen a las mujeres sin resistencia. Podría haberte matado si hubiera querido.

—¡Cállate! —le gritó—. No quiero pensar en eso. Además, yo ya estoy muerta.

—Tendrías que denunciar a esa pareja de asquerosos, insisto.

—¿Y de qué serviría? Es su palabra contra la mía, lo único que conseguiría es ponerlos en alerta contra mí y ya no podría ganarme su confianza. Quiero entrar de nuevo en su casa y conseguir pruebas que los relacionen con el asesinato de Adrián. Cruz los señala, persiste en esa farmacia.

—Todo esto es demencial, Rosaura. No entres de nuevo allí, por favor —le rogó.

—¿Y si el navajazo lo hubieras recibido tú? Eso me habría matado. Deja de protegerme, soy tóxica, tu madre tiene razón. Aquí nos despedimos, lo siento —concluyó con una voz áspera.

Sin embargo, un instante después sonrió a su amigo, le acarició el rostro, le dedicó una mirada en cuya hondura Ignacio vio cráteres y precipicios y se alejó de la fuente. Si Rosaura hubiera sido un animal, sería el que acababan de apalear y huía con el rabo entre las patas. Estaba a punto de rendirse.

Capítulo XXVIII

Rosaura se había alejado de Ignacio sin mirar atrás, no quería arrepentirse de haberlo apartado de sus infortunios. Le avergonzaba sufrir tantos. Quería claudicar y entregarse, como le había aconsejado su amigo, pero a Adrián lo había gestado en sus entrañas y, si se rendía, era como si traicionara ese vínculo materno, el más irrenunciable. Se enfrentaba a sus dilemas mientras recorría una calle cercana a la plaza de España, buscando arrimarse a algún portal para llamar a Martina. Sospechaba de Lorenzo Ordaz. Aunque no tenía prueba alguna de que hubiera sido el autor del navajazo, tenía ese presentimiento y quería pedirle a la inspectora que investigara dónde estaba él en ese momento. La coartada, esa era la clave. Había decidido también llamar a Beatriz, su hermana. No lo había hecho hasta entonces porque le carcomía el remordimiento de no haber acudido al funeral de su padre, pero ahora brotaba un sentimiento nuevo en ella: la echaba de menos. Era la única familia que le quedaba. Añoraba los tiempos ya muy lejanos en los que estaban los cuatro juntos y eran felices. Se sentía una apátrida, ya no pertenecía a ningún lugar.

Caminaba por la calle arrastrando su tristeza cuando pasó por delante de un pub y prácticamente la arrolló un grupo de chicas que salía del local. Cantaban y reían, estaban desatadas. Intentó esquivarlas, pero la algarabía la apresó. Y no solo eso: una de las muchachas, de la que no dudó que estaba ebria, le colocó en la cabeza una diadema con los dos cuernos de Lucifer —todas la llevaban—, la agarró del brazo y la arrastró con el resto del grupo, que avanzó por la calle, alborotado. Rosaura intentó zafarse, pero la diabla no la soltaba.

—¡Déjame! ¿De qué vas? —le gritó para hacerse oír.

—De qué voy, quiénes somos, de dónde venimos, hacia dónde vamos, todo es un misterio —le contestó la chica, partida de risa.

De repente, todas las diablas se agarraron de las manos formando un círculo en medio de la calle y empezaron a cantar: «Al corro de la patata, comeremos ensalada, lo que comen los señores, naranjitas y limones. A chupé, a chupé, sentadita me quedé», y se agacharon todas y muchas de ellas no pudieron levantarse de lo borrachas que iban. Rosaura aprovechó el momento para intentar alejarse del grupo. Se quitó la corona de Lucifer y la tiró, pero entonces le gritaron: «¡Eeeeeeh, eso no se hace!». Una de las chicas recogió del suelo los cuernos del diablo, se los volvió a colocar a Rosaura en la cabeza y las demás aplaudieron el gesto.

—No sé qué estáis celebrando, pero yo no soy del grupo, os habéis confundido.

Alzó la voz para hacerse oír entre el alboroto, aunque les habló en un tono amable. Estaban pasadas de copas, no quiso aventurarse a que montaran más gresca y llamaran la atención de vecinos o, peor aún, de la policía. Tras escuchar sus palabras, las chicas se quedaron todas en silencio, la miraron con recelo y una de ellas le dijo con voz arrastrada: «Si no perteneces al grupo, entonces tendremos que matarte». Y estalló de nuevo una gran carcajada general, ante el desconcierto de Rosaura.

—Es broma. Te pido disculpas en nombre de todas —le dijo otra, condescendiente, pasando el brazo por su hombro. Parecía la menos borracha—. Estamos un poco locas todas, celebramos una despedida de soltera.

—¡Ah! Felicidades... —musitó ella.

Ese «felicidades» transportó a Rosaura mentalmente a una boda, a la novia vestida de blanco, a la alegría de un enlace y la dicha futura que promete, al banquete, a la tarta nupcial. Sin saber cómo, pero sin resistirse, se dejó llevar por las diablas hacia otro bar, cercano al anterior. Pidieron chupitos de orujo, brindaron por la que despedía su soltería, Rosaura se tomó uno de un solo trago, se rio con ellas, se olvidó por unos momentos de sus desgracias. Les siguió la marcha hasta un bar musical de la plaza del Callao, tras subir por la Gran Vía cantando todas que Sevilla tiene un color especial, que sigue teniendo su duende y que sigue oliendo a azahar.

¡Bum, bum, bum! Ya en el bar musical, los bafles bombeaban la percusión del *Venezia* de Hombres G y Rosaura sentía la vibración por todo su cuerpo. Se encontraba más que bien botando en la pista, se le desbordaba la adrenalina y se imaginaba bailando en la *piazza* San Marco, que solo conocía por fotos. Hombres G proponía pasar de la magia de la ciudad única y bañarse en la playa, y allá que se fue ella en una góndola hasta llegar a mar abierto, al Adriático, para lanzarse sin miedo al agua mientras el sol estaba a punto de acostarse tras el horizonte. Flotaba sin esfuerzo en un mar manso teñido de púrpura, con el *campanile* de la basílica de San Marcos en la lejanía. La felicidad, el éxtasis. ¿Se puede vaciar la cabeza en tan pocos minutos, dejando en ella tan solo la belleza?, se preguntaba, rodeada de las diablas, que brincaban y se carcajeaban cuando chocaban unas contra otras al perder el sentido del equilibrio. En el fragor de la música, cuando contoneaba sus caderas y elevaba los brazos para unirse con las demás al tarareo de la canción, notó unas manos calientes que agarraban sus pechos, las percibió como un alien viscoso que la intentaba devorar. Un hombre se había acercado a ella por detrás, se había pegado a su cuerpo y le estaba restregando su sexo por las nalgas. Rosaura se volvió súbitamente hacia él, le dio un bofetón en la cara y luego lo apartó de un empujón. Se rompió el hechizo de *Venezia* y la carroza de oro se convirtió en una calabaza podrida. Las diablas acudieron en su auxilio, acorralaron al individuo y lo sacaron de la pista entre insultos y empujones. Rosaura deseó que lo lincharan allí mismo, pero no se quedó para ver qué hacían con él. Le escocían las cicatrices de la cabeza, debido al sudor y a la peluca. El mal rollo le palpitaba. Se vio a sí misma desnuda mientras el farmacéutico acercaba el cuchillo a sus pechos. La realidad había regresado a su cabeza.

No muy lejos de allí, en la plaza de Oriente, frente al monumental Palacio Real de Madrid, Martina cenaba con su nuera en un restaurante vegetariano. La inspectora acababa de llevarse a la boca el primer bocado de una hamburguesa que sabía a carne, aunque estaba elaborada con legumbres y queso vegetal. Sofía había elegido un plato de fideos de arroz con pimientos y tofu. Cada una se había prometido a sí misma no hablar de trabajo para lograr un ambiente distendido, pero a Martina no se le ocurría tema alguno de conversación. Si fuera una compañera, seguramente estarían hablando de trabajo. Se le ocurrió comentar la reciente detención de Ana Julia Quezada, acusada de asesinar al pequeño Gabriel, el hijo de su pareja, un crimen que había conmocionado a todo el país, una psicópata a la que Martina le deseaba, cuando fuera juzgada, la prisión permanente revisable. Con los monstruos no es posible convivir, hay que desterrarlos, pensó, convencida de que el jurado popular la condenaría a esa larga pena. Iba a iniciar la conversación, cuando recibió una llamada en su móvil de un número desconocido. No quiso atenderla, pero su pundonor profesional la impulsó a responder. La inspectora se levantó de la mesa y, tras disculparse con Sofía, salió del restaurante. Había empezado a llover de nuevo y se refugió bajo el pequeño toldo del local.

—¿Sí? ¿Quién es?

—Martina, soy Rosaura, no tengo mucho tiempo, déjame hablar. Hace media hora...

—Lo único que quiero oír de ti es que te vas a entregar —la interrumpió, indignada—. No entiendo que estés en busca en captura y me llames por teléfono, esta es la segunda vez. ¿Te diviertes haciéndolo? A mí no me hace ni puta gracia.

—Hace media hora, como te decía, alguien ha intentado matarme en el templo de Debod —prosiguió, impasible tras la amonestación de la agente—. He esquivado el navajazo y en mi lugar lo ha recibido otra mujer, la cuchillada ha sido en el hígado. ¡Por Dios, espero que se salve! —exclamó—. Puede que haya sido uno de los Ordaz. Investiga sus coartadas, por favor. No quiero que quede impune. Investiga también la farmacia donde me encontraste ayer. Hazlo, por favor, sé de lo que hablo. Sigo una pista fiable. Ahora tengo que colgar.

—No, no vas a colgar. Me dices que investigue aquí y que investigue allá. ¿Quién te crees que eres?

—Soy una madre que busca justicia para su hijo. Ya sabes lo que pienso sobre vuestra investigación, por llamarla de algún modo. Me da igual lo que pienses de mí, pero te pido disculpas por haber huido ayer a la carrera, del mismo modo que te las pedí cuando decidí no regresar a prisión tras el permiso. No me voy a entregar por el momento, Martina. Investiga a los Ordaz, investiga a los farmacéuticos. ¿Qué hacías precisamente allí, en la farmacia? ¿Tú también tienes pistas? Pues síguelas.

Antes de que Rosaura finalizara la llamada bruscamente, Martina oyó de fondo el sonido de un helicóptero y, segundos después, lo vio cruzar el cielo nocturno de la plaza de Oriente, en la que ella se encontraba. La prófuga estaba cerca, pero ¿dónde? Llamó a la central para poner sobre aviso a los coches zeta que hacían el servicio por las zonas aledañas. La mujer llevaba la cabeza cubierta por un pañuelo anudado a la nuca y una gorra con visera, les dijo; no habría muchas de aspecto similar. Desconocía que Rosaura los había sustituido por una peluca. Siguiente llamada: confirmar que se había producido un intento de homicidio en el templo de Debod. Afirmativo. La víctima había recibido un navajazo en el hígado y ya había sido trasladada al hospital. Su estado era grave, pero su vida no corría peligro. Del agresor, ni rastro. Tuvo fácil la huida, aprovechando la conmoción entre los visitantes y el amparo de la noche. Los testigos solo acertaron a ver que llevaba una sudadera y capucha, pero ni lo vieron apuñalando a la mujer ni estuvieron pendientes de lo que sucedió después, conmocionados como estaban. Ya se estaban revisando las videocámaras de vigilancia, pero Martina ordenó localizar a los hermanos Ordaz; tendrían que acreditar cuál era su coartada durante aquella tarde. No entendía la actitud temeraria de Rosaura, investigando por su cuenta el crimen de su hijo. Ya sabía entonces que estaba en el bar donde tirotearon dos días antes a la mujer relacionada con la banda de Chito. El camarero confirmó que las había visto hablar. ¿Se estaba relacionando con ese narco? ¿Para qué? Ahora, según la propia versión de la prófuga, uno de los Ordaz la había intentado matar e insistía en que investigara a los farmacéuticos. Ya lo había hecho.

Martina entró en el restaurante y Sofía no estaba en la mesa. Del plato de fideos con tofu ya no quedaba nada, tampoco estaban los bolsos de ambas colgados de las sillas. La supuso en el baño. ¿Quizá vomitando? Los primeros meses de embarazo podían ser duros. Para ella lo fueron, tanto vómito matutino, tanto cambio de humor incomprensible, tanta somnolencia que a veces temía dormirse de pie en la comisaría. Se olvidó de aquel pequeño calvario cuando nació Daniel, pero ahora lo estaba reviviendo con su nuera.

—Toma tu bolso. —Sofía se lo tendió cuando regresó—. Mi vejiga no aguantaba más y además me ha entrado sopor tras comerme los fideos. Me he refrescado un poco con agua.

—Maldita biología femenina —se quejó Martina mientras tomaba asiento.

—No es para tanto, llevo una vida dentro de mí que crece cada día por sí sola, me parece asombroso.

—Pero ¿te encuentras bien?

—Sí, claro que sí, son pequeños daños colaterales —replicó, risueña.

—Me pregunto si hacer las prácticas en homicidios es lo mejor para ti en estos momentos.

—Lo mismo me dice mi madre. No seas tan protectora, Martina. Lo único que llevo mal es no tener a Daniel conmigo. Estoy aprendiendo mucho en la unidad y he tenido una instrucción militar, así que lo puedo sobrellevar perfectamente. Ahora me dirás: «No te confíes». Pues sí, confío en mí absolutamente —afirmó con decisión—. No quiero que se me trate de un modo diferente.

—Nadie ha dicho eso, yo no tuve ni una sola baja cuando estaba embarazada de Daniel.

—Pues yo he tenido una, cuando sufrí ese pequeño sangrado, y me fastidió guardar reposo unos días, aunque lógicamente estaba preocupada.

Sofía persistía en exhibir fortaleza, se esforzaba en no conceder importancia a su estado y a los cambios que se estaban produciendo en ella. Martina recordó que ella había hecho lo mismo durante su gestación. Se enfadaba cuando sus compañeros se mostraban condescendientes con ella. «No estoy enferma, joder», les recriminaba. Se llevó a la boca el último trozo de hamburguesa vegana y tiró sobre el plato el cuchillo y el tenedor de un modo brusco. Se arrepentía de aquella presión laboral que se autoinfligió cuando era gestante, como si hubiera que pedir perdón por hacer posible ese milagro de la vida. Quería transmitirle a Sofía que no cometiera el mismo error, pero desistió: quién era ella para decirle cómo tenía que conducir las emociones de su embarazo.

—Me he fijado en tu cara de cabreo tras atender la llamada en la calle —le comentó su nuera—. Si te preocupa algo y quieres comentarlo, aquí estoy.

Sofía apoyó los codos sobre la mesa y la barbilla sobre sus manos entrelazadas. Su mirada vivaz denotaba que estaba dispuesta a escuchar lo que quisiera contarle su suegra. Martina tuvo que aceptar que la llamada de Rosaura la había irritado.

—¿Recuerdas a la que se disculpó por no haber regresado a prisión tras un permiso? Acaba de llamarme de nuevo. —Martina quiso desahogarse, las llamadas de Rosaura la hacían sentirse ridícula—. Continúa obsesionada con que tiene pistas sobre el asesinato de su hijo y me ha pedido que las investigue.

—¿Sigue llamándote estando en busca y captura? —replicó Sofía, estupefacta—. Alucino con esa mujer. Quizá fantasear con que ella sola puede encontrar al asesino le da sentido a su vida, pero se ha saltado la ley y eso le complicará aún más las cosas cuando sea detenida, aunque a la vez la compadezco. Perder un hijo debe de ser... —Colgó en el aire sus palabras—. No puedo imaginarlo —comentó llevándose las manos al vientre, palpando la vida que llevaba dentro—. ¿Vas a seguir esa pista que dice tener?

—Lo que debería hacer yo es detenerla.

Martina no podía movilizar efectivos para capturar a una fugitiva que no era peligrosa. Había prófugos mucho más importantes que ella. Tras finalizar la llamada, le tentó volver a contactarla para convencerla de que se entregara, pero Rosaura se había encerrado en su fortaleza y no le franquearía la puerta. Continuaba obcecada en la pista de los farmacéuticos. La inspectora los había investigado, sí, y había descubierto algunos datos interesantes. Se abstrajo durante unos segundos y dio un rápido repaso a lo que había averiguado: Cecilia García de Cuernavaca en realidad se apellidaba Calógero. Había seguido su rastro hasta llegar a la partida de nacimiento. Padres desconocidos. Fue abandonada al nacer. Décadas antes habría sufrido el estigma del apellido Expósito, el que se asignaba a los niños acogidos en orfanatos; precisamente por eso, para que no fueran señalados, se comenzó a adjudicarles el nombre o apellido del santo del día en que fueron abandonados. Martina había comprobado que Cecilia fue registrada el 18 de junio de 1964, San Calógero, un monje anacoreta que vivió en la isla de Sicilia en el siglo v y al que se atribuían curaciones milagrosas.

Pero no hubo milagro alguno en los primeros años de Cecilia en el mundo. Martina había conseguido ver su expediente, se lo facilitó una amiga que trabajaba en Servicios Sociales. Fue escolarizada en diferentes colegios públicos del país, desde Madrid

—donde nació— hasta Sevilla, pasando por Cartagena, Alicante y, de nuevo, en la capital. Fue acogida por diferentes familias y se señalaba que era una niña conflictiva. Cómo no serlo, dedujo la inspectora, cuando los recuerdos de infancia son los de un orfanato, sin arraigo, sin referentes; quizá no le faltó el cariño de sus cuidadores, pero nunca sería suficiente.

A los dieciocho años, Cecilia sustituyó en el registro civil su apellido Calógero por García de Cuernavaca, que imaginó Martina que le sonaba más grandilocuente que el del monje anacoreta. Y no era farmacéutica, en ninguna facultad constaba su licenciatura. En su expediente de vida laboral, había descubierto también que trabajó como comercial en diversas agencias inmobiliarias hasta los veintidós años. A los veintitrés, en 1987, estuvo implicada en un asunto turbio. Una estudiante universitaria que se prostituía en ambientes de clase alta fue contactada por un hombre que la citó en la habitación de un hotel de cinco estrellas, cercano al aeropuerto de Barajas. Entró en la habitación y, dos horas después, salió al pasillo desnuda con su ropa entre las manos. Una camarera de planta la encontró en estado de shock, gimiendo e incapaz de articular palabra alguna. Avisada del incidente, la directora del hotel llamó a la habitación que señaló la joven. Le abrió la puerta Cecilia García de Cuernavaca y, con impasibilidad, le comentó que le había regalado una prostituta a su pareja por su cumpleaños. Según el atestado policial, el novio era Mario Garcilosa, que salió del baño en albornoz y, con idéntico desdén, aseguró que la chica no tenía experiencia y se había asustado, insistiendo en que la prostitución no estaba prohibida y no habían cometido delito alguno. La joven no quiso denunciarles y la pareja fue expulsada del hotel. No se realizó atestado, pero el suceso se reseñó en el sistema de datos policial y allí lo encontró Martina.

Casi una década después de aquel suceso, en 1996, Cecilia contrajo matrimonio con Esteban, el hermano de Mario. Tuvieron una hija, María, que según le habían dicho los farmacéuticos el día anterior, cursaba estudios de Derecho en Estados Unidos. Cuando la bebé tenía pocos meses, Cecilia enviudó y, cinco años después, se casó con su cuñado. No imaginaba Martina a aquella pareja afable y solícita regalándose prostitutas, pero eso ocurrió y Rosaura los había señalado. Se había enterado también de que Esteban y Mario Garcilosa eran hijos de un matrimonio de clase acomodada, el padre, ingeniero de caminos y la madre, licenciada en Farmacia, ambos ya fallecidos. También murió Esteban, y el siguiente paso de la inspectora sería acceder a la autopsia. Quería profundizar en esa parada cardiorrespiratoria que le arrebató su vida mientras dormía. Una huérfana sin arraigo que acaba casada con un hombre de clase media alta y luego con su hermano era un hecho que le despertaba recelos.

—Los monstruos pueden habitar en cualquier lugar, incluso en los que nos transmiten seguridad y confianza —le comentó Martina a su nuera, sugestionada tras regresar mentalmente de la biografía de Cecilia.

—Es cierto, el mal siempre va un paso por delante —replicó la guardia civil mientras miraba la carta de postres.

Durante la cena en el restaurante, Sofía también se había abstraído unos instantes en el caso de los tres hombres asesinados y lanzados desde el coche en la carretera de Manzanares el Real. Su unidad de homicidios estaba dando apoyo técnico a los investigadores de la Policía judicial. Ya estaba acreditado que pertenecían a la banda de Chito, un narcotraficante tan escurridizo que jamás habían logrado detenerle, aun siendo tan activo en el tráfico de drogas. La Guardia Civil le seguía el rastro sin conseguir ubicarle en algún lugar. Ahora, tras el homicidio de tres de sus sicarios, el juez había autorizado nuevas diligencias para localizarlo. Las huellas dactilares los situaban la noche anterior en un Mercedes que había sido encontrado con restos de sangre y sin sus ocupantes en la calle Ana Orantes de Madrid. Un testigo había declarado que, cuando lo vio en medio de calle, de madrugada, dentro del vehículo no había nadie. Se llamaba Ignacio Forte y trabajaba como guardia de seguridad en un centro comercial. A Sofía le pareció extraño que saliera a esas horas de su casa para rescatar a un gato de un árbol, como declaró el hombre en el atestado. Se le ocurrió entonces indagar en las identidades de los vecinos de ese edificio, por si obtenía algún dato interesante para la investigación, y le sorprendió descubrir que allí residía también Rosaura Castán, la madre de Adrián, el crimen que aún no había logrado resolver Martina. ¿Mera casualidad? La joven guardia civil, al igual que su suegra, no creía en ellas; las coincidencias había que trabajarlas hasta descartar que lo fueran. Consideró insólito que los dos casos en los que ambas estaban trabajando estuvieran conectados de algún modo.

—Quiero comentarte algo —le dijo Sofía a Martina cuando salieron del restaurante. Llovía cada vez más y ninguna de las dos llevaba paraguas, de modo que caminaron pegadas a las fachadas de la calle para que las cornisas las resguardaran—. Supongo que sabes que ayer los míos encontraron en una carretera de la sierra los cadáveres de tres sicarios del narcotraficante Vicente Cramelas, más conocido como Chito.

—¿Llevas tú ese caso? —le preguntó Martina, sorprendida.

—Mi unidad le está dando apoyo a la Policía judicial. No es fácil desentrañar crímenes por un ajuste de cuentas, estamos muy al principio.

—¿Habéis descubierto algo interesante?

Sofía no quería mentir, pero tampoco se atrevió a proporcionarle información sobre el asunto, y mucho menos el dato de que uno de los testigos viviera en el mismo rellano que Rosaura Castán. Era una guardia en prácticas y cualquier indiscreción podría generar desconfianza en los mandos.

—Nada interesante, por el momento. ¿Pedimos un taxi? Nos vamos a empapar si seguimos bajo la lluvia.

Capítulo XXIX

En una ciudad de seiscientos kilómetros cuadrados como es Madrid, las nubes tormentosas descargan agua en un barrio y se la escamotean a otros. A la vez que Martina y Sofía se refugiaban de la lluvia en un cajero automático esperando al taxi, Rosaura se encontraba frente a la farmacia de la calle Lucía Sánchez Saornil sin que hubiera caído del cielo una sola gota de agua, aunque el ambiente era húmedo y a veces le llegaban brisas que olían a tiza mojada. Acababa de salir de la cafetería blanca. Eran cerca de las once de la noche y la camarera le avisó de que iban a cerrar cuando le pidió otro café con leche. Antes de abandonar el local, le dio tiempo a entrar en los lavabos y, aprovechando que no había nadie, quitarse la peluca para remojarse la cabeza bajo el grifo. Bailar *Venezia* con las diablas le había provocado escozor en las heridas. Le gustaba aquel cabello que a Ignacio le recordaba a François Hardy —y también a Mario, aunque rápidamente apartó de sus pensamientos esa coincidencia—, pero embutirlo en la cabeza no era cómodo, le presionaba el cráneo como si llevara puesto un gorro de natación. Se miró en el espejo sin la peluca y esta vez Rosaura no vio a una presa de Auschwitz, sino al Gollum de *El señor de los anillos*. No había leído la novela de J.R.R. Tolkien ni tampoco había visto la película, pero recordaba la imagen recurrente de aquella fea criatura calva y de piel tan enfermiza que parecía surgir de las fuerzas telúricas de la Tierra, donde la única luz es la que proyecta el magma. Su mente deformaba sus rasgos faciales, se veía monstruosa porque así se sentía: debería haber llorado por aquella mujer que recibió el navajazo, pero sus lágrimas no salían de su escondrijo y eso la desalentaba. Se preguntó si convertirse en fugitiva le había congelado el corazón en la cubitera. No, se contestó. La pérdida de un hijo es la que te convierte en iceberg.

Se secó la cabeza con papel higiénico, sacó el Betadine del bolso y lo aplicó sobre las heridas. Aquellas tijeras rabiosas de la matriarca Ordaz habían dibujado sobre el cuero cabelludo puntos y líneas sanguinolentos entre los cortos y débiles mechones que habían sobrevivido a la vejación, y en la piel de los brazos las numerosas cicatrices eran una sucesión de rayas rojizas que ya empezaban a formar costra, salvo las que habían necesitado sutura —absorbible, no requerían quitar los puntos—, que tenían un color distinto, pero sin rastros de infección, lo cual la tranquilizó. Tras las curas, salió a la calle. Había comenzado a llover, los cumulonimbos de la plaza de Oriente ya habían llegado al distrito de Chamartín y Rosaura se refugió bajo la marquesina del autobús, enfrente de la farmacia. Eran nubes que ya no podían aguantar más el peso del agua en sus tripas, porque comenzaron a descargar con fuerza en pocos segundos. La calle estaba vacía, pasaban pocos coches, se sintió cómoda en aquella soledad bajo la lluvia. Observó que se acercaba un coche patrulla de la Policía municipal, rápidamente cogió el móvil de su bolso y simuló entretenerse con lo que le ofrecía la pantalla. No levantó la vista hacia ellos cuando pasaron por delante. Si los miraba, temía levantar sospechas. Aguantó casi sin respirar hasta que los perdió de vista. «Vuelve a esa casa y abre todas las cajas», le había ordenado la Gata; la alunicera nunca pedía nada por favor. Necesitaba el coraje para ir a la farmacia. La cruz verde iluminada la impelía a entrar, pero a la vez ella dilataba el momento de cruzar la calle y llamar al timbre. Decidió que telefonear a su hermana era una buena excusa para retrasar el plan. No habían hablado desde que abandonó Barbastro poco después de que su padre falleciera. Marcó su número. Aguardó tres tonos, cuatro, cinco. Iba a colgar al sexto, pero su hermana contestó.

—Beatriz, soy Rosaura. Perdona que te llame a estas horas.

—¿Por qué lo haces desde otro número? No es el tuyo —le comentó con desconfianza.

—He vuelto a la cárcel tras el permiso. No tengo mucho tiempo. Solo quería hablar contigo y saber cómo estás.

Rosaura se dio cuenta de cuánto había aprendido a mentir para esconderse de sí misma. Sin embargo, no le salió bien la jugada.

—¿Te dejan llamar desde prisión a estas horas, las once de la noche? —la atacó Beatriz—. En las películas los encierran en sus celdas a las nueve de la noche o antes, no creo que tu realidad sea muy distinta.

No había pensado Rosaura en ese detalle. Su hermana siempre había sido perspicaz; de pequeña dedujo que los Reyes Magos eran los padres porque descubrió en la basura los trozos de pan duro, las zanahorias y la hierba seca para los camellos que habían dejado junto al árbol de Navidad la noche anterior. «¿No has caído en la cuenta de que los camellos no caben por la puerta de casa? Por eso el pan duro está en la basura. Todo es mentira, no existen, ni ellos ni los Reyes», le dijo a Rosaura con la firmeza de quien vive sin dudar.

—¿Y qué más da a qué hora te llamo, Beatriz? ¿Es lo importante ahora? Solo quiero saber cómo estás. Ya te he dicho que no tengo mucho tiempo —zanjó Rosaura el asunto.

—Me has dejado sola con los papeleos. Te he llamado decenas de veces y tu teléfono está siempre desconectado.

—No nos dejan tener móviles en prisión. Se los quedan hasta que salimos. ¿Vamos a seguir hablando de los malditos teléfonos?

Un hombre bajo un paraguas se había acercado a la farmacia y había llamado al timbre. Pasaron unos segundos y no aparecía nadie tras la ventanilla de dispensación de medicamentos. Rosaura permanecía atenta, a la vez que escuchaba los reproches de su hermana.

—Necesito que me des un poder notarial para gestionarlo todo. Se necesita la firma de las dos. ¿No lo pensaste cuando te fuiste? Ni siquiera acudiste al funeral.

—Ya te expliqué mis motivos, Beatriz. ¿Cómo fue el entierro?

—La catedral estaba petada, había gente que se quedó fuera porque dentro no cabía un alfiler.

—Qué bonito... A papá lo querían todos.

—Menos tú. Me preguntaron muchos por ti. Te vieron por Barbastro y no entendían que no estuvieras en la catedral.

—¿Y qué dijiste?

—Que te había dado un ataque de ansiedad. Me daba vergüenza decirles que sigues en prisión y tampoco me corresponde a mí contarles tu vida.

Las luces interiores de la farmacia se encendieron. Rosaura no lograba distinguir a través de la lluvia quién atendía la ventanilla.

Era un hombre. Podría ser el dependiente con cara de ratón o el mismo Mario. Le angustiaba tener que entrar y simular cordialidad ante aquel individuo que había paseado un cuchillo por su cuerpo sin que ella pudiera defenderse. Adrián tampoco pudo hacerlo.

—Estoy hecha polvo, Beatriz, y solo te tengo a ti —le confesó a su hermana; ahora sí acudió el llanto en su auxilio. Acababa de interiorizar que, cuando ya no están los padres, se sueltan todos los amarres y ya nadie aguarda en la orilla para recoger los restos del naufragio.

—¿Estás llorando? Ya es tarde para los lamentos —volvió a recriminarla—. Te fuiste de nuestras vidas, y aquí estoy en Barbastro llorando a papá. Dame el poder notarial para que yo pueda cerrar de una vez las gestiones de la herencia. Tengo que irme a Barcelona, estoy perdiendo días de trabajo y la casa de papá y mamá se me cae encima.

—No puedo hacerlo, Beatriz.

—¿Cómo que no? Estar en la cárcel no es estar muerta. Habla con quien sea para que vaya allí un notario.

—Vale, lo intentaré —mintió.

Le pareció que era Mario el que atendía al hombre del paraguas. Lo reconoció por sus cabellos castaños canosos peinados hacia atrás. Su rostro se diluía a través de la lluvia, lo veía empequeñecido tras el cristal de la ventanilla, como una diminuta cabeza encerrada en una urna.

—Quiero vender la casa, Rosaura.

—Véndela si quieres. Si yo regresara a Barbastro, no soportaría entrar en ella.

—Volvemos a lo mismo. Necesito el poder notarial para asumir la herencia y cambiar la titularidad de las escrituras. En el testamento nos lo han dejado todo a partes iguales.

El hombre del paraguas acababa de irse con su pequeña bolsa de medicamentos en la mano. Rosaura tenía que aprovechar la oportunidad, antes de que Mario apagara las luces y subiera a la vivienda. Tampoco quería abundar en el tema del notario, que consideraba inviable.

—Se me acabó el tiempo. He agotado el dinero de la tarjeta del teléfono. Te llamaré, te lo prometo.

—¿Cuándo?

—Te quiero, Beatriz. No te lo había dicho nunca.

—A papá tampoco se lo dijiste.

—No me dio la oportunidad y me gruñó mientras se moría.

—Qué pesada eres con ese tema.

—Adiós, hermana.

Rosaura cortó la llamada. A su madre la habría avergonzado esa familia rota. Se propuso reconstruir la relación con Beatriz cuando amainaran las tempestades. No le importaría pedir perdón, no exigiría que se le pidiera a ella, era inútil enredar en un pasado malherido. Cuando se le hiciera justicia a Adrián, los colores de su mundo serían otros.

—Julia, ¿eres tú? —Mario apareció frente a ella, bajo un paraguas—. ¿Qué haces aquí a estas horas? Te he visto desde la farmacia y he salido por si te ocurría algo.

—Quería pediros disculpas porque hoy tras la comida me he ido sin apenas despedirme —improvisó, aunque se dio cuenta de que no era verosímil—, pero luego he pensado que ya es muy tarde y estoy esperando el bus.

—¿Por dónde vives? Te puedo llevar a tu casa. Irás cómoda, tengo un Volkswagen Passat con techo panorámico, podrás ver las estrellas.

¿A qué venía eso? En Madrid no podían verse las estrellas, las cegaba la iluminación nocturna. ¿Quería drogarla otra vez? Lo imaginó violándola en un descampado sin que ella pudiera oponer resistencia. Quería irse de allí, pero, a la vez, necesitaba rebuscar entre las cajas del canapé.

—El bus no tardará en llegar y estoy bien aquí pensando en mis cosas. —No había resuelto el dilema, necesitaba tiempo para tomar una decisión.

—¿Estás bien, Julia?

Tardó en responder, esa pareja la perturbaba, pero tenía un objetivo y debía cumplirlo.

—La verdad es que no. He tenido un día de esos en los que todo se ve negro, pero ya se me pasará.

—Anda, entra en la farmacia y te preparo una infusión. Hoy estamos de guardia toda la noche. Quédate con nosotros el tiempo que quieras, cielo.

Ese «cielo» pronunciado por Mario le dio asco, en él habitaba el mal, lo olía, incluso podría palparlo, pero ya había llegado hasta allí, otra línea roja que traspasaba; debía volver a la habitación, a la búsqueda del reloj de Adrián que había mencionado Cruz. Si pudiera hablar con su misterioso interlocutor todo sería más fácil, pero ya se estaba acostumbrando a aprovechar las posibilidades que tenía y a no frustrarse por las que no podía conseguir. Si Cruz le había confesado que era el bebé maquillado, ¿por qué no iba un poco más allá y le explicaba quién era él y quién era María? La idea de que ambos fueran la misma persona le parecía cada vez más factible.

No encontró a Cecilia cuando entró con Mario en la pequeña estancia del sofá negro con cojines rojos. La primera vez que estuvo en ella, el ordenador del escritorio estaba apagado. Ahora la pantalla mostraba imágenes en directo de videocámaras: la de la ventanilla de atención durante las guardias, la de la fachada y la del interior de la farmacia.

—Siéntate, Julia. Voy a pedirle a mi mujer que te prepare una infusión. ¿De qué te apetece?

—Cualquiera, la que tengáis más a mano. ¿No estará durmiendo? No quiero que la despiertes por mi culpa.

—No te preocupes. Está viendo la tele.

Mario no se molestó en subir a la vivienda, sino que la llamó por el móvil, le dijo que Julia estaba allí y que le preparara un poleo.

—¿Hacéis vosotros las guardias? Tenéis dos dependientes, si no me equivoco. —A Rosaura le extrañaba que fueran los propietarios quienes se ocuparan de los turnos.

—Esta salita forma parte de nuestras estancias privadas, no dejamos entrar a Luis Javier y a Rosa. Llámalo manías si quieres, pero tampoco son tantas las guardias. Además, así nos ahorramos un dinero pagando horas extras. —Sonrió buscando su complicidad—. Desde aquí lo controlamos todo a través de las cámaras, para estar en alerta si aparece algún borracho, que a veces ocurre.

Mario se sentó en el sofá, a pocos centímetros de ella. Estaba invadiendo su espacio, Rosaura se puso nerviosa, ya había generado en su mente una inquietante imagen ficticia de cómo pudo ser el momento en el que se masturbó y eyaculó sobre ella. La Gata le había dicho que le habían quitado la peluca y que se rieron de su cabeza casi calva. «Todo fue por mi culpa y yo no debería haber vuelto aquí», se reprochó; con qué intensidad entendía ahora los sentimientos de culpabilidad y de vergüenza de las víctimas de abusos sexuales. Los había sufrido ella y notaba el peso punitivo de esas sensaciones injustas.

—Cuéntame qué te ocurre, Julia. ¿Por qué tienes el ánimo tan bajo? —le preguntó Mario en tono paternalista.

—Hoy en la calle han acuchillado a una mujer, la he visto sangrar, la navaja ha penetrado en el hígado y ha sufrido una hemorragia interna. Ha sido horrible y no me lo quito de la cabeza. Supongo que ese es el motivo por el que estoy mal.

Rosaura quiso mencionar lo que ella misma había vivido esa tarde. ¿Cómo reaccionaría él ante el suceso violento que acababa de comentarle? Le interesó saberlo, quizá pudiera leerle entre líneas. Los asesinos, pensó, afrontan la muerte de sus víctimas de un modo distinto, sin dolor, a veces con indiferencia.

—¿Y tú estabas allí? —le preguntó, sorprendido—. ¿Dónde ha sido eso?

—En el templo de Debod. He ido allí a darme una vuelta, me apetecía verlo. Es un lugar muy bonito, pero no creo que vuelva. No dejo de pensar en esa pobre mujer.

—¿Por qué la han atacado? ¿Era un hombre?

—Sí, aunque no le he visto la cara. Llevaba puesta una sudadera con capucha, no sé qué ha ocurrido, si se conocían o no. Igual ha sido un caso de violencia machista.

—El machismo, qué gran invento para culpabilizarnos a todos los hombres y convertirnos en monstruos. ¿Tú crees en esas paparruchadas?

—Solo sé que a las mujeres nos matan los hombres. Por ejemplo, cuando decidimos abandonarlos —decidió provocarle, aunque en realidad lo pensaba así—. Parece que algunos creen que necesitamos su permiso para existir.

—Te han comido el coco, eso no es así —defendió Mario su postura.

—Les resulta fácil matarnos, en todo caso. Yo sería incapaz. No sé qué puede sentir un asesino cuando decide hacerlo.

—Quitar una vida te da una sensación de poder y control inmensos. Lo he leído en algún lado y tiene su lógica. Los asesinos se creen dioses —comentó con naturalidad; Rosaura atisbó una leve sonrisa en su mirada.

Se fijó en las manos de Mario. Eran finas, de piel cuidada, quizá las hidratara con alguna crema, pero reparó también en su muñeca y antebrazo, que eran fuertes, recorridos ambos por venas abultadas que fluían desde el codo hasta los nudillos. No olvidaba la cabeza disecada del ciervo en el salón. Mario debía de ser cazador, nadie cuelga un animal muerto de la pared si no lo ha cazado. Seguro que sabía disparar y también destripar con un cuchillo. Había visto en un telefilm de tramperos americanos cómo evisceraban a un cervatillo tras abatirlo. Le resultó tan cruel y desagradable que cambió de canal.

El sonido enérgico de un timbre resonó por toda la estancia. Mario se incorporó del sofá y fue directo a la pantalla. Movió el ratón del ordenador, centró una de las imágenes, la de la ventanilla para las guardias, y la amplió.

—Esta vez es una mujer —dijo.

A Rosaura le pareció un comentario fuera de lugar. «¿Qué más te da a ti?», le censuró en su mente. Sí, era una mujer. La veía en la pantalla del ordenador desde donde estaba sin aguzar demasiado la vista. En aquel momento estaba cerrando el paraguas. De pronto, la clienta miró hacia la cámara que la estaba grabando. Sus ojos eran inconfundibles. Era la Gata. Rosaura dio un respingo en el sofá.

—Julia, tengo que atender a una clienta. Sube a casa. Cecilia ya te tendrá preparada la infusión. No sé por qué está tardando tanto.

—Igual se ha dormido viendo la tele —insistió otra vez por decir algo; estaba más centrada en la Gata. La alunicera, impaciente, volvió a pulsar el timbre.

—¡Ya va, joder! —gritó el farmacéutico. A Rosaura le sonó como un rugido animal. Se asustó—. Discúlpame, Julia —le dijo, retomando el tono amable que acostumbraba—. Hay clientes que se ponen muy pesados. Sube a casa. Si Cecilia se ha dormido en el sofá, la despiertas sin contemplaciones. No te dé pudor, ella estará encantada de verte, ya lo sabes.

La Gata, impaciente, pulsó por tercera vez el timbre, a pesar de que estaba viendo al farmacéutico atravesar la farmacia para llegar a la ventanilla. Le dio igual, quería ponerle nervioso. Había ocultado su aspecto bajo una peluca de color negro azabache, cuyo flequillo recto casi se acostaba sobre las pestañas. Se había vestido con las prendas sexis que solía exhibir en las discotecas y clubes exclusivos que frecuentaba antes de que la detuvieran. Le hechizaba el mundo de la noche, cuánto lo echaba de menos. Pantalones ajustados de cuero, negros, al igual que el jersey de Versace, moteado de diminutos cristales de Swarovski. Gabardina corta de charol de color burdeos. Botines de ante, tacón bajo; tal y como iba vestida, consideró que unos *stilettos* llamarían demasiado la atención. Se lo decía siempre a sí misma: «Hay una fina línea entre vestirse sexi y vestir como una puta».

—Buenas noches, ¿qué necesita? —le preguntó Mario; para ella, era el depravado que había drogado a Rosaura y se había corrido sobre su cuerpo indefenso, quizá también el que había asesinado a su cuñada.

—Tengo un fuerte dolor de muelas y necesito urgente una caja de Nolotil —dijo forzando un acento que pretendía ser brasileño, imitando con esfuerzo al de su cuñada, que sí era originaria de Brasil.

Había interiorizado también el carácter de Graciela, indómito y bronco cuando creía tener razón. Eso era precisamente lo que más le atrajo a su hermano cuando la conoció y se enamoró de ella. Eran muy parecidos, ambos eran incapaces de sujetar sus palabras cuando algo o alguien les cabreaba.

—¿Se lo ha prescrito el médico o el dentista?

—No, ninguno de los dos. El dolor me ha venido de repente esta noche. Debo de tener una infección.

—No se me permite dárselo sin receta, lo siento. —Mario se encogió de hombros—. Puedo darle Paracetamol, si quiere.

—¿Qué parte de lo que te he dicho no entiendes? —Lo tuteó intencionadamente—. El dolor me está matando y me quieres un dar un Paracetamol. ¿Me tengo que aguantar toda la noche hasta que vaya mañana al dentista? Pues va a ser que no, como dicen aquí. Dame el Nolotil y acaba de una vez.

—Si ahora mismo va a una clínica de urgencias, se lo recetarán. Yo no puedo hacer nada más, pero sí le pediría que rebajara el tono. A lo mejor en su país es normal, pero aquí en España intentamos no perder las formas. Se llama educación.

—¡*Caralho!* ¿Ahora me sales racista? Mira hasta dónde hemos llegado por una simple caja de Nolotil. ¿Algún problema con las latinoamericanas como yo? *Vai se foder!* Pues aquí te mando mi respuesta. —La Gata lanzó un escupitajo contra el cristal de la ventanilla.

—¡Serás hija de puta! —le gritó él desde el otro lado.

Con indiferencia, la alunicera se alejó de la farmacia, caminando con el paraguas bajo la lluvia, con lentitud, casi con chulería, sorteando los charcos de la acera para no mojar sus botines de ante. Lo había provocado para ponerlo al límite. Supuso que Graciela, su cuñada, habría tenido una discusión parecida con él y el hombre la habría contestado del mismo modo que a ella. ¿La siguió y luego la mató en el callejón en el que fue encontrada apuñalada? Debía tener cuidado, no podía equivocarse de asesino. Si no fuera aquel farmacéutico, el verdadero criminal seguiría libre e impune mientras ella perdía el tiempo con aquel pervertido. Miró de reojo hacia atrás. Mario caminaba tras ella, la Gata apresuró el paso.

—¡Eh, tú! —vociferaba él, furioso.

Ella continuó andando sin volver la cabeza. Pasó por delante de una estrecha bocacalle, una de tantas que cruzaban la pequeña avenida donde se ubicaba la farmacia. Cuando Mario llegó a esa altura, Rolo salió a su encuentro y le cortó el paso. Con violencia, lo agarró por la camisa y lo arrastró hacia el interior de la callejuela.

—¿Por qué la estás siguiendo? ¿Qué le ibas a hacer, pedazo de cabrón?

Le dio un puñetazo en el estómago, luego iba a darle otro en la cara, lo derribaría al suelo después y le patearía el cuerpo y la cabeza, pero de pronto se oyó un frenazo sobre el asfalto, seguido de un estallido seco y metálico. Rolo detuvo la paliza, la Gata se quedó inmóvil en la acera.

—Por favor... —suplicó Mario, encogido de dolor—. La estaba siguiendo para darle el medicamento que me había pedido. Lo tengo en el bolsillo del pantalón, compruébalo si quieres.

—¡Calla! —le ordenó, volviendo la vista hacia la avenida.

Habían chocado dos coches, uno le alcanzó al otro por detrás. Ambos conductores salieron de sus vehículos y no hubo parte amistoso: se increparon mutuamente, a Rolo le pareció que uno de los dos estaba borracho, porque no mantenía bien el equilibrio.

Luego se empujaron entre sí en medio del chaparrón y acabaron liándose a tortazos; los golpes cuerpo a cuerpo resonaban entre el chapoteo de la lluvia.

—¡Vámonos de aquí! —le gritó la Gata a su hermano, oculta tras un árbol de la acera y simulando hablar por el móvil.

—La próxima vez te mataré —le advirtió el joven. Le pinzó con los dedos la nariz y se la retorció. El farmacéutico aulló de dolor. Le cacheó los bolsillos del pantalón. Era verdad, ahí estaba la caja de Nolotil.

Los hermanos se dirigieron por separado hacia un Audi A8, aparcado frente a un garaje con vado permanente. Subieron al coche, Rolo arrancó el motor y enfiló la avenida. Se cruzaron con un zeta de la Policía municipal, dedujeron que se dirigía hacia la pelea. El hermano miró a través del retrovisor. Vio en la lejanía que los dos conductores seguían enzarzados.

—¿Pero qué mierda ha pasado? —le dijo a su hermana—. Me habría gustado matarlo.

—Calla y conduce. Pasamos al plan B.

Capítulo XXX

Una pareja de agentes intentaba separar a los dos individuos. Se insultaban y se golpeaban, pero al hacerlo le habían salvado la vida. Mario observaba la escena bajo la lluvia, desde la callejuela en la que el novio de aquella latinoamericana malcarada iba a matarlo de una paliza. Él le había hablado en español. ¿Qué habría visto en aquella sudaca? Le repelían los mestizajes. La violencia de aquel tipo le había arrancado varios botones de la camisa y el aguacero le estaba calando la ropa. Parecía un pordiosero, un don nadie. No había podido reaccionar a tiempo y el dolor en su orgullo era mayor que el del puñetazo en el estómago. Llegó el refuerzo de otro coche patrulla y Mario tuvo el impulso se acercarse al operativo policial y denunciar la agresión, pero desistió. Lo que le había ocurrido era difícil de explicar: no podía darle el Nolotil sin receta a la clienta y, sin embargo, salió tras ella para entregárselo. Era inverosímil. No se arriesgó.

En el salón de los Garcilosa, ajena a lo que estaba ocurriendo en la calle, Rosaura pensaba en la Gata. Había ido a la farmacia por alguna razón. ¿Habría descubierto algo? Cecilia acababa de ofrecerle una taza humeante con una infusión de poleo. La televisión estaba encendida, aunque sin volumen. Un cocinero sacaba del frigorífico un táper de chopitos sumergidos en un agua sucia. El chef Chicote lo olía y echaba la cabeza hacia atrás, era evidente que por el hedor que despedían.

—Qué terrible lo que te ha pasado en el templo de Debod —le comentó Cecilia, sentándose en el sofá y pasándole el brazo por el hombro—. Pobrecita mía. ¿Era español el de la navaja?

—No lo sé, pero qué más da. Espero que la mujer se haya salvado.

—Claro, eso es lo más importante. No has probado el poleo —le dijo, al ver que Rosaura lo tenía entre las manos y aún no había bebido nada.

—Está muy caliente. Voy a esperar un poco. —Sopló, pero no bebió. Estaba dispuesta a no hacerlo—. ¿Y ese ciervo disecado? —Lo señaló con la mirada—. ¿Lo cazó Mario?

—No, lo abatió mi padre, que era un gran cazador. Tiene una cabeza preciosa el animal, inspira ternura. Yo lo llamo Bambi, qué poco original, ¿verdad?

Desde que Rosaura descubrió que la foto de la anciana era falsa, ya no la creía cuando hablaba de su vida. Posiblemente habría comprado el venado en una tienda de taxidermia. La farmacéutica le sonrió y le acarició el cabello.

—Me gusta tu peluca, te favorece mucho más que el pañuelo que llevabas cuando nos conocimos.

«Eres una asquerosa hipócrita», estuvo a punto de decirle. Según le había contado la Gata, Cecilia también pareció divertirse mientras Mario abusaba de ella. «Y luego follaron delante de ti», le dijo.

—Se te va a enfriar el poleo —insistió.

—Sí, es verdad.

Rosaura simuló beber, pero en realidad solo mojó los labios y luego los limpió con una servilleta, para asegurarse de que no penetraba líquido en la boca. Se oyeron pasos por las escaleras. Presurosos, acelerados en los últimos peldaños. Era Mario. Entró en el salón y le ordenó a Cecilia:

—Ocúpate tú de la guardia. Yo tengo que salir.

Ni siquiera miró a Rosaura, pero ella sí se fijó en él: estaba empapado, le faltaban varios botones a su camisa y caminaba ligeramente encogido, como si estuviera sufriendo un retortijón en las tripas. Su nariz estaba enrojecida y parecía crispado, tenía las facciones tensas. Cecilia también se dio cuenta.

—¿Qué te ha pasado? —le preguntó, preocupada—. ¿Has salido a la calle? Estás empapado.

—Una clienta se ha dejado un medicamento en la ventanilla, he salido tras ella, he resbalado en la acera mojada y me he caído.

—¿Y dices que vas a salir otra vez?

—Sí, me voy a tomar una copa, es lo que necesito.

—Qué lástima que estemos de guardia esta noche. Si no, te acompañaría.

—Yo ya estaba a punto de irme —intervino Rosaura—. No quiero molestaros más. ¿Os importa que pase un momento al baño?

Ninguno de los dos la miró ni pareció escucharla. De pronto se había convertido en alguien imperceptible. Cecilia se acercó a su marido y le susurró al oído:

—Esta noche te regalo a la calvita. —Le besó después en el cuello.

—Ahora no estoy de humor. —Se apartó de ella y se encaminó con prisas al pasillo.

—¿No te despides de nuestra invitada?

La señaló Cecilia con la mirada. Rosaura volvía a ser visible.

—Claro. Adiós, Julia —musitó con indiferencia; su mente parecía estar en otro lugar.

Instantes después, regresó al salón, con una cazadora y una gorra con visera en la mano; observó Rosaura que se había cambiado de camisa. Luego, Cecilia la cogió del brazo y la condujo al sofá. Cuando se sentaron, Mario ya no estaba. Se oyeron sus pasos bajando por las escaleras. Algo había sucedido con la Gata para que abandonara la guardia y se fuera a tomar a una copa. La ladrona era lista, quizá le había tendido alguna trampa para interrogarlo sobre el crimen de su cuñada. No le gustó la idea. Temió que alguien de su banda le diera una paliza o lo matara, y ella lo quería vivo hasta que confesara que segó la vida de Adrián, si es que lo hizo él. Ella estaba allí precisamente por eso, para perseguir la verdad. La Gata no tenía derecho a hacer las cosas a su modo, que no era ni mucho menos el mejor. Era una delincuente, había hecho del robo su modo de vida y las únicas leyes que acataba eran las que imponían ella y los suyos.

—Si tienes que bajar a la salita de guardia, por mí no te preocupes. Me acabaré el poleo y me iré a casa.

—¿Con esta lluvia? Hay pocos taxis a estas horas. Espera al menos a que escampe. Tú tómate la infusión tranquilamente.

Estuvieron unos minutos hablando de las lluvias recurrentes de la primavera y también de los restaurantes impresentables que visitaba Chicote en su programa *Pesadilla en la cocina*, uno de los favoritos de Cecilia, le comentó ella. Pero Rosaura tenía que aprovechar el tiempo y se atrevió a profundizar en un tema que le interesaba: su hija María.

—La debes de echar mucho menos, aunque no he visto en la casa ninguna foto de ella. Me habría gustado saber cómo es. ¿Me enseñas alguna?

—Las tengo en mi dormitorio, junto a mi cama, luego te las muestro, ya que pareces interesada —enunció esas últimas palabras mirándola fugazmente con desconfianza, Rosaura la percibió en sus ojos, tuvo esa sensación y desvió la conversación.

—¿Cada cuánto tiempo os visita? Estados Unidos está en otro continente y con un océano de por medio.

—Solo viene en Navidades, puede que este verano se anime a viajar a España, pero tiene mucho trabajo. Está haciendo prácticas en un bufete de abogados, mi niña tiene muy buen currículum. Siempre ha sido brillante en sus estudios.

—¿Es vuestra única hija?

—Sí, claro, ¿por qué lo dices? —Cecilia frunció el entrecejo; la pregunta la había desconcertado.

Afortunadamente para ella, Rosaura no tuvo que responder. Sonó el timbre de la farmacia y eso la salvó. Había estado torpe. Si solo hablaban de una hija, ¿por qué se había metido en ese jardín? Pero necesitaba saber dónde encajaba Cruz en las vidas de los farmacéuticos. Podría ser en realidad María, no era la primera vez que lo pensaba. Cecilia mentía tanto que podría haberse inventado que su hija estudiaba en Estados Unidos. No había mencionado el lugar. ¿Nueva York? ¿Chicago? Los padres solían contarlo con orgullo cuando sus hijos estudiaban en el extranjero. Eso evidenciaba un alto poder adquisitivo y les permitía presumir de ello. Sin embargo, Cecilia parecía no darle importancia al hecho, ni siquiera pronunció un «sí» cuando Rosaura le preguntó si la echaba de menos.

—Tengo que atender la farmacia, siéntete como en tu casa. Ahora subo.

Cuando la mujer bajó las escaleras, Rosaura vertió el poleo en una planta del salón, un anturio de flores blancas y turgentes. No podía creerlo. Los farmacéuticos la habían dejado sola en la casa. Había tenido suerte, cuando ella había urdido un plan más humilde: les pediría ir al baño y aprovecharía para investigar. Le había funcionado la vez anterior, justo antes de que comenzara aquella infausta mariscada. Sin embargo, la salida inesperada de Mario le allanaba el camino, aunque no debía confiar demasiado en la suerte, que regala buena fortuna a la vez que tienta al fracaso con lisonjas.

Se concedió tan solo cuatro minutos y miró el reloj para no sobrepasarlos. Se dirigió directamente a esa habitación que solo tenía una cama. Una vez allí, elevó el canapé. El corazón bombeaba fuerte, estaba excitada y, al mismo tiempo, le atemorizaba ser descubierta. Las cajas bajo el colchón —quince, contó— seguían en la misma posición: la bisutería y los maquillajes en primera línea; las que no había podido destapar la primera vez, en el fondo. Abrió una de ellas al azar: contenía varios pasamontañas en su interior con abertura para los ojos y la boca, también un par de guantes de cuero con tachuelas plateadas. Le sobresaltó la imagen de Mario con la cabeza cubierta con un verdugo y acercándose a su rostro; su aliento olía a una mezcla desagradable de vino y marisco cociéndose en los jugos gástricos. Despertó en ella una frase que no había retenido hasta ese momento: «Pero el coño parece un bosque», oyó decir a Mario, ahora lo recordaba. Sintió vergüenza y se dio una puñalada; por primera vez no la dirigió hacia el corazón, sino al vientre; arrodillada como estaba, parecía que se estuviera haciendo el harakiri. La sugestión la llevó a sentir cómo penetraba el puñal en las vísceras. Aquello era demasiado, no podía permitírselo.

Se recompuso y, conteniendo el llanto, fue a por otra caja: más bisutería, sobre todo collares, algunos con cuentas de madera de colores, otros parecían de azabache pero eran de plástico, rojos o negros. ¿Por qué tantos? Nunca había visto a Cecilia llevarlos. Solía lucir unos pendientes de perlas, seguramente auténticas, pero no se había fijado en nada más. «Sí, los anillos», recordó. Una alianza de brillantes y otra de oro en el dedo anular de la mano derecha. Joyas de verdad, nada que ver con esas baratijas más propias de un bazar. Destapó dos cajas más. Le quedaban tres minutos. En una había relojes de mujer, todos distintos, no eran nuevos. Le frustró no hallar entre ellos el de Adrián, esa habría sido la prueba definitiva. El diablo le susurró al oído, carcajeándose: «No te serviría de nada. Se lo podrían haber encontrado en la calle y yo suelo aconsejar bien a los abogados».

La siguiente caja le dio jaque mate al demonio listillo: cuatro billeteros. No le pareció una coincidencia que fueran cuatro los relojes. Cogió una de las carteras. No estaba vacía. En el interior encontró dos billetes de cincuenta euros y una tarjeta de crédito a nombre de Luz Marina Vargas. También había dinero en las otras, en una de ellas la cantidad alcanzaba los trescientos. No se los llevó, no eran suyos, pero sí cogió dos tarjetas de crédito y un DNI de las carteras. Los tres correspondían a mujeres.

Nada sabía Rosaura sobre los crímenes de las mujeres latinoamericanas apuñaladas, no se le había ocurrido buscar en internet homicidios similares al de su hijo, pero aquellos billeteros le estaban contando algo. Cecilia y Mario no eran unos vulgares carteristas, pero sí podían ser unos asesinos. Mataban y se quedaban con objetos de las víctimas como trofeos, presintió. De lo contrario, ¿qué hacían en la casa, encerrados en cajas bajo un colchón?, barruntaba mientras ocultaba las tarjetas de crédito y el DNI en el interior de sus bragas, el lugar más seguro que se le ocurrió. Cruz le había señalado aquella habitación y ahora entendía por qué: sabía lo que encontraría en ella, aunque le mencionó el reloj de Adrián y no estaba allí. Le frustraba salir de la casa sin él.

Destapó el resto de las cajas. Estaban vacías, quizá a la espera de nuevos trofeos, dedujo, sugestionada como estaba por su descubrimiento. Con el botín escondido en su ropa interior, salió al pasillo y la curiosidad la impulsó a entreabrir las puertas a su paso. Lo hizo rápido, el transcurrir del tiempo la estaba atosigando. Sesenta segundos. Se asomó al dormitorio del matrimonio, echó un vistazo desde la puerta y no vio ninguna foto de la hija, ni tan siquiera una, sobre la mesilla junto a la cama, como le había asegurado Cecilia. Le había vuelto a mentir. Decidió entrar en la habitación de María. Estaba justo al lado, lo comprobó al entreabrir la puerta y ver una cama cubierta por una colcha rosa con un estampado de elefantes blancos. La habitación de la hija ausente. Parecía la de una niña, con algunos peluches en las estanterías junto a libros que no le daba tiempo a curiosear. Un estor también rosa cubría la ventana. Había un escritorio. Sobre él, un ordenador. Alguien había cortado con unas tijeras el cable, que pendía de la mesa, mutilado. No lo entendía. ¿Por qué no desenchufarlo simplemente? Aquel tajo le sugería rabia, quizá había sido el paso previo a lanzar el aparato por la ventana. Se preguntaba si inutilizarlo de ese modo lo habría hecho María o si fueron sus propios padres. En cualquier caso, le daba la impresión de que la relación entre la pareja y su hija era tensa. Algo tuvo que suceder para cortar abruptamente aquel cable, algo había ocurrido para que no hubiera visto ni una sola foto de María en la casa; únicamente la de aquel bebé maquillado como un payaso, que luego uno de los dos tiró a la basura. Cruz había revelado que aquella pobre criatura era él mismo. Y el matrimonio solo tenía una hija. Sí, Rosaura ya no tenía duda alguna sobre quién era su enigmático interlocutor. ¿Dónde estaba en aquellos momentos? Descartó que la tuvieran secuestrada, puesto que disponía de un móvil o de un ordenador para enviarle los mensajes o, lo más importante, para pedir auxilio.

Treinta segundos. Cecilia no tardaría en subir y no estaba encontrando nada en el dormitorio de María. Abrió el armario. Totalmente vacío, con perchas huérfanas colgadas de la barra, como si en aquella habitación ya no viviera nadie, como si sus padres no esperaran que su hija regresara. Qué pudo suceder para que ni siquiera guardaran sus prendas. Salió de la habitación, se apresuró por el pasillo, llegó al salón y se echó sobre el sofá. Estaba sudando, notaba palpitaciones, debía relajarse para que Cecilia no sospechara de ella cuando subiera de la farmacia. Su respiración se parecía a la de un corredor tras varios kilómetros de maratón. Intensa, agitada. Intentando calmarse, recorrió con su mirada el salón. ¿La estaría viendo la Gata desde las cámaras ocultas que había instalado? Alzó el brazo, cerró el puño y elevó el dedo pulgar. Un okey. Sí, había encontrado unas carteras que no pertenecían a Mario y a Cecilia y quiso que ella lo supiera. Después, se acurrucó en el sofá y cerró los ojos.

Si Cecilia había vertido una droga en el poleo, lo que esperaría de Rosaura sería que estuviera seminconsciente o dormida. Y así la encontró cuando entró en el salón. Se sentó junto a ella, le acarició el cabello y notó que le tiraba de la peluca. Se la quería quitar. No lo iba a permitir. Abrió los ojos en un acto reflejo y Cecilia retiró enseguida las manos.

—¿Me he dormido?

—Parece que sí —replicó la farmacéutica.

—Me voy a casa, estoy cansada. —Se incorporó del sofá fingiendo aturdimiento.

—Ya ha dejado de llover, pero son más de las doce. ¿De verdad quieres irte a estas horas? —Insistió ella en que se quedara, a la vez que, desconcertada, observaba la taza del poleo vacía.

«Sí, te has quedado corta con la dosis, en eso estás pensando, hija de puta», le gritó Rosaura desde su interior. Observó el anturio y le pareció que sus hojas —no así las flores— estaban ligeramente alicaídas. Se levantó del sofá y, para continuar en su papel, aparentó un leve mareo y simuló perder el equilibrio. Cecilia la sujetó con un brazo. Y entonces reparó en él, nunca se había fijado en aquel nomeolvides de plata que la mujer llevaba en su mano derecha, tan fino que era casi invisible. Todos solían llevar un nombre o una fecha, pero en este se había grabado un número que le resultaba familiar, le bastó una mirada fugaz para reconocer las dos primeras cifras y la última. El resto lo completó su mente. 142.857: el número mágico del que le había hablado Adrián y con el que firmó Cruz las cartas manuscritas y también su perfil de Facebook. Siempre había tenido a la vista aquella pulsera que demostraba una conexión entre Cruz y Adrián, pero no la había descubierto hasta ahora. Solo habían llamado su atención los anillos y las perlas. Cecilia nunca le había hablado de esa curiosidad matemática de seis cifras, lo suficientemente atractiva para mencionarla en alguna de las conversaciones que habían mantenido.

—Qué curioso tu nomeolvides —le comentó Rosaura, afinando la vista para cerciorarse de que eran los números mágicos de Adrián. Sí, lo eran—. ¿Es un recuerdo de tu hija?

—No, no es de María, a ella la llevo en mi corazón.

—¿Qué edad tiene?

—Veintiún años ya, aunque para mí sigue siendo mi niña.

—Claro, es lógico —replicó Rosaura; «Es tu niña, pero no la recuerdas en una sola foto en tu casa, maldita mentirosa», le reprochó en su mente.

—No, el nomeolvides no es de ella. En realidad, esta pulsera tiene una historia y un misterio. —Cecilia bajó la voz, como si fuera a revelarle un secreto—. Me la regaló una gitana de esas tan pesadas que quieren leerte la mano a cambio de unas monedas. Yo no quería que me rozara un milímetro de piel, me daba un poquito de repelús, así que le di cinco euros para quitármela de encima. Y me lo agradeció con esta pulsera, que es de plata. Seguro que era robada. Por supuesto, la lavé con agua y jabón antes de ponérmela. Me dijo que la llevara siempre encima para alejar el infortunio. «Si te la quitas, te vendrá todo lo malo. Aunque te la vuelvas a poner, ya será tarde», me advirtió, más o menos con esas palabras.

—Y te da miedo quitártela, pues.

—Así es, ya ves qué bobada, pero no me atrevo a desafiar a la suerte. Mi vida es Mario. Y también María. Cuanto más tenemos, más miedo nos da perderlo.

—¿Y esos números? ¿Qué significan?

—¿Lo sabes tú? Yo no, ni me importa. Imagínate que me entero de que son números malos o uno de esos diabólicos. Me la tendría que quitar y cualquier cosa mala que me sucediera pensaría que era por no llevarla. Aquella gitana me ató a ella de por vida —pronunció esta última frase con la solemnidad de quien se resigna a su destino.

No la creía, el relato le parecía inverosímil. Nadie regala una pulsera de plata a una desconocida. Había convivido en la cárcel con mujeres gitanas y su forma de ser no encajaba con la del relato de Cecilia, tan rocambolesco. Su inventiva era fértil y se desenvolvía bien en la mentira. Si ella estaba en lo cierto, el nomeolvides conectaba de algún modo a Adrián con los farmacéuticos. Podría ser de María, pero no tenía duda alguna de que ese número mágico le pertenecía a Adrián. La incógnita era por qué lo llevaba Cecilia. «Mi vida es Mario y *también* María», le había dicho. Ese «también» le había sorprendido. ¿Qué madre pone a un hijo en el segundo lugar de su lista de afectos?

Retomó la idea de que María había huido de casa. Se preguntó qué sentido tenía esa habitación que tan solo contenía una cama, bajo la cual se amontonaban envases de maquillajes, bisutería y, peor aún, carteras que no les pertenecían. «Los trofeos», se dijo. Una idea tenebrosa tomó forma en su mente: ¿la habrían drogado como le hicieron a ella y por eso se escapó?

Capítulo XXXI

Ya no tengo padres. Vivo en una gruta con dos monstruos que a los demás les parecen amables. Me duermen algunas noches y me tumban sobre el altar de sus rituales. Por las mañanas uno de ellos me lleva al instituto y los profesores lo saludan con respeto, pero ya le han advertido varias veces que estoy flojeando en los estudios, cuando yo siempre había sacado buenas notas. Yo misma me sorprendo de que haya pasado un curso tras otro sin suspender una sola asignatura. Puede que existan dos personas en mí: la que sufre y la que hace los deberes. A veces he pensado que soy una de esas chicas superdotadas que, con un solo vistazo a los libros, logran interiorizar el texto y presentarse a la evaluación tras apenas un par de horas de estudio.

Pero mis superpoderes ya no funcionan. Vivir en la gruta es tan insoportable que ya no consigo concentrarme. Leo unas líneas y tengo que volver atrás porque no me he enterado de nada. No puedo seguir, no tengo esperanza. Si un día se me ocurriera escapar, esto es lo que me dicen los monstruos: «Te encontraremos y tendrás tu castigo». Ya se han dado cuenta de que quiero huir. Lo intenté una vez, tenía trece años. Al finalizar las clases me escabullí por el gimnasio, salí a la cancha de baloncesto, trepé por una valla y salí a la calle opuesta a la entrada principal del colegio. Anduve en busca de una comisaría, deseé cruzarme por el camino con un coche patrulla, pero uno de los monstruos dio una vuelta a la manzana con el coche y me encontró. Me abrazó y me dijo en voz alta, por si alguien lo estaba oyendo: «¿Dónde te habías metido? ¡Qué susto me has dado!». Me hizo subir al coche de un modo afable, como suelen comportarse ellos ante los demás; una vez en el interior del vehículo, me retorció una muñeca y me produjo un esguince. Me dolía, no la podía mover. Me aplicaron un vendaje compresivo, comunicaron al colegio que iba a faltar una semana por una gastroenteritis y me encerraron siete días en mi habitación, sin ordenador ni móvil. No acudieron a urgencias para no despertar sospechas de maltrato en los médicos. Durante esos días de cárcel me dieron de comer para que no adelgazara súbitamente y eso llamara la atención de los profesores. Aprendí la lección y no lo volví a intentar. Me resigné a sus rituales nocturnos en los que me humillaban, asumí la prohibición de no estrechar relaciones en el colegio, normalicé que fisgonearan en mi ordenador por si había visitado alguna página que no estuviera relacionada con los estudios. Cuando llegaba a casa, me quitaban el móvil. Cuando bajaba a la farmacia, tenía que comportarme como una niña feliz y estudiosa. Si me costaba mostrarme así, recibía un pellizco en el brazo —lo hacían con disimulo— y la autómata en la que me habían convertido sonreía a todos. Me daba asco verlos atender a los clientes con diligencia y amabilidad, con sus batas blancas y sus almas sucias.

El control que ejercían sobre mí era tanto que ya no tuve vida. A los quince años, conseguí que me dejaran salir un par de horas con mis amigas los viernes por la tarde. En realidad, eran simples compañeras de clase. Nunca estreché vínculos, más que nada por no caer en la tentación de contarles mis tormentos, me daba vergüenza hacerlo y, además, los monstruos me castigarían si se enteraban. No sabía cómo explicarles que yo no tenía unos padres como ellas, que eran otra cosa muy distinta: me concibieron para abusar de mí, me maquillaron como una puta a los pocos meses de nacer y me enseñaron la foto cuando crecí. «Mira qué guapa eras, Bichito», me dijeron, sonriéndome. No me reconocía en la foto, me asusté y me eché a llorar.

Fui soplando velas en la tarta hasta que cumplí los dieciocho. Me obligaron a matricularme en la carrera de Farmacia para que heredara el negocio cuando se jubilaran. Yo no quería estudiar. Por mí, me habría quedado en mi habitación sin hacer nada, resignada de por vida a vivir bajo sus órdenes y a que abusaran de mí por las noches. Un día me desperté, abrí los ojos y claudiqué. No había pasado nada especial. La noche anterior me había tomado el vaso de leche con Cola-Cao que me obligaba a beber uno de los monstruos, el mismo que me había amenazado con lanzarme por el balcón si me rebelaba contra ellos. Aquella mañana no era muy distinta a otras, pero tuve una revelación: no quería vivir más. Lo tenía tan claro que no sentí dolor; todo lo contrario: por primera vez, descubrí una sensación de calma en mi ánimo. Esperé a que llegara el viernes, el día de salida con mis compañeras, pero no acudí a la cita. Paseé por el barrio, despidiéndome de las nubes, de los árboles y de los pájaros. En el metro, le di un billete de diez euros a un músico que tocaba un tango triste en el acordeón. Aquella melodía sería la última que me acompañaría estando viva, aún la oía en la lejanía cuando entré en el andén y me situé al borde. Y entonces todo cambió. Él no solo me salvó la vida, apartándome de la vía en el último segundo, sino que me regaló una nueva; esperanza, futuro, por fin los sentí conmigo y junto a mí.

—No hace falta que me expliques los motivos —me dijo, tras aceptar yo su invitación a tomar un café. Era alto, con unos ojos verdes que me hicieron confiar en él, había algo en el fondo de sus iris que me producía la sensación de conocerlo desde siempre—. Cuéntame lo que te apetezca, si quieres, incluso podemos hablar del tiempo —me sonrió—. Me llamo Adrián, ¿y tú?

—María.

Vacié el océano en el que me ahogaba cada día, caminé entre anémonas de mar y corales, se lo conté todo, sin miedo, sin llanto. Le horrorizaron mis secretos, lo adiviné en su mirada.

—Voy a apartarte de los monstruos —me dijo.

—Si los denuncias, me matarán —le advertí yo.

—Hay otros modos, tengo que pensar, pero ya se me ocurrirá alguna idea.

—No te involucres, acabarán contigo, pero te agradezco que quieras hacer algo por mí.

—Quiero hacerlo, María —pronunció mi nombre con ternura.

Salimos de la cafetería cogidos de la mano. Él me la agarraba fuerte, como si estuviera al borde de un precipicio y quisiera salvarme. Y eso fue precisamente lo que hizo.

Capítulo XXXII

La maldad reside en las sombras, aguardando el momento del asalto sin que se oigan sus pasos, ladrona de la inocencia, maestra del dolor. Rosaura quería abandonar la casa cuanto antes. Cecilia le daba miedo, no soportaba estar cerca de ella. Fingió pedir un taxi por el móvil, aunque no había marcado ningún número. La farmacéutica la abrazó, «Cuídate, cariño —se despidió con una dulzura impostada—, vuelve cuando quieras, esta es tu casa». La amabilidad del monstruo, uno de sus cebos. Pensó en aquel poleo. La había intentado drogar por segunda vez, para luego divertirse los dos con ella y someterla a sus perversiones. Las carteras: quizá sus dueñas estuvieran muertas, como su hijo. El crimen sería un paso más en su depravación, blanqueada cada día tras el mostrador de una farmacia.

Ya no llovía. Los cumulonimbos con sus panzas llenas ya estarían de camino hacia otro barrio de la ciudad. Rosaura deambuló sobre la acera mojada, atenta a los taxis libres; pasadas ya las doce y media, a aquellas horas de la noche habría pocos o ninguno, asumió. Persistía aquel olor a tiza mojada. Le recordaba a los días de lluvia en el colegio, cuando sus mayores dramas eran que no le dejaran comprar chuches o que una amiga trasteara con su Barbie sin su permiso.

A pocos metros de la farmacia aún permanecían sobre el pavimento los guantes de látex que habían usado los sanitarios para practicar los primeros auxilios a los dos conductores que se pelearon, pero Rosaura, abstraída ahora en sus recuerdos más lejanos, no reparó en ellos. La Policía municipal les había realizado el test de alcoholemia. Ambos dieron positivo y se los llevaron a la comisaría; cada uno quería denunciar al otro.

Cecilia los había observado desde la ventanilla de la farmacia, cuando los introducían en dos coches patrulla mientras ella atendía a un matrimonio que necesitaba un medicamento para su pequeño. No le interesó demasiado aquella escena policial, una más entre las muchas que produce una metrópoli. Ni siquiera se lo comentó a su invitada cuando regresó a la vivienda y constató que no le había hecho efecto el poleo, al que había añadido dos comprimidos de midazolam, el mismo sedante que había vertido en la crema de erizos. ¿Se había equivocado y solo echó uno? No solía fallar en las dosis, estaba segura de haber añadido las correctas. No se le ocurrió pensar que Julia podría haberse deshecho de la infusión sin tomársela; su sensación de impunidad era tal que ni se le pasó por la cabeza que aquella mariscada hubiera despertado sus sospechas, como así había ocurrido. En cualquier caso, ya no podría regalársela a su marido cuando volviera de tomarse una copa. Habría sido un bonito fin de fiesta, pensó con la desazón de la oportunidad perdida.

Julia era el juguete idóneo: vivía sola, no tenía familia, sufría el trauma de haber sido atropellada por un coche y su vulnerabilidad le impedía estar en alerta. La propia Cecilia había experimentado los perversos gustos sexuales de Mario. Fue lo primero que la atrajo de él. Sucedió la misma noche en que se conocieron, tres décadas atrás, en el Madrid de los ochenta. Coincidieron en una discoteca. Tomaron unas copas. Se fueron a un hotel. La desnudó, la echó sobre la cama, vertió sus fluidos sobre ella —la orina, el esperma— y eso excitó su libido, aún más cuando él sacó una navaja y la deslizó por su cuerpo hasta llegar al pubis, con la punta rozando el clítoris. Con un movimiento rápido, felino, Cecilia le arrebató el arma, la empuñó y la colocó sobre el cuello de Mario.

—Dime un secreto inconfesable tuyo o te la clavo. Quiero conocerte —le dijo con una sonrisa maliciosa, presionando la piel con la punta de la navaja.

—¿Serías capaz de clavármela? —le preguntó Mario, tomándoselo a broma.

—Estoy a punto de hacerlo si no me contestas —lo desafió.

—Maté a mi padre, un crimen perfecto.

—Yo también maté al mío, también fue un crimen perfecto. De hecho, los dos estamos aquí y no en la cárcel.

Se carcajearon. Ninguno creyó al otro, aquello era un juego. Acababan de unirse dos fuerzas del mal para aunar oscuridades y hacerlas más densas y poderosas.

—¿Les haces lo mismo a otras? Quiero mirar cuando lo hagas. ¿Me dejarías? —le retó Cecilia, apartando la navaja y dejándola sobre la cama—. Pero antes, follemos.

—Eres muy mala, me gusta. ¿De dónde has salido? —le preguntó él, admirado, mientras ella separaba las piernas y le mostraba su sexo.

—A mí me cagó el mundo, así nací. ¿Y a ti?

—También.

A partir de entonces se engancharon el uno al otro como una cadena a la argolla. La maldad les divertía, despreciaban a cualquier ser humano, pero sobre todo a los más débiles, los que no ofrecerían resistencia. Someterlos les inyectaba una sensación de poder y control a la que no podían ni querían renunciar. Al principio, centraron su objetivo en las yonquis que encontraban por el barrio madrileño de Malasaña, en el denominado «triángulo de la muerte», las calles Ballesta, Barco y Valverde, cercanas a la Gran Vía madrileña. Allí la heroína dejaba muertos en los portales, cualquier lugar podía convertirse en una tumba con el epitafio de la sobredosis mortal. Mario ofrecía dinero a las «drogatas de mierda», como las llamaban los dos, a cambio de sexo. La chica seleccionada se avenía a subir al coche, donde la aguardaba Cecilia en el asiento de atrás; allí mismo desnudaba a la víctima, que no oponía resistencia alguna —elegían a las más *colocadas*—, la tumbaba en el suelo entre los asientos de delante y los posteriores y la inmovilizaba poniéndole los pies encima. Disfrutaba pisoteándola. La llevaban a algún solar del extrarradio, la lanzaban contra la tierra y Mario se meaba sobre ella, luego se masturbaba y le salseaba el rostro con esperma. Deslizaba después el filo de la navaja por el cuerpo de su víctima, desde la garganta hasta el pubis.

—Estoy pensando en abrirte las tripas —la amenazó.

—*Cabrónhijoputa...* —balbuceó la yonqui, sin fuerzas para huir.

A Cecilia se le humedecieron los ojos de placer, la contemplación del sometimiento de una mujer por un hombre la excitaba. Luego llegó el premio final: Mario y ella entregados al sexo en el interior del coche. Cerca ya de alcanzar el clímax, se les desató aún más la lujuria cuando vieron cómo la yonqui se levantaba del suelo, cómo después recogía sus ropas, cómo deambulaba desorientada en medio de la nada y cómo, finalmente, se la tragaba la oscuridad.

Capítulo XXXIII

Son unos monstruos. ¿Te hicieron algo a ti? He visto tu número mágico en una pulsera que lleva Cecilia. ¿Es tuya? Hablemos, por favor. Es urgente.

Rosaura envió ese mensaje al Messenger de Cruz. Era la una de la mañana, no tenía esperanza alguna de que le contestara a esas horas. Ya no pensaba en Cruz cuando le escribía, sino en María.

Había recorrido ya tres manzanas desde la farmacia y no había visto pasar ningún taxi. No se atrevía a pedir uno por teléfono. Sufría la paranoia del que huye y teme ser encontrado. La frecuencia de autobuses a esas horas era mínima. Tendría que esperar demasiado. Se empezaba a agobiar. Sola, de madrugada, las calles tan vacías del distrito de Chamartín. Estuvo tentada de llamar a Ignacio para que viniera a rescatarla, pero no tenía derecho alguno a hacerlo. Lo había expulsado, lo había obligado a alejarse de ella. No sabía a quién llamar. Oyó el sonido de un silbido en su móvil, el aviso de que había recibido un mensaje. Pero no era María, como esperaba, sino la Gata, oculta tras su perfil falso: Ramsés Cardoso. Rosaura se arrinconó en un portal y leyó:

¿Dónde estás? Voy a recogerte.

Miró el número de portal y le escribió la dirección. Ella le contestó:

Ok. 5 min.

Sentía húmedos y pegajosos entre las bragas el DNI y las tarjetas de crédito de aquellas mujeres. Los sacó disimuladamente de allí dentro, cubriendo con su bolso los movimientos de sus manos. Quería ver esos nombres. Caminó unos pasos hacia un contenedor de vidrio y se refugió junto a él para escapar de cualquier mirada. Justo en ese momento vio acercarse un taxi libre. Lo sensato habría sido alzar la mano y pararlo. Se sentía cansada, pero la adrenalina la mantenía en pie como si acabara de despertarse tras muchas horas de sueño. Dejó que el taxi prosiguiera su ruta. Debía esperar a la Gata. No se atrevía a contrariarla, era difícil prever sus reacciones.

Luz Marina, Elizabeth y Graciela. Desconocía el nombre de la cuñada de la Gata, pero ahí estaba entre las otras dos sin saber Rosaura de quién se trataba. Conjeturó sobre si Mario también las habría drogado y sometido, para clavarles el cuchillo en vez de juguetear con su filo, como había hecho con ella. Por alguna razón ignota se había salvado. Un escalofrío le provocó un temblor en los hombros.

No se fijó en el Audi A8 negro que acababa de aparcar a pocos de metros. Una voz femenina gritó su nombre en la noche:

—¡Rosaura, sube!

Se sobresaltó y vio a una mujer que asomaba la cabeza desde el asiento posterior de un coche. Tardó unos instantes en reconocer a la Gata, con aquella peluca de cabellos negros que aún resaltaban más sus iris felinos. La llevaba puesta cuando la vio a través de la videocámara de la farmacia, pero lo había olvidado. Su mente era una olla a presión.

—¡Vamos! —la apremió, agitando un brazo con impaciencia.

Entró en el Audi negro. Los cristales tintados le conferían un aspecto inquietante que le hizo pensar en la muerte; también los coches mortuorios tenían las ventanillas opacas.

Se sentó en el asiento posterior, junto a la Gata. El cuadro de mandos del vehículo, iluminado en la noche, le pareció el de un avión. Era un coche de lujo, posiblemente robado o, en todo caso, comprado con algún botín. Reparó en el joven conductor y se preguntó quién era. Le vio la nuca afeitada y, cuando el chico se volvió hacia ella, vio su extravagante corte de pelo: rapado en la nuca, a ras a ambos lados de la cabeza y una mata de pelo rubio acabada en tupé en la coronilla. Le pareció un macarra. Solo le faltaba la camiseta sin mangas, pero no, llevaba una sudadera de color burdeos.

—Es mi hermano —se lo presentó la Gata.

—Me jode lo que te hicieron ese par de tarados —le dijo Rolo a Rosaura, mirándola a través del retrovisor mientras arrancaba el motor y se incorporaba a la avenida.

—¿Tú también lo viste?

Sintió vergüenza y pudor, aunque los únicos culpables eran Mario y Cecilia. Debía aprender a no castigarse de ese modo. Le estremecía haber sustituido las puñaladas por el cruel haraquiri.

—Sí, los vi haciéndote guarradas, y me vuelve loco pensar que le hicieran lo mismo a mi mujer antes de apuñalarla. Los mataré y no quedará un puto pelo de ellos —afirmó Rolo. Le dio un golpe al volante y soltó un «¡Joder!» que retumbó por todo el habitáculo.

—¡Deja de hacer el gilipollas y controla! —le gritó la Gata.

—¿Eres el marido de la chica que fue a la farmacia y luego apareció muerta?

—Sí, soy yo. Mi pobre Graciela, *mecagoendiós* —musitó bajando el tono de voz, como si fuera un niño al que acababan de castigar.

Graciela. Su nombre estaba en una de las tarjetas de crédito, una visa oro. No era una casualidad. Aquellos dos monstruos la habían asesinado, ahora lo sabía, pero decidió no compartirlo con los dos hermanos hasta asegurarse de que Mario era inocente del crimen de su hijo. Si contaba lo que había descubierto, lo matarían y nunca sabría qué ocurrió en realidad. La Gata había presumido de que los ladrones no eran asesinos, pero si merodeas cerca del infierno, es que conoces al diablo. La notaba tensa. Se fijó en sus manos entrelazadas, sus dedos en tensión, terminados en unas uñas largas pintadas de negro con estrellitas doradas. Le extrañó que, siendo una fugitiva al igual que ella, se expusiera acudiendo a un local de manicura, porque aquel alarde de estampado estelar solo podían hacerlo profesionales.

—A ver, Rosalinda, dime qué has encontrado en la casa —le preguntó ella en tono inquisitivo.

—Mi nombre no es ese, sino Rosaura, y no, no he encontrado nada.

—No sabes mentir, me dan ganas de soltarte una hostia. Te hemos visto a través de las cámaras que instalamos en la casa. Tenemos aquí el portátil. Has salido del salón y cuando has regresado, cinco minutos después, me has hecho un okey con la mano.

El automóvil había enfilado una avenida tan vacía como las demás. La ciudad de noche se ofrecía ante Rosaura con un aspecto fantasmagórico casi irreal; podría aparecer un zombi hambriento de carne humana en cualquier esquina. Con la brusquedad habitual en ella, la Gata le dio un empujón con el hombro.

—Repito de nuevo: ¿qué has encontrado en las cajas?

—Nada, te lo juro. Solo bisutería, maquillajes y también varios pasamontañas. Mario llevaba uno puesto cuando me hizo lo que me hizo. No volveré allí, no los quiero ver más. ¿De qué hablan cuando están en su casa? —Cambió de tema antes de que ella volviera a presionarla para regresar a la farmacia—. ¿Hablan de mí? Los tenéis monitorizados, los vigiláis.

—Hablan de chorradas, nada interesante —comentó la Gata—. Ni siquiera han comentado lo que te hicieron en la comida, igual les parece hasta normal. Me cuesta creer que no encontraras nada bajo esa cama. ¿Me estás ocultando algo?

De repente, la Gata le arrebató el bolso. Levantó el reposabrazos que las separaba y vació el contenido sobre el asiento. Lo iluminó con su móvil, no encontró nada más que su cartera, el teléfono, un pequeño envase de Betadine, unas gasas y dos juegos de llaves.

—¿Qué puertas abren? —le preguntó.

—Las de mi casa y las del piso de una amiga.

La Gata la cacheó palpándole la blusa y el sujetador, luego los vaqueros, incluyendo los bolsillos. Lo hizo con brusquedad, presionando sus manos sobre la ropa, tanto que Rosaura pensó que en cualquier momento se le quebraría una de sus uñas. No encontró lo que buscaba, el botín oculto de los farmacéuticos.

—Quizá estemos perdiendo el tiempo allí —intentó Rosaura convencerla—, puede que solo sean unos pervertidos. Esta noche, Cecilia ha intentado drogarme de nuevo con un poleo, pero lo he tirado a una planta cuando ella no me veía y las hojas se han puesto mustias.

La Gata la miró con desconfianza. Pensó que no la creía y lamentó el error de haberle dado un okey desde el salón. No imaginó en aquel momento que aquel gesto mejoraría las expectativas de la alunicera.

—¿Qué le has hecho al farmacéutico? —le preguntó, desviando de nuevo el tema de conversación—. Ha llegado a su casa con la cara desencajada, sin varios botones de la camisa y encogido como si tuviera un retortijón. Te he visto desde un ordenador que graba la ventanilla de guardia. Tienen cámaras en la puerta.

—He estado a punto a matarlo —intervino Rolo mientras giraba el volante hacia una nueva avenida.

—¿Matarlo? —Rosaura se sorprendió—. ¿Por qué? ¿Habéis averiguado algo sobre él?

—A ti te lo vamos a decir, que mientes más que hablas —la acusó ella, malhumorada—. Para el coche. La *japiflauer* se baja. Ya no nos sirve para nada.

—Espera, no tan deprisa —se atrevió Rosaura a replicarle—. Yo me he arriesgado dos veces entrando en esa maldita casa. Tengo derecho a que me informéis sobre lo que sabéis.

—Pero ¿qué te crees? ¿Que esto es un *estado derecho*?

—Estado de derecho, querrás decir —la corrigió Rosaura, con soberbia; la Gata podría ser muy buena en lo suyo, pero le parecía una analfabeta en todo lo demás.

—Mira qué lista es, Rolo. Hasta nos da lecciones, ella precisamente, que no tiene ni puta idea de quién se cargó a su hijo y ha tenido que rebajarse a colaborar con unos delincuentes como nosotros para saberlo.

—Eso ha sido un golpe bajo. Vete a la mierda.

El cansancio y la tensión agotaron la paciencia de Rosaura. La pantalla del móvil que Rolo tenía sobre el salpicadero se iluminó al recibir un mensaje.

—Es nuestra amiga, nuestro plan B. El cerdo ha entrado en un garito de copas.

—¿Lo estáis siguiendo?

—Ya que no lo haces tú, lo hacemos nosotros —le respondió la Gata.

—¿Que no lo hago yo? ¡He logrado entrar en su casa y podrían haberme matado!

—Ojo, se acercan maderos por detrás —advirtió Rolo, mirando a través del retrovisor.

La Gata volvió la cabeza hacia la luneta trasera. Un zeta de la Policía nacional se estaba acercando por la avenida.

—¡Hostia! Acabo de saltarme un semáforo en ámbar o en rojo, no sé.

—¡Joder, Rolo!

—Lo siento, estaba pendiente de los maderos.

—Nos van a parar —dijo Rosaura, angustiada—. Es el fin. ¿Este Audi es robado?

—Cállate o te tiro del coche para que te esposen y te lleven al talego —la amenazó la Gata.

Dos fugitivas en la noche, no sabía Rosaura si el hermano también lo era. Había confiado en ellos, pensaba que tenían bajo control cualquier incidencia y ahora podría derrumbarse todo en un instante. Se suponía que eran expertos.

El vehículo policial los seguía de cerca, Rolo imaginó el siguiente movimiento: se situarían en paralelo y les obligarían a detenerse por saltarse el semáforo. Apretó el acelerador y, al hacerlo, los agentes activaron inmediatamente la sirena.

—Ataos bien los cinturones, nos vamos de *rally*.

Rolo aceleró aún más y el coche salió disparado por la avenida como un cohete. Derrapó y se metió por una estrecha bocacalle a gran velocidad, luego viró de nuevo y dobló por otra, con una destreza que a Rosaura le asombró. Le llevaba ventaja al coche patrulla, que en el segundo giro estuvo a punto de chocar contra un contenedor, pero continuaba tras ellos, con la sirena aullando en la noche. En cada volantazo de Rolo, las dos mujeres caían la una sobre la otra. La alunicera no variaba el gesto, como si aquella persecución fuera una entre tantas que ya había experimentado. Rosaura mantenía cerrados los ojos, resignada a un violento choque contra una esquina o una farola. La velocidad que Rolo imprimía al coche era cada vez mayor. Manejaba con tal pericia la conducción evasiva que, a veces, ni siquiera rozaba los retrovisores de los coches aparcados a ambos lados de las calles que atravesaba —en otras, se los llevaba por delante—, giraba en la primera que encontraba a su paso, unas veces hacia la derecha, otras a la izquierda, veloz y audaz, como un ratón nervioso en busca de la salida del laberinto. Rosaura abrió los ojos un momento y vio que el Audi se adentraba como un rayo en una calle de dirección prohibida; se cubrió la cabeza con las manos, aguardando lo inevitable.

—Han pedido refuerzos, me viene uno de frente —comentó el conductor con una tranquilidad que a Rosaura le produjo escalofríos.

—¡Por favor, vamos a chocar! —gritó cuando vio el coche patrulla avanzando contra ellos desde el otro extremo de la calle.

Pero Rolo no se inmutó, siguió adelante, iba lanzado contra el zeta, tenía otro detrás y no podía recular, tampoco doblar, se habían acabado las bocacalles en ese tramo; antes de que llegara a la siguiente, el coche policial se le echaría encima. Frenó en seco, dio marcha atrás hasta alcanzar al que tenía detrás, apretó el acelerador a fondo y lo arrastró varios metros. Cerca de trescientos caballos de potencia, los del Audi, contra los ciento cincuenta de los Citroën Xara de los agentes. Goliat contra David. En este caso, vencía el gigante. El zeta, empujado hacia atrás sin poder evitarlo; el otro coche policial, avanzando hacia el Audi para encajonarlo entre ambos. Uno de los agentes sacó su arma por la ventanilla y efectuó dos disparos a las ruedas, que resonaron dentro del coche como dos cohetes de feria. Era el final. Si Rosaura lograba sobrevivir, aquella noche dormiría en prisión.

Capítulo XXXIV

No tenía sentido que condujera sin rumbo por la ciudad. Las doce y media de la noche y el individuo seguía dando vueltas sin detenerse en ningún lado. ¿Qué juego se traía el farmacéutico? Jaral negaba con la cabeza, la joven consideraba imposible que hubiera descubierto que lo estaba siguiendo, sabía hacer su trabajo, pero a la vez le daba la impresión de que la estaba esquivando sin evidenciarlo, agotándola de aburrimiento. Mario Garcilosa conducía su Volkswagen Passat de color visón por las calles del distrito de Chamartín a una velocidad lenta, como lo haría un anciano que temiera su falta de reflejos. Jaral iba tras él en su Toyota negro, a una distancia de seguridad suficiente para no levantar sospechas. Al paso, que no al trote ni mucho menos al galope si hubiera sido un caballo, el Passat se adentró con parsimonia en los alrededores de la plaza de Cuzco, un Manhattan en miniatura en el norte de Madrid, uno de los centros financieros que daban lustre a la ciudad, tan parecido a tantos de otros países, tan desierto de noche que podría servir de escenario para recrear el minuto posterior a un apocalipsis. Y de nuevo, lo mismo: una avenida, una bocacalle, otra avenida y la contraria; el Passat cambiaba de dirección y retomaba la misma vía, pero en sentido contrario. Jaral estaba desconcertada.

Mario buscaba algo, ella no sabía qué. Quizá era un cazador en busca de su presa, presintió. La Gata lo consideraba sospechoso de haber asesinado a su cuñada, la mujer de su hermano, por eso le había ordenado seguirlo desde el mismo momento en que, aquella misma noche, se había acercado a la farmacia para encararse con el boticario por un envase de Nolotil. A una distancia prudente, acurrucada al volante para no ser vista, Jaral observó cómo Rolo estuvo a punto de liquidar al farmacéutico de una paliza, no la culminó porque dos conductores se enzarzaron en una pelea. Los dos hermanos huyeron cuando llegó la policía, pero Jaral permaneció allí, vigilante. Era la orden. A los pocos minutos, Mario Garcilosa salió del garaje en su vehículo. «Por fin *rock and roll*», se dijo la perseguidora. Arrancó el motor y se colocó tras el Volkswagen, excitada ante un seguimiento que prometía. Poco después tuvo que resignarse a un monótono *tour* por el norte de Madrid que no llevaba a ningún lugar. Bostezó e incluso se comió con tranquilidad dos barritas dietéticas mientras conducía.

Jaral era la alumna más aventajada de la Gata. La estaba adiestrando en las técnicas del robo y del alunizaje, que incluían vigilancias y seguimientos antes de cada golpe. Era la hija de un compañero de oficio que cumplía pena de prisión debido a una fatalidad: mientras realizaba un butrón con sus colegas para robar en un banco, se produjo un escape de gas en el bloque de viviendas. Se evacuó el edificio y los ladrones, afanados en el subsuelo en agujerear la pared contigua al banco, no se percataron de lo que estaba sucediendo. Al entrar los bomberos a inspeccionar, los encontraron en plena faena. Jaral —veintidós años— había heredado de su padre ese modo de vida, el robo; no había conocido otro y se unió a la banda de la Gata a la espera de que saliera de prisión y recompusiera el clan.

También la alunicera se había visto obligada a reconstruir su propia banda: un chivatazo los condenó a prisión, a su hermano y a ella. Ambos fueron detenidos por agentes de la Unidad Central Operativa (UCO) de la Guardia Civil en un chalé del barrio madrileño de Aravaca. Efectuaron la entrada y registro justo cuando estaban escondiendo en un zulo del sótano las joyas que habían robado una hora antes y cuyo valor sobrepasaba los ciento cincuenta mil de euros. Se quedaron perplejos, no podían creerlo cuando irrumpió el operativo y se los llevaron esposados, a ella, a su hermano y a un tercer miembro de la banda. Los otros dos no estaban en el chalé y se libraron de la detención. Huyeron —aseguraron— cuando se acercaron a la casa y vieron el dispositivo policial. La banda quedó desmantelada.

El soplo, el chivatazo, había partido de otro clan de aluniceros para descabezar a la Gata y hacerse más fuertes. A ella y a Rolo les llegó esa información mientras estaban en la cárcel: los traidores eran de la competencia. Ya buscarían el modo de vengarse. Se robaba cada vez más por encargo —ventaja: la mercancía ya estaba colocada de antemano— y competían entre ellos para llevarse el mejor «pedido». Debilitado su poder, víctima de fuego amigo, tras su fuga de prisión la Gata estaba creando en la sombra una nueva banda con gente joven, hijos o familiares de ladrones de su confianza, como era el caso de Jaral y el de Pancho y Darío, los dos chicos que se colaron en la vivienda de los farmacéuticos para colocar las cámaras ocultas.

La aprendiza de alunicera había sido informada de todo lo que debía saber sobre Mario Garcilosa, desde el modelo y la matrícula de su vehículo hasta los abusos de los que fue víctima Rosaura. «Cerdo de mierda», murmuraba al volante cada vez que pensaba en ello. El Passat circulaba ahora por la calle Sor Ángela de la Cruz, mucho más animada que la zona de Cuzco, con bares de copas decorados con gusto, ideados para gente que se consideraba exquisita. Pero el seguimiento continuaba tan aburrido y monótono como al principio y Jaral volvió a bostezar. De pronto, el Volkswagen se detuvo y aparcó frente a una taberna irlandesa con fachada blanca y ventanas con geranios en las jardineras. Mario entró en el local. Jaral bajó del coche y se asomó al interior. Lo vio tomándose un whisky con hielo en la barra. No hablaba con nadie, miraba el fondo del vaso cada vez que bebía un trago. Apuró el último. Sacó la cartera. Iba a pagar. No habían transcurrido ni cinco minutos desde que había pedido la bebida. Jaral se dirigió enseguida hacia el coche. El farmacéutico subió a su vehículo y se inició de nuevo el seguimiento. Hizo tres paradas más, tres copas en diferentes bares. Rápidas, como la primera. Ella le hacía fotos con el móvil cuando la situación se lo permitía, para entregarle a la Gata un informe lo más completo posible. Además, la muchacha iba informando a Rolo cada vez que el objetivo se detenía en algún local; ni se le pasó por la cabeza que, en el último de sus mensajes, los dos hermanos estuvieran siendo perseguidos por la Policía nacional.

La última de las paradas tuvo lugar en el distrito de Tetuán —fronterizo con el elitista Chamartín—, con barrios de clase trabajadora, con inmigrantes, con comercios y restaurantes de distintas culturas, con un centro financiero, el de Azca —otro Manhattan en miniatura—, y el mayor prostíbulo de Madrid, antaño un cine que fue reconvertido en burdel para mayor gloria y negocio de los proxenetas. Frente a él aparcó el Passat del farmacéutico, hacia allí dirigió sus pasos. «Pervertido y además putero, tiene su lógica», se dijo Jaral mientras su objetivo atravesaba la entrada del burdel, un túnel de neones azules, con escaleras señalizadas con leds azules y rojos y un portón en lo alto, tan opaco como el de una fortaleza. Un guardián —el portero del local— le franqueó la entrada a Mario. Jaral lo vio penetrar en el burdel, no logró ver nada al otro lado a través de la puerta, solo oscuridad.

Mario permaneció allí dentro más de una hora, Jaral lo cronometró desde el minuto uno. La joven tomó dos barritas más, las dos de chocolate, con las suficientes calorías para mantenerse despierta. Tanto bostezo no era bueno, le advertía de que el sueño empujaba para entrar. Entretuvo el tiempo de espera observando a los puteros que entraban y salían de la fortaleza: un padre que, como si se tratara de un ritual iniciático, rodeaba con su hombro al que Jaral supuso que era su hijo, no tendría más de veinte años; un grupo de jóvenes borrachos que se empujaban unos a otros entre risotadas mientras ascendían las escaleras; se cruzaron con dos individuos que las bajaban, sexagenarios, con traje y corbata, con tripas gordas que se descolgaban sobre el cinturón. Todo aquello a Jaral le parecía un esperpento, aunque pensaba que la prostitución era necesaria para calmar a las bestias y proteger a las mujeres de las violaciones. Para ella, que los hombres se fueran de putas era algo tan normal como tener un animal de compañía.

El farmacéutico salió del prostíbulo repeinándose sus cabellos, empujándolos con las manos hacia atrás. Pensaba Jaral que iba a subir al coche, pero no fue así: pasó de largo y se alejó caminando. Bajó enseguida del vehículo y lo siguió discretamente desde la acera de enfrente. Un autobús urbano se detuvo en una parada para coger y descargar viajeros. Bajaron dos chicas, se despidieron con dos besos en las mejillas y cada una caminó en direcciones distintas. ¿Qué hacían a aquellas horas de madrugada solas por las calles? Jaral lo consideró peligroso. Pensó en las bestias. De repente, Mario se fue tras una de ellas, la que llevaba el pelo recogido en una larga trenza. Vestía con ropa de batalla, vaqueros y sudadera, pensó Jaral que sería alguna camarera que había terminado su turno, al igual que la amiga de la que se había despedido minutos antes.

Andaba la muchacha sin darse cuenta de que la estaban siguiendo. ¿Cómo no oía los pasos a su espalda, con la calle casi vacía? Jaral estaba preocupada. De pronto, la chica se detuvo abruptamente, se dio la vuelta y caminó con decisión hacia Mario.

—¿Me estás siguiendo? —le gritó, avanzando hacia él. Sacó de su bolso el teléfono móvil y un espray de pimienta, los enarboló cada uno en una mano, los exhibió como si fueran dos armas—. Te vas a cagar cuando te deje ciego, viejo *güevón* —le insultó con acento latinoamericano.

—Cálmate, por favor, no es lo que piensas —intentó convencerla Mario, apartándose unos pasos.

La muchacha marcó un número en el móvil. «¿Emergencias? Un tipo me está siguiendo. Por favor, manden a alguien, no me atrevo a huir». Estaba nerviosa, pero se mantenía desafiante ante Mario. Jaral observaba la escena desde la acera de enfrente, oculta tras un árbol. Llevaba un arma, una Beretta semiautomática, por simple protección. Si Mario agredía a la chica, esperaba hacer puntería y dispararle en una pierna, pero eso le complicaría a ella la vida.

—No es cierto, no te he seguido —le aseguró Mario—. Se te ha caído un juego de llaves por el camino y solo quería dártelo. —Lo sacó de su bolsillo, lo mostró en la mano y lo agitó para que tintineara.

—Esas no son mis llaves. A mí no se me caído nada —afirmó con desconfianza.

—Yo creo que sí. Míralas. —Mario avanzó hacia ella los dos pasos que antes había retrocedido.

—¡No te acerques! —La muchacha dio un paso adelante y lo amenazó con el espray.

Se oyó entonces un estruendo que despistó a los dos. Era un camión de la basura. Lo tenían a pocos metros de ellos. Uno de los operarios, subido a la plataforma del tanque compactador, gritó a la chica:

—¡Eh! ¿Qué pasa? ¿Te está molestando?

—¡Me está siguiendo y he llamado a la policía! —contestó ella, alzando la voz, sin dejar de apuntar al individuo con el espray.

Mario no permaneció allí ni un instante más. Salió a la carrera hacia su coche. La muchacha, envalentonada por la huida y sabiéndose protegida por los basureros, lo insultó —«cobarde», «asqueroso», «violador»—, y seguidamente se echó a llorar. Cuando llegó un coche patrulla de la Policía nacional, Mario ya había huido en su Passat. Al estar aparcado a bastantes metros de la escena, nadie pudo captar ni el modelo ni la matrícula. En un par de minutos, ya había desaparecido del paisaje nocturno. Jaral, sin embargo, no lo perdió de vista y reanudó inmediatamente el seguimiento. Sí, era un cazador, un depredador. Había fallado con su primera presa, pero estaba segura de que lo intentaría con una segunda. El Volkswagen salió de la avenida y escondió su rastro adentrándose en callejuelas, esta vez a mayor velocidad. Cruzó la gran arteria urbana que era Bravo Murillo y prosiguió por calles estrechas de una única dirección. Se detuvo. Aparcó en una zona de carga y descarga cercana a un pub que, a esas horas, casi las dos de la madrugada, aún tenía las luces encendidas. «Revolutionary Road», memorizó Jaral el nombre del local. Mario bajó del coche y entró. La joven no encontró sitio para aparcar, era una calle estrecha con coches a ambos lados, imposible dejar el coche en doble fila, obstruiría el paso. Dio una vuelta a la manzana. No tuvo suerte. Volvió de nuevo al pub, por si alguien había dejado un hueco. Sí, lo había: el que acababa de dejar el Volkswagen Passat. Ya no estaba allí. O el hombre cambió de parecer cuando entró en el pub o la había descubierto y la engañó. Jaral condujo por los alrededores, nerviosa, frustrada, pero no dio con él. La alumna aventajada de la Gata había perdido a su objetivo.

Capítulo XXXV

—¿Puedes venir a buscarme? Estoy sola en medio de un descampado.

Rosaura no quería hacer esa llamada a su amigo, pero no conocía a nadie más que pudiera ayudarla. Ignacio era el botón del pánico, y lo activó.

La Gata la había dejado abandonada. «Búscate la vida», le dijo. La pericia de Rolo las había salvado, era un experto escapista al volante, un kamikaze, pensaba Rosaura con asombro y también con admiración. Los disparos a las ruedas durante la persecución impactaron en las llantas, así que el conductor pudo proseguir con su potente embestida marcha atrás contra el coche zeta, hasta alcanzar una bocacalle y doblar por ella a gran velocidad. El habitáculo se impregnó de un fuerte olor a caucho quemado, las ruedas estaban exhaustas tras los derrapes al límite. Las sensaciones de miedo, vértigo y muerte eran tan intensas para Rosaura que creyó que se iba a orinar encima. La Gata continuaba impasible.

—Voy a darles por culo cerrándoles con el camión de la basura —dijo el piloto, concentrado en la conducción, pero tan imperturbable como su hermana.

—¿Qué camión? —Rosaura solo veía los coches policiales que los perseguían—. ¿No os enteráis? No tenemos salida, esto es una locura, nos van a detener, nos van a...

—¡Cierra la puta boca! —le ordenó la Gata.

Sí, había un camión de la basura, pero en otra calle distinta. Rolo lo había visto de pasada, cada ojo le funcionaba como cuatro y su extraordinario sentido de la orientación le permitió recorrer varias calles en zigzag hasta llegar al punto exacto que buscaba para situarse delante del camión. Los vehículos policiales se quedaron detrás y no pudieron avanzar; tuvieron que recular y tomar otra calle. Esa ventaja le permitió a Rolo ganar tiempo y alcanzar el norte del paseo de la Castellana. Lo cruzó de un lado a otro, enfiló hacia la calle Mauricio Legendre —cerca de la estación de Chamartín— y se dirigió hacia el extrarradio de la ciudad. Dejaron atrás los edificios, que fueron sustituidos en el paisaje nocturno por naves industriales, una gran cochera de autobuses, varias pistas deportivas; avisaban de que estaba cerca la frontera imaginaria entre el campo y la urbe. Rolo se adentró entonces en una carretera que luego se transformó en camino forestal. Ya no había iluminación, las farolas ya estaban lejos, al igual que los coches patrulla, que perdieron a los fugitivos en cuanto llegaron al paseo de la Castellana, la gran arteria que atravesaba la ciudad de norte a sur.

—Fin del trayecto —dijo Rolo, deteniendo el coche en un descampado.

—Eres un máquina, hermano —le felicitó la Gata.

—¿Y ahora? —preguntó Rosaura.

No le respondieron. Los dos aluniceros salieron del coche. Abrieron el maletero. El hermano sacó un pequeño bidón de gasolina.

—Sal o te quemaremos viva —le advirtió la Gata a Rosaura, a la vez que sacaba de su bolso un mechero.

—¿Vais a incendiarlo? —preguntó, perpleja, abandonando rápidamente el coche y apartándose de él varios metros—. El humo nos va a delatar, ¿no os dais cuenta?

—Ya no estaremos aquí —le contestó Rolo, vertiendo la gasolina sobre el vehículo.

El Audi había resistido la persecución, pero la carrocería estaba repleta de golpes y las huellas de los hermanos estaban por todo el interior del vehículo. A los aluniceros ya no les servía. Conseguirían otro fácilmente: robándolo.

—¿Cómo salimos ahora de aquí? —preguntó Rosaura.

—Tú, no lo sé. Búscate la vida y ya contactaremos contigo —le contestó la Gata.

Un sonido huracanado, el de la gasolina incendiada. Un instante después, las llamas. El fuego formó una enorme pira en la oscuridad. Rosaura se mantuvo unos instantes mirándola, hipnotizada. No podía creer que aquello estuviera sucediendo de verdad.

—¡Esperad, no me dejéis aquí! —les pidió cuando reaccionó, volviendo la cabeza.

Ya no estaban.

La habían dejado sola, no sabía dónde se encontraba. Oyó el sonido de helicópteros, elevó la mirada, volaban sobre su cabeza. Olía a gasolina, debía alejarse por si el coche explotaba. Encendió la linterna del móvil y huyó de allí, con la esperanza de encontrarlos en su camino. Pero eran ladrones, sabían diluirse como fantasmas. Corrió sin mirar atrás, ni siquiera cuando el Audi explotó y el estruendo reverberó en la tierra bajo sus pies. Debía centrarse en las luces de la ciudad en la lejanía, eran su referencia, como las estrellas para los navegantes. Caminó hacia ellas, siguiendo la pista forestal y luego la carretera que la acercaba a la metrópoli. Tres veces tuvo que apagar la linterna y echarse al suelo en la cuneta: pasaron a su lado tres coches zeta de la Policía nacional y dos camiones de bomberos en dirección al incendio. Tropezó con una piedra, se cayó, notó un rasponazo en la rodilla, pero, aun exhausta por aquella larga caminata de varios kilómetros, siguió deambulando en la madrugada hasta que entró de nuevo en la ciudad, a través de una pequeña calle —la primera que encontró a su paso— cuyo nombre le transmitió desazón: Ocaso. No le costó relacionarla con el peso de su propia decadencia, la de la odisea estéril que había emprendido. Si la policía no había logrado resolver la muerte de Adrián, qué podía conseguir ella, que cambiaba de canal cada vez que aparecía en la televisión una crónica de sucesos; no le interesaban, le daba miedo descubrir que la maldad toma forma en los cuerpos de otros, los de los asesinos de mujeres y de niños, los que mataban a un hermano durante la disputa de una herencia familiar, los que asesinaban a sangre fría en un ajuste de cuentas por drogas. Nada sabía Rosaura sobre aquellas vidas podridas cuyo lenguaje no podía descifrar, ni siquiera durante sus años de prisión. Siempre intentó permanecer alejada de sus mentes para que no la contaminaran. Quería mantenerse intacta, reivindicarse como la mujer normal y corriente que era, la enfermera que vivía y quería seguir viviendo en el lado bueno, a pesar de haber segado la vida de un inocente, lo cual la situaba justo en el lado contrario.

Telefoneó a Ignacio. Cuando escuchó su voz, Rosaura se echó a llorar.

—Hasta aquí he llegado, todo esto es más grande que yo, no lo puedo controlar —claudicó entre sollozos.

—No sé qué decirte, ya me pierdo con tus movidas.

Su amigo no la consoló, no al menos como ella necesitaba. Su voz era tan fría como el viento ártico, le llegaba a través del móvil su aliento helado.

—Estás raro.

—Son las cinco de la mañana, estaba durmiendo.

—Lo siento. Voy a pedir un taxi.

—No lo hagas. Salgo para allá.

Ignacio apenas había dormido y, cuando recibió la llamada de Rosaura, había conseguido al fin la mínima relajación para entrar en el sueño. Estaba nervioso, preso de sus dilemas tras una tensa conversación con su madre por la noche. Se había cruzado con ella en el portal cuando él regresaba al anochecer del templo de Debod, vencido, resignado, pero sobre todo dolido por el empeño de Rosaura en que se apartara de su vida. No insistió cuando la vio alejarse por la plaza de España, la dejó ir sin impulso alguno de retenerla; era una adicta, una enferma enganchada a la idea de cazar a un asesino y encerrarlo entre rejas, no iba a cambiar por mucho que él lo intentara. Se rindió, sin que a ella jamás se le hubiera pasado por la cabeza que su vecino no era el gran amigo, sino el pobre enamorado.

Cuando Ignacio entró al portal de su casa, vio cómo su madre salía de un Ford Mondeo azul oscuro. Observó al conductor, un hombre corpulento de cabellos canos cortados a ras y barba cuidadosamente rasurada.

—¿Es tu novio? —fue lo primero que le dijo a su madre, sin mediar saludo—. Quiero conocerlo.

—Otro día, Ignacio —le contestó ella—. No va a ser ahora, de noche y en medio de la calle.

—Pues sí, va a ser ahora, está aquí.

—Basta ya, te he dicho que en otro momento.

No hizo falta que siguieran discutiendo. Samuel bajó del coche y se acercó a ellos. Petra no tuvo otra opción que presentarlos.

—Samuel, este es mi hijo, Ignacio.

El hombre le estrechó la mano.

—Encantado de conocerte —lo saludó; Ignacio pensó que, seguidamente, añadiría la frase habitual en esos casos: «Tu madre me ha hablado mucho de ti». No se equivocó.

Americana y pantalón azul marino, camisa celeste, mocasines negros de marca. Un jubilado elegante con zapatos caros y coche caro. ¿A qué se dedicaría? Conjeturó sobre si sería ingeniero, como su padre. Hay quienes reproducen el mismo modelo de pareja toda su vida y su madre podría ser el caso. Pero no tenía aspecto de perdedor.

—¿Eres su novio? —le preguntó directamente.

A Samuel no le descolocó la pregunta y le contestó con naturalidad:

—Podría decirse que sí. Tu madre es una mujer extraordinaria.

—Eso ya lo sé, soy su hijo —replicó, marcando territorio—. ¿A qué te dedicas?

—Soy guardia civil, aunque ya he pasado a la reserva.

—¿En serio? —Ignacio miró a su madre, sorprendido. Nunca la hubiera imaginado saliendo con un agente del orden.

—Ya está, sube a casa mientras yo me despido de Samuel —le conminó Petra, incómoda por aquel encuentro improvisado.

—Un placer. —Samuel le estrechó de nuevo la mano; la apretó bien, con decisión.

—Sí —dijo tan solo Ignacio.

Subió a la vivienda y esperó en la cocina a que llegara su madre, comiendo patatas fritas directamente de la bolsa y bebiendo un vaso de leche con Nesquik. No le gustaba añadir a su vida a un tercero, temía que cambiara el estado de las cosas.

—¿Te vas a casar con él? —fue la primera pregunta que le hizo a su madre cuando llegó.

—¿Vas a entregar a Rosaura antes de que tengamos un disgusto? —disparó ella.

—No me jodas. ¿Es lo que te ha aconsejado tu novio? ¡Es guardia civil, la van a detener! —le gritó él, enfadado y sintiéndose traicionado—. ¿Le has pedido que la investigue?

—No, él no sabe nada. Me da vergüenza contárselo. Esta tarde he ido con mis llaves al palomar y allí están sus cosas. La estás escondiendo y podrías ir a la cárcel porque no sois familia, que sería lo único que podría librarte. Solo sois vecinos, mételo en la cabeza.

—Rosaura no quiere implicarme, me ha dicho que me aleje de ella, y es lo que he hecho —intentó tranquilizar a su madre.

—Te lo ha dicho con la boca pequeña. Me apuesto lo que quieras a que volverá, porque solo te tiene a ti.

—¡Vale ya! —No quería seguir escuchándola—. Me vais a volver loco entre las dos, no consigo centrarme en el guion que estoy escribiendo, no tengo vida. Creo que me voy a mudar definitivamente al palomar, es la única forma de no tener que dar explicaciones todo el puto el día.

Petra se acercó a su hijo, sentado a la pequeña mesa de la cocina, y le acarició los cabellos. Lo hacía en muy contadas ocasiones, no era una madre a la que le gustara abrazar y ser abrazada por su hijo.

—Escúchame, Ignacio...

Le habló entonces de la amistad y la lealtad: «Pero hay líneas rojas, ¿lo entiendes?». Le mencionó a los dos matones que habían entrado en casa de Rosaura. «Nos podrían haber matado, y todo por protegerla a ella. Eso se acabó. Te ha utilizado, nos ha utilizado. Pareces tonto», le recriminó, retirando las manos de sus cabellos y también la dulzura. Estaba convencida de que Rosaura acabaría muerta o desaparecida si seguía empeñada en resolver ella sola el crimen de Adrián. «Es carne de cañón, no sabe moverse entre delincuentes, y nosotros tampoco, somos gente normal, y quiero que sigamos siéndolo».

—Entrégala, Ignacio —concluyó—. La he querido como a una hija y ahora no la reconozco. Si no la salvas tú, lo haré yo.

—No la voy a traicionar y no quiero seguir hablando de esto. —Estrujó la bolsa de patatas fritas, donde ya no quedaba ni una, y la tiró con rabia sobre la mesa de la cocina.

—Ella no se va a entregar, persigue a un fantasma y no se da cuenta. Sé valiente por una vez en tu vida y hazle el favor de decirle a la policía dónde encontrarla. Cítala en algún lugar, no menciones el palomar. Aquí lo de menos es la traición, Ignacio, pero te diré que la que nos ha traicionado es ella. Nos ha puesto en peligro. ¿Te parece poco?

—Déjame pensarlo y no me atosigues más, ¿de acuerdo?

—Mañana por la mañana la entregarás y luego seguirás con tu vida.

Capítulo XXXVI

Le dijo la sintecho que se acercó a ella: «No sabes quién soy yo. Si lo supieras, alucinarías». Debía de tener unos cincuenta años, era gorda y tenía costras en los labios. Cubría su cabeza con un turbante sucio —pudo haber sido rosa en el principio de los tiempos—, recogido sobre la coronilla con un lazo desgarbado. Aquella mujer fue la única persona que merodeó a su alrededor durante el tiempo de espera en la calle del Ocaso. Rosaura se había apoyado en un kiosco de la Once aún cerrado, tenía tras de sí los cupones que auguraban millones; antes de darles la espalda, eligió un número y fantaseó con quemarlo si lo tuviera en sus manos y supiera que era la ganadora. No sabía el porqué de aquella idea estúpida, quizá fuera porque no tenía a nadie con quien compartirlo y disfrutarlo. No quería iniciar conversación alguna con la desconocida, estaba esperando a Ignacio y se sentía cansada. Pero entonces llegó la piedad y la obligó.

—¿Por qué voy a alucinar? —le preguntó con desgana a la mendiga.

—Soy Endora, la madre de Samantha. ¿Estás alucinando o no? Tengo muy mala leche y puedo volar —afirmó, elevando la barbilla y abriendo los brazos en cruz, como si estuviera a punto elevarse al cielo.

Rosaura había visto de niña *Embrujada*, aquella serie de los años sesenta que se repuso varias veces en televisión. Samantha era una bruja guapa y buena que vivía entre los mortales, también un ama de casa solícita que cada día le preparaba a su marido un cóctel cuando volvía del trabajo. A Rosaura le divertía cuando hacía magia moviendo la punta de su nariz respingona; de joven, a su madre le fascinaba su moderna cocina, con electrodomésticos que nunca imaginó: el robot, el microondas, el lavavajillas, el frigorífico de dos puertas con dispensador de hielo. Rosaura recordaba a Endora, la madre de Samantha, una bruja deslenguada, extravagante y divertida. La que tenía ahora delante le daba pena. ¿Quién sería en realidad la sintecho? Si nadie se ocupaba de ella, seguiría encerrada en el mito de ser una bruja que vivía dentro de una tele en blanco y negro.

—Pero un día perdí mis poderes —le confesó—. Ya no puedo volar ni teletransportarme, estoy condenada a vivir siempre entre los humanos.

—Qué pena, debe de ser muy duro —le siguió el juego Rosaura—. ¿Has ido a ver a algún médico? Quizá te pueda ayudar si le hablaras de los poderes que has perdido. —Pensó que así podrían diagnosticarla y tratar su precaria salud mental; nunca olvidaba que era enfermera.

—¿En serio te has creído que soy Endora? —La indigente se carcajeó y, al hacerlo, se le abrió una de las costras de sus labios y emergió una gotita de sangre.

Rosaura aterrizó abruptamente en la Tierra desde su planeta Inocencia. La loca aquella le había tomado el pelo y se sintió dolida; hasta los mendigos la veían vulnerable y se divertían con ella. No infundía respeto alguno a los demás.

—Yo solo intentaba ser amable y te has reído de mí —le reprochó.

—¿Y qué me queda a mí si no me río de vosotros, con vuestras vidas tan asquerosamente bonitas? Anda, dame alguna monedita —le pidió la mujer.

—Sácatela de la oreja, como hacen los magos —le replicó Rosaura.

Se apartó de ella, enfadada, y se acercó al borde de la acera. Ignacio ya estaría a punto de llegar. Vio a Endora entrar en el habitáculo de un cajero automático y beber de un brik de vino.

—¡Si encuentras mi escoba voladora, tráemela! —le gritó la falsa bruja antes de soltar otra carcajada.

No quiso encararse con ella, pero únicamente porque no le convenía llamar la atención en público. Un par de hombres, con los cabellos aún húmedos tras la ducha, pasaron por delante de ella impregnando el aire de colonia, demasiado dulzona para el gusto de Rosaura; quizá ese tipo de fragancia sin aroma a cítricos estuviera de moda, pero no le gustaba. Casi las siete de la mañana. Se sorprendió al mirar el reloj. El tiempo para Rosaura había transcurrido veloz, a pesar de que en la caminata había invertido cerca de tres horas, prácticamente en la oscuridad y con la única luz de su móvil. La gente empezaba a dirigirse a sus puestos de trabajo, por encima de los tejados ya asomaba en el horizonte el resplandor del amanecer y el silencio de la madrugada quedaba definitivamente arrinconado por los sonidos de la urbe. Llevaba esperando cerca de dos horas a Ignacio, se estaba quedando sin batería en el móvil. Lo llamó por teléfono, nerviosa.

—¿Dónde estás? —le preguntó, impaciente.

—Dame dos minutos, estoy a punto de llegar.

Su amigo había tomado precauciones al salir de casa. Si Lorenzo Ordaz o cualquier enemigo de Rosaura lo seguía, no se lo pondría fácil. Condujo el coche a través de calles y callejuelas, dio varias vueltas a cada rotonda, cambió de sentido dos veces mientras conducía por el paseo de la Castellana, se aseguró finalmente de que no había ningún vehículo sospechoso tras él cuando se adentró en la calle del Ocaso.

—Sube, vamos —la invitó Ignacio con prisas cuando llegó.

—¿Qué pasa? ¿Te están siguiendo? —A Rosaura le inquietó su premura. Entró en el vehículo.

—¿Me tendría que haber seguido alguien? —No la saludó de otro modo—. ¿Uno de los Ordaz, quizá? ¿Chito, el narco? ¿La alunicera? ¿El farmacéutico? Tienes demasiados enemigos. —Ignacio estaba de mal humor y no lo disimulaba; arrancó el coche con brusquedad—. No puedo con esto, y tú me has dicho que tampoco puedes cuando me has llamado. Espero que mantengas tu palabra. Es el último viaje que hago por ti.

Debería haber pedido un taxi; Rosaura reconoció de nuevo a la egoísta en que se había convertido desde su salida de la cárcel. Quería desahogarse con su amigo, sin reparar en que lo había sacado de la cama a las cinco de la mañana, sin pensar en que aquella llamada lo implicaba de nuevo en su vida.

—Antes de salir de casa, he activado tu móvil, el antiguo —le comentó Ignacio—, y tienes varias llamadas perdidas de un número desconocido. Puede que sea Chito, el narco —le informó al tiempo que se adentraba en una de las pequeñas avenidas cercanas a la plaza de Castilla—. He tenido cuidado, nadie me ha seguido, pero tus enemigos son también los míos mientras esté contigo, y eso me pone en riesgo. ¿No lo has pensado al telefonearme?

De pronto, detuvo el coche. Lo aparcó en un hueco de carga y descarga.

—Ahora vuelvo. —No dio más explicaciones y salió del vehículo.

Ignacio había visto una churrería. No había desayunado y supuso que Rosaura tampoco. Pediría una docena de churros recién hechos con dos chocolates calientes. Los tomarían en el coche mientras conversaban. Tenía decidido hablar con ella, convencerla para que se entregara y se librara así de las tramas siniestras que la rodeaban. Si no lograba persuadirla, la delataría él. Se sentía el colaboracionista en las películas sobre nazis, también el espía traidor a su país o el soldado que desertaba y se pasaba a las filas enemigas. ¿Alguno lo habría hecho por amor? Él sí. Con su delación, le salvaría la vida a Rosaura. Todo lo demás ya no era importante.

Regresó al coche con los churros y los chocolates. La encontró profundamente dormida. No quiso despertarla. Cogió un churro y observó a la durmiente mientras se lo llevaba a la boca. Si la matara alguno de los delincuentes con los que se relacionaba, su aspecto sería similar al de aquel momento: la cabeza echada hacia atrás, los ojos cerrados, la boca semiabierta, el labio inferior desmayado. Y faltaba la sangre. Podrían tirotearla o coserla a puñaladas. Imaginarla muerta le provocó una náusea de angustia. Dejó en el suelo la bolsa con los churros, salió del coche y vertió los chocolates a una alcantarilla. Puso el coche en marcha y atravesó la ciudad hasta adentrarse en el distrito de Arganzuela, en dirección al palomar. Rosaura continuaba dormida, con la boca aún más abierta. Roncaba, qué ternura. Le gustaba verla con esa paz que otorgan los sueños buenos; le pareció que lo eran, porque su respiración era serena. Aparcó en una calle cercana al paseo de las Acacias. La despertó, tocándole suavemente en el hombro.

—Rosaura, hemos llegado.

—¿A dónde? —Abrió los ojos, somnolienta.

—Estamos cerca del palomar. Antes de que te vayas quiero que hablemos.

—Yo también tengo que contarte algo. He descubierto cosas, cosas importantes. Tengo pruebas.

—Otra vez tiene que girar todo a tu alrededor, ¿te das cuenta? —la interrumpió él—. Te acabo de decir que tenemos que hablar y, sin siquiera preguntarme sobre qué, ya quieres contarme una de tus mierdas. Ocupas todo el espacio, no me dejas nada, joder —le reprochó, mirándola de un modo tan duro que Rosaura no lo soportó y volvió la cabeza hacia la ventanilla.

—Perdona, tienes razón —se excusó, sin mirarle.

—Me dices que me separe de ti y yo lo hago, y me llamas de madrugada para que te recoja en coche en la otra punta de la ciudad. ¿Qué soy para ti? ¿El tonto útil de la historia?

—No hables así. —Rosaura se apartó del cristal y enfrentó su mirada a la de Ignacio—. Eres mi amigo, lo has sido siempre. He hecho las cosas mal, te pido perdón las veces que haga falta, pero tampoco estoy viviendo una situación normal.

—La que tú has elegido vivir. ¿Qué ha pasado esta noche?

—La Gata quería hablar conmigo, nos ha perseguido la policía y me han dejado en un descampado cerca de plaza de Castilla. Estaba asustada, por eso te he llamado.

—¿Has vuelto a citarte con esa alunicera?

—Sí, nos intercambiamos información.

—Como los espías. ¿Tú te estás oyendo?

—No estoy en el lado bueno, lo sé, pero es que yo lo que quiero es...

—¡Sí, tu hijo, ya lo sé, no lo repitas más! —Ignacio la interrumpió elevando la voz, no quería volver a escuchar el mantra de la búsqueda del asesino de Adrián.

Rosaura intentaba justificarse como podía, pero no tenía argumentos válidos para convencer a su amigo de que estaba haciendo lo correcto.

—Tengo las tarjetas de crédito y los DNI de tres mujeres, los encontré ayer dentro de varias carteras en casa de los farmacéuticos, debajo de una cama. Había más billeteros, y también relojes femeninos, no me dio tiempo a llevármelo todo. Son trofeos, Ignacio. Las han matado ellos.

—¿Cómo lo sabes? Son unos tarados, pueden robar carteras y relojes por el mero placer de apropiarse de lo que no es suyo.

—Una de esas mujeres se llama Graciela. Fue apuñalada en el corazón y la encontraron muerta en un callejón. Justo antes había ido a la farmacia Hermanos Garcilosa. Era la cuñada de la Gata. Estos documentos son pruebas, Ignacio. No te los enseño porque los he escondido en mis bragas y ahora, en fin, no es cuestión, ya sabes.

Rosaura sintió pudor, Ignacio también. Estuvieron unos momentos sin saber qué decirse.

—Entrégate en una comisaría y les cuentas la historia, pero hazlo. Acabemos con esto de una vez.

—¿Por qué tengo que entregarme? Estoy en el buen camino, esa chica murió del mismo modo que Adrián, todo podría tener sentido. ¿No lo ves?

—Unos u otros te matarán. Ayer por la tarde una mujer fue acuchillada en tu lugar, porque tú y yo estamos convencidos de que fue así, ¿verdad? Puede que esté muerta a estas horas. Pues bien, a ti eso te da igual.

A Rosaura le costó encajar aquel golpe bajo. No le parecía justo que Ignacio la acusara de una insensibilidad en la que ella no se reconocía. Lo estaba perdiendo, temió que para siempre.

—¿Eso piensas de mí?

—Detén todo esto, por favor. Si no lo haces por ti, hazlo por mí. Soy el idiota enamorado de la historia.

—¿Qué has dicho? —Rosaura se llevó la mano al corazón, como si acabara de sufrir una fuerte impresión—. ¿Enamorado de quién?

—Qué marciana eres.

Ignacio arrancó el motor y se incorporó a la calle, en dirección a la del palomar.

—Vale, ahora lo entiendo. —Rosaura se lo dijo en voz baja, ruborizada por lo que acababa de revelarle su amigo—. ¿Desde cuándo te pasa eso?

—No estoy hablando de una enfermedad. Se llama sentimiento. ¿Lo pillas? Te he querido desde que te conocí. Nunca me has hecho caso y he acabado por acostumbrarme, como el gran perdedor que soy, pero no voy a permitir que te maten.

—Somos grandes amigos, Ignacio, pero...

—Ahórrame la frase de rigor, por favor. No te he pedido que me correspondas, solo que te entregues, que cumplas lo que te quede de cárcel y retomes tu vida.

—No podré hacerlo sin saber qué le ocurrió a mi hijo.

—Vale, nunca lo superarás, pero al menos no avergüences su memoria convirtiéndote en una delincuente. Haz lo que debas, yo también lo voy a hacer. Perdóname, Rosaura.

—¿Perdonarte por qué?

—Porque lo que único que quiero es salvarte. Hemos llegado al palomar. Fin del viaje.

Capítulo XXXVII

Nadie reparó en la joven, de madrugada, sentada en el banco de una parada de bus en el barrio de Prosperidad, junto a un pequeño parque infantil. Pasaron coches, pararon dos buses, no subió ningún viajero, pero bajaron dos, que ni siquiera la miraron, centrados en llegar al trabajo o a sus casas tras finalizarlo. Al filo del amanecer, los agentes de un coche patrulla de la Policía municipal que hacían el servicio por la zona se fijaron en ella y se detuvieron. Pensaron que se había dormido o incluso que estaba ebria. Se acercaron y vieron sus deportivas manchadas de sangre. La tocaron en el hombro con un leve zarandeo y entonces el cuerpo cayó hacia delante como si fuera una muñeca de madera, en la misma postura sedente en que la encontraron. Ya tenía el rigor mortis, la rigidez muscular que se inicia tras la muerte, y eso indicaba que llevaba, al menos, tres horas muerta; un grueso hilo de sangre se había deslizado por su pierna izquierda, bajo el vaquero, hasta posarse sobre sus deportivas blancas y crear un charco rojo alrededor. Su jersey, bajo su anorak, también estaba empapado de sangre. Se llamaba Malena, era boliviana y había sido asesinada de una puñalada en el corazón en el mismo distrito madrileño que las otras mujeres latinoamericanas, en Chamartín. Tenía veintiséis años y un bebé de siete meses. Era una pluriempleada, no llegaba a fin de mes con un solo trabajo. Su marido estaba en paro, aunque ingresaba dinero haciendo trabajos por las mañanas en una empresa de reformas. Malena cuidaba por las tardes a una anciana, después limpiaba oficinas en el turno de noche en la zona del estadio Santiago Bernabéu y, más tarde, una taberna de tapas en el barrio de Prosperidad. Debería haber llegado a casa a las tres de la mañana después de atravesar Madrid de norte a sur en autobús hasta llegar al barrio de San Cristóbal, donde vivía. No llegó a su casa, su marido la llamó repetidas veces, el móvil estaba apagado. Dio aviso a la policía. A primera hora de la mañana le comunicaron que su esposa estaba muerta. Al igual que las otras mujeres apuñaladas y el hijo de Rosaura, no se encontraron en la víctima ni su teléfono ni su reloj, aunque sí su mochila, que apareció en una papelera cercana, con su billetero en el interior, pero sin dinero.

Martina recibió la noticia del crimen a las ocho de la mañana, a punto de llegar a un barrio del extrarradio de Madrid, una zona conflictiva, castigada por la desidia de las instituciones y estigmatizada por las reyertas entre clanes familiares. Culpa de la droga, la que mancha el mundo. Acompañada de dos agentes uniformados, la inspectora quiso llegar temprano para asegurarse de que los Ordaz estaban en casa y presentarse allí sin previo aviso. La matriarca bajó al portal, enfadada, cuando Martina llamó al telefonillo. No le permitió subir a la vivienda, un edificio de seis pisos entre otros tantos bloques en medio de un descampado, con los accesos sin asfaltar, polvo seco en verano y lodo en invierno tras la lluvia. Investigaba el acuchillamiento en el templo de Debod la tarde anterior, quería saber las coartadas de los hermanos.

—Ayer por la tarde todos mis hijos estaban conmigo —aseguró la mujer—. Si no en la casa, andaban cerca. ¿De qué les van a echar la culpa ahora? ¿De matar a Manolete? ¿No es bastante con que se me haya quitado a un hijo?

La mujer sobreactuaba su indignación; sus hijos no eran unos santos —eso ya lo sabía Martina y la propia madre también—, pero en realidad estaba ganando tiempo para salvar a su prole del lío en el que se hubieran metido.

—Necesito saber dónde y con quién estaba cada uno de ellos ayer, entre las seis y las diez de la noche. Llámelos a todos, por favor. Será poco tiempo.

—Mire, por ahí llegan mi Lorenzo y mi Damián con la camioneta. —La señaló con la mirada a la inspectora.

—Pues me faltarían tres más, Raúl, Vicente y Antonio.

—¿Pero de qué se les acusa?

—Por ahora, de nada, señora. Ayer hubo un intento de homicidio en el centro de Madrid y solo queremos saber, eso es todo.

Falsas o verdaderas, cada uno de los hermanos demostró tener una coartada. Damián estaba a esas horas en la iglesia del barrio, arreglando un cable que había dejado al párroco sin micrófono. El cura lo confirmó. Raúl, Vicente y Antonio estuvieron esa tarde tuneando la Honda de un colega, incluso aportaron un selfi de los tres junto a la motocicleta, cerca de las diez de la noche. Lorenzo, por su parte, aseguró que había pasado la tarde con su madre viendo la tele. Ella lo corroboró. «¿Qué programa?», preguntó Martina. «Varios», afirmó él. «El *Sálvame*, el *Pasapalabra* y las noticias. No estábamos muy pendientes porque en casa solo usamos la tele como ruido de fondo», aseguró. Era la coartada más débil de todas, la del familiar que encubre y protege al otro. Examinaría a fondo las videocámaras de seguridad del templo de Debod y volvería a estudiar las declaraciones de los testigos, aunque no podía contar con el principal, Rosaura. La fugitiva debía de pensar que le estaba facilitando la investigación, cuando en realidad se la estaba complicando: era la garganta profunda de la historia, la fuente de información que Martina no podía desvelar, cómo explicar si no a sus superiores que mantenía contacto con una prófuga de la ley.

—A todos ustedes se les está investigando también por la agresión que sufrió Rosaura Castán el pasado viernes en un descampado. Está viva de milagro —quiso subrayar la inspectora a la matriarca antes de despedirse de ella, a la que acompañaba Lorenzo.

—¿Se refiere a la asesina de mi hijo Miguel? No se merece ni el nombre. —La mujer hablaba en un tono de voz desafiante, con la cabeza erguida y el rencor en la mirada—. Ya vinieron unos polis a interrogarnos sobre eso, pero estábamos todos aquí en una celebración familiar, hablaron con los vecinos, no nos movimos de casa.

Eso ya lo sabía Martina, había recibido el informe. Ante la policía, unos y otros se apoyaban, la mentira o el silencio eran sus únicas respuestas. Nada podía hacer Martina sin pruebas, el testimonio de Rosaura no bastaba para acusarles. En el intento de homicidio del templo de Debod, había ocurrido lo mismo, lamentó.

—La ley ya ha castigado a Rosaura y perseguirá a quien quiera impartir su propia justicia contra ella —les advirtió la inspectora—. Encontraremos a quien agredió a la mujer que ahora está en la UCI y lo llevaremos ante el juez por intento de homicidio. Si yo fuera el agresor, rezaría para que la víctima no fallezca y el homicidio se convierta entonces en asesinato. Quince años como mínimo entre rejas.

—La asesina de mi hijo se ha fugado de la cárcel, ese es el respeto que nos tiene —replicó la matriarca—. Lo demás son palabrerías. Mis hijos no han hecho nada.

—¿Por qué protegen a esa criminal, a la hija del diablo? —intervino Lorenzo.

Martina no contestó. Los Ordaz persistían en el odio hacia Rosaura, pero ni siquiera podía armar una buena argumentación para solicitar una orden judicial de entrada y registro de la casa. Subió al coche policial. De repente, una llamada. Número oculto.

—Parad, compañeros —les ordenó a los agentes—. Tengo que atender el teléfono.

Todavía no habían salido del barrio. Los policías se detuvieron junto al único parque de la zona, con demasiado hormigón, pocas arboledas y apenas césped. La inspectora se situó bajo la sombra de tres pinos solitarios y atendió la llamada.

—Pensaba que ibas a pasar de cogerme el teléfono —le dijo Rosaura cuando la inspectora contestó.

—Sigues con tu desfachatez, actuando como si yo no fuera policía y tú no estuvieras en busca y captura.

—Es que resulta que sigo investigando. Escucha: Luz Marina, Elizabeth y Graciela. ¿Te suenan estos nombres?

Rosaura apenas había dormido desde que Ignacio la había dejado en el palomar al amanecer. Cayó desmayada en la cama, se lanzó sobre ella vestida, no podía hacer el esfuerzo de ponerse el pijama ni quitarse la peluca. Despertó a las dos horas. La ansiedad reptaba silenciosa por su ánimo sin que ella pudiera defenderse. Lo primero que hizo al levantarse fue rescatar de sus bragas los documentos de aquellas mujeres y teclear sus nombres en el buscador a través del móvil. Todas latinoamericanas, todas asesinadas del mismo modo, la misma puñalada rápida y mortal que recibió Adrián.

—Estamos investigando esos crímenes. Cuando tú vas, yo ya he vuelto dos veces, Rosaura. No sé si lo tuyo es soberbia o ingenuidad. —Martina quiso ponerla en su sitio.

—Esta mañana acabo de enterarme por internet de que ha aparecido otra. Se llamaba Malena. Nunca me hablaste de esas mujeres apuñaladas, todas latinoamericanas.

—Precisamente porque todas son mujeres. Adrián es un varón y, de momento, no hay relación entre esas víctimas y tu hijo. Deja que yo haga mi trabajo y tú haz lo correcto y entra en la cárcel para cumplir tu pena por homicidio. ¿Has olvidado por qué estás allí?

—¿Lo has olvidado tú? Me volví loca al no tener respuestas. Los Ordaz se empeñan en recordármelo con violencia y ahora tú con ironía. ¿Has investigado sus coartadas?

—Sin comentarios. —Martina no iba a tolerar que alguien al margen de la ley le pidiera explicaciones ni ella estaba dispuesta a dárselas—. ¿Para qué me has llamado?

—En casa de los farmacéuticos he encontrado tarjetas de crédito y DNI que pertenecen a esas mujeres asesinadas. Los tenían ocultos bajo una cama, en un canapé, primera habitación del pasillo a la izquierda. Me colé en su casa, resumiendo mucho, y los encontré. También tengo cabellos, los cogí de un cepillo de pelo. Ya te dije que seguía pistas en esa farmacia. Todo está relacionado y vuelvo a pedirte que investigues.

—¿Te has colado en la casa? —Ahora era Martina la indignada—. Pues te diré que has obtenido esas pruebas de forma ilegal, no me sirven para nada ni tampoco ante un juez. ¿Te das cuenta de cómo lo vas fastidiando todo?

—Tranquila, no me he llevado todos los documentos, ni tampoco sus carteras y sus relojes. Siguen allí esperándote, Martina. Registra la casa, por favor. Otra cosa más: Mario, el farmacéutico, salió ayer por la noche, solo, sobre las doce de la noche. ¿Sabemos dónde fue y qué hizo?

Como acostumbraba a hacer, Rosaura finalizó la llamada cuando le convino. Estuvo a punto de revelar a la inspectora que no era la única que vigilaba a los farmacéuticos, la Gata también iba tras de ellos y no precisamente para regalárselos a la policía envueltos en papel de regalo. Decidió cortar la comunicación antes de mencionarlo; ahora solo quería darle la información suficiente para que se pusiera a trabajar.

Martina lo hizo tan solo pisar la oficina de su grupo de homicidios. Sus compañeros habían intentado interrogar al marido de la víctima, necesitaban saber las rutinas y conocer el entorno de Malena, pero tuvieron que posponerlo, puesto que el joven apenas podía hablar, solo lloraba y balbuceaba.

Los asesinos en serie suelen actuar en zonas concretas, matan en los lugares que conocen y que creen dominar. Sobre un mapa de Chamartín, Martina y los agentes de su unidad habían trazado lo que en criminología se denomina el «círculo de Canter», una teoría desarrollada en los años ochenta del siglo pasado por el psicólogo inglés David Canter. Se trata de un perfil geográfico en el que se señalan las distintas escenas del crimen de un mismo autor, dibujando una circunferencia en torno a las más alejadas, englobando a todas las demás y numerando cada una según el orden en que aparecieron las víctimas. Con Graciela incluida, y excluyendo por el momento a Adrián, Malena era la número seis. El círculo era el modo de marcar los movimientos del asesino para lograr localizarlo. Hasta ese momento, sus crímenes se habían producido en el barrio de Hispanoamérica, al que pertenecía la farmacia de los Garcilosa, en cuyas cercanías no se había cometido ninguno de los homicidios. Pero el último, el de Malena, había tenido lugar en la zona sur del distrito, en el barrio de Prosperidad. Si fuera el mismo asesino, había ampliado la frontera de su zona de actuación. Según creía Martina, se había envalentonado, la impunidad le alentaba a explorar nuevos territorios, aunque, por el momento, sin salirse del círculo del distrito de Chamartín.

—Tengo que contaros algo importante —reclamó la atención de sus compañeros.

No sabía cómo empezar, le costaba compartir una información que procedía de una prófuga a la que no había logrado detener, pero aquellos documentos que Rosaura aseguraba poseer la obligaban a comentarlo y, sobre todo, a investigar qué había de cierto en ello. Durante varios minutos, la inspectora relató a su equipo lo que Rosaura le había contado sobre los farmacéuticos: las carteras, las visas, los DNI de varias de las víctimas. Podría ser cierto, pero a la vez podrían ser delirios paranoicos de una mujer obsesionada con la muerte de su hijo. No sabía Martina por qué había seguido esa pista y no otra distinta, les comentó, pero en todo caso era necesario hacer comprobaciones.

—El juez no nos va a conceder la orden para la entrada y registro. Todo lo que os acabo de contar procede de una fuente tan dudosa como lo es una reclusa condenada por homicidio y que no regresó a prisión tras su permiso. Me arriesgo mucho al compartir esta información con vosotros, pero hay que descartarlos como sospechosos. Rosaura asegura que Mario Garcilosa salió de su casa anoche sobre las doce de la noche.

—¿Y a qué hora regresó? —preguntó uno de sus subordinados.

—Eso es algo que tenemos que comprobar —contestó la inspectora—. Primero vamos a examinar las videocámaras cercanas a la farmacia y después los citaremos a declarar. Luego, ya veremos.

Durante los siguientes minutos, la inspectora les informó sobre todo lo que sabía del matrimonio Garcilosa: la niña abandonada al nacer que fue Cecilia, la muerte del hermano de Mario, el matrimonio de la esposa con el cuñado, la hija de ambos, María, que según los padres estudiaba en Estados Unidos. «Mario se licenció en Farmacia —continuó—, pero ha abierto y cerrado varios negocios que nada tienen que ver con los medicamentos. El último de ellos, un *catering* para eventos de lujo, pero antes ha tenido una empresa de excursiones en globo, otra de fabricación de colchones y otra más de...».

—Acaban de llamarme de la comisaría de Prosperidad —la interrumpió uno de los agentes—. Han detenido a un sospechoso.

Capítulo XXXVIII

A Felipe Nunes lo habían detenido tantas veces que sabía defenderse tan bien o mejor que un abogado. Era portugués, era carterista y había cumplido una pena de cinco años de cárcel por intento de homicidio, cinco navajazos, los que recibió la propietaria de una cafetería cuando la asaltó de noche para robarle la caja del día. La mujer se salvó por poco y estuvo tiempo ingresada en el hospital. Hubo denuncia, hubo juicio y hubo cárcel para Nunes. Era presumido y se daba un aire al actor Ryan Gosling, sus ojos pequeños y vivaces que nadaban en su propio azul, su sonrisa de pillo, sus cabellos rubios y lacios, su barba de dos días. Ya alguien se lo había dicho y él se lo creyó, aunque nunca dejó de ser una versión hortera y sin glamur alguno del actor de la película *La La Land*.

—Las videocámaras te han captado esta noche junto a Malena Rojas tras ser apuñalada en un parque infantil junto a una parada de bus. Murió instantes después —le inquirió Martina en la pequeña sala de la comisaría donde lo interrogaba junto con otro agente.

—Ojo con las acusaciones, que yo no he matado a nadie. Pensé que la chica estaba borracha y aproveché para llevarme su mochila y su móvil —replicó Nunes con indiferencia—. No opuso resistencia y yo no utilicé la fuerza. Un simple hurto. No tenéis nada más contra mí —apostilló con chulería.

—¿Qué hacías a aquellas horas por allí?

—Nada en especial, vaguear por las calles. ¿Está prohibido?

Aquel parque infantil no formaba parte del recorrido habitual de Malena tras salir de su trabajo en dirección al bus, había afirmado el marido tras ser medicado para afrontar el tsunami emocional. Se sentía culpable por no haber ido a recogerla, pero debía cuidar del bebé y a Malena nunca le había ocurrido nada hasta esa noche. «Se manejaba bien, ella prefería que me quedara en casa con la niña», declaró. La chica tuvo que dar un pequeño rodeo para atravesar el parque —quizá se sintió perseguida o amenazada, conjeturaban los agentes—, puesto que ella, comentó su pareja, evitaba los lugares poco iluminados y solitarios. Prefería caminar por las avenidas en dirección a la línea de bus que conectaba con otra que la llevaría hasta su casa, en San Cristóbal de los Ángeles, el barrio con la vivienda más barata de todo Madrid, inmerso en la tristeza social más absoluta: paro, fracaso escolar, droga, prostitución, deterioro de los servicios, olvido; unos lo degradaban, las asociaciones vecinales luchaban por dignificarlo. Allí vivía Malena con su marido y su bebé. Ahora yacía en la camilla de la sala de autopsias. No tenía heridas defensivas, al igual que las demás mujeres, al igual que Adrián.

Los últimos minutos de la vida de Malena fueron grabados por las videocámaras de una tienda y de un banco de la misma calle, frente a una parada de bus que no era la que ella utilizaba. La víctima salió de la nada y entró en la imagen sorteando el seto de apenas medio metro de altura que delimitaba el pequeño parque infantil, posiblemente la escena del crimen. Intentó utilizar su teléfono móvil, pero se le cayó de las manos y no tenía fuerzas para agacharse y recogerlo del suelo. Parecía que quería huir del parque, llegar a la calle y pedir auxilio. Nunes apareció en la parada con el móvil de Malena en la mano, se le acercó y, sin gesto alguno para socorrerla, se llevó su mochila —que luego la policía encontraría en una papelera— y le cacheó la muñeca buscando el reloj, pero no lo llevaba encima. Podría ser él quien la apuñaló previamente al robo o, simplemente, aprovechó su vulnerabilidad. En cualquier caso, el crimen no fue recogido por las cámaras. Herida de muerte, Malena caminó tambaleándose hasta la marquesina, se sentó, bajó la cabeza y cerró los ojos. Nunes se detuvo un instante para observar la sangre sobre la deportiva de la chica. No pareció impresionarle y, con calma, se alejó del lugar.

—¿Qué pasó en esa plazuela con columpios?

—Ni idea. Cuando llegué, ella estaba intentando sortear el seto. Vi el móvil en el suelo y lo cogí. Como el seto es bajo y a ella le costaba, pensé que iba pasada de copas. De acuerdo, me habéis visto en las cámaras, me llevé su mochila, que estaba en el suelo, pero no había nada que me interesara. En la cartera solo llevaba diez euros, así que al final solo me llevé el móvil y el dinero y tiré la mochila a una papelera. El teléfono lo he perdido, no tengo ni idea de dónde puede estar.

—¿No viste la sangre? En el vídeo parece que sí, que te fijaste —le presionó Marina—. Y no hiciste nada. Omisión de socorro, para empezar.

—¿Y qué iba a hacer yo? ¿Llamar a una ambulancia porque la chica se había herido en el pie al pasar por encima del seto? Yo estaba a lo mío, nunca pensé que alguien la hubiera apuñalado. No me la encontré en el suelo, sino saltando un seto, vivita y coleando. ¿Me puedo ir?

Quizá no fuera el hombre que buscaban, lamentó Martina. Las cámaras lo habían grabado junto a la víctima, intentando robarle, pero no se le vio con el cuchillo con el que fue asesinada ni las imágenes mostraban otra implicación que no fuera la del hurto. No tenían nada que ofrecer a un juez. Lo tuvieron que dejar en libertad. Nunes salió de la comisaría, ufano y relajado, y se dirigió andando —y silbando un fado— hacia el metro. Un individuo se le acercó por detrás, le encañonó los riñones con un arma y le dijo:

—Como suele decirse, vamos a dar un paseo.

Una furgoneta blanca se había detenido a su altura, se abrió la puerta lateral y el carterista fue empujado al interior. El vehículo se lo tragó y arrancó. Nadie vio nada, ocurrió en segundos, a plena luz del día, con un par de paseantes con sus perros que ni se enteraron de lo que había sucedido. Ya en la zona de carga de la furgoneta, el individuo lo cacheó y comenzó a darle puñetazos y patadas, que lo lanzaron de un lado a otro del habitáculo como si fuera un fardo. El agresor, a cara descubierta, se colocó a horcajadas sobre él. Nunes lo reconoció, era un personaje importante en los ambientes en los que se movía, era el alunicero Rolo, el hermano de la Gata. No tenía fuerzas para preguntarle por qué lo estaba matando de una paliza.

—¿Te la cargaste tú, pedazo de mierda? —le preguntó tras propinarle un nuevo puñetazo en la cara.

—¿A quién? —musitó Nunes, con la boca húmeda de sangre y saliva.

Después, perdió la consciencia. La recobró en un lugar oscuro. Abrió un ojo —no consiguió abrir el otro—, estaba atado de pies y manos, tumbado boca arriba sobre un suelo que olía a polvo y basura. Frente a él, Rolo sentado en una silla. Tras el alunicero, distinguió dos figuras en la penumbra. Lo iluminaban con las linternas de sus móviles. En aquel lugar no había ventanas.

—A ver, puto guaperas, esta mañana te han interrogado los maderos sobre la chica muerta de la parada del bus. Di su nombre —le ordenó Rolo.

—¿Qué nombre? —Nunes no se acordaba, solo temía a la muerte.

—Malena. Se llamaba Malena, hijoputa.

—Sí, Malena, es verdad... —contestó el carterista—. Te juro que yo no la he matado.

—También dijiste lo mismo de la dueña del bar y acabaste en el trullo.

—Pero no murió.

—No será porque no lo intentaras. ¿Mataste también a Graciela?

—¿Qué Graciela?

—¡Mi mujer, escoria! —le gritó—. La apuñalaron en el corazón, igual que a Malena. —Se levantó de la silla y le dio una patada en el costado—. O me cuentas qué hiciste con Malena en ese parque o te reviento la cabeza de un tiro.

No se había dado cuenta Nunes de que el alunicero llevaba un arma. Rolo elevó el brazo y le apuntó con ella:

—¡Pum! Es lo último que oirás.

—La vi andando por el parque como una zombi, me quedé con su móvil, que además era de los baratos, una puta mierda, y con diez euros que llevaba en la mochila, pero no le hice nada, te lo juro por mis muertos.

—¿Qué muertos tienes tú, si no sabes ni quién fue tu madre? Eras el único que estaba allí. ¿O estabas con alguien más y resulta que las matáis en pareja?

—Estaba solo, te estoy diciendo la verdad, por favor...

—¿Qué hacías de madrugada en esa zona?

—Me había follado a una puta y luego me metí un tirito en el parque, tenía un poco de farlopa.

Rolo cargó el arma y le colocó el cañón de la pistola en la frente.

—El tirito te lo voy a meter yo. Empieza la cuenta atrás —le amenazó.

—Puede que viera a alguien, sí.

Expulsando sangre por la boca a la vez que hablaba, contó que cuando entró en el parque infantil se sentó al final del tobogán para hacerse la raya de coca. Vio aparecer a la chica, caminaba rápido, casi corriendo. Un hombre con una sudadera oscura y gorra con visera la seguía, Nunes aseguró que pensaba que iba a asaltarla para robarle o quizá lo que quería era violarla.

—¿Y no hiciste nada, cabrón?

—Yo estaba con mi farlopa, a punto de metérmela, pensé que era un colega que se dedicaba a lo mismo que yo.

Cada vez con mayor dificultad para respirar, prosiguió el relato: el hombre alcanzó a la chica, se colocó frente a ella, Malena dio un paso atrás, pero él se acercó a su rostro y le dijo algo al oído. Ella se quedó quieta, le pareció que lloraba y suplicaba, aunque Nunes no oyó qué decía.

—Ahora que lo pienso —dijo tras quedarse en silencio un instante—, es posible que la apuñalara, porque levantó el brazo y le hizo algo, pero yo no vi el cuchillo, no había mucha iluminación, más bien solo sombras y todo ocurrió muy deprisa. El tipo sujetó a la chica, le quitó rápidamente el reloj de la muñeca y se lo guardó en la sudadera. Me pareció que ella no se enteraba de nada. De repente, el tipo miró a su alrededor, me vio en el tobogán y huyó corriendo. Ella se llevó la mano al pecho y dio unos pasos hacia el seto.

—Y en vez de socorrerla, le robaste. Eres basura, mereces morir a hostias.

—Lo siento, es mi modo de ser —se disculpó, lloriqueando, suplicándole por su vida—. Cómo iba a pensar que la chica la iba a palmar. Déjame ir, no diré nada, por favor, *broder*...

—Como me vuelvas a llamar *broder* te remato, porque yo creo que ya estás muerto. A ver si eres capaz de ponerte de pie y salir de aquí tú solito.

Y allí lo dejaron Rolo y sus secuaces, en la oscuridad más oscura. Felipe Nunes no se veía a sí mismo, era como si ya no existiera.

Capítulo XXXIX

—¿Te pongo lo de siempre?

A Rosaura le molestó la pregunta de la camarera de la cafetería blanca, el puesto de vigilancia principal frente a la farmacia de los Garcilosa.

—¿Qué es lo de siempre, si se puede saber? —replicó, molesta. Se sintió fichada, le pareció un exceso de confianza y no quiso ser amable.

—Sueles tomar café con leche y cruasán —le dijo la mujer con una sonrisa.

—Pues no, resulta que hoy tomaré un té con una napolitana de crema.

Le reconfortó descargar su mal humor sobre la camarera. Llevaba varios minutos enviándole el mismo mensaje a Cruz: «¿Eres María? Es urgente que hablemos». Ya había mandado quince, uno detrás de otro. El Messenger los daba por leídos, pero Cruz no contestaba. Le habría gustado explayarse más: «Eres una cobarde. Me escribes, me señalas la farmacia, me señalas a tus padres, me insinúas que están relacionados con el crimen de Adrián, me lías y luego desapareces. Ya no puedo volver atrás, he descubierto demasiadas cosas y no voy a parar hasta que consiga lo que quiero. Tú me diste la primera pista y ahora me dejas tirada. ¿Por qué?».

Rosaura tenía ganas de llorar, era la desesperación, la falta de respuestas a sus muchas preguntas, no sabría por cuál de ellas empezar. La camarera le sirvió el té con la napolitana, ella se lo agradeció y además se disculpó:

—He estado un poco borde contigo. Tengo un mal día. Lo siento.

—No pasa nada. Si todos los días fueran buenos, la vida sería muy aburrida.

—A mí no me aburren, tengo pocos de esos.

Rosaura se sintió bien excusándose. A medida que las cosas se iban complicando, sus emociones navegaban a la deriva; tan pronto creía tener el control como, al contrario, experimentaba el vértigo del caos. Distrajo la mirada a través del cristal. Era la una de la tarde de un día soleado, sin nubes amenazantes como las de días anteriores. El tráfico era denso, los jubilados habían salido a pasear con sus perritos. En la farmacia, dos demonios dispensaban medicamentos con apariencia de ángeles. No estaban allí en ese momento, Rosaura no llegó a tiempo para verlos subir a dos coches policiales camuflados. La habría reconfortado que por fin Martina le hubiera hecho caso. Dos agentes de paisano habían entrado en la farmacia y, de forma discreta para que no trascendiera a los clientes, hablaron con Mario y Cecilia y les pidieron que les acompañaran a comisaría para hacerles unas preguntas. «¿Sobre qué?», preguntó Mario. «¿Para qué?», apostilló Cecilia.

—Sabrán los detalles cuando lleguemos —les dijeron.

Convencidos de que se trataba de algún error y movidos por la curiosidad, aceptaron de buen grado, incluso Mario le comentó a su mujer que podría ser una experiencia divertida, sin que le importara que los agentes escucharan aquel comentario. Una vez en las dependencias policiales, Martina se presentó ante ellos y les agradeció que accedieran a ser entrevistados. A Mario el rostro de la inspectora le resultaba familiar, la conocía, pero no sabía de qué, quizá de la farmacia. No se lo comentó, se mantenía expectante ante la situación. En el transcurso del interrogatorio, a Martina le sorprendió el cambio de actitud de la pareja. La amabilidad que le habían mostrado en la farmacia se transformó en ocasiones en altanería y, en otras, en indiferencia. No parecían preocupados por haber sido citados, más bien actuaban como si aquello fuera un juego. Lo único que les indignó es que los separaran y los confinaran en estancias distintas.

—¿Esto es normal en un Estado de derecho? —se quejó Cecilia cuando la condujeron a una sala con un ventanuco por el que apenas entraba luz; la única iluminación era la del fluorescente del techo—. Hemos accedido a venir voluntariamente y me encierran en este cuartucho como a una delincuente. ¿Por qué no estamos juntos mi marido y yo?

—Solo serán unos minutos, le pido un poco de paciencia, quiero hablar primero con él y luego con usted —le aclaró Martina.

—¿Por qué estamos aquí? Yo creo que ya es hora de que nos lo digan.

Lo mismo preguntó Mario cuando la inspectora entró en la sala donde el farmacéutico la esperaba, acompañada de un joven agente, treintañero, con barba, con el pelo casi rapado y un tatuaje de la Virgen del Pilar en un brazo. A Mario le sorprendió que fuera policía, más bien le pareció un chico de barriada.

—Esta noche ha sido asesinada una mujer en Prosperidad —comenzó la inspectora—. Hemos recibido una denuncia anónima en la que se asegura que un Volkswagen Passat fue visto cerca de la escena del crimen y el denunciante tomó la matrícula, que coincide con la de su vehículo salvo en una letra, que no pudo ver con claridad.

No era cierto lo que acababa de afirmar. Si bien se habían visionado las videocámaras de la avenida donde apareció muerta Malena, el vehículo del farmacéutico no aparecía en las imágenes, pero Martina utilizó el ardid del denunciante anónimo porque no tenía otro modo de abordarlos sin orden judicial, ya que Rosaura insistía tanto en que los investigara. Fuera o no fiable la pista que le había proporcionado, la inspectora se sentía en deuda con ella. En realidad, la escena del crimen, la plazuela con el parque infantil, era zona peatonal y sin cámaras. Si Mario llegó hasta allí a pie, no quedó registrado. Como en los otros apuñalamientos, el asesino había evitado de nuevo las zonas donde hubiera videovigilancia.

—¿Un denunciante anónimo? Qué curioso, ¿no? —comentó el farmacéutico con tranquilidad, como si le estuvieran gastando una broma—. No tengo enemigos en mi vida, pero si fuera así, pensaría que habría sido uno de ellos para vengarse de mí. Es un buen modo de hacerlo, lo reconozco, pero yo no estuve ayer en el barrio de Prosperidad.

Martina fue entonces directamente a por la coartada: le preguntó dónde estuvo la noche anterior entre las once y las cuatro de la mañana. Mario afirmó que él y su esposa estuvieron atendiendo a clientes toda la noche, pues estaban de guardia. La inspectora siguió atacando: «Eso no es verdad», le dijo. Las videocámaras de la calle lo grabaron fuera de la farmacia a las once y cuarto de la noche, dirigiéndose a la parada del bus que había frente a la farmacia y conversando con una mujer sentada en un banco de la marquesina. Era Rosaura, pero Martina no la reconoció con la peluca y tampoco las imágenes eran muy nítidas.

—Hablaron unos minutos y entraron los dos en la farmacia —prosiguió la inspectora—. ¿Conocía a esa mujer o suele invitar a desconocidas en plena noche?

—No —se rio abiertamente, denotando que la pregunta de Martina le había hecho gracia—. Conozco a esa mujer, es Julia, una clienta habitual. Tiene problemas de depresión, a veces sale a la calle por la noche y hace cosas tan extrañas como esa, sentarse en la parada y ver pasar los buses —fabuló Mario sobre lo que en realidad había sucedido.

—¿Dónde vive ella?

—No lo sé. Es del barrio. Los farmacéuticos no solo dispensamos medicamentos. Debemos mostrar empatía, muchos de nuestros clientes sufren enfermedades y nosotros los escuchamos. Julia se tomó un té, mi mujer le hizo un poco de compañía y luego se fue.

En efecto, las cámaras la captaron saliendo de la farmacia y caminando por la acera a la una menos diez de la madrugada. Su forma de andar y de moverse le resultaban familiares a la inspectora, pero no se detuvo en ese detalle, a ella quien le interesaba era Mario. Le preguntó por otra situación que le pareció extraña: atendió en la ventanilla a una clienta y, cuando se fue, Mario salió tras ella.

—Primero atiende a una mujer depresiva y luego sale detrás de otra que había acudido a la farmacia. Sus noches de guardia parecen ser muy movidas —comentó Martina con ironía.

—Sí, ¿verdad? —volvió a reírse—. Me pidió un Nolotil para un dolor de muelas y se lo dejó en la bandeja dispensadora. Salí para dárselo.

—Pero no se lo entregó, desapareció usted por una bocacalle. ¿Qué pasó?

—Díganmelo ustedes, que parecen saberlo todo sobre mí —afirmó con una tranquilidad pasmosa.

—Conteste a la pregunta, vamos —intervino por vez primera el joven policía, que había estado observándolo con atención.

—No lo recuerdo. La mujer se fue antes de que yo pudiera entregarle el medicamento y regresé a la farmacia.

Mario sabía que aquella callejuela, al menos en el primer tramo, no tenía videocámaras. Podía afirmar ante los agentes cualquier cosa que se le ocurriera. Además, todo había sucedido en una noche lluviosa, cualquier imagen captada sería imprecisa.

—En las cámaras se ve a un individuo saliendo de esa bocacalle —le dijo la inspectora—, luego aparece usted y, en lugar de regresar a la farmacia, se queda en la esquina bajo la lluvia. Se llevó la mano al estómago un par de veces, como si le hubieran golpeado. ¿Le hizo algo ese hombre? ¿Era un robo?

—¿De qué hombre y de qué robo habla? Yo no vi a nadie ni estuve con nadie. Permanecí unos momentos bajo la lluvia, es verdad. Había dos conductores que se estaban peleando en la calle y me llamó la atención, pero me fui enseguida.

—Se fue y entró en la farmacia, eso es cierto, pero poco tiempo después salió del garaje del edificio con su vehículo, un Volkswagen Passat. ¿A dónde fue? Se suponía que estaba de guardia.

—Sí, lo estaba, pero dejé que se ocupara Cecilia y fui a tomarme unas copas por ahí. Tiene usted razón, la noche fue movida y yo quería descargar un poco la tensión.

—¿Guarda los tiques de las consumiciones de los lugares en los que estuvo?

—Creo que sí.

Mario sacó la cartera, rebuscó en su interior, los encontró y se los tendió. Martina y su compañero los revisaron con atención. Las últimas copas, dos whiskies de malta, las pagó a las dos y diez de la madrugada, pero llegó a su casa a las cinco. Había una laguna de tres horas en la que parecía que no estuvo en ningún lugar, y la inspectora se lo señaló.

—Pues no sabría decirle qué hice, no acostumbro a cronometrar mis tiempos. Sí recuerdo que estuve un buen rato parado dentro del coche, hasta que se me pasaran los efectos del alcohol. Se me subió más de la cuenta. Me puse música, éxitos de Frank Sinatra, y puede que hasta me quedara dormido.

—¿Recuerda dónde aparcó?

—En alguna de las bocacalles de la calle de Bravo Murillo, porque estaba por esa zona, pero no tengo ni idea de dónde fue.

Seguir el trayecto del Volkswagen de Mario a través de las decenas de cámaras de videovigilancia de Madrid, desde que salió de su domicilio hasta que regresó, era una tarea ardua que tardaría días en completarse, ya estaban en ello. Aquellas tres horas vacías, Mario no quiso o no supo justificarlas. Quizá no encontraran nada en el rastreo de su trayecto en coche, pero la inspectora debía comprobarlo. Se había fijado en que uno de los tiques era el de un conocido prostíbulo de Madrid. No se fiaba de Mario y el detalle de frecuentar un burdel le generaba aún más desconfianza. Un farmacéutico putero le sonaba a lo mismo que un médico violador, esos perfiles no encajaban, eran profesiones respetadas, vocacionales y relacionadas con la salud. Médicos y farmacéuticos eran considerados a veces como gurús, nadie los situaría en los lados oscuros, aunque estaba acostumbrada a detener a homicidas muy respetables.

—Entonces, ¿cómo se explica usted esa denuncia anónima? ¿Por qué alguien sitúa su coche en la escena del crimen?

—Mire, esto es como lo de las redes sociales, cada uno desde el anonimato puede afirmar lo que quiera, insultar y sembrar sospechas —comentó con un tono apático—. No me preocupa lo más mínimo. Siento haberle hecho perder el tiempo conmigo, para mí ha sido una experiencia curiosa. Me he sentido dentro de una película policíaca.

—Pues esto no es una película —le reprobó el joven agente—. Hay una víctima, una joven asesinada, no es para tomárselo a broma.

—Lo siento por ella, pero eso no tiene nada que ver conmigo. —Se encogió de hombros.

—Investigaremos esas tres horas que no nos ha justificado —le advirtió Martina—. También le diré que me sorprende que un respetable farmacéutico frecuente prostíbulos.

—Es un entretenimiento como otro cualquiera.

—¿Considera a las mujeres un entretenimiento? —intervino de nuevo el policía.

—Eso lo ha dicho usted, no yo —replicó restando relevancia a la pregunta.

Martina consideraba a Mario un tipo inquietante que sorteaba con flema británica cualquier acusación o reproche que se le hiciera. Tenía una doble vida, dos versiones de sí mismo; durante el día blanqueaba en la farmacia su versión más oscura: la de la noche, las copas, los prostíbulos y quizá también el crimen, porque la inspectora lo iba a investigar a fondo hasta encontrar algún indicio que pudiera incriminarle o, por el contrario, exculparle.

Le tocaba el turno a Cecilia. La encontró tranquila, tanto que estaba limándose las uñas. No dejó de hacerlo mientras la inspectora le explicó por qué estaba allí: el crimen de Malena, el denunciante anónimo que situaba el Passat de Mario en la zona.

—¿Y ustedes hacen caso de las denuncias anónimas? ¿En serio? —Guardó la lima en el bolso, sacó un espejo, un carmín y se pintó los labios—. Cualquiera puede afirmar lo que quiera sin dar la cara, es fácil acusar así. ¿Qué más quiere preguntarme? Llevamos dos horas sin poder atender la farmacia.

—Sabemos que ayer por la noche usted no se movió de la farmacia. ¿Su marido tampoco? ¿Estuvieron los dos atendiendo a los clientes todo el tiempo?

—No, Mario salió a tomarse una copa, suele hacerlo de vez en cuando y cuando le apetece. Yo soy su esposa, no su guardiana.

—Algunas de las copas se las tomó en un local de alterne. ¿Lo sabía?

—¡Ay, por favor! —resopló con desgana—. Estamos en un país libre y la prostitución está permitida. Si yo no juzgo a mi marido por eso, mucho menos lo van a hacer ustedes.

—Tienen ambos una hija, María, que estudia en Estados Unidos, según tengo entendido.

—¿Y cómo sabe eso?

—Me lo dijo usted misma hace un par de días. Fui a su farmacia a comprar un medicamento.

—No lo recuerdo, pasa mucha gente cada día. —Cecilia dijo la verdad, aquella mujer no aparecía en su memoria, a pesar de haber conversado con ella varios minutos—. Entonces, ¿se hizo pasar por una clienta siendo policía? Qué lista... —comentó con sorna.

—No fui como policía, sino como una persona con síntomas de resfriado. La farmacia me caía de paso y estuvimos conversando un rato sobre Esteban, su primer marido, que falleció de... —Fingió no recordarlo.

—Una insuficiencia respiratoria mientras dormía.

—¿Tenía problemas de salud?

—No, fue una muerte súbita, como la que provocan los derrames cerebrales o los infartos. De repente respiras y al instante siguiente dejas de respirar. Una tragedia, sí —comentó sin aflicción.

—¿María es hija de Esteban o de su hermano? Me refiero al que luego fue su marido, Mario —le preguntó directamente.

—De Esteban, naturalmente. Cuando falleció, María tenía pocos meses. Y ahora pregúnteme por qué me casé con el hermano, ya que esta conversación parece que va de confidencias. Mi respuesta es previsible: me enamoré de mi cuñado. ¿Por qué me iba a casar con él si no? —dijo sin darle más vueltas.

—Le he preguntado por su hija porque no consta que haya solicitado el visado ni tampoco figura en ningún vuelo a Estados Unidos. ¿Cuántas mentiras más hay en sus vidas, Cecilia?

—Las necesarias para sobrevivir, como hace todo el mundo —replicó con desdén.

—¿Dónde está realmente María en estos momentos?

La altanería de Cecilia se transformó entonces en un gesto de pesar, que Martina consideró fingido. Confesó que, en realidad, no sabían nada de su hija desde hacía tres años, «se escapó de casa, como hacen algunas jovencitas cuando alcanzan la mayoría de edad» —detalló—, y fue entonces cuando se inventaron que estudiaba en Estados Unidos. Les daba vergüenza evidenciar su fracaso como padres, ya que su marido se comportó como un padre desde que falleció su hermano. Afirmó que, a los diecisiete años, María cambió, se volvió de repente muy religiosa, la pilló más de una vez chateando con gente extraña que anunciaba un gran apocalipsis porque la humanidad estaba maldita. Cecilia, afirmó, le prohibió relacionarse con ese grupo, pero ya era tarde.

—Se debía a ellos, creo que la captó una secta —aseguró—. Cuando cumplió los dieciocho, hizo las maletas y se marchó de casa. A esas edades, el cerebro es muy maleable. Mario y yo lo vivimos como si tuviéramos una hija adicta a las drogas, era un muro, no pudimos convencerla de que la estaban manipulando.

—¿Y no la han buscado? ¿No han denunciado su desaparición?

—Era mayor de edad, no pudimos hacer nada. Nos dijo que nos odiaba, que éramos unos demonios. Ya sabe usted que lo primero que hacen es aislarlos de sus familias y retratarnos a los padres como enemigos de nuestros hijos. Nos hemos resignado, qué podemos hacer si no.

No era normal que Cecilia no mostrara angustia alguna por esa hija en paradero desconocido. No habían investigado, no existía una actitud de lucha por recuperarla, tampoco mencionó que se hubieran puesto en contacto con alguna asociación que diera apoyo a los familiares de quienes habían sido captados por una secta. No la creía, no era aquel el relato de una madre desesperada. En el fondo de sus palabras, la inspectora percibía una indiferencia gélida. Mario y Cecilia eran seres que le transmitían oscuridad, y le extrañaba que no hubieran hecho esfuerzo alguno por ocultarlo, despreocupados por haber sido citados en comisaría, impasibles ante el crimen de Malena, pasivos ante la desaparición de su hija.

—Cecilia... —Martina la miró a los ojos y fingió aflicción.

La inspectora le mostró su solidaridad con la tragedia familiar que suponía tener una hija de la que sus padres no sabían nada, la inquietud y el terror al pensar que pudiera ser víctima de una secta, el dolor de la resignación y la impotencia de no poder encontrarla.

—Yo me comprometo a buscarla si quiere —se ofreció Martina—. Tengo un hijo, y puedo imaginar el suplicio que están pasando. No saben dónde está, no saben si está viva o...

—... Muerta —musitó Cecilia—. Eso es lo que peor llevo, que la hayan matado los depravados de la secta, sacrificada en algún ritual. A veces me asaltan esos miedos que no puedo controlar.

—La buscaremos, Cecilia. ¿Qué le parece si mi compañero y yo echamos un vistazo a la casa, a su dormitorio? Cualquier detalle nos puede conducir a una pista.

—¿En serio haría eso por nosotros?

Capítulo XL

A las doce de la mañana, Ignacio se despertó angustiado. Había soñado con Rosaura. Estaba muerta, con un tiro a bocajarro en la cabeza, abandonada en un campo, con dos conejos grises sobre su tripa, quietos, con sus orejas tiesas. La miraban fijamente. Eran herbívoros, no la iban a devorar, pero aun así Ignacio los asustó agitando los brazos para que se alejaran del cadáver. Llevaba una pistola y sus manos olían a pólvora. De pronto, Rosaura abrió los ojos y, manando sangre de su boca, le preguntó: «¿Por qué me has matado?». Ignacio se levantó súbitamente de la cama, se sentó sobre el colchón y encerró su cabeza entre sus manos, tan aterrorizado como si aquello hubiera sucedido de verdad. No había dormido ni tres horas desde que había dejado a Rosaura en el palomar cerca de las ocho de la mañana, tras recogerla en la calle del Ocaso y confesarle que estaba enamorado de ella. Entendía el mensaje del sueño: él la iba a traicionar y su subconsciente lo retrató como un asesino. Pero la decisión ya estaba tomada. Bebió un vaso de agua en la cocina y permaneció bajo la ducha cerca de veinte de minutos, un tiempo excesivo para lo que acostumbraba; luego se vistió tan lentamente como si en vez de tener un brazo roto, tuviera fracturados los dos. Quería retrasar el momento de salir de casa y acudir al complejo policial de Canillas para revelarle a la inspectora Martina dónde estaba Rosaura: en alguna de las dos cafeterías frente a la farmacia o en el palomar, según la hora a la que la detuvieran. Se avergonzaba de ser un delator, pero estaba convencido de que, si no lo hacía, Rosaura acabaría muerta, como en su sueño. Los Ordaz, Chito el narcotraficante, los farmacéuticos, la alunicera. Cualquiera de ellos podría apretar el gatillo o estrujarle el cuello hasta matarla. Se sacrificaba él, perdiéndola para siempre, a cambio de salvarle la vida apartándola de aquella chusma, como él consideraba a todos ellos.

—¿Vas a hacer lo correcto, Ignacio? —Su madre entró en la cocina mientras él se tomaba un café y mordisqueaba una magdalena sumido en sus pensamientos.

—Sí, voy a hacerlo, pero no quiero hablar del tema.

Petra lo besó en la frente. A Ignacio le molestó que lo hiciera. No quería su conmiseración.

Precisamente, en aquellos momentos Rosaura estaba pensando en su amigo en la cafetería blanca, sin apartar la vista de la farmacia. Se preguntaba cómo no se había dado cuenta de los sentimientos de Ignacio hacia ella, que iban mucho más allá de la amistad. Tantas veces lo había tratado con indiferencia que ahora se arrepentía de no haber sido más cariñosa con él, al menos para transmitirle que era una persona importante en su vida. Algo llamó entonces su atención: Cecilia y Mario bajaban de una berlina de color azul oscuro acompañados de Martina y de un joven con barba, que supuso era otro policía. Los cuatro entraron en el portal del edificio de la farmacia. Fabuló con que Martina los había interrogado y ahora iba a registrar la casa. Por fin la había creído. Pronto acabaría todo, se dijo, segura de que los detendría cuando encontrara en el canapé las carteras que había dejado allí y los relojes. Aguardó, excitada, imaginando a la pareja saliendo esposada de la farmacia hacia el calabozo. Pero ¿y Adrián?, le susurró una inquietud al oído. No había encontrado nada de él en la casa; si no lo conseguía Martina, no habría nada contra los farmacéuticos, cuando María —ya no era Cruz para Rosaura— había insistido tanto. De hecho, las pistas que le había dado siempre habían sido sobre Adrián, no sobre aquellas pobres mujeres. Se consoló diciéndose que no debía anticiparse. Aguardó con impaciencia y pidió a la camarera lo acostumbrado: una Coca-Cola con hielo y una bolsa de patatas fritas.

La vivienda del matrimonio Garcilosa estaba decorada con ostentación, consideró Martina. En el salón, al que les invitaron a pasar tan solo entrar, había mucha plata —ceniceros, juegos de café, bandejas de diversos tamaños, palmatorias—, el sofá y las dos butacas se habían tapizado en terciopelo rojo, los muebles clásicos eran caros, lacados, algunos de marquetería. A la inspectora le dio grima aquella cabeza de ciervo disecado con la boca entreabierta, como si el taxidermista hubiera querido mantener el último rictus de su agonía.

—¿Quieren tomar algo? —les ofreció Cecilia—. ¿Les apetece algún aperitivo? ¿Una cerveza?

—No, gracias —dijeron los dos agentes a la vez, de pie en medio del salón.

No quisieron tomar asiento, estaban allí para realizar un registro encubierto, debían entrar a la habitación que había señalado Rosaura. «Primera a la izquierda», le había indicado cuando hablaron por teléfono.

—¿Les importa que yo me sirva una copa de vino blanco? —preguntó Mario.

—Yo me tomaré otra —se apuntó Cecilia—. Hay un Enate frío en la nevera, cariño.

—Nos gustaría ver el dormitorio de María —pidió la inspectora.

—Por supuesto, es la última puerta del pasillo, a la derecha —les indicó—. Yo iré ahora mismo, voy un momento a la cocina con Mario para preparar el aperitivo. ¿De verdad no quieren nada?

—Un vaso de agua —dijo Martina, tan solo para que no insistiera más con el tema. Y porque tenían una oportunidad que no iban a desaprovechar.

Tampoco Mario y Cecilia querían desperdiciar la suya: por fin iban a estar unos minutos a solas. Desde que les pidieron que fueran a comisaría, siempre habían estado acompañados de los policías.

—¿Por qué has aceptado que vinieran? —le preguntó en voz baja él mientras sacaba la botella del Enate del frigorífico.

—Se ha empeñado en buscar a María —dijo mientras abría el grifo y dejaba correr el agua—. He improvisado y le he dicho que la había captado una secta. ¿Qué iba a hacer yo? —Colocó dos copas sobre la encimera; llenó un vaso de agua del grifo para Martina. Lo elevó y lo miró al trasluz—. Agua pura sin sedantes. A la inspectora no te la puedo regalar —se rio buscando su complicidad.

—Cállate, los polis tienen cuatro oídos —le advirtió, a la vez que escanciaba en las copas el vino del Somontano.

—No te preocupes, lo tengo todo bajo control.

—Si fuera así, no estarían aquí —la reprendió.

—No te alejes del grifo abierto mientras hablamos.

—¿Qué chorrada es esa?

—Te va a sorprender lo que tengo que contarte cuando se vayan.

Una vez en el pasillo, la inspectora y el agente se dividieron. Martina entró en el dormitorio de María y el joven policía se fue directo a la puerta que le había indicado. «Hay una cama. Levanta directamente el canapé, busca lo que te he dicho en cero coma cero», le ordenó a su subordinado. El agente no invirtió ni medio minuto. Allí no había nada. Únicamente mantas de invierno y edredones. Rebuscó bajo ellos. Sin resultados. Así se lo comunicó a su jefa cuando entró en la habitación de María.

—¿Nada?

—Nada.

—Joder.

Dudaba Martina de que Rosaura le hubiera mentido. Pensó en la posibilidad de que Mario y Cecilia la hubieran descubierto husmeando sin que ella se percatara y hubieran vaciado el canapé de todo lo que les incriminaba. Necesitaba ver las pruebas que tenía en su poder, pero cómo hacerlo sin detenerla. Ella se negaría. Tendría que pensar en otra opción.

—¿Ha encontrado alguna pista sobre María? —Cecilia apareció en la puerta del dormitorio de su hija con su copa de vino en la mano.

—La habitación está prácticamente vacía —le comentó la inspectora.

Martina había repasado el dormitorio como antes lo había hecho Rosaura. Reparó en ese armario huérfano de prendas; si en realidad era cierta la versión de que se había ido de casa, le pareció extraño que no dejara ni una sola, tampoco en los cajones, a no ser que fueran los padres quienes los hubieran vaciado, algo que le pareció ilógico: cuando una hija desaparece, su habitación suele dejarse tal y como estaba, porque siempre existe la esperanza de que regrese.

—No dejó nada, ni unos simples calcetines —comentó Cecilia—. Se fue de madrugada y nos dejó una nota diciéndonos que no la buscáramos.

—¿Conservan esa nota? —preguntó el agente.

—No, la tiramos a la basura. Estábamos muy enfadados.

—¿Y ese cable cortado del ordenador? —preguntó Martina.

—Queríamos inutilizarlo para que no se comunicara con la secta.

—Bastaba con desenchufarlo —apuntó el policía.

—Tiene razón, pero fue por la rabia y la impotencia. Tiré todos los archivos a la papelera del ordenador, se lo dejé en blanco. Estábamos muy preocupados. Les agradezco el esfuerzo, pero no hay mucho que hacer, como ven. No dejó nada de ella, salvo algunos libros del colegio y unos peluches.

—¿Y antes de borrar los archivos no tomó nota de las personas con las que se relacionaba en los chats? Podría estar entre ellas quien la captó o incluso el nombre de la secta. —Cada vez que abría la boca Cecilia, la creía menos.

—Si hubiera visto algo, ya se lo habría dicho —replicó ella mientras bebía un sorbo de vino—. Le he dejado su vaso de agua en el salón. ¿De verdad que no quiere usted otro, agente?

—No, gracias.

Mario estaba tomándose el aperitivo como si la desaparición de su hijastra le resultara ajena. Una copa de vino, un plato de aceitunas. Se levantó del sofá cuando entraron Cecilia y los dos policías.

—Siéntense un momento —les invitó el farmacéutico—. Al menos para no tomarse el vaso de agua de pie, inspectora.

Qué extraña le parecía aquella situación a Martina. Jamás en todos sus años de servicio se había encontrado con una actitud tan indolente por parte de los familiares de un hijo desaparecido. Le rondó por la cabeza una idea: ¿y si la habían matado y habían escondido el cadáver para que nunca fuera encontrado? Había en aquella pareja algo siniestro, mórbido, tuvo de nuevo esa sensación, sentada en una butaca, bebiendo un poco de agua. Mario y Cecilia le estaban preguntando a su compañero cómo era el trabajo de un policía, el joven les respondía con vaguedades y miraba a su jefa, expresándole que ya era el momento de irse de allí. Junto a la butaca, había una mesita redonda de marquetería y sobre ella, una caja de puros de piel de color marrón, con las iniciales MG en la tapa grabadas en color dorado. Mario Garcilosa, supuso. La entreabrió distraídamente, sin saber por qué, por pura curiosidad. Le asombró lo que vio: junto a un par de puros, un reloj. Esfera y correa negras. No distinguió bien la marca, la discreción le obligaba a una mirada fugaz, pero le pareció leer «Berlin». ¿El Lilienthal Berlin que llevaba Adrián cuando lo asesinaron? Cerró la caja y miró a Cecilia y Mario, por si habían estado pendientes de ella. Pero, afortunadamente, seguían conversando con su compañero, hablándole ahora del incremento de la delincuencia que había traído la inmigración.

—Debemos irnos ya —les comunicó Martina, al tiempo que se incorporaba de la butaca—, y ustedes tendrán que atender la farmacia.

—Tenemos dos dependientes, no se preocupe por eso —les dijo Mario—. Bastante han hecho ustedes con ayudarnos con lo de María.

—Investigaremos, se lo prometo.

Los anfitriones los acompañaron a la puerta de la vivienda. Martina se llevó la mano al hombro.

—Me he dejado el bolso en el salón, qué cabeza la mía. Voy a por él.

La inspectora salió de la casa con la foto del reloj en su móvil. Ya en la calle, amplió la imagen. Sí, era un Lilienthal Berlin.

Capítulo XLI

Tras despedir a los dos agentes de policía en la puerta, Cecilia se llevó el dedo a los labios para indicar a Mario que guardara silencio. Lo tomó de la mano, lo condujo al baño del dormitorio del matrimonio y abrió el grifo de la ducha.

—Aquí estamos seguros —le dijo a su marido.

—¿Otra vez vamos a hablar al lado de un grifo?

—Calla y escucha, Mario, es importante.

Con el sonido del agua de fondo, Cecilia le contó lo que había descubierto a primera hora de aquella mañana. Una vez al mes, la empleada de hogar limpiaba las hojas de las plantas del salón. Cecilia quería que siempre estuvieran brillantes y le ordenaba hacerlo con un paño humedecido en leche, había leído que ese truco las dejaba limpias y lustrosas. Durante la tarea, la asistenta encontró un raro y minúsculo botón oculto en una sansevieria, una planta de hojas verdes y puntiagudas colocada sobre una cómoda del salón. Se lo mostró a la dueña de la casa. Tenía el aspecto de un dispositivo electrónico y Cecilia sospechó que posiblemente fuera una minicámara espía. Por si acaso, lo machacó con un martillo y lo tiró al inodoro. Miró en internet y, efectivamente, era similar a las cámaras ocultas. Mandó a la asistenta a limpiar a otra habitación y buscó por todo el salón, en las estanterías, entre los libros, entre la plata. Y encontró otro, adherido a uno de los ojos del ciervo disecado. Eran tan minúsculos esos aparatos —apenas un centímetro— que resultaban difíciles de detectar si uno no se fijaba expresamente. También lo destruyó y lo hizo viajar por el desagüe tras tirar de la cadena del váter.

—Nos han estado espiando, Mario —le reveló—. Puede que haya más cámaras o micrófonos ocultos, los he buscado por toda la casa y solo he encontrado esos dos. Sospecho de Julia, es la única que ha entrado estos días aquí y la hemos dejado sola en varios momentos.

—¿Y me lo dices ahora?

—No ha habido tiempo. La asistenta me lo ha dicho esta mañana, tú ya estabas en la farmacia y luego han llegado los policías para llevarnos a la comisaría.

—¿Y por qué querría espiarnos? Julia es una tía rara, pero no la imagino manejando esas cosas. No tiene muchas luces.

—Eso da igual. Puede que sea policía y su papel fuera el de hacerse la tonta y la desvalida. Nos están investigando por alguna razón, de lo contrario no tendrían sentido las cámaras ocultas.

—¿Y si fuera por culpa de María? —se le ocurrió a Mario. Se produjo un silencio entre los dos. No habían pensado en ella—. Puede que nos haya denunciado.

—Después de lo que pasó, lo dudo. No se atrevería. Olvídate de ella, no sabemos ni dónde está, por mí como si está muerta —sentenció Cecilia con desprecio.

—Entonces, quienes quiera que sean, ¿han visto nuestra mariscada con Julia? —preguntó sorprendido más que asustado.

—Los policías no han mencionado nada de eso, incluso se han ofrecido a buscar a María, pero lo único que saben es lo que les hemos dicho tú y yo; es decir, nada. No tengo ni idea de quién nos vigila. Por si acaso, he vaciado el canapé y he colocado ropa de cama. Debemos tener cuidado, no puedo asegurar que no haya más cámaras. Aquí en el baño no pueden oírnos, esos aparatos no captan bien los sonidos si hay un ruido de fondo intenso, como el del agua de la ducha y antes la del grifo. Me he informado.

—¿Y mis recuerdos de las chicas? ¿Qué has hecho con ellos?

—No he tenido más remedio que eliminarlos rápidamente. Los he quemado en el fregadero con alcohol hasta deformarlos y los he tirado a la basura, incluido el reloj de la tal Malena con la que tanto nos han incordiado hoy. Por cierto, cuando has llegado hoy a las tantas te lo has dejado en la mesilla, no oculto en el canapé, como los otros. Hay que tener cuidado. No sabemos quién nos vigila ni por qué. Ya no podré hacerte esos regalos que tanto nos gustan, no en casa, al menos.

—Joder, mis trofeos... —lamentó Mario con pesar.

—Pues tendrás que prescindir de ellos cuando vuelvas a hacerlo. Nada de *souvenirs* a partir de ahora, ¿de acuerdo?

—¿También has tirado lo que guardábamos de María?

—Todo, incluidos los maquillajes. Tenemos enemigos y son invisibles.

—Pues tendremos que volver a las yonquis, aunque me aburran, pero no voy a renunciar a mis gustos.

Mario no podía prescindir de sus perversiones, formaban parte de él desde que tenía diez años.

Erlinda. La chica filipina que atendía la casa familiar.

No tenía más de veinte años cuando fue contratada como interna, aunque le pagaban en efectivo y nunca le dieron de alta en la Seguridad Social. Era menuda, silenciosa y sumisa. La madre la trataba bien, aunque se mostraba distante para que no olvidara la jerarquía. Esteban, el hermano de Mario, era el único que a veces charlaba con ella. Le preguntaba sobre su país, Filipinas: dónde nació ella, cuáles eran las costumbres, cómo eran los volcanes, los lagos, las playas.

Erlinda era de Mindanao, la segunda isla más grande del archipiélago. Nació ya pobre en una pequeña aldea rural e intentó cambiar su destino viajando a España para enviar dinero a sus padres y hermanos pequeños. A poco que le pagaran aquí, era mucho dinero allá. Entró en la casa a trabajar cuando los hermanos Garcilosa tenían diez y doce años. Mario no simpatizaba con ella, nunca le gustó tener a una china en casa. Veía en sus ojos rasgados una raza inferior y él marcaba su superioridad blanca cada vez que tenía ocasión. A pesar de lo laboriosa que era, él siempre le encontraba defectos. «No deja el baño muy limpio, arrastra pelos con la fregona y me da asco», decía. «A mí me va bien su ayuda, y más vale que te acostumbres. Como se vaya por tu culpa, te vas tú detrás», le advertía su madre, farmacéutica y propietaria de la farmacia que luego acabarían heredando sus hijos. El padre, ingeniero de caminos, era un hombre reservado y pusilánime, le faltaba sangre en las venas y se desentendía con frecuencia de los asuntos familiares, como las reuniones de padres en el colegio de sus hijos o la marcha de la farmacia que regentaba su esposa. Sin embargo, en ocasiones les sorprendía a todos con repentinos ataques de ira sin que mediara motivo alguno. A veces pegaba a sus hijos. No pedía disculpas y volvía de nuevo a su carácter reservado y taciturno de siempre. La relación del patriarca con Erlinda era extraña: apenas le dirigía la palabra y ella jamás le miraba a los ojos. Cada vez que le servía durante las comidas y cenas, la muchacha bajaba la cabeza como si fuera una esclava.

Una noche que Mario se despertó con ganas de orinar, oyó unos gemidos en el dormitorio de Erlinda. No le pareció que tuviera derecho a llorar. Tenía casa, comida y sueldo, le molestó que pudiera quejarse. Quizá echara de menos a su familia, pero tampoco le pareció bien: ella misma había tomado la decisión de abandonar a los suyos y trabajar en España. De cualquier modo, tuvo curiosidad y entreabrió la puerta para saber qué le ocurría. La imagen con la que se encontró fue tan pavorosa como impactante: Erlinda estaba echada sobre la cama, desnuda, atemorizada, y su padre estaba de pie sobre ella, en pijama, orinándose sobre su cuerpo. Después, le tapó la boca con una mano y con la otra se masturbó hasta eyacular sobre su rostro. Mario se fue corriendo a su habitación y se metió en la cama, confundido, desorientado. Nunca habría imaginado a su padre haciendo lo que acababa de ver, y además con la tranquilidad del que se siente impune, pues ni siquiera había cerrado la puerta. A partir de entonces, le perdió el respeto, aunque no reveló el secreto a nadie de la familia: se lo guardó por si algún día le resultaba útil. Se sintió con poder sobre él y estaba dispuesto a utilizarlo a su favor. No solo no sintió pena por la pobre Erlinda, sino que regresó varias noches a espiarla. A veces la encontraba dormida, pero otras, se quedaba fascinado contemplando cómo la sometía su padre. Primero lo hizo por una curiosidad morbosa, pero más tarde descubrió que aquello le excitaba y más de una vez tuvo una erección que culminó en el baño.

—Erlinda, ¿sabes qué te voy a regalar para Reyes? —le preguntó un día Mario cuando se la cruzó por el pasillo de la casa.

—¿El qué? —le preguntó, curiosa.

—Un orinal —le dijo, riéndose—. En tu habitación siempre hay mucho pis.

La chica se alejó por el pasillo llorando y se fue la cocina. Empezó a cortar tomates y, cuando se dio cuenta, había al menos los suficientes para cinco ensaladas.

Capítulo XLII

Rosaura había aguardado la salida de Martina en la cafetería blanca, atenta a la farmacia. Ya se estaba tomando la tercera Coca-Cola con hielo con su correspondiente bolsa de patatas fritas. No se resistía a esa pulsión. Por fin la vio salir por el portal acompañada del joven con barba. La inspectora se detuvo en la acera y miró su móvil, se lo mostró a su compañero, ambos conversaron dirigiéndose a la berlina que habían aparcado en doble fila. Estaban solos, no les acompañaban ni Mario y Cecilia. No los habían detenido. Decepcionada e impaciente por saber qué había ocurrido, se fue al baño de la cafetería y la telefoneó.

—Soy Rosaura. ¿Qué has encontrado? —No se planteaba la opción de un registro fallido.

—¿Nos has estado vigilando? ¿Dónde estás? —Martina se dio cuenta enseguida de lo ridículo que era hacerle esa pregunta a una fugitiva—. Llámame en una hora, ahora no puedo hablar.

—¿Una hora? ¿Por qué? ¿Has encontrado lo que te dije o no?

Por una vez, fue la inspectora la que cortó la llamada. Tenía que pensar. El hallazgo del Lilienthal Berlin daba un giro a la investigación y debía reflexionar sobre cuáles serían los siguientes pasos y si debía o no comentárselo a Rosaura. Temía que su reacción dificultara las pesquisas, y tampoco tenía en sus manos el reloj, solo una foto; no podía examinarlo y aislar muestras para cotejarlo con el ADN de Adrián. No consideraba una coincidencia encontrarlo en casa de los farmacéuticos, eran gente tan inquietante que todo le parecía posible. Aunque ¿de qué eran sospechosos? ¿De asesinar a las mujeres latinoamericanas? No tenía ningún indicio, solo la débil coartada de Mario y las supuestas carteras que había hallado Rosaura. ¿Podrían haber matado a Adrián? Únicamente tenía la foto de un reloj igual al que poseía el hijo de Rosaura. Ningún juez le concedería una orden de entrada y registro, no podía fundamentarla. Tendría que sumergirse en las vidas de Mario y Cecilia, revisar los atestados de las mujeres apuñaladas, volver a contactar con el testigo que descubrió el cadáver de Adrián; regresar, en fin, al principio de todo.

Su nuera Sofía, sin embargo, estaba avanzando en las pesquisas del homicidio de los sicarios de Chito. Mientras Martina afrontaba sus encrucijadas, la joven guardia civil en prácticas había conseguido que le permitieran implicarse más en el caso y había acompañado a prisión al teniente que se ocupaba de la investigación para entrevistarse con Margarita, la que fue novia del narcotraficante. Tras escuchar lo que le pedían, la presidiaria les hizo la pregunta predecible y con la que ya contaban: «¿Y qué obtendría yo a cambio?».

La vida ni regala ni concede nada gratis, tarde o temprano se cobra el favor o avisa de que va a pasar la factura. Es injusta, traidora e imprevisible. Enfadada con Martina, dispuesta a no rendirse, Rosaura salió de la cafetería, cogió el metro y se fue al palomar. Su intención era acumular todas las pruebas que tenía contra los farmacéuticos —las tarjetas de crédito, la foto del bebé, los cabellos del cepillo del pelo—, fotografiarlas y enviárselas a la inspectora, para demostrarle que ella había hecho bien su trabajo, incluso arriesgando su propia vida. Sin embargo, al llegar al refugio de Ignacio se encontró la puerta abierta, forzada, alguien había reventado la cerradura a patadas. No había en el interior nada revuelto, todo parecía estar en su sitio. Las películas y los libros de Ignacio, el televisor, la bolsa de basura donde había guardado las pruebas. No se trataba de un robo. Tras unos segundos atónita, intentando comprender qué había sucedido, reaccionó y telefoneó enseguida a Ignacio para contárselo. No fue él quien contestó la llamada, sino Chito.

—No te he encontrado a ti, pero sí a tu amigo. Está sufriendo —le dijo con frialdad el narcotraficante.

—Maldito cabrón. Quiero hablar con él —replicó Rosaura, que no acababa de creérselo y albergaba la esperanza de que fuera un farol.

—Rosaura... —oyó su nombre en boca en su amigo y se le detuvo el corazón, dejó de respirar durante un instante.

La voz de Ignacio le sonaba frágil, le habían torturado, estaba segura. ¿Por qué? ¿Qué podían querer de él? Lo que había intentado evitar, implicarle en sus asuntos y ponerlo en peligro, se había hecho realidad. Dejó el temor a un lado y se revistió de valentía. Si Chito olfateaba su miedo, estaba perdida.

—¿Qué pinta mi amigo en todo esto? —Rosaura empleó un tono de voz brusco que transmitía temple y rotundidad—. Si quieres algo de mí, dime hora y lugar y allí estaré, pero si le haces daño a Ignacio, un solo rasguño, te lo haré pagar.

—Qué miedo me das —le dijo él con sorna.

—No temo morir, perdí a mi hijo y la vida me importa una mierda, pero moriré matando, te lo aviso. Libera a Ignacio y luego seré toda tuya, aunque no sé para qué. ¿Qué quieres de mí? Dímelo de una vez.

Rosaura no se reconocía hablando así. Le estaba ocurriendo lo mismo que cuando insultó a Chito tras el tiroteo en el que perdió la vida la mujer sin nombre. Se preguntó si cada persona albergaba a un macarra en el fondo de su alma. Las palabras broncas le fluían con una facilidad insólita.

—Nombres, Rosaura, quiero los nombres de quienes te han comprado, dentro o fuera de la cárcel. Cada vez que los míos se han acercado a ti, les han dado matarile. ¿Quién eres en realidad?

Su primer impulso fue negar aquellas afirmaciones delirantes, no era la primera vez que Chito desconfiaba de ella, pero en cuatro días, los que habían transcurrido desde su salida de prisión, había aprendido más lecciones que en toda su vida. La primera de ellas: mentir cada vez que fuera necesario y decirle al enemigo lo que quería oír para ganar tiempo.

—¿Quieres nombres? Te los daré, pero una vez que Ignacio esté conmigo y a salvo.

—¿Qué fue antes? ¿El huevo o la gallina? —le respondió el narcotraficante.

Rosaura entendió el sentido de la pregunta: Chito no le entregaría a Ignacio sin los nombres que le había pedido, y ella no le diría nada si no liberaba a su amigo.

—Es muy fácil, Chito, pero a lo mejor tus neuronas no soportarían el esfuerzo de que las pusieras a trabajar. Donde quiera que nos encontremos tú y yo, dejas que él se vaya, yo me quedo contigo, te doy los nombres y, si quieres, luego me matas.

Le temblaron las piernas cuando pronunció esas últimas palabras. Había llegado demasiado lejos con su chulería, no quería morir de un tiro en la cabeza y que su nombre apareciera unido a un ajuste de cuentas entre narcos. Si tenía que morir, lo haría como la madre de Adrián.

—Te llamaré para decirte la dirección. Ya sabes lo que se dice en estos casos: si no vienes sola, os mataré a todos.

«Os mataré a todos», escuchó Ignacio atenazado por el terror. Sin saber por qué, le vino a la cabeza el hipnótico *twist* de Vincent y Mia en la película *Pulp Fiction,* al ritmo de la pegadiza *You never can tell,* de Chuck Berry, uno de los inmortales del *rock&roll;* veía a Uma Thurman contonearse descalza sobre el escenario y a John Travolta siguiéndole el juego, pero cada uno a lo suyo, con una coreografía carente de sincronía, pero, a la vez, armónica. Le fascinaba esa secuencia, pero ¿qué tenía que ver con la difícil situación que estaba viviendo? Quizá su cerebro había querido entretenerle con una imagen agradable mientras su nariz sangraba tras el puñetazo que le había propinado uno de los dos secuaces de Chito; después, le golpeó en la rodilla con una barra de hierro. Se la había triturado, pensó que era el castigo de los dioses por traicionar a Rosaura.

Por la mañana, Ignacio había salido del garaje de su casa en su Ford Fiesta, en dirección al complejo policial de Canillas para hablar con la inspectora Martina; sabía que trabajaba allí, en el grupo de homicidios. Inmediatamente después de subir la rampa del garaje y frenar al llegar a la calle, un individuo se acercó a la ventanilla, la golpeó con los puños para llamar su atención, le mostró una pistola, rodeó el vehículo sin dejar de amenazarle con la mirada, abrió la puerta del copiloto, entró en el coche, se sentó a su lado y lo encañonó.

—Llévame hasta tu vecina Rosaura —le ordenó mientras le apuntaba con su arma a los riñones.

—No sé dónde está —la intentó proteger, aunque el miedo ya le culebreaba y le provocaba sensaciones de muerte.

Por si acaso, disimuladamente se desprendió de la férula que le cubría el brazo y la arrastró con el pie bajo el asiento. Tarde o temprano ese tipo le daría una paliza; si se fijaba en su fractura, iría a por ella y le provocaría otra sobre la anterior.

—Vale, no sabes dónde está. Entonces arranca y conduce hacia un descampado para que nadie pueda ver lo que voy a hacerte —le amenazó.

Era un individuo cuyo aspecto le recordó a Búfalo Bill, explorador, cazador de bisontes en el lejano Oeste y protagonista de un espectáculo circense donde representaba la caza de indios. Su mirada no tenía luz, era una mirada más bien animal, simiesca. Al igual que aquel estrafalario mito del salvaje Oeste, el tipo que le apuntaba con un arma lucía largos cabellos canosos peinados hacia atrás, bigote daliniano —aunque más denso— y perilla. Vestía una camisa blanca abotonada hasta el cuello y sandalias con calcetines blancos. Le pareció un tarado, cuidado con él, se dijo.

—Vale, tranquilo, sé dónde vive, pero no tengo las llaves. —Ignacio bendijo a Rosaura por haberle obligado a entregarle su copia.

Cuando llegaron —no cruzaron palabra durante el trayecto—, Búfalo le indicó que aparcara tras un camión de reparto en doble fila.

—Ahora baja del coche y no hagas tonterías, porque te dejaré seco de un navajazo.

Búfalo Bill e Ignacio subieron por las escaleras hasta la azotea donde se hallaba el palomar, el individuo no dejaba de apuntarle con una semiautomática.

—Abre la puerta —le ordenó al llegar.

—Ya te he dicho que no tengo llaves. Las tiene ella.

El individuo hizo saltar la cerradura de dos patadas y entró.

—¿Qué mierda es esta? —No entendía aquel cuchitril repleto de DVD y de libros—. No me fío ni de quienes leen ni de los que no beben alcohol.

—Yo bebo *gin-tonics* —se le ocurrió decir Ignacio a su favor.

—Eso es una mariconada.

Examinó el palomar en apenas un minuto, los metros cuadrados no daban para mucho. Más que registrarlo, quería asegurarse de que Rosaura no estaba escondida en algún rincón, aunque el cuartucho no los tenía: cada espacio estaba aprovechado al máximo. Salió a la azotea, observó los tejados mientras llamaba por el móvil.

—Jefe, la pájara no está en casa. —Tenía que comunicarle a Chito la mala noticia.

—Pues tráeme al amigo.

Encañonado, sudoroso, trémulo, Ignacio condujo por la ruta que le fue marcando Búfalo. Sin la sujeción de la férula, no tenía fuerza en el brazo roto, lo sentía débil al volante y no conducía cómodo. Salieron de Madrid y el individuo le indicó que entrara en un polígono industrial. Allí le obligó a aparcar en un pequeño callejón y le ordenó salir del coche. Junto a su Ford Fiesta, había un todoterreno grande, lujoso y negro. Búfalo abrió con el mando el maletero y le ordenó a Ignacio que se metiera en él.

—Pero no voy a poder respirar. ¿No hay otro modo? —suplicó.

El tipo le metió el cañón de la pistola en la boca. No tuvo más remedio que embutirse ahí dentro. Búfalo se puso al volante. Transcurrió un tiempo interminable en el que Ignacio se sintió con el mismo estrés terrorífico que un animal a punto de ser sacrificado. Lo llevaría a un descampado y lo ejecutaría por no haberle llevado hasta Rosaura. «No, las cosas no funcionan así. Me van a utilizar para cazarla», dedujo. «Luego, nos matarán a los dos». Se estremeció al pensar que no había otra salida que aquella, la muerte.

El todoterreno se detuvo tras un trayecto que Ignacio no supo dilucidar cuánto duró: su mente solo la ocupaba el pavor a morir. Búfalo Bill abrió el maletero, lo agarró de los pelos y lo sacó de allí con violencia. No sabía dónde estaba. Ante él, un edificio de dos plantas abandonado en el corazón de una arboleda de pinos y encinas. Marañas de arbustos penetraban por las ventanas sin cristales, rodeadas a su vez de hiedras que reptaban sin control por la fachada. A la casa se la estaba tragando la vegetación, literalmente. El sol apenas lograba colarse en aquella pequeña selva. Ignacio se sintió en un lugar brumoso y siniestro. Búfalo lo empujó para que caminara; notaba la pistola en su espalda, estuvo a punto de caerse varias veces, el terreno era agreste, había piedras y desniveles en la tierra. Al fin pisó suelo de cemento. Sintió un golpe en la cabeza, se desplomó como un flan resbalando del plato. Despertó sentado sobre una silla, atadas las manos y los tobillos con bridas. Fue entonces cuando recibió el puñetazo en la nariz y el golpe brutal en la rodilla por parte de Búfalo Bill.

El lugar donde se encontraba estaba lleno de suciedad y cascotes, había mesas y sillas tiradas por el suelo, en el fondo distinguió lo que parecía una barra de bar. Era un restaurante abandonado, grande, tanto como para albergar una fiesta de boda; aún colgaba alguna serpentina del techo. Olía a humedad y a orín. La sangre que manaba de su nariz se deslizaba por los labios y proseguía hasta el cuello; maniatado como estaba, no podía detener la hemorragia. Búfalo Bill permanecía cerca de él como un mueble, sin moverse ni un centímetro, abstraído mirando al frente, pero a ningún punto en concreto, parecía disecado. A lo lejos, en la barra, Ignacio distinguió la figura de un hombre, aunque la poca luz que llegaba de los ventanales no le permitía adivinar su aspecto. Supuso, y temió a la vez, que fuera Chito, el narcotraficante. Pasaron unos minutos, en los que Ignacio pensó que iba a morir sin alcanzar el sueño del cine, y sonó un móvil, era el suyo; reconoció los enérgicos violines con los que comenzaba la banda sonora del wéstern *Horizontes de grandeza*. En *The big country*, su título original, había tiros, traición, venganza y muerte. Él se sintió en ese mismo escenario.

—Toma, es tu amiguita —le dijo Búfalo con sorna tras ir a la barra, hacia el individuo entre las sombras, y regresar con su teléfono en la mano.

—Rosaura... —musitó en un suspiro; el dolor de la paliza le había dejado sin aliento.

Búfalo le quitó el móvil y se alejó hacia la barra. Ignacio no pudo advertirle de que no viniera, los matarían a los dos. Sus cadáveres se pudrirían en ese restaurante abandonado en medio de ningún lugar.

—¡Ella no sabe nada ni yo tampoco, somos gente normal! —gritó, recuperando el resuello tras escuchar la conversación del jefe de Búfalo con Rosaura—. Buscad entre los vuestros a quienes os hayan traicionado, sois una panda de cutres paranoicos.

Ignacio vomitó sus palabras con rabia, los despreciaba. La sola idea de morir a manos de esa gente le provocaba náuseas.

—¿Has terminado tu discurso? —le preguntó Búfalo.

—Sí, pero tengo más, si quieres.

Un instante después perdió el conocimiento. El culatazo en la cabeza con la pistola fue contundente.

Capítulo XLIII

—¡Joder, Rolo! Llevamos esperándote una hora y no contestabas al móvil.

La Gata estaba enfadada. La falta de noticias le hizo temer que lo hubieran detenido. En su ático del barrio de Argüelles, lo esperaban ella y los jóvenes aprendices Jaral, Pancho y Darío. Ya lo estaban preparando todo para el golpe que habían planeado esa misma noche. Rolo sería el conductor, la pieza clave de la operación, el que estrellaría su coche marcha atrás contra la puerta metálica de la joyería que iban a atracar.

—He llegado tarde, pero tenía cosas que hacer. —No se disculpó; pocas veces lo hacía.

No iba a contarles nada sobre la paliza a Felipe Nunes, eso era lo que le había retrasado, ni tampoco sobre los dos amigos que le habían ayudado y que no pertenecían al clan. Puesto que era un prófugo, al principio iba a ser sustituido en el golpe por otro experto del volante, Telerín se hacía llamar, pero Rolo se negó cuando su hermana se lo comunicó y hasta le gritó por dejarlo fuera. Tras la arriesgada persecución policial de la noche anterior, que finalizó con el incendio del Audi, los hermanos tuvieron una discusión en el coche en el que los fue a recoger uno de los miembros de la banda, Darío.

—Si algo sale mal, volverás al trullo, Rolo. Te caería mucho más que al resto de la banda. Solo quiero hacer las cosas bien y que ni tú ni yo corramos riesgos —argumentó la Gata.

—Vamos, Merche, no me vengas con chorradas. Soy el mejor y el palo es un encargo importante, hay mucha pasta en juego.

—Ya he tomado la decisión —sentenció su hermana—. Me he comprometido con Telerín, que es bueno al volante, y además se cabreará si lo dejo fuera.

—¿Y a mí qué coño me importa si se cabrea? ¡Voy a hacerlo y no me vas a meter más mierda! —exclamó, enfurecido, a la vez que golpeaba la ventanilla del coche con violencia.

La Gata tuvo que ceder; si no lo hacía, Rolo se enfrentaría a Telerín, su sustituto, y pondría en riesgo el golpe. Desde que asesinaron a Graciela, no controlaba la ira. Era imprevisible.

—Te empeñas en participar y llegas tarde a la reunión —le reprochó ahora, en el salón del ático de Argüelles—. Hemos empezado a planificar sin ti, que lo sepas.

—No pasa nada, me pongo al día enseguida. Esta noche han matado a otra chica de la misma forma que a Graciela, apuñalada en el corazón. Era boliviana, se llamaba Malena. Ha salido en los periódicos y en las teles, aunque a mí me lo habían chivado antes. Estoy siempre pendiente de los crímenes con puñalada mortal.

—¡Mierda! —Jaral se levantó de la silla, se llevó las manos a la cabeza y empezó a dar vueltas por el salón—. Ha sido por mi culpa. Lo perdí, perdí a ese cabrón, me la jugó.

—Tranquila, que yo no te he culpado de nada, ¿vale? —intentó calmarla Rolo—. Tú lo perdiste en Bravo Murillo y la mató en Prosperidad.

—A solo diez minutos en coche, de madrugada y con poco tráfico —insistía Jaral en culpabilizarse.

—¿Y cómo ibas a saberlo tú, si lo habías perdido? —terció la Gata.

—Sé que fue él —aseguró Jaral—. Es putero y además siguió a una chica delante de mis propias narices, pero ella le amenazó con un espray de pimienta y llamó a la policía. Yo lo perdí pasadas las dos y llegó a su casa a las cinco de la mañana, lo esperé allí, seguí con la vigilancia frente a la farmacia.

—Por favor, vamos a centrarnos en el golpe —les pidió Pancho; junto a Darío, fueron quienes instalaron las cámaras en casa de los farmacéuticos. No habían estado pendientes de ellos ese día, centrados como estaban en el robo, que requería tanta concentración como la de un jugador de tenis antes del saque.

—Jefa, solo te pido un minuto de tiempo antes de seguir con la reunión, por favor —le rogó Jaral—. ¿Puedes mirar en la web conectada con las cámaras? Quiero verlo cuando entró de madrugada en su casa. Quizá llevara el cuchillo, no creo que se fuera a la cama con él, lo dejaría en algún lugar y sería la prueba definitiva.

—Vale, qué pesados estáis con unas cosas o con otras, vemos la web y seguimos de una puta vez con lo nuestro —le concedió la alunicera a Jaral.

Imágenes en negro, las cámaras habían sido inutilizadas, los farmacéuticos las habían descubierto.

—Pues ahora ya saben que están siendo vigilados —dijo la Gata—, aunque no saben por quién.

—Sospecharán de Rosaura, es la que ha estado en la casa con ellos —les recordó Rolo—. Habrá que avisarla, no vaya a ser que lo joda todo aún más o que la jodan a ella.

—No nos líes ahora con eso, ya se buscará la vida —afirmó su hermana con indiferencia, impaciente por seguir organizando el golpe.

—Voy a ir a por él —les aseguró Jaral; la joven llevaba cada vez peor que se le hubiera escapado.

—Vamos a ir todos —apostilló Rolo.

—Dais por hecho que es el farmacéutico. —La Gata no lo tenía tan claro.

—Sí —contestaron al unísono Rolo y Jaral.

¿Quiénes sois?, se preguntaba Mario, observando al ciervo disecado del salón, mirando sus ojos muertos, en uno de los cuales descubrió Cecilia la cámara oculta. Quería saber quién los vigilaba y por qué; sí, podría ser Julia, a la que no habían vuelto a ver desde que detectaron las minicámaras, pero en realidad todo aquello no le preocupaba demasiado. Él se conducía por la vida como un superhombre, impune ante sus crímenes y perversiones, por encima del bien y del mal, con una superioridad respecto al resto de los mortales que le hacía creerse un dios; elegía qué vidas segar de un tajo y disfrutaba enormemente matando. Le fascinaba la perplejidad en la mirada de quien estaba a punto de morir, nunca tenía bastante; quería contemplarla más veces, sentir el poder ante el último aliento de su víctima. Necesitaba ese control sobre una vida ajena, se alimentaba de él.

Ella le dijo que se llamaba Graciela cuando, en medio de la discusión, él le preguntó su nombre como lo haría una teleoperadora de cualquier compañía: «¿Le importa decirme cómo se llama para dirigirme a usted?». La tensa conversación transcurrió de un modo muy similar a como la Gata lo había escenificado: el dolor de muelas, el problema con el Nolotil que requería receta, la bronca que montó Graciela cuando Mario se negó a darle al menos dos comprimidos para pasar la noche sin dolor, las frases xenófobas que le dedicó cuando se dio cuenta de su acento brasileño, que al principio le parecía portugués. «No, no soy portuguesa, soy de Salvador de Bahía, en Brasil. ¿Eso importa?». Claro que importaba, Mario no podía tolerar que una inmigrante le hablara en un mal tono y con superioridad, no tenía derecho a dirigirse así a un español, a exigir derechos en el país de acogida. Así se lo manifestó y Graciela le increpó, lo llamó racista. «Debería darle vergüenza siendo farmacéutico», le reprochó. La joven no quiso perder más el tiempo y se fue sin el medicamento. Mario estaba furioso: una sudaca se había encarado con él. «Erlinda nunca se quejó», recordó para reafirmarse. Dejó a Cecilia al mando de la guardia, subió a casa, cogió el cuchillo que siempre utilizaba para sus maldades, unos guantes y una gorra oscura con visera. Salió de la vivienda como un cazador dispuesto a abatir a su presa.

Graciela tuvo la desgracia de situarse en el lugar donde en pocos segundos actuaría el mal: en la puerta del edificio donde residían los farmacéuticos. Se detuvo allí para llamar por el móvil a un taxi; si telefoneaba a Rolo, sería capaz de incendiar la farmacia al contarle lo que le había ocurrido. No llegó a teclear el número entero del radiotaxi. Mario la vio desde el interior del portal, abrió la puerta y la arrastró hacia adentro rodeando su cuello con un brazo y, con el otro, presionando su tórax con el cuchillo.

—Si gritas, te mato —le advirtió.

Bajó con ella las escaleras hacia el garaje, sin importarle la posibilidad de cruzarse con alguien o encontrarse con algún vecino en el *parking*. Solo estaba centrado en su presa, el resto no existía. Abrió el maletero, la lanzó dentro y lo cerró sin darle tiempo a gritar. La oyó ahí dentro gemir y patear, le reconfortó su desesperación. «Así se cura la soberbia de los parásitos», murmuró cuando se sentó al volante. No tenía nada organizado, seguía un impulso y luego otro y así sucesivamente. Aceptó que, al principio, quizá solo quisiera darle un susto, pero ya en el coche decidió llegar más lejos. Condujo por las avenidas cercanas a la farmacia, buscando el lugar donde pudiera saciar su pulsión de matar: sin testigos, sin videocámaras, escondido de todo lo que pudiera interferir en su plan. Lo encontró tras casi una hora dando vueltas en la noche. Un pasaje entre dos calles, con contenedores de basura orgánica, vidrio y papel. Metió el coche marcha atrás, abrió el maletero, arrancó de allí a su presa sin dificultad, Graciela era menuda y la adrenalina multiplicaba por dos la fuerza de Mario. La situó frente a él. Ella estaba aterrorizada.

—Tranquila, solo quería darte un escarmiento, venís a nuestro país a tocarnos los cojones. Coge tu bolso, ya puedes irte y te pido disculpas.

Graciela estaba temblando. Mujer de carácter como era, a su arrojo lo había diluido el terror. La mujer alargó el brazo para coger su bolso del maletero, lo apretó contra su abdomen y dio el primer paso para salir corriendo de allí, pero Mario sacó del bolsillo de su sudadera el cuchillo y se lo clavó en el corazón. Ella se quedó quieta, mirándolo con esa perplejidad que a Mario le fascinaba.

—Me has matado... —susurró cuando ya apenas podía respirar.

—Me temo que sí, panchita.

Y murió.

Él la sujetó antes de que se desplomara, la arrastró unos metros y la tiró en el hueco entre dos contenedores. Se llevó su reloj y su cartera. Sacó el coche del pasaje y se fue a casa. Un examen forense del vehículo lo habría llevado a la cárcel, pero nunca fue sospechoso de nada. Tardó en pasarle el aspirador al maletero varios meses, cuando se le ocurrió hacerlo al repostar en una gasolinera, pero solo para limpiarlo —al igual que las alfombrillas del coche—, no porque necesitara eliminar rastros.

No era la primera vez que mataba, aunque habían transcurrido años desde que cometió su primer crimen: una yonqui de dientes podridos a la que sometió en un descampado del mismo modo que hacía su padre con Erlinda. A todas las toxicómanas las había dejado con vida tras abusar de ellas, solo quería divertirse y saciar sus pulsiones, pero en aquella ocasión, al pasear el cuchillo por su cuerpo —eso era aportación suya, su padre nunca lo hizo—, sintió el impulso y se lo clavó en el corazón. La chica no le había caído bien desde que la captó en Malasaña con promesas de dinero a cambio de sexo, como hacía con las demás. Le veía cara de simia, la droga le había hundido los ojos en sus cavernas, había potenciado la prominencia de su frente y las encías inflamadas le abultaban el labio superior. Esos rasgos le resultaban desagradables, y solo por eso decidió matarla, por eso y porque consideraba escoria desechable a los toxicómanos. Fue una puñalada rápida, le pareció que no sangraba lo suficiente, aunque la hemorragia era importante, y volvió a clavarle el cuchillo en el mismo sitio, junto al esternón, en el centro del tórax hacia el lado izquierdo, para asegurarse de que había dado en la diana. La mujer tardó en morir treinta segundos, los cronometró mientras contemplaba con placer morboso su agonía.

—¿Qué has hecho? —le preguntó Cecilia, sorprendida—. ¿La has matado?

—Sí, me ha dado por ahí. Cuando la encuentren, la policía creerá que ha sido un ajuste de cuentas entre drogatas, como tantos otros.

Se acercó a él y le dio un beso, introduciéndole la lengua hasta el fondo. Subieron al coche, se alejaron de la escena del crimen, se detuvieron en un recodo de la carretera del extrarradio de Madrid y disfrutaron de un sexo intenso.

—Somos unos degenerados, ¿te das cuenta? —se rio Cecilia mientras se subía las bragas.

—Por eso estamos juntos, nunca pensé que pudiera conocer a alguien como tú. Me dejas ser yo mismo, no tengo que disimular quién soy en realidad.

—Yo tampoco contigo. No he tenido una vida fácil, no sé ni quiénes son mis padres. La maldad forma parte de mí y me gusta, es mi modo de odiar al mundo. Por cierto, ¿mataste a tu padre de verdad? Me lo dijiste cuando nos conocimos.

—No, era broma, se murió tras correrse sobre la criada. Fue un infarto. Cayó fulminado sobre Erlinda, que así se llamaba. Avisé a mi madre y los dos lo llevamos a su dormitorio. Murió en la cama como un señor decente. Esteban ni se enteró. Siempre duerme como si estuviera muerto, no hay nada que lo despierte.

—¿Y la criada?

—Calló y conservó el trabajo.

—¿Cuándo me presentarás a tu hermano?

—Un día de estos. Va de perfecto y de buena gente. Lo soporto, pero me aburre. Yo diría incluso que me da un poco de asco, es liso, no tiene aristas.

—Vale, me casaré con él —afirmó Cecilia con una sonrisa maliciosa.

—Pero qué tonterías dices.

Capítulo XLIV

El miedo, la más cruel de las emociones, más terrorífica que el propio peligro que la ha generado. Rosaura tuvo una crisis de pánico en el garaje de su edificio, en el interior de su Opel Corsa. Paralizada, incapaz de mover un músculo, sin lograr llevar las manos al volante, daba la orden al cerebro pero los brazos no se movían, quietos sobre los muslos, rebeldes. Abrió la puerta del coche, salió a respirar, aunque el garaje de su casa siempre tenía un tufo a CO_2. Conducir el mismo coche con el que mató a un inocente le provocaba pavor, pero no había otra opción: Chito ya la había llamado para tener el encuentro. La telefoneó tras varias horas de tensa espera en el palomar, que Rosaura empleó en encajar la puerta pateada para que pareciera cerrada y también en fotografiar con el móvil las pruebas que tenía contra el farmacéutico. Se las envió a Martina. «Aquí las tienes», le escribió. Y se desentendió. Ni siquiera recordó que tenía que llamar a la inspectora para que le contara qué había encontrado en la vivienda de los farmacéuticos. La angustia que le provocaba la situación de Ignacio la carcomía, se dio varias puñaladas de esas que solo eran aire, lloró, se desesperó, hasta que, al atardecer, la llamó Chito y llegó la hora de partir.

«Eres una egoísta, más importante que tu miedo a conducir es salvarle la vida». Tenía razón aquella voz interior que la reprendió. Entró en el coche, cerró los ojos y giró la llave de contacto. La asustó el sonido del motor, pero qué otra cosa podía hacer sino conducir y seguir adelante. Puso la primera marcha, subió la rampa del garaje, respiró profundamente. Detuvo el coche en la acera, haciendo el stop antes de incorporarse a la calle. Había tráfico. Un camión de la basura, un autobús, dos coches. Aguardó a que pasaran.

—¡Rosaura! —Una voz femenina gritó su nombre, tan fuerte que lo oyó a través de las ventanillas cerradas. No vio a nadie junto al coche y no se atrevió a salir del vehículo, por si fuera la matriarca de los Ordaz.

Era Petra.

Volvió la cabeza, la vio salir del portal y andar con pasos decididos hacia el Opel. Llegó y golpeó la ventanilla, Rosaura la bajó.

—¿Dónde está Ignacio? No contesta a mis llamadas. —Elevó la voz, estaba muy nerviosa—. ¿Le han hecho algo por tu culpa? ¡No tenías derecho a implicarle en tus locuras, maldita seas! —la increpó.

Aquel debería haber sido un día hermoso para su hijo: le habían llamado de una productora, interesados por fin en uno de sus guiones. Ignacio había incluido en el manuscrito el teléfono de su madre por si no lo localizaban a él. Petra lo llamó insistentemente para darle la buena noticia, pero su hijo no contestó ninguna de las veces. Se despidieron con la promesa de que Ignacio revelaría a la policía el paradero de Rosaura. Obsesionada como estaba por el asunto, su madre le repitió una vez más que hacía lo correcto. Él le respondió dando un violento portazo al marcharse. De eso ya habían pasado varias horas. Se fue más allá de la una de la tarde y ya eran las seis.

—No te preocupes, voy a buscarlo y te lo traeré —fue lo único que se le ocurrió decir a Rosaura; no podía contarle la verdad, eso sería aún peor.

—¿Que me lo traerás? ¿De dónde? ¿Está en peligro?

—Confía en mí, por favor.

—Nunca más confiaré en ti.

Rosaura no respondió. No tenía argumentos que la defendieran. Subió la ventanilla, se agarró con fuerza al volante, arrancó el coche y se alejó de la que había sido hasta entonces su mejor amiga. Se sentía sucia, la peor persona de la Tierra.

El narco le había indicado el lugar donde se encontrarían: San Martín de Valdeiglesias, una localidad madrileña de ocho mil habitantes a setenta kilómetros de la capital, conocida sobre todo por su cercanía al pantano de San Juan, un embalse de casi setecientas hectáreas, conocido como «la playa de Madrid». Sin embargo, no era ese su destino. Según las instrucciones de Chito, Rosaura debía sobrepasar la localidad, girar a la derecha tras una gasolinera, entrar en una pista forestal y detener el coche junto a las ruinas de lo que había sido una caseta de aperos. «A las ocho de la tarde, ni un minuto más», le advirtió.

Condujo con precaución atravesando la ciudad y luego saliendo de ella en dirección a la M-501, conocida como la autovía de los pantanos, la que la llevaría a San Martín de Valdeiglesias. Si cometía alguna infracción o se veía implicada en un accidente, se acabó: su nombre y su condición de fugitiva aparecerían en la base de datos policial y la detendrían. Debía manejarse con cuidado. Hacía dos años que no conducía por Madrid, algunas calles que conocía habían cambiado de sentido, se perdió varias veces, no había sabido instalar un navegador en el móvil, pero al fin vio horizontes abiertos tras adentrarse en la M-501. Mantenía la vista al frente, iba despacio, algún coche le dio ráfagas y se pegó al culo de su Opel para que espabilara con la velocidad, porque había entrado en el tramo de doble dirección, la cómoda autovía se había terminado. Estaba cada vez más nerviosa, el paisaje se deslizaba rápido a medida que avanzaba, pero no le prestó atención, ni a los pinares y encinares, ni a las suaves colinas y las lomas, ni al cielo azul, ni a las nubes blancas y mínimas, desgajadas unas de otras, como si cada una no quisiera saber nada de las demás. El sol ya descendía hacia el horizonte, empujado por el atardecer. Llegaría a tiempo, aún faltaba media hora para las ocho.

Rosaura temía que aquella cita fuera una trampa, que en realidad lo que pretendía Chito era tirotearla desde algún lugar cuando se detuviera junto a la caseta en ruinas. Luego lanzarían su cadáver al pantano de San Juan. Los narcos asesinaban vidas con la misma indiferencia con la que se aplasta a una hormiga. Ni ella ni Ignacio les resultaban útiles para nada, para qué mantenerlos vivos. Concentrada en el peligro que corrían ella y su amigo, pensando en el modo de romperle el juego al narco, no se percató de que un vehículo la había seguido desde que salió del garaje de su casa.

Lorenzo Ordaz no se rendía.

No pudo acabar con ella en el descampado porque su madre no se lo permitió, y falló en la cuchillada en el templo de Debod. Rumió la venganza durante toda la mañana del día siguiente, tras la visita de la inspectora Martina. Le indignaba que la agente protegiera a la asesina y les hiciera parecer culpables a ellos, la familia de la víctima. Comió con su madre en casa y, sin probar el segundo plato, filetes empanados con pimientos fritos, se levantó de la mesa con brusquedad, como si hubiera recibido de la silla una descarga eléctrica, y le dijo que se iba.

—¿Te vas sin apenas comer, hijo?

—Acabo de acordarme de que tengo una cosa pendiente, y es importante.

Se apostó con su coche en la calle Ana Orantes, vigilante, aguardando al vecino de Rosaura para que lo guiara hasta ella. Que no hubiera regresado a la cárcel lo consideraba una ofensa a su hermano muerto. Fue una sorpresa que, esperando en su coche al vecino, apareciera Rosaura en su lugar y, además, en el Opel Corsa con el que mató a su hermano. Eso le enfureció aún más. Estaba perplejo ante su desfachatez. La siguió por la ciudad, Rosaura la atravesó hacia el este y la dejó atrás, hasta adentrarse en la autovía de los pantanos. ¿Qué se proponía?, se preguntó su enemigo. Tras más de una hora de trayecto, el Opel llegó a San Martín de Valdeiglesias y pasó de largo. ¿A dónde narices se dirigía? Si él fuera un prófugo, también huiría lejos, como pensaba que estaba haciendo ella, pero a Lorenzo le quedaba menos de medio depósito de gasolina. Si Rosaura continuaba tragándose kilómetros, tendría que parar a repostar y la perdería. Quizá no volviera a verla más. No podría soportar que se le escapara.

«A la derecha tras la gasolinera, caseta de aperos», se dijo Rosaura en voz alta al volante. La pista forestal que le había indicado Chito era en realidad un tortuoso camino de piedras puntiagudas y profundos badenes, temió que le agujerearan el chasis. Miró a través del retrovisor, por si alguien la seguía u observaba algún movimiento extraño en el camino; el terror excitaba su imaginación y le atemorizaba pensar que algún sicario de Chito la estuviera apuntando con un arma desde algún lugar. Llevarla herida ante el narco la situaría en una terrible desventaja. Sin embargo, no vio ningún coche tras el suyo, nada sospechoso en los campos que atravesaba la pista forestal, solo unos pajarracos que se posaron en la tierra y se reunieron en torno a algo que desconocía, quizá un animal muerto. Rosaura no descubrió, pues, a su perseguidor. Pero no estaba lejos de ella.

Lorenzo había decidido detenerse en un recodo del primer tramo de la vereda. Había que conducir a baja velocidad, se notaría demasiado que la estaba siguiendo y eso la alertaría. El sendero transcurría prácticamente en línea recta, podía observar su trayecto desde donde estaba. Qué raros le parecían los movimientos que estaba haciendo Rosaura, no entendía por qué se había adentrado en aquel camino de cabras. Se le pasó por la cabeza que le estuviera tendiendo una trampa, que quisiera conducirlo a una ratonera. Al fin y al cabo, era una asesina que no solo embistió a su hermano con el coche, sino que luego le pasó por encima. La odiaba aún más desde que les pidió perdón por carta. Su madre la tiró a la basura, pero él la recuperó. «No sabía lo que hacía», «Me volví loca», «Me avergüenzo», bla, bla, bla. Qué profundo asco le daba aquella mujer.

No perdía de vista el recorrido de su enemiga, que sorteaba los baches y los pedruscos y avanzaba casi a la misma velocidad que si lo hiciera andando. Pero de pronto, el Opel se detuvo junto a unas ruinas a pie del camino. Lorenzo Ordaz esperó. No vio a Rosaura bajar del coche. Continuó esperando. No pasaba nada. Decidió salir del vehículo y acercarse hasta ella, ocultándose entre la maleza de la cuneta, pistola en mano, una Beretta de nueve milímetros. Quizá la mujer se hubiera detenido para hablar por el móvil, la oportunidad no podía ser mejor: un tiro, muerta en medio de la nada, sin testigos, sin cámaras, con una vía de escape tan fácil como lo era coger el coche y salir a la carretera. Mientras correteaba en cuclillas entre los matorrales, pensaba en lo que le diría antes de reventarle la cabeza: «De parte de mi hermano, zorra». Ojo por ojo.

Aproximándose al coche de Rosaura, Lorenzo Ordaz vio en medio del campo una escena que no esperaba: tres o cuatro buitres devoraban lo que le parecía un animal de envergadura, quizá un jabalí. Estaban a pocos metros de él, pero no se inmutaron cuando lo vieron pasar cerca de ellos. Ajenos a su presencia, prosiguieron arrancándole las tripas al animal con sus picos. Otros colegas sobrevolaban en círculos el lugar del banquete, posiblemente aguardando su turno. Se preguntó si fueron aquellos pajarracos quienes mataron al jabalí o si ya estaba muerto y olieron su sangre desde las alturas. «Vaya olfato fino», pensó, cuando en realidad estas aves carroñeras no tienen excesivamente desarrollado ese sentido, sino el de la vista, que es la que dirige sus estrategias de caza.

Lorenzo Ordaz se olvidó enseguida de aquella escena caníbal y prosiguió su camino, oculto entre los arbustos cercanos al camino. La vegetación era densa, debido al impulso de vida que les insuflaba la primavera, y eso le beneficiaba.

Llegó hasta el coche de Rosaura, lo observó escondido entre la maleza. Le pareció que no había nadie en su interior. Confiado, se acercó al Opel y se asomó con sigilo a su interior. Nadie dentro. ¿Dónde se había metido? Empuñando su arma, se asomó a la caseta en ruinas, tan pequeña que podía cruzarse en tres zancadas, pero no lo comprobó, era peligroso: cuatro vigas del tejado habían caído sobre el suelo de cascotes y basura, formando entre ellas dos toscas equis que se aguantaban unas contra otras en un difícil equilibrio. Pensó que bastaría el aleteo de un pájaro para tumbarlas. No había allí ningún rincón donde su enemiga hubiera podido esconderse, todo estaba a la vista. Oyó el motor de un coche. Se agazapó junto al hueco de lo que antes había sido la puerta de la caseta y se mantuvo en alerta. Vio acercarse desde el fondo de la pista forestal un todoterreno de lujo, negro, brillante, parecido a los que salían en las películas conducidos por gánsteres o por agentes del FBI. El vehículo aparcó junto al Opel de Rosaura. Salió de él un hombre con bigote y perilla, de aspecto estrafalario, tanto por su camisa abotonada hasta el cuello como por sus sandalias con calcetines blancos. Era el Búfalo Bill que había secuestrado a Ignacio, aunque Lorenzo ignoraba de quién se trataba, nada menos que de un miembro de una banda de narcos. El individuo rodeó el coche de Rosaura, se acercó a la ventanilla para ver el interior, como antes había hecho Lorenzo, quien corrigió su postura unos centímetros para tenerlo a tiro por si pasaba algo. Entonces ocurrió algo imprevisto: una de las vigas en equis cedió y cayó al suelo con estrépito. Búfalo Bill sacó su semiautomática Glock 26, brazo rígido, mano tensa sujetando la pistola, mente en alerta máxima. Caminó con sigilo, rodeó la caseta por detrás. Lorenzo se alejó de la puerta. El tipo iba a llegar hasta allí y lo iba a descubrir. No tuvo tiempo de reaccionar. Búfalo Bill apareció de repente frente a él sin que hubiera oído sus pasos entre la maleza.

—¿Quién coño eres tú? —le preguntó el tipo apuntándole con el arma. Al verlo vestido de negro, camisa y pantalones, pensó que era un sicario de la banda rival.

—¿Y tú? —le respondió Ordaz, también amenazándole con su Beretta.

Los dos frente a frente, apuntándose mutuamente. Un buitre sobrevoló sus cabezas con un trozo de víscera rosácea colgando del pico. Acababa de alzar el vuelo, impresionaba el despliegue de sus alas, inmensas, casi tres metros de envergadura. El ave descentró un segundo a Búfalo Bill y apretó involuntariamente el gatillo. La bala ni siquiera rozó a Lorenzo, quien contestó inmediatamente con otro disparo, directo al corazón del sicario. Búfalo se desplomó. Aun así, herido de muerte en el suelo, disparó su arma una vez más, aunque solo fuera por el pundonor de morir matando. Pero no tenía ya fuerzas ni reflejos y la bala alcanzó a su rival en un hombro. La adrenalina redujo el dolor del impacto. Lorenzo dio dos zancadas y se colocó de pie sobre el tipo.

—Has disparado tú el primero y ahora seré yo el último en hacerlo.

—Por fin conoceré el infierno —replicó Búfalo Bill con chulería.

Lo remató con un tiro en la frente.

Escondida en una alameda junto a un riachuelo, a unos cincuenta metros de la caseta en ruinas, Rosaura asistió al duelo con pistolas como si aquello no fuera real. Dos hombres frente a frente, disparándose entre ellos. Aterrorizada, se echó al suelo, presa del pánico, y se tapó la boca para que no la oyeran gritar. No sabía quiénes eran ni el porqué de aquella pelea a muerte, pero Chito andaba cerca, la había citado allí, no tendría que extrañarle que silbaran balas sobre la maleza. El azul del cielo ya tan oscuro, casi ya de noche, le impidió reconocer a Lorenzo Ordaz, el que había sobrevivido de los dos. Lo vio abandonar la escena y desaparecer como un fantasma.

A Rosaura su plan le había salvado la vida, cualquiera de aquellos dos desconocidos podría haberla matado también a ella si no se hubiera alejado del coche. Su estrategia había consistido, precisamente, en salir del Opel. Chito le había ordenado que esperara allí, pero eso la convertía en un blanco fácil. Convencida de que era una trampa, se cruzó el bolso a modo de bandolera, se colocó en el asiento del copiloto, abrió ligeramente la puerta, deslizó su cuerpo hacia la cuneta y reptó entre la hierba y las flores silvestres hasta encontrar un lugar seguro, la alameda, alejada lo suficiente para no ser vista, pero, a la vez, no tan apartada de la caseta como para no poder observar desde allí lo que acontecía. Supuso que la vendrían a buscar y, al no encontrarla, regresarían al lugar de donde habían venido. Eso le permitiría seguirlos y descubrir dónde estaba Ignacio. Tan fácil y arriesgado como eso.

El todoterreno negro había llegado a la pista forestal desde una densa arboleda al fondo del camino. Rosaura había seguido su trayecto desde donde se había ocultado. Se dirigió hacia allí, arrastrándose por la tierra durante un tiempo que parecía no tener fin. La luna en cuarto creciente proyectaba una luz tenue sobre la naturaleza y Rosaura la aprovechó para evitar utilizar la linterna del móvil. No dejaba de llorar, estaba tan atemorizada por la idea de que otros sicarios de Chito salieran en su busca que pensaba que no lo conseguiría, que acabarían matándola antes de que llegara hasta Ignacio.

Ya con la noche temprana de marzo cerniéndose sobre ella, llegó a aquella gran arboleda que había visto al final de la vereda. Continuó reptando como una culebra hasta descubrir un edificio abandonado y casi devorado por la naturaleza. Era grande, un mamotreto de hormigón cuyas formas difuminaba la oscuridad. Tenía el aspecto de un hotel, o quizá fuera un colegio, no podía dilucidarlo. Se acercó, agachada, buscando por dónde entrar cuando alguien la agarró de la peluca y se la arrancó; entre las sombras distinguió a un hombre fornido que la sostenía en una de sus manos. La miraba perplejo, como si fuera una cabellera arrancada de cuajo. Había querido arrastrarla de los pelos y no esperaba que fuera calva. Rosaura intentó huir, pero el tipo reaccionó enseguida: le encañonó en la cabeza con una pistola.

—No me haga daño, por favor, me he perdido —suplicó.

—Pues te has perdido en el peor lugar.

La levantó del suelo con violencia y se la llevó de allí a empujones.

Capítulo XLV

El móvil no dejaba de sonar en algún bolsillo del cadáver de Búfalo Bill, al que ya sobrevolaban los buitres.

Chito sabía que algo había salido mal y le había llamado varias veces, sin recibir respuesta.

La noche ya gobernaba su feudo y la oscuridad le había obligado a poner en marcha un grupo electrógeno que pasaba la corriente eléctrica a tres focos situados en diferentes lugares: uno en la barra —aunque lejos de él, para seguir manteniéndose en las sombras—, otro frente a Ignacio y el tercero en la puerta del restaurante, invadida por maleza que había que apartar para entrar. En un momento de la tarde, a través de las ventanas huecas, Ignacio había oído en la lejanía un sonido parecido al de los petardos, pero presintió que en realidad se trataba de disparos. Temía por Rosaura.

—He oído tiros ahí fuera —le dijo a Chito.

—Yo no he oído nada. Déjate de juegos, idiota.

Se hablaban a gritos. La distancia de varios metros entre ambos y el ruido machacón del equipo electrógeno impedían comunicarse en un tono de voz normal, aunque allí nada de lo que ocurría lo era. Sentado sobre un bafle colonizado por el polvo y las telarañas —lo cual no parecía importarle—, el narcotraficante estaba centrado en mensajearse con alguien por el móvil, pero Ignacio no quería mantenerse en silencio, sino conversar con su secuestrador, incluso ponerle nervioso y provocarle. Tenía un plan.

—Rosaura no es una traidora —la defendió—. Te equivocas. Ella solo quiere encontrar al asesino de su hijo, lo demás le importa un bledo. Es una falsa culpable, igual no sabes qué significa eso. —Consideraba a los narcos seres más bien lerdos.

—¿Y tú sabes lo que significa estar atado a una silla a la espera de un tiro?

—Da la cara al menos, no tiene mucho sentido que te escondas de mí si me vas a matar.

—¿No has tenido bastante con una paliza? Tengo a uno de los míos ahí fuera. Si quieres, puedo decirle que entre y que te dé otra.

—No, gracias, estoy bien así —respondió Ignacio con ironía.

Como ocurría en las películas, trataba de entretener al malo mientras intentaba deshacerse de las bridas. Si lo lograba, al menos tendría la posibilidad de huir. Búfalo Bill no aparecía, el sicario vigilaba el exterior del edificio, Chito estaba solo allí dentro y, fuera de la luz de los focos, todo era oscuridad. Si consiguiera escapar y él le disparara, le bastaría con penetrar en las zonas en penumbra para esquivar las balas. Ya había deslizado ligeramente las ataduras de sus muñecas, pero no conseguía superar el dorso de las manos hasta llegar a los dedos. Le dolía el brazo fracturado y ese inconveniente dificultaba sus movimientos.

—Pues yo insisto en que hace un rato he oído tiros ahí fuera, igual vienen a por ti tus enemigos —lo desafió de nuevo.

—¡Cierra el pico de una puta vez!

Ignacio intentaba generarle inquietud; si conseguía que saliera del recinto, tendría unos minutos para intentar liberarse. Ya había fichado cristales rotos entre los cascotes. En el cine, los secuestrados se tiraban al suelo con la silla y se arrastraban hacia el objeto cortante hasta alcanzarlo.

—Te mando un regalo, a ver si se te cierra tu boca de mierda.

Chito cogió un cascote y se lo lanzó a Ignacio. Le rozó el hombro y apenas le provocó dolor, pero se quejó con un alarido para gratificarle con su sufrimiento. Vio en la oscuridad a su captor marcando un número en el móvil. La iluminación de la pantalla no era suficiente para verle el rostro desde la distancia. Chito esperó varios tonos y colgó. Volvió a llamar. Nada. Tecleó otro número. Alguien contestó.

—No localizo a Búfalo —le dijo a su interlocutor—. ¿Qué coño está pasando? Echa un vistazo y llámame.

Al oír ese nombre, Ignacio sonrió a pesar de su tragedia. Al final, el que se parecía a Búfalo Bill se hacía llamar como él. Había salido del edificio tras apalearle, hacía ya bastante tiempo de eso. Tuvo el presentimiento de que algo había sucedido para que no estuviera ya de vuelta.

—Igual tu amigo te ha traicionado, es más factible que lo hagan los tuyos que una persona ajena a tu mundo, como es el caso de Rosaura.

—¿Me estás vacilando? —Chito respondió a ese comentario sobre los traidores apedreándole con otro cascote.

Ignacio intentó esquivarlo y, al echarse a un lado, se mareó. El escenario que lo rodeaba dio vueltas en su cabeza y tuvo la sensación de que la silla iba a levitar. Sus huesos y músculos estaban despertando de la paliza. La rodilla golpeada con el hierro le palpitaba, cada vez más inflamada. La sangre de la nariz ya estaba seca, pero le daba la impresión de que se le estaban descolgando de la cara los orificios nasales.

—Madre... —susurró; posiblemente no saldría vivo de allí y no la volvería a ver.

Se escucharon unos pasos, Ignacio oyó cómo Chito cargaba su pistola.

—¡Soy yo, jefe! ¡Vengo con un regalo! —gritó uno de sus secuaces, el que vigilaba el exterior del edificio armado con un subfusil.

El sicario traía a empujones a Rosaura. El esbirro de Chito exhibía en una mano la peluca como si fuera un trofeo, que luego tiró al suelo con desprecio. El tipo le dio una patada en la espalda y la mujer cayó a los pies de su amigo. El lugar donde estaban los dos parecía el escenario de un teatro, iluminados ambos por la luz de un solo foco. Se les encogió el alma al verse el uno al otro. Ignacio tenía la cara ensangrentada, al igual que una de sus rodillas. Rosaura sin su peluca, con la ropa manchada de tierra, encogida sobre los cascotes, parecía un pajarillo caído del nido.

—La he encontrado merodeando. Dice que se ha perdido, está calva. Parece una extraterrestre, pero habla español —comentó el matón, riéndose.

Chito ignoró su ocurrencia y le ordenó:

—Ahora me ocuparé de ella, pero Búfalo sigue sin aparecer. Le he llamado varias veces y no contesta. Coge el coche y ve a ver qué ha pasado. Tenía que traer aquí a la tal Rosaura, igual se le ha escapado, es una hijaputa.

Chito no la reconoció en la mujer que acababa de ser pateada por su esbirro; solo la había visto en una foto de un periódico digital cuando fue juzgada, y recordaba sus cabellos densos, rizados y muy negros. La que estaba ante él tenía la cabeza pelada.

—A la orden, jefe.

Con su subfusil al hombro, abandonó el recinto. Rosaura se incorporó, se acercó a su amigo y le acarició el rostro.

—Todo va a salir bien —le susurró.

—¿Qué haces? —A Chito le desconcertó que se acercara a Ignacio—. ¿Os conocéis?

—Ya me tienes aquí. —Dirigió su mirada hacia la barra, de donde procedía la voz que acababa de escuchar.

—¿Tú eres Rosaura? —le preguntó, sorprendido.

—No has cumplido tu palabra. Me dijiste que esperara junto a la caseta de aperos y allí no ha venido nadie. Ha anochecido y he tenido que andar por el campo casi a ciegas hasta encontrar este edificio ruinoso que no sé qué es. ¿Tu guarida? Pues vale, tu matón me ha arrastrado a empujones hasta tu guarida. No diré nada hasta que sueltes a mi amigo.

—¿Otra vez con eso? Ya te dije lo del huevo y la gallina.

—Primero fue el embrión, la vida microscópica, pero qué más da eso ahora. Quiero que le des agua a Ignacio, de lo contrario permaneceré muda.

—Y yo te pegaré un tiro en la pierna, para que no olvides quién manda aquí.

—Por favor, solo es un poco de agua... —le suplicó ella.

Voló entonces desde la barra un botellín de plástico que aterrizó en el suelo. Ella lo recogió, lo destapó y le dio de beber a su amigo.

—Estoy intentando desatarme las manos —le susurró Ignacio al oído tras ingerir el agua con avidez.

—No me hagas perder más el tiempo —le advirtió Chito a Rosaura—. ¿Quién te pagó para tenderme la trampa? ¿Alguien de los Santora?

—No sé quiénes son esos, ni los conozco ni me ha pagado nadie. ¿Tengo que seguir hablándole a una sombra?

—Sí, aquí las normas las impongo yo.

—Quiero verte la cara. Tú eres un cobarde, pero yo no.

Dio un paso al frente y luego otro más, hacia la barra. Aún les separaban varios metros. Chito permaneció en silencio.

—¿Te digo lo que te gustaría oír o te cuento la verdad?

—Dime las dos cosas, a ver con cuál me quedo.

A Rosaura le tranquilizó que Ignacio estuviera intentando desatarse. Tendría la oportunidad de salir de allí. Ella no tenía esperanzas; dijera lo que dijera, ese hombre acabaría matándola, de ahí que lo desafiara en cada pregunta y en cada respuesta.

—No, yo elijo solo una de las dos: la verdad. Tendrás que hacer un esfuerzo para deducirla y no sé si serás capaz. Todo lo que has hecho hasta ahora contra mí no tiene sentido, dudo que tengas muchas luces.

—Prueba a ver.

—Piensa, Chito. Tu novia Margarita fue la que insistió en que me viera contigo, por si pudieras darme alguna pista sobre quién asesinó a mi hijo. A mí nunca se me habría ocurrido preguntarle a un narco sobre un crimen cuyo móvil, dijo la policía, era el del robo. No sois rateros, ¿verdad?

Dio dos pasos más y se detuvo. Le temblaba el cuerpo. En el peor de los casos, se encontraría con Adrián.

—Me cité contigo —continuó—. Margarita me utilizó para sacarte de tu guarida. Los motoristas iban a tirotearte, pero enviaste, una vez más, a una de tus novias y las balas con tu nombre las recibió ella.

Últimos pasos. Rosaura ya distinguía la figura de Chito entre la penumbra. Era de estatura mediana, con más sobrepeso que corpulencia.

—Robas droga a otros como tú. Es normal que tengas enemigos por todas partes. Yo soy una simple enfermera que cayó en desgracia. A los narcos solo os he visto en el cine o en las noticias, esposados entrando en el juzgado.

Dio una zancada, se situó frente a él. La proximidad del foco de luz le permitió conocer sus rasgos. Era un hombre de aspecto tan normal que podría haber pasado por un oficinista, un profesor o un contable. Llevaba gafas sin montura visible, tras los cristales se adivinaban unos ojos pequeños y oscuros. Cabello corto y gris, camisa blanca y americana marrón. Ni camiseta con la imagen de un rapero, ni tatuajes, ni gruesos nomeolvides en la muñeca ni cadenas de oro en el pecho. Un tipo vulgar, también un psicópata que podría matarla con la tranquilidad con la que se fumaría un cigarrillo.

—Ya me has visto, ya puedes imaginar por qué no me importa que veas mi cara. ¿Esa es tu verdad? ¿Echarle la culpa a Margarita?

Rosaura se preguntó qué tenía aquel hombre del montón para enamorar a pobres chicas a las que utilizaba para distribuir su droga. Lo consideró un misterio que ya nunca podría resolver.

—¿Ves? Te lo he explicado todo paso a paso, con lógica, pero tú sigues sin entenderlo. Haz un esfuerzo, Chito. Margarita. Venganza. Blanco y en botella, como suele decirse.

De pronto sonó un disparo, el sonido había llegado desde la puerta. La bala le rozó a Rosaura la piel de un brazo y siguió la trayectoria hasta penetrar en el estómago de Chito. Los dos se quedaron impasibles, uno frente al otro, sin entender qué había ocurrido.

—¡De parte de mi hermano, zorra! —gritó Lorenzo Ordaz, seguro de haber acertado el tiro.

Acababa de irrumpir en el escenario con un arma en la mano, apuntando a su enemiga, pero tras él también lo hizo el esbirro de Chito con su subfusil. Lorenzo lo había dejado inconsciente de un golpe en la cabeza con la culata de su pistola. Lo tendría que haber matado, porque el sicario se repuso pronto y fue inmediatamente a por él, le disparó una ráfaga con la metralleta y lo derribó al suelo.

—¿Está bien, jefe? —le preguntó, dirigiendo sus pasos hacia él.

Antes de que pudiera llegar, Lorenzo Ordaz, con el cuerpo agujereado por las balas, invirtió su último aliento en disparar por la espalda al matón. Le partió la columna. Murió en el acto.

Chito intentó sacar su arma del cinto, pero se desplomó delante de Rosaura. Tenía un boquete en el estómago del que manaba sangre mezclada con vísceras. Ignacio había asistido a la escena conteniendo la respiración, a veces cerrando los ojos, convencido de que una de las balas le alcanzaría a él. Al final, vomitó y la papilla le cayó sobre las rodillas y penetró en la que tenía malherida.

—Has hecho que nos matemos entre todos —le dijo en medio de un estertor el narcotraficante a Rosaura—. Puta zorra lista. ¿Quién te ha pagado?

Murió con los ojos abiertos, mirándola con desconcierto.

La fugitiva nunca imaginó que la búsqueda del asesino de su hijo la llevara tan lejos. Todos estaban muertos. No podía moverse, el tiroteo la había dejado fuera de juego. Miraba su brazo, la huella del disparo, las vendas empapadas de sangre.

—¡Hay que salir de aquí! —le gritó Ignacio.

Rosaura oyó su voz muy lejana, como si le llegara desde un lugar a kilómetros de allí. El potente sonido de los disparos le había taponado los oídos.

—¿No me oyes? ¡Tenemos que largarnos enseguida! —reclamó su atención su amigo, que aún no había logrado desatarse, aunque estaba a punto de conseguirlo, impelido por la adrenalina y el terror ante lo que acababa de presenciar.

Su amiga arrastró sus pasos hacia él, caminaba como una autómata, su cuerpo —y también su alma— parecían pertenecer a otra persona. Tuvo que sortear el cadáver de Lorenzo Ordaz para no tropezar con él. Entonces despertó y entendió qué había ocurrido.

—Están todos muertos, Ignacio... —le dijo, ayudándole a liberarse de las bridas, con el rostro contraído y a punto de estallar en un llanto histérico que, sin embargo, logró contener. Comprendió que la prioridad era la supervivencia. Había conseguido salir viva de allí, cuando no habría apostado ni un céntimo por esa posibilidad.

La herida de bala en el brazo era superficial, un roce violento con la piel, aparatoso, porque sangraba, pero no era grave. Detuvo la hemorragia quitándose las vendas de un brazo y colocándolas en el otro malherido. Peor lo tenía Ignacio, que apenas podía mover la rodilla maltrecha, en la que la sangre se mezclaba con la papilla.

—¿Has vomitado?

—Qué menos. No sé si me habré cagado también.

—Vámonos de aquí, rápido.

Rosaura dejó que se apoyara en ella, lo sostuvo en cada paso, a pesar de lo grande que era, y salieron de aquel lugar que olía a sangre y a pólvora. Esquivaron los cuerpos muertos, evitaron mirarlos, estremecidos los dos. Aun así, Rosaura se detuvo un instante, recogió su peluca del suelo y se la colocó. Era su salvoconducto para disfrazar su identidad. Salieron al exterior, era noche cerrada, a la luna creciente se la habían tragado las nubes y no podía abrirse paso entre las tinieblas.

—Voy a traer el coche hasta aquí, no puedes andar hasta donde lo he aparcado. ¿Te han quitado el móvil?

—No, lo he recogido de la barra, son tontos hasta para eso.

—Eran —puntualizó Rosaura—. Ha sido una matanza, no sé qué vamos a hacer —expresó con inquietud.

Encendió la linterna de su móvil y se alejó por el camino. Ignacio siguió la estela de su luz sentado sobre un murete de piedra. Su rodilla estaba ardiendo, le dolía tanto que pensó que se iba a desmayar. Poco tiempo después, observó los faros de un coche acercándose. Atemorizado, se tiró al suelo para ocultarse entre la oscuridad, por si no fuera el Opel de su amiga. Afortunadamente, lo era; él también se estaba volviendo paranoico. Rosaura salió rápidamente del vehículo, lo ayudó a incorporarse, a Ignacio se le escapó un aullido de dolor al hacerlo, pero logró llegar al coche apoyándose en su amiga. Se sentó en el asiento del copiloto y cerró la puerta de golpe, como si de ese modo diera carpetazo a la pesadilla que había vivido.

—Hay otro muerto —le dijo ella, ya ante el volante—. Lo he visto junto a mi coche. Esta tarde se han liado a tiros dos hombres, uno cayó. Las alimañas se le han comido los ojos.

—¿Se parecía a Búfalo Bill?

—¿A qué viene esa pregunta? No estoy para bromas y tú tampoco deberías. El otro huyó, ahora pienso que era Lorenzo Ordaz. Me debió de seguir desde Madrid, qué estúpida soy, ni me enteré. Pero en la caseta de aperos donde me citó Chito solo he visto un todoterreno, no creo que fuera de él. En fin, qué más nos da ya. Estamos salvados, Ignacio —le expresó con emoción.

Se abrazaron y, sin saber por qué, se besaron. Sintieron los dos el mismo impulso y se entregaron a él. Después, miraron al frente como si aquello no hubiera sucedido.

Antes de abandonar la pista forestal, vieron aparcado un Peugeot negro sin conductor.

—El coche de Lorenzo Ordaz, aquí está, el mismo con el que nos persiguió cuando salí de prisión —comentó Rosaura.

—Hoy ha venido a matarte y el que ha muerto ha sido él. Justicia poética.

—En nada de lo que ha ocurrido hay poesía, Ignacio.

Durante el camino de vuelta, sin ellos saberlo, se cruzaron con tres vehículos camuflados con agentes de la Policía judicial y del Equipo de Delincuencia Organizada y Antidroga (EDOA) de la

Guardia Civil. Tras largas negociaciones sobre beneficios penitenciarios, Margarita les había indicado dónde estaba el lugar —la *guardería,* en el argot de los narcos— donde Chito escondía la droga que había robado a otras bandas. Con prismáticos de visión nocturna, los agentes iban a vigilar los movimientos en torno al restaurante abandonado, eran la avanzadilla del asalto por orden judicial que se iba a producir de madrugada. Desde donde se apostaron, vieron el cadáver de Búfalo Bill junto a su todoterreno. La matrícula era falsa, no pudieron identificarle en ese momento, pero sí a Lorenzo Ordaz, pues el Peugeot a la entrada de la pista forestal estaba registrado a su nombre.

Cuando llegó el operativo policial al recinto, se encontraron con los tres cadáveres, cada uno con su arma en la mano. Se habían matado entre ellos, dedujeron que en un ajuste de cuentas. Todos contra todos. Detrás de la barra descubrieron un zulo, en realidad un amplio sótano al que se accedía por una trampilla oculta. Ahí estaba la droga. Media tonelada de hachís distribuida en varios fardos. Sofía, que había logrado que le permitieran acompañar a los agentes de la Policía judicial, entró con sus compañeros en la escena del crimen. Superó sin aprensión la visión de los muertos tiroteados y se centró en aquella silla manchada de sangre y con bridas tiradas en el suelo.

—Mi teniente —le dijo a su superior—. Habrá que averiguar si esta sangre corresponde a alguna de las tres víctimas. Si no es así, aquí ha estado una cuarta persona.

Capítulo XLVI

Petra se había resistido durante horas, pero, a punto de colapsar, decidió contarle a Samuel que su hijo Ignacio había desaparecido por culpa de Rosaura. Lo había intentado todo para evitarlo: había denunciado la desaparición en la comisaría más cercana y también telefoneó a Martina por si Ignacio hubiera acudido a ella para entregar a su amiga, pero no fue así. La inspectora incluso consultó con el grupo de localización de fugitivos por si constaba alguna denuncia contra la prófuga. Negativo. No obstante, Martina le prometió que se iba a ocupar personalmente y que la llamaría cuando tuviera noticias.

—Entonces, ¿piensa que su desaparición tiene relación con Rosaura? —le preguntó la agente.

—Por supuesto que sí —afirmó sin dudarlo—. La he visto esta tarde, iba en su coche. Me ha dicho que me lo traería, como si eso fuera cosa de magia. Pienso que sabe dónde está y ha ido a buscarlo.

—¿Rosaura iba en su Opel Corsa?

—Sí, y eso me dice que mi hijo está en peligro. De lo contrario, nunca habría cogido el coche con el que atropelló a Miguel Ordaz. Le daba pánico conducirlo.

Lo primero que había hecho Petra al no localizar a Ignacio fue acudir al palomar. Ahí empezaron los malos presagios, al ver la puerta forzada y desencajada. Ese detalle no se lo comentó a la inspectora para no incriminar a su hijo —implicaba colaboración con la fugitiva—, pero sí se lo comentó a Samuel.

—Se escondió en el apartamento de mi hijo. Nunca lo habría esperado de ella, la he tratado siempre como a una hija —le confesó Petra en el salón de su casa, ambos ante dos tazas de café y con los móviles cerca—. Cuando me la encontré y le pregunté si Ignacio estaba en peligro, arrancó el coche y se fue. Es la una de la mañana y no sé nada de mi hijo, me voy a morir de angustia —le comentó, llevándose una mano al pecho.

Petra ya lo había puesto al corriente: le habló de la obsesión de Rosaura por encontrar al asesino de su hijo, de sus ideas delirantes sobre los dos farmacéuticos, de su mala influencia sobre Ignacio.

—Me da vergüenza contarte todo esto. Son cosas propias de delincuentes, cuando mi hijo y yo siempre hemos sido personas normales y honestas. Ignacio está enamorado de ella, lo sé desde siempre, y el amor te atonta los sentidos, no te deja pensar con claridad.

—Pero eso no nos pasa a nosotros, quiero decir que no siempre es así, Petra.

—Tienes razón, pero Ignacio es inmaduro y soñador. ¿Te he dicho que una productora está interesada en uno de sus guiones? Han llamado hoy, no he podido decírselo. —Petra exhaló un suspiro y se echó a llorar—. Dime que está vivo, Samuel, tú sabes más de esto, eres guardia civil. Por favor... —le suplicó.

—Vamos a hacer una cosa. Ve a la cocina, prepárate una infusión, una tila, por ejemplo, y mientras tanto yo voy a hacer unas llamadas, ¿de acuerdo?

Al coronel en la reserva le faltaban datos para poder afinar en sus pesquisas. Sería muy difícil, por no decir imposible, que lograra relacionar a Ignacio con quien lo había secuestrado, Chito. A esas horas ni siquiera había comenzado el operativo de la Guardia Civil, que culminaría con el asalto a la guardería de droga donde encontrarían los tres cadáveres y uno más, el de Búfalo Bill, en la pista forestal. Sin embargo, las llamadas a sus contactos sí que dieron algún fruto.

—Petra, tu hijo figura en un atestado en calidad de testigo, el pasado domingo. Algo ocurrió en tu misma calle.

Le habló entonces de aquel Mercedes que apareció abandonado en medio de la vía, con las puertas abiertas y sin sus ocupantes.

—Ignacio estaba allí cuando llegó la policía —le reveló Samuel—. Les dijo que había salido de casa porque oyó maullar a un gato que no sabía bajar de un árbol.

—¿Dices que fue el domingo? Ese día salimos a cenar tú y yo, volví un poco perjudicada por el vino. Ahora que lo dices, me extrañó que mi hijo saliera a tirar la basura de madrugada. Además, esa noche pasó algo, no me atrevía a decírtelo.

Samuel se asombró cuando Petra le contó que dos individuos habían forzado la puerta del piso de Rosaura y que ella se encaró con los intrusos y los echó.

—¿Los echaste? ¿No pensaste que seguramente irían armados? ¿Por qué no llamaste a la policía? —le preguntó él, perplejo.

—No quería implicarme con esa gente, por eso no los denuncié. Protegía a mi hijo. Les dije que podía ser su madre, y que se largaran y nos dejaran en paz.

—Fue una temeridad —le reprochó.

—La culpa fue del vino, no sé, me envalentonó. Puede que dejes de quererme después de todo esto, pero la que se ha relacionado con esa gentuza ha sido Rosaura, no yo.

—¿Dejar de quererte? No digas tonterías, eso no va a ocurrir.

—¡Llamada de Martina! —exclamó Petra, cogiendo el móvil y activando la función de manos libres para que Samuel escuchara la conversación.

La inspectora le comunicó que el Ford Fiesta de Ignacio había sido localizado en un polígono industrial de Villaviciosa de Odón, una localidad a veinticinco kilómetros de Madrid. Se estaba inspeccionando para la toma de huellas y muestras biológicas. Le seguiría informando, le prometió.

—Entonces, ¿mi hijo no está dentro del coche?

Era una pregunta absurda; aun así, Martina tuvo la deferencia de responderle que no había nadie en el interior. Petra finalizó la llamada desalentada.

—¿Qué hace su coche en Villaviciosa de Odón? —se interrogó a sí misma, abatida.

—Vamos a volver hacia atrás —le propuso Samuel—. Cuéntame todo lo que recuerdes desde el momento en que Rosaura abandonó la cárcel hasta que dejaste de tener noticias de Ignacio. —Samuel consideró que era el único modo de ir encajando las piezas de aquel puzle endiablado.

Qué complicado les iba a resultar completarlo. Desconocían la ristra de cadáveres —nada menos que ocho— que Rosaura había dejado tras de sí desde su salida de prisión: la mujer sin nombre tiroteada, tres matones hallados muertos en una carretera de Manzanares el Real, el narcotraficante Chito, su esbirro Búfalo Bill, el sicario y Lorenzo Ordaz. Ignacio los contaba mientras lo trasladaban en ambulancia al hospital. Cómo era posible que todos los que se habían relacionado con su amiga estuvieran muertos sin que ella les hubiera rozado ni un cabello. Rosaura solo había empujado la primera ficha del dominó, citándose con Chito en el paseo de Extremadura, y eso provocó la reacción en cadena del resto. No quería verla, aunque le hubiera salvado la vida. Necesitaba distanciarse de ella, su mente se negaba a asumir todo lo ocurrido, estaba bloqueado, no había ni un solo hueco para la reflexión. El futuro inmediato se había difuminado y el presente se paseaba entre encrucijadas.

—Te voy a dejar en un callejón de Madrid donde no haya videocámaras —le había propuesto Rosaura mientras viajaban en coche hacia la capital desde el lugar del tiroteo—. Una vez allí, llama a emergencias y les cuentas que te han asaltado y te han dado una paliza. Te llevarán a un hospital. Tendrás que deshacerte de tu cartera y de tu reloj. Quédate el móvil, di que se te cayó mientras te golpeaban, no lo encontraron y huyeron a la carrera. Los ladrones deben ser rápidos para que no los pillen.

—Hablas como ellos, Rosaura.

—¿Ah, sí? Pues solo estoy intentando sacarte del escenario de la matanza. Lo más probable es que tengas la rótula rota, me importa más la atención médica que necesitas que lo que pienses de mí, aunque sea tan injusto lo que acabas de decirme.

—Lo siento. —La rodilla le estaba matando de dolor, apestaba a vómito, el mal humor era la consecuencia—. Vale, les miento y me llevan al hospital. ¿Y tú? Te ha rozado una bala en el brazo y estás sangrando. ¿Quién te va a curar?

—Yo misma, soy enfermera. No te preocupes por mí.

—No podrás volver al palomar. Es el primer sitio donde me habrá buscado mi madre y, al ver la puerta reventada, habrá llamado a la policía, o al menos, se lo contará a su guardia civil.

—¿Su guardia civil?

—Sí, tiene un novio picoleto.

—Joder... Bueno, da igual, ya me buscaré la vida.

—¿Por qué no te entregas de una puta vez?

—Ya sabes la respuesta.

Llegaron a Madrid, encontraron el callejón tras dar varias vueltas por el distrito de Arganzuela, donde estaba el palomar. Ignacio recordó que había un pasaje peatonal que comunicaba dos calles y en el que solían dormir los mendigos. Era oscuro y maloliente, siempre lo había evitado.

—Tendrás que salir solo del coche, no te puedo ayudar. Debe parecer que te acaban de robar. ¿Podrás?

—Sí, lo intentaré.

Ignacio abrió la puerta, apoyó la pierna sana y arrastró la otra. El dolor tan intenso le irradió a la cabeza y le clavó un aguijón. Reprimió un alarido.

—Ignacio...

—¿Qué?

—Me ha gustado el beso.

—A mí también.

Rosaura esperó en el coche a varios metros distancia. Supuso que Ignacio haría lo que habían acordado: se metería en el callejón, se sentaría en el suelo con la espalda apoyada en la pared y llamaría a emergencias. Cuando, al cabo de cinco minutos, vio aparecer la ambulancia y un coche patrulla de la Policía municipal, arrancó el motor. Su amigo ya estaba a salvo.

Ignacio tenía la rótula fracturada y también la nariz, le habían avanzado los sanitarios que lo atendieron en el callejón, aunque no quedaría confirmado hasta ver las radiografías. Se las hicieron cuando llegó al hospital y lo llevaron directamente al quirófano de urgencias. Había desplazamiento óseo —el golpe con la barra de hierro había sido demoledor— y era necesaria la cirugía para restaurar la rótula. Lo único positivo: se trataba de una fractura cerrada y eso mejoraba el diagnóstico.

—¿Quiere llamar a algún familiar? Debería tener algún acompañante tras la intervención —le sugirió un enfermero.

Qué vergüenza sentía. Tenía que llamar a su madre y no sabía cómo explicárselo. Había mentido con ese falso robo, estaba convencido de que los agentes de policía que acudieron al callejón habían creído su versión, pero ella captaba los embustes con facilidad, era como si llevara un polígrafo implantado en su cerebro.

—Mamá, soy Ignacio —le dijo cuando ella contestó su llamada—. Estoy bien, pero en el hospital 12 de Octubre. Me he roto la rodilla. Me van a operar.

—¡Gracias a Dios! Pensaba que te habían matado, me he vuelto loca.

—¿Matado? Se suponía que era yo quien veía demasiadas películas —rebajó la preocupación de su madre—. Cuando vengas no me montes dramas, por favor.

—¿Ha sido por culpa de Rosaura?

Ignacio cortó la llamada.

Capítulo XLVII

Entre las lecciones del fugitivo audaz que Ignacio había aprendido viendo cine, le había comentado a Rosaura: «Cuando están heridos, se cuelan en un hospital, roban una bata blanca y buscan el lugar donde se guarda el material para curas. Allí cogen lo necesario y se van por donde han venido. Nadie suele pillarlos. Si no, no habría película. Otra cosa que hacen es teñirse el pelo en un lavabo mugriento de una gasolinera, para que no los reconozcan. Pero tú ya tienes tu peluca».

Rosaura recordó el consejo. En el interior de su coche, se limpió con saliva el rostro, se atusó la peluca después de sacudirla para quitarle el polvo y las ramitas de arbustos adheridas, se palmeó la blusa y los pantalones para restarles suciedad y, finalmente, se pintó los labios con un carmín que llevaba en el bolso. Se miró en el espejo del retrovisor. Su aspecto no era el mejor, pero confió en pasar desapercibida. Se colocó la gorra con visera y arrancó el motor. Buscó en la ciudad una gasolinera abierta para repostar. Aún le quedaban quinientos euros del dinero que había cogido del ficus la última vez que estuvo en su casa. Llenó el depósito y pagó en efectivo con la cabeza gacha, para escapar de las cámaras. Finalmente, se dirigió a uno de los grandes hospitales de Madrid. Los familiares de los pacientes iban y venían en la sala de espera de urgencias —eran casi las dos de la mañana—, y se mezcló entre ellos, estirándose con los puños las mangas de la blusa para ocultar las vendas y la sangre en una de ellas. La herida de la bala le dolía y a la vez le escocía. El proyectil no había penetrado, la lesión era superficial, pero requería puntos. Por una vez, la fatalidad no había revoloteado a su alrededor, la supuso exhausta tras desplegarse con toda su potencia durante el tiroteo.

Conocía los hospitales, sabía dónde encontrar lo que buscaba. Urgencias era el mejor lugar. Los sanitarios solían estar agobiados y sobrecargados: siempre demasiados pacientes para tan poco personal. Y era un centro sanitario de una metrópoli como Madrid. Más colapso todavía. Para ella, sin embargo, suponía una ventaja. Se adentró en el pasillo donde los pacientes aguardaban en camillas esperando una radiografía, un gotero o la visita del médico. Nadie reparó en ella. Imprimió a su rostro un gesto de preocupación, como si buscara a un familiar. Pasó por delante de un carrito donde había compresas, gasas y vendas y cogió varias disimuladamente. Después, deambulando entre enfermeros, médicos y pacientes, identificó lo que creyó que era el cuarto de material de curas, pero se confundió: era el de la limpieza. Siguió intentándolo, lo encontró casi al final del pasillo. Se asomó. No había nadie en ese momento. Entró y, en poco más de treinta segundos, cogió una bolsa con hilos de sutura, un envase de yodo, dos ampollas de lidocaína y una jeringuilla. Se los metió en el bolso.

—¿Qué hace usted aquí? —la asaltó una enfermera que acababa de entrar sin que ella se diera cuenta. Tenía que ocurrir: la fatalidad había regresado.

—Me he confundido, pensaba que era el lavabo. —No se le ocurrió una excusa mejor; de hecho, pensó que era la peor. La posibilidad de coger una caja de amoxicilina para esquivar la infección ya no sería posible.

—No puede estar aquí, es una zona restringida —le advirtió la sanitaria con desconfianza.

—Mi madre ha sido ingresada esta noche, no la encuentro, no sé nada de ella. Estoy muy nerviosa, tenía ganas de vomitar y he buscado un lavabo.

—¿Cómo se llama la paciente?

—Gema de la Maza —pronunció el nombre y apellidos de su madre—. Se ha caído por las escaleras de casa y se ha golpeado en la cabeza.

—Vaya a la sala de espera y ya le avisaremos cuando pueda verla, pero aquí no puede estar —le insistió.

—¿Pero se salvará? —preguntó con angustia; estaba reviviendo el momento en el que ocurrió la tragedia.

—Si no la han llamado, es que la están tratando. Tranquilícese y espere donde le he dicho.

A Rosaura le dolió haber utilizado a su madre. «Perdóname, mamá», se excusó desde el lugar de la ausencia que había creado en su alma y que compartía con Adrián. Se alejó por el pasillo, subió dos plantas en el ascensor y, entonces sí, buscó los lavabos. En los hospitales los limpiaban muchas veces al día. Necesitaba un entorno higiénico. Entró, se lavó la herida con agua y jabón y la secó con papel del dispensador. Había dos mujeres junto a ella. Una se limpiaba ante el espejo restos de rímel que se le había descorrido —acababa de llorar, supuso Rosaura— y otra se lavaba las manos una y otra vez, abstraída en sus pensamientos.

—¿Qué le ha pasado? —le preguntó la mujer del rímel corrido al fijarse en su herida.

—Me ha asaltado en la calle un carterista. Llevo dos horas esperando en urgencias presionando la hemorragia y nadie me atiende. Estoy harta, me da miedo que se me infecte.

Sin esperar la réplica, se metió en uno de los inodoros, cerró el pestillo y se realizó la cura: desinfectó la zona, se inyectó la lidocaína en la herida, que no era grande para lo que podía haber sido. Esperó unos instantes a que el anestésico le hiciera efecto y se realizó la sutura, con primor y paciencia, intentando que la cicatriz no quedara fea; compartía espacio con las otras heridas de los brazos, las infligidas por la matriarca Ordaz. Estaban progresando bien, incluidas las suturadas, a pesar de que no les había dado descanso y las curas habían sido escasas y demasiado rápidas. Aquella mujer había perdido ya a dos de sus hijos por culpa del odio y la venganza, dos sentimientos tan venenosos como inútiles. No lamentaba la muerte de Lorenzo, que la habría matado de no haber errado el tiro, pero sí la de Miguel Ordaz. Se seguiría arrepintiendo el resto de su vida. Finalizó la cura con una gasa impregnada de yodo y aplicando a la herida un vendaje compresivo. Las vendas de los brazos las tiró a la papelera. Ya había llegado el momento de que les diera el aire y cicatrizaran del todo.

A partir de ese momento, su casa sería su propio coche. Rosaura se arriesgaba a que la policía tuviera fichada su matrícula o la confundieran con una sintecho y la obligaran a abandonar el vehículo, pero no estaba dispuesta a identificarse, ocurriera lo que ocurriera. Huiría de nuevo si fuera necesario. Nunca se había sentido tan desamparada. Ya no podía contar con Ignacio y Petra, los dos amarres que sujetaban su barco. Navegaba a la deriva.

Decidió acercarse al palomar para recoger su ropa y las pruebas contra los farmacéuticos. Un riesgo más, pero debía intentarlo. Cuando subió rápidamente las escaleras, confiando en que la puerta siguiera desencajada y pudiera entrar, se encontró con que había sido reparada y se había cambiado la cerradura. «Petra», la nombró en voz alta. Estaba segura de que había sido ella y, aunque frustrada, lo consideró lógico: no iba a dejar el palomar expuesto a que cualquiera pudiera entrar en el refugio de su hijo y robarle sus tesoros.

Condujo hacia Chamartín, no se apartaría de la farmacia, vigilaría a los demonios, esperando esas salidas nocturnas de Mario. En la última, murió apuñalada otra chica, también una latinoamericana. Racista, pervertido, depredador, asesino, la fuente de sus desgracias. Estaba tan segura de que era un monstruo que solo pensaba en el modo de darle caza. Cuando se dirigía hacia allí, pasó por delante de una tienda abierta las veinticuatro horas. Compró todo lo necesario para la que sería su nueva casa: su coche. Se llevó patatas fritas, Coca-Cola, agua, galletas, productos de aseo y un par de esos vasos que, al agitarse, permiten tomar un café caliente. Regresó al Opel y, sin saber por qué, pensó en Endora, la pobre mendiga que se divertía asegurando que era una bruja de la tele. Se preguntó cuál sería su pasado y por qué había llegado a esa situación de soledad y desamparo. La vida y sus cambios tan vertiginosos, tantas veces crueles. Un día Rosaura era enfermera, otro perdió a su hijo, al siguiente ingresó en prisión y ahora dormía en un coche, sin saber qué sería lo próximo que le tenía reservado la vida.

Capítulo XLVIII

No fueron Ignacio y Rosaura los únicos heridos durante aquella noche. Habían salvado la vida, pero la muerte continuaba acechando, aunque se iba a tomar su tiempo.

De madrugada, la banda de la Gata dio el golpe en la joyería del barrio de Salamanca, el más exclusivo de la ciudad. Ya la habían vigilado, habían estudiado el tipo de puerta de seguridad y las vías de escape, lo tenían todo listo para cuando les avisaran. Y recibieron el okey para activar el atraco. Horas antes, al anochecer, en una cafetería de Madrid, un hombre tomo un café, pagó y se fue. Antes de que llegara el camarero, la Gata, de nuevo con peluca —esta vez de cabellos castaños ondulados, discreta, media melena—, se sentó a esa misma mesa y cogió un pequeño papel arrugado que parecía un tique y que el individuo había dejado junto al platillo del cambio. Lo desdobló con disimulo. Ahí estaba escrita la combinación de la caja fuerte y la hora exacta en la que debía producirse el atraco: las diez y veinte de la noche. Tan fácil como eso. Guardó el papel en el bolso, pidió una copa de verdejo, se la tomó tranquilamente, abonó la cuenta y salió del local.

A la hora convenida Rolo empotró un potente Range Rover robado contra la puerta metálica de la joyería. Lo hizo con tal violencia que le bastaron dos intentos para derribarla, embebido de adrenalina, creyéndose el rey de los alunizajes. Se llevó por delante la puerta y también medio escaparate. El estruendo resonó en toda la avenida. Disponían de poquísimo tiempo. Otro vehículo esperaba fuera y de ahí salieron Jaral, Pancho y Darío, mientras Telerín aguardaba al volante, al igual que la Gata en un Audi, aparcado a varios metros para dar aviso por si aparecía la policía. Tenían dos minutos, los que tardarían los coches policiales en llegar tras saltar la alarma, que ya se había activado y sonaba sin concederles un respiro. Cubiertos de los pies a la cabeza para no ser identificados, entraron en la joyería. Llevaban un ariete para derribar la puerta del despacho, pero no fue necesario: sorprendentemente, estaba abierta. Otra sorpresa: había un hombre allí dentro. Con una tranquilidad que les desconcertó, levantó las manos al verlos.

—¿Quién narices eres tú? —le preguntó Rolo, confundido.

—Soy el dueño. No me hagan daño, estaba haciendo inventario. —No parecía asustado, al alunicero y a sus colegas les dio la impresión de que les estaba esperando.

Más sorpresas: la caja fuerte también estaba abierta, no iba a ser necesaria la combinación. Los aluniceros se miraron entre ellos, perplejos.

—Vamos, no hay tiempo para pensar —les apremió Rolo.

Mientras Jaral, Pancho y Darío iban a por el contenido de la caja, el hermano de la Gata tumbó al joyero de un fuerte puñetazo que lo dejó inconsciente. Lo maniató de pies y manos en pocos segundos. No acababa de fiarse de aquella extraña situación.

Rápidamente, cogieron todo lo que había en el interior, ese era el encargo. Tres bolsas de terciopelo —por el peso, liviano, dedujeron que contenían piedras preciosas, quizá diamantes—, dos cajas específicas para relojes, con seis Rolex de oro en cada una, y cinco pulseras de brillantes guardadas en un joyero. Además, dos fajos de billetes de quinientos euros. No dejaron nada. Lo metieron todo en una mochila que Rolo se colgó a la espalda. El atraco había finalizado con éxito, a pesar de lo extraño que había sido.

Huyeron con el botín cuando ya se oían las sirenas de los coches policiales. Estuvieron al filo, habían sobrepasado los dos minutos. El encuentro con el joyero les había entretenido. Dejaron el Range Rover empotrado dentro de la joyería, se subieron al vehículo en el que les esperaba Telerín y desaparecieron por una bocacalle. La Gata lo hizo por otra distinta. Se reunirían en el punto de encuentro que habían pactado: a las afueras de la localidad madrileña de Fuenlabrada, en una urbanización fantasma, una de tantas cuyos promotores abandonaron a medio construir tras la crisis de 2008, cuando los bancos cortaron el grifo de la financiación. En aquel paraje espectral de decenas de chalés vacíos, todos alineados como un ejército de soldados gigantes de hormigón, se realizó la transacción. Cuatro hombres esperaban a la banda de la Gata en una furgoneta de color negro. Mientras Rolo les entregaba la mochila con el sustancioso botín —cuyo contenido comprobó uno de ellos, apartándose unos metros de la banda—, la Gata recibía un maletín con ciento cincuenta mil euros. Lo abrió y revisó los billetes, usados y sin números de serie correlativos, como habían convenido. Los individuos hablaban ruso entre ellos, aunque chapurreaban el español.

—¿Qué hacía el joyero dentro? —les preguntó Rolo.

—No preguntar —le respondió uno de ellos.

Cuando terminó la operación, en menos de un minuto desaparecieron todos los vehículos y se perdieron en la noche.

—¡Joder, joder, joder! ¡Qué guapo el golpe! —exclamó Rolo sirviendo champán bien frío en varias copas—. Nos lo han puesto tan fácil que pensé que era una encerrona.

—Pero ¿qué ha pasado en realidad? ¿Por qué tan fácil todo? —preguntó Darío.

—Los rusos se han quedado con el botín —le respondió la Gata—, nosotros con el dinero y el joyero, imagino, con una sustanciosa declaración de robo a la compañía de seguros. ¡Pero qué más nos da a nosotros!

Todos brindaron con alegría: la Gata, Jaral, Telerín, Pancho y Darío. Lo habrían celebrado en un buen restaurante con una mariscada, pero la situación de fugitivos de los dos hermanos les obligó a festejar el éxito en el ático de la Gata y Rolo, en el barrio de Argüelles, en el centro de Madrid y con vistas al parque del Oeste, un lugar privilegiado cuyo elevado alquiler —siempre a nombre de un testaferro— podían costearse sin esfuerzo. La vivienda tenía cerca de doscientos metros cuadrados, incluida una terraza que rodeaba el apartamento. Envueltos en el jolgorio de risas, chistes fáciles y anécdotas de otros alunizajes, además del reguetón a alto volumen de *Lo malo*, interpretado por Ana Guerra y Aitana, el éxito del momento, no se dieron cuenta de que alguien estaba intentando forzar con una palanca la puerta de la vivienda, alejada del salón donde estaban todos reunidos. Felipe Nunes, malherido pero en pie y con bravura, irrumpió en el salón empuñando una pistola. Sin darles tiempo a reaccionar, avanzó raudo hacia Rolo apuntándole con el arma, una Walther de nueve milímetros Parabellum.

—¿Ahora quién va a matar a quién? —le gritó el portugués.

Todos se quedaron quietos y expectantes. Cualquier movimiento podría acabar a tiros. Sin embargo, Rolo, que siempre había sido un kamikaze, hizo algo que no esperaba el carterista: se abalanzó sobre él y le dio un golpe en el brazo con el que empuñaba el arma para desarmarlo. No logró quitarle la pistola, pero sí desviar el disparo: la bala hizo diana en la pared y el impacto descolgó un póster enmarcado de las nativas haitianas pintadas por Paul Gauguin. El hermano de la Gata aprovechó el estruendo para arrebatarle la Walther, pero el portugués, que no se rendía, logró recuperarla y le disparó a Rolo en medio del forcejeo. La bala le atravesó la palma de una mano, momento que aprovecharon Jaral y Pancho para asaltar al agresor por la espalda y derribarlo al suelo. Con la mano ensangrentada, Rolo se apoderó de la pistola y lo encañonó.

—¿Y ahora quién va a matar a quién? —le dijo él con la ira incendiando su espíritu.

—He recordado la cara de quien se cargó a Malena —aseguró el carterista, en un intento desesperado de escapar a la muerte.

—¿Ah, sí? Qué casualidad que me lo digas cuando estoy a punto de matarte. —Su mano izquierda goteaba sangre y ya estaba manchando el suelo.

—Tiene los ojos como huevos, saltones. Me fijé, te lo juro que son así.

Jaral fue inmediatamente hacia su bolso, sacó su móvil, deslizó su mano sobre la pantalla y se la mostró a Nunes.

—¿Es este? —Era una de las fotos que le hizo al farmacéutico cuando salía del burdel. La amplió, se la enseñó.

—Sí, los mismos ojos, es él. Parece que le vayan a salir disparados de los agujeros. Lo siento, Rolo. —Lo miró, suplicante—. Esta mañana casi me matas de una paliza. ¿Qué querías que hiciera? Tenía que vengarme.

—No lo hagas, hermano —le pidió la Gata—. Es un mierda, qué más te da.

—¿Cómo has sabido dónde vivo?

—Me lo ha dicho Telerín —aseguró.

Todas las miradas se centraron en el acusado por el portugués, salvo la de Rolo, que no desviaba la vista del carterista.

—Eso es mentira, ¿vais a creer a un cutre como él? Lo he visto dos veces en mi vida, no es nadie —se defendió el alunicero.

—El que miente es él. Sí nos conocemos, su novia es hermana de un colega —reveló Nunes—. Va diciendo por ahí que lo ninguneáis, que lo dejáis de segundón, que lo mejor siempre se lo lleva Rolo. Le he llamado y no le ha costado nada decirme dónde vives.

—¿Es cierto eso, hijo de puta? —le preguntó la Gata a Telerín.

—¿No os dais cuenta? Quiere salvarse y está poniendo en marcha el ventilador para desviar el olor de su mierda —argumentó a su favor.

—Tu novia se llama Lisa y vive en San Sebastián de los Reyes, en la calle Nauplia, 59 —afirmó el portugués para demostrar que estaba diciendo la verdad.

La Gata se acercó a Telerín, le cogió la cara con una mano, la presionó sobre la piel y le clavó sus largas uñas sobre los pómulos.

—Estás fuera de la banda. No vas a ver ni un euro del golpe de esta noche. Lárgate de aquí antes de que te lance por la terraza. Mi hermano podría estar muerto por tu culpa. Y cuidado, cualquier chivatazo que nos arruine un golpe, venga de donde venga, pensaré que has sido tú, iremos a por ti y acabaremos contigo.

Se oyó entonces un tiro. Mientras su hermana expulsaba a Telerín de la banda, Rolo había cogido un cojín del sofá, lo había colocado sobre el rostro de Nunes y le había disparado a bocajarro.

—Lo siento, no me quedaba tranquilo si no lo hacía —dijo en su descargo.

—Joder, se te va la pinza. ¿Y ahora qué hacemos con él? —le reprochó la Gata—. Era un desgraciado, te has manchado de sangre por un puto piojo cuando acabamos de dar un golpe de los buenos. ¡No controlas, como siempre!

—Me ha atravesado la mano derecha. ¿Tú crees que voy a poder a conducir como antes? Pues yo creo que no. Me ha jodido bien jodido.

Capítulo XLIX

La inspectora había llegado muy temprano a la oficina, aún no había amanecido. Pero necesitaba la calma suficiente para concentrarse y a aquellas horas estaría prácticamente sola, sin llamadas, sin reuniones. Ocurría que en el informe preliminar de la autopsia de Malena se habían hallado trazas de dos materiales que aparecieron en otra de las víctimas, la venezolana Elizabeth Cardoso, y también en Adrián, el hijo de Rosaura. A la inspectora ya le parecieron extravagantes en su momento y ahora se lo seguían pareciendo: espuma de poliuretano y arcilla. Se habían aislado en la incisión provocada por el cuchillo en el tejido muscular cardíaco de las tres víctimas; en cantidades insignificantes, sí, pero ahí estaban. Su presencia podía deberse a una transferencia, se reseñaba en los informes; eso quería decir que el arma homicida había estado en contacto con esos componentes en algún momento. No aparecieron, sin embargo, en las autopsias de la brasileña Joana y la colombiana Luz Marina, tampoco en la de Graciela, a la que Martina había incorporado al expediente del caso. Seguía creyendo que ese crimen se debía a un ajuste de cuentas, pero decidió que no debía enrocarse en esa idea y, por el contrario, abrir la mente a otras posibilidades. Nada de prejuicios, nada de descartar caprichosamente a una víctima por el mero hecho de estar relacionada con la banda de la Gata. Si había incluido a Adrián, el único varón en una serie de asesinatos de mujeres, por qué no a la brasileña. Había cometido un error, ella y todos los de su grupo, pues nadie cuestionó en su momento apartar a Graciela de la investigación. Ahora necesitaba poner sobre la mesa todas las cartas y comenzar de nuevo el juego.

La espuma de poliuretano se utilizaba para rellenar y sellar huecos de todo tipo: junturas, montaje de puertas y ventanas, reparación de tejas, sellado de tuberías o colocación de paneles aislantes. Al secarse, se convertía en un material rígido e impermeable. En cuanto a la arcilla, sus usos eran igualmente amplios en el modelaje, tanto artístico como industrial. En las diligencias realizadas en cada caso, se había afinado tanto que incluso se identificó al fabricante de esa espuma, pero el producto se vendía en todas las ferreterías y centros de bricolaje del país, era imposible investigar a todos los compradores, cientos de miles. Lo mismo sucedía con la arcilla. Se dedujo que el arma homicida podría pertenecer a alguien aficionado al bricolaje, porque esos materiales de transferencia no estaban desde luego en el cajón de los cubiertos o en el soporte para cuchillos de cualquier cocina. Al no obtenerse resultados factibles, ese indicio dejó de investigarse para centrarse en otros con mayores posibilidades, ante la dificultad casi insalvable de encontrar una aguja en un pajar.

Cuando el día anterior realizó el registro encubierto de la vivienda de Cecilia y Mario Garcilosa, no vio nada en esa casa relacionado con el bricolaje, aunque no entró en todas las habitaciones, no le estaba permitido sin una autorización judicial; bastante había logrado con el hallazgo del Lilienthal Berlin, el mismo modelo que llevaba Adrián cuando fue asesinado, aunque la foto en el móvil no le solucionaba nada, tan solo que los farmacéuticos poseían un reloj idéntico al de la víctima. Ni ese ni los materiales transferidos por alguna razón al cuchillo homicida eran suficientes para motivar la petición al juez, pero estaba decidida a intentarlo.

Había algo perturbador en aquella pareja de boticarios. Revisada también la autopsia de Esteban Garcilosa, la inspectora constató que falleció de un paro cardíaco repentino mientras dormía y cuyo origen, se señalaba en el informe, podía ser compatible con un componente hereditario, ya que su padre falleció del mismo modo. No se encontraron lesiones cardíacas previas, el hombre estaba sano y sin patologías asociadas. Conclusión: muerte natural. No había nada que hacer. Martina no podía investigar por ese lado, lo intentó por otro: María Garcilosa, la hija de Esteban. Pero tuvo que interrumpir la búsqueda. Recibió una llamada de Petra, la madre de Ignacio.

—Disculpa que te telefonee tan pronto. —Eran las ocho de la mañana—. Mi hijo ha aparecido, está ingresado en el hospital.

Ayer de madrugada le robaron en un callejón y le dieron una paliza. Tiene fracturada la rodilla y también la nariz.

—Al menos está bien, dentro de lo que cabe —la reconfortó la inspectora—. Gracias por avisarme.

—Sé que Ignacio miente, Martina. Creo que todo lo que le ha ocurrido está relacionado con Rosaura y los delincuentes con los que trata. No me ha sabido explicar por qué su Ford Fiesta apareció en un polígono industrial de Villaviciosa de Odón, como me dijiste ayer. Sigue estando en peligro. Los mismos que le dieron la paliza pueden volver a por él —le expresó, angustiada—. ¿Puedes interrogarle, a ver si a ti te cuenta la verdad y podéis hacer algo?

—Petra, si ha ocultado o encubierto a una fugitiva, eso es un delito —le advirtió.

—Pues lo asumirá. En cualquier caso, no entrará en prisión porque no tiene antecedentes y porque tendrá un buen abogado, pero al menos estará a salvo de esa gente si os centráis en ello.

Petra telefoneaba a Martina desde el pasillo del hospital. Estaba tan enfadada con su hijo, y tan decepcionada y dolida con Rosaura, que la habría abofeteado si se la hubiera encontrado.

—Convéncelo para que cuente la verdad —le había aconsejado Samuel, quien tampoco se había creído la versión de Ignacio.

—Ven conmigo al hospital —le pidió Petra antes de salir de casa para encontrarse con su hijo.

—No sería lo correcto, aún no hemos hecho oficial lo nuestro y ayer, cuando me lo presentaste, me pareció que el encuentro conmigo no le resultó agradable.

—Él es muy suyo, no tiene demasiadas habilidades sociales, por no decir que ninguna.

—No pasa nada. Estaré pendiente del teléfono, llámame las veces que sea necesario.

Guiada por Samuel, Petra ya le había contado a Martina todo lo que recordaba desde que Rosaura salió de prisión hasta que Ignacio se dirigió a una comisaría para delatarla. Había muchas lagunas, salvo el ataque de los Ordaz y esos dos matones que entraron en casa de su vecina. Durante esos días, Ignacio apenas había aparecido por casa. Tampoco nada le había llamado la atención a su madre cuando los tres compartieron el viaje de regreso a Madrid desde Barbastro. Lo que ambos se llevaran entre manos, solo ellos dos lo sabían. La angustia excitaba la imaginación de Petra del peor modo: temía que, como en el cine y los telefilmes, alguien se colara en la habitación de su hijo en el hospital y lo matara para que no contara lo que sabía. Estaba decidida a presionarle aún más; no descansaría hasta que le confesara quiénes le habían dado esa paliza y por qué. Sin embargo, cuando entró en la habitación tras finalizar la conversación con la inspectora, se encontró con dos mujeres junto a la cama de Ignacio. No eran enfermeras. Iban vestidas con ropa de calle. Una era muy joven, no había cumplido los treinta. La otra era más mayor, sobre los cuarenta.

—¿Quiénes son ustedes? —les preguntó, con desconfianza.

—Soy la sargento Isabel Herrero. —Le mostró su placa; Petra se acercó y la escrutó con la mirada para asegurarse de que era real—. Pertenezco al Equipo de Delincuencia Organizada y Antidroga de la Guardia Civil. Me acompaña la guardia Sofía Pinar, de la Unidad Técnica de Policía Judicial. ¿Es usted la madre de Ignacio?

—Sí, ¿qué quieren? —persistió en su suspicacia.

—Hacerle unas preguntas a su hijo.

—Es que a mí no me interesa, gracias, ya se lo he dicho —replicó Ignacio, como si alguien acabara de ofertarle por teléfono una línea de internet.

—Le molestaremos lo menos posible, pero es importante. ¿Puede contarnos qué hizo ayer y dónde estuvo a lo largo del día? —le interrogó la sargento.

—Pues no lo sé, todo lo anterior a la paliza que me dieron en el callejón lo tengo borroso. Es obvio que tengo un trauma, quién no lo tendría —se limitó a decir, encogiéndose de hombros.

Ignacio se resistía, no quería salirse ni una coma de su versión para evitar que lo relacionaran con los narcos, y menos delante de su madre, que lo miraba con severidad. Habría entendido que la inspectora Martina le hubiera interrogado, pero la Guardia Civil... ¿Qué hacían allí, qué sabían y por qué?

—¿Le importa dejarnos a solas con su hijo? Solo serán unos minutos —la invitó la sargento, que había captado un cruce de miradas entre ambos. Le pareció que él estaba demasiado pendiente de su madre.

Petra se negó al principio, pero la guardia civil insistió con amabilidad, aunque con firmeza. Finalmente, abandonó la habitación.

—Podemos ayudarle a hacer memoria sobre lo que hizo usted ayer, ¿verdad, Sofía? Cuéntele, por favor.

—Sí, por supuesto, mi sargento —respondió, sorprendida de que le permitiera participar en el interrogatorio.

La joven le reveló a Ignacio hechos que desbarataban de un modo incontestable su versión. El primero de ellos: su cartera había sido hallada por una senderista en una arboleda cercana a la carretera de los pantanos, a diez kilómetros de San Martín de Valdeiglesias. El segundo: el Ford Fiesta del que era propietario había aparecido en un polígono industrial de Villaviciosa de Odón. Eso ya lo sabía Ignacio. Martina se lo había dicho a su madre y él se lio con respuestas evasivas que acrecentaron las sospechas de Petra de que no estaba diciendo la verdad. Habló ahora de nuevo la sargento:

—Me pregunto cómo llegó usted a Madrid desde Villaviciosa de Odón para luego, de madrugada, meterse en ese callejón en el que asegura que le robaron y le dieron una paliza. Y otra duda que tengo: ¿por qué los carteristas tiraron su billetero a más de cuarenta kilómetros de la capital? Sin el dinero, es verdad, pero con su tarjeta de crédito y su carné de identidad. Y, además, y sorprendentemente, no le robaron el móvil. Es una coartada muy endeble la suya, ¿se da cuenta?

En las películas, los detectives que interrogaban al sospechoso recibían una llamada en ese momento, quizá por un delito que requería su presencia urgente, y eso le daba un tiempo para reflexionar sobre sus respuestas y mejorar su coartada. Pero no ocurrió así. Las dos guardias civiles aguardaban expectantes lo que tenía que decirles. El estrés emocional de la huida les hizo cometer errores, aceptó Ignacio. Tenía que haberse desprendido del móvil y, sobre todo, no lanzar la cartera por la ventanilla del coche tan cerca de San Martín de Valdeiglesias, y mucho menos con su tarjeta de crédito y su carné de identidad dentro. Ahora se sentía perdido, señalado, atrapado sin ninguna vía de escape creíble. Cuando un soldado se hallaba rodeado por el enemigo, no le quedaba otra que alzar el pañuelo blanco de la rendición. No era tan valiente como el teniente John Dunbar, interpretado por Kevin Costner en la película *Bailando con lobos*, cuando atravesó a galope sobre su caballo la franja del frente que separaba a ambos ejércitos en la guerra de Secesión, una osadía de la que salió milagrosamente vivo, pero ese no iba a ser su caso. Rosaura le había salvado la vida, pero Ignacio sentía una necesidad acuciante de decir la verdad. En aquel tiroteo hubo cuatro muertos, si contaba también a Búfalo Bill. No iba a dejar que se los adjudicaran a él o a su amiga.

—Me secuestraron. Todos odiaban a Rosaura y yo estaba en medio —comenzó así su confesión.

Les contó entonces a las dos guardias civiles la cita a la que acudió Rosaura tras salir de prisión para encontrar alguna pista sobre el crimen de su hijo. Allí empezó a torcerse todo: la mujer asesinada por dos motoristas, los recelos del narcotraficante hacia Rosaura, el secuestro, el tiroteo en aquel hotel abandonado.

—Me torturaron, me rompieron la rodilla con una barra de hierro. Ella acudió para salvarme, pero empezaron a dispararse entre ellos. No quedó ni uno vivo y huimos de allí. No tenemos nada que ver con esa gente.

—¿Quiénes participaron en ese tiroteo? —le preguntó la sargento, aunque ella sabía perfectamente qué es lo que había ocurrido en aquella guardería de droga.

—Lorenzo Ordaz, el hermano del chico al que embistió y mató Rosaura, pensando que era el asesino de su hijo. Apareció allí de repente y le disparó a ella, pero la bala la recibió Chito, el narcotraficante. Fue el primero en morir. Entonces, el sicario del narco ametralló a Lorenzo, quien antes de fallecer le pegó un tiro y lo mató. Cuando huimos de allí, encontramos tiroteado y muerto a otro de los matones de Chito, que se parecía a Búfalo Bill. Aquello fue dantesco, lo vivimos como si hubiéramos sufrido un atentado terrorista.

Ignacio se sintió aliviado, tanto como cuando Adela Quested —la actriz Judy Davis—, en el film *Pasaje a la India*, dirigido en 1984 por David Lean, confiesa la verdad en un juicio por violación. En aquel momento, en una secuencia que a Ignacio le parecía realmente hermosa, empieza a llover sobre la claraboya del juzgado de Chandrapore y Adela eleva la mirada y suspira al ver los primeros goterones caídos del cielo, libre ya de la carga moral que la había atenazado durante todo el juicio.

—¿Dónde está Rosaura? —le preguntó la sargento.

—No lo sé, les digo la verdad. Ella me dijo que no me preocupara, que ya se buscaría la vida. Intenta encontrar al asesino de su hijo. Si la encuentran y la arrestan, le harán un favor.

Ignacio obvió mencionar la historia con los farmacéuticos; le parecía tan rocambolesca y sórdida que pensó que restaría credibilidad a su confesión. Además, y aunque le pesara, debía darle una oportunidad para que encontrara al asesino. Era una contradicción, porque había estado a punto de entregarla, pero le debía la vida. Ese sentimiento de gratitud pesaba más en él que todo lo que pudiera reprocharle a su amiga.

—Cuando se recupere, le citaremos a declarar, Ignacio —le comunicó—. Le dejo mi tarjeta por si recuerda algo más. —Se la tendió.

—¿Ustedes han visto a esos muertos?

—¿Por qué lo pregunta?

—Porque, en ese caso, comprobarán que todos tienen restos de pólvora en las manos. Se mataron unos a otros. Las mías están limpias. —Se las mostró—. Pueden examinarlas si lo necesitan.

—Lo tendremos en cuenta. Gracias por su tiempo —se despidió así la sargento.

Ambas guardias civiles salieron de la habitación. Petra, que aguardaba en la puerta, entró enseguida y se acercó a su hijo.

—¿Qué les has dicho?

—La verdad.

Ignacio le relató lo que les había confesado. A Petra le horrorizó lo que escuchó, pero sintió que, al fin, se alejaba el caos de aquella habitación y de su propio hijo. Solo entonces, y no antes, le contó que una productora se había interesado por uno de sus guiones. Era el premio por haber hecho lo correcto. El castigo por mentirle había sido no comunicárselo hasta ese momento.

Las casualidades pueden ser bendecidas por el don de la oportunidad o todo lo contrario. Cuando Sofía y la sargento se dirigían al ascensor del hospital, se cruzaron con la inspectora. Suegra y nuera se sorprendieron al encontrarse. Martina incluso se asustó.

—¿Qué haces aquí? ¿Estás bien? ¿Te ha pasado algo? —le preguntó con inquietud, pensando en su embarazo.

—Tranquila, estoy bien. Te presento a mi sargento Herrero. —Las dos mujeres se estrecharon las manos y se dedicaron una leve sonrisa como gesto de cortesía—. Martina es mi suegra —le comentó a su superior—, la madre de Daniel. Es inspectora del Cuerpo Nacional de Policía.

—¡Ah!, encantada —la saludó la guardia civil.

—Estamos aquí por trabajo. —Sofía no iba a revelarle a quién acababan de interrogar; la discreción formaba parte de su oficio—. ¿Y tú?

—Yo también he venido aquí por lo mismo, qué casualidad.

No podían imaginar que, en realidad, ese trabajo consistía en interrogar a la misma persona, Ignacio. Sin saberlo todavía, el caso que investigaba una tenía conexiones con el que investigaba la otra. Al azar le divertía que suegra y nuera compartieran de algún modo las pesquisas.

Capítulo L

Rosaura se sorprendió al despertarse y mirar su reloj: las doce de la mañana. Había dormido casi diez horas, exhausta tras los acontecimientos violentos y vertiginosos del día anterior. La luz del nuevo día penetraba por las ventanillas del coche, pero ella había permanecido en la penumbra: se había acostado en el asiento trasero del Opel, cubierta con un parasol para que nadie la viera en esa situación, sobre todo la policía. Había logrado aparcar relativamente cerca de la farmacia, no enfrente, pero sí en un lugar desde donde podía vigilarla a corta distancia. ¿Vigilarla para qué?, se preguntaba. No lo sabía, pero debía estar atenta a cualquier movimiento de los farmacéuticos, sobre todo de Mario. La última vez que lo vio, salió de casa de noche y, al día siguiente, encontraron apuñalada y muerta a Malena —no olvidaba su nombre—, a solo quince minutos en coche de la farmacia.

Necesitaba asearse, y lo hizo en los lavabos de la cafetería blanca. Agua y jabón, peinado de su peluca, cepillado de dientes, desodorante, crema hidratante en la cara, cura de la herida de bala, vendaje limpio, carmín en los labios para sentirse persona. Desayunó: esta vez, una tostada con tomate, aceite y sal. Tenía hambre. De la comida que guardaba en el coche solo había probado unas galletas y un botellín de agua la noche anterior. Le preguntó a la camarera si había algún bazar chino cerca. Lo había, a tres manzanas de allí. Su blusa y sus pantalones le conferían un aspecto de desaseo, estaban manchados de tierra y también de algunas gotas de sangre —la suya, posiblemente también la de Chito—, aunque el color azul de la blusa las enmascaraba en forma de lamparones oscuros. Se compró dos sudaderas, dos pantalones de licra, tres camisetas de distintos colores —fucsia, azul, negro— y ropa interior. Se vistió con lo nuevo en el probador, echó a una bolsa la ropa sucia y la tiró a una papelera que encontró por el camino al salir del bazar. Aseada y estrenando sus prendas, sintió que había recuperado algo de su dignidad, no llevaba bien vivir en un coche.

Pasó todo el día en la cafetería blanca y en la otra que también había utilizado en varias ocasiones. Se trataba de no permanecer demasiado tiempo en cada una, para no evidenciar que no tenía dónde caerse muerta, como vulgarmente se dice de alguien sin hogar ni arraigos. Decidió contactar con Ignacio, quería saber cómo se encontraba. Desconocía qué había sido de él desde que lo dejó en el callejón la noche anterior.

Hola, soy Julia. ¿Cómo estás?

Saludó a Ignacio a través del Messenger con su nombre falso, por si acaso. Su amigo no tardó en contestar.

Bien. Me quedan aquí unos días. Julia...

¿Qué ocurre?

Él le comentó en clave:

Les he contado la película que vimos ayer. Estaban muy interesados.

Rosaura captó el mensaje: Ignacio había confesado la verdad. Entendió que la versión del callejón no había funcionado. Escribió, repentinamente angustiada:

¿Quiénes estaban interesados?

> Pues varios. La familia, nuestra amiga que siempre viste de azul y nuestras otras dos amigas que siempre visten de verde.

Policía nacional, Guardia Civil, estaba segura de que se estaba refiriendo a ambos cuerpos policiales. A la inspectora Martina, seguro, pero ¿y esas dos guardias civiles? ¿Qué pintaban en el caso?

> No me apetecía contarles la película, que además no nos gustó nada, pero insistieron tanto que tuve que hacerlo. Por cierto, una productora está interesada en uno de mis guiones, *La incertidumbre*.

Rosaura no leyó las últimas líneas, preocupada por lo que les hubiera contado, alarmada por si la buscaban y, peor, por si la encontraban. Sin felicitarle, le preguntó:

> ¿Les has hablado de mí?

> Me preguntaron, pero no dije nada, no sé dónde andas. ¿No me felicitas?

> ¿Por qué?

> Tengo que dejarte. Vienen a pincharme.

Ignacio cerró el Messenger. Rosaura revisó el hilo de comentarios, se dio cuenta de su torpeza y reaccionó enseguida: «Me alegro mucho por lo de tu guion. Te lo mereces. Cuando tú eres feliz, yo también», le escribió. Su amigo no contestó. Lamentó su metedura de pata, pero la confesión de Ignacio la colocaba en una situación muy delicada, viviendo en un coche, expuesta a que cualquier coche patrulla la descubriera. Tenía previsto llamar a Martina, seguía sin saber qué había encontrado en casa de los farmacéuticos, pero ya no se atrevió a hacerlo.

En aquellos momentos, en la farmacia, Mario y Cecilia interpretaban con esmero y dedicación su papel de ángeles. Atendían amablemente a sus clientes, se interesaban por su salud, tomaban la tensión, aconsejaban. Habían encargado al *catering* del mediodía un ceviche de gambas, un solomillo Wellington y flores de chocolate blanco con salsa de moras. Les molestaba no poder hablar de sus cosas durante sus comidas y cenas sibaritas; a pesar de que habían buscado más cámaras por la casa, no encontraron ninguna más. Aun así, se divertían conversando sobre tonterías para desconcertar a quienes les estuvieran escuchando y grabando.

—A la vejez, viruclas. Nunca he entendido ese refrán —comentó Cecilia, degustando el ceviche tras sentarse a la mesa los dos al mediodía.

—¿Viruelas? ¿Qué tienen que ver con la vejez? No lo había oído nunca, pero hay uno que para mí es un misterio: «Cuando seas padre, comerás huevos». Y antes, ¿qué pasa? ¿No puedes comerte un huevo frito hasta que no tengas hijos?

—¿A quiénes se les ocurren esos refranes sin sentido?

—Son anónimos, Cecilia.

—Lo sé, era hablar por hablar, pero al ser anónimos, se puede afirmar lo que a uno le dé la gana porque nadie da la cara, como en las redes sociales.

—¿Y ese de «¡Vivan las cadenas!»? ¿A qué idiota se le ocurrió? —se preguntó Mario, riéndose tras comerse una gamba.

—Sí, es uno de los más absurdos. Es como decir, me encanta ser esclavo o mi gran sueño es ir a la cárcel.

Tras soltar todas aquellas ocurrencias, sin filtros, se echaron una siesta, pero antes se dedicaron al sexo, violento incluso, porque les excitaba que alguien los estuviera observando. Los demonios ahora actuaban como sátiros y después volverían a ser ángeles, cuando regresaran a la farmacia por la tarde tras darse una ducha y perfumarse los dos, Mario con Loewe y Cecilia con el Poison de Dior. Le gustaba más el Chanel N.º 5, pero era el que siempre le regalaba Esteban y le recordaba al marido muerto, no porque le doliera su ausencia, sino porque nunca lo soportó.

Aburrido, metódico, hogareño, «un muermo», como ya le había asegurado Mario. Esteban le parecía inaguantable. Le daba asco observar cómo colocaba por colores sus calcetines dentro del cajón de la cómoda del dormitorio, y aún más cuando se entretenía ante el espejo pasándose el hilo entre los dientes, con esa mueca que parecía una risa, grotesca, patética. Ella a quien quería era al hermano, aunar sus maldades sin que uno juzgara al otro, deleitarse haciendo daño y humillando a los elegidos por ellos. Pero acabó casándose con Esteban porque le convenía. Las razones formaban parte del folletín familiar que ella misma había alimentado.

Esteban era el favorito de la madre. Viuda y con dinero —no solo era la propietaria de la farmacia, sino que poseía en usufructo las acciones del padre en diversos fondos de inversión—, quería que su hijo mayor heredara la farmacia tras estudiar la carrera. También había decidido legarle las acciones. «A mí me deja dos pisos en Villanueva de la Cañada y la legítima de la herencia —se quejaba Mario ante Cecilia—. Ella piensa que me fundiré la fortuna en un visto y no visto, que podría ser, porque me considera un vividor, que también. Pero soy el que soy, no puedo cambiar. La he intentado chantajear con extender el rumor entre sus amistades sobre cómo murió realmente mi padre, que no fue en su cama y como un señor respetable, pero eso ha empeorado aún más las cosas». Su madre lo amenazó con dejarle solo la legítima en el testamento y adjudicar a su hermano los pisos de Villanueva de la Cañada, cerca de Madrid, con zonas residenciales caras y exclusivas. «Ahora apenas me dirige la palabra. Maldita bruja boticaria», la insultó su hijo.

—Rómpele el saque —le propuso Cecilia.

—¿Qué quieres decir?

—Simula que has cambiado, estudia Farmacia como tu hermano, eres inteligente, con un poco de esfuerzo te la sacarás sin sufrir. Tu objetivo debe ser que cambie el testamento y divida en partes iguales la herencia. Conviértete en un chico formal como Esteban, sorpréndela.

Mario lo intentó, se manejaba bien en el cinismo; acabó la carrera incluso, y con notas dignas. Sin embargo, su madre lo conocía más de lo que él creía: «No me fío nada de ti, por mucho que finjas que has cambiado. Siempre serás el mismo. Te fundirás todo lo que recibas de mí, así que, cuanto menos te dé, mejor. Esteban administrará el patrimonio familiar y lo mantendrá a salvo de tus bolsillos rotos», le comunicó, sin perder la calma ni pedir disculpas por, prácticamente, desheredarlo.

Cecilia acabó casándose con Esteban, el heredero, a pesar de la oposición de la madre, que veía en ella una réplica en femenino de Mario. Enamoró al hermano ya en la primera cita. Era guapa, resuelta, aparentaba tener clase, sabía poner cara de embobada cuando él la miraba, le regaló una primera noche de sexo que el hombre no olvidaría en su vida.

—Me caso con él, pero al que amo es a ti —le aseguró Cecilia a Mario meses antes de la boda—. Eres como eres, ya lo sé, pero yo también soy como soy, y solo busco lo que más me beneficia. Si yo fuera la hermana díscola y desheredada, te habrías casado con la otra, la chica buena y con dinero.

—Eso no lo dudes —le confesó Mario.

—Te compensaré, ya lo verás —replicó ella con una sonrisa cómplice.

Cecilia tenía sus planes, que se precipitaron cuando se quedó embarazada. Hizo las cuentas, volvió hacia atrás cuando se enteró de que esperaba un bebé. Era de Esteban, no de Mario. Estaba tan furiosa que se dio un par de puñetazos en el vientre para malograr la vida que ya se estaba gestando. Pensó en abortar, pero cometió un error: en vez de ocultar el test positivo de embarazo, lo tiró a la papelera del baño. Esteban lo descubrió cuando tiró allí la maquinilla de afeitar desechable.

—¿En qué momento me lo ibas a decir, cariño? —le preguntó a su mujer con un destello en la mirada y con el test en la mano.

—Te iba a proponer salir a cenar y darte la noticia —improvisó ella, fingiendo una sonrisa de felicidad.

Odiaba a esa criatura que llevaba en sus entrañas, se saltaba incluso las citas con el ginecólogo para que no se pudiera reaccionar a tiempo si algo salía mal. Pero sus esfuerzos fueron inútiles. María nació sana, con una carita perfecta a las pocas horas de llegar al mundo, sin rastros de la violencia natural del parto. Cecilia la evitaba, solo la cogía cuando era imprescindible. Justificó su actitud asegurando que tenía depresión posparto.

—No me importa en absoluto que no sea mía —la consolaba Mario, al percibir su tristeza y su indiferencia hacia la pequeña—. De hecho, no sé si me habría gustado tener un hijo. Yo creo que no.

—Pues a mí sí me habría gustado que fuera tuya, me da asco que sea de tu hermano —le respondió con la mirada ensombrecida.

Ya estaba elaborando su plan para devolver la armonía a su vida. Fue tan fácil como asfixiar a Esteban mientras dormía, con un cojín que presionó con fuerza sobre su rostro para simular una parada cardiorrespiratoria. Luego, con la ayuda de una lupa, retiró de su boca cualquier resto de fibra textil con unas pinzas. Le limpió las babas de espuma con un clínex que quemó después en el fregadero. Se acostó a su lado y se durmió, satisfecha, sin que le inquietara pasar la noche junto a un cadáver. A la mañana siguiente, llamó a emergencias. «Creo que mi marido está muerto, no respira», les comunicó, angustiada.

La armonía:

Esteban había muerto. La abuela de María, también. No pudo conocer a su nieta. Falleció un año antes: se cayó en la calle, se rompió la cadera, surgieron complicaciones durante la intervención quirúrgica y murió en el quirófano. Tenía ochenta y dos años. Cecilia no podía contener la emoción durante el funeral. Se había librado de ella por fin. «El moscón cojonero», como la llamaba.

La farmacia «Hermanos Garcilosa» —así la había registrado la madre cuando se jubiló— quedaba en manos de Mario, al igual que todo el patrimonio familiar. Cecilia se inventó que era farmacéutica, e incluso se hizo una foto con la toga y el birrete de la licenciatura, para establecer confianza con los clientes y creerse sus propias mentiras.

El desprecio:

—Ahora vas a ser el padre de la niña, Mario. Te la regalo. Puedes hacer con ella lo que quieras —le dijo con desdén, colocando bruscamente a la bebé en los brazos de su amado.

Capítulo LI

Su peluca había perdido brillo, necesitaba urgentemente un lavado, pero era una sintecho, una paria, vivía prácticamente en la calle. Ya no podía caer más bajo. Rosaura se castigaba frente al espejo del lavabo de la cafetería blanca. Observó las raíces, había arena en ellas; cómo no, se había arrastrado por el campo la tarde anterior. De pronto descubrió que algo negro se movía entre el pelo. Se quitó la peluca rápidamente y la sacudió. Cayó al suelo un insecto, un pequeño escarabajo que comenzó a corretear errático por las baldosas hasta que se coló por una juntura del rodapiés y desapareció. Aquel bicho había permanecido sobre su cabeza toda la noche y había resistido allí cuando se peinó por la mañana, dedujo con asombro y asco. Volvió a sacudir con brío la peluca, temió incluso que hubiera dejado larvas. Aterrada por esa posibilidad, la puso bajo el grifo, la frotó con agua y jabón, la enjuagó y la colocó bajo el secador de aire caliente. No era el mejor modo de hacerlo, requería un lavado especial, pero aquel escarabajo le había provocado aprensión. La melena ondulada y el flequillo de François Hardy se transformaron en un cabello encrespado, ya sin encanto. Lo desenredó con el peine de púas, no logró mejorar mucho su aspecto, pero al menos estaba limpio y libre de bichos.

Triste por haber malogrado la belleza de su peluca, salió del lavabo, pero volvió a entrar enseguida: en la barra de la cafetería había dos policías municipales tomándose un café. Con el corazón galopando con la potencia de un caballo salvaje, se encerró en el inodoro y se sentó sobre el váter, encogida por el miedo a ser detenida. Justo en ese momento inoportuno, sonó su móvil, aunque con un tono diferente al habitual. Rebuscó el teléfono en su bolso con manos nerviosas. En la pantalla vio que estaba recibiendo una llamada por Messenger. Era Cruz. Era María.

—¿Sí?

—Hola, Rosaura.

La voz era suave, fina, como la de una niña. Su tono amable le transmitía cercanía.

—¿Eres María?

—Prefiero que me llames Cruz.

—Pero eres María —insistió, quería cerciorarse de que ambas eran la misma persona.

—Dedúcelo tú misma —esquivó así la respuesta—. Siento no haberte llamado hasta ahora, pero mi situación es complicada, no puedo arriesgarme.

—¿Tienes miedo de tus padres? ¿Es eso?

Ella permaneció en silencio, Rosaura escuchaba su respiración, no supo por qué, pero se le pasó por la cabeza que llevaba un perfume que olía a musgo y lavanda, imaginaba esa fragancia, la retenía en la punta de su nariz.

—Vivo escondida de ellos, pero mereces una explicación. Lo que ocurre es que no quiero arriesgarme.

—Entonces, ¿no me vas a decir nada?

—Es difícil, no veo el modo.

—Las cartas que me enviaste a casa tenían matasellos de Barcelona. ¿Vives allí?

—No puedo, lo siento, no debería haberte llamado.

—Puedo viajar hasta allí y podemos encontrarnos en algún lugar discreto.

—Eso no es posible.

—Necesito que me hables de Adrián. Prometo no ponerte en peligro. He conocido a tus padres, a mí también me dan miedo, pero me dijiste que querías justicia para mi hijo, como yo. Me has llamado Rosaura y no Julia Blue, mi nombre en el Messenger. Eso quiere decir que me conoces. ¿Te habló él de mí?

—Tengo que pensar. Ya te llamaré.

—¿Mataron ellos a Adrián?

No hubo respuesta. María cortó la comunicación. En los últimos segundos la notó asustada, su respiración pareció agitarse y Rosaura ya no percibió su fragancia. La había presionado demasiado tratándose de la primera conversación entre las dos. La telefoneó de nuevo, pero sin éxito. Lo intentaría más tarde, no dejaría de hacerlo. ¿Para qué la había llamado si no le iba a decir nada? Debía de estar atemorizada, era una fugitiva como ella, escondida para no ser encontrada. ¿Qué le habrían hecho esos demonios?

En la cafetería ya no estaban los policías, lo constató cuando se asomó tímidamente desde el pasillo de los lavabos. Se sentó a una mesa, conectó el cargador del móvil a un enchufe —tenía localizados todos los del local— y pidió lo de siempre: Coca-Cola con hielo y una bolsa de patatas fritas. Eran las ocho de la tarde y ya había anochecido. El día había transcurrido con la desidia de la ociosidad, peligrosa para Rosaura: demasiado tiempo para pensar en los narcos muertos, en Lorenzo Ordaz, en las balas que iban y venían como cohetes, en la confesión de Ignacio. No se lo reprochaba, podrían haberlo matado. La culpa era de ella, lo había atraído hacia el mal que la había acechado desde que salió de prisión.

—Qué asco me doy —dijo en voz alta sin darse cuenta.

Los clientes de la cafetería, aunque no eran muchos, le dedicaron miradas furtivas. «Ahora pensarán que estoy loca». Apuró la Coca-Cola, pagó y se fue. Entró en el coche, cerró de un portazo y se hizo un haraquiri imaginario en vez de apuñalarse en el corazón. Su estado emocional estaba empeorando. Dos golpes en la ventanilla la sobresaltaron. Era una joven. Rosaura bajó la ventanilla.

—¿Vas a salir? —le preguntó.

—No, lo siento.

La chica subió a su coche, un Toyota negro; avanzó unos metros y aparcó en doble fila, a la espera de un hueco libre. Rosaura miró hacia la farmacia. Sin novedad. Le estaba entrando sopor, se notaba más cansada de lo que imaginaba, a pesar de haber dormido muchas horas. Los párpados le pesaban y se cerraban solos, ella daba un respingo y se espabilaba, pero volvían a insistir.

Cecilia y Mario cerraron la farmacia a las nueve en punto. Cenaron después una quiche *lorraine* de champiñones y bebieron un cava *brut nature*. Conversaron sobre tonterías, como habían pactado; esta vez, sobre el cambio climático, que les parecía una bobada.

—Pues claro que cambia el clima, no va a ser siempre el mismo —apuntó Cecilia.

—Igual les preocupa que no tengamos el del Pleistoceno —añadió él.

—Mientras no nieve en agosto, todo sigue en orden.

—¿Te imaginas esquiar en Benidorm?

—Difícil entre el millón de sombrillas.

—Pues hacemos eslalon, ¡zigzag-zigzag! —describió Mario el trazado con la mano.

Los dos se carcajearon. Apuraron la botella de cava. Salieron a la calle a tirar la basura y a dar el paseo de cada noche por la manzana. Cuando dieron la vuelta a la esquina, encontraron a una mendiga negra durmiendo sobre unas planchas de cartón.

—Ya solo nos faltaba que nos invada el barrio esta chusma —se quejó Cecilia—. Viene uno y vendrán más, por el efecto llamada.

Achispados como iban, Mario le dio un puntapié a la sintecho y la despertaron.

—¿Quieres cincuenta euros? —le preguntó mientras se sacaba un billete de la cartera y se lo mostraba.

—Sí, no me irían mal —respondió, saliendo de su aturdimiento tras el despertar y debido también al alcohol; había un brik de vino junto a los cartones.

—Te los daré si recoges el billete del suelo con la lengua.

Mario lo dejó sobre el pavimento, la mujer se arrodilló, sacó la lengua, pero lo único que conseguía era arrastrar el dinero y alejarlo de ella. Los farmacéuticos se reían y la animaban a seguir intentándolo. «¡Vamos, negrita!», le gritaba Mario.

—¡Eh! ¿Qué pasa aquí?

Un agente de la Policía municipal les gritó desde un coche patrulla que pasaba por la calle en ese momento. Bajó del vehículo junto a su compañero. Se acercaron a la pareja y a la mendiga, quien aprovechó el momento de distracción para hacerse con los cincuenta euros y encerrarlos en la mano.

—Le estábamos dando una limosna a esta buena señora —se justificó Cecilia.

—Pues a mí me ha parecido que se estaban partiendo de risa, no sé por qué —respondió el policía—. Identifíquense, por favor.

—Somos de la farmacia de la esquina, los propietarios —les aclaró Mario, con arrogancia.

No les sirvió de nada ser unos dignos farmacéuticos. Tuvieron que mostrarles sus carnés de identidad, aguardar a que miraran en el sistema de datos por si tenían alguna requisitoria.

—Nos están tratando como delincuentes —se quejó Cecilia—. Y a la sintecho, ¿qué? ¿No le piden los papeles?

Recriminaron a los agentes que hicieran la vista gorda con la inmigración y acosaran a la gente honesta como ellos que pagaba sus impuestos. Los policías les conminaron a irse a casa, pero ellos persistían en su discurso, hasta que uno de ellos les amenazó con llevárselos a comisaría si no se iban de allí. Tuvieron que transigir. Se fueron indignados, la botella de cava que se habían bebido incrementaba aún más su enfado. Mario sintió la pulsión de matar a aquella desgraciada, que además se había quedado sus cincuenta euros.

Sin darse cuenta, Rosaura se había quedado dormida unos instantes. «¡Mierda!», exclamó cuando despertó. Bajó la ventanilla del coche para que entrara un poco de aire que la espabilara. Entonces vio a los farmacéuticos conversando con una pareja de policías en la esquina de una bocacalle, junto a una mujer negra que le pareció una sintecho. Mario y Cecilia agitaban los brazos mientras hablaban, le dio la impresión de que discutían con los agentes. Rosaura subió rápidamente la ventanilla y se acurrucó en el asiento. La policía suponía una amenaza constante para ella. Aun así, elevó ligeramente la cabeza para estar pendiente de lo que ocurría. En ese momento, los farmacéuticos, cogidos de la mano como dos enamorados, entraban en el portal de su edificio. Una unidad del Sámur Social se había llevado a la mendiga y el coche patrulla se alejó del lugar.

—Un día nos invadirán todos y ya será tarde —dijo Mario, enfurecido, cuando entró en casa—. Tanta ayuda y tanta subvención, me cago en su puta madre. Aquí viven a gastos pagados.

—Al final, llevaremos velo, nos obligarán, eso ya está escrito —replicó Cecilia, echando más leña al fuego.

—Apaga la luz un momento, tengo que coger mi cuchillo —le dijo Mario al oído al entrar en el salón—. Quienes nos vigilan no van a saber más de lo que nosotros queramos.

—¿A dónde vas?

—A por la negra.

—Recuerda, no te traigas ningún *souvenir*.

—Solo mis cincuenta euros.

La sintecho ya no estaba allí cuando llegó, solo las planchas de cartón, que alguien había colocado junto a una papelera. Impulsado por la ira, sintiendo la llamada de su arma en uno de los bolsillos de su sudadera, se fue al *parking*, se colocó su gorra oscura con visera, se enfundó sus guantes de piel y arrancó el coche para irse de caza.

Cuando acabó con la vida de Graciela, le ocurrió lo que a todos los psicópatas criminales: quería repetir la intensa experiencia de segar violentamente una vida. Debería haber asesinado más cuando mató a la yonqui, pero aquello le resultó demasiado fácil, nadie la echaría de menos, muerta por una deuda de droga. Pero matar a mujeres en la ciudad, lejos de la soledad e impunidad de un descampado, con familias que sí llorarían su ausencia, le excitaba, le ponía en riesgo de ser descubierto y le atraía el desafío. La que más se resistió fue Joana, también brasileña como Graciela, que casi consiguió huir, pero logró cazarla agarrándola por detrás, por el jersey. La tenía bien situada para apuñalarla por la espalda, pero el placer no sería el mismo si no aplicaba su método y su firma: el cuchillo directo al corazón, sentir cómo lo hundía en el músculo cardíaco, cómo deslizaba el filo hacia abajo y lo partía en dos. Había desarrollado un sentido especial para detectar a las latinoamericanas: a veces sus rasgos las delataban, en otras ocasiones, se servía de su intuición. Antes de acabar con sus vidas, cruzaba un par de palabras con ellas para escuchar su acento. A Malena le dijo al oído antes de apuñalarla: «Tengo que matarte. Lo siento». «No, por favor, ¿Qué va a *haserme*? No me haga daño», le suplicó. Le había costado encontrarla, tras invertir más de dos horas conduciendo por la ciudad, observando a chicas que iban acompañadas, otras iban solas, pero tenían aspecto de españolas. Hasta que la vio caminando por una avenida, entretenida mirando el móvil. La siguió y le dio caza, acechándola en aquel parque como si estuviera acorralando a un animal. Había pensado más de una vez en cazar a musulmanas, a las que odiaba aún más que a las latinoamericanas, pero no salían de noche y, en caso de hacerlo debido al trabajo, sus maridos siempre estaban cerca. Si las yonquis eran demasiado fáciles, las «moras», como él las llamaba, eran demasiado difíciles.

Rabioso por no haber encontrado a la mendiga negra, salió del garaje en su Volkswagen Passat e inició la ronda por el norte de Madrid: primero los whiskies en la taberna irlandesa, luego el burdel, donde la mujer de turno —le daban igual unas que otras— soportaría sus humillaciones sin rechistar. Después, otras dos copas y a cazar. Cuando salió del prostíbulo, miró a su alrededor en busca de una presa. Tenía que afinar bien, pues la última vez se le encaró una, le montó un número y, además, aparecieron unos basureros que intentaron defenderla. Caminó una manzana, los cuatro whiskies —más el cava de la cena— le habían afectado, a pesar de considerarse un buen bebedor. No andaba describiendo eses ni mucho menos, pero sí notaba un cierto aturdimiento.

Un coche se detuvo en una calle. Había dos chicos dentro. Bajó una joven, se despidió de ellos entre risas. «*Grasias,* compadritos», oyó que les decía. Ahí tenía a su víctima. Se notaba que había bebido, ella sí que caminaba en zigzag. La siguió. En un par de ocasiones, la muchacha se sujetó a la pared al perder el equilibrio. No le gustaba a Mario que estuviera tan borracha, la quería consciente cuando la apuñalara. La chica se adentró en una bocacalle, estrecha, cuesta abajo, con zonas en penumbra porque se habían fundido algunas farolas. Parecía una escena del crimen hecha a su medida, pensó, y además la joven se detuvo precisamente en uno de los tramos sombríos, frente al portal de una vivienda. Sacó unas llaves del bolso e intentó abrir la puerta, pero no atinaba. Mario se acercó a ella.

—¿Te ayudo con las llaves? Está muy oscuro.

Ella se giró y le sonrió.

—¿Vas a *haser* eso por mí, *papasito*?

«Claro que sí», iba a responderle Mario, cuando irrumpió en la escena un individuo que lo estampó de un empujón contra la pared y le aprisionó el cuello con un brazo, al tiempo que le propinaba un violento rodillazo en los testículos.

—¿Mataste a Graciela, hijo de puta? ¿Por qué?

Era Rolo.

La chica que lo había conducido hacia el portal era Jaral, y los dos jóvenes que la habían acompañado en el coche eran Pancho y Darío. Le habían tendido una trampa entre todos. El farmacéutico había caído con la misma facilidad que un animal en un cepo.

—¿Quién eres? —le preguntó Mario, casi sin poder respirar; el dolor en los genitales era tan intenso que le impelía a encogerse, pero el alunicero, con una mirada incendiada de cólera, se lo impidió aplastándolo aún más contra la pared.

—¿Que quién soy? Soy su marido, cabrón.

—Pues no te fuiste con la más guapa, precisamente —le dijo Mario con desprecio; no evitó ser él mismo ni siquiera minutos antes de morir, porque tenía claro que su suerte estaba a punto de abandonarlo. Rolo le dio un fuerte puñetazo en el estómago.

—¡No la nombres, *mecagoendiós*!

—Puto tarado asesino, te vas a cagar. —Jaral le golpeó la cabeza con el puño cerrado.

De repente, vieron a una mujer que corría hacia ellos desde el extremo de la calle mientras les gritaba: «¡No, no lo hagáis!». Era Rosaura. Ella también había seguido a Mario desde que lo vio salir del garaje al volante del Passat.

—¿Qué coño haces aquí? —le preguntó Rolo, atónito.

—Si le matáis, le haréis un favor. Que se pudra en la cárcel —intentó convencerlos.

Rosaura reconoció en Jaral a la joven del Toyota que buscaba por la tarde un hueco libre para aparcar y le había preguntado si iba a salir con el coche. Ahora lo entendía: habían vigilado los movimientos de Mario al igual que ella, con la diferencia de que Rosaura lo quería vivo y ante un juez.

—¿Julia? —la nombró Mario, confundido al verla allí.

Rosaura no pudo responderle. Rolo sacó una navaja y lo cosió a puñaladas. En el estómago, en el cuello, en la cabeza. Mario se desplomó, la sangre manaba, iba creando un charco de sangre espesa que se extendía por la acera y recorría como un riachuelo en miniatura las juntas de las baldosas. Rosaura se agachó, se acercó a su rostro y le hizo la pregunta que tantas veces había deseado:

—¿Mataste a Adrián? ¿Fuiste tú?

—¿Adrián? ¿Quién es ese?

Fue lo último que dijo antes de morir.

—¿No está sonriendo el cabrón? —preguntó Jaral. Sí, eso parecía: sus labios describían una tenue sonrisa en la que Rosaura creyó ver la maldad. Nunca la había percibido de un modo tan preciso y definitivo como en aquel momento.

Una furgoneta entró en la calle, conducida por Pancho. Darío, el otro miembro de la banda, abrió la puerta lateral y, ayudado por Rolo y Jaral, lanzó a la zona de carga el cadáver de Mario. Subieron todos y se fueron de allí a gran velocidad. No se despidieron de Rosaura, petrificada junto al charco de sangre. «¿Adrián? ¿Quién es ese?», le había dicho antes de morir sonriendo. O era una malicia más de aquel monstruo o realmente no lo asesinó él.

La vida de Mario tuvo dos finales: el primero, en plena calle. El segundo y último, junto a un edificio abandonado y repleto de grafitis a las afueras de Madrid. Allí esperaba la Gata a su banda en un Mercedes-Benz. Cuando llegaron sus compañeros, sacó del maletero dos bidones de gasolina y se los entregó a su hermano, quien empezó a verterla sobre la furgoneta. Jaral se había hecho con el arma de Mario, que había encontrado en un bolsillo de la sudadera al cachearle en el callejón.

—¿Qué hacemos con el cuchillo con el que pensaba matarme esta noche? —preguntó la joven con ironía.

—Dámelo a mí —le pidió Rolo.

Se acercó al cadáver, elevó los brazos y se lo clavó a Mario en el corazón.

—Se acabó, Graciela. —El alunicero se santiguó y se alejó unos metros, llorando como un niño.

Prendieron fuego a la furgoneta con Mario dentro, subieron al Mercedes y desaparecieron en la oscuridad de la carretera.

Capítulo LII

«Lejos, lejos, lejos... / donde el mar te arrope el corazón / donde las montañas vigilen desde lo alto por si te ahogas / donde Dios les susurre a las sirenas que canten tu nombre».

Recordaba Rosaura esos versos que le escribió su padre cuando era una niña y que a ella le gustaba oír cada noche tras leerle un cuento. Ella lo entendía como una oración, que finalizaba con una pregunta:

—¿Y qué nombre cantarán las sirenas?

—El mío, papá, Rosaura —respondía ella, cómplice del juego entre padre e hija—. Aunque me habría gustado llamarme Julia.

—No digas eso. Tu nombre es digno de una princesa.

Lejos, lejos, lejos... Seiscientos kilómetros, los que mediaban entre Madrid y Barcelona. La Gata le había dicho que el autobús era el mejor medio de transporte para un fugitivo, pocas veces los paraba la Guardia Civil de Tráfico, lo que sí podía suceder si uno se desplazaba en automóvil. Cuando viajó en el AVE a Lleida, para visitar a su padre moribundo en el hospital de Barbastro, le pidieron el carné de identidad antes de subir al tren, pero entonces aún no era una fugitiva. Ahora sí. A primera hora de la mañana había comprado ese billete de autobús que la llevaría directa a la Ciudad Condal, donde vivía Beatriz. Iba a encontrarse allí con su hermana. La había llamado, le había pedido ir a verla, buscaba refugio, aún no le había dicho que necesitaba esconderse por un tiempo tras el asesinato de Mario por parte de los aluniceros. Quería distanciarse de tanta muerte, aunque de todas las que había presenciado desde que salió de prisión, la única que seguía lamentando era la de la mujer sin nombre.

Le escribió Rosaura a Ignacio desde el autobús:

¿Cómo lo llevas?

Él le respondió:

Gotero, rodilla rota, brazo roto, nariz rota, aburrimiento.

¿Me has perdonado?

¿Y tú a mí?

Ya solo me acuerdo del beso.
Lo demás lo dejo atrás.

Sí, el beso. Lo único salvable de aquel día. ¿Dónde estás?

En algún lugar.

Lejos, lejos, lejos... El viaje fue largo, ocho horas. Atravesando la provincia de Tarragona, Rosaura vio el mar a lo lejos, tras un pueblo sobre una colina, tras la torre de un campanario. Su color azul claro se mezclaba con el del cielo, parecían uno solo, pero si entornaba los ojos, podía distinguir uno de otro. Tenía ganas de ver el Mediterráneo, y con ese deseo se durmió. Tras un prolongado sueño, acunada por el motor del autobús, Rosaura entraba en Barcelona. Solo la había visitado una vez, con su hijo. Les pareció una ciudad mágica, diferente a todas, hermosa. La Sagrada Familia, que parecía construida dentro de un sueño, el passeig de Gràcia, Las Ramblas, el Barri Gòtic, la catedral. ¿Cómo podía existir una ciudad así, que hacía vibrar el espíritu a cada paso que daban? Adrián se sentía tan hechizado como su madre, los dos se dejaron llevar por aquel encantamiento.

Una vez en la estación de autobuses, Rosaura cogió un taxi hacia el Port Olímpic de la ciudad. Durante el trayecto desde Madrid, había escrito a María para decirle que estaba viajando hacia Barcelona. No hubo contestación. Lo siguió intentando, sabía que ella había leído los mensajes. Decidió que debía darle tiempo para que se hiciera la idea de un posible encuentro de las dos.

«Cuando llegues a los pantalanes, llámame al móvil», le había dicho Beatriz, a la que no le hizo demasiada gracia que Rosaura la visitara; lo notó en su tono de voz, pero no tenía otra opción que poner tierra de por medio y le ilusionaba la idea de volver al lugar de donde nunca debería haberse ido: la familia.

¿Qué es un pantalán?, se preguntó ya en el Port Olímpic, recorriendo una calle paralela al puerto, repleta de restaurantes desde donde se veían los veleros amarrados, mecidos sus mástiles por una brisa agradable, calentada por el sol y perfumada por la humedad y el salitre. Eran las cinco y media de la tarde. «Pantalán: muelle o embarcadero pequeño para barcos de poco tonelaje», le contó el diccionario que consultó en el móvil. Ya estaba allí, frente a una puerta que solo se abría con una tarjeta electrónica. Llamó a Beatriz. «Ahora sale Camila», le dijo su hermana. ¿Quién era Camila? Lo descubrió poco después, cuando se acercó a ella una joven treintañera, alta, melena lisa de color castaño oscuro, grandes ojos negros.

—¿Eres la hermana de Beatriz? —le preguntó cuando le franqueó la entrada con un gesto risueño, simpático. Tenía acento latinoamericano, quizá fuera mexicana; pronunció «Beatriz» sin la zeta final, que sustituyó por la ese.

—Sí, y tú eres Camila, ¿no?

—Así es, mi amor —le respondió en un tono cantarín, sus palabras tenían música.

Le franqueó la puerta con su tarjeta, entraron en uno de los pantalanes, ella le preguntó por el viaje mientras caminaban entre veleros a un lado y a otro. «Bien, un poco largo desde Madrid», respondió Rosaura. «¿No llevas maleta?». No, se había quedado en el palomar, no pudo entrar porque se había cambiado la cerradura. Solo llevaba dos bolsas de plástico. En una, la ropa. En la otra, los productos de aseo. «No me ha dado tiempo, he venido por un impulso», se justificó. «El impulso de ver a tu hermana. Bonito, *padrísimo*», le dijo. Le explicó cómo había que entrar en el pequeño velero de Beatriz, de diez metros de eslora. Boracay, así dedujo Rosaura que se llamaba, al ver escrito ese nombre sobre el casco del barco. Debía pasar a la cubierta por la proa, la zona amarrada al pantalán. Una de las dos velas, enrollada en vertical y sujeta por un cable, apenas le dejaba espacio para poner los pies. Entró Camila primero, dando dos pequeñas zancadas. Le hizo un gesto para que le lanzara las bolsas, la animó con otro para que saltara al barco. Rosaura dio también esos dos largos pasos, se agarró a la vela por si perdía el equilibrio y caía al agua, pero se posó con facilidad en la cubierta, como si lo hubiera hecho toda la vida, a pesar de que era la primera vez que subía a un velero.

Camila le pareció una chica agradable, pero no sabía de qué hablar con ella hasta que llegara Beatriz. Se sentaron las dos en la bañera de popa, junto al timón, un espacio con bancos laterales y una mesa de madera escamoteable, que la joven extendió. La invitó a sentarse.

—Tu hermana está reparando un ánodo de sacrificio en un velero, no creo que tarde.

¿Ánodo de sacrificio? ¿Qué era eso? No se atrevió a preguntarlo. Camila la dejó sola unos minutos, le dijo que bajaba a la zona de camarotes para preparar algo de comida. «Más bien una merienda, son casi las seis de la tarde», comentó la amiga de Beatriz mirando el reloj. Rosaura aprovechó para abstraerse en el paisaje. Se fijó en los dos modernos rascacielos junto al puerto, eran impresionantes, una suerte de torres gemelas. Ignoraba que eran los más altos de Barcelona, la Torre Mapfre y el hotel Arts. Se sentía libre, aspiró la brisa, cerró los ojos, echó la cabeza hacia atrás, pero una sombra quebrantó su momento de paz: si no fue Mario quien asesinó a Adrián, ¿quién fue? Tuvo la amarga sensación de que su esfuerzo había sido en vano, que quizá lo había sacrificado todo por nada. Percibió que el velero se balanceaba ligeramente. Beatriz acababa de entrar y caminaba por la cubierta hacia donde estaba ella. Estaba tan guapa como siempre, no se había fijado cuando la vio en Barbastro. Su cabello rubio, sus ojos azules, esa gracia que tenía al moverse, «como mamá», recordó. Llevaba una camiseta marinera, unas bermudas floreadas, un maletín de herramientas y unos guantes de trabajo.

—Hola —saludó a su hermana—. ¿Eso que llevas es una peluca?

—Sí, me siento mejor si oculto mi cabeza calva.

—No te queda mal, pero cuando te crezca el pelo volverán tus rizos afro —le recordó, pensó Rosaura que con malicia.

—Pues en ese momento ya pensaré qué hacer, en todo caso será mi problema —le respondió, sin disimular que le había dolido el comentario.

—Me vas a contar qué ocurre, y quiero saberlo ya.

No eran palabras amistosas las de Beatriz, más bien ásperas, como si fueran de lija y rasparan.

—¿A qué te refieres? —Rosaura necesitaba tiempo para construir un relato creíble.

—Hace unos días estabas en el hospital, luego me llamaste desde la cárcel y ahora estás aquí. ¿Qué pasa? ¿Te has fugado o estás otra vez de permiso?

Le dio miedo decirle la verdad y eligió la segunda opción.

—¿Y cuánto tiempo te vas a quedar? Tengo que organizarme —la presionó.

—No lo sé, pocos días, tengo algo que hacer en Barcelona y cuando lo solucione, me iré. ¿Vives aquí en el velero?

—Sí, es mucho más barato que un piso.

—¿De dónde has sacado ese nombre, Boracay?

—Lo compré de segunda mano y ya estaba cuando me lo dieron. Es una isla filipina con playas de película, como suele decirse. Camila es mi pareja desde hace un año. ¿Algún problema con eso? —le preguntó, desafiante.

—¡No, en absoluto! Además, es encantadora. Intentaré molestaros lo menos posible. ¿Hay algún sitio donde ir al lavabo y ducharme? Llevo encima ocho horas de viaje.

Rosaura quería salir de allí, la situación con Beatriz le estaba resultando violenta. Además, era verdad que deseaba darse una ducha de agua caliente. Su hermana le dio una tarjeta electrónica para entrar en los baños del puerto y una toalla, le indicó dónde estaban, bajó a ver a Camila y se desentendió de ella. Rosaura salió del velero; no era fácil, pero antes ya había descubierto que tenía más destreza de la que imaginaba. La ducha le relajó tanto que se consideró capaz de romper el iceberg que era su hermana. ¿Desde cuándo era lesbiana? Cuando murió la madre, bebía cerveza y salía con chicos, coqueteaba con todos. A lo peor, pensó, estaba huyendo entonces de su verdadera orientación sexual. Hacían buena pareja, las dos guapas, una morena, la otra rubia, aunque la mexicana —pensaba que lo era— era de carácter dulce y su hermana tendía a ser hosca y reservada.

Camila improvisó una comida-merienda con vino blanco, Coca-Cola y una tortilla de patata precocinada. Colocó sobre la mesa también un bote de guindilla en polvo y una botella de tequila José Cuervo. «Soy mexicana», le dijo a Rosaura con una sonrisa de complicidad. Las tres se sentaron a la mesa de cubierta del velero. Parecía que ninguna se atrevía a iniciar una conversación. Lo hizo Rosaura con una pregunta:

—¿Qué es un ánodo de sacrificio? —le preguntó a su hermana.

—¿Por qué lo quieres saber? —respondió ella—. ¿Te estás haciendo la simpática conmigo?

—Mi amor, no me seas así —terció Camila, al tiempo que espolvoreaba su ración de tortilla con guindilla—. Yo le he mencionado el ánodo y ella tiene curiosidad.

—¿Sabes lo que es sacrificarse por el bien de la comunidad? —le preguntó Beatriz a Rosaura—. Pues viene a ser algo parecido. Las partes bajo el agua de las embarcaciones se deterioran debido a la corriente eléctrica que se genera entre los metales sumergidos. El ánodo de sacrificio la atrae y libra al resto del barco de la corrosión. Se deja machacar, para que lo entiendas, y hay que cambiarlo cada cierto tiempo para que siga protegiendo el barco. Es uno de mis trabajos habituales, sustituirlo por uno nuevo cuando toca.

—¡Qué asombroso! —exclamó Rosaura.

Le maravilló la existencia de ese elemento que iba muriendo un poco cada día para preservar el barco en buen estado. Ella lo había sacrificado todo, pero no había protegido a nadie, más bien al contrario. Había perdido a Petra, e Ignacio estaba en el hospital tras la paliza de un narco.

—Claro que tú lo de sacrificarse por los demás no lo practicas mucho. Ni siquiera te has molestado en darme los poderes notariales que te pedí —la recriminó su hermana.

—Podemos hacerlo aquí, en Barcelona —se ofreció, sin pensar en los riesgos en ese momento; se arrepintió segundos después.

—No sería mala idea. —A Beatriz, por fin, se le iluminó la mirada.

—¿De qué parte de México eres, Camila? —Rosaura quiso prestarle atención, ya que era tan amable con ella.

—Soy de Monterrey, en el noreste del país.

—¿Y cómo has llegado a parar aquí desde tan lejos?

—Asuntos de trabajo. Hace un año mi empresa me trasladó a España. Hay mucha sequía y nosotros sembramos nubes para que descarguen agua. Hemos logrado aumentar las lluvias casi un ciento cincuenta por ciento en el estado mexicano de Sonora, uno de los más secos y calurosos.

—¿Y cómo se consigue eso? —Rosaura se sentía pequeña ante aquellas dos profesionales que hacían cosas fantásticas.

—Es un método que no es nuevo, pero nosotros lo hemos perfeccionado. Incluso ayuda a combatir incendios forestales. Desde un avión esparcimos yoduro de plata en las nubes para condensar sus gotas de agua y convertirlas en lluvia. Parece un milagro, pero es solo técnica y química. Tú eres enfermera, me ha comentado tu hermana.

—Sí, me ocupo de quienes van a morir, mi especialidad son los cuidados paliativos.

—Qué duro, mi amor —comentó Camila, sobrecogida.

—Se trata de marcar la suficiente distancia emocional y, al mismo tiempo, transmitir calidez y apoyo.

Rosaura pensó en los muertos tiroteados, en Mario, en Lorenzo Ordaz, a ninguno lo había tomado de la mano para acompañarle en el tránsito; no lo habría podido hacer, nadie llora por el enemigo que se va. Recibió un mensaje en el móvil. María, por fin.

> Mañana viernes a las seis de la tarde en la playa de Sant Pol de Mar, frente a la estación de tren. ¿Puedes? Está a cuarenta kilómetros de Barcelona, pero hay muchos trenes.

Rosaura le respondió inmediatamente que sí, no se lo pensó ni un instante. Iba a encontrase con María. Estaba emocionada.

Al atardecer, Camila se fue a hacer unas compras y Beatriz había quedado con unos futuros clientes para presupuestar una reparación. Las aguas del puerto eran una balsa donde se reflejaban los dos rascacielos y los veleros, bajo unas nubes cuyos bordes pintaba el sol de un rojo refulgente. Rosaura, sola ahora en la cubierta del barco, contemplaba ese paisaje nuevo para ella y sentía la serenidad que transmite el mar. Un hombre la estaba observando desde el velero vecino, ella se asustó y bajó a la zona de camarotes: eran dos, uno grande y otro más pequeño, pensó que sería el que le adjudicarían a ella. Había dos sofás a uno y otro lado de la mesa, una pequeña cocina y un escritorio con varios mapas náuticos, un equipo de radiofrecuencia y un ordenador portátil conectado a una web de meteorología. El baño era minúsculo, casi como el del palomar. «Si tienes que usar el váter, tienes que bombear, no hay cisterna para tirar de la cadena», le había advertido Beatriz. Demasiado complicado. Usaría los baños del puerto.

Por la noche, Camila trajo varias frituras de un restaurante del puerto: sonsos —un pescado azul muy típico del litoral catalán—, morralla, langostinos y gambas en tempura, calamares y trozos de cazón rebozados. Cenaron en la cubierta, rodeadas de las luces del puerto, miles de ellas, que se reflejaban en las aguas como medusas fosforescentes. Rosaura se sintió feliz. Camila echó chile a los pescados y los acompañó de un vaso de tequila frío.

—Si no hay picante, siento que falta algo. Es como les pasa a ustedes con la sal. ¿Un poco de tequilita, Rosaura?

—No, gracias, es fuerte y no estoy acostumbrada.

—¿Y tú, amor? —le ofreció a Beatriz—. Tú sí que me vas a acompañar, ¿verdad?

—Si me lo dices en francés. Me gusta oírte hablar en francés.

—*Et toi, mon amour? Tu vas m'accompagner, n'est-ce pas?* —pronunció con una buena dicción. Le contó a Rosaura que había estudiado en el Liceo Francés.

Luego Camila habló de México y Beatriz de las travesías que había hecho, una de ellas al Ártico, en una flotilla de varios veleros. Tras la cena, la mexicana se fue a dormir, arrullada por el tequila. A Rosaura le inquietó quedarse a solas con su hermana. Las dos habían bebido —ella, dos copas de vino blanco— y eso tenía dos caminos: o se relajaba el ánimo o lo envalentonaba para despertar las verdades dormidas.

—Mañana a media mañana he quedado con un notario.

—Vale, me parece bien.

No podía negarse. Temía las consecuencias de mostrar su carné de identidad y firmar papeles, pero creía justo darle los poderes para que Beatriz pudiera aceptar la herencia y vender la casa familiar.

—Papá te escribió cartas que nunca contestaste.

—¿Cartas? Yo no recibí ninguna.

—Calle Ana Orantes, 51, tercero izquierda.

—¡No! ¡Segundo izquierda! —le gritó Rosaura, repentinamente enfurecida por aquella confusión.

Aquellos malditos vecinos del tercero, una pareja de mediana edad que nunca saludaba y siempre se quejaba de algo en las reuniones de la comunidad. ¿Qué les costaba haberlas dejado en su buzón? Y el cartero, qué desidia, solo miró el piso y no el nombre del destinatario. No podía creer que no hubiera dejado ni una sola en su buzón. Se echó a llorar.

—No sé si las podré recuperar, los del tercero izquierda son unos bordes. ¿Por qué papá no me llamó para preguntarme por qué no contestaba a sus cartas? ¿Y me lo dices ahora y no cuando se estaba muriendo? —la recriminó entre sollozos—. Habría sido todo muy distinto.

Su padre acababa de resucitar para ella. Había estado pendiente de su hija, le había escrito cartas, la quería.

—¿Qué me decía en las cartas? ¿Lo sabes?

—No las leí, pero le preocupaba que no dieras señales de vida, aunque ya te comenté que no le dije que estabas en la cárcel. Además, alguna de las pocas veces que llamabas por teléfono, nos transmitías que no te gustaba hablar con nosotros.

—Eso no es verdad, erais vosotros quienes pasabais de mí.

—¿No sería una impresión tuya? Siempre te culpaste de la muerte de mamá, y eso te hizo pensar que nosotros también lo hacíamos, cuando no era verdad. Fue un accidente. Era la culpa la que te envenenaba, no papá y yo.

—Pero tú me culpaste, me dijiste que yo la había matado.

—¿Eso te dije? Era una adolescente, Rosaura, y acababa de perder a mi madre. Si te sirve de algo, nunca he pensado que fuera así, te lo acabo de decir.

—Cuando os llamé para deciros que tenía un hijo, no noté mucha alegría —insistía Rosaura en tener razón.

—Llamaste cuando ya tenía un año. ¿Te parece normal? A papá le dolió y a mí también, pero claro que nos alegramos por ti. En una de sus cartas, papá te pidió que vinieras a Barbastro con el bebé para que pudiéramos conocerle, eso sí que me lo comentó, pero, claro, no hubo contestación y eso normalmente se entiende como un mensaje hostil.

Todo cuadraba, se sentía avergonzada. Tantos años perdidos, tanto tiempo pensando que la odiaban. Debería haber insistido en no perder la relación, en decirles que les quería, en integrarles en su vida. En vez de hacerlo, escribió en su mente una historia de resentimiento y rencor que ella misma fue emponzoñando a lo largo del tiempo. ¿Cómo podía haber estado tan confundida? Beatriz le había dicho la verdad, y estaban las cartas de su padre, que quizá ya no pudiera leer nunca.

—¿Y por qué papá me gruñó y me retiró la mano cuando se la cogí? —Era lo que más le había dolido, no quiso obviarlo.

—Se estaba muriendo y le habían sedado. Los demás éramos sombras a su alrededor, ya no estaba en este mundo.

Se acercó a Beatriz y no pudo evitarlo: la abrazó, lloró mientras le pedía perdón, se agarraba a su cuerpo con fuerza, como si en ella residiera todo lo que había perdido y aún pudiera recuperarlo. Su hermana se separó de ella, le dio un beso en la mejilla.

—Por fin has vuelto, Rosaura.

Capítulo LIII

A las cinco de la mañana, Beatriz llamó a la puerta del camarote de Rosaura y entró.

—Tómate este par de biodraminas por si te mareas, vamos a navegar un poco mientras amanece. Las olas no superan el metro de altura, tenemos buena mar.

Le dio un anorak náutico, una sudadera y unas mallas térmicas.

—Póntelas. Si no, pasarás frío.

Al cabo de una hora, que invirtieron en asearse, desayunar y preparar la salida, el Boracay abandonaba el puerto y se adentraba en mar abierto. Beatriz manejaba el timón, acompañada de Camila. El velero iba ahora a motor, pero extenderían las velas cuando soplara el viento, le había dicho a su hermana, que estaba sentada en cubierta, excitada, contemplando los primeros fulgores del sol en el horizonte. Regresaba el incendio que había visto al atardecer del día anterior, todo era de un rojo intenso, el cielo, el mar, los edificios del puerto en cuyos cristales se reflejaba esa luz. El velero subía y bajaba las olas y rasgaba el mar dejando una estela blanca; la brisa fría del amanecer Rosaura la sentía pura, como si soplara solo para ella. Cuando el sol asomó medio rostro por el horizonte, se levantó el viento y Beatriz, ayudada de Camila, desplegó las velas y apagó el motor. Entonces habló el silencio del mar: solo el sonido del agua al acariciar el casco.

—¿Vas bien, Rosaura? —le preguntó su hermana.

—Es un sueño, tantas sensaciones... —respondió, emocionada.

—Esto es navegar, solo el impulso del viento, lo demás es otra cosa, pero no es navegar —comentó Beatriz al timón. Camila estaba a su lado, las dos se dieron un beso fugaz.

Desde el velero, Rosaura contemplaba Barcelona, las torres gemelas, el curioso rascacielos en forma de vela marinera —era un hotel, le contó Camila—, la estatua de Colón... y una patrullera de la Guardia Civil del Mar que irrumpió de repente ante sus ojos y que navegaba en paralelo al velero, aunque a bastante distancia. Bajó enseguida a los camarotes, se encerró en el lavabo, le temblaba el cuerpo.

—¿Te ocurre algo? ¿Te has mareado? —le preguntó la joven mexicana, asomada a las escaleras que conducían a la zona bajo la cubierta.

—Sí, un poco, ya se me pasará —le dijo.

—No, mi amor, abajo te vas a marear más, es mejor que subas.

No tuvo otro remedio que subir a cubierta. La patrullera de la Guardia Civil se había acercado al velero, su hermana saludó a los agentes con la mano, parecía conocerlos. No pasó nada, pero era un aviso. Rosaura no podía disfrutar del mundo siendo una fugitiva, y a veces se olvidaba de que lo era.

—¿Te encuentras mejor? —le preguntó Beatriz.

—Sí, no sé qué me ha pasado, he pensado en mi hijo, lo he echado de menos, a él le habría gustado estar aquí.

—Lo entiendo, perder a un hijo debe de ser terrible.

—Lo es.

—Toda mi vida te repetiré cuánto lo siento. Me hubiera gustado conocerlo.

—Gracias, hermana.

—Regresamos a puerto, hay que trabajar y tú y yo debemos ir al notario.

La travesia fue corta pero intensa. Rosaura se despidió del mar, no sabía cuándo lo volvería a ver. Le esperaba la cárcel cuando todo terminara.

Dos horas más tarde, las hermanas Castán fueron a la notaría, relativamente cerca del Port Olímpic. Rosaura firmó allí un papel, y otro y muchos más. Antes, con manos trémulas, le había entregado a la notaria su carné de identidad. Beatriz obtuvo los poderes de su hermana para gestionar la aceptación de la herencia y la titularidad de las escrituras de la casa familiar.

—Pues ya está —le dijo al salir.

—Sí, ya está. —La fugitiva temía que se cruzaran los datos con el sistema de la policía y la ubicaran en Barcelona. El miedo le anticipaba futuros que la asustaban.

—Esta tarde tengo que ir a Sant Pol de Mar a ver a una amiga con la que estudié Enfermería. ¿Cómo llego hasta allí? —Volvía a esquivar la verdad.

—*Sant Pol, quina hora és?* —le respondió ella, y se rio.

—¿Qué quieres decir? ¿Por qué te ríes?

—Se cuenta que, hace muchos años, los de Sant Pol instalaron un reloj de sol y le pusieron un pequeño tejado encima para que no lo estropeara la lluvia, por lo que aquel reloj nunca daría la hora.

—¿En serio? —Rosaura también se rio.

—Pero allí hay un restaurante con tres estrellas Michelín, el Sant Pau. Camila y yo fuimos el año pasado, nos concedimos ese premio y fue alucinante. Lo lleva una chef, Carme Ruscalleda. Hace magia con sus platos.

Su hermana le explicó a Rosaura cómo llegar a Sant Pol, una localidad costera, una de tantas separadas del mar por las vías del tren que recorrían el litoral hasta Blanes y Maçanet, ya en la Costa Brava. Tenía que cogerlo en la plaza de Catalunya y el trayecto duraba a veces casi dos horas, porque paraba en cada uno de los pueblos.

—Dos horas...

—Sí, es un poco coñazo.

Decidió que lo cogería sobre las tres y media de la tarde, para llegar antes de las seis, no le importaba esperar, pero quería asegurarse de que acudiría puntual a la cita con María, la más importante de todas desde que salió de la cárcel. Al fin hallaría respuestas a sus preguntas, al fin la verdad.

Capítulo LIV

Estoy nerviosa, dudo de que haya sido una buena idea, no tendría que haber aceptado. A Rosaura se le puede escapar algo si habla con los monstruos, sé que es una buena mujer, él la amaba, me contaba que acompañaba a los que estaban a punto a morir, envenenados por la enfermedad, podridos por el cáncer, qué desolación.

La primera vez que Adrián me tomó de la mano, cuando salimos del metro que habría sido mi tumba, sentí en mí una luz extraña que irradiaba a mis órganos y, al igual que un combustible, los ponía en marcha, como si hubieran estado muertos hasta entonces. Mi corazón era una esponja que se contraía y dilataba con suavidad, cuando hasta entonces siempre había sido un tambor cuyo sonido me ensordecía. Adrián y yo éramos brisa, espuma de mar, cielo, sol, estrellas, universo, cosmos. Éramos los elegidos para permanecer siempre juntos.

El primer viernes que nos citamos, nos dimos un beso, nos salió solo, ninguno se lo pidió al otro. Me llevó a su casa, me enseñó su habitación, sus libros de números, me presentó a Descartes, un señor vestido de negro con una nariz picuda y grande. Me miraba muy serio desde la pared sobre la cama. «Pienso, luego existo», sentenció el filósofo, cuando yo precisamente intentaba lo contrario, no pensar para no existir, hacerme invisible, convertirme en nada.

Nos tumbamos ese día en su cama, vestidos, mirando al techo, cogidos de la mano, sin decirnos nada. Nos hablábamos a través de nuestras mentes. De hecho, pasó algo curioso. Yo pensé: «Estaría así contigo toda la vida». Y él me dijo en voz alta: «Yo también».

—¿Has oído mi pensamiento? —le pregunté, asombrada.

—¿Por qué lo dices?

—Yo he pensado una cosa y tú me has contestado: «Yo también».

—No, eso lo he pensado, no te lo he dicho.

—¿Y qué he dicho yo?

—Que estarías así conmigo toda la vida.

—Pero eso lo he pensado, no he llegado a decirlo.

Adrián me apretó la mano. Cerramos los ojos. Sí, éramos uno siendo dos.

Un día me habló de una cifra mágica, 142.857, que siempre daba el mismo resultado, aunque la multiplicaras o la sumaras, pero variando el orden de los números. Me lo demostró en un papel con varias operaciones matemáticas. Era cierto lo que me había contado. Me maravilló que los números hicieran esas cosas. Me lo intentó explicar, pero no lo entendí y me sentí estúpida. «Quédate con su magia y olvídate de los porqués», me dijo. Al cabo de unos días, me regaló un nomeolvides de plata con ese número grabado. Yo lo llevaba siempre en la muñeca cuando iba a clase, pero en casa lo escondía. Uno de los monstruos lo encontró y me lo quitó. Lloré mucho, me dolía el corazón. Adrián le restó importancia: «Te lo volveré a regalar, tu número mágico siempre irá contigo».

Nos citábamos cada viernes, los monstruos pensaban que yo estaba con mis amigas, era mi único día de salida al mundo. Nos veíamos en parques, protegidos por los árboles, la hierba, las flores y los estanques. Allí nunca entrarían ellos, no les gustaba la naturaleza, les aburría, por eso nos sentíamos seguros dentro de ella.

Otro día fuimos Adrián y yo a su casa y, como aquel primer beso, que salió de nosotros sin haberlo llamado, hicimos el amor. Me dejé llevar, me entregué, cada caricia me hacía feliz, me sentía nadando bajo el mar y respirando oxígeno a la vez, acabamos abrazados, piel con piel; de nuevo, éramos uno siendo dos.

—Tienes que salir de allí. Hablaré con mi madre para que vivas con nosotros.

No me atrevía a dar ese paso, dejaba que transcurriera el tiempo y me diera respuestas, pero sucedió algo que lo precipitó todo. Ya no podía permanecer más tiempo con ellos. Cómo iba a saber que uno de los monstruos me iba a seguir, cómo no noté su aliento fétido a mi espalda. Adrián y yo nos habíamos citado al anochecer en uno de nuestros parques, el de Roma. A esas horas apenas había gente, lo habíamos elegido por eso mismo. Íbamos a huir juntos, nos abrazamos al encontrarnos, nos besamos, nos ocultamos en un recodo del estanque, protegidos de las miradas por la vegetación, pero llegó el monstruo y, desplegando una ira que daba terror, lo apartó con violencia de mí y le clavó un cuchillo en el corazón. Antes de que Adrián pudiera defenderse, mi amor cayó desplomado. Fue una cuchillada rápida, fácil, no tuvo que hacer mucho esfuerzo, el filo penetró violento, sin resistencia. El monstruo le palpó la ropa, se llevó su reloj, su cartera y el móvil. Le arrancó el cuchillo del corazón y le dio una patada para que rodara hacia el agua. Yo me quedé paralizada. Intentaba gritar, pero mi voz había desaparecido. Intenté meterme en el agua para sacar a Adrián, pero mis pies estaban imantados al suelo. El monstruo me insultaba mientras me cogía por un brazo para que me fuera con él, pero yo me resistía y lloraba. «Si gritas, te mato también a ti», me advirtió. Miré a mi alrededor, no había nadie a quien pudiera pedir auxilio. La noche ocultó el crimen.

«¡Huye, María! Me ha matado. Te quiero», oí a Adrián en mi mente.

«¡No, levántate, sal del agua! Te quiero, mi amor», le susurré yo desde mis pensamientos

Pero ya no me respondió. Le di un empujón al monstruo con toda la fuerza de la que fui capaz, me zafé de él y corrí sin mirar atrás.

Capítulo LV

«¿Cómo te reconoceré?», le escribió Rosaura a María desde el tren. «Estaré bajo una sombrilla roja y negra, entra en la playa en línea recta desde la estación», respondió ella. Tras casi dos horas de viaje junto al mar, llegó a Sant Pol. A primera vista le pareció un lugar con el encanto de los pueblos marineros, con casas blancas que miraban al Mediterráneo. Atravesó el paso sobre las vías del tren hasta la playa, el mar estaba quieto, como un grandioso espejo azul. Era marzo, no había apenas gente. No le costó reconocer la sombrilla. Rosaura estaba excitada, nerviosa, se descalzó, sus pasos sobre la arena no eran firmes ni rápidos; sin ser consciente, estaba retrasando el encuentro.

—María... —le dijo en voz baja cuando llegó hasta ella.

Estaba sentada sobre una toalla, llevaba unas mallas negras con flores blancas y una camiseta violeta de manga larga. Se levantó cuando Rosaura pronunció su nombre. Con su pelo recogido en una trenza, el sol imprimía a su cabello castaño oscuro reflejos dorados. Su cara era pequeña, con nariz fina, ojos tristes, lánguidos acaso. Estaba muy delgada, demasiado, pensó Rosaura; su piel era blanca y frágil, cualquier mínimo rayo de sol la quemaría.

No se saludaron ni estrechándose la mano ni besándose en las mejillas. Ninguna se atrevió a hacerlo, ambas estaban inquietas, no sabían cómo abordar aquel encuentro. Se sentaron sobre la arena bajo la sombrilla.

—Por fin nos conocemos —se le ocurrió a Rosaura iniciar así la conversación.

—Me ha costado dar este paso —le confesó María.

—Lo entiendo. Has tenido muy mala suerte con tus padres.

—Mario no es mi padre, mi padre era su hermano, Esteban, al que no conocí porque yo tenía meses cuando falleció.

—Mario está muerto. —A Rosaura se le escapó, quería darle la noticia más tarde.

—¿Muerto?

Al escuchar la noticia, María denotó confusión y sorpresa a la vez.

—Lo mataron ayer, alguien le dio su merecido, ya no existe. —No evitó evidenciar con su tono de voz gélido que no lamentaba aquella muerte.

—¿Por qué lo han matado? ¿Quién ha sido?

Las dos esperaban una conversación a ritmo lento, que las palabras pequeñas fueran abriéndose a las más grandes, a los sucesos que ambas habían vivido y que, de algún modo, las unían en la desgracia y el sufrimiento. Pero ese «muerto» que pronunció Rosaura la obligó a decirle la verdad antes de tiempo. Con el máximo cuidado que pudo, le contó a María lo que había descubierto en la casa de Mario y Cecilia: los trofeos en el canapé, esas carteras que pertenecían a mujeres, la sospecha de que habían sido asesinadas por Mario, la venganza de una de las parejas de las chicas apuñaladas, que lo mató en un callejón y luego se lo llevó en una furgoneta. Imaginaba a los aluniceros incendiándola con el cadáver dentro. Era su método para no dejar rastros, como hicieron con el Audi tras la persecución policial.

—¿Tú sabías que Mario guardaba objetos de esas mujeres bajo la cama de esa habitación? —le preguntó a María.

—No, nunca los vi. Me costaba mucho entrar allí, me daba miedo.

Rosaura no se atrevió en ese momento a preguntarle desde cuándo abusaban de ella, pero sospechó que fue a una edad temprana; no olvidaba esa foto pavorosa cuando ella era un bebé. ¿Cómo pudo soportarlo?

—El Lilienthal Berlin que le regalé a Adrián no está allí, lo busqué. Seguí la pista que me diste, la habitación del tictac, tictac, ¿lo recuerdas?

—Sí, tenía la esperanza de que lo encontraras tú, al igual que su cartera, porque el móvil seguro que lo hicieron desaparecer. Si las cosas de Adrián estaban en la casa, pensé que las habrían escondido en esa habitación, era el lugar del tormento, donde me hacían cosas... —María detuvo sus palabras, bajó la cabeza, Rosaura no sabía qué decirle; ella pareció reponerse, dejó que su mirada se perdiera en el mar y prosiguió la conversación—. Mencionándote el reloj, también quería demostrarte que yo conocía a Adrián, que aquello no era un juego, aunque entiendo que tú creyeras que lo era, pero vivo atemorizada por si un día aparecieran en mi vida, tenía que ser cauta.

—Tu madre lleva en la muñeca un nomeolvides con un número grabado. ¿Te lo regaló Adrián?

—Sí, ese era nuestro número mágico, por eso firmé con él en las cartas que te envié. Un día Adrián me sorprendió regalándome esa pulsera, pero mi madre la encontró y me la quitó. Me odiaba desde que nací, me decía que me detestaba. Yo era hija de Esteban, y no lo soportaba. «Si Mario hubiera sido tu padre, incluso yo podría haberte querido». Era ella la que me ofrecía a él casi cada noche.

Rosaura vio entonces la oportunidad, desgarrada por el hecho de que fuera su propia madre la que incitaba y presenciaba el abuso.

—¿Qué ocurría en esa habitación, María?

Ya imaginaba la respuesta. La drogaban. María le habló de los vasos de leche con Cola-Cao de la noche, el maquillaje, la bisutería en su cuerpo desnudo, las sábanas negras mojadas de orina y esperma.

—A mí me hicieron lo mismo —le confesó Rosaura—. Comí con ellos, me pusieron droga en una crema de erizos y me vi desnuda sentada en una butaca, con Mario paseando un cuchillo por mi cuerpo. Yo estaba casi inconsciente, no me podía mover.

—Yo tampoco...

María no pudo más y se echó a llorar. Rosaura no quiso continuar, la estaba hiriendo tanto que le provocaba pudor y desgarro enunciar una sola palabra más. Se culpabilizó, no era psicóloga, no sabía manejar ni los tiempos ni las pausas necesarias, ni tampoco el ritmo adecuado para que las palabras fluyeran por sí solas y unas llevaran a otras.

—Siento por todo lo que has pasado, María. ¿Quieres que te traiga un poco de agua?

—No, tengo una botella. —La sacó de su bolso, bebió.

—¿Te ves con fuerza para contarme cómo conociste a Adrián?

—Me salvó la vida. Iba a lanzarme a la vía del metro.

Hacía unos minutos, Rosaura se había preguntado cómo podía soportarlo. Ahí tenía la respuesta: no lo hizo, prefirió quitarse la vida. Entonces fue ella quien no pudo contener las lágrimas. La brisa marinera las enfriaba a medida que se deslizaban por su rostro. Su hijo evitó que María culminara su suicidio, así era él, se sentía orgullosa y no lo tenía allí para decírselo. Se mantuvo en silencio mirando el horizonte azul, las dos hicieron lo mismo. Rosaura se atrevió a cogerla de la mano. Ella no la rechazó.

—Nos enamoramos. —María perseguía con su mirada las olas que morían en la orilla y luego retrocedían para unirse a otras y recobrar la vida—. Él iba a pedirte que me dejaras vivir con vosotros. Decidimos escapar juntos, pero entonces apareció el monstruo y lo mató. Le clavó un cuchillo, lo empujó al estanque, me lo quitó para siempre. —Le temblaba la voz, se mordió un labio para evitar el llanto.

Por fin la respuesta que esperaba desde hacía tanto tiempo. Maldijo a Mario, que no le concedió siquiera la confesión de su crimen antes de morir.

—Siempre he sospechado que fue él, ahora ya lo sé. Hubiera deseado que se pudriera en la cárcel toda su vida, la muerte le hizo un favor llevándoselo.

—No, Rosaura, no lo mató Mario, sino mi madre —le reveló María.

—¿Cecilia?

El impacto la golpeó con fuerza, se soltó de la mano de María, caminó unos pasos hacia la orilla, miró al frente, se fijó en un carguero que avanzaba en lontananza, lento, como una mole incapaz de arrastrar su propio peso.

—Veo que la noticia te ha afectado. —María se acercó a ella—. Pero los dos son unos monstruos, Rosaura, cualquiera de ellos era capaz de hacerlo.

—¿No te sorprendió que fuera tu propia madre?

—No, era la peor de los dos, lo pienso así porque me llevó en su vientre y me parió. Sigo sin entenderlo.

—No le des muchas vueltas, no tiene explicación posible —le aconsejó Rosaura, aún impresionada por lo que María acababa de descubrirle.

—Tengo que irme, pero me gustaría que vinieras conmigo para seguir hablando. ¿Puedes?

Recogieron la sombrilla, caminaron por la arena hacia las vías del tren para adentrarse en el pueblo.

—¿Cómo pudo hacerlo tu madre? Adrián era alto, Cecilia también, pero no tiene una complexión fuerte. No es que no te crea, es otra cosa, no sé cómo explicarlo.

—No se requiere mucha fuerza para clavar un cuchillo, basta solo el odio, que te la multiplica por diez. Yo pertenecía a mi madre, era de su propiedad. No me permitía estar con nadie más que con ella.

—Y entonces lograste huir...

—Adrián me lo pidió.

—¿Te lo pidió? Estaba muerto, María.

—A veces nos hablábamos sin palabras.

Caminaban las dos por las callejuelas de Sant Pol, pasaron por delante de un bello edificio modernista, ornamentado con azulejos de un brillante color azul, con orlas de hojas granates pintadas sobre los balcones.

—Es precioso —comentó Rosaura.

—Can Planiol, se construyó en 1910. Es una de las joyas modernistas del pueblo —le explicó María—. Espérame aquí un momento, ahora vuelvo.

Rosaura no respondió. Estaba intentando imaginar a Cecilia apuñalando a su hijo, empujándole al estanque, con sus trofeos ya en su poder. No entendía por qué ella no pidió auxilio, aunque comprendía que se quedara paralizada, que no reaccionara ante lo que acababa de presenciar. Una mano le rozó el hombro por detrás. Era María, llevaba a un niño en brazos.

—Es tu nieto, Rosaura —le reveló sin más preámbulos.

—¿Mi nieto? —preguntó aún sin reaccionar; abrió la boca, se llevó una mano al corazón, y esta vez no para apuñalarse, sino para procesar aquella noticia tan inesperada, aquella emoción desconocida hasta entonces.

—Lo había dejado esta tarde en la guardería. Tiene año y medio. Cuando me arrebataron a mi amor, yo estaba embarazada de dos meses. Esa fue la razón por la que hui cuando mi madre asesinó a Adrián. Llevaba a su hijo dentro de mí. Tenía que protegerlo de los monstruos.

—Se parece a él, los mismos ojos verdes, sus cejas oscuras —comentó Rosaura, embelesada mirando al pequeño—. ¿Él lo sabía?

—Sí, por eso planeamos la escapada. Íbamos a ir a tu casa. Se llama como tu hijo.

—Adrián... —susurró—. ¿Puedo cogerlo?

María se lo tendió. Rosaura miraba al niño asombrada, mientras el pequeño jugaba con un mechón de su peluca. Lo abrazó, lo besó en la frente. No quería regresar a Barcelona, no en ese momento, solo deseaba estar con él.

La que ahora era su nuera vivía en un minúsculo apartamento, con un salón que también era dormitorio —dos sofás cama, la cuna de Adrián— y una cocina americana. Trabajaba en el horno de un obrador —le contó— desde las cinco de la mañana hasta la una la tarde. El sueldo le daba para el alquiler, los gastos de la casa, la comida y poco más.

—Pero estoy bien aquí, con Adrián —le comentó mientras le servía a Rosaura una Coca-Cola con hielo—. Llevo a su padre conmigo, hablo con él, lo veo en mis sueños, sé que está feliz con nuestro hijo.

Le confesó a Rosaura que, cuando huyó del parque, solo tenía una idea en mente: abandonar Madrid, irse lejos. Lloró mientras se alejaba de su amor, vivía mortificada por la culpa de haberlo dejado solo en el estanque, de no haber denunciado a su madre porque estaba segura de que la castigaría a través de su hijo. Le horrorizaba lo que pudieran hacerle al pequeño. A ella la maquillaron cuando era un bebé, Mario le cambiaba los pañales, tenía un recuerdo que no sabía si era real, pero veía su mirada libidinosa entre el momento de retirarle el Dodotis sucio y colocarle el limpio. Posiblemente eso no sucediera así, siendo una bebé no podía retener en su memoria ni esas cosas ni otras, y aún menos interpretar si una mirada era lasciva, pero ese recuerdo lo mantenía vívido y no conseguía hacerlo desaparecer.

—Yo no podía ir a por ellos, pero pensé que tú sí, por eso te envié las cartas.

—Hiciste bien, tus pistas me llevaron hasta tus padres, aunque no merezcan ese nombre.

Rosaura estaba sentada en el sofá, con el pequeño Adrián de pie sobre sus piernas. Ella le cogía las manitas y él le sonreía. De pronto, soltó un largo «babababababaaaa» y se le llenó la boca de saliva. María se la limpió con un clínex, a Rosaura no le importó responder a su nieto con otro «babababababaaaa», riéndose y mirándole embobada.

—Estoy tonta, ya lo ves.

—¿Sabes? Cada día, al levantarlo y al acostarlo, lo cojo en brazos, nos ponemos los dos frente al espejo y le digo que le dé los buenos días y las buenas noches a su padre. Para él es «papi», y así será siempre. Adrián vive en mí y quiero que viva en su hijo también.

El pequeño abrió los brazos y miró a su madre. Quería irse con ella. Rosaura se lo tendió y aprovechó para contarle cuál era su realidad en ese momento.

—Estoy cumpliendo pena de prisión, por eso no he visto tus cartas hasta hace unos días. Atropellé con el coche al que creía que era el asesino de Adrián. Maté a un inocente. Quiero que lo sepas, aun arriesgándome a que pienses que no soy la abuela que merece tu hijo.

A María le impresionó esa confesión, Rosaura lo advirtió no solo en su silencio, sino en su juego nervioso con las manos; pensó que no sabía qué responderle, temió haberla decepcionado. Pero ella la miró a los ojos y le dijo con firmeza:

—Lo que hiciste fue un error fatal, terrible, pero no eres una asesina como Mario y mi madre. Y por supuesto que serás la mejor abuela para Adrián.

Rosaura se emocionó al escuchar esas palabras. Acababa de descubrir que tenía un nieto y temió por unos instantes que pudiera perderlo. Aun así, le debía a María proseguir con la verdad.

—Hay más, quiero que lo sepas todo. Me dieron un permiso penitenciario, pero no he querido regresar a la cárcel hasta encontrar a quien asesinó a Adrián. Soy una fugitiva. Ahora que ya sé quién lo hizo, me entregaré, pero antes quiero que se haga justicia y que Cecilia pague por su crimen.

Capítulo LVI

María no le permitió a Rosaura hacerle una foto a Adrián para llevarla en su móvil. Continuaba atemorizada, no quería dejar rastros, y menos de su pequeño. Su madre estaba viva y, ante la ausencia de Mario, podría decidir buscarla. Sin él al lado, Cecilia estaría descontrolada. Le daba más miedo que nunca.

Rosaura llegó a Barcelona cerca de las once de la noche, ya había avisado a su hermana de que llegaría tarde; no le comentó que tenía previsto irse a Madrid a la mañana siguiente en el primer autobús. La certeza de que Cecilia había asesinado a su hijo la había desestabilizado: la perplejidad —ella nunca imaginó a una mujer detrás del crimen— y, a la vez, una rara euforia que la propulsaba a no sabía qué ni por qué subían y bajaban su ánimo sin que ella pudiera controlarlo. Había sido un día muy intenso y debía centrarse en encontrar la manera de desenmascarar a la asesina y entregársela a Martina. Aún no sabía cómo.

Cuando llegó al velero, Beatriz y Camila la esperaban en cubierta con un par de *pizzas*. Les contó que regresaba a Madrid. «Si nos hubieras dicho que te vas mañana, habríamos preparado una cena más decente», le dijo su hermana, mientras su novia echaba chile a su porción y también a la siguiente que se comió. Tomaron chupitos de tequila, hicieron bromas con el *«Sant Pol quina hora és?»*, cantaron en voz bajita, a la luz de las velas, una ranchera en honor a Camila, una que conocían las tres: *Volver, volver*, de Vicente Fernández. Nada les mencionó Rosaura sobre su nieto, aunque le habría gustado compartir esa felicidad, pero debía ser discreta hasta que Cecilia fuera detenida. Se despidieron, se abrazaron, y el abrazo entre las hermanas fue largo, estaban aprendiendo a quererse.

A la mañana siguiente, con Rosaura ya viajando en autobús hacia Madrid, un trozo de carne humana carbonizada era examinado por el forense en la sala de autopsias del Instituto Anatómico Forense de la capital. El aspecto era el de un pequeño tronco de árbol quemado, lo único que se había podido recuperar del cadáver de la furgoneta incendiada. La mayor parte de sus restos se habían fundido con la chapa; el suelo de moqueta sintética del vehículo había actuado como un potente combustible; además, según los bomberos, se había rociado el cuerpo con gran cantidad de gasolina para acelerar el fuego. Iba a ser difícil identificar ese resto humano calcinado, que correspondía a un fémur.

Cecilia había denunciado la desaparición de Mario, temía que los amigos de alguna de las yonquis a las que Mario sometía lo hubieran pillado en plena faena y estuviera medio muerto de una paliza en un descampado. La inspectora Martina, a la que llamó la farmacéutica al no saber nada de él, ató los extremos de un mismo cabo: en uno, el burdel al que el farmacéutico solía acudir; en el otro, ese charco de sangre, a solo una manzana del prostíbulo. Tenía que descartar que perteneciera a Mario. De momento, el grupo sanguíneo coincidía. Le pidió a Cecilia un cepillo de dientes de su marido y algunos de sus cabellos del peine, para identificar el ADN. No solo los cotejaría con la muestra de sangre, sino también con los cabellos que se habían aislado en dos de las víctimas latinoamericanas y que no habían dado resultados positivos, pues pertenecían a un varón que no estaba fichado en el sistema. Era un desconocido, ahora quizá pudieran ponerle nombre y apellidos.

—El resultado tardará unos días —le comunicó cuando acudió a su casa con dos agentes de la Policía científica.

—¿Y qué hago yo mientras tanto?

Se la notaba angustiada, ya no era la misma mujer que durante el interrogatorio se había mostrado flemática e indiferente.

—Tengo que decirle algo, Cecilia. Se ha completado el seguimiento del Volkswagen de su marido a través de las videocámaras, me refiero a la noche del crimen de Malena. El vehículo aparece muy cerca del parque infantil donde la asesinaron y a la misma hora. Esté donde esté, lo consideramos sospechoso.

—¿Y de qué me sirve eso ahora? Ahora solo quiero saber dónde está mi marido, ¡y rápido! —le exigió ahora con la soberbia de una reina dirigiéndose a su doncella. La inspectora decidió pasarlo por alto en vez de ponerla en su sitio. Ya conocía su carácter, no perdería ni un minuto en amonestarla.

—¿Qué piensa usted que le ha ocurrido? —le preguntó a la farmacéutica.

—¿Cree que habría denunciado su desaparición si lo supiera? Váyanse de aquí con sus muestras de pelos o de lo que sea, quiero estar sola. —No se lo pidió, se lo ordenó, nerviosa y malhumorada.

Martina estaba casi convencida de que Mario era el asesino en serie de las mujeres latinoamericanas; su presencia en las cercanías del crimen de Malena lo incriminaba, pero le faltaban más pruebas para acusarle y tampoco se había hallado el arma homicida, ese cuchillo con extraños restos de arcilla y de espuma de poliuretano.

Cuando salía de casa de los Garcilosa, recibió una llamada en el móvil. Número oculto. Posiblemente, Rosaura. Lo era.

—Martina, tengo por fin las pruebas definitivas de quién mató a mi hijo. Hay un testigo, además. Tenemos que hablar. Luego, podrás ponerme las esposas y regresaré a la cárcel.

—¿Dónde estás?

—¿Qué garantías me das de que no me vas a detener hasta que escuches lo que tengo que decirte?

—Tendría que hablarlo con el juez, eres una prófuga, no puedo hacer nada por mi cuenta, ¿lo entiendes? Me atengo a la ley.

—¿Me vas a ayudar o no? La pregunta es bien fácil.

—Llámame en un par de horas.

Transcurrido ese tiempo, hablaron.

Rosaura había invertido el largo viaje desde Barcelona en pensar la manera de abordar a Cecilia, cómo conseguir que confesara el crimen y que eso sirviera como prueba para arrestarla. Por eso necesitaba a Martina, pero con la inspectora siempre había que cumplir la ley, y uno podría pasarse una eternidad esperando a que se hiciera efectiva. No aprobaba las soluciones rápidas y criminales de los aluniceros, pero la exasperaba la lentitud de las investigaciones policiales, siempre condicionadas por una autorización judicial que podía llegar o no a tiempo. Necesitaba soluciones. Velocidad.

Sin imaginar que su crimen ya estaba al descubierto, Cecilia sentía todo el peso de la soledad y el desamparo, sentada a la mesa de su comedor, ante el menú del *catering* de ese día: vieiras al horno con bechamel y arroz con bogavante para dos. No lo había probado. Faltaba él. No dejaba de llamarle al móvil, que daba una señal rara que posiblemente significara que ese dispositivo ya no existía. ¿Cómo vivir sin Mario si en realidad estuviera muerto? ¿Qué haría sin él? Una vida incompleta, carente de sentido. La ilusión de tenerlo siempre al lado se convertiría en un simple espejismo, acariciaría su cuerpo y se diluiría en el aire. El amor, el sexo, el sometimiento de las mujeres, el crimen, lo oscuro, las tinieblas que los envolvían a los dos para ejercer la maldad; todo lo que amaban y les alegraba la existencia ya no existiría. No podría sobrevivir siendo la simple viuda de un farmacéutico. Le aburriría el mundo, sería un animal enjaulado de por vida. Cogió una copa de cristal de la mesa y la estrelló contra el suelo. Era la suya. Tomo luego en sus manos la de Mario y escanció un Ramón Bilbao. Lo saboreó, pasó la lengua por el borde de la copa con lascivia, imaginó que Mario estaba sentado frente a ella y que eso le excitaba.

Permaneció sentada a la mesa hasta que atardeció, no quería bajar a la farmacia, tenía ganas de increpar a los clientes, decirles que eran unos pesados, que estaba harta de sus historias, de sus enfermedades y de sus muertos. Era lo que pensaba de ellos, también Mario, pero les divertía fingir, despreciarlos mientras les dedicaban una sonrisa. Si la inspectora descubría los crímenes de su marido, sería además la viuda de un asesino. Si María apareciera algún día y contara todo lo que sabía, la señalarían como la madre monstruosa a la que lincharían en los telediarios.

«¿Qué puedo hacer por ti?», le preguntó la muerte. «Prepárame un té», le respondió ella. Le pareció una buena idea, quizá fuera una buena salida a sus problemas y a su desazón. El futuro se había convertido en un reloj parado, la manilla se disolvía en sus manos cuando intentaba darle cuerda, las agujas permanecían quietas, paralizadas por el tiempo para impedirles avanzar hacia el segundo siguiente.

—Hola, Cecilia.

—Julia...

—Les he pedido a los dependientes que me dejaran subir a verte. Me han dicho que Mario ha desaparecido, estoy impactada. ¿Qué ha podido ocurrirle? ¿Cómo estás tú? —le preguntó mientras se acercaba a ella y colocaba una mano en su hombro como gesto de solidaridad.

—¿Que cómo estoy? Muy mal, cielo. Ya son dos días sin saber de él. Siéntate, ¿quieres una vieira? ¿Un poco de arroz con bogavante?

Rosaura tenía hambre, no había comido nada desde que había salido de Barcelona. Cecilia no la esperaba, no estaba Mario, no habría envenenado nada de lo que ella misma iba a comer, así que se atrevió a probar una vieira con bechamel, que estaba deliciosa.

—¿Qué crees que le ha pasado?

Se lo preguntó la farmacéutica con voz angustiada. Estaba fingiendo. En su interior, la insultaba: «Traidora de mierda, nos pusiste cámaras en la casa para vigilarnos. ¿Quién eres en realidad?». Pensó que seguramente ni siquiera se llamara Julia.

—¿Te apetece un té? Nos lo tomaremos juntas y así me haces un poco de compañía.

—¿Ahora? Todavía no has comido, el arroz ni lo has probado. —La mesa estaba repleta de viandas, le recordó a uno de esos bodegones que se exponían en los museos.

—Tengo un té que me lo traen directamente de Ceilán, sin intermediarios. Tiene un sabor muy peculiar, es potente, pero el regusto es aromático y agradable. Te gustará.

Cecilia bebió otro sorbo del Ramón Bilbao en la copa de Mario, paseó el vino por el paladar, lo removió con la lengua, como si estuviera besando a su amor. Después, fue hacia el balcón y lo abrió, dejando entrar de golpe el sonido del tráfico.

—Hace calor, necesito aire, la ausencia de Mario me asfixia. —Salió al exterior, se deshizo el recogido habitual en ella y dejó sueltos sus cabellos rubios. Tras unos instantes asomada a la barandilla, entró y se fue a la cocina.

Mientras, Rosaura degustó otra vieira y se tomó la confianza de probar una cucharada del arroz con bogavante, y luego otras dos más. La ansiedad le provocaba hambre. Debía manejar la situación, seguir el guion que había escrito en su cabeza. Decidió espiar a Cecilia en la cocina, pero llegó tarde: la farmacéutica ya estaba saliendo, con una bandeja con dos tazas con el té ya servido, la tetera, una jarrita de leche, el azucarero y un plato con pastas.

—¿Nos sentamos en el sofá?

Lo hicieron. Cecilia colocó el servicio de té sobre la mesa de centro.

—Disculpa, ¿tienes sacarina? La prefiero al azúcar.

—Es la primera vez que me la pides. —Le extrañó que lo hiciera.

—No me atreví a hacerlo en su momento, apenas nos conocíamos.

Rosaura aprovechó cuando la mujer salió del salón para cambiar las tazas de té. Ella se quedó con la de Cecilia. Cuando regresó, se sentó al lado de Rosaura y le tendió el envase de la sacarina.

—Dicen que provoca cáncer —le advirtió—. No te fíes de lo que es artificial, yo no me fío ni de las vacunas y soy farmacéutica, con eso te lo digo todo.

—Puede que tengas razón. —No tenía ganas de debatir sobre un tema que no le importaba en absoluto en ese momento.

—Anda, prueba el té, a ver qué te parece —la invitó a hacerlo mientras ella tomaba el primer sorbo.

Rosaura se mojó solo los labios. Le pareció asqueroso, tenía un sabor desagradable; más que un té, parecía agua sucia.

—Es especial, no se parece a ninguno de los que he probado, me gusta —le mintió a su anfitriona, al tiempo que se limpiaba con una servilleta para eliminar cualquier rastro de la infusión.

—Ya te lo he dicho, es el auténtico de Ceilán.

Cecilia bebió tres sorbos seguidos y comió una pasta con pequeñas frambuesas incrustadas. Después, apuró la taza y se sirvió más té.

—Anda, Julia, bebe. Se te va a enfriar.

Rosaura simuló que lo hacía, pero seguía sin probar ni una gota de ese brebaje. Cecilia se reclinó en el sofá.

—¿Qué voy a hacer sin Mario? —insistió en su ausencia, aunque no derramó una lágrima.

Se incorporó y bebió más té. Este último sorbo le sentó mal, porque pareció que se estaba mareando y volvió a recostarse.

—¿Qué vas a hacer tú sin Mario y qué voy a hacer yo sin mi hijo? —le preguntó de golpe Rosaura, sin molestarse en dar un rodeo antes de abordar el tema.

—¿Tu hijo? —A Cecilia esa pregunta le pareció extraña, pero no varió su postura, continuaba desmadejada en el sofá y ahora, además, con las piernas abiertas—. No sabía que tuvieras un hijo —le comentó con un débil hilo de voz—. ¿Por qué no bebes tu té?

—Ya me lo he bebido —afirmó Rosaura, segura de que Cecilia no lo comprobaría, dado su estado de aturdimiento.

—Pues yo te veo bien, estás mejor que yo.

Entonces Rosaura lo entendió: no había servido de nada el ardid de cambiar las tazas, las dos contenían droga. No entendía qué pretendía Cecilia, pero debía darse prisa antes de que perdiera la consciencia; ignoraba qué había añadido a la infusión, pero a la farmacéutica le había hecho efecto muy rápido.

—¿Me ves bien, dices? Pues no, la verdad es que me estoy mareando. —Se reclinó ella también en el sofá, simulando sentirse tan traspuesta como su anfitriona.

—Te estás inventando lo de tu hijo, no tienes pinta de madre. ¿Estás jugando conmigo, aprovechando mi debilidad? —preguntó, suspirando más que hablando.

—Adrián era mi hijo y lo mataste en el parque de Roma.

—¿Y qué más da ahora eso? Nos vamos a morir las dos, te me llevo conmigo, por traidora. Nos pusiste cámaras para vigilarnos, con lo amables que hemos sido siempre contigo. Yo me iré con Mario y tú con el diablo.

—Me quitaste a mi hijo.

—No, él me iba a quitar a María, el gran regalo que le hice a Mario, el más grandioso de todos. ¿Por qué vuela ese pájaro en el techo? —preguntó de repente, siguiendo con la mirada un ave imaginaria revoloteando por el salón—. ¿Es un halcón?

—Le apuñalaste. Me estoy mareando cada vez más —fingió Rosaura—. Yo también veo el halcón, va a por el ciervo.

—Sí, le apuñalé. No, a mi Bambi no le haga daño, señor halcón —suplicó entre un suspiro y el siguiente.

—Y lo empujaste al estanque.

—¿Y qué? Ya estaba muerto, a él ya le daba igual mojarse. —Elevó la mano, señaló al techo con su dedo índice, con un gesto de advertencia—. Halcón, no te comas los ojos de mi Bambi.

—¿Mario lo sabía?

—Usé su cuchillo, se habría enfadado. —Sonrió y se encogió de hombros.

—¿El cuchillo con el que mataba a mujeres?

—¿Está aquí? Lo oigo subir por las escaleras. —Se incorporó ligeramente, sonrió—. Me está llamando. ¿No lo oyes?

No iba a seguirle más el juego. Ya había conseguido su confesión. Tuvo ganas de levantarse y destrozarle la cara a puñetazos.

Es lo que necesitaba en ese momento. Y no se reprimió. Se volvió hacia Cecilia y comenzó a golpearla con toda su fuerza en la cara, en la cabeza, en el pecho.

—¡Maldita hija de puta! —le gritaba, sollozando—. ¡Me quitaste a mi hijo!

Ella se defendía con los brazos y emitía pequeños alaridos de dolor, le faltaba el aire para pronunciar palabra alguna.

Entonces sucedió algo: irrumpieron en el salón la inspectora Martina, acompañada de dos agentes de paisano y de cuatro policías uniformados. Habían entrado por la farmacia y aparecieron por las escaleras.

—Rosaura, ya está. —Martina la separó de Cecilia.

—Si llegas a tardar un poco más, yo creo que la habría matado. —Estaba furiosa.

—¿Por qué me has pegado? ¿Qué hacen estos curas aquí, maldita bruja? ¿Los has traído tú aquí? —le preguntó la mujer a Rosaura al ver a los agentes uniformados de azul oscuro—. Dile al halcón que se los lleve.

—Díselo tú, puta asesina —le respondió ella.

La farmacéutica estaba desvariando. Su tez había adquirido un color blanquecino. Martina pidió a un compañero que llamara a una ambulancia.

—Cecilia García de Cuernavaca, queda usted detenida por el asesinato de Adrián Castán —le informó.

—Vale, lo que usted quiera, pero necesito que me dé el aire, no puedo respirar.

Se incorporó del sofá, caminó con pasos aturdidos hacia el balcón y se apoyó en la barandilla. Inspiró, se pasó las manos por el cabello suelto.

—Ve tú con ella —le ordenó Martina a un agente.

Ya era tarde. En un instante mínimo, Cecilia abrió los brazos en cruz y, creyéndose un pájaro, se lanzó al vacío. Mientras se precipitaba, la oyeron gritar el nombre de Mario.

Capítulo LVII

Rosaura metió las manos por debajo de su sudadera y se desprendió del micrófono que llevaba adherido a su cuerpo. Unas horas antes, el juez había autorizado a la inspectora que fuera la fugitiva quien intentara arrancarle la confesión a la farmacéutica. En su escrito de petición al magistrado —en el que había solicitado también una orden de entrada y registro—, Martina argumentaba que existía una testigo, la propia hija de la sospechosa. Había presenciado el crimen de Adrián Castán y se lo había revelado a Rosaura. Adujo, además, que la prófuga había estrechado vínculos con la farmacéutica y que sería más sencillo, aun siendo difícil y delicada la operación. De este modo, mientras Rosaura charlaba con Cecilia, la inspectora y los suyos escuchaban la conversación en una furgoneta aparcada cerca de la farmacia. Una vez se produjo la confesión, entraron en la vivienda.

—Ya me puedes esposar —le dijo Rosaura a Martina, juntando sus muñecas—. Te lo prometí y lo voy a cumplir.

—No es necesario ahora mismo, descansa un poco en el sofá mientras nosotros procedemos al registro de la vivienda. Eres muy valiente, ¿lo sabías? —la felicitó.

—Más bien soy tozuda, como buena aragonesa. No esperaba este final. Cecilia tendría que haber ido a la cárcel.

—Precisamente por evitar la prisión hay quienes se quitan de en medio, como ha sido el caso.

—Hablaba del crimen de Adrián como si hablara del tiempo. No podía soportarlo, no sé cómo he podido aguantar hasta el final.

—Para que pudiéramos detenerla, Rosaura.

—Pues ha usado la muerte como vía de escape. No va a ser juzgada y yo no creo en la justicia divina.

A pesar de ser un primer piso, la caída fue brutal. Al lanzarse al vacío creyendo que era un pájaro, hizo una rara pirueta en el aire, se precipitó en vertical y se estrelló de cabeza contra el pavimento. Murió en el acto. Rosaura no quiso asomarse al balcón para ver su cadáver, escuchó los gritos de los transeúntes, la sirena de la ambulancia y las de los coches policiales, pero ella continuaba lamentándose de que ese crimen y los de Mario quedaran sin castigo. Sus autores ya estaban muertos. Como era agnóstica, tampoco le consolaba que se pudrieran en el infierno. Había pedido que le quitaran al cadáver de Cecilia el nomeolvides de María, puesto que no le pertenecía, pero no sabía si le harían caso, aunque le insistiría a la inspectora.

—Mira, Rosaura. —Martina llamó su atención. Enfundadas sus manos en guantes de látex, le mostró el reloj de Adrián, que aún continuaba en esa caja de puros. Era tal la sensación de impunidad de los Garcilosa que ni siquiera se habían molestado en esconderlo.

—El Lilienthal Berlin... —murmuró con tristeza y también con sorpresa—. Lo he tenido todo este tiempo al lado, en el sofá, a menos de medio de metro de mí, bastaba con abrir la caja.

—Las oportunidades son las que son, y esta no la has tenido, no le des más vueltas.

—¿Lo puedo coger?

—No, es una prueba, pero te lo daré, no te preocupes.

Siguió con la mirada cómo lo introducían en una bolsa de plástico y la precintaban.

—Adrián...

Mientras los agentes registraban la casa, Rosaura intentaba asumir que pasaría la noche en la cárcel; de nuevo las celdas, los cerrojos, las paredes interminables, ninguna llevaba a la calle, sino a una dependencia y a la siguiente y así sucesivamente.

Escribió a Ignacio en el Messenger:

Se acabó. Mario está muerto y
Cecilia se ha tirado por el balcón.
Antes de morir me ha confesado que
asesinó a Adrián.

¿Cecilia? ¿Fue Cecilia?

Sí, tengo mucho que contarte.
Me he entregado, Ignacio.
Hoy dormiré en prisión.

Pero estás viva, no sabes cuánto pienso en ti en el hospital. Me habría muerto si alguno de esos dos te hubiera hecho algo.

Pues se acabó, yo a mi celda y tú a recuperarte.

Te echo de menos.

Yo también a ti.

¿De qué forma me echas de menos? ¿Como a un amigo?

No, quizá algo más. Tengo que dejarte.

Rosaura desconectó súbitamente.

Durante la conversación, había entretenido su mirada en el ciervo disecado, se fijó en su boca entreabierta, recordó que en su momento le pareció de mal gusto que el taxidermista lo hubiera disecado con ese rictus agónico. Ahora, la boca del cérvido le parecía más abierta todavía. Se levantó y se acercó. Miró en el interior, sentía aprensión, pero introdujo dentro los dedos; notó al tacto una estructura dura de la que se habían desprendido algunos pequeños trozos, como ocurre en una pared descascarillada. Cogió algunos, los miró. Eran blancos, pero tenían diminutas manchas rojas, como si fuera una salpicadura. Llamó a Martina y se los mostró.

—¿Podría ser sangre?

A la inspectora se le iluminó la mirada. «¡Eso es!», exclamó. Se dirigió a la cocina, cogió un cuchillo, el de la longitud más aproximada a la hoja de quince centímetros que hundía Mario en los corazones de sus víctimas. Lo introdujo en la boca del animal, encajó, pero tuvo que presionar hacia el final hasta que el mango no sobresaliera.

—Aquí guardaba el arma homicida —afirmó Martina—. La espuma de poliuretano, la arcilla, ahora lo entiendo.

Abrió la pantalla del móvil, buscó en el navegador materiales de taxidermia, se centró en un tutorial donde un profesional daba forma al molde del cuerpo del animal con espuma de poliuretano, para luego cubrirlo con el pelaje. Avanzó para saltarse pasos en el vídeo. Vio entonces al taxidermista modelar con arcilla el hocico y los labios. La inspectora sacó el cuchillo de la boca del cérvido, pidió a un agente una bolsa de evidencias, lo introdujo dentro y la selló.

—Se encontrarán las trazas que aparecieron en las autopsias de algunas víctimas. Seguramente serán las mismas.

Martina pidió a Rosaura esos trozos de poliuretano, supuestamente manchados de sangre, para unirlos a la prueba. No le había revelado a la agente que fueron los aluniceros quienes asesinaron a Mario. No quería implicarlos; a su manera, la Gata y su banda la habían ayudado en sus pesquisas y, al final, habían aplicado su propia ley. No los culpaba, pero no deseaba encontrarse con ellos nunca más. Nada tenían que ver con su mundo. La inspectora, por su parte, tampoco le había comentado el hallazgo de esos restos carbonizados en una furgoneta incendiada y que podrían pertenecer a Mario. En la búsqueda de la verdad, todos habían ocultado información al otro: la fugitiva, la inspectora, su nuera guardia civil y la banda de aluniceros tenían en sus manos las piezas del puzle que nunca sería completado del todo, porque a cada uno le faltaban las que tenían los demás. De todos modos, ninguno de los asesinos pagaría por sus crímenes. Todos estaban muertos, salvo la banda de la Gata.

—Las veces que yo miré al pobre ciervo y nunca imaginé que allí estuviera el arma con la que, posiblemente, Cecilia asesinó a mi hijo —comentó Rosaura—. Todo estaba a mi alcance y no supe verlo.

—A mí no se me habría ocurrido buscarla ahí, si te sirve de algo.

—Inspectora... —Un agente se acercó a ella con una cámara digital de fotos—. La hemos encontrado en un armario del dormitorio del matrimonio. Hay decenas de tarjetas con más fotos. Las imágenes son duras —comentó, mirando de soslayo a Rosaura.

—¿Me hicieron fotos? —Le avergonzó que el policía las hubiera visto; se lo transmitió con una mirada huidiza.

—¿Fotos a ti? ¿A qué te refieres? —le preguntó Martina.

—Ponme las esposas, inspectora, quiero salir de aquí.

Capítulo LVIII

Rosaura ya no tenía demonios en su vida. El último se había lanzado por el balcón y su cabeza quedó literalmente aplastada contra el asfalto. Ahora, casi dos años después de aquel funesto mes de marzo, seguía lamentando que la muerte hubiera librado de la cárcel a la asesina de su hijo. Ella ya disfrutaba de una vida en libertad: aunque se le sancionó anulando varios permisos por no regresar a prisión, el hecho de entregarse a la policía y colaborar en la resolución de un crimen, el de su propio hijo, la favoreció y, al final, su estancia tras las rejas no se prolongó tanto como suponía. Una vez libre, había solicitado la readmisión en el hospital donde trabajaba cuando la asoló la tragedia, pero la gestión conllevaba tiempo y papeleo y Rosaura seguía esperando una respuesta que quizá no se produciría nunca. Mientras tanto, había conseguido trabajos eventuales en otros centros hospitalarios de Madrid como enfermera de noche, contratada por familiares de pacientes a los que, por unos u otros motivos, no podían acompañar en el horario nocturno. Gracias a aquel trabajo solitario y casi siempre rutinario, Rosaura se había habituado a la lectura y se sentía distinta desde que los libros entraron en su vida: sabía más sobre el mundo, conocía geografías a las que nunca había prestado atención y se sumergía con gusto en la psicología de los personajes. Le atraían los amorales, los desleales, los que desplegaban su maldad —no necesariamente criminal— y arruinaban vidas; ella sabía mucho de eso y se alegraba cuando el autor les daba su merecido. Acababa de finalizar la lectura de *Desayuno en Tiffany's,* de Truman Capote, una historia, la de la joven Holly, que la había conmovido.

—El libro es mucho más triste que la película, y pienso que también más profundo —le comentó Rosaura a Ignacio, tomando ambos una cerveza en el Círculo de Bellas Artes de Madrid; ahora a ella le gustaban los lugares refinados o con encanto, como ese bello café del siglo XIX en el centro de Madrid.

—Si la adaptación al cine hubiera sido fiel al libro, habría sido inasumible para el Hollywood de la época, pero es una película icónica y Audrey Hepburn conquista al espectador desde el minuto uno, a mí el primero.

—Yo también la admiro, sobre todo por esa elegancia natural que emana de ella, no sé cómo puede conseguirse eso, pero solo lo he visto en Audrey y en Carolina de Mónaco.

—¿Carolina de Mónaco? —exclamó Ignacio—. No tienen nada que ver, no me toques al mito, por favor.

—Para mí Carolina es otro mito, desde pequeña.

—Déjalo estar, no me vas a convencer —se rindió él.

No podía afirmarse oficialmente que Rosaura e Ignacio fueran pareja, pero pasaban mucho tiempo juntos y hacían el amor en el palomar. Ella comenzó a enamorarse de él cuando se besaron en el coche tras huir de los narcos. Nunca había pensado que pudiera ocurrir, pero se sentían muy unidos por los vínculos que establecieron durante aquellos días de tiros, persecuciones y muertes. «Lo que nos ocurrió me parece tan inverosímil que me habría gustado escribir un guion, pero, como ya lo he sufrido una vez, no lo voy hacer dos», le había escrito a Rosaura durante su estancia en el hospital. Ignacio se libró finalmente de la acusación de encubrimiento: aconsejado por su abogado, declaró que desconocía que su amiga fuera una prófuga de la justicia. «Siempre pensé que estaba de permiso penitenciario, ella nunca me dijo lo contrario. Quería encontrar al asesino de su hijo durante esos días fuera de la cárcel y yo la ayudé, sin pensar en ningún momento que, al hacerlo, estaba encubriendo a una fugitiva. De haberlo sabido, la habría intentado convencer para que se entregara», declaró ante la policía.

Rosaura había vendido su vivienda de Moratalaz. Era uno de los cambios que había provocado en su vida. La relación con Petra estaba rota, seguía acusándola de haber puesto en peligro la vida de su hijo, a pesar de que ella le había pedido perdón cada vez que tuvo oportunidad; así las cosas, coincidir en el rellano era una situación violenta para las dos. A Ignacio le entristecía la actitud de su madre, pero no servía de nada contarle la verdad, las veces que Rosaura había insistido en apartarlo de su vida para protegerlo.

Cuando se mudó y se fue sin despedirse de la que había sido su gran amiga, le pareció a su hijo que Petra se planteó por un momento reconducir la relación, pero no hizo ningún movimiento en ese sentido y continuaba apartada de su vida.

Una vez vendido el piso, adquirió otro en Collado Villalba, en la sierra de Guadarrama, un tercero exterior, con jardines y piscina comunitarios. Abandonar la metrópoli fue una decisión que le costó, pero la vivienda había subido mucho en la ciudad y quería al menos dos habitaciones, para que María y su nieto estuvieran cómodos si alguna vez la visitaban. La encontró a cuarenta kilómetros de la capital, en una localidad de más de sesenta mil habitantes y muy bien comunicada con la ciudad. Junto a su hermana, Rosaura había tomado otra decisión: conservar la casa familiar de Barbastro. Ahí estaban sus raíces, no podían renunciar a ellas, aunque todavía no se habían atrevido a regresar y afrontar las ausencias. Pero la idea era siempre la de volver.

Ignacio solía pasar con ella los fines de semana en Villalba. No se lo ocultaba a su madre y ella guardaba silencio cuando nombraba a Rosaura, aunque sabía que su hijo la consideraba su pareja. Estaba ilusionado y quería profundizar en la relación, porque siempre temía que se arrepintiera y lo abandonara; se sentía feliz por tenerla a su lado, pero también tremendamente inseguro, aunque la complicidad entre los dos era cada vez mayor.

Ya no trabajaba como guardia de seguridad. Ahora era profesor de autoescuela, había aprobado el curso hacía apenas medio año y ya tenía trabajo. Le importaba tan poco como el anterior, pero al menos no tenía que estar pendiente de carteristas y de clientes que se iban sin pagar. Ignacio seguía con el sueño del cine. Llevaba meses con el asunto de su guion, *La incertidumbre*, una complicada historia de amor entre una suegra y su yerno. A la productora le interesaba, pero sugirió algunos cambios y a Ignacio le dolía hacerlos. Los realizaba con lentitud y no todos los que le habían solicitado. Quería subirse a ese tren, pero no quería hacerlo de cualquier manera.

—No es soberbia, es que creo que se equivocan —se justificaba ante Rosaura.

—¿Y si el equivocado eres tú? Ellos saben cómo funciona el negocio. O cedes en algo o prepárate para enviar tu historia a otras productoras y empezar de cero. Has tenido mucha suerte, no la malgastes.

A Rosaura le desasosegaba su inmadurez en algunas cuestiones, como la del guion, y estaba empeñada en influir en él para que abandonara a Peter Pan, aunque debía reconocer que esa misma inmadurez lo convertía en un ser peculiar cuyo encanto y una relativa ingenuidad le atraían.

Junto a Ignacio, la madre de su nieto era otra luz que se había abierto paso entre las tinieblas de su vida. Aunque Rosaura arrastraría eternamente la pesadumbre por la ausencia de su hijo, la llegada de María había supuesto cierta liberación en su sensación perpetua de pérdida: ella había sido el amor de Adrián y la había hecho abuela. Se estableció entre ambas una conexión especial que les hacía más llevaderas sus vidas rotas. Pero Rosaura tenía a su nieto lejos. Su nuera no se sentía preparada para regresar a Madrid y continuaba viviendo en Sant Pol de Mar con el pequeño Adrián, que acababa de cumplir tres años. Era la heredera legítima de la fortuna de los Garcilosa, pero ni siquiera viajó a la capital para gestionar la herencia. Aunque Mario y su madre estuvieran muertos, tenía la sensación de que su maldad permanecía y se reactivaría si ella volvía a la farmacia o a la vivienda familiar. Le dio poderes notariales a un bufete de abogados y, a través de ellos, cerró la farmacia, traspasó el local —que en pocos meses se transformaría en una sucursal bancaria—, vendió el piso de sus padres y se compró un adosado en Sant Pol, cerca de la playa. Dejó el trabajo en el obrador y había comenzado a estudiar la carrera de Historia del Arte en la universidad a distancia, animada por una pintora que vivía en el pueblo y que alababa su sensibilidad para el dibujo. Lo lógico habría sido optar por la carrera de Bellas Artes, pero a María, con el lastre emocional de los abusos de sus padres, le aterrorizaba mostrar una obra en público. No soportaría el rechazo. Le angustiaba la sola idea de pintar un cuadro, aunque únicamente fuera para que lo viera su amiga pintora. Sufría una herida profunda de la que solo lograba olvidarse cuando estaba con su hijo.

Habían llegado las Navidades de 2019 y Rosaura viajó a Sant Pol para compartirlas con María y su nieto. Poco podían imaginar que en pocos meses llegaría la pandemia del coronavirus, el confinamiento, las mascarillas, las vidas detenidas, los toques de queda, el desconcierto, el miedo al contagio, el déficit de respiradores artificiales. Los muertos.

Para la inspectora Martina también eran unas fiestas especiales: su hijo la había hecho abuela de Clara, una bebé de la que estaba enamorada; quería estar con ella todos sus ratos libres, pero debía reprimirse para no agobiar a los padres. Su hijo Daniel ya no estaba en el GAO, sino que ahora trabajaba en la Policía judicial de la Comandancia de Madrid. Sofía había logrado quedarse en la unidad de homicidios donde había hecho las prácticas. La joven guardia civil y su pareja por fin estaban juntos en la misma ciudad. Era la única felicidad que necesitaban: la pequeña y que el trabajo no volviera a separarlos.

—A ver si mi nieta tiene la deferencia conmigo de ser policía cuando sea mayor —bromeó Martina ante su hijo.

—Que sea lo que quiera, mamá, pero si lo tiene que ser, yo creo que será guardia civil, como sus padres.

—Eso ya lo veremos, aún falta mucho, pero no te confíes.

En el fondo, a los tres les daba igual. Clara sería quien decidiera ser y haría lo que la hiciera feliz.

Ignacio no pasaría las fiestas navideñas junto a Rosaura, sino acompañando a su madre a El Altet, en Alicante, un pueblo de seis mil habitantes que a ambos les gustaba, era agradable, con palmeras y una gran playa virgen donde ya se habían bañado alguna vez. En El Altet se reunirían con Samuel y sus dos hijos guardias civiles, que acudían con sus parejas y sus hijos, un niño cada una. Eran siete a la mesa de Nochebuena, más los dos pequeños. A Ignacio le agobiaba que fueran tantos en torno al mantel, aunque era la tercera vez que se encontraban en la casa familiar reformada por Samuel y ahora manifestaban algo más de naturalidad en el trato. Cuando se conocieron, Ignacio y los dos hermanos se mostraban tensos, a ninguno le gustaba que sus progenitores hubieran rehecho sus vidas tras enviudar, pero ya se habían acomodado a esa realidad e incluso mantenían conversaciones fluidas. Él les hablaba de cine y ellos de sus aficiones: uno era motero y el otro, un experto jugador de ajedrez que había ganado ya varios trofeos.

—¿Me perdonáis un momento? —interrumpió Ignacio la cena navideña y se levantó de la silla—. Tengo que hacer una llamada, no es urgente, pero sí importante.

Repentinamente, echaba mucho de menos a Rosaura y no pudo esperar ni siquiera a los postres. Petra no evitó mirarle con severidad, supuso a quién iba a llamar. Seguía sin aceptar la relación de su hijo con la que fue su amiga. No lograba restablecer los vínculos que la habían unido a ella. Cada vez que se lo planteaba, la asaltaba la imagen de su hijo muerto en aquel tiroteo con tantos cadáveres y volvía a cerrarse en banda. Quizá el tiempo la ayudara a perdonar, pensaba a veces, pero otras tantas se dejaba llevar por la decepción y el resentimiento.

Ignacio salió a la calle —la de Samuel era una casa baja, a las afueras del pueblo— y marcó el número de Rosaura. Lo envolvía la fragancia del Loewe *pour homme* que le había regalado ella, como le prometió en su momento. Él la correspondió con el DVD de una película, la mejor, la número uno de su lista, ganadora de seis óscares: *All about Eve,* titulada *Eva al desnudo* en España, protagonizada por Bette Davis y dirigida en 1950 por Joseph L. Mankiewicz, una adaptación de un cuento escrito por la actriz Mary Orr. «En México y Argentina la titularon *La malvada,* para que te hagas una idea de lo que vas a ver. Y la mala esta vez no es Bette Davis», le dijo Ignacio, intentando generarle intriga. «Desgraciadamente, sé mucho de maldad, sigo sin entenderla», le comentó ella. Ahora la conversación fue mucho más corta. Hablaron apenas un par de minutos. Rosaura estaba con su nieto y él no quiso entretenerla. «Pero nos queremos, ¿no?», le preguntó él, traicionado una vez más por su inseguridad. «Claro que sí», le respondió ella. Quizá tendría que haber sido más expresiva, aceptó, pero en aquel momento el pequeño Adrián reclamaba su atención.

—Tengo una cosa para ti, Baba. —El niño la llamaba así, sin que nadie supiera por qué, pero a Rosaura le divertía ese nombre.

—¿Qué cosa es esa? ¿Me lo vas a decir?

—Voy a buscarla.

El chiquillo bajó de las faldas de su abuela y correteó hacia su habitación. A la mesa no solo estaban sentadas Rosaura y María, sino también Beatriz y Camila, que se habían unido a la fiesta para conocer a Adrián. Eran las primeras Navidades de Rosaura en libertad y, desde que perdió a Adrián, también las primeras en las que pudo y quiso sonreír. Para ella eran fechas difíciles y ya se había acostumbrado a no celebrarlas; eso había cambiado también.

Oyó a su nieto regresar corriendo de su dormitorio. Llevaba algo en la mano. Se acercó a su abuela y se lo tendió.

—Toma, Baba, para ti.

—Pero, Adrián, si es tu vela de cumpleaños —le dijo su madre—. ¿No recuerdas que la pusimos en tu tarta hace un mes?

—Sí, pero no es una vela, es un número.

Era el tres, los años que acababa de cumplir. Rosaura lo cogió entre sus manos.

—Entonces, ¿me lo regalas? —le preguntó, colocando la vela sobre la mesa.

—Sí, es para ti.

Le pidió entonces que lo subiera y su abuela lo sentó en su regazo. El niño observó con atención cómo había colocado el regalo sobre el mantel.

—Lo has puesto mal, Baba —le dijo el pequeño.

Rosaura había situado el tres al revés, mirando hacia la derecha en vez de hacia la izquierda; no había prestado atención al dejarlo. Adrián lo cogió, lo colocó correctamente y dijo:

—Los números se ponen bien, si no, no los entenderemos nunca.

Agradecimientos

A Narcís, Santi y Luisa, mis lectores cero, por todas vuestras aportaciones y vuestra generosidad aceptando leer mi manuscrito.

Menciono de nuevo a mi gran amiga Luisa, comandante de la Guardia Civil, que me ha asesorado sobre procedimientos policiales durante la escritura de esta novela, al igual que mi gran amigo el sargento Germán.

A otra amiga del alma, Angi Peña, médico, que siempre ha estado disponible para mí cuando he necesitado documentarme.

A Chus Jiménez, enfermera y también amiga, cuyas experiencias me han inspirado para interiorizar la profesión del personaje de Rosaura.

A mi querido primo Luis Plana, experto navegante, que me ha ayudado enormemente a recrear en esta historia la experiencia inmensa de navegar. Gracias por las travesías que me invitaste a compartir a bordo de tu Boracay.

A Maleni, funcionaria de prisiones —y a Carolina, quien me la presentó—, por acceder a conversar conmigo sobre la vida en prisión y tratarme con tanta amabilidad y cariño.

A mi amigo Arturo García Martín, por charlar conmigo sobre números y acercarme a ellos para conocerlos un poco más.

A Mariano Paño, amigo y abogado, por su asesoramiento en los procedimientos judiciales.

A mi editora Miryam Galaz y a todo el equipo de Espasa, que habéis hecho posible, una vez más, mi sueño de publicar mi novela.

A los amigos, amigas y familiares que habéis estado tan pendientes de mí cuando os he necesitado. Sabéis quiénes sois y por qué os menciono. Temo olvidarme de alguno si os nombro a todos. Gracias por vuestro apoyo, soporte emocional y cariño. A mis queridas *lestonnakeres* de Lleida y a mis queridos compañeros de bachillerato del instituto de Barbastro, por la misma razón.

Durante la escritura de esta historia, me ha inspirado la música de Vivaldi, Ennio Morricone, Lone Star, Gilbert O'Sullivan, Luis Bacalov, Patrick Doyle, Hombres G y, siempre, María Berasarte.